Lucinda Riley

als Lucinda Edmonds

Das Mädchen aus Yorkshire

Roman

Aus dem Englischen
von Karin Dufner, Sonja Hauser,
Sibylle Schmidt und Ursula Wulfekamp

GOLDMANN

Die Originalausgabe erschien 1998 unter dem Titel
»Hidden Beauty« bei Macmillan, London.
Die überarbeitete Neuausgabe erschien 2024 bei Macmillan,
einem Imprint von Pan Macmillan, London.

Die Übersetzung von Seite 5–151 besorgte Sonja Hauser, von Seite 152–299 Karin Dufner, von Seite 300–442 Sibylle Schmidt und von Seite 443–576 Ursula Wulfekamp.

Dies ist ein Roman. Fiktion und Realität stellen hier eine untrennbare künstlerische Einheit dar. Ein Anspruch auf historische Richtigkeit und Vollständigkeit besteht daher nicht, mithin sind einzelne historische Fakten teilweise im Dienste der künstlerischen Gestaltungsfreiheit leicht verändert worden und damit umso mehr Ausdruck der kreativ-schriftstellerischen Fantasie.

2. Auflage
Taschenbuchausgabe November 2025

in der Penguin Random House Verlagsgruppe GmbH,
Neumarkter Straße 28, 81673 München
produktsicherheit@penguinrandomhouse.de
(Vorstehende Angaben sind zugleich Pflichtinformationen nach GPSR.)

Umschlaggestaltung: UNO Werbeagentur, München
Umschlagmotiv: FinePic®, München
CN · Herstellung: ik
Satz: GGP Media GmbH, Pößneck
Druck und Bindung: GGP Media GmbH, Pößneck
Printed in Germany
ISBN: 978-3-442-49665-5

www.goldmann-verlag.de

Vorwort

Liebe Leserin, lieber Leser,

danke, dass Sie sich diesem Roman von Lucinda Riley zuwenden. Ich bin Lucindas Sohn Harry Whittaker. Wenn Sie meinen Namen kennen, dann bestimmt von *Atlas – Die Geschichte von Pa Salt*, dem letzten Band von Mums Sieben-Schwestern-Reihe, für den ich nach ihrem Tod 2021 die Verantwortung übernahm.

Ich möchte Ihnen erklären, wie es zur Veröffentlichung von *Das Mädchen aus Yorkshire* gekommen ist. Dazu gebe ich Ihnen eine kurze Zusammenfassung von Mums Arbeit:

Zwischen 1993 und 2000 schrieb sie acht Romane unter dem Namen Lucinda Edmonds. Durch das Buch mit dem Titel *Der verbotene Liebesbrief* kam ihre Karriere fürs Erste zum Stillstand, weil in dessen Handlung angedeutet wurde, dass es im britischen Königshaus ein außereheliches Kind gebe. Der Tod von Prinzessin Diana sowie die resultierende Unruhe in der britischen Monarchie ließen Buchhändlerinnen und Buchhändler zu diesem Projekt auf Distanz gehen. Bestellungen von Lucinda-Edmonds-Romanen wurden storniert, und ihr Verlag trat vom Vertrag mit ihr zurück.

Zwischen 2000 und 2008 verfasste Mum weitere drei Romane, die allesamt nicht veröffentlicht wurden. 2010 hatte sie dann ihren Durchbruch mit *Das Orchideenhaus*, ihrem ersten Buch als Lucinda Riley. Unter diesem neuen Namen wurde sie eine der weltweit erfolgreichsten Autorinnen von Frauenliteratur mit mittlerweile sechzig Millionen verkauften Bänden. Parallel zu ihren neuen Werken überarbeitete Mum drei Edmonds-Romane: *Das italienische Mädchen*, *Der Engelsbaum* und *Der verbotene Liebesbrief*. Diese drei bis dahin unveröffentlichten Bände sind inzwischen mit großem Erfolg erschienen.

Was mich zu *Das Mädchen aus Yorkshire* führt. Der Roman kam ursprünglich 1993 – Mum war damals sechsundzwanzig – in England unter dem Titel *Hidden Beauty* heraus. Er war erst der zweite, den sie geschrieben hatte. Sie sagte oft, wie stolz sie auf diese Geschichte sei, die sie gern der Welt in überarbeiteter Form schenken wolle. Leider kam es dazu nicht mehr.

Als ich den Roman das erste Mal las, war ich zutiefst beeindruckt. In ihm werden Sie über fehlgeleiteten Ehrgeiz, verbotene Liebe, Rache und Mord lesen … und die Geschichte kulminiert in einer fatalen, fast vergessenen Prophezeiung aus der Vergangenheit. Ich fand erstaunlich, wie viel von dem, was das spätere Werk Lucindas ausmacht, bereits diesen Text charakterisierte – glamouröse Schauplätze, die Bedeutung der Familie sowie das generationenübergreifende Wirken der Liebe. Wie immer scheute sie sich auch nicht, schwierige Themen wie Depression, Alkoholismus und sexuelle Gewalt gegen Frauen anzusprechen.

Lucinda war zweifelsohne eine der weltbesten Geschichtenerzählerinnen, aber natürlich reifte ihre Stimme im Lauf ihrer dreißigjährigen Karriere. Sie verwendete viel Zeit und Mühe auf die drei Umarbeitungen, änderte Handlungsstränge, fügte Figuren hinzu und verfeinerte ihren Stil. Bei dem vorliegenden Text habe ich diese Aufgabe übernommen. Ich habe ihn sanft modernisiert und geholfen, aus einem Edmonds-Roman einen von Lucinda Riley zu machen.

Diese Arbeit war anspruchsvoll, denn selbstverständlich wollte ich das Original so wenig wie möglich verändern. Trotzdem musste ich Perspektiven und Einschätzungen in die heutige Zeit überführen, ohne dem Roman das Herz herauszureißen. Das Leben hat sich in den letzten dreißig Jahren stark verändert, die Kommentare im Internet scheinen tagtäglich gehässiger zu werden. Ich kann nur hoffen, den Balanceakt erfolgreich bewältigt zu haben und Mum gerecht geworden zu sein. Hinzufügen darf ich noch, dass sie die Welt, in die sie Sie gleich entführen wird, gut kannte, denn in jungen Jahren war sie Schauspielerin und Model. Teile dieses Buches beruhen auf ihren persönlichen Erfahrungen, da bin ich mir sicher.

Wie Lucindas Leserinnen und Leser wissen, arrangierte Mum die Handlung ihrer Romane gern um reale historische Ereignisse und erzählte oft weniger bekannte Geschichten aus den fraglichen Epochen. Die Sieben-Schwestern-Reihe fängt die Spannungen der Weltkriege ein, den Konflikt zwischen Großbritannien und Irland, die amerikanische Bürgerrechtsbewegung sowie die Probleme, mit denen sich australische Aborigines oder Roma in Spanien konfrontiert sahen und immer noch sehen. In *Das Mädchen aus Yorkshire* beschreibt Lucinda die Schrecken des Vernichtungslagers Treblinka im besetzten Polen während des Zweiten Weltkriegs. Das Thema lag ihr sehr am Herzen. Bestimmt hoffte sie, dass dieser Roman die Leserinnen und Leser dazu veranlassen würde, sich intensiver mit dem Holocaust zu beschäftigen.

Nun also erwartet Mum Sie, die sie bereits kennen und schätzen, in *Das Mädchen aus Yorkshire* wie eine alte Freundin, bereit, Sie in die Vergangenheit zu entführen und rund um den Erdball mitzunehmen. Und den neuen Leserinnen und Lesern: ein herzliches Willkommen! Ich freue mich sehr, dass Sie Zeit mit Lucinda verbringen möchten.

Harry Whittaker, 2024

Prolog

Die alte Frau sah Leah an und begann zu lächeln. Zahllose Fältchen breiteten sich auf ihrem Gesicht aus. Sie war mindestens hundertfünfzig Jahre alt, dachte Leah. Die Kinder in ihrer Schule munkelten, sie sei eine Hexe, und heulten gespenstisch, wenn sie auf dem Heimweg vom Unterricht an ihrem heruntergekommenen Cottage im Ort vorbeiliefen. Für die Erwachsenen war sie die alte Megan, die verletzte Vögel pflegte und ihre gebrochenen Flügel mit Kräutertinkturen heilte. Manche behaupteten, sie sei verrückt, andere, sie besitze die Gabe des Heilens und merkwürdige übersinnliche Kräfte.

Leahs Mutter tat sie leid.

»Die arme Alte«, sagte sie, »sie lebt ganz allein in dem feuchten, verdreckten Cottage.« Sie bat Leah, ein paar Eier aus dem Hühnerstall zu holen und sie Megan zu bringen.

Leahs Herz schlug vor Angst immer wie wild, wenn sie an der schartigen Tür klopfte. Für gewöhnlich machte Megan sie bedächtig auf, spähte kurz heraus und nahm Leah die Eier mit einem Nicken aus der Hand. Dann schloss sich die Tür wieder, und Leah rannte, so schnell sie konnte, nach Hause.

Doch heute öffnete sie sich sehr viel weiter, sodass Leah an Megan vorbei ins dunkle Innere des Häuschens schauen konnte.

»Ich … Mum meint, Sie mögen vielleicht ein paar Eier.« Leah hielt ihr den Karton hin und beobachtete, wie sich die langen, knochigen Finger darum krallten.

»Danke.«

Megans sanfter Tonfall erstaunte sie. Sie klang so gar nicht wie eine Hexe.

»Komm doch herein.«

»Äh, ich …«

Doch da spürte sie bereits einen Arm um ihre Schulter, der sie hineinzog.

»Ich kann nicht lange bleiben. Sonst fragt Mum sich, wo ich bin.«

»Du kannst ihr sagen, du hättest Tee mit Megan, der Hexe getrunken«, kicherte die Alte. »Setz dich da drüben hin. Ich wollte mir gerade einen kochen.« Megan deutete auf einen der ramponierten Sessel zu beiden Seiten eines kleinen kalten Kamins.

Leah nahm unsicher Platz, schob die Hände unter die Oberschenkel und sah sich in der engen Küche um. An sämtlichen Wänden befanden sich Regale mit alten Kaffeegläsern voll merkwürdig farbenem Inhalt. Megan holte eines davon herunter, öffnete es und gab zwei Teelöffel gelbes Pulver in eine uralte Kanne aus Edelstahl. Dann fügte sie Wasser aus dem Kessel hinzu, stellte die Kanne mit zwei Tassen auf ein Tablett und dieses auf den Tisch vor Leah. Nun ließ Megan sich schwerfällig in dem anderen Sessel nieder.

»Schenkst du uns ein, Kleines?«

Leah goss die dampfende Flüssigkeit in die zwei angeschlagenen Porzellantassen. Und schnupperte. Der Tee roch seltsam beißend.

»Keine Sorge, ich will dich nicht vergiften. Schau, ich nehme zuerst einen Schluck. Dann siehst du ja, ob ich sterbe. Ist bloß Löwenzahntee. Der tut dir gut.« Sie wölbte die Hände um die Tasse und trank. »Probier.«

Leah versuchte, durch den Mund zu atmen, weil ihr der scharfe Geruch zuwider war. Sie nippte an dem Getränk und schluckte, ohne etwas zu schmecken.

»Na, war doch gar nicht so schlimm, oder?«

Leah schüttelte den Kopf und stellte die Tasse zurück auf den Tisch. Während Megan die ihre leerte, rutschte Leah unruhig in dem Sessel hin und her.

»Danke für den Tee. Er war sehr gut. Aber jetzt muss ich wirklich los, sonst macht Mum sich …«

»Ich sehe dich jeden Tag hier vorbeigehen. Wenn du einmal erwachsen bist, wirst du außergewöhnlich schön sein. Das ist jetzt schon zu erkennen.«

Leah errötete, als Megan sie mit einem durchdringenden Blick ihrer grünen Augen musterte.

»Und das ist möglicherweise nicht der Segen, für den die Welt es hält. Sei vorsichtig.« Megan runzelte die Stirn und streckte die Hand über den Tisch aus. Leah schauderte, als ihre knochigen Finger sich wie Klauen um ihre Hand schlossen. Panik stieg in ihr auf.

»Ich muss jetzt … wirklich nach Hause.«

Megan sah durch Leah hindurch, ihr Körper verkrampfte sich. »Da ist etwas Böses, das spüre ich. Du musst aufpassen.« Megans Stimme wurde höher. Leah war wie gelähmt vor Angst. Der Griff um ihre Hand wurde noch fester.

»Unnatürliche Dinge … schlimme Dinge … leg dich nie mit der Natur an, sonst bringst du alles durcheinander. Arme Seele … er ist verloren … verdammt … Er wird zurückkommen, dich oben im Moor finden … und du wirst aus freien Stücken zurückkehren. Du kannst dein Schicksal nicht ändern … Nimm dich vor ihm in Acht.«

Plötzlich lockerte sich der Griff um Leahs Hand, und Megan sank mit geschlossenen Augen in ihren Sessel zurück. Leah sprang auf, rannte zur Haustür und hinaus auf die Straße. Sie hörte nicht auf zu laufen, bis sie den Hühnerstall hinter dem Reihenhäuschen erreichte, in dem sie mit ihren Eltern wohnte, öffnete den Riegel und sank so unvermittelt auf den Boden, dass die Hühner erschreckt aufflatterten.

Leah lehnte den Kopf gegen die Holzwand. Sie wartete, bis ihre Atmung sich beruhigt hatte.

Die Leute im Ort hatten recht. Megan war verrückt. Was meinte sie damit, dass Leah sich in Acht nehmen solle? Das machte ihr Angst. Sie war elf Jahre alt und verstand nicht, was Megan ihr sagen wollte. Am liebsten hätte sie ihrer Mutter erzählt, was passiert war, doch das ging nicht. Mum würde glauben, sie habe sich das ausgedacht, und ihr erklären, es sei nicht nett, hässliche Gerüchte über eine arme, hilflose alte Frau zu verbreiten.

Leah stand auf, trat an die hintere Tür des Häuschens und betrat die warme Küche.

»Hallo, Leah, du kommst gerade rechtzeitig zum Essen. Setz dich.« Doreen Thompson wandte sich ihr lächelnd zu. Doch als sie sie sah, runzelte sie die Stirn. »Was ist los, Liebes? Du bist ja kreidebleich.«

»Nichts, Mum. Es ist alles in Ordnung. Mir tut nur der Bauch weh.«

»Wahrscheinlich Wachstumsbeschwerden. Versuch, ein bisschen was zu essen, dann geht's dir gleich besser.«

Leah ging zu ihrer Mutter und drückte sich fest an sie.

»Was ist denn?«

»Ich … hab dich lieb, Mum.« Allmählich beruhigte sie sich.

Doch als ihre Mutter sie in der folgenden Woche bat, Megan wie üblich ein paar Eier zu bringen, weigerte sie sich strikt.

Zu Leahs Erleichterung starb Megan sechs Monate später.

TEIL EINS

Juni 1976 bis Oktober 1977

1

Yorkshire, Juni 1976

Rose Delancey steckte den feinen Zobelhaarpinsel in das Glas mit Terpentin, legte die Palette auf die farbverschmierte Werkbank und sank in den abgewetzten Sessel, wo sie sich die schweren tizianroten Haare aus dem Gesicht strich. Dann nahm sie das Foto in die Hand, das sie als Vorlage benutzte, um es mit dem Gemälde auf der Staffelei zu vergleichen.

Es war ihr gut gelungen, auch wenn Rose Mühe hatte, die eine schlanke Stute von der anderen zu unterscheiden. Während sie versuchte, genug Werke für die Ausstellung in der Londoner Galerie zusammenzubekommen, zahlten Bilder wie dieses die Rechnungen.

Den Auftrag hatte sie von einem wohlhabenden örtlichen Gutsbesitzer, dem drei Rennpferde gehörten. Ondine, die Fuchsstute, die Rose mit feuchten Augen von dem Gemälde anblickte, war Nummer zwei. Dem Gutsbesitzer war jedes Bild fünfhundert Pfund wert. Das reichte, um das Dach des weitläufigen Farmhauses aus Stein, in dem sie und ihre Kinder wohnten, erneuern zu lassen. Nicht jedoch, um das sich stetig verschlimmernde Problem mit der Feuchtigkeit zu lösen oder den Hausschwamm oder Holzwurm zu beseitigen. Immerhin war es ein Anfang.

Rose zählte auf die Ausstellung. Einige ihrer Werke verkaufen zu können, würde ihr bei der Begleichung ihrer wachsenden Schulden sehr helfen. Allmählich begann der Mann von der Bank die Geduld zu verlieren, und Rose wusste, dass sie sich auf sehr dünnem Eis bewegte.

Aber ihre letzte Ausstellung war fast zwanzig Jahre her. Möglicherweise hatten die Menschen sie seit jenen berauschenden

Tagen als Liebling der Kritiker und Kunstliebhaber vergessen. Damals war Rose jung, schön und über die Maßen begabt gewesen … dann hatte sich plötzlich alles verändert, und sie war von den hellen Lichtern Londons in das abgeschiedene Sawood in der sanft hügeligen Hochebene von Yorkshire übergesiedelt.

Die Ausstellung im April des kommenden Jahres war ein Wagnis; sie musste sich einfach auszahlen.

Rose stand auf und manövrierte ihren korpulenten Körper gekonnt durch das Chaos in ihrem kleinen Atelier, um aus dem Panoramafenster auf die Landschaft draußen zu schauen. Der Anblick erfüllte sie jedes Mal mit innerer Ruhe; er war der Hauptgrund, warum sie das Farmhaus erworben hatte. Es stand auf einem Hügel, von dem aus man das gesamte Tal sehen konnte. Der silbrig glitzernde Leeming-Stausee hob sich weit unten deutlich von dem üppigen Grün der Umgebung ab. Es wäre traurig, diesen Ausblick nicht mehr genießen zu können, doch dass sie das Farmhaus verkaufen müsste, wenn die Ausstellung ein Misserfolg würde, war ihr klar.

»Verdammt, verdammt, verdammt!« Rose schlug mit der Faust auf das Fensterbrett aus grauem Stein.

Natürlich gab es eine Alternative. Diese Option hatte immer existiert, aber Rose weigerte sich schon fast zwanzig Jahre lang, sie zu ergreifen.

Sie dachte an ihren Bruder David mit seinem Penthouse in New York, seinem Landsitz in Gloucestershire, seiner Villa auf einer exklusiven Karibikinsel und der Hochseejacht, die irgendwo an der Amalfi-Küste vor Anker lag. Viele Nächte hatte sie gelauscht, wie das Wasser in den Metalltopf rechts neben ihrem Bett tropfte, und mit dem Gedanken gespielt, ihn um Hilfe zu bitten. Doch eher würde sie sich mit einer Zwangsräumung abfinden, als ihn um Geld anzubetteln. Dafür war vieles vor langer Zeit zu schiefgelaufen.

Rose hatte ihren Bruder Jahre nicht gesehen, seinen kometenhaften Aufstieg in den Kreis der Reichen und Mächtigen lediglich mithilfe von Zeitungsartikeln verfolgt. Zuletzt hatte sie vom Tod seiner Frau acht Monate zuvor gelesen. Nun war er mit seinem sechzehnjährigen Sohn allein.

Dann hatte sie vor einer Woche aus heiterem Himmel ein Telegramm erhalten.

Liebe Rose stopp bin in den kommenden zwei Monaten beruflich sehr eingespannt stopp mein Sohn Brett kommt am 20. Juni aus dem Internat stopp will ihn nicht allein lassen stopp er trauert nach wie vor um seine Mutter stopp kann er zu dir kommen stopp Landluft würde ihm guttun stopp würde ihn Ende August abholen stopp David.

Nach dem Erhalt des Telegramms war Rose fünf Tage lang nicht im Atelier gewesen. Sie hatte ausgedehnte Wanderungen übers Hochmoor gemacht und überlegt, warum David mit ihr in Kontakt getreten war.

Letztlich konnte sie sich nicht weigern. David hatte sie vor vollendete Tatsachen gestellt. Der Junge würde kommen, wahrscheinlich ein verwöhnter Bengel voller Allüren, dem das zerfallende Farmhaus bestimmt nicht gefiel, wo es nichts weiter zu tun gab, als dem Gras beim Wachsen zuzuschauen.

Rose fragte sich, wie ihre Kinder auf diesen bisher unbekannten Cousin reagieren würden. Sie musste sich eine Erklärung zurechtlegen für das plötzliche Auftauchen nicht nur von Brett, sondern auch von einem Onkel, der vermutlich zu den reichsten Menschen der Welt gehörte.

Ihr groß gewachsener, attraktiver zwanzigjähriger Sohn Miles würde lediglich nicken und die Situation ohne Nachfragen akzeptieren, wogegen die fünfzehn Jahre alte Miranda … Wie immer plagte Rose das schlechte Gewissen, wenn sie an ihre schwierige Adoptivtochter dachte.

Rose fürchtete, für Mirandas kompliziertes Wesen verantwortlich zu sein. Miranda war verzogen und unhöflich und stritt sich mit Rose über praktisch alles. Rose hatte sich stets bemüht, ihr genauso viel Liebe entgegenzubringen wie Miles, aber Miranda schien zu meinen, dass sie nicht mit der engen Verbindung zwischen Mutter und leiblichem Sohn konkurrieren konnte.

Miranda zu lieben, war Rose stets ein Anliegen gewesen. Doch statt zu einer harmonischen Atmosphäre im Haus beizutragen, sorgte Miranda nur für Spannungen. Die Mischung aus Schuldgefühlen und mangelnder Kommunikation zwischen Mutter und Tochter hatte zur Folge, dass die beiden einander bestenfalls tolerierten.

Rose ahnte, dass Miranda von Brett und dem fantastischen Reichtum seines Vaters beeindruckt sein würde. Bestimmt würde sie mit ihm flirten. Sie war sehr hübsch, und schon jetzt säumte eine lange Reihe gebrochener Herzen ihren Weg. Rose hätte sich ein zurückhaltenderes Auftreten von ihr gewünscht, denn sie machte keinerlei Anstalten, ihren gut entwickelten Körper zu verbergen. Besonders intensiv beschäftigte sie sich mit ihren atemberaubend schönen blonden Haaren. Mittlerweile hatte Rose es aufgegeben, ihr den leuchtend roten Lippenstift und die kurzen Röcke zu verbieten, weil Miranda dann tagelang schmollte und die Stimmung im Haus vergiftete.

Rose sah auf die Uhr. Miranda würde bald von der Schule nach Hause kommen, und Miles war auf dem Heimweg von Leeds, weil die Semesterferien begannen. Mrs Thompson würde für sie ein Festmahl aufdecken, darum hatte Rose sie gebeten.

Dabei würde Rose das bevorstehende Eintreffen ihres Neffen verkünden, als wäre es das Normalste der Welt, dass das Kind ihres Bruders die schulfreie Zeit bei ihnen verbrachte.

Sie musste eine Rolle spielen, keiner von ihnen durfte je erfahren …

2

»Leah, hilfst du mir heute oben im großen Haus? Mrs Delancey erwartet für morgen einen Gast, und ich soll eines der Zimmer im ersten Stock gründlich putzen und herrichten. Gott sei Dank ist Sommer. Wenn wir die Fenster aufmachen, kriegen wir vielleicht diesen schrecklichen Muffelgeruch heraus.« Doreen Thompson rümpfte die Nase.

»Natürlich komme ich mit«, antwortete Leah.

Ihre Mutter Doreen hatte praktisch kurz geschnittene, dichte braune Haare. Die Minipli, die sie sich kürzlich hatte machen lassen, war schuld daran, dass ihre Locken an Stirn und Nacken ziepten. Jahrelange harte Arbeit und Sorge hatten ihre stattliche Figur schlank gehalten, aber auch zahlreiche Falten in ihr siebenunddreißigjähriges Gesicht gegraben.

»Wunderbar. Zieh deine älteste Jeans an. In dem Zimmer ist es ziemlich schmutzig. Und beeil dich. Ich bereite nur noch schnell das Mittagessen für deinen Dad vor.«

Leah brauchte keine weitere Ermutigung. Sie eilte die Treppe hinauf, öffnete die Tür zu ihrem winzigen Zimmer, wühlte unten in ihrem Schrank nach einer uralten zerschlissenen Jeans, holte ein abgetragenes Sweatshirt heraus und schlüpfte hinein. Dann setzte sie sich ans Fußende ihres Bettes, um im Spiegel zu überprüfen, wie sie ihre taillenlangen, mahagonibraunen Locken flocht. Mit dem schweren Zopf wirkte Leah jünger als fünfzehn. Doch als sie aufstand, waren in dem Spiegel bereits die Rundungen einer bedeutend reiferen jungen Frau zu sehen. Wie Doreen war sie immer schon groß für ihr Alter gewesen, aber im vergangenen Jahr schien sie geradewegs in die Höhe geschossen zu sein und überragte nun die anderen Mädchen in ihrer Klasse um einen guten Kopf. Ihre Mutter sagte gern, sie wachse zu schnell und solle mehr essen, um nicht so schlaksig zu werden. Leah kam sich ein wenig wie eine Sonnenblume mit einem langen wackeligen Stiel vor.

Sie zog ihre Turnschuhe unter dem Bett heraus und schnürte sie hastig. Leah begleitete ihre Mutter gern zum großen Haus. Das Farmhaus erschien ihr, verglichen mit dem engen Vierzimmerreihenhäuschen, in dem sie wohnte, sehr geräumig. Und sie fand Mrs Delancey faszinierend. Sie war so anders als alle anderen Menschen, die Leah kannte, weswegen Miranda sich ihrer Ansicht nach glücklich schätzen konnte, sie als Mutter zu haben. Nicht, dass sie ihre eigene nicht geliebt hätte, aber da Mum Dad pflegen und den ganzen Tag arbeiten musste, hatte sie manchmal schlechte Laune und schrie herum. Leah wusste, dass das nur an ihrer Müdigkeit lag, und versuchte, ihr bei der Arbeit zu helfen, so gut es ging.

Sie erinnerte sich nur vage an die Zeit, als ihr Vater noch laufen konnte. Er hatte Rheuma bekommen, als sie vier war, und die vergangenen elf Jahre im Rollstuhl verbracht. Dad hatte die harte körperliche Arbeit in der Wollspinnerei aufgeben müssen, worauf Mum als Haushälterin bei Mrs Delancey anfing, um Geld zu verdienen. In all der Zeit hatte Leah ihren Vater nie klagen gehört. Ihr war klar, dass er ein schlechtes Gewissen hatte, weil seine Frau sich um ihn und den Lebensunterhalt der Familie kümmern musste.

Leah liebte ihren Vater abgöttisch und leistete ihm so oft wie möglich Gesellschaft.

Sie eilte nach unten und klopfte an der Tür des vorderen Raums. Als ihr Vater krank geworden war, hatten sie das Wohnzimmer in das elterliche Schlafzimmer umgewandelt, und eine Dusche sowie eine Toilette waren von der Gemeinde in der begehbaren Speisekammer neben der Küche eingebaut worden.

»Herein.«

Sie öffnete die Tür. Mr Thompson saß wie immer am Fenster. Seine braunen Augen, die Leah von ihm geerbt hatte, begannen zu leuchten, als er seine Tochter erblickte.

»Hallo, Liebes. Komm und gib deinem Dad einen Kuss.«

Leah lief zu ihm. »Ich begleite Mum zum großen Haus und helfe ihr.«

»Sehr gut, mein Mädchen. Dann sehen wir uns später. Ich wünsche dir viel Vergnügen.«

»Danke. Mum bringt dir deine Sandwiches.«

»Wunderbar. Auf Wiedersehen, Liebes.«

Leah schloss die Tür und ging in die Küche, wo ihre Mutter einen Teller voller Schinkensandwiches mit Butterbrotpapier abdeckte.

»Die gebe ich noch deinem Dad, und dann müssen wir los, Leah.«

Von Oxenhope zu dem winzigen Weiler Sawood, über dem sich Mrs Delanceys Farmhaus befand, waren es etwa drei Kilometer. Normalerweise fuhr Mrs Thompson mit dem Rad hin, doch da Leah heute bei ihr war, gingen sie zu Fuß aus dem Ort heraus und die Anhöhe hinauf.

Die Sonne lachte vom strahlend blauen Himmel, es war ein warmer, milder Tag. Trotzdem hatte Leah ihren Anorak für den Rückweg über die Schulter geschlungen, da sie wusste, dass es hier oben im Hochmoor rasch kühler werden konnte.

»Ich glaube, dieses Jahr wird sehr heiß«, meinte Doreen. »Mrs Delancey sagt, ihr Neffe kommt. Ich wusste gar nicht, dass sie einen hat.«

»Wie alt ist er?«

»Ein Teenager. Also hat Mrs Delancey das Haus voll, denn Miles ist von der Uni daheim, und Miranda hat Schulferien. Und sie selber steckt gerade mitten in den Vorbereitungen für ihre Ausstellung.«

Kurzes Schweigen. »Darf ich dich was fragen, Mum?«, erkundigte sich Leah.

»Natürlich.«

»Was … hältst du von Miles?«

Mrs Thompson blieb stehen. »Ich mag ihn. Schließlich habe ich geholfen, ihn großzuziehen. Warum willst du das wissen?«

»Ach, nur so«, antwortete Leah, als sie den fürsorglichen Blick ihrer Mutter bemerkte.

»Mehr hätte ich da schon zu seiner Schwester, dieser kleinen Madam, zu sagen. Die Sachen, die sie manchmal anhat … Die gehören sich einfach nicht für ein Mädchen ihres Alters.«

Leah hingegen war ziemlich beeindruckt von der gewagten Kleidung Mirandas und beobachtete voller Bewunderung, wie die Jungs der Greenhead Grammar School Miranda umschwärmten, wo die beiden Mädchen dieselbe Jahrgangsstufe besuchten. Manchmal bekam Leah mit, wie Miranda nach dem Unterricht mit Burschen aus der nächsthöheren Klasse in Richtung Cliffe Castle Park verschwand. Leah fragte sich, wie Miranda es schaffte, in der langweiligen Schuluniform so hübsch und erwachsen auszusehen, während die von Leah lediglich ihre Schlaksigkeit betonte. Obwohl nur einen Monat jünger als Miranda, kam Leah sich neben ihr wie ein Kind vor.

»Mrs Delancey hat kein Geld, sagst du immer, doch Miranda trägt ständig neue Kleider. Und sie wohnen in diesem riesigen Haus.«

Mrs Thompson nickte. »Das muss man im Verhältnis sehen, Leah. Unsere Familie hat keinen roten Heller, und Mrs Delancey behauptet das Gleiche von sich. Aber sie war früher mal reich, richtig reich. Verglichen damit hält sie sich nun für arm. Verstehst du, was ich meine?«

»Ich glaube schon.«

»Miranda beklagt sich, wenn sie sich kein neues Kleid für eine Party kaufen kann. Du beklagst dich, wenn wir abends nichts zu essen haben.«

»Warum ist sie jetzt nicht mehr reich?«

Leahs Mutter machte eine vage Geste. »Keine Ahnung, was sie

mit dem ganzen Geld gemacht hat. Jedenfalls hat sie vor ein paar Jahren wieder mit dem Malen angefangen, was bedeutet, dass sie wahrscheinlich ziemlich lange nichts verkauft hat. Doch genug davon. Geh schneller, sonst kommen wir zu spät.«

Kurz darauf öffnete Mrs Thompson die hintere Tür des Farmhauses und betrat die Küche. Dieser Raum allein war größer als das gesamte untere Geschoss des Hauses, in dem Leah wohnte.

Miranda frühstückte, bekleidet mit einem pinkfarbenen Morgenmantel und dazu passenden kuscheligen Pantoffeln, an dem langen Kiefernholztisch, an dem die Sonne ihre blonden Haare aufleuchten ließ.

»Hallo, Doreen, Sie kommen gerade recht. Ich bräuchte noch Toast!«

»Tja, junge Dame, darum musst du dich heute selber kümmern. Ich soll das Zimmer für den Gast deiner Mutter herrichten.«

»Aber du machst das doch für mich, Leah, Schätzchen, oder?«, schnurrte Miranda.

Leah sah ihre Mutter an, die etwas erwidern wollte, und antwortete hastig: »Natürlich. Geh schon mal rauf, Mum, ich komme gleich nach.«

Mrs Thompson runzelte die Stirn, zuckte mit den Schultern und verschwand aus der Küche. Leah steckte zwei Scheiben Brot in den Toaster.

»Jedes Mal, wenn ich dich sehe, bist du wieder ein Stück größer«, bemerkte Miranda, nachdem sie Leah begutachtet hatte. »Machst du Diät? Du bist sehr dünn.«

»Nein, nein, Mum nennt mich den Vielfraß. Wenn sie mich ließe, würde ich den Teller noch ablecken.«

»Du Glückliche. Ich muss Sahne bloß anschauen, und schon hab ich ein Pfund mehr auf den Hüften«, meinte Miranda wehmütig.

»Aber du hast doch eine wunderbare Figur. Das sagen alle Jungs in unserem Jahrgang.« Als das Brot hinter Leah aus dem Toaster sprang, zuckte sie erschreckt zusammen.

»Schmier Margarine drauf und nur hauchdünn Marmelade. Was sagen denn die Jungs sonst noch so über mich?«, erkundigte sich Miranda.

Leah wurde rot. »Na ja, sie finden dich … hübsch.«

»Findest du mich hübsch, Leah?«

»Ja, sehr. Mir … gefallen deine Kleider.« Leah stellte Miranda den Teller mit dem Toast hin. »Möchtest du noch eine Tasse Tee?«

Miranda nickte. »Sag meiner lieben Mutter mal, dass dir meine Kleider gefallen. Sie dreht durch, wenn der Rocksaum über den Knöcheln ist! Wie schrecklich prüde! Nimm dir doch auch eine Tasse Tee und leiste mir Gesellschaft.«

Leah zögerte. »Lieber nicht. Ich muss nach oben, Mum helfen.«

»Wie du meinst. Wenn du später Zeit hast, kannst du ja zu mir ins Zimmer kommen. Dann zeig ich dir die neuen Klamotten, die ich letzten Samstag gekauft habe.«

»Gern. Bis später, Miranda.«

»Ja.«

Leah eilte die zwei knarrenden Treppen hinauf zu ihrer Mutter, die im Flur einen durchgelaufenen Vorleger ausschüttelte.

»Gerade wollte ich dich holen. Du musst mir beim Umdrehen der Matratze helfen. Die ist an einer Ecke schimmelig. Ich hab den Kamin angemacht, damit wir die Feuchtigkeit aus dem Raum rauskriegen.«

Leah folgte ihr in das große Zimmer und ergriff ein Ende der schweren Doppelmatratze.

»Stell sie hochkant … so ist's gut. Hoffentlich gewöhnst du dir nicht an, dich von der kleinen Madam da unten wie ein Dienstmädchen behandeln zu lassen. Wenn du ihr den kleinen Finger gibst, will sie die ganze Hand. Das nächste Mal sagst du Nein, Liebes. Sie zu bedienen, ist nicht deine Aufgabe.«

»Entschuldige, Mum. Sie ist so erwachsen, findest du nicht?«

Doreen Thompson entging die Bewunderung ihrer Tochter nicht.

»Na ja, das stimmt, aber sie sollte kein Vorbild für dich sein.«

Doreen stemmte die Hände in die Hüften. »Sieht schon besser aus. Das Bett beziehen wir erst ganz zum Schluss. Dann hat es Zeit zum Trocknen, und mit ein bisschen Glück holt sich die arme Neffenseele heute Nacht hier keine Lungenentzündung.« Ihr Blick wanderte in Richtung Fenster. »In dem Karton da drüben ist Glasreiniger. Putzt du mir bitte die dreckigen Scheiben?«

Leah nickte, ging mit der Flasche zu dem Bleiglasfenster, fuhr mit dem Finger durch den Schmutz auf der Scheibe und riss dabei eine Spinne aus ihrem Netz.

»Ich gehe runter, den Staubsauger holen.« Mit diesen Worten verließ Mrs Thompson den Raum.

Leah machte sich ans Werk, trug Reiniger auf das Glas auf und rieb daran, bis der Lappen schwarz war. Nachdem sie vier kleine Flächen gesäubert hatte, schaute sie hinaus. Die Sonne tauchte die Hochebene in hellen Schein. Von hier oben aus bot sich ein fantastischer Blick hinunter ins Tal, wo Leah die Kamine von Oxenhope auf der anderen Seite des Leeming-Stausees erkennen konnte.

Da bemerkte sie eine Gestalt auf einer Anhöhe, einen knappen Kilometer vom Haus entfernt. Der Junge saß mit den Armen um die Knie geschlungen da und schaute ins Tal hinab. Leah erkannte die dichten schwarzen Haare. Miles.

Miles machte ihr Angst. Er lächelte nie, grüßte nie, starrte sie einfach nur an. Wenn er zu Hause war, verbrachte er viele Stunden allein im Hochmoor. Gelegentlich sah sie ihn als dunkle Silhouette auf einem von Mr Morris' Pferden über den oberen Rand des Tals traben.

Unvermittelt drehte sich Miles um und richtete die dunklen Augen direkt auf Leah, als wüsste er, dass sie ihn beobachtete. Leah spürte, wie sein Blick sie durchdrang. Sie erstarrte, begann zu zittern, entfernte sich hastig vom Fenster.

Da kehrte ihre Mutter mit dem Staubsauger zurück. »Hopp, Leah, an die Arbeit. Du hast erst ein Viertel der Scheiben geputzt.«

Widerwillig ging Leah zum Fenster zurück.

Miles war verschwunden.

»Doreen, ich wollte Sie fragen, ob Leah sich ein bisschen Taschengeld verdienen möchte.«

Leah gönnte sich mit ihrer Mutter in der Küche eine Tasse Tee, bevor sie sich wieder in Richtung Ort aufmachten.

Die mit einem ölfarbenverschmierten Kittel bekleidete Mrs Delancey lächelte Leah von der Küchentür aus an.

»Das klingt gut, findest du nicht, Leah?«, sagte Mrs Thompson.

»Ja, Mrs Delancey. Was soll ich für Sie tun?«

»Wie du weißt, kommt morgen mein Neffe Brett zu Besuch. Das Problem ist nur, dass ich gerade sehr beschäftigt bin, weil ich Bilder für die Ausstellung malen muss. Schon ohne jeden Tag zu kochen, habe ich kaum Zeit. Ich habe überlegt, ob du deine Mutter begleiten und ihr helfen könntest, das Haus in Ordnung zu halten und das Frühstück und eine Abendmahlzeit für mich und die Kinder zuzubereiten. Die meinen kommen allein zurecht, aber mein Neffe … Er ist einen bedeutend pompöseren Lebensstil als den unseren gewöhnt. Natürlich würde ich Ihnen für die Überstunden zusätzlich etwas zahlen, Doreen, und Leah würde auch etwas erhalten.«

Mrs Thompson sah Leah an. »Solange einer von uns zu Hause das Abendessen für Dad kochen kann, halte ich das für eine gute Idee, meinst du nicht auch, Leah?«

Leah wusste, dass ihre Mutter das Extrageld gut gebrauchen konnte. Also nickte sie. »Ja, Mrs Delancey, sehr gern.«

»Dann wäre das also geregelt. In der Scheune ist ein altes Fahrrad, das kannst du benutzen. Brett trifft morgen Nachmittag ein, und ich hätte gern etwas Besonderes für die Abendmahlzeit. Wir gehen ins Esszimmer. Nehmen Sie das Wedgwood-Service heraus, Doreen, und stellen Sie eine Liste der Lebensmittel zusammen, die Sie für die Woche brauchen. Ich rufe im Dorfladen an.

Die sollen uns die Sachen liefern. Aber jetzt muss ich wirklich zurück ins Atelier. Wir sehen uns morgen.«

»Gut, Mrs Delancey«, meinte Mrs Thompson.

Als Rose schon halb aus der Küche heraus war, drehte sie sich um.

»Achten Sie gar nicht darauf, wenn mein Neffe Ihnen ein bisschen … seltsam erscheinen sollte. Seine Mutter ist vor Kurzem gestorben, und wie gesagt: Er ist nur das Beste gewöhnt.« Rose verließ die Küche und schloss die Tür hinter sich.

»Der arme Junge, dass er seine Mutter so früh verloren hat.« Mrs Thompson wusch die Teetassen in der Spüle aus.

Da spazierte Miranda in einem engen roten Minirock und einem Käseleinentop mit tiefem Ausschnitt herein.

»Ich dachte, du wolltest dir meine neuen Klamotten anschauen, Leah.«

»Ja, aber ich …«

»Egal. Ich führ sie dir hier vor. Wie findest du sie? Sind sie nicht toll?« Miranda drehte sich lächelnd um die eigene Achse.

»Ich finde sie …«

»Ich finde, es ist höchste Zeit, dass wir gehen und uns um das Essen für deinen Dad kümmern«, mischte sich Leahs Mutter ein.

Miranda schenkte ihr keine Beachtung. »Ich hab sie von der neuen Boutique in Keighley und werde sie morgen Abend zu dem Begrüßungsessen für meinen Cousin tragen.« Miranda grinste breit. »Du weißt, dass sein Vater einer der reichsten Männer der Welt ist, oder?«

»Nun erzähl mal keine Geschichten, junge Dame«, rügte Mrs Thompson sie.

»Es ist die Wahrheit!« Miranda setzte sich auf einen Stuhl und schwang die Beine auf den Tisch. Dabei kam ziemlich viel blasse Oberschenkelhaut zum Vorschein. »Das hat die gute Mama Ihnen verschwiegen, was? Ihr Bruder ist David Cooper. *Der* David Cooper.« Sie wartete auf eine Reaktion und runzelte die Stirn, als keine kam. »Haben Sie etwa noch nie was von ihm gehört? Er ist weltberühmt. Ihm gehört Cooper Industries, eines der größten Unternehmen der Erde. Der Himmel allein weiß, warum wir in diesem Loch leben müssen, wenn die gute alte Rosie einen solchen Bruder hat.«

»Nenn deine Mum nicht Rosie, Madam.«

»Tschuldigung, Mrs T«, erwiderte Miranda. »Ich dachte schon, dass in dieser Gegend nie was Aufregendes passiert, und da erfahre ich urplötzlich, dass ich einen superreichen Onkel habe und sein Sohn morgen hier aufkreuzt. Und das Tollste überhaupt: Er ist sechzehn. Ob er wohl eine Freundin hat?«, überlegte sie laut.

»Sei nett zu ihm, Miranda. Der Arme hat vor nicht allzu langer Zeit seine Mutter verloren.«

Miranda lachte. »Darauf können Sie Gift nehmen, Mrs T … Egal, ich probier jetzt meine neue Gesichtsmaske aus. Bis später.« Mit diesen Worten stand sie auf und tänzelte aus der Küche.

Mrs Thompson schüttelte den Kopf. »Komm, Leah, wir gehen lieber. Morgen wird ein harter Tag.« Sie trocknete die Hände an einem Geschirrtuch ab und deutete mit dem Kinn in Richtung Tür. »Und ich rieche Ärger.«

3

Als die lange schwarze Limousine durch die pittoresken Ortschaften Yorkshires glitt, betrachteten die Anwohner sie neugierig und versuchten, die schattenhafte Gestalt hinter den getönten Scheiben zu erkennen.

Brett Cooper schaute traurig hinaus und zog Grimassen, von denen er wusste, dass die Leute draußen sie nicht sehen konnten. Der Himmel hatte sich bezogen, es begann zu regnen. Die Landschaft wirkte so trostlos, wie Brett sich fühlte.

Er nahm eine Dose Cola aus der Minibar. Das Innere des Wagens erinnerte ihn mit den dicken Lederverkleidungen und Blenden auf allen Seiten, die seinem Vater halfen, sich von der Welt abzuschotten, an eine Luxusgruft.

Brett betätigte einen Knopf. »Wie weit ist es noch, Bill?«

»Nur noch eine halbe Stunde, Sir«, antwortete eine metallische Stimme.

Brett nahm den Finger von dem Knopf, streckte die langen Beine aus, die in einer Jeans steckten, und trank einen Schluck Cola.

Sein Vater hatte ihm versprochen, ihn von der Schule abzuholen und nach Yorkshire zu begleiten, wo er ihn persönlich dieser Tante vorstellen wollte. Doch als Brett voller Vorfreude in den Wagen gestiegen war, hatte er ihn leer vorgefunden.

Bill, der Chauffeur seines Vaters, hatte ihm erklärt, Mr Cooper entschuldige sich. Er habe früher nach Amerika fliegen müssen als erwartet.

Während der knapp fünfstündigen Fahrt von Windsor hatte Brett sich über seinen Vater geärgert, der wieder einmal nach dem Muster von Bretts gesamter Kindheit agierte. Brett hatte Angst davor, dieser ihm unbekannten Tante allein gegenüberzutreten, und er empfand überwältigenden Kummer darüber, ohne seine Mutter zu sein, die ihm das Gefühl hätte nehmen können, dass sein Vater sich nicht das Geringste aus ihm machte.

Tränen traten Brett in die Augen, als er an die Zeit vor ziemlich genau einem Jahr dachte. Damals war er nach Nizza geflogen, wo seine Mutter ihn vom Flughafen abholte. Sie waren zu der von ihr auf Cap Ferrat gemieteten Villa gefahren und hatten einen herrlichen Sommer miteinander verbracht, nur sie beide. Sein Vater hatte sie zweimal besucht, die Tage jedoch in seinem Büro oder auf der Jacht verbracht, wo er wichtige Geschäftspartner empfing, die eigens hergekommen waren, um sich mit ihm zu treffen.

Und dann, drei Monate später, war seine Mutter tot gewesen. Er erinnerte sich, wie er ins Arbeitszimmer seines Hausvorstehers gerufen wurde, wo man ihm die traurige Nachricht verkündete.

Danach war Brett in den leeren Schlafsaal gegangen, hatte sich auf die Bettkante gesetzt und mit leerem Blick vor sich hin gestarrt. All das Geld und der Luxus hatten den Tod seiner Mutter nicht verhindern können. Sie hatte ihm nicht anvertraut, dass etwas nicht stimmte. Dafür hasste er sie. War ihr denn nicht klar gewesen, wie er sich fühlen würde, wenn er am Ende nicht bei ihr sein konnte?

Und sein Vater hatte Bescheid gewusst und ebenfalls nichts gesagt.

Vermutlich hatte sein Vater die Entscheidung gefällt, all seine Kraft in das Unternehmen zu stecken. Das schien das Einzige zu sein, was ihm im Leben wichtig war – manchmal fragte Brett sich, warum er sich überhaupt die Mühe gemacht hatte zu heiraten. Trotzdem war seine Mutter überaus loyal gewesen. Sie beklagte sich nie darüber, dass sie ihren Ehemann kaum je zu Gesicht bekam und sie und ihr gemeinsamer Sohn auf der Liste seiner Prioritäten ziemlich weit unten standen. Brett hatte sie nur ein einziges Mal streiten gehört, als er vier Jahre alt war.

»Herrgott, Vivien, bitte denk darüber nach. New York ist eine wundervolle Stadt. Wenn Brett in die Schule kommt, kann er in den Ferien herüberfliegen. Die Wohnung ist fantastisch. Sieh sie dir wenigstens an.«

Seine Mutter hatte mit ihrer ruhigen Stimme geantwortet: »Nein, David, tut mir leid. Ich will in England bleiben, damit ich da bin, wenn Brett mich braucht.«

Als Brett älter wurde, begriff er, dass auch seine Mutter sich an jenem Tag entschieden hatte. Für ihn. Danach war sein Vater immer seltener nach Hause gekommen, hatte seinen Lebensmittelpunkt nach New York verlegt und seine Frau kaum noch gedrängt, sich zu ihm zu gesellen.

In seiner Anfangszeit in Eton hatten die anderen Jungen Brett gefragt, wie sein berühmter Vater sei. Er hatte geantwortet, er sei »großartig« oder »ein richtig guter Typ«, aber in Wahrheit wusste er nichts über ihn.

Als Brett dreizehn war, hatte David ihn beiseitegenommen und ihm die Pläne für einen neuen Wohnblock gezeigt, den er baute. Brett hatte sich bemüht, interessiert zu wirken.

»Sobald du mit Cambridge fertig bist, trittst du ins Unternehmen ein und lernst, wie es funktioniert. Eines Tages wird es dir gehören, Brett.«

Brett nickte und lächelte, obwohl sich ihm die Nackenhaare aufstellten. Er hatte nicht das geringste Interesse am Imperium seines Vaters, kein Gefühl für Zahlen und fand Statistik entsetzlich. Die Aufnahmeprüfung für Eton hatte er nur dank seiner hohen Punktzahl in Englisch gerade so bestanden.

In den vergangenen beiden Jahren war Brett immer wieder schweißgebadet aufgewacht, als ihm allmählich klar wurde, wie sein Vater sich seine Zukunft vorstellte. Letztes Jahr auf Cap Ferrat hatte er seiner Mutter sein Herz ausgeschüttet und ihr einige seiner Bilder gezeigt. Sie hatte sie erstaunt betrachtet.

»Grundgütiger! Ich hatte ja keine Ahnung, dass du so malen kannst, Schatz. Du hast wirklich Talent. Die Bilder sind fantastisch. Die muss ich deinem Vater zeigen.«

David hatte sie nur flüchtig angesehen und die Achseln gezuckt. »Nicht schlecht. Ein Geschäftsmann sollte ein Hobby haben, das ihm hilft zu entspannen.«

Daraufhin hatte Brett Wasserfarben und Staffelei weggelegt. Seine Mutter hatte versucht, ihn zu trösten, und ihn ermutigt, weiter die herrliche Aussicht aus der Villa zu malen.

»Es hat keinen Sinn, Mutter. Er wird mich nicht auf die Kunstakademie lassen. Vater hat alles geplant. Er ist sich sicher, dass ich Cambridge schaffe, und kommt gar nicht auf die Idee, ich könnte durch die Prüfungen rasseln.«

Vivien hatte geseufzt. Ihnen war beiden klar, dass sich, falls das tatsächlich geschah, mithilfe einer großzügigen Spende für das richtige College leicht ein Platz für Brett arrangieren ließe.

»Brett, ich verspreche dir, mit ihm zu reden. Du bist erst fünfzehn. Bestimmt können wir ihn überzeugen, sobald die Zeit reif ist. Mach weiter, Schatz. Du besitzt Potenzial!«

Brett hatte den Kopf geschüttelt. Einen Monat später war er in die Schule zurückgekehrt und hatte seine Mutter gemalt, wie sie auf der Schaukel im Garten ihres Anwesens in Gloucestershire saß. Als Vorlage hatte ihm sein Lieblingsfoto von ihr gedient, auf dem ihre zarte Schönheit am besten zur Geltung kam. Brett hatte vorgehabt, ihr das Bild zu Weihnachten zu überreichen. Doch da war sie bereits tot gewesen, und nun lag es noch immer als Geschenk verpackt unter seinem Bett in der Schule. Seitdem hatte er den Kunstraum nicht mehr betreten.

Nach acht Monaten war es für Brett nach wie vor so, als wäre sie erst tags zuvor gestorben. Seine Mutter war der Dreh- und Angelpunkt seiner Welt gewesen, sein Fels in der Brandung. Nun, da es keine Vermittlerin mehr zwischen ihm und seinem Vater gab, fühlte er sich sehr verletzlich.

Er war davon ausgegangen, dass er die Sommerferien in

Gloucestershire, vielleicht auch auf Antigua, verbringen würde. Folglich hatte ihn der von Pat, Davids persönlicher Assistentin, verfasste Brief, der ihm mitteilte, dass sein Vater ihn nach Yorkshire zu einer Tante verfrachtete, von der er noch nie etwas gehört hatte, in noch tiefere Verzweiflung gestürzt. Er hatte vergeblich versucht, seinen Vater in New York zu erreichen, jedoch immer nur mit Pat gesprochen.

»Ihr Vater besteht darauf, dass Sie hinfahren, Brett, weil er in den nächsten beiden Monaten sehr beschäftigt sein wird. Bestimmt gefällt es Ihnen dort. Ich überweise Ihnen fünfhundert Pfund als Taschengeld. Lassen Sie es mich wissen, wenn Sie mehr brauchen, ja?«

Brett wusste, dass es wenig Zweck hatte zu widersprechen. Was David Cooper wollte, bekam er.

Da summte die Gegensprechanlage. »Noch fünf Minuten, Sir, dann sind wir da. Das Haus können Sie von hier aus bereits sehen. Es ist links, oben auf dem Hügel.«

Brett schaute hinaus. Das große graue Steingebäude stand einsam und verlassen im Nieselregen. In dieser Landschaft wirkte es trostlos und schrecklich abweisend, wie aus einem Roman von Dickens.

»*Bleak House*, düsteres Haus«, murmelte Brett. Sein Herz schlug schneller, als die Limousine die Anhöhe hinauffuhr. Wohl schon zum tausendsten Mal wünschte er sich seine Mutter neben sich, die ihm versichert hätte, dass alles in Ordnung kommen würde.

Als der Wagen vor dem Haus hielt, holte Brett tief Luft. Seine Mutter war nicht da, er würde dem Ganzen allein ins Auge blicken müssen.

Rose hörte ein Motorengeräusch, blickte aus dem Fenster ihres Ateliers und sah die prächtige Limousine mit den getönten Scheiben. Der Chauffeur stieg aus und ging um den Wagen, um die Fondtür zu öffnen. Rose hielt den Atem an. Ein groß gewachsener junger Mann kletterte heraus. Der Chauffeur schloss die Tür hinter ihm. Da merkte Rose, dass Brett allein war.

»Gott sei Dank.« Rose atmete erleichtert aus und musterte den Sohn ihres Bruders, ohne selbst von diesem gesehen zu werden.

Er hatte die gleichen tizianroten Haare wie sie. Als der Junge sich umdrehte, erblickte sie Davids tiefblaue Augen und seine markanten Gesichtszüge. Sie beobachtete, wie er nervös etwas in seiner Jackentasche befingerte, während der Chauffeur das Gepäck aus dem Kofferraum hob und zur Haustür brachte. Irgendwie wirkte der Junge unglücklich. *Wahrscheinlich ist er viel nervöser als ich*, dachte Rose. Da klingelte es, und Rose überprüfte hastig ihr Aussehen im Spiegel. Sie hörte, wie Mrs Thompson die Tür öffnete. Rose hatte Miles und Miranda am Nachmittag zum Reiten geschickt, weil sie zunächst etwas Zeit mit Brett allein haben wollte.

Als Mrs Thompson Brett ins Wohnzimmer führte, vernahm Rose eine Stimme, die der von David unheimlich ähnlich war. Sie ging langsam den Flur entlang zur Tür. Der Chauffeur trug gerade den letzten Koffer herein.

»Ms Cooper, nehme ich an.«

»Nein, Delancey.«

»Entschuldigung, Ms Delancey. Mr Cooper bedankt sich bei Ihnen. Er hat mich gebeten, Ihnen das für die Unkosten zu geben, die Ihnen durch Brett entstehen.« Der Chauffeur reichte Rose einen Umschlag.

»Danke. Möchten Sie eine Tasse Tee und etwas zu essen? Die Rückfahrt ist lang.«

»Nein, Ms Delancey. Danke für das Angebot, aber ich muss gleich wieder los, um fünf Uhr einige Leute vom Flughafen in Leeds abholen.«

»Klingt, als würde David Sie auf Trab halten.«

»Tut er, doch das gefällt mir. Ich arbeite seit fast dreizehn Jahren für ihn und kenne Brett beinahe sein ganzes Leben lang. Er ist ein guter Junge und wird Ihnen keine Probleme bereiten. Vielleicht wirkt er ein bisschen still, aber er hat auch eine schwere Zeit hinter sich. Er hat seine Mutter abgöttisch geliebt. Was für eine Tragödie.«

»Keine Sorge, ich kümmere mich um ihn. Bestimmt kommen wir gut miteinander zurecht. Fahren Sie vorsichtig.«

»Wird gemacht.« Bill tippte an seine Mütze. »Auf Wiedersehen, Ms Delancey.«

Als Rose die Haustür schloss, hörte sie, wie die Limousine sich entfernte. Sie riss das Kuvert auf und fand darin eine Kurzantwortkarte von »Cooper Industries« sowie eintausend Pfund in bar.

»Gütiger Himmel«, flüsterte sie. »Um das zu verbrauchen, muss ich ihm jeden Abend Kaviar und Champagner auftischen.« Rose schob den Umschlag in eine Tasche ihres weiten Rocks. Dabei überlegte sie, wie schnell sie den Handwerker dazu bringen könnte, ihr einen Kostenvoranschlag für das Dach zu machen, und öffnete die Tür zum Wohnzimmer.

Wie Brett sich die ihm unbekannte Tante auch immer vorgestellt haben mochte: Sie sah jedenfalls überhaupt nicht so aus wie die Frau, die gerade eintrat.

Seine Mutter hatte sich stets gefragt, woher Brett die ungewöhnliche rotgoldene Haarfarbe hatte. Nun wusste er es.

Tante Rose war korpulent und trug eine bunte Bluse sowie einen Bauernrock. Brett erkannte, dass sie früher einmal sehr schön gewesen sein musste. Sein Künstlerblick nahm die feinen Züge mit den markanten hohen Wangenknochen wahr. Riesige grüne Augen beherrschten ihr Gesicht, und sie hatte die gleichen vollen Lippen wie sein Vater. Rose lächelte; dabei glänzten ihre ebenmäßigen weißen Zähne. Sie kam ihm bekannt vor. Bestimmt hatte er sie schon einmal gesehen, aber er wusste nicht, wo.

»Hallo, Brett. Ich bin Rose«, begrüßte sie ihn mit wohlklingender dunkler Stimme.

Brett erhob sich. »Sehr erfreut, dich kennenzulernen, Tante

Rose.« Er streckte ihr die Hand hin. Doch statt sie zu ergreifen, umarmte sie ihn fest. Ihm stieg der Duft eines starken Parfüms und von noch etwas anderem in die Nase … ja, der Geruch von Ölfarben. Rose löste sich von ihm, setzte sich aufs Sofa und klopfte auf den Sitz neben sich. Er nahm ebenfalls Platz, und Rose legte ihre Finger auf die seinen.

»Wie schön, dich bei uns zu haben, Brett. Du musst dir merkwürdig vorkommen bei Verwandten, die du nicht kennst. Aber sicher gewöhnst du dich schnell ein. Nach der langen Reise hast du wahrscheinlich Hunger. Möchtest du etwas essen?«

»Nein, danke. Bill hatte einen Picknickkorb für die Fahrt dabei.«

»Vielleicht eine Tasse Tee?«

»Ja, gern.«

»Ich sage Doreen, dass sie welchen machen soll.«

Während Rose in die Küche ging, sah Brett sich in dem Raum um, der vollgestellt war mit alten Möbeln und Nippes. Sein Blick wanderte zu den Gemälden an der Wand …

»Wie lange wart ihr denn unterwegs?«, erkundigte sich Rose, als sie sich wieder neben ihn setzte.

»Ungefähr fünf Stunden. Es war nicht sonderlich viel Verkehr.«

»Vermutlich bist du müde.«

»Ja, schon ein bisschen.«

»Nach dem Tee zeige ich dir dein Zimmer. Momentan ist es im Haus sehr ruhig, weil meine Kinder beim Reiten sind. Vielleicht möchtest du dich vor dem Abendessen hinlegen.«

»Ja, möglich«, meinte Brett.

Kurzes Schweigen.

»Ah, da ist Doreen mit dem Tee. Nimmst du Zucker?«

»Nein, danke, Tante Rose.«

»Nun lass doch das ›Tante‹, ja?« Rose lächelte. »Du bist fast erwachsen, und wenn du das sagst, fühle ich mich uralt. Meine Kinder nennen mich Rose. ›Mutter‹ und ›Mum‹ kann ich nicht leiden.«

Als Rose den Kummer in Bretts Gesicht wahrnahm, biss sie sich auf die Lippe. Dieser schüchterne, nervöse junge Mann, der so offensichtlich nach wie vor um seine Mutter trauerte, hätte sich nicht stärker von dem selbstbewussten, arroganten Jungen unterscheiden können, den sie erwartet hatte.

»Miles und Miranda lernst du heute Abend beim Essen kennen. Sie ist fünfzehn, nur ein paar Monate jünger als du. Ihr solltet eigentlich etwas miteinander anfangen können.«

»Wie alt ist dein Sohn?«

»Miles ist zwanzig und nach seinem zweiten Jahr an der Leeds University gerade zu Hause. Er redet nicht viel, also mach dir keine Gedanken, wenn es eine Weile dauert, bis du ihn besser kennenlernst. Bestimmt kommt ihr gut miteinander aus.« Rose konnte kaum glauben, dass sie dieses Gespräch führte. »Wenn du mit dem Tee fertig bist, führe ich dich nach oben und zeige dir dein Zimmer.«

Brett folgte Rose zwei knarrende Treppen hinauf und einen Flur mit Linoleumboden entlang.

»Da wären wir. Ein schlichtes Zimmer, aber der Blick aus diesem Fenster ist der beste im Haus. Ich lasse dich jetzt auspacken. Wenn du etwas brauchst: Doreen ist für gewöhnlich in der Küche. Wir sehen uns um acht beim Abendessen.« Rose verabschiedete sich mit einem Lächeln und schloss die Tür hinter sich.

Brett sah sich in dem Raum um, der in den folgenden zwei Monaten ihm gehören würde. Darin stand ein Doppelbett mit einem alten Quilt. Das Linoleum auf dem Boden war durchgewetzt, und im Verputz über ihm befanden sich breite Risse. Brett trat ans Fenster und schaute hinaus. Das Nieseln war in Regen übergegangen, graue Wolken umhüllten die Hügel in der Ferne. Er bekam eine Gänsehaut. In dem Zimmer war es kalt, und es roch feucht. Als Brett ein leises Tropfgeräusch hörte, bemerkte er eine kleine Pfütze neben der Tür. Die Zimmerdecke über der Pfütze hing bedrohlich durch.

Brett spürte einen Kloß im Hals. Er fühlte sich verlassen und einsam. Wie hatte sein Vater ihn hierher, an diesen schrecklich trostlosen Ort, schicken können? Er warf sich mit dem Gesicht nach unten aufs Bett und begann zum ersten Mal seit dem Tod seiner Mutter zu weinen.

Er schluchzte eine ganze Weile. Als ihm kalt wurde, schlüpfte er voll bekleidet unter den Quilt und schlief erschöpft ein.

So fand Rose ihn drei Stunden später. Nachdem sie ihn sanft gerüttelt hatte, ohne dass er reagierte, schlich sie auf Zehenspitzen aus dem Zimmer und schloss die Tür.

4

Brett schlug blinzelnd die Augen auf, als die goldenen Strahlen der Sonne durchs Fenster hereindrangen. Kurz wusste er nicht, wo er war. Er setzte sich auf und schaute hinaus ins üppige Grün. War das zu fassen, dass die Sonne eine trostlose Gegend in eine Landschaft so voller Ruhe verwandeln konnte?

Er drehte sich um und streckte sich. Und bemerkte sie.

Sie stand an der Tür, ein Tablett in den Händen. Die junge Frau war groß gewachsen und hatte, schmal wie sie war, etwas von einer Elfe. Die dichten dunkelbraunen Haare reichten ihr bis fast zur Taille. Auch ihre Augen waren tiefbraun und wurden umrahmt von schwarzen Wimpern. Sie hatte ein herzförmiges Gesicht, ungeschminkte rote Lippen und eine kleine Himmelfahrtsnase.

Wie die Sonne Lichter durch ihre Locken tanzen ließ, sah sie so vollkommen aus, dass Brett sich fragte, ob er eine Vision der Madonna vor sich habe. Doch Madonnen hielten für gewöhnlich keine Frühstückstabletts in Händen und trugen auch keine Sweatshirts oder Jeans. Also musste sie real sein. Sie war das hübscheste Mädchen, das er je gesehen hatte.

»Hallo«, begrüßte sie ihn schüchtern. »Mum meint, du könntest Hunger haben.«

Sie sprach mit weichem Yorkshire-Akzent. Aha, Miranda, dachte Brett. Wow, zwei Monate in ihrer Gesellschaft! Vielleicht würden diese Ferien doch nicht ganz so schlimm werden wie befürchtet.

»Das ist sehr nett von ihr. Ja, ich habe tatsächlich einen Bärenhunger. Das Abendessen gestern habe ich wohl verschlafen.«

Sie lächelte. Dabei kamen ihre makellosen perlweißen Zähne zum Vorschein. »Ich stelle das Tablett aufs Fußende des Betts. Unter dem umgedrehten Teller sind Eier und Speck. Dazu gibt's Toast und Tee.«

Brett beobachtete, wie sie sich ihm anmutig näherte.

»Danke, Miranda. Ich bin übrigens Brett.«

Sie runzelte die hübsche Stirn und schüttelte den Kopf. »Aber ich bin nicht …«

»Habe ich da gerade meinen Namen gehört?« Eine junge Frau mit glänzend blonden Haaren, enger Reithose und tief ausgeschnittenem T-Shirt stürmte zur Tür herein. Sie wäre sehr hübsch gewesen, hätte sie ihr Gesicht nicht mit wenig dezentem Make-up zugekleistert. Sie eilte zu Brett und ließ sich auf die Bettkante fallen, sodass das Tablett herunterrutschte und das Porzellan klirrend zerbarst.

»Verdammter Mist! Wer hat das Ding da hingestellt? Mach das sauber, ja, Leah?« Sie schenkte Brett ein Lächeln, während das andere Mädchen in die Hocke ging. »Ich bin Miranda Delancey, deine Cousine oder eher Stiefcousine. Die gute alte Rosie hat mich nämlich adoptiert, als ich klein war.«

Brett fühlte sich unwohl. Er beobachtete, wie das Mädchen namens Leah sich abmühte, die Scherben mitsamt dem Chaos aus Speck und Eiern aufzusammeln.

»Schön, dich kennenzulernen«, sagte er zu Miranda und stand auf. »Komm, ich helfe dir.« Er kniete neben Leah nieder.

»Lass sie das erledigen. Sie wird dafür bezahlt.« Miranda schwang die Beine aufs Bett.

Brett nahm einen Anflug von Ärger in Leahs Blick wahr, als er ihr die letzte Scherbe reichte.

»Fertig.« Brett richtete sich auf.

»Ich hole Besen und Putzlappen von unten. Willst du dein Frühstück hier oben essen?«

Als Brett in Leahs klare Augen schaute, war Frühstück das Letzte, woran er dachte. »Nein, ich komme runter.«

Leah nickte, nahm das Tablett in die Hand und verließ das Zimmer.

»Wer ist sie?«, fragte Brett Miranda.

»Leah Thompson, die Tochter der Haushälterin. In den Ferien hilft sie hier«, antwortete Miranda abschätzig. »Aber nun zu wichtigeren Dingen, zum Beispiel zu der Frage, was du und ich heute machen. Rosie hat mich zur Leiterin des Brett-Cooper-Unterhaltungskomitees ernannt, und ich werde dafür sorgen, dass du keine Minute allein bist.«

Brett verblüffte ihre zupackende Art. Er war nicht an Mädchen seines Alters gewöhnt, weil er eine Jungenschule besuchte und den größten Teil seiner Ferien in Gesellschaft von Erwachsenen verbrachte. Als Miranda ihn von oben bis unten musterte, spürte er, wie er rot wurde.

»Und? Was willst du heute unternehmen?«

»Ich … na ja …«

»Kannst du reiten?«

Brett schluckte. »Ja.«

»Wunderbar. Wenn du so weit bist, gehen wir rüber zum alten Morris, holen uns zwei Pferde und machen einen schönen langen Ausritt zum Moor. Dabei können wir uns ein bisschen kennenlernen.« Miranda fuhr sich durch die Haare und sah ihn an.

»In Ordnung. Äh, könntest du mir sagen, wo das Bad ist? Ich denke, ich sollte mich waschen und umziehen.«

»Den Flur runter, die zweite Tür links. Was war denn gestern Abend mit dir los? Ich hab mich eigens fürs Essen hübsch gemacht.«

»Ich … ich war müde von der Fahrt, denke ich.«

»Hoffentlich schläfst du nicht immer in deinen Klamotten.« Miranda sprang vom Bett. »Ich warte unten auf dich. Aber brauch nicht zu lang, ja?« Sie verschwand aus dem Zimmer.

Brett trottete den Gang entlang, fand das Bad und drehte die Wasserhähne auf. Das Wasser kam stoßweise und hatte eine merkwürdig gelbe Farbe.

Er zog seine zerknitterten Sachen aus und kletterte in die Wanne. Dabei versuchte er, die sandige braune Schicht am Boden der uralten Metallwanne zu ignorieren. Vor seinem geistigen Auge sah er Leah in der Tür zu seinem Zimmer stehen. Brett war tief enttäuscht darüber, dass sie nicht das Mädchen war, mit dem er die Ferien verbringen würde.

Zwanzig Minuten später aß er in der gemütlichen Küche Speck und Eier von einem großen Teller. Miranda plapperte ohne Unterlass von ihren Plänen für die kommenden zwei Monate, und Leah half ihrer Mutter beim Abtrocknen.

»Machen wir uns auf den Weg«, sagte Miranda. »Bis zur Farm ist es nur ein knapper Kilometer. Wenn du willst, können wir das Fahrrad nehmen.«

»Nein, ein Spaziergang würde mir guttun.«

Miranda ging ihm voran zur Küchentür, wo Brett stehen blieb und sich umdrehte. »Tschüs, Leah. Bis später.«

»Tschüs, Brett.«

»Meinst du nicht, ich sollte Tante … äh … Rose noch einen guten Morgen wünschen?«, fragte Brett Miranda, die schnellen Schrittes den Hügel hinuntermarschierte.

»Himmel, nein. Die hat sich in ihrem Atelier vergraben, da darf man sie nicht stören. Sie kommt bloß zum Essen raus.«

»Was für ein Atelier?«

»Ach, das weißt du nicht? Rosie war vor Urzeiten mal eine berühmte Malerin. Sie hat Ewigkeiten nichts produziert, aber vor zwei Jahren hat sie dann eins der unteren Zimmer ausgeräumt und in ein Atelier umgewandelt. Nächstes Jahr macht sie eine Ausstellung in London. Ihr großes Comeback oder so. Ich persönlich halte das ja für Zeitverschwendung. Wer soll sich nach zwanzig Jahren noch an sie erinnern?« Miranda rümpfte die Nase.

Auf dem Weg die Anhöhe hinunter fügten sich die Puzzleteile für Brett zu einem Bild. Der Geruch nach Ölfarbe, als er Rose umarmt hatte, die Gemälde an den Wänden des Wohnzimmers und Roses Gesicht … natürlich!

»Ist Roses Familienname Delancey?«

Miranda nickte. »Ja, warum?«

»Deine Mutter war vor zwanzig Jahren der Star der Kunstwelt, angeblich die berühmteste Malerin Europas, doch dann ist sie plötzlich von der Bildfläche verschwunden.«

Miranda rümpfte noch einmal die Nase. »Ich kann ihre Bilder nicht ausstehen. Die sind seltsam. Aber du scheinst eine Menge über sie zu wissen. Du interessierst dich für Kunst?«

»Ja.« Brett war aufgeregt, jedoch auch verwirrt. Warum hatte sein Vater nie erwähnt, dass Rose Delancey seine Schwester war? Darauf konnte man doch stolz sein, oder?

»Bestimmt kann Rosie ein paar Sekunden ihrer wertvollen Zeit erübrigen und sich mit dir über ihr Lieblingsthema unterhalten. Wie gut reitest du? Der Wallach ist ein tolles Pferd, nur leider unberechenbar, und die Stute … Wenn dir ein gemütlicher Ausritt vorschwebt, solltest du die nehmen.«

Mittlerweile hatten sie die Ställe erreicht, wo Miranda ihn an den Boxen entlangführte.

»Für mich die Stute, danke, Miranda.«

Kurz darauf waren die Pferde gesattelt und das Picknick, das Mrs Thompson für sie vorbereitet hatte, in der Satteltasche des Wallachs verstaut. Die beiden trabten los in Richtung Hochebene.

»Kaum zu glauben, dass dies derselbe Ort ist, an dem ich abends angekommen bin. Ich glaube, so deprimiert wie gestern war ich noch nie. Alles war so schwarz und düster.«

»So ist das hier oben. Das Wetter kann sich von einer Minute auf die nächste ändern. Es ist erstaunlich, wie anders die Gegend aussieht, wenn die Sonne scheint«, pflichtete Miranda ihm bei.

»Wem gehört denn all der Grund?«, erkundigte sich Brett.

»Hauptsächlich Farmern. Sie lassen ihre Schafe darauf grasen.«

»Er scheint sich endlos zu erstrecken.« Brett ließ den Blick über das Tal schweifen, während sie aufs offene Weideland ritten und einen Hügel erklommen.

»Stimmt. Da drüben auf der anderen Seite vom Stausee liegt das Black Moor. Es reicht bis fast nach Haworth, das ist knapp fünf Kilometer weg. Im Winter wird's hier oben ziemlich trostlos. Wir waren schon oft eingeschneit.«

Plötzlich begann Brett, sich wohlzufühlen, und er freute sich, hergekommen zu sein. Er konnte es kaum erwarten, zu seiner Tante zurückzukehren und sich mit ihr zu unterhalten.

»Puh.« Miranda wischte sich den Schweiß von der Stirn. »Heute ist es ganz schön heiß. Oben machen wir eine Rast und trinken was.«

»Gut.«

Eine Viertelstunde später waren Wallach und Stute angebunden, und Brett und Miranda lagen auf der Anhöhe im struppigen Gras und tranken Cola.

»Schau mal!« Unvermittelt schoss Miranda hoch. »Da unten auf dem Pferd, das ist Miles.«

Brett setzte sich auf und blickte in die Richtung, in die Miranda zeigte. In der Ferne sah er eine kleine Gestalt auf einem großen schwarzen Pferd.

»Wenn er von der Uni nach Hause kommt, reitet er die meiste Zeit übers Moor«, erklärte Miranda mit Wehmut in der Stimme.

»Was studiert er?«

»Geschichte. Er fehlt mir sehr, wenn er nicht da ist.« Miranda zupfte an einem Grasbüschel. »Als er noch bei uns war, haben wir viel Zeit miteinander verbracht. Miles ist anders als die meisten Leute … sehr still …« Ihr ernster Gesichtsausdruck wich einem Lächeln. »Ich mag lebhafte Menschen, jede Menge Lärm und Action, weißt du? Sobald ich mit der Schule fertig bin, geh ich nach London. Hier ist es so langweilig – bei uns passiert nie was!«

»Mir gefällt die Gegend ziemlich gut«, murmelte Brett.

»Ja, aber du musst ja auch nicht hier leben. Bestimmt bist du sonst die ganze Zeit auf tollen Partys und in schicken Restaurants.«

Brett musste daran denken, wie er bei offiziellen Anlässen von David Cooper vorgeführt wurde und sich danach sehnte, nach Hause zu kommen und den starren, förmlichen Anzug ausziehen zu können, den er seinem Vater zuliebe tragen musste.

»Das ist alles gar nicht so beeindruckend, wie die Leute denken, Miranda.«

»Aber ich möchte es selber erleben. Eines Tages will ich superreich sein, dann kann ich mir alles kaufen, was ich mir wünsche. Ich hätte einen ganzen Raum voll mit Designerklamotten und dazu passenden Schuhen, ein riesiges Haus und einen Rolls-Royce und …«

Brett legte sich ins Gras zurück. Warum, fragte er sich, glaubte die ganze Welt, Geld mache glücklich? Er wusste, dass dem nicht so war.

Später ritten sie zurück zu den Stallungen und gingen das letzte Stück zu Fuß nach Hause.

In der Küche bereitete Mrs Thompson gerade das Abendessen zu.

»Na, war's ein schöner Ausritt?«, erkundigte sie sich freundlich.

»Danke, sehr schön«, antwortete Brett.

»Mrs Delancey möchte heute Abend wieder ins Esszimmer, weil dir das gestern entgangen ist. Um acht. Wie wär's jetzt mit einer Tasse Tee?«

Um acht Uhr betrat Brett das Esszimmer. Da sich niemand darin aufhielt, setzte er sich in einen alten Ledersessel an den großen Sprossenfenstern.

Da kam Leah mit einem Tablett voll Suppenschalen herein, die sie auf den zerkratzten Eichenholztisch stellte.

»Lass dir helfen, Leah«, sagte Brett und stand auf.

»Nein, ich schaffe das schon. Mrs Delancey kommt gleich.« Sie wirkte nervös.

»Wohnst du hier, Leah?«

»Nein, nein, ich wohne mit meiner Mum und meinem Dad im Ort.«

»Verstehe. Miranda hat mir heute erzählt, dass Haworth nicht weit weg ist. Ich würde mir gern das Pfarrhaus dort ansehen, wo die Brontës lebten.«

Leahs Augen begannen zu leuchten. »Ja, das musst du unbedingt machen. Ich war schon oft dort und habe alle ihre Bücher gelesen. Sie sind wunderbar.«

»Das finde ich auch. Welchen Roman magst du am liebsten?«

»*Sturmhöhe*«, antwortete Leah wie aus der Pistole geschossen. »Was für eine romantische Geschichte.« Sie wurde rot, wollte den Raum verlassen.

Er legte eine Hand auf ihren Arm, um sie aufzuhalten. »Du scheinst dich auszukennen. Vielleicht könntest du mich mal hinbringen und mir alles zeigen.«

Sie blickte ihn an, zögerte kurz und lächelte dann. »Wenn du möchtest, Brett.«

»Ja, unbedingt.«

Da tauchte Rose an der Tür zum Esszimmer auf, und Leah huschte hinaus. Rose setzte sich ans Kopfende des Tisches.

»Na, Brett, ausgeschlafen? Fühlst du dich jetzt besser?«, fragte sie augenzwinkernd.

»Viel besser. Tut mir sehr leid wegen gestern Abend. Keine Ahnung, was mich umgehauen hat.«

»Schätze, die Yorkshire-Luft. Miranda sagt, ihr habt heute einen Ausritt gemacht. Der scheint dir gutgetan zu haben. Gestern bei deiner Ankunft warst du sehr blass. Hast du dich schon ein bisschen eingewöhnt?«

»Ja, danke.«

»Entschuldige die undichte Stelle in deinem Zimmer. Morgen kommt ein Handwerker und schaut sie sich an. Ich fürchte, das ganze Dach muss ersetzt werden.«

»Kein Problem«, meinte Brett höflich. »Miranda hat mir heute erzählt, dass du wieder mit dem Malen angefangen hast. Ich kenne deine Werke aus den Fünfzigerjahren und wollte fragen, ob ich mir irgendwann deine neuen Bilder ansehen könnte.«

Rose strahlte. »Natürlich. Du interessierst dich also für Kunst?«

»Sogar sehr. Ich dachte, du heißt mit Nachnamen Cooper wie Dad und nicht Delancey.«

»Ich war lange nicht mehr im Kunstbetrieb aktiv und fühle mich geschmeichelt, dass du meine Arbeiten kennst. Wenn du mich nach dem Essen ins Atelier begleiten möchtest, zeige ich dir, was ich bisher für die Ausstellung gemalt habe.«

»Gern. Ich begreife nicht, warum Dad dich nie zuvor erwähnt hat. Er weiß doch, dass ich mich für Kunst interessiere.«

In dem Moment, in dem Rose den Mund aufmachte, um etwas zu erwidern, kam Miranda zur Tür hereingesprungen. »Hallo, ihr beiden.« Sie trug den engen roten Minirock und das Käseleinentop. Miranda nahm auf der einen Seite des Tisches Platz und klopfte auf den Stuhl neben sich. »Setz dich zu mir, Brett.«

Brett tat ihr widerwillig den Gefallen, und Rose gab ein amüsiertes Geräusch von sich. »Miranda, also wirklich …«

Da ertönte eine tiefe Stimme von der Tür. »Entschuldigt, dass ich so spät dran bin. Hallo, allerseits. Hoffentlich habt ihr nicht mit dem Essen auf mich gewartet.«

Als Brett den jungen Mann sah, dem die Stimme gehörte, kam ihm die Unterhaltung mit Leah in den Sinn, denn mit seiner groß gewachsenen Gestalt, seinen schwarzen Haaren und den dunklen Augen erinnerte er ihn an Emily Brontës Heathcliff. Brett verfolgte, wie Miles seiner Mutter einen Kuss gab, sich neben sie an den Tisch setzte und einen Blick mit Miranda wechselte.

Brett fiel auf, wie attraktiv Miles war, und er spürte eine Wildheit in ihm. Die beiden musterten einander eine Weile, bevor Miles Brett mit einem breiten, freundlichen Lächeln die Hand über den Tisch hinstreckte.

»Ich bin Miles Delancey. Freut mich, dich kennenzulernen, Brett.« Einen Moment lang spürte Brett Miles' Kraft, als dieser seine Hand ergriff und kurz darauf wieder losließ.

»Die Freude ist ganz meinerseits.«

Da betrat Leah den Raum mit der Suppenterrine. Brett beobachtete, wie sie Rose bediente, und merkte, dass er nicht der Einzige war. Auch Miles folgte Leah mit den Augen, als sie sich um den Tisch herumbewegte. Brett ahnte die leichte Nervosität Leahs, als sie zu Miles trat. Miles starrte sie an, während sie ihm die Suppe servierte.

»Wie geht's dir, Leah? Seit unserer letzten Begegnung scheinst du ganz schön erwachsen geworden zu sein«, sagte er, und Brett nahm wahr, wie sie kaum merklich zusammenzuckte.

»Mir geht es gut, danke, Miles.« Leah entfernte sich mit der leeren Terrine hastig in Richtung Tür. Endlich wandte Miles den Blick ab.

»Fangt an«, forderte Rose sie auf und nahm den Löffel in die Hand.

»Euch ist schon klar, was für ein großes Ereignis am dreiundzwanzigsten Juli ins Haus steht, oder?«, meinte Miranda. »Ich werde sechzehn, und wir wissen ja alle, was für ein wichtiger Geburtstag das ist. Rose, liebste Rose, könnte ich eine klitzekleine Party veranstalten?«

Rose wirkte skeptisch. »Miranda, ich habe gerade so viel um die Ohren, da brauche ich nicht auch noch ein Haus voller Teenager.«

»Miles hast du bei seinem sechzehnten Geburtstag gefragt, ob er ein Fest will.« Mirandas Augen funkelten vor Zorn.

Rose wusste, dass ihr keine Wahl blieb.

»Na schön, Miranda, an dem Samstagabend kannst du ein paar Freunde einladen.«

»Danke, danke, danke, Rose. Da hättest du nicht zufällig Lust, ins Kino zu gehen?«

Roses Miene machte klar, dass sie das nicht vorhatte, und Miranda war klug genug, nicht weiter in sie zu dringen.

Sie wechselte die Taktik. »Mrs Thompson und Leah können was zu essen herrichten und es servieren, ja?«

»Findest du nicht, du solltest Leah zu der Party einladen? Schließlich ist sie in der Schule in derselben Jahrgangsstufe wie du«, meinte Miles.

Miranda sah Miles an, der ihr zulächelte, und nickte sofort. »Natürlich. Ich muss mir ein neues Kleid kaufen, und ich glaube, ich lass mir die Haare schneiden wie Farrah Fawcett-Majors …«

Miranda plapperte das ganze Essen über fröhlich vor sich hin, während Miles schwieg. Nach dem Dessert stand er vom Tisch auf.

»Entschuldigt mich. Ich habe zu tun. Gute Nacht.« Mit diesen Worten verließ er den Raum.

»Muss Miles lernen?«, erkundigte sich Brett höflich.

»Nein«, antwortete Rose. »Seine große Leidenschaft ist die Fotografie. Die meiste Zeit macht er Bilder vom Moor. Eines der kleineren Zimmer oben hat er in eine Dunkelkammer umfunktioniert. Wahrscheinlich will er da hinauf. Einige seiner Fotos sind wirklich sehr gut.«

»Die würde ich mir gern anschauen.«

»Da musst du Miles fragen. Wie sieht's aus? Möchtest du jetzt mit mir ins Atelier?«

»Ja, sehr gern!«

Sofort mischte sich Miranda ein. »Ach, Brett, ich wollte dir doch das ABBA-Album vorspielen, das ich am Samstag gekauft habe.«

»Das kann Brett sich auch ein andermal anhören.« Rose ging zur Tür. Brett folgte ihr und bedachte die verärgerte Miranda mit einem gezwungenen Lächeln.

Im Atelier knipste Rose das Licht an. Brett atmete den vertrauten, tröstlichen Geruch von Farbe und Waschbenzin ein. Der Raum war nicht sonderlich groß, überall lehnten Leinwände. Dazu auf einer Werkbank die üblichen Malutensilien: Pinsel, Paletten und Farbtuben.

Brett trat an eine große Staffelei mit Leinwand und betrachtete die breiten schwarzen Pinselstriche darauf. Eindeutige Formen konnte er nicht erkennen.

»Vergeude nicht die Zeit mit dem Bild. Das habe ich erst heute Nachmittag angefangen. Schau dir lieber eines der fertigen an.« Rose holte eine Leinwand heran.

Dieses Gemälde würden Kunstkenner jederzeit Rose Delancey zuordnen, das war Brett klar. Der realistische Stil war nach wie vor ausdrucksstark, obwohl die Farben sanfter und gedämpfter wirkten als die der harten, manchmal sogar furchteinflößenden Bilder, die Rose berühmt gemacht hatten.

»Na, gefällt es dir?«, fragte sie gespannt.

Brett fand es seltsam, dass die große Rose Delancey ihn nach seiner Meinung über ein Werk von ihr fragte. Der Realismus war nicht sein Stil – er orientierte sich eher an den englischen Impressionisten –, doch er hatte Roses Gemälde stets ihrer Kraft und Individualität wegen bewundert, die auch dieses besaß.

»Es ist wunderschön, Rose. Anders als deine früheren, aber es hat etwas Subtiles, das zu näherem Hinsehen animiert.«

Rose seufzte erleichtert. »Danke, Brett. Diese Bilder habe ich noch niemandem sonst gezeigt. Es mag albern klingen, doch ich hatte Angst, dass ich meine Gabe verloren haben könnte.«

»Ganz sicher nicht. Keine Ahnung, wie zutreffend mein Anfängerurteil ist, aber dieses Gemälde kannst du auf jeden Fall Experten präsentieren. Zeigst du mir auch die anderen?«

Die folgende Stunde beschäftigten sie sich mit acht weiteren fertiggestellten Werken. Rose erklärte jedes im Detail, und zusammen analysierten sie Farbe und Form. Rose gestand Brett, sie habe das Gefühl, sich von dem Realismus zu entfernen, dessentwegen sie berühmt geworden sei.

»Es ist wirklich seltsam«, meinte sie. »In jungen Jahren habe ich dezidiert gegenständlich gemalt und beinahe zu romantische Sujets gewählt. Dann, als ich älter wurde, sah ich nur noch die kalten, harten Risse und Kanten und wollte sie betonen. Am Royal College of Art kam ich mit den Kitchen-Sink-Malern in Kontakt und wurde stark von Frank Auerbach und Leon Kossoff und Graham Sutherland beeinflusst. Doch seit ich mich wieder der

Malerei zugewandt habe, ist dieses Gefühl verschwunden. Nun möchte ich den Menschen auch Schönheit zeigen.«

»Das wird dir gelingen, Rose.«

Lächelnd wandte sie sich Brett zu. »Bestimmt langweile ich dich. Entschuldige. Komm, lass uns in die Küche gehen und einen Kaffee trinken, ja?«

Brett half Rose, die Bilder wieder an die Wand zu lehnen.

»Warum hast du mit dem Malen aufgehört?«, fragte Brett beim Kaffee.

Roses Miene verdüsterte sich. »Das ist eine lange Geschichte. Sagen wir einfach, ich war ausgelaugt und glaubte, nichts mehr auf die Leinwand bringen zu können. Ich hatte sehr jung Erfolg. Das ist ungewöhnlich in unserem Metier.« Sie seufzte. »Eines Morgens bin ich aufgewacht und wollte nicht weitermachen.«

»Und es hat fast zwanzig Jahre gedauert, bis der Drang zu malen sich wieder gemeldet hat?«

»Ja. Aber jetzt habe ich viel mehr Freude daran. Damals bin ich mir vorgekommen wie eine Maschine, die ein Werk nach dem anderen produziert, um die Abgabetermine bei Galerien und Sammlern einzuhalten. Nun erwartet niemand mehr etwas von mir, ich befriedige nur noch mein eigenes Bedürfnis zu malen.«

»Bestimmt hattest du kein Problem, dir eine Ausstellung in einer Galerie zu sichern«, meinte Brett.

»Letztlich war es Zufall. Ich hatte letztes Jahr wieder mit dem Malen begonnen und gerade mein erstes Werk vollendet, als ich einen Anruf von einem alten Freund erhielt, der damals mit mir auf der Kunstakademie war. Er eröffnet im nächsten Jahr eine Galerie in London. Ich habe ihm erzählt, dass ich wieder male, und er hat mir sofort angeboten, bei ihm auszustellen. Zuerst habe ich Nein gesagt, doch nachdem das zweite Bild fertig war, habe ich mir gedacht: Warum eigentlich nicht?« Rose senkte den Blick. »Am Ende geht's auch ums Finanzielle. Dieses Haus verschlingt Unsummen, und mein Konto ist leer. Ich muss Geld verdienen, und Malen ist das Einzige, was ich gut kann.«

»Das Interesse wird mit Sicherheit riesig sein.«

»Danke für deine Zuversicht, Brett, aber die Öffentlichkeit vergisst schnell. Doch genug von mir. Interessierst du dich immer schon für Kunst?«

»O ja. Sie ist … früher mein Hobby gewesen«, stotterte Brett.

»Ich finde, du bist zu jung, um dich schon aufs Altenteil zurückzuziehen«, meinte Rose lachend.

Brett versuchte, eine einfache Erklärung dafür zu finden, warum er sich bemüht hatte, seine künstlerischen Ambitionen zu vergessen. Er wollte von dem Bild seiner Mutter erzählen und dass er sich nicht mehr vorstellen konnte zu malen, weil ihm alles so hoffnungslos erschien.

»Mein Vater ist nicht gerade erfreut über meinen Wunsch, Künstler zu werden. Er hat meine Zukunft komplett durchgeplant. Zuerst Cambridge, und dann soll ich in sein Unternehmen einsteigen, um alles darüber zu lernen und es übernehmen zu können, wenn er in den Ruhestand geht. Meine Mutter kannte meinen Traum von der Kunstakademie und hatte vor, mit meinem Vater darüber zu reden, wenn die Zeit reif wäre. Aber jetzt …« Brett zuckte mit den Schultern. Er wirkte so traurig, dass Rose die Hand über den Tisch ausstreckte und die seine ergriff.

»Egal, wie deine Probleme aussehen – und glaube mir, kein erfolgreicher Künstler hat die am Anfang nicht –, du musst weitermalen. Vielleicht spendet es dir sogar Trost. Bei mir war es jedenfalls so.«

»Was für einen Sinn sollte das haben? Mein Vater …«

»Er ist ein vielschichtiger Mensch. Ich weiß besser als jeder andere, wie er sein kann.« Rose schwieg kurz und senkte den Blick auf ihre Kaffeetasse. »Halte trotzdem an deinem Traum fest.« Sie schlug sich mit den Händen auf die Oberschenkel. »Ich glaube, es wird Zeit, ins Bett zu gehen. Komm morgen in mein Atelier, dann gebe ich dir eine Staffelei, Farbe und Papier. Verbring doch ein bisschen Zeit auf dem Moor. Das bietet jede Menge herrliche Motive zum Zeichnen. Ich möchte doch sehen, ob du mir gefährlich werden kannst!« Rose stand auf. »Gute Nacht, Brett. Schlaf gut.«

Brett blieb noch eine ganze Weile allein in der Küche sitzen, bevor er nach oben ging.

Da waren so viele Dinge, die er gern von Rose erfahren hätte. Zum Beispiel wollte er wissen, warum ihm seine Tante bislang vorenthalten worden war, aber Roses trauriger Blick, als sie über ihren Bruder sprach, hatte ihn daran gehindert, ihr diese Frage zu stellen.

Brett löschte das Licht auf dem Nachtkästchen.

Rose hatte recht. Er musste weitermalen. Obwohl sie ihm nicht von den Problemen in ihrer Jugend erzählt hatte, spürte er, dass da welche gewesen waren. Hatte die Abneigung seines Vaters gegen seine künstlerische Ader am Ende etwas mit Rose zu tun?

Dieses Rätsel galt es zu lösen, doch bis zu seiner Aufklärung musste er malen.

Und er wusste schon, mit welchem Modell er beginnen wollte.

5

»Heute musst du dich allein beschäftigen, Brett, Darling. Ich fahre nach York. Da will ich mir was Spektakuläres zum Anziehen für die Geburtstagsparty zu meinem Sechzehnten kaufen und mir die Haare machen lassen. Außerdem hab ich es sowieso satt, auf einem Haufen Schafskacke zu sitzen, während du irgendeinen öden Ausblick zeichnest.«

Brett seufzte erleichtert. Miranda bei der Arbeit neben sich zu haben, irritierte und lenkte ihn ab. Doch abgesehen davon war er seit dem Tod seiner Mutter nicht mehr so glücklich gewesen wie in den vergangenen zehn Tagen. In der Zeit hatte er vier Bilder fertiggestellt. Seiner Lieblingstätigkeit in der frischen Luft des Nordens nachzugehen, hatte eine heilsame Wirkung auf ihn.

Miranda stand vom Küchentisch auf. »Bin zum Essen wieder da. Bis später.«

Als Miranda weg war, drehte sich Brett verstohlen um und beobachtete, wie Leah mit ihrer Mutter schweigend das Geschirr spülte.

In Anwesenheit von Miranda, die sich als fähiger Wachhund erwies, hatte er wenig Gelegenheit gehabt, mit Leah zu sprechen. Deshalb durfte er sich diese Chance nicht entgehen lassen.

»Ich würde mir heute gern das Pfarrhaus in Haworth ansehen. Leider weiß ich nicht, wie ich dorthin komme.«

»Das ist einfach. Sie nehmen die Worth Valley Railway vom Bahnhof im Ort. Die Fahrt nach Haworth dauert nicht mal zehn Minuten und ist wunderschön. Wenn Sie sich beeilen, erwischen Sie noch den Zug um zehn«, antwortete Mrs Thompson.

»Danke. Meinen Sie, ich könnte Leah entführen? Sie scheint

sich gut mit den Brontës auszukennen, und ich möchte nicht, dass mir etwas entgeht.«

Mrs Thompson runzelte die Stirn. »Hm, Mr Brett. Wir müssen oben noch sämtliche Betten beziehen, und …«

»Ach, bitte, Mum. Du weißt, wie sehr ich Haworth liebe«, bettelte Leah.

Mrs Thompson rief sich ins Gedächtnis, wie fleißig ihre Tochter in den vergangenen beiden Wochen gewesen war. Sie hatte sich eine Belohnung verdient.

»Na schön, Liebes. Solange du um vier wieder da bist und das Essen für Dad machst. Hast du Geld für die Zugfahrt?«

»Machen Sie sich darüber keine Gedanken, Mrs Thompson. Selbstverständlich übernehme ich die Kosten. Schließlich möchte ich ja, dass Leah mich begleitet.«

»Ich habe genug Geld, Mum. Danke.« Leah strahlte.

»Wenn ihr den Zehn-Uhr-Zug erreichen wollt, solltet ihr euch aber wirklich sputen.«

Wenige Minuten später eilten sie den Hügel hinunter in Richtung Ort. Nun, da Brett tatsächlich mit Leah allein war, hatte er keine Ahnung, was er mit ihr reden sollte.

Ihnen blieb gerade genug Zeit, an dem malerischen kleinen Bahnhofsschalter die Tickets zu kaufen. Im Zug öffnete Brett die Tür zu einem Abteil voll deutscher Touristen, wo er für sie beide Sitzplätze ergatterte.

Er konnte nicht anders, als immerzu Leah neben sich anzustarren und ihr schönes Profil zu bewundern. Sie blickte zum Fenster hinaus. Während der Fahrt schwiegen sie, und Brett merkte, dass Leah genauso schüchtern war wie er.

Nach ihrer Ankunft in Haworth bewegten sie sich mit den Massen die Straße entlang zur Ortsmitte.

»Hier lang«, sagte Leah, und Brett folgte ihr, als sie anmutig das steile Kopfsteinpflaster der High Street entlangging, in der sich die Menschen vor den zahlreichen Geschenk- und Souvenirläden drängten.

»Wahrscheinlich müssen wir warten. Sie lassen immer nur eine begrenzte Anzahl von Besuchern hinein«, erklärte Leah.

Brett nickte. Ihm war klar, wie dumm er sich anstellte, denn ihm fiel nach wie vor kein Gesprächsstoff ein. Leah führte ihn am oberen Ende der High Street einige Stufen hinauf und einen schmalen Pfad entlang, auf dessen linker Seite sich ein Friedhof befand.

»Da wären wir. Ist es nicht wunderschön?«

Das Pfarrhaus erhob sich stolz im strahlend goldenen Sonnenschein. Brett fiel es schwer zu glauben, dass sich darin solche Tragödien abgespielt hatten.

Die Schlange war nicht so lang, wie von Leah befürchtet, und so betrachteten sie bereits zehn Minuten später im Wohnzimmer die Chaiselongue, auf der Emily Brontë ihren letzten Atemzug getan hatte.

Nun wurde Leah lebhaft. Sie zeigte Brett Raum um Raum und erzählte ohne Unterlass. Auch Brett entspannte sich, stellte Leah Fragen und erhielt interessante Antworten.

»Kaum zu glauben, dass Charlotte Brontë so klein gewesen sein soll. Das Kleid sieht aus wie das einer Puppe! Verglichen mit ihr komme ich mir vor wie eine Giraffe.«

Sie standen vor einer Vitrine mit Gegenständen, die angeblich der berühmten Charlotte gehört hatten.

»Ich kann dir versichern, dass du nicht wie eine Giraffe aussiehst, Leah«, erwiderte Brett schmunzelnd, und Leah wurde tiefrot.

Eine Stunde später erreichten sie den Souvenirshop, wo Brett einen Stapel Postkarten kaufte, die er Schulfreunden schicken wollte.

»Jetzt würde ich meine kenntnisreiche Reiseleiterin gern zum Lunch einladen. Kannst du ein Restaurant empfehlen?«

Leah sah ihn verständnislos an. Wenn sie sonst hier war, hatte sie immer Sandwiches dabei, und außerdem war sie noch nie in einem Lokal gewesen.

»Eher nicht.«

»Kein Problem. Gehen wir einfach die High Street runter und schauen, was wir dort finden.«

Am Ende landeten sie im Stirrup Café, wo es zum Lunch typische Gerichte aus Yorkshire gab. Sie suchten sich einen Tisch im hinteren Teil des vollen Raums und bestellten. Leah kam sich sehr vornehm vor.

»Sag, was macht dein Vater?«, erkundigte sich Brett.

»Nichts. Er hat schweres Rheuma und kann nicht laufen.«

»Das tut mir leid.«

Leah winkte ab. »Schon okay. Er ist der optimistischste Mensch, den ich kenne.«

Die Kellnerin brachte zwei Cola, und Leah und Brett tranken einen Schluck.

»Arbeitest du in den Ferien immer für Rose?«

»Nein. Nur wegen der Ausstellung und weil du da bist.«

»Oje, tut mir leid, dass ich dir die Ferien verderbe.«

»Nein, so habe ich das nicht gemeint. Wir brauchen das Geld, und …« Leah verstummte. Miranda hatte erwähnt, wie reich Bretts Vater war. Brett würde das nicht verstehen. Also fragte sie: »Gefällt es dir bei uns?«

»Sehr. Besonders heute. Danke, dass du mich begleitet hast. Ich hatte schon die ganze Zeit gehofft, mit dir reden zu können, aber Miranda …« Nun verstummte auch Brett.

»Sie ist sehr hübsch, nicht?«

Brett schmunzelte. »Ja, wenn einem so etwas gefällt.« Er holte tief Luft. »Dich finde ich viel hübscher.«

Leah senkte den Blick und errötete erneut. In dem Moment servierte die Kellnerin zwei Portionen Shepherd's Pie und ersparte ihr damit eine Erwiderung.

»Köstlich.« Brett machte sich hungrig darüber her. »Hier verstehen sie wirklich was vom Kochen. Als mein Vater mir gesagt hat, dass ich den Sommer bei euch verbringen soll, wollte ich eigentlich nicht, aber jetzt bin ich sehr froh, da zu sein. Es ist wirklich ein schönes Fleckchen Erde.«

»Ja.« Neben diesem Jungen, der so vornehm redete, fühlte Leah sich jung und naiv. Kaum zu glauben, dass er nur ein paar Monate älter war als sie.

»Könnten wir nach dem Essen noch irgendetwas anderes unternehmen? Ich würde gern einen Spaziergang machen.«

»Wir könnten hinter dem Pfarrhaus hochgehen. Dann gäbe es noch die Ruinen von Top Withens. Das Farmhaus war angeblich das Vorbild für das in Emily Brontës *Sturmhöhe*. Aber das schaffen wir nicht, das ist zu weit weg.«

»Schauen wir einfach mal, wie weit wir kommen«, sagte Brett achselzuckend. Verzweifelt suchte er nach Möglichkeiten, den Tag mit Leah zu verlängern.

Sie kehrten zum Pfarrhaus zurück und marschierten weiter zum Haworth Moor. Wieder verfielen sie in Schweigen.

Nach einer Weile ließ Brett sich im Gras nieder.

»Ich scheine alt zu werden«, scherzte er. »Bin total erschöpft.«

Leah setzte sich in gehörigem Abstand zu ihm ebenfalls ins Gras. Brett beschattete die Augen gegen die grelle Sonne, um das imposante Gebäude zu betrachten.

»Heute sieht das Pfarrhaus sehr schön aus, aber ich könnte mir vorstellen, wie düster es hier oben im Winter sein muss. Fast kann man Heathcliff ans Fenster klopfen hören.«

Leah nickte und blickte in die Ferne, die Hände um die Knie geschlungen.

»Wie du so dasitzt, erinnerst du mich an Cathy aus dem Roman. Bis auf das T-Shirt und die Jeans natürlich.« Brett lachte, sie reagierte mit einem Lächeln. Am liebsten hätte er sie zu sich herangezogen und geküsst, doch den Mut brachte er nicht auf.

Leah hingegen stellte sich vor, wie romantisch es wäre, wenn er ihre Hand nähme. Zuvor hatte sie nie das geringste Interesse an Jungen gezeigt, aber Brett … Nein, sie war nur ein armes Mädchen aus einem kleinen Dorf in Yorkshire. Bestimmt war die raffinierte Miranda eher sein Typ.

Während sie so dasaßen, spielte Brett mit dem Gedanken, näher an sie heranzurücken. Am Ende traute er sich tatsächlich, begann jedoch, nervös Gras auszurupfen.

»Unser Ausflug hat mir großen Spaß gemacht, Leah. Hoffentlich haben wir Gelegenheit, mehr Zeit miteinander zu verbringen. Ich wollte dich da sowieso etwas fragen.«

»Was denn?«

»Wenn du nicht möchtest, kannst du natürlich Nein sagen, aber ich würde dich gern zeichnen.«

»Mich zeichnen?«, wiederholte Leah erstaunt.

»Ja. Ich finde dich … wunderschön.«

Das hatte Leah noch nie jemand gesagt. Abgesehen von der Hexe Megan vor all den Jahren … Leah hatte Mühe, nicht vor Freude zu erbeben.

»Darf ich? Bitte?«

»Wenn dir das so wichtig ist. Allerdings habe ich nicht viel Zeit. Könntest du nicht Miranda zeichnen?«

»Nein.« Jetzt oder nie, dachte Brett, streckte die Hand aus und berührte die von Leah. »Ich will dich.«

Leah zog sie nicht weg.

Ermutigt rückte Brett näher und legte den freien Arm um ihre Schultern.

»Mir wäre es lieb, wenn Miranda nichts davon erfährt, sonst will sie auch dabei sein. Ich wäre gern mit dir allein, wenn ich dich zeichne. Wollen wir uns irgendwo in der Nähe des Hauses verabreden? Dort könnten wir uns jeden Tag eine Stunde treffen. Wann wäre es für dich am günstigsten?«

Leah wusste kaum, was sie antwortete, als sie seinen warmen Körper neben ihrem spürte. »Am Nachmittag. So gegen drei.«

»Abgemacht. Auf dem Rückweg suchen wir uns ein schönes Plätzchen.«

Leah sah auf die Uhr. Es war nach halb zwei. Obwohl sie am liebsten ewig hiergeblieben wäre, wusste sie, dass sie nach Hause mussten.

»Wir sollten gehen.«

»Gut. Aber zuerst …« Er küsste sie vorsichtig auf die geschlossenen Lippen. Eigentlich wäre er gern leidenschaftlicher gewesen, doch ihm war klar, dass er nicht zu forsch sein durfte. Also löste er seinen Mund von ihrem, legte beide Arme um sie und drückte sie fest an sich.

Leah fragte sich, ob sie sich mitten in einem herrlichen Traum befand, als sie den Kopf mit geschlossenen Augen an seine Schulter lehnte. Ihr erster Kuss, an einem Ort, den sie liebte, von einem Jungen, der sich sehr von den aufdringlichen, groben Burschen in ihrer Klasse unterschied. Am liebsten hätte sie vor Freude geweint.

Am Ende löste Brett sich von ihr, und sie spazierten Hand in Hand die Anhöhe hinunter. Nun, in ihrer ersten Ahnung von der Liebe, empfanden sie das Schweigen, das zu Beginn des Tages noch so unangenehm gewesen war, als vollkommen natürlich.

6

»Mum, ich habe nichts anzuziehen für Mirandas Party nächste Woche«, jammerte Leah.

»Was ist mit dem Kleid, das du letztes Jahr zu Jackies Fest anhattest? Das ist doch wunderbar.«

»Aber seitdem bin ich gewachsen, und das Kleid ist so … kindisch.«

Doreen gab ein missbilligendes Geräusch von sich. »Also wirklich, Madam, du bist gerade mal fünfzehn, und …«

»Sechzehn Ende August«, erwiderte Leah.

»Du bist fünfzehn, und das Kleid ist völlig in Ordnung, wenn ich dir den Saum auslasse«, erklärte ihre Mutter bestimmt.

»Darf ich nach Bradford fahren und mich umsehen? Ich habe Geld gespart von der Arbeit oben im großen Haus. Bitte, Mum.«

»Du hast dich doch noch nie sonderlich für Kleidung interessiert, Liebes.«

»Ich weiß, aber jetzt werde ich allmählich erwachsen, und Mirandas Freundinnen haben bestimmt schöne Kleider an.«

»Sie haben Geld. Wir nicht.« Als Mrs Thompson das traurige Gesicht ihrer Tochter sah, wurde ihr Tonfall sanfter. »Weißt du was? Morgen fahren wir nach Keighley und schauen, ob wir einen Stoff finden, aus dem ich dir ohne großen Aufwand was Hübsches nähen kann. Was sagst du dazu?«

»O Mum, vielen, vielen Dank.« Leah schlang die Arme um sie.

»Gut. Ich gehe jetzt rauf zum großen Haus. Kümmere du dich um das Essen für Dad. Bis später«, verabschiedete sich Mrs Thompson.

Leah machte sich daran, die Kartoffeln zu schälen. Sobald sie

sie zum Kochen aufgestellt hatte, setzte sie sich an den Tisch. Ein Lächeln breitete sich auf ihrem Gesicht aus, als sie verträumt über den Nachmittag mit Brett nachsann.

Von da an verließ Leah das Farmhaus jeden Tag um halb drei, als würde sie heimgehen, eilte jedoch über die Heide, so schnell sie konnte. Brett und sie hatten eine hübsche verborgene Stelle gefunden, wo Brett sie mit Zeichenblock und Kohlestift erwartete. Dort saß Leah eine halbe Stunde lang bewegungslos da, während er sie zeichnete. Anschließend legten sie sich, Bretts Arme um Leah, ins struppige Gras und unterhielten sich. Leah konnte es nach wie vor kaum glauben, dass das alles wirklich geschah. Mittlerweile sah sie ihn nicht mehr als Mrs Delanceys Neffen oder den Sohn eines reichen Mannes. Für sie war er nur noch Brett, der ihr erzählte, wie gern er Künstler wäre, wie niedergeschlagen er über den Tod seiner Mutter sei und wie schrecklich ihm davor graue, nach Eton zurückzukehren und sie und Yorkshire verlassen zu müssen.

Leah stand seufzend vom Tisch auf, um den Herd herunterzuschalten. Sie fragte sich, was Miranda sagen würde, wenn sie wüsste, was los war, denn dass sie Brett sehr mochte, lag auf der Hand.

Leah nahm das Toad-in-the-hole aus dem Ofen, zerstampfte die Kartoffeln, gab eine ordentliche Portion cremige Butter dazu und verteilte alles mit dem Wurstauflauf auf zwei Tellern. Dann rief sie ihren Vater.

Harry Thompson bewegte seinen Rollstuhl geschickt durch den schmalen Flur zum Küchentisch.

»Mmm, das riecht köstlich. Du wirst noch eine so gute Köchin wie deine Mutter.«

»Danke, Dad.« Leah nahm ihm gegenüber Platz. »Iss, bevor es kalt wird.«

»Ja, mein Mädchen. Und, wie läuft's oben im großen Haus?«

»Gut, danke. Es ist schön, ein bisschen Geld extra zu verdienen.«

»Und wie ist der reiche junge Neffe von Mrs Delancey?«

»Sehr … nett.«

Harry entging der Ausdruck in Leahs Augen nicht. Da er ihre beschwingten Schritte, ihre stets ein wenig geröteten Wangen und ihre verträumte Miene sah, wenn sie sich unbeobachtet fühlte, hatte ihn in den vergangenen drei Wochen ein Verdacht beschlichen.

»Aha. Möchtest du mir was erzählen?«, fragte er schmunzelnd.

Leah wurde tiefrot. Ihrem Vater hatte sie noch nie etwas verheimlichen können.

»Dad, bitte versprich mir, Mum nichts zu sagen. Wenn sie Bescheid wüsste, würde sie mich vielleicht nicht mehr im großen Haus arbeiten lassen, und …« Nun sprudelte die ganze Geschichte aus ihr heraus. Was für eine Erleichterung, sich jemandem anvertrauen zu können! »Keine Ahnung, wie ich weiterleben soll, wenn Brett nicht mehr da ist«, schloss Leah, Tränen in den Augen.

»Du hast doch mich, mein Mädchen, und kannst dich an meiner Schulter ausweinen.« Mr Thompson schwieg kurz. »Mum sagt ja, er sei ein richtiger kleiner Gentleman, aber er kommt aus einer anderen Welt als wir. Lass dir von ihm nicht wehtun, Liebes.«

»Brett würde mir niemals wehtun«, nahm sie ihn sofort in Schutz.

»Nein, das glaube ich auch nicht.« Harry bedachte seine Tochter mit einem warmherzigen Lächeln. »Freu dich daran. Die erste Liebe ist etwas Magisches. Du kannst jederzeit mit mir darüber reden.«

Leah stand auf, ging um den Tisch herum und umarmte ihren Vater.

»Danke, Dad. Ich hab dich lieb. Schau dir doch *Coronation Street* an, während ich den Abwasch mache. Später komme ich dann mit dem Tee zu dir.«

Harry nickte und rollte aus der Küche. Dass seine unerfahrene

Tochter so starke Gefühle für einen Jungen hegte, der in weniger als sechs Wochen aus ihrem Leben verschwinden würde, bereitete ihm Kopfzerbrechen.

»Wow, dieser Sommer ist einer der heißesten seit Menschengedenken.« Brett blickte zum tiefblauen Himmel empor.

Leah kuschelte sich bequemer in seine Arme.

»Versprichst du mir, jeden Tag zu schreiben, wenn ich wieder in Eton bin?«

»Nur wenn du das auch machst«, erwiderte Leah.

»Ich habe mir gedacht, ich könnte die nächsten Ferien und vielleicht auch Weihnachten hier verbringen.«

»Ja.« Leah, die den Gedanken nicht ertrug, dass Brett wegfahren würde, wechselte das Thema. »Wann zeigst du mir die Zeichnung?«

»Sobald sie fertig ist. Sei nicht so ungeduldig.« Brett beugte sich über sie und begann, sie zu kitzeln.

»Aufhören! Aufhören!«, lachte Leah, die jede Sekunde genoss. Sie entwand sich ihm, sah auf die Uhr und seufzte. »Ich muss los. Dad wartet auf sein Essen.«

»Okay, aber zuerst ...« Brett zog sie in seine Arme, küsste sie leidenschaftlich, legte eine Hand in ihren Nacken und ließ sie dann auf die leichte Wölbung unter ihrem Oberteil gleiten. Und war erleichtert, als Leah ihn nicht daran hinderte. Vorsichtig öffnete er den obersten Knopf der Bluse und schob seine Finger darunter.

»Nein!« Leah wich verärgert zurück.

»Entschuldige, Leah. Ich dachte, du ... wir ...«

»Ja. Aber ich hab dir gesagt, wo meine Grenzen sind.«

»Magst du mich denn nicht genug?«, fragte Brett niedergeschlagen.

»Doch, natürlich. Aber Mum hat mich gewarnt, in welche Schwierigkeiten Mädchen geraten können.«

»Meinst du, das, was wir tun, könnte dich in Schwierigkeiten bringen? Miranda ist bestimmt schon mit der Hälfte der Jungs von Oxenhope hier oben gewesen, und …«

»Dann geh doch zu ihr.« Mit Tränen in den Augen sprang Leah auf und lief den Hügel hinunter.

»Leah, ich …« Brett blickte ihr seufzend nach. Er fühlte sich schrecklich, denn er hatte sie nun wirklich nicht aus der Fassung bringen wollen, doch sie trieb ihn noch in den Wahnsinn. Natürlich konnte er sie verstehen. Sie war unschuldig und naiv und wirkte so viel jünger als er selbst. Aber ihr Körper, den er unter ihrer Kleidung ertastete, sprach eine andere Sprache. Er musste Tag und Nacht an sie denken.

Brett hatte sich in Leah verliebt. Und das würde er ihr bei Mirandas Party in der kommenden Woche gestehen.

Leah rannte, bis sie außer Sichtweite von Brett war. Dann sank sie auf den Boden und weinte bitterlich. Wie ungerecht! Brett wusste, dass sie es nicht mochte, wenn er sie so anfasste, und trotzdem hatte sie ein schlechtes Gewissen, wenn sie ihn daran hinderte.

»Was ist denn mit dir los?«

Im hellen Licht der Sonne fiel ein Schatten auf sie. Sie hob den Blick. Miles sah sie von seinem stattlichen schwarzen Pferd aus an. Als er abstieg, überlief sie wie immer in seiner Gegenwart ein Schauder. Leah wischte sich die Tränen aus dem Gesicht und stand auf. Sie wollte so rasch wie möglich von ihm weg.

»Nichts. Alles in Ordnung. Ich muss nach Hause.« Sie wandte sich ab, um zu gehen, doch er hielt sie auf, indem er eine Hand auf ihre Schulter legte.

»Na, hast du dich mit deinem neuen Freund gestritten?«

»Ich … Was willst du damit sagen?« Seine Hand schien sich in ihre Schulter zu brennen. Sie wagte nicht, sich umzudrehen und in diese dunklen Augen zu schauen.

»Ich habe euch zwei vorhin beobachtet. Du bist jetzt eine richtige junge Frau, was?«

Leah war wie gelähmt vor Angst. Er ließ ihre Schulter los und trat vor sie.

»Keine Sorge, ich verrate niemandem etwas. Das kann unser kleines Geheimnis bleiben.« Lächelnd ließ Miles die Finger von ihrem Hals über ihren Oberkörper bis zu ihrer Taille hinuntergleiten. Das löste Leah aus ihrer Erstarrung. Sie rannte, so schnell sie konnte, über die Hochebene zu ihrem vertrauten, sicheren Zuhause.

In jener Nacht hatte Leah einen schrecklichen Albtraum.

Ein Mann hetzte sie übers Moor. Allmählich holte er auf, und sie wusste genau, was er tun würde, wenn er sie erreichte. Ihre Beine wurden schwerer und schwerer, aus dem Tal hallte die Stimme von Megan, der Hexe wider. »Schlimme Dinge … Er ist verdammt … Du kannst dein Schicksal nicht ändern … Nimm dich vor ihm in Acht …«

7

»Na, Dad, ist Leah nicht wunderhübsch?«, fragte Doreen Thompson mit einem stolzen Lächeln.

»Ja, ein fantastisches Kleid, wie aus einer dieser Modezeitschriften. Du kannst wirklich gut mit Nadel und Faden umgehen, Schatz.« Mr Thompson bedachte seine Frau mit einem liebevollen Blick.

Leah betrachtete sich im Schlafzimmer ihrer Eltern ungläubig im Spiegel. Das Kleid aus billigem weißem Baumwollstoff war schlicht, aber ihre Mutter hatte es Leahs groß gewachsenem, anmutigem Körper geschickt angepasst. Es war ärmellos und tailliert und hatte einen U-Boot-Ausschnitt sowie einen Faltenrock. An jeder anderen jungen Frau hätte es gewirkt wie das Ausgehgewand eines Kindes, doch Leahs hoch aufgeschossene schlanke Gestalt ließ es elegant erscheinen, sodass sie darin sogar eher älter aussah.

»Aber dass du dich benimmst, junge Dame! Ich muss das Essen und die Getränke servieren und werde keine Zeit haben, dich im Auge zu behalten. Mrs Delancey hat halb South Yorkshire eingeladen«, meinte Mrs Thompson. »Schleich dich ja nicht in die Toilette, um Kriegsbemalung aufzulegen, Missy. Der dezente Lippenstift reicht für ein Mädchen deines Alters.«

»Ja, Mum«, sagte Leah artig und warf einen Blick auf die Uhr neben dem Bett. »Wir müssen los.«

Doreen nickte. »Hol deine Jacke, Leah. Auf dem Rückweg wird es kalt.«

Leah tat, wie ihr geheißen, und ging dann noch einmal ins Schlafzimmer, um ihrem Vater einen Gutenachtkuss zu geben. Manchmal brach es ihr fast das Herz, ihn allein zu lassen.

»Gute Nacht, Dad.«

»Gute Nacht, Liebes. In dem Kleid schaust du aus wie eine kleine Erwachsene. Viel Vergnügen, und dass du mir keine Schande machst.« Er zwinkerte ihr schmunzelnd zu.

»Keine Sorge.«

Wenig später machten sich Mutter und Tochter in der schwülen Juliluft auf den Weg zum Farmhaus hinauf.

Miranda zog ihre Lippen mit einem erdbeerroten Stift nach, schob ein Papiertaschentuch dazwischen und presste sie zusammen. Als sie den Abdruck ihres Mundes auf dem Tuch betrachtete, fragte sie sich wohl schon zum tausendsten Mal, warum Brett sie so gar nicht küssen wollte.

Sie hatte alles versucht, vom schamlosen Flirt bis zu kühler Zurückhaltung, doch nichts schien zu funktionieren.

Miranda betrachtete sich im Spiegel. Perfekt. Das enge schwarze Kleid brachte ihre üppigen Rundungen bestens zur Geltung. Bestimmt würde auch Brett ihr an diesem Abend nicht widerstehen können. Sie wusste, wie sie ihr Gesicht und ihre Kurven einsetzen musste, um die Jungs in der Schule scharf auf einen Blick unter ihre Schuluniform, auf die Strumpfbänder, zu machen. Miranda mochte nicht die beste Schülerin ihrer Klasse sein, aber wie die Welt funktionierte, hatte sie begriffen.

Sie wollte aus diesem Loch von einem Haus heraus, weg von diesem kleinen, engen Ort voller Niemande mit ihren kleinen, langweiligen Leben. Doch vor allen Dingen wollte sie reich sein. Geld bedeutete Macht und Einfluss, und für Miranda gab es nur eine Möglichkeit, das zu bekommen.

Liebe war etwas für Dummköpfe. Sie machte hilflos und hinderte einen daran, das zu kriegen, was man ersehnte. In diese Falle würde Miranda nicht tappen.

Aber Bretts Mangel an Interesse irritierte sie. Er reagierte nicht auf die ihr vertraute Art und Weise und schien immun gegenüber dem Zauber zu sein, mit dem sie ihre Klassenkameraden bezirzte. Allmählich begann sie das zu nerven, denn er war ihr Ticket weg von hier. Einfach ausgedrückt: Sie musste ihn haben.

Miranda lächelte ihrem Spiegelbild zu. Nein, Brett hatte keine Chance.

»Danke, Rose, sehr schön.« Miranda begutachtete die von Männern aus dem Ort ausgeräumte und mit Fähnchen und Girlanden geschmückte Scheune. Im vorderen Bereich wurde gerade die mobile Disco aufgebaut, und Mrs Thompson bereitete in der Küche das Essen zu.

Rose sah ihre Tochter an. Hätte sie nur den Mut besessen, ihr zu sagen, dass das hautenge schwarze Kleid, das übertriebene Make-up und die Schuhe mit den hohen Pfennigabsätzen ihr keinen Gefallen taten! Rose hatte in der Hoffnung, diese Party würde Miranda umgänglicher machen, sehr viel Zeit und Energie investiert, weswegen sie nun keinen Streit riskieren wollte.

»Gern geschehen. Ich hätte da noch ein paar Regeln für dich und deine Freunde, Miranda. Sie dürfen die Toilette im Haus benutzen, aber die übrigen Räume sind tabu. Keiner verdrückt sich in eine der anderen Scheunen, verstanden? Abgesehen von der Bowle, in der ein bisschen Wein ist, möchte ich hier keinen Alkohol haben. Ich werde mit den Erwachsenen im Wohnzimmer sein, und solange es keine Probleme gibt, bleibe ich dort. Doch …«

»Okay, kapiert«, fiel Miranda ihr ins Wort. »Freu du dich an deinem Fest, und ich genieße meins. Gefalle ich dir?« Sie drehte sich um die eigene Achse.

Rose biss die Zähne zusammen. »Ja, du bist … atemberaubend.«

»Das finde ich auch. Bis später. Ich überprüf noch schnell mein Make-up, bevor alle eintrudeln.«

Miranda stieg die Stufen hinauf, so gut es in dem engen Kleid und mit den Stilettos ging. Oben passierte sie auf dem Weg zum

Bad Bretts Zimmer, in dem sie ihn vor sich hin pfeifen hörte. Sie schlich zur Tür, die einen Spalt offen stand, und lugte hinein. Brett saß mit dem Rücken zu ihr auf dem Bett und wickelte einen flachen rechteckigen Gegenstand in eine alte Decke. Sie klopfte und betrat den Raum.

Brett schob den Gegenstand hastig unters Bett, bevor er sich umdrehte.

»Himmel, Miranda, hast du mich erschreckt.«

»Tschuldigung, Darling.« Sie setzte sich neben ihn und schlug die Beine übereinander. Dabei blitzte der obere Teil eines ihrer schwarzen Strümpfe auf. »War das gerade mein Geburtstagsgeschenk?«

»Nein. Das habe ich hier.« Brett reichte ihr ein hübsch eingewickeltes Päckchen in der Hoffnung, dass es Miranda von dem, was sich unter dem Bett befand, ablenken würde.

»Darf ich's aufmachen?«

»Wenn du möchtest. Alles Gute zum Geburtstag.«

Miranda riss das Geschenkpapier auf, holte ein blaues Samtetui heraus und schaute hinein. Darin lag ein zartes Goldkettchen mit Medaillon. Überhaupt nicht ihr Stil, aber bestimmt eine Menge wert. Sie nahm es heraus und legte es auf ihre Handfläche.

»Danke, Brett. Wie hübsch.« Miranda fummelte eine Weile am Verschluss des Medaillons herum, bis es ihr gelang, es zu öffnen. »Ah, da kann ich ein Foto von jemandem reinstecken und es an meinem Herzen tragen. Hast du eins von dir?«

»Nein, jedenfalls keines, das klein genug wäre. Freut mich, dass es dir gefällt, Miranda. Ich wusste nicht, was ich dir schenken soll, und habe Mrs Thompson um Rat gebeten.« Eigentlich hatte Leah das Medaillon ausgesucht, doch Brett ahnte, dass Miranda nicht sonderlich erfreut wäre, wenn er ihr das sagte.

»Legst du's mir an? Ich trag es gleich heute Abend.«

»Natürlich.« Brett kniete hinter Miranda auf dem Bett, während er den Verschluss zumachte. Bevor er wieder aufstehen konnte, drehte sie sich zu ihm um und schlang die Arme um ihn. Ihr Gesicht war nur wenige Zentimeter von seinem entfernt, und ihm stieg das schwere Parfüm in die Nase, das sie trug.

»Zum Dank hast du dir einen Kuss verdient, findest du nicht?« Miranda drückte ihren Mund auf seinen.

»Nein, Miranda, ich …«

Sie ergriff seine Hand und legte sie auf ihre Brust.

Nach all den frustrierenden Nachmittagen im Hochmoor und den quälenden Träumen von Leah Nacht für Nacht hatte Brett Mühe, nicht zu reagieren. Er lockerte seine Lippen und ließ die Finger zuerst über Mirandas eine Brust, dann über die andere gleiten. Brett wusste, dass das falsch und gefährlich war, aber sein Körper übernahm die Kontrolle, sein Gehirn hatte nichts mehr zu melden. Miranda hinderte ihn nicht, als er die Hand unter ihr Kleid schob.

Brett spürte, wie Miranda den Reißverschluss seiner Hose herunterzog.

»O Gott«, stammelte er. Von einer Frau so berührt zu werden, hatte er noch nie erlebt und ließ ihn die Beherrschung vollends verlieren.

Entsetzt merkte er, wie sich seine lange aufgestaute Leidenschaft in Mirandas Hand entlud. Nun wollte er nur noch so schnell wie möglich weg von ihr. Er entwand ihr seinen Mund, glitt vom Bett und flüchtete zur Tür.

»Miranda … ich …«

In ihren Augen flackerte ein triumphierendes Lächeln auf.

»Entschuldige.« Etwas anderes fiel ihm nicht ein, bevor er zum Bad hastete und sich dort einschloss.

Er setzte sich auf den Rand der Wanne und stützte den Kopf in die Hände. Wie konnte er das tun, nach allem, was er zu Leah gesagt hatte? In jenen wenigen Minuten war er wie besessen gewesen, nicht er selbst, und hatte ausschließlich an seine eigene körperliche Befriedigung gedacht. Reagierten alle Männer in einer solchen Situation so hilflos? Las er deshalb immer wieder von ruinierten Karrieren, nachdem Männer sich mit fragwürdigen Frauen eingelassen hatten?

Mit Leah konnte er darüber nicht reden. Sie würde ihm niemals verzeihen, und das war verständlich.

Brett hatte sich so sehr auf diesen Abend gefreut, Leah sagen wollen, dass er sie liebe, und vorgehabt, ihr die fertige Kohlezeichnung zu überreichen. Er hatte einen verborgenen Winkel in einer der Scheunen entdeckt, und als Miranda hereingestürmt war, sein Werk gerade in eine Decke gewickelt, um es später heimlich dorthin zu bringen.

Brett stand auf, entkleidete sich und brauste Körper, Gesicht und Hände ab, als wollte er sich von Mirandas Berührung reinwaschen. Dann holte er tief Luft. Wenn er Leah nicht verlieren wollte, würde er mit seinem schändlichen Geheimnis leben und auf andere Weise Abbitte leisten müssen.

Nun wurde sie für ihn so etwas wie ein leuchtendes Ideal – rein, unberührt, unschuldig, ganz anders als Miranda, die ihn verführt hatte.

»Mist! Die Zeichnung!«

Brett schloss die Tür auf, rannte zurück in sein leeres Zimmer und schaute unters Bett. Zu seiner Erleichterung sah er, dass die Zeichnung noch da war. Hoffentlich hatte Miranda sie vergessen, dachte er, denn ihm war klar: Ihm konnte sie nichts anhaben, Leah hingegen schon.

Miranda hatte genau das, was Brett nicht wollte, getan, sobald er aus dem Zimmer gewesen war. Triumphierend und in dem Wissen, dass Männer, egal, wie viel Geld oder Macht sie besaßen, letztendlich alle gleich waren, hatte sie den Gegenstand unter dem Bett hervorgeholt.

Und einen Schock erlitten. Als sie Leah auf der Zeichnung erblickte, war sie aschfahl und wütend geworden.

Obwohl Miranda die Schönheit und Unschuld, die Brett so gekonnt eingefangen hatte, nicht erkannte. Sie sah nur das unscheinbare Mädchen, das Roses Geschirr spülte, um sich ein bisschen Taschengeld zu verdienen.

»Miststück!«, murmelte sie. Deswegen also war Brett ihr gegenüber so kühl gewesen – er ließ es sich von der kleinen Schlampe besorgen.

Am liebsten hätte Miranda den Rahmen kaputtgeschlagen und die Zeichnung zerfetzt. Doch Brett würde wissen, dass sie das gewesen war. Es musste eine bessere Möglichkeit geben, sich zu rächen.

»Dir werd ich's zeigen«, zischte sie, wickelte die Zeichnung wieder ein und schob sie zurück unters Bett. Dann stand sie auf, zupfte ihre Haare vor dem Spiegel zurecht und ging nach unten, um die Gäste zu begrüßen.

Aus den Lautsprechern in der Scheune dröhnte »Mamma Mia«, der DJ begrüßte alle zu der Party. Einige Gäste gingen auf die improvisierte Tanzfläche und begannen, sich im Rhythmus der Musik zu bewegen.

Miranda war von Freundinnen und Freunden umringt, die ihr Geschenke überreichten, als Brett eintrat, der die Zeichnung von Leah gerade in der hintersten Scheune am Rand des Moors versteckt hatte.

Ohne zu merken, dass ihn jemand dabei beobachtete.

Brett entdeckte Leah. »Da bist du ja. Gott, bist du schön.« Er küsste sie und legte einen Arm um ihre Schulter.

»Brett, nicht. Da drüben ist Miranda. Sie könnte uns sehen.«

»Das ist mir egal. Sie kann uns nicht aufhalten.«

»Nein, aber …«

»Sch. Komm, lass uns tanzen.«

Allmählich füllte sich die Scheune. Einige Jungen aus dem Ort hatten Cider und Bier mitgebracht, und Miranda trank aus den Flaschen, die sie ihr hinhielten. Sie schaute sich um. Als ihr Blick auf Leah und Brett fiel, wurde sie noch wütender.

»Tanz mit mir.« Miranda schnappte sich den nächstbesten Jungen und bewegte sich verführerisch zur Musik, während sie immer wieder einen Schluck aus der Cider-Flasche in ihrer Hand nahm.

Brett hatte die Arme um Leah, während sie sich zur Musik wiegten.

»Bist du glücklich, Leah?«

Sie sah ihn an. »Ja.«

»Ich habe etwas für dich. Es ist in der Scheune am Rand des Moors. Wir müssen getrennt hingehen, damit niemand etwas merkt. Kommst du? Ich verspreche dir, mich zu benehmen«, bettelte er.

»Na schön.« Leah lächelte.

Da brachte Mrs Thompson das Essen aus der Küche und stellte es auf den Tapeziertisch am hinteren Ende des Raums. Sofort entdeckte sie Leah und Brett beim Tanzen.

»Oje, das gibt Ärger«, murmelte sie. Sobald das Stück zu Ende war, klatschte sie in die Hände und rief: »Das Büfett ist eröffnet!«

Die Gäste strömten zum Tisch, und schon bald war Mrs Thompson damit beschäftigt, Würstchen, Ofenkartoffeln und Salat auf Teller zu geben.

»Ich habe dich im Blick«, flüsterte Mrs Thompson Leah zu, als sie an der Reihe war.

»Mum, wir haben doch nur getanzt«, versicherte sie ihrer Mutter verlegen.

»Dann sorg dafür, dass es auch so bleibt. Und dass du mir nicht verschwindest.« Mrs Thompson wandte sich dem nächsten hungrigen Gast zu.

Miles beobachtete Leah und Brett von einer Ecke der Scheune aus. Leah war dabei, sich in ein unglaublich hübsches Mädchen zu verwandeln, genau, wie er es vorhergesehen hatte. Aber der Junge, mit dem sie sich abgab … Der war es nicht wert, ihr die Füße zu küssen, selbst wenn seinem Vater die halbe Welt gehörte.

Miles besaß Fotos von ihr, die er heimlich von der zarten Fünfjährigen aufgenommen hatte, als sie mit ihrer Mutter ums Farmhaus herumwerkelte. Die Kamera liebte sie, brachte ihre anmutige Schönheit zur Geltung.

Doch nun gab es einen Rivalen. Miles freute sich schon darauf, die Zeichnung, diesen Müll, in Fetzen zu reißen.

Brett musste begreifen: Die reine, vollkommene Leah war noch nicht bereit. Das hatte Miles erkannt, als er sie neulich berührte, um sie für sich in Besitz zu nehmen.

Miles schlenderte zum Rand des Hochmoors – eine dunkle, einsame Gestalt im Schein des Mondes.

Leah betrat die Scheune im geisterhaften Zwielicht. Sie hatte sich in dem Moment von der Party davongestohlen, als ihre Mutter einen Stapel schmutziges Geschirr ins Haus trug, und hoffte, dass Brett schon da war.

»Brett?« Erleichtert vernahm sie vom anderen Ende ein Geräusch. Dann, dass etwas zu Bruch ging. »Brett, alles in Ordnung?« Sie stolperte in die Richtung, aus der der Lärm gekommen war, und sah den Schein einer Taschenlampe auf dem Boden. Er erlosch, und es herrschte wieder Stille.

»Brett, wo bist du?« Leah erreichte die Stelle, an der sie das Licht der Lampe gesehen hatte, und hörte jemanden atmen. Als sie die Hand ausstreckte, berührte sie etwas Warmes.

»Brett, Gott sei Dank. Was war das für ein Geräusch?«

Arme griffen nach ihr, sie schmiegte sich hinein. Doch irgendwie fühlte es sich nicht richtig an. Als sie den Blick hob – inzwischen hatten sich ihre Augen an die Düsternis gewöhnt –, schrie sie auf.

Eine Hand presste sich auf ihren Mund. Sie wehrte sich, aber er hielt sie fest.

»Ich tu dir nichts, Leah. Hör um Himmels willen auf, dich zu wehren.«

Angst und Ekel stiegen in Leah auf.

»Nein!« Sie nahm all ihre Kraft zusammen und entwand sich

dem Griff. Die Wucht der Bewegung ließ sie rückwärts gegen die Wand taumeln. Sie hörte ihr Kleid reißen, als es an etwas hängen blieb, und glitt zu Boden.

»Leah, Leah, alles in Ordnung? Verdammt, ich kann nichts sehen!«

Leah rappelte sich hoch, rannte auf die schattenhafte Silhouette Bretts am Scheuneneingang zu und warf sich laut schluchzend in seine Arme.

»Was ist denn los?«

»Da drüben … Er war hier. Ich hab ihn für dich gehalten, und … du warst es nicht.«

»Okay, okay, beruhige dich. Jetzt bin ich ja da.« Als Brett in den hinteren Teil der Scheune blickte, konnte er nichts erkennen. »Bleib du hier. Ich seh nach, was da ist.«

»Nein! Lass uns lieber gehen.«

»Aber ich wollte dir doch etwas zeigen.«

»Ich möchte zum Haus zurück. Sofort. Mein Kleid ist kaputt …«

»Gut, dann zeig ich es dir ein andermal.«

Als Brett Leah in Richtung Ausgang drehte, stand dort mit verschränkten Armen Miranda.

»Soso. Du bist ja ganz schön emsig heute Abend, mein lieber Brett.« Sie betrachtete den Riss an der Schulter von Leahs Kleid.

»Hallo, Miranda.« Brett seufzte. »Ich wollte dir sagen …«

»… dass du sie und mich fickst?«, vollendete Miranda seinen Satz mit verschwommener Stimme.

Bretts Kiefer begannen zu mahlen. »Halt den Mund, Miranda.«

»O nein. Ich finde, unser Unschuldslamm Leah hat das Recht zu erfahren, wo ihr Lover Boy sich rumtreibt, meinst du nicht auch?« Sie lachte gehässig.

Leah, die das alles nicht hören wollte, hielt schweigend den Blick starr geradeaus gerichtet.

»Mach schon, Leah, frag ihn. Wirst ja sehen, ob er's abstreitet«, provozierte Miranda sie.

Leah flehte Brett mit den Augen an, genau das zu tun. Doch das schlechte Gewissen stand ihm ins Gesicht geschrieben.

Sie schluchzte einmal laut auf und rannte aus der Scheune, geradewegs in die Arme ihrer Mutter.

8

»Leah, sag deiner Mum, was passiert ist.« Mrs Thompson legte ihrer Tochter eine Strickjacke um die Schultern. Die heftig zitternde Leah brachte kein Wort heraus. Zuvor hatte Mrs Thompson Brett zur Disco zurückgeschickt und sich die offensichtlich angetrunkene Miranda vorgenommen. Diese hatte gesagt, sie habe Schreie gehört und Brett und Leah allein in der Scheune vorgefunden.

Als Mrs Thompson das zerrissene Kleid ihrer Tochter sah, befürchtete sie das Schlimmste.

»Hat er, hat Mr Brett …?« Die Worte kamen Mrs Thompson nicht über die Lippen. Gott sei Dank hatte sie sofort nach Leah gesucht, als sie merkte, dass ihre Tochter und Brett nicht in der Scheune waren. Leah gab keine Antwort. Wenn dieser Junge ihre Tochter angerührt hatte … würde er dafür büßen, egal, wie reich sein Vater war.

»Leah, hat Mr Brett …?«

»Nein, Mum.«

»Was ist dann passiert? Wieso ist dein Kleid zerrissen?«

Leah saß kreidebleich und mit zusammengepressten Lippen da. Mrs Thompson war klar, dass sie ihr an diesem Abend nichts mehr würde entlocken können.

»Na schön, Liebes. Wir reden morgen darüber. Jetzt gehst du, glaube ich, am besten nach Hause und legst dich ins Bett.«

Mrs Thompson wollte nicht, dass ihr kranker Mann Harry etwas von der Angelegenheit erfuhr. Sie betrat das Wohnzimmer, in dem sich Rose mit ihren Gästen aufhielt, und fragte Mr Broughton, einen Farmer aus der Gegend, ob es ihm etwas ausmachen würde, Leah in den Ort hinunterzufahren, da sie sich nicht wohlfühle. Er erklärte sich dazu bereit. Mrs Thompson verfrachtete Leah auf den Rücksitz des Wagens und schärfte ihr ein, zu Hause sofort schlafen zu gehen.

Dann arbeitete sich Doreen in der Küche durch den riesigen Stapel schmutzigen Geschirrs in der Spüle. Nach einer Weile öffnete sich die Tür, und Brett kam aschfahl und mit betretenem Gesichtsausdruck herein.

»Ist mit ihr alles in Ordnung, Mrs Thompson?«, erkundigte er sich leise.

»Ja. Ich habe sie nach Hause und ins Bett geschickt.«

»Ich habe sie nicht angerührt. Das würde ich nicht tun. Dazu mag ich sie viel zu sehr.«

»Miranda sagt da etwas anderes. Sie behauptet, sie hätte Schreie gehört, und als sie in die Scheune gegangen ist, hätte sie Leah und Sie dort allein vorgefunden.«

Brett fuhr sich durch die Haare. »Hat sie das wirklich gesagt?«

»Ja. Egal, ich rede morgen mit Leah. Den restlichen Sommer wird sie nicht mehr hier im Haus arbeiten. Sie haben genug Unruhe gestiftet für einen Abend, junger Mann. Ich an Ihrer Stelle würde schlafen gehen.«

»Sie haben recht. Bitte, Mrs Thompson, sagen Sie Leah einen lieben Gruß von mir und dass ich mich bei ihr entschuldige.«

Mrs Thompson spülte weiter das Geschirr, ohne etwas zu erwidern.

Niedergeschlagen schlich Brett die Stufen hinauf. Alles war dahin. Durch seine Schuld. Wenn er sich nur standhafter gegen Miranda gewehrt hätte, wäre nichts von alledem geschehen. Was den Vorfall in der Scheune anbelangte: Da stand sein Wort gegen das von Miranda. Sie rächte sich dafür, dass er sie hintergangen hatte, und Leah wollte ihn nie wiedersehen, das wusste er.

Brett zog sich aus, schlüpfte traurig zwischen die Laken, schloss die Augen und träumte von seiner verlorenen Liebe.

9

David Cooper drehte sich auf seinem Stuhl vom Schreibtisch weg, um durch das Panoramafenster auf den Central Park zu blicken. Von hier oben sahen die Bäume aus wie winzige grüne Punkte und die Autos wie Kinderspielzeug.

Er sinnierte darüber nach, wie das Büro seine Stellung spiegelte. David kam nur selten in Kontakt mit den normalen Bürgern, die die Fifth Avenue entlanghasteten. Alle Leute, mit denen er zu tun hatte, waren sehr reich, sehr mächtig und letztlich wie er selbst.

Das Vergnügen am Geldverdienen hatte für ihn an dem Tag geendet, als seine Frau starb. Natürlich hatte er sie geliebt. Aber das Ausmaß seiner Trauer über ihren Verlust schockierte ihn. Viviens Tod hatte ihn an seine eigene Sterblichkeit erinnert.

In den letzten neun Monaten hatte er keine Frau angerührt.

David wusste, dass sein Sohn glaubte, ihm sei der Tod Viviens egal. Seitdem hatte er Brett lediglich zweimal gesehen: bei der Beisetzung und an Weihnachten. Sie konnten nicht gemeinsam trauern.

Er fragte sich, wie Brett in Yorkshire mit seiner Schwester zurechtkam. Rose … Da er ihr zwanzig Jahre lang nicht begegnet war, hatte er nach wie vor das Bild der hübschen jungen Frau von damals im Kopf.

Momentan dachte David viel über die Vergangenheit nach. Weil er nur überleben konnte, wenn er sie ausblendete, hatte er stets die Zukunft geplant. Doch nun begann er, zurückzublicken und alte Erinnerungen zuzulassen.

Einige waren schmerzhaft – zu schmerzhaft, um sich ihnen zu

stellen. Immerhin hatte er in den letzten achtundzwanzig Jahren viel erreicht.

In seinem über hundert Quadratmeter großen Büro dachte David an die Zeit, als er seine Geschäfte noch von der winzigen Wohnung in Bayswater aus geführt hatte.

Begonnen hatte alles in den späten Vierzigerjahren mit einem heruntergekommenen Wohnblock in Islington. Er hatte den Grund, auf dem er stand, für einen Apfel und ein Ei erworben, das Gebäude saniert und in vier schicke Apartments aufgeteilt. Junge Leute kauften damals keine Immobilien, weswegen er sie vermietete und das Geld für den Kauf eines ähnlichen Hauses verwendete. Mitte der Fünfziger besaß er dann zwanzig solcher Gebäude, die ihm monatlich genug Mieteinnahmen brachten, um von der Bank immer höhere Darlehen erbitten zu können.

Damals gab es im Zentrum von London noch Areale, auf denen seit dem Krieg nichts geschehen war. Er baute Bürokomplexe darauf und verkaufte sie für ein Vermögen an Firmen, die seinerzeit in wachsender Zahl gegründet wurden.

Mitte der Sechzigerjahre nannte er das größte Bauunternehmen Großbritanniens sein Eigen und schaute sich im Ausland auf dem gerade entstehenden Ferienmarkt um. Er erwarb Grundstücke entlang der Strände in Spanien, auf den Balearen und in Italien. Darauf errichtete er Hotels und behielt Teile davon für sich, um sie fünf Jahre später dem Staat für das Dreifache des Ursprungspreises wieder zu verkaufen.

Nun, zehn Jahre danach, besaß er Grund in fast allen Industrienationen und war dabei, seine Suche nach neuen Anlagemöglichkeiten auszudehnen.

Er stand auf der Liste der zehn reichsten Männer Großbritanniens und in Amerika auf der der Top fünfzig.

Was für ein Erfolg!

Der Kick, den ihm ein gelungener Geschäftsabschluss verschaffte, entschädigte ihn für den Teil von ihm, der nicht funktionierte. Ihm war klar, dass seine Kollegen, seine Frau und sein Sohn ihn für kalt und gefühllos hielten.

Nun, da Vivien tot war, wünschte David sich, dass er den Mut gehabt hätte, sich ihr anzuvertrauen, ihr zu erzählen, warum er unfähig zu Zuneigung war … Aber jetzt war es zu spät.

Diese plötzlich hochkommenden Erinnerungen waren der Grund dafür, warum er Brett zu Rose geschickt hatte, das wusste er.

David würde seinen Sohn nicht von Yorkshire abholen. Er hatte sich diese Option offengehalten, aber Rose nach all der Zeit wiederzusehen … Im Moment konnte er sich das nicht vorstellen. Doch vielleicht würde er in der kleinen Londoner Galerie vorbeischauen, die er gerade erworben hatte, wenn dort ihre Ausstellung stattfand. Denn er machte sich nach wie vor sehr viel aus ihr.

David drehte sich um und betrachtete seufzend das Gemälde an der Wand hinter seinem Schreibtisch. Manchmal stimmte es ihn traurig, wie leicht man alles, besonders Menschen, kaufen und verkaufen konnte. Er stand auf und nahm seine schmale Aktentasche von Cartier. In einer halben Stunde würde er sich mit einem frisch gewählten Senator zum Lunch im Sardi's treffen.

Während er auf den Lift wartete, überlegte er kurz, wie hoch wohl der Preis dieses Mannes war.

10

»Es war schön, dich bei uns zu haben, Brett. Ich hoffe, du kommst uns bald mal wieder besuchen.« Rose gab ihm einen Abschiedskuss. »Und du solltest weitermalen. Deine Bilder besitzen großes Potenzial.«

»Danke, Rose. Ich habe meinen Aufenthalt hier wirklich genossen und werde versuchen, zu deiner Ausstellung zu kommen.«

Draußen wartete Bill mit der Limousine auf ihn.

»Tschüs, Brett, war nett, dich kennenzulernen.« Miranda eilte die Treppe herunter, um ihn kurz auf die Wange zu küssen. Brett brachte es nicht über sich, es ihr gleichzutun, und winkte ihr nur lächelnd zu, bevor er hinten in den großen Wagen einstieg.

»Hatten Sie angenehme Ferien, Sir?«, erkundigte sich Bill über die Gegensprechanlage. »Sie wirken erholt.«

Brett ließ die beiden Monate Revue passieren. Die ersten fünf Wochen waren wunderbar gewesen; in ihnen hatte er das Malen wiederentdeckt und sich in Leah verliebt. Doch fast den ganzen letzten Monat hatte er als grässlich empfunden, weil er immerzu an sie denken musste.

Wie von Mrs Thompson angekündigt, war Leah nicht mehr im Farmhaus gewesen, er hatte sie seit dem Abend der Party nicht gesehen. Brett hatte den größten Teil der Zeit an der Stelle im Hochmoor verbracht, wo Leah und er jeden Tag verabredet gewesen waren, hoffend und betend, dass sie kommen würde. Hin und wieder hatte er Mrs Thompson gefragt, wie es ihr gehe, aber sie hatte lediglich mit geschürzten Lippen »gut« geantwortet.

In der letzten Woche war er so verzweifelt gewesen, dass er

sich hinunter in den Ort begeben hatte, um vielleicht einen Blick auf sie zu erhaschen, doch der war ihm nicht vergönnt gewesen.

»Ja, Bill, es war … ungewöhnlich.«

»Ich soll Ihnen schöne Grüße von Ihrem Vater ausrichten, Sir. Er kommt Sie in den Ferien besuchen. Die nächsten sechs Wochen ist er in Südamerika.«

Brett war noch niedergeschlagener als bei seiner Ankunft in Yorkshire. Je weiter er sich von dem Mädchen entfernte, das er liebte, desto mehr schmerzte sein Herz.

»Auf Wiedersehen, Leah, ich werde dich nie vergessen«, flüsterte er, als sie Yorkshire verließen und den Motorway in Richtung Windsor entlangbrausten.

11

Rose schlotterte trotz der drei Pullover und des Schals, die sie trug, vor Kälte. Sie versuchte, ihre Hände, die zu taub zum Malen waren, mit ihrem Atem zu wärmen.

Vor dem Fenster ihres Ateliers häufte sich der Schnee. Tags zuvor hatte es zu tauen begonnen, aber hier oben dauerte es immer lange, bis er verschwand.

Rose schürte den Kamin, der wenig Hitze abgab. Das eiskalte Januarwetter deprimierte sie. Als sie sich dem Gemälde auf der Staffelei zuwandte, überkamen sie wieder einmal Selbstzweifel.

»Taugt es etwas? Werden die Kritiker mich in Stücke reißen?«, fragte sie sich.

Nun stell dich nicht so an, sagte eine Stimme in ihrem Innern, während sie den alten Wasserkocher einschaltete. *Denk lieber an die Zentralheizung, die du einbauen lassen kannst, wenn die Ausstellung ein Erfolg wird.*

Rose setzte sich vor den Kamin, wölbte die Hände um die Kaffeetasse und trank ein paar Schlucke. Nach einer Weile stand sie seufzend auf, nahm Pinsel und Palette und kehrte zurück zur Staffelei.

»Denk positiv, Rosie, altes Mädchen. Noch zwei, dann hast du's geschafft. Dieses Bild bringt genug Geld für mindestens viereinhalb Heizkörper.« Sie machte sich erneut ans Werk.

Etwa eine Stunde später klopfte es an der Tür zum Atelier.

»Herein.«

»Kann ich kurz mit dir sprechen, Rose?«, fragte Miranda, die ungewöhnlich blass wirkte, von der Tür aus.

Rose hatte gemerkt, wie schweigsam sie in letzter Zeit gewesen war. Was für ein Segen!, hatte sie gedacht. In den viereinhalb Monaten seit Bretts Abfahrt hatte Rose es auch dank der Tatsache, dass Miles wieder an der Uni war, geschafft, praktisch die gesamte Arbeit für die Ausstellung fertigzustellen.

Nun überlegte sie, ob ihr etwas entgangen war. Miranda sah furchtbar aus. Rose legte den Pinsel weg.

»Natürlich, Liebes. Setz dich. Was ist los?«

Miranda brach in Tränen aus. Rose konnte sich nicht erinnern, sie seit Kindertagen jemals weinen gesehen zu haben. Sie kniete sich neben sie und legte tröstend einen Arm um ihre Schultern.

»Was auch immer geschehen ist: So schlimm wird's schon nicht sein.«

»Doch«, schluchzte Miranda.

»Dann erzähl's mir.«

»Ich glaube, ich bin schwanger«, platzte es aus Miranda heraus.

O Gott, dachte Rose. *Das hätte ich ahnen müssen. Wahrscheinlich von einem der Jungs aus dem Dorf. Vermutlich ist es passiert, während ich mich im Atelier vergraben habe.*

»Deine letzte Periode ist also ausgeblieben?«

Miranda nickte. »Und die davor, und die davor auch, und … Ich weiß nicht mehr, wie viele ich nicht hatte.« Als sie den Blick hob, empfand Rose Mitleid mit ihr. Sie hatte das ja selbst erlebt.

»Versuch, klar zu denken, Liebes. Wahrscheinlich ist noch genug Zeit, um …«

»Fünf, vielleicht auch sechs … Ich weiß es nicht.«

»Ich kenne da eine sehr gute Klinik in Leeds. Da rufe ich sofort an und vereinbare einen Termin für dich, und wenn der Schnee es zulässt, fahren wir morgen hin. Möglicherweise bist du überhaupt nicht schwanger. Es könnte auch ein Frauenproblem sein, und …«

»Fühl mal.« Miranda nahm Roses Hand und legte sie unter

den Pulloverschichten auf ihren Unterleib. Rose spürte die leichte Wölbung deutlich.

»Warum bist du nicht früher zu mir gekommen, Miranda? Das musst du doch schon längst gemerkt haben.«

Roses Worte entfesselten einen weiteren Tränenstrom. »Ja, aber ich hab die ganze Zeit gehofft, dass ich mich täusche und im nächsten Monat alles wieder gut ist.«

»Okay, okay«, versuchte Rose, die sich nur zu gut an ihre eigene albtraumhafte Erfahrung damals erinnerte, sie zu beruhigen. »Keine Sorge, wir kriegen das schon hin. Wie wär's jetzt erst mal mit einer schönen Tasse Tee?«

Sie ging ihr voran in die Küche. Keine Spur mehr von Mirandas sonstiger Selbstherrlichkeit. Nun saß ein völlig verängstigtes Mädchen am Tisch.

Miranda trank Tee, während Rose für den folgenden Tag einen Termin in der Klinik vereinbarte.

»Erledigt. Wir sind bei einer netten Ärztin namens Kate angemeldet.«

»Danke, Rose«, sagte Miranda kleinlaut.

»Wofür?«

»Dafür, dass du so nett zu mir bist. Ich kann manchmal ziemlich nerven, das weiß ich, und es tut mir leid.«

»Schon okay.« Rose hätte Miranda gern nach dem Vater des Kindes gefragt, solange sie noch so zugänglich war, hielt es aber für besser, zu warten, bis sie den Arzttermin am folgenden Tag hinter sich hätten.

»Ich hab schreckliche Angst.«

Ungeschminkt wirkte Miranda sehr jung, ihre blauen Augen waren groß und voller Furcht. Rose trat zu ihr und drückte sie.

»Keine Sorge, Liebes, das kriegen wir schon hin.« Sie versuchte, überzeugt zu klingen.

»Ich fürchte, Sie sind über sechseinhalb Monate schwanger, Miss Delancey. Zwei Wochen vor der vom National Health Service gesetzten Fristgrenze für einen Abbruch und meiner Ansicht nach zu weit fortgeschritten, um ihn zu riskieren. Der Geburtstermin wäre der zwanzigste April.«

Rose seufzte tief. Es war wie befürchtet.

Miranda sah die Ärztin an.

»Soll das heißen, ich kann nichts dagegen machen?« Sie wurde kreidebleich.

»Meiner Meinung nach stellt ein solcher Eingriff ein Gesundheitsrisiko für Sie dar, das ich nicht eingehen möchte.«

»Genau«, pflichtete Rose ihr bei. »Ich will dich nicht in Gefahr bringen. Tut mir leid, aber du wirst das Kind austragen müssen, Liebes.« Sie drückte die Hand ihrer Tochter fest.

»Weiß der Vater Bescheid?«, erkundigte sich die Ärztin sanft.

Miranda betrachtete ihre Hände und schüttelte den Kopf.

»Weißt du denn, wer der Vater ist, Liebes?«

Miranda blickte ihre Mutter an. Kurz sah Rose Furcht in den Augen ihrer Tochter aufflackern.

»Nein.«

»Liebes, ich glaube …«

»Nein! Mit ihm hat das nichts zu tun.«

Rose bemerkte den warnenden Blick der Ärztin.

»Also gut, Miranda. Wenn Sie im Moment nicht darüber reden möchten, ist das okay. Nun zu den ersten Schritten der Geburtsvorbereitung: Kommen Sie morgen wieder her, dann führe ich eine umfassende Untersuchung durch. Es sind nur noch drei Monate bis zur Niederkunft, und wir müssen uns sowohl um Ihr als auch um das Wohl des Kindes kümmern. Rauchen Sie, Miss Delancey?«

Rose lenkte ihren uralten Land Rover mit der schweigenden Miranda neben sich zurück nach Oxenhope. Während der Fahrt zerbrach sie sich den Kopf darüber, ob ihre Tochter in den vergangenen Monaten den Namen eines bestimmten Jungen erwähnt hatte. Wenn sie mehr als sechs Monate schwanger war, bedeutete das, dass die Empfängnis irgendwann im Juli stattgefunden hatte … Natürlich – Mirandas Geburtstagsparty. Rose erinnerte sich, wie mitgenommen sie am Ende des Abends gewirkt hatte … Es konnte jeder der etwa zwanzig anwesenden Jungen gewesen sein. Vielleicht wusste Miranda nicht mehr, welcher, und war deshalb so verschlossen.

»Du wirst mit der Schule pausieren müssen, Liebes, zumindest fürs Erste. Ich verschiebe die Ausstellung, bis das Baby auf der Welt ist und du dich erholt hast.« Rose hätte ihr gern gesagt, wie dumm es war, dass sie sich ihr nicht früher anvertraut hatte, denn dann hätten sie immerhin planen können, aber ihr schlechtes Gewissen, weil sie in den vergangenen Monaten so auf sich selbst bezogen gewesen war, hinderte sie daran. Rose hatte das Gefühl, dass alles ihre Schuld und sie somit verantwortlich war.

Miranda nickte nur und schaute weiter aus dem Fenster.

Wieder im Farmhaus, ging Miranda sofort hinauf in ihr Zimmer, warf sich aufs Bett und starrte hoch zur Decke.

Der Vater? Sollte sie es ihm sagen? Bestimmt würde er Verständnis haben und ihr helfen, oder?

Sie sprang auf und kramte in einer Schublade nach einem Notizblock. Bewaffnet mit Kugelschreiber und Papier, setzte sie sich wieder aufs Bett und schob sich ein paar Kissen in den Rücken.

»Lieber …«

Mit einem Aufschrei schleuderte Miranda den Block auf den Boden und begann zu weinen.

12

Leah starrte in ihrem winzigen Zimmer vor sich hin. Die Nachricht hatte sich in Windeseile in der Schule verbreitet. Miranda Delancey war schwanger und würde den Unterricht bis nach der Geburt des Babys nicht besuchen. Es gingen allerlei Gerüchte darüber, wer der Vater sein mochte. Miranda hatte nie über einen Mangel an Verehrern klagen müssen, aber niemand kannte einen sicheren Kandidaten.

Außer Leah.

Ihr zog sich die Brust zusammen, und sie spürte einen Kloß im Hals, während ihr eine Träne über die Wange rollte.

»Das wundert mich nicht«, lautete Mrs Thompsons Kommentar, als sie mit der Nachricht vom Farmhaus zurückkam. »Das Mädel war immer schon schwierig. Sie ist eine richtige kleine Madam. Und das arme Würmchen in ihrem Bauch wird nicht mal wissen, wer sein Dad ist. Mrs Delancey meint, Miranda weigert sich, es ihr zu sagen.«

Leah war klar, warum Miranda es Mrs Delancey nicht verraten wollte.

Brett. Der Vater von Mirandas Kind. Der Junge, von dem Leah geglaubt hatte, er liebe *sie*.

Leah war die letzten sechseinhalb Monate todunglücklich gewesen. Sie hatte ihr junges Herz Brett ganz und gar geschenkt und wusste nicht, ob sie sich jemals wieder von diesem Schmerz erholen würde.

Die Tatsache, dass Brett sich nach wie vor in der Nähe aufhielt, war das Schlimmste daran gewesen. Und sich Miranda in seinen Armen vorzustellen, deprimierte sie zutiefst. Als ihre Mutter ihr erzählte, dass Brett ins Internat zurückgekehrt war, hatte das den Kummer immerhin ein wenig gelindert.

Leahs Wut darüber, betrogen worden zu sein, hatte sich in Verzweiflung verwandelt, weil sie Brett nie wiedersehen würde.

Es hatte Momente gegeben, in denen sie sich einredete, Miranda habe gelogen, um sich zu rächen, doch nun war Leah klar, dass sie die Wahrheit gesagt hatte.

Leah hätte sich gewünscht, Brett hassen zu können – wirklich hassen, damit die Sehnsucht nach ihm verschwände. Aber das konnte sie nach wie vor nicht. Oft dachte sie an jenen Abend in der Scheune, als dieser Mistkerl sie gepackt hatte. Das war Miles gewesen, da war sie sich sicher. Doch sie traute sich nicht, etwas zu sagen, weil sie nicht riskieren wollte, dass ihre Mutter die Arbeit im großen Haus verlor. Brett hatte sie gerettet.

Sie liebte ihn immer noch.

Die seit jeher stille Leah zog sich weiter und weiter in ihr Schneckenhaus zurück. Sie versuchte, sich von ihrem Herzschmerz abzulenken, indem sie für die Probeklausuren lernte. Ihre Mutter meinte, ihr langes Schweigen bei Tisch habe etwas mit »Wachstumsbeschwerden« zu tun, aber Leahs Vater kannte die Wahrheit. Er zwinkerte ihr zu und erzählte ihr heitere Geschichten, um sie aufzumuntern.

Niemand war in der Lage, es wirklich zu verstehen. Wenn sie von Brett sprach, sagte ihr Vater, sie solle ihn vergessen, und das konnte sie nicht.

Niemals.

13

»Weiter pressen, ja, so ist's gut, gleich haben wir's geschafft. Noch einmal pressen, und …«

Die völlig erschöpfte Miranda presste mit hochrotem Gesicht ein letztes Mal und stieß einen Schrei aus, der sich mit dem ihres neugeborenen Kindes vermischte. Als sie das merkwürdige bläulich angelaufene Ding in den Armen der Hebamme sah, sank sie in die Kissen zurück. Sie wollte nur noch die Augen schließen und sich ausruhen.

»Nehmen Sie das Kleine, meine Liebe.« Die Hebamme legte Miranda das schreiende Kind in die Arme. »Was für ein hübsches kleines Mädchen.« Miranda musterte das winzige Wesen mit dem hässlichen, faltigen Gesicht.

Sie hatte sich gefragt, was sie empfinden würde, wenn sie ihr Baby zum ersten Mal im Arm hielt. Angst? Zuneigung? Weder noch. Miranda empfand überhaupt nichts.

Sie hielt der Hebamme das brüllende Kind hin. »Bin zu müde«, murmelte sie und machte die Augen zu.

Die Hebamme gab ein missbilligendes Geräusch von sich und brachte das Baby in den großen Raum mit den Neugeborenen.

Fünf Minuten später eilte Rose herein. Sie strich ihrer Tochter die verschwitzten blonden Haare aus dem Gesicht.

»Gut gemacht, Liebes. Ich habe die Kleine gerade gesehen. Sie ist wunderhübsch. Ich bin so stolz auf dich«, meinte sie lächelnd.

Während Miranda nickte, hielt sie die Augen fest geschlossen. Warum nur fanden alle das Kind so schön?, fragte sie sich. Sie war da anderer Meinung.

»Egal, ich lass dich jetzt ein bisschen ausruhen, Liebes, und schaue später wieder vorbei.« Rose küsste sie sanft auf die Wange und verließ leise den Raum. Nachdem sie sich bei den Ärzten vergewissert hatte, dass es Mutter und Tochter in den folgenden Stunden an nichts mangeln würde, holte sie den Wagen vom Parkplatz und machte sich auf den Weg nach Oxenhope. Sie war vierundzwanzig Stunden nicht zu Hause gewesen, seitdem sie die panische Miranda mit geplatzter Fruchtblase in der Küche vorgefunden hatte.

Rose war es gelungen, sie während der Fahrt zur Klinik zu beruhigen, obwohl sie innerlich genauso panisch war wie Miranda, weil sie sich an ihre eigenen Schmerzen damals erinnerte und sich gewünscht hätte, sie ihr abnehmen zu können.

Die Geburt hatte sich lang hingezogen, war aber zum Glück ohne Komplikationen verlaufen. Als Rose sich dem Farmhaus näherte, stellte sie fest, dass sie Tränen in den Augen hatte. Es war ein herrlicher Apriltag, in der Luft lag ein frischer Frühlingsgeruch.

»Alles wiederholt sich«, murmelte Rose. »Eine zweite Chance. Ich werde mein Möglichstes tun, das verspreche ich.« Sie wusste, dass die Probleme nun erst begannen.

Mrs Thompson hatte sich erboten, tagsüber auf das Baby aufzupassen, wenn oder falls Miranda wieder in die Schule ging. Allerdings bezweifelte Rose, dass ihre Tochter das tun würde, denn sie war nie sonderlich fleißig gewesen. Und die Reaktion ihrer Mitschüler, besonders der Jungen, hätte auch das selbstbewussteste Mädchen vom Schulbesuch abgehalten.

Trotzdem wäre Doreen Thompson wie seinerzeit bei Miles eine große Hilfe. Rose hatte die Ausstellungseröffnung auf Anfang August verschieben können, und während ihres Aufenthalts in London wäre Mrs Thompsons Beistand unbezahlbar, das wusste sie.

Sie fuhr die Anhöhe hinauf und stellte den Wagen vor dem Farmhaus ab, wo die Handwerker am Dach und an den angrenzenden Scheunen arbeiteten. Rose hatte die Scheunen an einen örtlichen Farmer verpachtet, um sich jeden Monat ein wenig Geld dazuzuverdienen, weswegen sie gerade für eine Herde Kühe hergerichtet wurden, die künftig darin untergebracht wäre.

»Wie ist es gelaufen, Mrs Delancey?«, rief einer der Handwerker vom Dach, als sie aus dem Auto stieg.

»Wunderbar. Es ist ein kleines Mädchen, und Mutter und Tochter sind wohlauf.«

»Super.« Er lächelte. »Ich hab was für Sie auf den Küchentisch gelegt. Einer von den Jungs hat's beim Ausräumen der Scheune gefunden. Er meint, es könnte eine Zeichnung von Ihnen sein.«

Rose runzelte die Stirn. »Danke, Tim.« Vermutlich ein Überbleibsel vom vorherigen Bewohner, dachte sie, als sie die Tür zur Küche öffnete.

Das Bild lag auf dem Tisch; der Rahmen war zerbrochen, die Skizze jedoch unbeschädigt. Rose verschlug es den Atem. Es handelte sich um eine fantastische Kohlezeichnung von Leah Thompson. Rose trug sie in ihr Atelier, stellte sie auf eine Staffelei, setzte sich und betrachtete die Signatur in der rechten unteren Ecke. »B. C.« Natürlich. Sie stammte von Brett.

Rose war überwältigt. Ihr Neffe hatte ihr seine Landschaftsskizzen gezeigt, und sie war beeindruckt gewesen von seiner offensichtlichen Begabung, aber das hier … Dieses Werk wirkte sehr viel reifer und besaß mehr Tiefe, als bei einem Künstler seines Alters und seiner Erfahrung zu erwarten. Das Gesicht, das sie aus dem Bild anblickte, war wunderschön, die Augen hatten etwas so Hypnotisches, dass man sich kaum von ihnen losreißen konnte. In ihnen hatte Brett Leahs Unschuld perfekt eingefangen.

Diese Zeichnung war von einem Liebenden gefertigt, das spürte Rose.

Sie fragte sich, warum Brett sie ihr nie gezeigt hatte. Wenn sie sie gesehen und sein Talent erkannt hätte, das er mit seiner Tante gemein hatte, dachte sie stolz, hätte sie ihn nachdrücklicher ermutigt.

David durfte seinem Sohn keine weiteren Steine in den Weg

legen. Rose trat an eine Schublade, holte einen Block heraus, nahm einen farbverschmierten Kugelschreiber und setzte sich auf einen Stuhl.

Nachdem sie die leere Seite fünf Minuten lang angestarrt und auf dem Ende des Stifts herumgekaut hatte, legte sie den Block weg.

Nein, sie hatte eine viel bessere Idee, wie sie Brett helfen konnte.

14

»Rose, Darling, wie schön, dich nach all den Jahren wiederzusehen.« Roddy umarmte sie fest, trat einen Schritt zurück und musterte sie von oben bis unten. »Mmm, immer noch die schöne Rosie.«

»Wirklich sehr nett, dass du das sagst, aber seit unserer letzten Begegnung vor zwanzig Jahren habe ich etliche Pfunde zugelegt.« Sie verzog den Mund zu einem selbstironischen Schmunzeln.

»Das steht dir gut, Darling. Du warst sowieso immer zu dünn.« Roddy klatschte in die Hände. »Ich kann's kaum glauben, dass du wirklich da bist.« Er hakte sich bei Rose unter. »Komm mit. In meinem Büro liegt eine Flasche von deinem geliebten Veuve Clicquot auf Eis. In der Galerie schauen wir uns später um. Deine Bilder sind heil eingetroffen. Ich muss gestehen, dass ich versucht war, gleich einen Blick darauf zu werfen.«

Rose begleitete Roddy durch die geräumige, neu gestaltete Galerie. Die leeren Wände erinnerten sie daran, warum sie hier war. In ihrem Bauch flatterten Schmetterlinge.

»Auf dich, Darling. Die Ausstellung wird ein Riesenerfolg, das weiß ich«, erklärte Roddy, schenkte ihr ein und reichte ihr die volle Champagnerflöte.

Rose trank einen Schluck. Dabei dachte sie an Miranda und die kleine Chloe. Sie hatte Gewissensbisse gehabt, sie allein zu lassen, aber da Mrs Thompson das Baby bemutterte wie ihr eigenes Kind, wusste Rose, dass kein Grund zur Sorge bestand. Hoffentlich musste Mrs Thompson nicht sämtliche Arbeiten allein erledigen, denn Miranda schob sie gern vor, um so wenig wie möglich mit der Kleinen zu tun zu haben.

»Natürlich bleibst du die nächste Woche bei mir in Chelsea.«

»Roddy, ich habe ein Hotelzimmer gebucht, und …«

»Vergiss das Hotel. Ich bestehe darauf, dass du zu mir kommst. Ich habe letztes Jahr eine Superwohnung gekauft. Die ist einfach himmlisch. Ich freue mich schon auf gemütliche Gin-Tonic-Abende zu Hause, wo du mir erzählst, was sich in den vergangenen zwanzig Jahren ereignet hat.«

Rose schmunzelte über ihren Freund. Trotz der Jahre war er völlig unverändert bis auf die Tatsache, dass er nun ein Toupet trug. Sein drahtiger Körper steckte wie immer in einem schicken Designeranzug.

Sie hatte Roddy 1948 kennengelernt. Am Royal College of Art war er im selben Jahrgang wie sie gewesen und hatte offenbar die schmerzlichen Geheimnisse ihrer Vergangenheit geahnt, denn er fragte sie nie danach.

Zum Dank dafür war sie nach dem College-Abschluss in seine gemütliche Wohnung in Earl's Court gezogen, hatte sich geduldig Roddys Schilderungen seines komplizierten Sexlebens angehört und bald den Überblick über die rasch wechselnden Männer, mit denen ihr Freund stets zu jonglieren schien, verloren. Roddy stammte aus dubiosen Adelskreisen in Devon und entwickelte sich zu einer bekannten Größe im Colony Room Club und im French House, wo sich in den Fünfzigerjahren die jungen Künstler trafen.

Nachdem Roddy zu der Erkenntnis gelangt war, dass er selbst nicht sonderlich viel Leidenschaft fürs Malen hegte, jedoch die Boheme-Atmosphäre liebte, hatte er sich darauf konzentriert, seine libidinösen Gaben sinnvoll einzusetzen. In den Kreisen, in denen sie verkehrten, scherzte man, Rose sei die einzige berühmte Persönlichkeit der Londoner Kunstwelt, die Roddy nicht verführt hatte. Als sie nach Yorkshire umsiedelte, lebte er mit einem steinreichen Kunsthändler in Südfrankreich.

»Wem gehört diese Galerie, Roddy?«, erkundigte sich Rose. »Die Cork Street ist eine Topadresse.«

Roddy füllte ihr Glas nach. »Jemand von einem Unternehmen in New York hat mich angerufen und mir einen Job als Leiter dieser Galerie angeboten. Weil ich zu dem Zeitpunkt ein bisschen in der Luft hing, habe ich sie mir angeschaut. Du hättest sie sehen sollen! Ein Skandal!« Roddy schüttelte den Kopf. »Damals war sie nicht viel mehr als eine leere Hülle. Jedenfalls habe ich die Leute in New York gebeten, sich mit mir in Verbindung zu setzen, sobald sie den Laden renoviert hätten. Sie haben mir gesagt, ich hätte freie Hand bei der Gestaltung, Geld würde keine Rolle spielen. Da konnte ich selbstverständlich nicht widerstehen!« Roddy trank einen Schluck Champagner. »Dann ist ein ausgesprochen netter Geschäftsmann aus New York hergeflogen, um das Ergebnis zu begutachten. Gott sei Dank hat es ihm gefallen. Am Ende war es sogar seine Idee, eine Ausstellung mit Künstlern aus den Fünfzigerjahren zu machen.« Rose sah ihn fragend an. »Keine Sorge, es hat alles seine Ordnung«, beruhigte Roddy sie. »Wir zahlen pünktlich unsere Steuern, und das Projekt wird nicht von der Mafia finanziert. Es ist wundervoll. Sie lassen mich einfach machen.«

»Läuft's gut?«

»Wir haben erst seit Neujahr geöffnet, mit deinen Bildern machen wir die sechste Ausstellung. Aber bei meinen Verbindungen wird der Erfolg nicht lange auf sich warten lassen.« Er zwinkerte ihr zu. »Ich habe vor, wieder ein bisschen Spaß in die Kunstwelt zu bringen. Seit sich unsere lustige Truppe von damals in alle Winde zerstreut hat, ist sie schrecklich spießig und versnobt geworden. Ich habe alle zu einer kleinen privaten Vernissage eingeladen. Susan Sontag, Edward Lucie-Smith und ein paar andere wollen vorbeischauen und ihre alte Stallgenossin begrüßen. Sich vergewissern, dass du tatsächlich noch lebst.« Er kicherte.

»Oje, Roddy, nun komme ich mir vor wie ein uraltes Schlachtross. Ich bin erst sechsundvierzig, weißt du.«

»Sorry, Schätzchen, die Menschen lieben nun mal Geheimnisse. Niemand weiß, warum du dich seinerzeit auf dem Höhepunkt deiner Karriere abgesetzt hast.«

Und ich hoffe bei Gott, dass das auch so bleibt, dachte Rose.

»Ich habe jede Menge Interviews für dich organisiert. Morgen mit dem *Guardian* und dem *Telegraph*, und am Donnerstag mit John Russell. Dann …«

Während Roddy eine lange Liste von Zeitungsnamen herunterrasselte, fragte Rose sich, welcher Teufel sie geritten hatte, sich auf diese Ausstellung einzulassen. Würde sie das schaffen? Konnte sie ruhig und ohne mit der Wimper zu zucken in der Kunst der Befragung geübte Journalisten belügen?

Sie musste. Zwanzig Jahre Selbstverleugnung waren eine zu harte Strafe für ihr Vergehen. Sie war es sich schuldig, diese Chance zu ergreifen. Also nickte sie und lächelte und machte sich daran, mit ihrem alten Freund ihre Gemälde zu inspizieren.

Roddy ließ sich Zeit bei der Betrachtung der Werke. Rose nippte nervös an ihrem Champagner. Endlich wandte er sich ihr zu. »Ich meine, in dem hier einen Hauch von Romantik zu erspüren. Hast du dich verliebt, Darling?«

Rose schüttelte lachend den Kopf. »Nein, Roddy. Ich weiß, meine neuen Bilder sind weicher, die Farben weniger hart und die Linien gedämpfter als früher.« Panik stieg in ihr auf. »Sie gefallen dir doch? Oder habe ich meine Gabe verloren?« Rose biss sich auf die Lippe. Sie hasste dieses vertraute Gefühl der Unsicherheit, wenn jemand den Ausdruck ihrer intimsten Emotionen auf Leinwand begutachtete.

»Sie sind anders als deine Werke damals, aber nach wie vor unverkennbar von Rose Delancey. Du bist reifer geworden. Vielleicht war es die richtige Entscheidung, eine Pause zu machen, denn diese Bilder sind grandios.« Er verschlang die zwanzig Gemälde gierig mit Blicken. Fast konnte Rose die Dollarzeichen in seinen Augen sehen. »Jetzt führe ich dich zum Essen im San Lorenzo aus, dann kommen wir hierher zurück und hängen die Bilder. Na, wie klingt das?«

»Sehr gut, Roddy.« Rose war die Erleichterung vom Gesicht abzulesen.

Sie fuhren mit dem Taxi zum Beauchamp Place, wo der Oberkellner Lucio sie diskret an einem Tisch platzierte. Bei einem opulenten Mahl aus gegrillter Rotbarbe mit Fenchelsamen und Kalbfleisch à la San Lorenzo, dazu eine Flasche Frascati Fontana Candida, besprach Roddy mit Rose die Preise für die Gemälde.

»Findest du das nicht ein bisschen übertrieben, Roddy? Schließlich war ich zwanzig Jahre lang in der Versenkung verschwunden, und bestimmt wirkt mein Stil, verglichen mit dem, was die jungen Leute heutzutage machen, veraltet.«

»Keinesfalls, Darling. Die figurative Art, wie du jetzt malst, ist gerade ungeheuer populär. Denk bloß an die Sachen von Lucian Freud! Die verkaufen sich für ein Vermögen. Wir müssen dir ein exklusives Image verpassen, damit Händler und Sammler das Gefühl haben, ein Stück britischer Kunstgeschichte zu kaufen. Die Menschen zahlen gern für das Vergnügen, etwas Seltenes zu besitzen, nicht irgendeinen Krempel aus der Grabbelkiste.«

»Wahrscheinlich hast du recht.« Rose seufzte. Sie merkte, dass sie keine Ahnung mehr vom Kunstmarkt hatte. Die Zahlen, die Roddy ihr nannte, erschienen ihr astronomisch hoch und würden ihren Kontostand auf ein ausgesprochen komfortables Niveau heben.

»Ich halte es trotzdem für riskant, meine Bilder zu ähnlichen Preisen anzubieten wie die aktueller Topkünstler.«

»Vertrau mir, Rose. Du bist meine Nummer eins. Die Galerie zum Laufen zu kriegen, hängt von deinem Erfolg ab. Nach deiner Ausstellung wissen die Kunstsammler auf der ganzen Welt, dass du wieder im Geschäft bist. Ich habe vor, dich größer rauszubringen, als du in den Fünfzigerjahren warst.«

»Warten wir erst mal die Ausstellung ab, ja?« Rose war entschlossen, sich keine zu großen Hoffnungen zu machen.

»Darling, ich kann deine Bedenken verstehen. Weißt du was? Ich bestelle uns jetzt einen Kaffee, und dann erzählst du mir alles über das feuchte Land der Whippets und Wensleydale-Schafe.«

»Ich habe keinen Whippet, aber ich lebe mit meinen beiden

Kindern zusammen, und … tja, ich bin gerade Großmutter geworden.«

»Rose!« Roddy verschluckte sich fast an seinem Frascati. »Ich wusste gar nicht, dass du verheiratet bist.«

»Bin ich auch nicht. Eins meiner Kinder – Miranda – ist adoptiert.«

»Verstehe. Und der Vater von dem anderen?«

»Spielt keine Rolle.«

»So, so, die Dame liebt nach wie vor Geheimnisse.« Roddy schmunzelte. »Keine Sorge, ich frag dich nicht weiter aus. Aber bestimmt kannst du mir sagen, warum du damals einfach so verschwunden bist, oder? Ich verspreche dir, es niemandem zu verraten. Darüber rätsle ich mit dem Rest der Kunstwelt seit zwanzig Jahren. Es gingen Gerüchte, dass du mit diesem Scheich, der so viele von deinen Gemälden gekauft hat, in irgendeinen Harem in der Sahara durchgebrannt bist. Oder der deutsche Graf dich entführt hat, oder …«

Rose schüttelte lachend den Kopf. »Nichts so Aufregendes, Roddy. Ich bin einfach nur nach Yorkshire gegangen, das ist alles.«

»Als ich aus Frankreich zurückkam und deine Nachricht fand, dass du mir und der Wohnung einfach so den Rücken kehrst, ohne dich zu verabschieden oder deine neue Adresse zu hinterlassen, hätte ich dir gern den Hals umgedreht, das muss ich gestehen. Es hat mehr als ein Jahr gedauert, bis du mir aus Yorkshire geschrieben hast, und das auch nur, damit ich deine Post an dich weiterleiten konnte. Egal, ich denke, ich vergebe dir.« Roddy rümpfte die Nase.

»Sorry, Roddy. Ich hatte ein schrecklich schlechtes Gewissen, doch es ging leider nicht anders.«

»Aber warum, Rose? Es lief doch alles prächtig. Deine Karriere, die tollen reichen Männer, die dich unbedingt heiraten wollten. Nicht, dass du dich je für einen von denen interessiert hättest. Ich glaube ja nach wie vor, du hattest irgendeinen adeligen Boyfriend, den du vor mir geheim halten wolltest. Soweit ich mich erinnere, bist du gelegentlich zu ›Ausflügen‹ verschwunden. Jetzt kannst du's mir doch verraten, Rose.« Roddy zwinkerte ihr zu.

Rose nippte an ihrem Kaffee. »Genug von der Vergangenheit. Ich hatte damals einfach keine Energie mehr, brauchte Zeit, mich zu sortieren, und wollte nicht mehr malen, okay, Roddy?«

Roses Stirnrunzeln verriet Roddy, dass sie ihm nicht mehr sagen würde. »Natürlich. Lass uns den Kaffee zu Ende trinken, und dann machen wir uns in der Galerie an die Arbeit.«

Rose genoss den restlichen Nachmittag sehr. Roddy und sie verbrachten Stunden damit, die Bilder aufzuhängen. Dann gefiel ihnen die Anordnung nicht, und sie nahmen sie wieder herunter und fingen von vorn an.

»Gott, bin ich müde. Zeit für eine Pause.« Roddy verschwand zu der Kochnische im hinteren Teil der Galerie und kehrte zwei Minuten später mit einem kleinen Rahmen zurück.

»Das hätten wir fast vergessen. Ich habe es im Lager bei den anderen gefunden. Lass uns einen Blick drauf werfen.« Roddy entfernte die Hülle und lehnte die Zeichnung gegen die Wand.

»Das ist nicht von dir, oder, Rose, Darling?«

»Äh, nein. Was hältst du davon?«

Roddy betrachtete das Bild nachdenklich. »Ich finde es sehr hübsch. Das Mädchen darauf ist atemberaubend schön. Wer hat es gezeichnet?«

»Ein Freund. Er weiß nicht, dass ich es hierhergebracht habe, doch ich denke ähnlich darüber wie du und wollte eine zweite Meinung hören. Der Künstler ist noch sehr jung.«

»Handelt es sich etwa um einen Schützling von dir?«, fragte Roddy schmunzelnd.

»Nein. Er ist mein Neffe.«

»Aha! Davids Sohn also?« Roddy sah sie fragend an, doch Rose zeigte keine Reaktion. »Wenn ich es mir genauer ansehe, erkenne ich Ähnlichkeiten zwischen euren Werken. Nicht im Hinblick auf den Stil, aber die Zeichnung hat etwas Hypnotisches. Wenn du möchtest, hänge ich sie um die Ecke auf. Als Grundstein für meinen kleinen Bereich neuer Künstler.«

»Ja, warum nicht? Doch sie gehört nicht mir; ich kann sie nicht verkaufen.«

»Natürlich nicht. Wir hängen sie trotzdem auf. Mal sehen, ob sich jemand dafür interessiert.«

»Gut. Wie wär's jetzt mit einer Tasse Tee?«

Eine Woche später betrachtete sich Rose in dem riesigen Spiegel in Roddys Gästesuite. Zum ersten Mal seit zwanzig Jahren bereute sie es, ihre schlanke Figur verloren zu haben. In Yorkshire hatte sie sich nichts aus ihrem Aussehen machen müssen. Dort gab es ja niemanden, dem es auffiel. Doch heute Abend würde sich die Pressemeute auf sie stürzen und nicht nur ihre Arbeit begutachten.

Als sie den Gürtel ihres schwarzen Gewandes enger zog, sah sie aus wie eine Puffmutter, fand sie. Das sündhaft teure Kleid von Dior war mit winzigen glitzernden Pailletten besetzt. Im Laden hatte sie geglaubt, es lasse sie elegant und vielleicht auch schlanker wirken, doch nun merkte sie, dass sie sich getäuscht hatte.

»Mist!« Rose riss sich das Ding vom Leib, das auf den Marmorfußboden in Roddys Bad glitt, und ging ihre Garderobe nach einem ihrer Lieblingskaftans durch. Er war uralt; sie hatte ihn spottbillig in einem Dritte-Welt-Laden in Leeds erstanden, fühlte sich aber wohl darin. Sie stellte sich noch einmal vor den Spiegel. Viel besser! Der dunkelgrüne Kaftan brachte ihre smaragdgrünen Augen und ihre tizianroten Haare gut zur Geltung. Dazu legte sie mehrere schwere Goldketten sowie zwei breite Goldarmreifen an.

Dann atmete Rose tief durch, um ruhiger zu werden, denn sie war schrecklich nervös.

»Reiß dich zusammen, Mädchen, du hast schon viel Schlimmeres erlebt. Das wird dein Abend. Denk ans Geld und versuch, ihn zu genießen.«

Rose ging zu Roddy zurück, der sie, bekleidet mit einer Smokingjacke, im Wohnzimmer erwartete.

»Wie sehe ich aus, Roddy? Sei ehrlich.«

Roddy breitete die Arme aus. »Atemberaubend, einfach atemberaubend. Der Kaftan ist fantastisch. Balmain oder vielleicht Galanos?«

Rose ergriff seine Hände. »Weder noch. Heutzutage ist mir sogar Marks & Spencer zu teuer.«

»Warte nur bis nach Mitternacht. Sobald die Kunstwelt ihre verlorene Tochter wieder in ihren Reihen begrüßt hat, wirst du dir die gesamte Kollektion von jedem beliebigen Modehaus leisten können.« Er warf einen Blick auf seine Uhr. »Draußen wartet das Taxi. Lass uns gehen. Keine Sorge, Darling. Du wirst als Königin in diese Wohnung zurückkehren.« Roddy berührte sanft Roses Wange und hielt ihr den Arm hin. Sie hakte sich lächelnd bei ihm unter.

Um neun Uhr war die Galerie gerammelt voll. Der Champagner floss in Strömen, und Rose war von Leuten umgeben, die sie zwanzig Jahre lang nicht gesehen hatte. Immer ein Auge auf die Kunstkritiker gerichtet, die ein jedes ihrer Bilder eingehend begutachteten, plauderte sie ruhig mit den vielen, die gekommen waren, um sie zu unterstützen. Sie fühlte sich wie in einer Zeitschleife: die gleichen Menschen, die gleiche Atmosphäre … und doch hatte sich so vieles verändert. Davon zeugten die grauen Haare und Krähenfüße der Leute, mit denen sie seinerzeit bis in die Puppen gefeiert hatte. Es war merkwürdig, etlichen der jungen, sorglosen Künstler von früher nun als erwachsenen Männern im Anzug, mit verantwortungsvollen Jobs und dazu passenden Ehefrauen neu zu begegnen.

Rose wurden die immer gleichen Fragen gestellt. Nach einer Woche Umgang mit den Medien beantwortete sie sie gekonnt, und die eingeübten Worte kamen ihr leicht und natürlich über die Lippen.

Als sie sich umblickte, sah sie Roddy ins Gespräch mit einem wohlhabenden Kunstsammler vertieft, den sie aus den Fünfzigerjahren kannte und der damals drei ihrer Gemälde erworben hatte. Sie brauchte nur einen so einflussreichen Mann wie ihn, der sich traute, jetzt etwas von ihr zu kaufen, dann würden die anderen schon folgen.

Rose schaute verstohlen auf die Uhr und fragte sich, wo Miles blieb. Er hatte versprochen, bis halb neun da zu sein, aber bislang hatte er sich nicht blicken lassen.

»Rose, Darling«, riss Roddy sie aus ihren Gedanken. »Habe ich es dir nicht gesagt? Ich wusste doch, dass es ein Riesenerfolg werden würde. Komm mit und sag Hallo zu Peter. Bestimmt erinnerst du dich an ihn. Vor Jahren hat er drei deiner Bilder gekauft und wäre sehr interessiert an zwei weiteren aus der heutigen Ausstellung. Also sei nett zu ihm, und …«

Peter Vincent war der Sammler, mit dem Rose Roddy zuvor beobachtet hatte. Sie setzte ihr charmantestes Lächeln auf und ging zu ihm, um ihm die Hand zu schütteln.

Da betrat Miles die Galerie. Die Bedienung bot ihm ein Glas Champagner an, aber er entschied sich für Orangensaft. Er blickte sich in dem vollen Raum um und sah seine Mutter, die sich mit jemandem unterhielt.

Miles hasste Menschenmengen. Sie erzeugten Klaustrophobie in ihm und gaben ihm das Gefühl, unwichtig zu sein, nur ein kleiner Fetzen vom großen Körper der Menschheit. Doch weil seine Mutter ihn gebeten hatte zu kommen, konnte er schlecht Nein sagen. Er war nach London gefahren und hatte die vergangenen beiden Tage damit verbracht, mit seiner Fotomappe bei Zeitschriften und Zeitungen Klinken putzen zu gehen.

Am Nachmittag hatte er tatsächlich einen Job gefunden. Es handelte sich lediglich um einen Zeitvertrag, allerdings immerhin bei einem wichtigen Modemagazin. Im kommenden Monat würde er zu den Haute-Couture-Modenschauen der nächsten Frühjahrs- und Sommerkollektionen in Mailand fliegen. Nicht als Fotograf, sondern als Assistent von Steve Levitt, einem der begehrtesten Fotokünstler der Zeitschrift. Möglicherweise würde sich für ihn neben dem Filmewechseln und dem Herumschleppen der Ausrüstung die Chance ergeben, selbst Bilder zu machen.

Miles schlenderte herum, betrachtete die Gemälde an der Wand. Er fand die Werke seiner Mutter seltsam und konnte keine Verbindung zwischen ihnen und Rose herstellen. Obwohl er ihre Begabung erkannte, zog er die unkomplizierte Abbildung der Realität in seinen Fotos vor.

Als er einen ruhigeren Teil der Galerie fand, stand er plötzlich vor der Zeichnung von Leah. Dieses Bild konnte den vielen Fotos, die er im Lauf der Jahre von ihr gemacht hatte, nicht das Wasser reichen, das wusste er.

»Schwein«, murmelte er.

»Wie bitte?«, fragte ein blonder Mann hinter ihm, der die Zeichnung ebenfalls betrachtete.

»Entschuldigung, ich habe nicht Sie gemeint«, sagte Miles.

Der Mann hob eine Augenbraue. »Sie wissen nicht zufällig, wer das Mädchen ist, oder?«

»Fragen Sie lieber den Inhaber der Galerie. Tut mir leid, ich kann Ihnen nicht weiterhelfen.« Miles entfernte sich.

Steve Levitt nickte und wandte sich wieder der Zeichnung zu. Die junge Frau darauf strahlte Jugend, Unschuld und Schönheit aus, genau das, wonach Madelaine immerzu suchte. Und sie hatte die Art von Gesicht, von der Steve für seine Fotos träumte. Er bahnte sich einen Weg durch die Menge zu Roddy, der bei Rose Delancey stand.

»Steve, Schätzchen.« Roddy küsste ihn auf beide Wangen. »Kennst du Rose Delancey?«

»Ja.« Steve grinste. »Aber sie erinnert sich bestimmt nicht mehr an mich. Damals war ich ein Hungerleider, der verzweifelt versuchte, sich mit Fotos seinen Lebensunterhalt zu verdienen.«

»Doch, ich erinnere mich an Sie. Sie haben seinerzeit ein Bild von mir mit einem Mann im Regent's Park gemacht, den ich vor der Öffentlichkeit verbergen wollte, und es an die halbe Fleet Street verkauft.« Rose lachte.

»O Gott, Sie erinnern sich tatsächlich an mich!« Steve hob in gespieltem Schrecken die Hände. »Ich bekenne mich schuldig.«

»Bestimmt verzeiht Rose dir. Weißt du, Steve ist jetzt *der* Londoner Topfotograf. Sogar die betuchten Damen älteren Semesters wenden sich an ihn, nicht an David Bailey«, erklärte Roddy.

»Nun ja, ich komme zurecht.« Steve schmunzelte. »Ich wollte fragen, ob du mir helfen kannst, Roddy. Um die Ecke hängt eine Kohlezeichnung von einer atemberaubend schönen jungen Frau. Weißt du, wer sie ist? Madelaine hätte die bestimmt gern für ihren Stall.«

Roddy zuckte die Achseln. »Leider nein. Kennst du sie vielleicht, Rose?«

»Ja. Aber wer ist Madelaine?«, erkundigte sie sich argwöhnisch.

»Die *châtelaine suprême* der größten Londoner Modelagentur«, antwortete Roddy.

Rose spitzte die Ohren. »Das Mädchen von der Zeichnung wird Ende dieses Monats erst siebzehn, und …«

»Perfekt. Wir holen sie uns heute gern jung.«

»Sie heißt Leah Thompson und ist die Tochter meiner Haushaltshilfe.«

»Ein echtes Aschenputtel also«, spottete Roddy.

»Wenn es dir nichts ausmacht, Roddy, würde ich Madelaine gern morgen herbringen und ihr die Zeichnung zeigen. Dann könnten wir die Kleine ins Büro bestellen und …«

»Moment«, fiel Rose ihm ins Wort. »Das arme Mädchen lebt in Yorkshire und ist gerade dabei, sich auf den Schulabschluss vorzubereiten. Ich kann mir kaum vorstellen, dass die Eltern sie so ohne Weiteres nach London kommen lassen.«

»In dem Fall wird Madelaine nach Yorkshire fahren müssen. Sie kann sehr gut mit schwierigen Eltern umgehen.«

»Trotzdem langsam«, beharrte Rose. »Sie wissen nichts über Leah, haben Sie nie persönlich gesehen, und …«

»Wenn sie nur halb so hübsch ist wie auf der Zeichnung«, unterbrach Steve sie, »wird sie in ein paar Jahren berühmt sein wie Jerry Hall und Marie Helvin. Sie kennen sie, Rose. Wie groß ist sie?«

Rose seufzte, denn sie wusste, dass Leahs Größe, die sie auf knapp eins achtzig schätzte, Steves Augen noch heller glänzen lassen würde. Deshalb beantwortete sie seine Frage eher zögernd.

»Die Kleine wird ja immer besser.« Steve strahlte. »Tja, schön, Sie nach all den Jahren wiederzusehen. Hoffentlich vergeben Sie mir das Foto vom Regent's Park. Das hat mir damals übrigens zum Durchbruch verholfen.« Er wandte sich Roddy zu. »Wenn es dir recht ist, schaue ich morgen mit Madelaine vorbei.«

»Gern«, meinte Roddy. »Dann kann ich mich damit brüsten, nicht nur eine der größten lebenden Künstlerinnen wiederentdeckt, sondern auch einem jungen Model zu einer glamourösen Karriere verholfen zu haben.«

Steve winkte ihnen zum Abschied zu. Roddy umarmte Rose aufgeregt. »Peter will fast sicher zwei Bilder kaufen, eine Amerikanerin möchte morgen noch mal herkommen, um *Licht meines Lebens* genauer zu begutachten, und ein Sammler aus Paris ist ganz versessen auf den *Sturm*. Möglicherweise verdienst du dir gerade ein Vermögen, Darling. Mischen wir uns unter die Leute. Mal sehen, ob wir weitere potenzielle Käufer finden. Die Nacht ist noch jung, Rose.«

Als Roddy ihr durch die nach wie vor volle Galerie voranging, gestattete Rose sich ein kleines Lächeln. *Wie schön, wieder da zu sein!*

15

»Was soll ich sagen, Darling? Ich glaube, das Wort ›Triumph‹ fasst es am besten zusammen. Du bist zurück, Rose.«

Als Rose Roddys Stimme am Telefon hörte, konnte sie sich vorstellen, wie er von einem Ohr zum anderen grinste.

Am Tag nach der Ausstellungseröffnung hatte Rose darauf bestanden, mit dem Frühzug zurück nach Leeds zu fahren, weil sie sich Sorgen um Miranda und das Baby machte. Ihr Freund hatte natürlich heftig widersprochen und ihr mitgeteilt, es gebe noch einige Kaufinteressenten, die sie kennenlernen solle, doch Rose hatte sich nicht umstimmen lassen.

Nun saß sie in ihrem Atelier inmitten der Sonntagszeitungen, die meisten mit guten bis begeisterten Kritiken über ihre Ausstellung.

»Danke, Roddy, für deine Hilfe.«

»Danke nicht mir, Darling. Du bist die Künstlerin. Schätze, du kannst dir jetzt ein paar neue Leinwände und Pinsel leisten. Sechs deiner Bilder sind verkauft, für insgesamt fünfzehntausend Pfund.«

»O Gott, das ist ja unglaublich!«, rief Rose aus.

»Nichts, verglichen mit dem, was du in Zukunft verdienen wirst, aber es ist immerhin ein Anfang. Und Steve Levitt hat gestern Madelaine in die Galerie gebracht, damit sie sich die Zeichnung von Leah ansieht. Madelaine hätte fast an Ort und Stelle ein Taxi nach Yorkshire bestellt.«

»Du meine Güte«, murmelte Rose.

»Ja. Steve muss nächste Woche zu einem Fotoshooting nach Paris und möchte Madelaine, sobald er Anfang September zurück ist, zu euch bringen, damit sie dieses Mädchen persönlich kennenlernen kann. Ich habe mir gedacht, ich begleite sie, um zu sehen, wo meine Topkünstlerin lebt und arbeitet. Wir nehmen den Jaguar und sind zum Lunch da. Wie klingt das?«

»Gut, Roddy, aber ich bin mir nicht so sicher, was Leahs Eltern davon halten werden.«

»Bitte Leah und ihre Mutter, nach dem Lunch zu dir zu kommen. Dann kann Madelaine sie bearbeiten.«

»Ich weiß nicht, ob ich da mitmischen möchte. Sie muss sich auf die Schule konzentrieren und …«

»Gib der Kleinen die Chance, sich selbst zu entscheiden. Sie kann Madelaine ja jederzeit Nein sagen.«

»Na schön, Roddy.«

»Wunderbar. Erklär Leah, es ist eine große Ehre, dass Steve Levitt bereit ist, *avec* Madelaine Winter in die Wildnis von Yorkshire zu kutschieren.«

»Ich rede morgen mit ihrer Mutter.«

»Prima. Und möglicherweise gibt's weitere gute Nachrichten über deine Bilder. Morgen kommt jemand in die Galerie, der sich für drei interessiert. Ich melde mich. *Ciao*, Darling.«

Er legte auf. Rose schlenderte in die Küche, wo Miranda gerade Fläschchen für die fröhlich in ihrer Kindertrage auf dem Küchentisch glucksende Chloe sterilisierte.

»Hallo, Liebes.« Rose streckte ihr einen Finger hin, den Chloe mit ihrer winzigen Hand ergriff. »Die Kleine hat ganz schön viel Kraft. Wie sie zupackt – unglaublich. Sie scheint in meiner Abwesenheit gewachsen zu sein, was, meine Hübsche?« Rose nahm Chloe hoch und drückte sie an sich.

»Wenn du meinst«, brummte Miranda mürrisch.

Rose sah ihre Tochter an und seufzte. Seit der Geburt von Chloe hatte Miranda sich sehr verändert. Sie schien keinerlei Lebensfreude mehr zu besitzen, und während sie sich früher fast zwanghaft um ihr Aussehen gekümmert hatte, machte sie sich nun nicht mehr die Mühe, sich zu schminken. Die hübschen blonden Haare hatte sie zu einem strengen Pferdeschwanz gefasst, und schon seit Wochen trug sie dieselbe Jeans.

»Das eben am Telefon war Roddy. Er hatte gute Nachrichten für mich, sechs meiner Bilder sind für viel Geld verkauft. Das sollten wir feiern. Morgen fahren wir nach York und machen einen Einkaufsbummel.«

»Und was ist mit dem Kind?« Miranda löste Chloe grob aus Roses Armen und setzte sich an den Tisch. Die Kleine protestierte, als Miranda ihr den Sauger des Fläschchens in den Mund rammte.

»Mrs Thompson hat bestimmt nichts dagegen, auf Chloe aufzupassen. Du weißt ja, wie sehr sie die Kleine liebt. Ich muss sowieso wegen Leah mit ihr reden.«

Miranda hob den Blick. »Was ist mit Leah?«

Rose war klar, dass sie ihrer demoralisierten Tochter gegenüber sehr vorsichtig sein musste. »Ein mit Roddy befreundeter Fotograf scheint sie ablichten zu wollen. Er kommt im September zum Lunch hierher.«

»Woher weiß der Typ, wie sie aussieht?«, fragte Miranda.

»In der Ausstellung hängt eine Zeichnung von ihr«, antwortete Rose verlegen und erhob sich. »Bis später, Liebes.«

Als Rose die Küche verließ, lauschte Miranda mit geschlossenen Augen, wie ihre Tochter zufrieden an dem Fläschchen nuckelte.

Miranda hasste den permanenten Geruch von schmutzigen Windeln, Babypuder und milchigem Erbrochenem in sämtlichen Kleidungsstücken. Sie hasste es, mitten in der Nacht aufstehen zu müssen, um die schreiende Chloe zu füttern, und sie hasste es, sich alles von einem Wesen ruinieren zu lassen, das so vollständig von ihr abhing. Mit ihren siebzehn Jahren meinte sie, ihr Leben sei schon zu Ende, bevor es überhaupt begonnen hatte.

Die Sache hatte sie etwas gelehrt. Sie hasste Männer. Abgrundtief. Wieso wurde das Leben des Kindsvaters nicht genauso ruiniert wie das ihre? Noch vor einem Jahr hatte sie ihre Zukunft klar vor Augen gehabt. Sie hatte Kontrolle über die Männer ausüben und sie benutzen wollen, um zu bekommen, was sie wollte. Aber nun war sie das Opfer.

Sie zog Chloe den Sauger des leeren Fläschchens aus dem Mund und hob die Kleine auf die Schulter, damit sie ein Bäuerchen machte.

Seit Chloes Geburt grübelte Miranda über ihre eigene Mutter nach. Zum ersten Mal überhaupt fragte sie sich, wer sie war, warum sie sie seinerzeit im Stich gelassen hatte. Manchmal wünschte Miranda sich, das auch mit ihrer Tochter tun zu können.

Jetzt begriff sie, wie der Hase lief: Alle waren nur auf ihren eigenen Vorteil bedacht. Niemand machte sich etwas aus ihr.

Ihre Träume von einem besseren Leben waren durch Chloe zerstört, dachte sie traurig, und eine Träne rollte ihr über die Wange.

16

Rose sah, wie der grüne Jaguar sich dem Farmhaus näherte, und beobachtete die Frau, die auf der Beifahrerseite ausstieg, nachdem er gehalten hatte.

Madelaine Winter, Ex-Model und Inhaberin der erfolgreichsten Modelagentur in Europa, war noch immer attraktiv. Zwar älter als Rose, doch diese musste zugeben, dass sie jünger wirkte. Ihre dichten schwarzen Haare, die sie zu einem straffen Knoten gefasst trug, wiesen keinerlei graue Strähnen auf, und sie hatte nach wie vor die Figur, mit der sie bis Anfang der Sechzigerjahre auf sämtlichen wichtigen Laufstegen Mode präsentiert hatte. Ihr rotes Kostüm stammte von Chanel, sie war gekonnt geschminkt. Wieder einmal fühlte sich Rose alt und unansehnlich und beschloss, umgehend eine Diät zu beginnen.

»Darling! Wir sind da! Gütiger Himmel, du wohnst ja praktisch am Ende der Welt! Wie hältst du das nur aus?«

Rose begrüßte Roddy mit einem Lächeln und einem Küsschen, schüttelte Steve und Madelaine die Hand und führte sie ins Wohnzimmer.

»Was für ein fantastischer Ausblick«, schwärmte Madelaine, als sie aus dem Fenster schaute.

»Ja«, pflichtete Steve ihr bei.

»Hoffentlich ist das Mädchen den Aufwand wert. Wir haben auf dem Motorway ewig im Stau gestanden, und für die Rückfahrt brauchen wir bestimmt Stunden«, jammerte Roddy.

Wie merkwürdig, dachte Rose, diese drei schick gekleideten Londoner, die so gar nicht hierherpassten, in ihrem Wohnzimmer zu haben. Leah würde sicher überwältigt sein, und Rose fragte sich, ob es richtig gewesen war, Mrs Thompson zuzureden, dass sie ein Treffen mit ihrer Tochter ermöglichte.

»Es gibt ein leichtes Mittagessen. Ich würde aber vorschlagen, dass wir uns zuerst einen Drink genehmigen.«

»Wunderbar. Zur Feier des Tages habe ich ein Fläschchen Champagner dabei. Gestern habe ich dein zehntes Bild an den Mann gebracht.« Roddy zog eine Magnumflasche aus der Plastiktüte in seiner Hand.

»Gratuliere, Rose. In London spricht man noch immer von Ihrer Ausstellung.« Madelaine lächelte, dabei kamen ihre ebenmäßigen weißen Zähne zum Vorschein.

Rose holte Gläser, und Roddy sprach einen Toast auf sie aus.

»Und auf Leah«, fiel Steve ihm ins Wort.

»Apropos Leah: Ihre Mutter bereitet gerade in der Küche das Essen zu. Leah stößt später zu uns. Doreen ist über die Angelegenheit nicht allzu glücklich, also würde ich an Ihrer Stelle nicht zu forsch vorgehen. Sie ist eine Yorkshire-Frau durch und durch und eine verdammt gute Haushaltshilfe. Ich möchte nicht, dass Doreen oder Leah sich von Ihnen gedrängt fühlt.«

»Keine Sorge, Rose. Ich lasse Umsicht walten, das verspreche ich«, versicherte Madelaine ihr.

In dem Moment öffnete Miranda die Tür. Rose hielt die Luft an. Ihre Tochter trug einen ihrer engen Miniröcke und ein tief ausgeschnittenes Top, und ihr Gesicht war wieder wie früher mit Make-up zugekleistert. Wie peinlich, dachte Rose.

»Miranda, das sind Madelaine Winter, Steve Levitt und Roddy Dawes. Und das ist meine Tochter Miranda.«

Miranda posierte kurz lächelnd an der Tür, bevor sie den Raum betrat. »Wenn dir das recht ist, Rose, würde ich euch beim Mittagessen Gesellschaft leisten«, verkündete Miranda mit leicht rauchiger Stimme.

»Natürlich, Liebes«, sagte Rose, bevor sie sich wieder an ihre Gäste wandte. »Miranda hat mir gerade mit einer hübschen kleinen Enkelin ein wunderbares Geschenk gemacht.«

Miranda bedachte Rose mit einem giftigen Blick.

»Lasst uns ins Esszimmer gehen«, meinte Rose hastig.

Sie nahmen dort Platz. Miranda wartete, bis Steve sich gesetzt hatte, und wählte dann den Stuhl neben seinem.

»Ah, da ist Doreen mit der Suppe. Doreen, darf ich Ihnen Steve Levitt vorstellen? Er ist der Gentleman, von dem ich Ihnen erzählt habe.«

»Schön, Sie kennenzulernen, Mrs Thompson. Ich freue mich schon sehr darauf, Leah zu sehen.«

Mrs Thompson nickte.

»Ich auch. Mein Name ist Madelaine Winter. Mir gehört die Modelagentur Femmes.«

»Sehr erfreut, Mrs Winter«, krächzte Doreen nervös.

Rose hatte Mitleid mit ihr, denn sie wusste: Wenn Madelaine Leah wollte, würde Mrs Thompson nichts dagegen tun können. Madelaine würde sie ausmanövrieren und beiseitewischen wie eine lästige Mücke.

Mrs Thompson servierte die Suppe und verließ den Raum.

»Ich habe eine Überraschung für Sie, Steve«, verkündete Rose.

»Und die wäre?«

»Wie ich höre, hat die *Vogue* für Mailand einen Assistenten für Sie engagiert.«

Er seufzte. »Ja. Jimmy, der zwei Jahre lang mein treuer Begleiter war, lässt mich im Stich, weil er sich selbst etwas aufbauen möchte. Diane von der Zeitschrift hat mir versprochen, jemanden für mich zu besorgen. Es ist ja nur für eine Woche. Wenn er grässlich sein sollte, kann ich mir immer noch einen anderen suchen, sobald ich zurück bin.«

»Hoffentlich finden Sie ihn nicht grässlich, denn dieser Assistent ist mein Sohn Miles«, meinte Rose.

»Ihr Sohn?«, fragte Steve erstaunt.

»Was für ein Zufall, nicht wahr? Ich habe es auch erst am Sonntagabend erfahren. Er hat mir am Telefon erzählt, dass er in Mailand für Sie arbeiten wird.«

»Ist er hier?«

»Nein, in London. Er wird Sie nicht enttäuschen. Miles ist ein sehr fähiger Fotograf, er wird sich bestimmt anstrengen.«

»Wie klein die Welt doch ist«, meinte Steve.

Während des Essens war Rose entsetzt darüber, wie schamlos Miranda mit Steve flirtete, die Haare über die Schulter warf und sich nach vorn beugte, sodass alle einen guten Blick in ihren Ausschnitt hatten.

»Ist deiner Tochter klar, dass sie keine Chance hat?«, flüsterte Roddy Rose zu. »Der ist genauso schwul wie ich, das kannst du mir glauben.«

Kurz darauf wechselten sie zum Kaffee ins Wohnzimmer. Rose wand sich innerlich, als Miranda sich auf dem Sofa dicht an Steve drängte.

Fünf Minuten später folgte ihnen Mrs Thompson mit dem Kaffeetablett und einer völlig verängstigten Leah im Schlepptau.

Miranda sah Leah an. Sie begriff nicht, warum Steve sich für sie interessierte. Leah war doch nur ein dürres, schlaksiges Mädchen ohne jeglichen Sex-Appeal. Sie konnte ihr nicht das Wasser reichen!

»Ich glaube, es wird Zeit, dass du Chloe fütterst, Liebes«, ermahnte Rose sie.

Miranda machte ein finsteres Gesicht. »Die schläft tief und fest.«

»Schau mal lieber nach ihr, ja?«

Miranda stand widerwillig auf.

»Bis später, Steve.« Miranda bedachte den Fotografen mit einem verführerischen Lächeln und verließ den Raum.

Steve sah die junge Frau an der Tür mit großen Augen an. Selbst die alte Jeans und das schlichte T-Shirt, die sie trug, wirkten an ihr elegant. Sie hatte lange dichte Haare in einem natürlichen goldbraunen Mahagoniton, und ihr Gesicht mit den hohen Wangenknochen und den riesigen braunen Augen war einfach perfekt für die Kamera, dachte er. Obendrein war sie beinahe eins achtzig groß und gertenschlank. Steve merkte, wie Madelaine Leah ebenfalls fasziniert musterte, und als sie ihm fast unmerklich zunickte, wusste er, dass er tatsächlich eine außergewöhnliche junge Frau entdeckt hatte.

»Leah, darf ich dir Steve Levitt und Madelaine Winter vorstellen?« Rose stand auf und führte Leah zu Steve und Madelaine. Leah gab ihnen schüchtern die Hand. »Setz dich zu mir, Leah, und kommen Sie auch, Doreen. Madelaine würde gern mit euch beiden reden.«

Madelaine begrüßte Leah mit einem freundlichen Lächeln. »Leah, weißt du irgendetwas über die Welt der Models?«

Leah schüttelte den Kopf. »Nein, eher nicht.«

»Aber du hast sicher schon welche auf den Titelseiten der Hochglanzmagazine gesehen, oder?«

»Ja.«

»Steve, der solche Fotos macht, und ich glauben, du könntest auch auf solchen Titelseiten sein.«

»Ich?«, fragte Leah verblüfft.

Steve nickte. »Ja, du, Leah. Deshalb habe ich Madelaine hierhergebracht. Sie leitet eine der größten Londoner Agenturen.«

»Was ist eine Agentur?«, erkundigte sich Leah.

»Ich kümmere mich um einige Mädchen, besorge ihnen Modelaufträge, handle für sie aus, wie viel Geld man ihnen dafür zahlt, und sorge dafür, dass sie es auch tatsächlich bekommen«, erklärte Madelaine. »Und ich würde sehr gern eine Karriere für dich aufbauen, Leah.«

Mrs Thompson saß schweigend neben ihrer Tochter. Leah sah sie hilfesuchend an, doch ihre Mutter, die genauso überwältigt war wie sie, reagierte nicht.

»Ich habe nicht mehr lang bis zur Abschlussprüfung«, presste Leah hervor, und Mrs Thompson nickte.

»Die könntest du ohne Weiteres auch in London machen. Auf Reisen hättest du jede Menge Zeit zum Lernen«, versicherte Madelaine ihr.

Leahs Augen wurden dunkel vor Angst. »Das heißt, ich müsste von hier weg und nach London?«

Madelaine nickte. »Ja, aber du könntest deine Eltern besuchen, wann immer du möchtest, und bestimmt hättest du jede Menge Spaß mit den anderen Mädchen.«

»Aber ich …« Leah suchte verzweifelt nach einem Ausweg. »… ich bin doch letzte Woche erst siebzehn geworden.«

»Genau das richtige Alter, meine Liebe. Ich baue die Mädchen gern von Anfang an auf. Dann bringen sie keine schlechten Angewohnheiten von anderen Agenturen mit.«

Leah wandte sich ihrer Mutter zu. »Was meinst du, Mum?«

Mrs Thompson stieß die Luft aus. »Ich habe keine Ahnung vom Modelgeschäft. Und es würde mich auch nicht gerade freuen, wenn du allein in London lebst.«

»Sie könnten sie erst mal begleiten, Doreen«, meinte Madelaine.

»Nein, unmöglich. Mein Mann Harry sitzt im Rollstuhl, ich muss mich um ihn kümmern.«

»Oh, das tut mir leid.«

Rose entging das interessierte Aufflackern in Madelaines Blick nicht.

»Ich könnte Leah eine Wohnung zur Verfügung stellen, wahrscheinlich mit einem meiner Models. Und da wäre noch ein wichtiger Punkt, den es zu bedenken gilt: Wenn Leah sich gut macht, verdient sie ziemlich viel Geld. Du würdest deine Eltern doch gern finanziell unterstützen, oder, Leah?«

Madelaine bedachte Leah mit einem aufrichtigen Lächeln. Rose war entsetzt über die gnadenlosen emotionalen Erpressungsmethoden dieser Frau.

Leah geriet ins Wanken. »Natürlich, aber …«

»Ich denke, am besten wäre es, wenn Sie Leah und Doreen ein paar Tage nach London kommen lassen, damit Leah sieht, ob es ihr dort gefällt«, mischte sich Rose ein. »Madelaine, Sie wären doch sicher bereit, die Kosten für jemanden zu übernehmen, der sich in ihrer Abwesenheit um Harry kümmert.«

»Gute Idee«, meinte Steve. »Ich mache Probeaufnahmen von Leah, und danach besuchen Doreen und Leah dich in deinem Büro, Madelaine, und unterhalten sich mit dir.«

»Klingt gut. Dann kann ich genauer erklären, wie das Modelgeschäft funktioniert.« Madelaine strahlte, denn sie wusste, dass es nicht mehr schwierig sein würde, sich einen Vertrag mit Leah Thompson zu sichern, wenn sie die beiden erst einmal in London hätte.

»Wunderbar!« Roddy schlug sich auf den Oberschenkel und stand auf. »Aber jetzt sollten wir allmählich aufbrechen. Wir kommen ohnehin in den Stoßverkehr, und ich habe um acht eine Essensverabredung.« Steve und Madeleine erhoben sich ebenfalls.

»Ich bin nächste Woche zu den Modenschauen in Mailand, aber Madelaine ruft Sie an und vereinbart mit Ihnen einen Termin für die Woche danach«, sagte Steve. »Tschüs, Leah. Ich freue mich darauf, dich bald wiederzusehen.« Madelaine schenkte Leah ein Lächeln und folgte Rose, Roddy und Steve hinaus. Leah und Mrs Thompson blieben allein im Wohnzimmer zurück.

»Was meinst du, Mum?«, fragte Leah ihre Mutter.

»Ich finde, wir zwei könnten jetzt eine schöne Tasse Tee vertragen. Komm, Liebes.« Mrs Thompson legte einen Arm um die Schultern ihrer Tochter, und sie gingen in die Küche.

»Rose, versprechen Sie mir, die Mutter in der kommenden Woche zu bearbeiten. Leah ist sensationell. Ich muss sie kriegen«, bettelte Madelaine.

»Ich tue, was ich kann, doch wahrscheinlich müssen Sie eher Leah überzeugen. Sie scheint nicht gerade begeistert zu sein von dem Gedanken, hier wegzugehen.«

»Es ist der Traum so vieler junger Mädchen, ein Star zu werden. Und wir erwischen ausgerechnet die Einzige, die nicht zu ahnen scheint, was sie zu bieten hat«, meinte Steve.

»Das ist doch gerade ein Teil ihrer Schönheit«, erinnerte Madelaine ihn. »Und den wollen wir nicht verlieren. Danke jedenfalls für das Essen, Rose. *Au revoir.*« Madelaine stieg in den Wagen ein, während Roddy Rose zum Abschied ein Küsschen gab.

»Ich melde mich, sobald sich wieder was mit deinen Bildern tut. Und jetzt geh in dein Atelier und mach dich an die Arbeit. Fürs nächste Jahr brauche ich jede Menge neue Werke von Rose Delancey.« Roddy schmunzelte.

Rose winkte dem Wagen nach, als er die Anhöhe hinunter verschwand, und kehrte ins Haus, zu Leah und Mrs Thompson, zurück, die in der Küche Tee tranken.

»Was halten Sie von dieser Model-Sache, Mrs Delancey?«, fragte Doreen.

Rose zuckte die Achseln. »Leah kann sich geschmeichelt fühlen, dass der beste Fotograf und die beste Agentin in dieser Branche eigens hierhergekommen sind, um sie kennenzulernen.«

Leah wurde rot. »Ich kann es nicht glauben, dass sie mich hübsch genug finden für den Modelberuf, Mrs Delancey.«

»Lass das mal ihre Sorge sein. Das sind Profis. Die vergeuden ihre Zeit nicht.«

»Ich weiß nicht so recht.« Mrs Thompson schüttelte skeptisch den Kopf.

»Doreen, ich denke, Sie sollten mit Leah nach London fahren und sich die Sache anschauen. Madelaine ist die Beste in ihrem Geschäft und kümmert sich wirklich um ihre Mädchen, das kann ich guten Gewissens sagen. Und wenn Leah tatsächlich Erfolg als Model hätte, könnte sie eine Menge Geld verdienen.«

»Ich wäre nicht gern allein in London, aber wenn ich gut verdienen würde, könnten Dad und du …« Leah verstummte.

»Mach deine Entscheidung nicht vom Geld abhängig. Abgesehen davon, dass das sowieso dir gehören würde. Dad und ich sind bis jetzt zurechtgekommen und schaffen das auch weiterhin«, erwiderte Mrs Thompson.

Da betrat Miranda mit Chloe auf der Schulter die Küche.

»Hallo, Kleines«, gurrte Mrs Thompson und nahm Miranda das Baby ab.

»Wie geht's der neuen Twiggy?«, erkundigte sich Miranda spöttisch.

»Sie hat Hunger wie dein Kind«, erwiderte Mrs Thompson in scharfem Tonfall und fügte an Leah gewandt hinzu: »Geh schon mal nach Hause, Liebes, erzähl Dad alles und bereite das Essen vor. Ich muss hier noch aufräumen.«

»Gut, Mum. Auf Wiedersehen, Mrs Delancey. Tschüs, Miranda.« Leah öffnete die Küchentür und machte sich auf den Heimweg.

Draußen atmete sie die frische Herbstluft ein. Sie liebte die Zeit Anfang September, wenn das Heidemoor sich golden zu färben begann und morgens beim Aufwachen Nebel über den Hügeln hingen.

Wie sollte sie all das verlassen? Und was wäre dann mit ihrer Mutter und ihrem Vater? Wenn sie nach London ginge, wären sie ganz allein. Doch falls das, was Mrs Winter sagte, stimmte und sie viel Geld verdienen würde, konnte sie ihnen helfen. Sie hatten sich so lange abrackern müssen.

Die Erkenntnis, dass sie alles, was sie siebzehn Jahre lang als selbstverständlich erachtet hatte, verlieren könnte, machte sie plötzlich sehr dankbar für ihr gegenwärtiges Leben.

Leah kam an der Stelle vorbei, an der Brett und sie so wunderbare Stunden miteinander verbracht hatten. Sie hielt inne und setzte sich. Ein gutes Jahr war seitdem vergangen, und noch immer träumte sie lebhaft von ihm. Dieser Junge, den sie gern gehasst hätte, aber nur lieben konnte, ging ihr nicht aus dem Kopf. Vielleicht würde es ihr helfen, ihn zu vergessen, wenn sie nach London fuhr.

Zu Hause eilte sie sofort zu ihrem Vater. Er war beim Lesen eingeschlafen, die Brille saß auf seiner Nasenspitze. Ein tiefes Gefühl der Liebe erfüllte Leah.

Mr Thompson schlug die Augen auf, und als er seine Tochter sah, lächelte er.

»Hallo, Liebes. Wie ist es oben im großen Haus mit den Leuten aus London gelaufen?«

Leah setzte sich auf den gepolsterten Hocker neben ihm. »Sie wollen, dass ich nach London komme und Model werde.«

Harry holte tief Luft. »Ach. Und was hältst du von der Idee?«

Leah schüttelte den Kopf. »Ich weiß es nicht, Dad. Mrs Delancey meint, es ist eine großartige Chance, aber ich müsste in London leben. Du und Mum und Yorkshire, ihr würdet mir ganz schrecklich fehlen.«

Als Mr Thompson ihren Gesichtsausdruck sah, musste er schmunzeln. Im vergangenen Jahr war er voller Sorge um sie gewesen, weil sie sich ihre erste Liebe so sehr zu Herzen genommen hatte. Doch ihm war klar, dass sie im Lauf der Zeit darüber hinwegkommen würde, und diese Model-Geschichte schien genau das Richtige zu sein, um ihr Selbstvertrauen wieder aufzubauen. Es würde ihm das Herz brechen, wenn sie ginge, aber Leah war etwas ganz Besonderes. Sie hatte es verdient, sich unabhängig von ihrer Familie eine Zukunft aufzubauen.

»Natürlich würden Mum und ich dir fehlen, Liebes, doch hier oben findet man nur schwer einen Job, und da bietet dir jemand einen an. Noch dazu einen ziemlich glamourösen!«

Leah ergriff die Hand ihres Vaters. »Ich müsste die Schule verlassen, und dabei habe ich mich so angestrengt, gute Noten zu bekommen. Ich würde gern weitermachen und studieren.«

»Tja, die Entscheidung kann dir niemand abnehmen, Leah. Aber solche Chancen eröffnen sich einem nicht oft im Leben. Meine Unterstützung hast du, egal, was du tust. Obwohl ich mich nicht freue, wenn du gehst, finde ich, du taugst zu mehr als zur Sekretärin mit einem Stall voller Kinder. Du bist eine sehr hübsche junge Frau. Selbstverständlich hast du das von deinem Dad.« Mr Thompson schmunzelte. »Komm, lass dich umarmen.«

Leah tat ihm den Gefallen und malte sich aus, wie herrlich

es wäre, ihn mit Geschenken überhäufen zu können als Dankeschön für all das Gute, das er ihr getan hatte. Sie drückte ihn fest. »Ich hab dich lieb, Dad.«

Mr Thompson bekam einen Kloß im Hals. »Nun geh und setz das Teewasser auf. Dein Dad hat Hunger, und du bist noch kein Superstar, weißt du?«

Er blickte seiner Tochter nach, wie sie das Zimmer verließ, und zog ein Taschentuch aus seiner Strickjacke, um sich die Augen abzuwischen. Leah war sein Ein und Alles. Und er würde sie verlieren, das wusste er.

17

»Fantastisch!«, rief Madelaine begeistert aus, als sie die Fotos vor Leah auf ihrem Schreibtisch ausbreitete.

»Bin das wirklich ich, Mrs Winter?«, fragte Leah erstaunt beim Anblick der hübschen jungen Frau auf den Bildern.

»Sag bitte Madelaine zu mir. Ja, das bist du, Leah. Schon erstaunlich, was eine gute Visagistin und ein toller Fotograf aus einem machen können, was?«

»Auf den Bildern sehe ich viel älter aus.«

»Eleganter, ja, das stimmt. Dazu trägt auch die Kleidung bei.«

Mrs Thompson berührte die Fotos voller Ehrfurcht. »Mr Levitt hat gute Arbeit geleistet, das muss man ihm lassen. Kaum zu glauben, dass das unsere Leah ist.«

Madelaine seufzte erleichtert. Nachdem sie ziemlich viel Geld für die Unterbringung der beiden im Inn on the Park ausgegeben, Stunden damit verbracht hatte, Mrs Thompson zu versichern, dass sie persönlich ein Auge auf ihre Tochter haben würde, wenn diese in London wäre, und sogar eine Pflegerin für den kranken Ehemann engagiert hatte, freute sie sich jetzt über den ihr vertrauten Blick mütterlichen Stolzes von Mrs Thompson. Nun musste sie nur noch Leah überzeugen.

»Hat dir das Fotoshooting gefallen, Leah? Steve sagt, ihr hättet beide Spaß gehabt.«

»Ja, Mrs … Madelaine. Er ist sehr nett.«

»Könntest du dir das also als Arbeit vorstellen?«

Das schlechte Gewissen, weil sie in so einem teuren Hotel wohnten, und die Vorstellung, ihren Eltern mit dem Geld unter die Arme greifen zu können, das sie möglicherweise verdienen würde, machten es Leah schwer, Nein zu sagen.

Genau das hatte Madelaine bezwecken wollen.

»Was ist mit meinem Schulabschluss?« Leah blickte ihre Mutter an.

»Wie Mrs Winter sagt, könntest du erst mal versuchsweise ein Jahr als Model arbeiten, und wenn es dir wirklich nicht gefällt, die Prüfungen immer noch später machen. Es ist eine wunderbare Chance, Leah«, ermutigte Mrs Thompson sie.

»Ja, wahrscheinlich könnte ich es eine Weile probieren, um zu sehen, wie ich damit zurechtkomme«, meinte Leah zögernd.

»Wunderbar, Leah, allerdings muss ich dich ein Jahr an meine Agentur binden. Das ist Standard.« Madelaine reichte ihr den Vertrag. »Wenn du unterschrieben hast, gehen wir alle was essen und feiern.«

Leah betrachtete die fünf Seiten Kleingedrucktes.

»Nur zu, Liebes. Bestimmt hat Mrs Winter Verständnis, wenn du dich nicht wohlfühlst und du nach Hause möchtest.«

»Genau, Doreen.« Madelaine nickte.

Leah nahm unsicher den schweren Goldfüllfederhalter, den Madelaine ihr reichte.

»Sollte ich das nicht zuerst durchlesen?«, fragte sie.

Madelaine zuckte nonchalant mit den Schultern. »Das ist Juristenlatein, im Grunde genommen steht da nur, dass Femmes dich exklusiv unter Vertrag hat und jedes Mal, wenn wir dir einen Auftrag vermitteln, einen prozentualen Anteil an deinem Verdienst erhält.«

Leah blickte ihre Mutter an, die nickte. Dann holte sie tief Luft und unterzeichnete an der dafür vorgesehenen Stelle.

»Großartig!«, rief Madelaine aus. »Und jetzt gönnen wir uns etwas, bevor wir uns an die Arbeit machen.«

Madelaine führte sie in ein Nobelrestaurant gleich um die Ecke von ihrem Büro am Berkeley Square aus, wo sie Champagner bestellte und Leah bei einem Dutzend Gänge mit winzigen Portionen über ihre Zukunft informierte.

»Heute Nachmittag bringe ich euch beide zu Jenny. In ihrer Wohnung ist ein Zimmer frei. Sie ist eines meiner aufstrebenden jungen Models, ein paar Jahre älter als du und ein nettes, vernünftiges Mädchen. Jenny kann sich um dich kümmern und dir London zeigen. Bestimmt gefällt sie euch«, meinte Madelaine. »Und ich würde dich bitten, morgen um neun in meinem Büro zu sein. Ich buche einen Friseurtermin bei Vidal für dich und schicke dich am Nachmittag zu Barbara Daly, der berühmten Visagistin. Sie bringt dir das Schminken bei. Vielleicht auch noch zu Janet, einer Freundin von mir, wegen der Sprechtechnik. Die soll zusehen, dass sie deinen Yorkshire-Akzent abschwächt.«

Leah lauschte, wie Madelaine ihr Leben für sie plante, und beobachtete, wie ihre Mutter immer wieder nickte.

»Klingt das nicht aufregend, Leah? Bedank dich bei Madelaine für alles.«

Leah folgte der Aufforderung.

»Ich versuche, dich für die Prêt-à-porter-Kollektion in Mailand nächsten Monat zu buchen. Da beginnen die meisten Mädchen. Die *Vogue* nimmt dich erst wahr, wenn du es auf dem Kontinent geschafft hast.«

Im Taxi zu Leahs neuer Wohnung in Chelsea redete Madelaine ohne Unterlass. Nach einer Weile hielten sie vor einem prächtigen weißen Gebäude.

»Die Gegend hier ist sicher, Doreen, Sie müssen sich also in dieser Hinsicht keine Sorgen machen.« Madelaine drückte auf eine Klingel, worauf eine junge Frau in einem alten Trainingsanzug die Tür öffnete.

»Hallo, Madelaine.« Die junge Frau küsste sie zur Begrüßung auf beide Wangen. »Hereinspaziert. Und das muss Leah sein. Hi, ich bin Jenny. Kommt mit hoch.«

Die drei Frauen folgten Jenny zwei Treppen mit ziemlich steilen Stufen hinauf. Leah hielt ihre neue Mitbewohnerin für das schönste Mädchen, das sie kannte. Jenny war etwa so groß wie Leah, hatte lange blonde Haare und riesige blaue Augen. *Sie ist viel hübscher als ich*, dachte Leah.

Jenny führte sie durch die kleine, elegant eingerichtete Wohnung. Leahs künftiges Zimmer bot nicht mehr Raum als eine Besenkammer, wirkte jedoch mit seinen bunt gestreiften Tapeten und den dazu passenden Vorhängen gemütlich.

Mrs Thompson schwärmte »Ooh« und »Aah«, als sie die Kochnische begutachtete, in der sich alle nur erdenklichen modernen Gerätschaften befanden, aber Leah sehnte sich nach ihrer schlichten, gemütlichen Küche zu Hause.

Jenny bot ihren Gästen Kaffee an. Madelaine und Doreen gingen ins Wohnzimmer.

»Bleib da und hilf mir, Leah. Du bist ja völlig verschüchtert.« Jenny lächelte freundlich.

Leah entspannte sich ein wenig. »Ja, stimmt.«

»Keine Sorge. Als Madelaine mich in Bristol entdeckt hat, war ich genauso. Ich kannte London überhaupt nicht.«

»Ich bin auch das erste Mal hier«, meinte Leah.

»Madelaine kümmert sich um dich, und ich zeige dir, wie alles läuft. Du musst nur machen, was Ihre Majestät sagt.«

»Ihre Majestät?«

»Ja. Die Mädchen, die sie unter Vertrag hat, nennen Madelaine hinter ihrem Rücken die Königin«, vertraute Jenny Leah an.

Leah musste lachen. Als sie das Tablett mit den Kaffeetassen ins Wohnzimmer trug, fühlte sie sich schon ein wenig besser.

Doch am Abend im Bahnhof King's Cross weinte sie sich die Seele aus dem Leib.

»Nun stell dich nicht so an, Leah. Man könnte glatt meinen, du siehst mich oder deinen Dad nie wieder. Madelaine sagt, wenn du möchtest, kannst du uns nächstes Wochenende besuchen.«

»O Mum«, jammerte Leah und klammerte sich an Mrs Thompsons Jacke.

»Also wirklich, du führst dich auf wie eine Zehnjährige. Reiß dich zusammen. So viele Mädchen würden alles für eine solche Chance geben«, rügte Mrs Thompson sie.

Leah schnäuzte sich und begleitete ihre Mutter den Bahnsteig entlang zum Zug.

»Du musst nicht warten, bis er losfährt. Setz dich in das Taxi, sonst kostet das Madelaine ein Vermögen.« Mrs Thompson gab ihrer Tochter einen Kuss und öffnete die Waggontür.

»Auf Wiedersehen, Leah. Benimm dich und tu, was Madeleine dir sagt. Ich schreibe dir, sobald ich kann.«

»Grüß Dad von mir, ja?«

»Natürlich. Mach uns stolz, Liebes.«

Obwohl sie sich dagegen wehrte, traten Mrs Thompson Tränen in die Augen. Sie winkte ihrer Tochter hastig zum Abschied zu und stieg ein.

Leah kehrte niedergeschlagen zum wartenden Taxi zurück und kletterte in den großen schwarzen Wagen.

»Wohin soll's gehen, Miss?«

Sie las dem Fahrer Jennys Adresse vor, und er chauffierte Leah in ihr neues Leben.

18

»Danke, dass Sie mich so kurzfristig empfangen. Ich wollte Sie treffen, solange Sie in Washington sind, Mr Cooper.«

David musterte den korpulenten Mann mit dem starken Akzent. »Und worüber wollen Sie mit mir reden?«

David war ein wenig verärgert. Er hatte gerade einen wichtigen Geschäftstermin hinter sich und interessierte sich nicht für eine Wohltätigkeitsorganisation, die ihn wahrscheinlich um Geld anbetteln wollte. Normalerweise kümmerte sich Pat um solche Dinge, und er fragte sich, wie dieser Mann es geschafft hatte, zu ihm vorzudringen.

»Zuerst muss ich mich entschuldigen, Mr Cooper. Ich bin unter einem Vorwand hier und vertrete nicht die Organisation, für die ich angekündigt wurde.«

Herrgott, das hatte David gerade noch gefehlt. Er seufzte. »Für wen arbeiten Sie dann?«

»Würden Sie sich bitte setzen, Mr Cooper? Dann erkläre ich Ihnen alles.«

Obwohl David entnervt den Kopf schüttelte, tat er ihm den Gefallen. »Also kommen Sie zur Sache. Was kann ich für Sie tun?«

Der Mann begann mit seinen Ausführungen, und schon bald verpuffte Davids Zorn.

Als sein Besucher geendet hatte, schwieg David erst einmal. Jegliche Farbe war aus seinem Gesicht gewichen.

»Wie haben Sie mich gefunden?«, fragte er schließlich.

»Jemand aus unserer Organisation hat Ihr Gesicht auf einem Zeitungsausschnitt entdeckt. Er kannte Sie vor vielen Jahren.«

»Bravo. Und was wollen Sie, nun, da Sie mich aufgespürt haben?«

»Uns ist bekannt, dass Sie geschäftlich Verbindung mit diesem Herrn aufgenommen haben.« Er reichte David eine Akte, auf der der Name des Mannes stand.

»Das ist doch Ihr künftiger Geschäftspartner, oder?«

David nickte. »Ja. Wo liegt das Problem?«

»Haben Sie ihn schon persönlich kennengelernt?«

»Nein. Ich stehe in Briefkontakt mit ihm, und wir haben uns kurz am Telefon unterhalten. In ein paar Wochen wollen wir uns zum Lunch treffen.«

»Dann würde ich Sie bitten, diese Akte zu lesen. Der Inhalt ist vertraulich. Sollte irgendetwas davon nach außen dringen, waren dreißig Jahre Nachforschungen umsonst. Ich lasse sie Ihnen hier.« Der Mann stand auf. »Bitte lesen Sie sie. Ich könnte mir vorstellen, dass die Informationen darin Sie verstören. Zwischen Ihnen beiden existiert eine … Verbindung, derer Sie sich nicht bewusst sind.«

David schluckte.

»Wenn Sie damit fertig sind, würde ich Sie bitten, mich unter dieser Nummer anzurufen.« Er reichte David einen Zettel.

»Auf Wiedersehen, Mr Cooper.«

Der Mann verließ den Raum, und David trat an die Hausbar, wo er sich einen großen Whisky mit Eis einschenkte. Dann nahm er in dem bequemen Hotelsessel Platz, um die Akte zu lesen.

Eine Stunde später, er war bereits beim fünften Drink, liefen ihm Tränen über die Wangen.

»O Gott«, stöhnte er, ging ins Bad und spritzte sich kaltes Wasser ins Gesicht.

Es war so viele Jahre her, hatte so viel Schmerz bereitet. All die Zeit, in der er die Vergangenheit ausgeblendet hatte, und nun …

Er kehrte ins Wohnzimmer der Hotelsuite zurück und schenkte sich einen weiteren Whisky ein.

David stand vor der wichtigsten Entscheidung seines Lebens, das wusste er.

Er rief sich ins Gedächtnis, was er sich in jungen Jahren geschworen hatte.

Seine Hände zitterten. Sein Gehirn zwang ihn in dunkle Winkel seiner Erinnerung, die er sehr lange nicht mehr aufgesucht hatte …

19

Warschau, 1938

»Mama, darf ich zu Joshua? Er hat eine neue Spielzeugeisenbahn und möchte, dass ich ihm beim Aufbauen helfe.«

Adele lächelte ihren Jungen liebevoll an. Niemand, sie selbst eingeschlossen, konnte ihm etwas abschlagen. Er war klug, hatte ein unschuldiges Engelsgesicht und schien völlig unfähig zu schlechten oder bösen Gedanken zu sein.

»Wenn du mit der Leseaufgabe fertig bist, die Professor Rosenberg dir gegeben hat.«

»Ja, Mama, schon seit Stunden. Englisch ist eine merkwürdige Sprache. Sie hat so viele Wörter, die mehr als nur eine Bedeutung besitzen. Das verwirrt mich manchmal.«

Für einen zehnjährigen Jungen sprach er sehr ernsthaft und bedacht. Seine Lehrer sagten ihm eine große Zukunft voraus.

»Na schön. Bitte Samuel, dich mit dem Wagen hinzubringen. Aber wenn du wieder da bist, möchte ich dich Geige spielen hören.«

»Natürlich, Mama.«

»Gib deiner Mutter einen Kuss, David.« Sie winkte ihn zu sich.

Er trat zu ihr und küsste sie auf die Stirn.

»Auf Wiedersehen, Mama.« Er verließ den Salon.

Wieder einmal dachte Adele, wie glücklich sie sich schätzen konnte. Und wie froh sie war, mehr als zehn Jahre zuvor das Risiko eingegangen zu sein, mit dem jungen polnischen Künstler durchzubrennen, in den sie sich Hals über Kopf verliebt hatte.

Im Sommer 1927 hatte Adele mit ihrer unverheirateten Tante Beatrice Europa bereist, bevor sie in England mit einem Mann, den ihr Vater für geeignet hielt, verheiratet und nach Indien geschickt werden sollte. In Paris hatte Beatrice sich eine schwere Lebensmittelvergiftung zugezogen, sodass Adele die Stadt auf eigene Faust erkunden konnte. Bei einem Spaziergang an einem warmen Mittwochnachmittag war sie zufällig in das Boheme-Viertel Montmartre gelangt. Angelockt von den lauten Gesprächen der Künstler an den Tischen vor einem Café, hatte sie sich in ihre Nähe gesetzt und sich einen *citron pressé* bestellt. Es hatte nicht lange gedauert, bis einer der Männer sie bat, einen Streit zu schlichten: Halte sie Picasso oder Cézanne für den größten Künstler seiner Zeit? Adele hatte sich zu ihnen gesellt und war Jacob Delanski vorgestellt worden.

Sie war sofort fasziniert gewesen von dem jungen, groß gewachsenen Polen mit den blonden Haaren, den strahlend blauen Augen und dem ansteckenden Lachen.

An jenem Nachmittag war der Wein in Strömen geflossen, und nach ein paar Stunden hatte Jacob den Mut aufgebracht, Adele zu fragen, ob er sie malen dürfe. Sie hatte sofort Ja gesagt und in der folgenden Woche ihre behagliche Suite im Ritz verlassen, um in Jacobs enge Dachkammer eines Hauses in der Rue de Seine zu gehen.

Jacob, der seine charismatische Persönlichkeit und jugendliche Vitalität seinem Talent und der Tatsache verdankte, dass er sich in der aufregendsten Stadt der Welt aufhielt, hatte Adele im Sturm erobert. Sie war streng viktorianisch erzogen worden und an die förmlichen, steifen jungen Armeeoffiziere in England gewöhnt, die ihr Vater als Begleitung zu Bällen für sie wählte.

Nun war sie also in einem Atelier in Montmartre, trank um drei Uhr nachmittags Wein und hörte Jacob sagen, dass er sie liebe und heiraten wolle.

Adele erwiderte, das sei unmöglich, doch Jacob brachte sie mit dem Argument zum Schweigen, ihre Begegnung sei ein Fingerzeig des Schicksals. Als er mit ihr schlief, wusste sie, dass Jacob recht hatte und sie sich nie wieder trennen durften. Ihr Vater würde sie in Paris suchen, das wusste sie, und so einigten sich die beiden darauf, in Jacobs Heimatstadt Warschau zu fahren. In den frühen Morgenstunden verließ Adele das Ritz nur mit einem Köfferchen. Ihre Liebe zu dem schönen, begabten Jacob lenkte sie davon ab, wie folgenschwer die Entscheidung war, die sie da traf.

In Warschau schlüpften Jacob und Adele bei einem von Jacobs ältesten Freunden in Wola, einem Arbeiterviertel der Stadt, unter.

Sie wollten sofort heiraten, doch das gestaltete sich schwierig, denn Jacob war Jude und Adele Christin. In Warschau gab es weder einen Rabbi noch einen Priester, der bereit gewesen wäre, sie zu trauen. Folglich musste einer von ihnen konvertieren, und Adele erklärte sich dazu bereit.

Während sie Vorbereitungskurse absolvierte, suchte Jacob Arbeit, damit sie etwas zu beißen hatten. Da keine Aufträge hereinkamen, wandte er sich an seinen Vater, der ihm Hilfe unter der Bedingung anbot, dass Jacob seine künstlerischen Ambitionen aufgab und die für ihn vorgesehene Position in der Familienbank antrat. Jacob weigerte sich und fand eine Stelle in einer Bibliothek, wo er genug Geld verdiente, um ein Zimmer für sich und Adele anmieten und nach der Hochzeit eine kleine Feier ausrichten zu können, an der seine Eltern nicht teilnahmen.

Sie überstanden diese erste, ziemlich schwierige Zeit dank ihrer tiefen Liebe. Jacob gelang es immer, Adele ein Lächeln zu entlocken, wenn sie niedergeschlagen war. Seine Lebenslust war ansteckend, und Adele lernte, dass letztlich kein Problem existierte, das sich nicht durch Hartnäckigkeit und Optimismus lösen ließ. Ein Jahr nach ihrer Hochzeit brachte sie einen kleinen Jungen zur Welt, dem sie den Namen David gaben. Schon bald hingen überall in ihrem Zimmer feuchte Windeln zum Trocknen, und es roch nach Farbe, weil Jacob entschlossener denn je daran arbeitete, Erfolg zu haben und seinen Eltern zu beweisen, dass er ihre Hilfe nicht benötigte.

Kurz nach Davids Geburt wurde Jacob gebeten, das Porträt eines reichen Angehörigen eines seiner Freunde zu malen, mit dem er genug Geld für eine Zweizimmerwohnung verdiente. Drei Monate später porträtierte Jacob ein weiteres Mitglied derselben Familie, und schon bald sprach sich sein Talent herum. Endlich konnte er tun, was er wollte, und kündigte bei der Bibliothek.

Als Rosa 1931 zur Welt kam, war die Familie aus der überbevölkerten Stadt nach Saska Kępa gezogen, einem durch die Poniatowski-Brücke mit dem Zentrum von Warschau verbundenen Wohnviertel. Jacob erwarb sich einen Ruf als ausgezeichneter Porträtmaler, und sein gutes Aussehen und sein Charme verhalfen ihm zu lukrativen Aufträgen von reiferen Damen der Gesellschaft, die sich gern auf und vor der Leinwand schmeicheln ließen.

In dem Maße, wie Jacobs Ruhm und Reichtum wuchsen, verbesserte sich die Einstellung seiner Eltern ihrem Sohn gegenüber trotz ihrer Skepsis hinsichtlich seines Berufs und seiner nicht jüdischen Frau. Sie zogen aus der Stadt in die Nähe von Jacob und Adele in Saska Kępa, und der Kontakt wurde enger. Ihnen entging nicht, wie sehr Adele sich bemühte, ihre Kinder in der jüdischen Tradition aufzuziehen, und als sie erfuhren, dass sie in England der Adelsschicht angehört hatte, akzeptierten sie die Ehe und liebten von da an ihre Enkel abgöttisch.

Adele begriff, warum Jacob seine Religion nicht für sie hatte aufgeben können. Das hätte bedeutet, seinen Wesenskern zu verändern. Doch ihr war wichtig, dass ihre Kinder auch etwas über ihre eigene Herkunft erfuhren. Deshalb sprach sie von klein auf Englisch mit ihnen, obwohl innerhalb der Familie auf Französisch kommuniziert wurde, da sie Mühe mit dem Polnischen hatte. So konnten David und Rosa, mittlerweile zehn beziehungsweise sieben Jahre alt, sich mühelos in drei Sprachen unterhalten.

Wenn die Kinder abends in ihren schmalen Betten lagen, saß Adele bei ihnen und erzählte ihnen von ihrem Leben in London, von dem imposanten Haus mit Blick auf den Hyde Park, in dem sie früher gewohnt hatte, von Big Ben, den Houses of Parliament und der Themse, die durch die Hauptstadt der Welt floss. Und sie versprach ihren Kindern, denen allmählich die Augen zufielen, dass sie ihnen all das eines Tages zeigen würde.

Adele fragte sich oft, wie ihre Eltern auf ihr Verschwinden reagiert hatten. Sie hatte seinerzeit ein schrecklich schlechtes Gewissen gehabt, dass Tante Beatrice es ihnen mitteilen musste, aber ihr war keine andere Wahl geblieben. Inzwischen hielten sie sie wahrscheinlich für tot.

Adele wurde durch ein Klopfen an der Tür aus ihren Tagträumen gerissen.

»Herein!«

Christabel, die Kinderfrau mit dem runden Gesicht, führte Rosa an der Hand zu ihr.

»Hallo, Liebes.«

Die Kleine, mit ihren dichten tizianroten Haaren und großen smaragdgrünen Augen ein winziges Ebenbild ihrer Mutter, streckte die Arme nach Adele aus. Sie hob sie hoch und drückte sie fest an sich.

»Sag Mama, was du ihr zeigen möchtest«, forderte Christabel sie sanft auf.

Rosa hielt ihrer Mutter stolz ein Stück Papier hin.

Es handelte sich um ein kleines Bild von einer Schale mit Blumen. Adele verschlug es fast den Atem, als ihr klar wurde, dass dies das Werk ihrer kleinen Tochter war. Sie konnte es kaum glauben. Farben, Formen und Detailtreue verwiesen auf eine deutlich reifere Künstlerpersönlichkeit, als man bei einer Siebenjährigen vermuten würde. Adele setzte Rosa auf dem Boden ab, um das Bild genauer zu begutachten. Es war wirklich beeindruckend, das musste sie vorurteilsfrei feststellen.

Rosa wartete geduldig mit ordentlich vor der sauberen weißen Kittelschürze verschränkten Armen auf ihr Urteil.

»Liebes, das ist wunderschön! Hast du das tatsächlich selbst gemalt?«

Rosa nickte. »Ja, Mama, es ist von mir.«

»Das kann ich bestätigen, Madame. Ich habe ihr dabei zugeschaut. Sie hat oben einen ganzen Block voll davon.«

»Gütiger Himmel! Rosa, ich glaube, das sollten wir Papa zeigen, was?«

»Ja. Und David?« Rosas Augen begannen zu leuchten.

»Natürlich.« Adele, selbst ein Einzelkind, rührte es jedes Mal wieder, wie nahe sich ihre beiden Kinder standen.

Als Jacob das von seiner Tochter gemalte Bild sah, erkannte er, dass sie eine weitaus größere Begabung besaß als er, und machte sich sofort daran, sie zu fördern. Von da an leistete Rosa ihrem Vater in dessen Atelier im hinteren Teil des Hauses jeden Tag zwei Stunden lang Gesellschaft. Er brachte ihr alles bei, was er wusste, und beobachtete voller Stolz und Erstaunen, wie sie das, was er sie lehrte, mühelos aufsaugte und sich für ihr zartes Alter ziemlich schnell aneignete. Obwohl Jacob und Adele nicht mit Rosa darüber sprachen, deren schlichte Freude darüber, Dinge auf einem Blatt Papier zum Leben erwecken zu können, wesentlich zu ihrer Gabe gehörte, waren sie sich einig darüber, dass sie erstaunliche Fähigkeiten besaß.

David hingegen bewies Talent als Geiger. Zu seinem zehnten Geburtstag hatten Jacob und Adele ihm die Ludwig, eine seltene, wertvolle Stradivari, gekauft. Von da an lauschte die Familie jeden Abend den herrlichen Melodien, die er diesem Instrument entlockte.

»Habe ich es dir nicht gesagt, dass wir glücklich würden, wenn wir zusammenbleiben?«, flüsterte Jacob seiner Frau später im Bett zu.

»Ja, mein Lieber.« Sie küsste ihn. »Ein besseres Leben könnte ich mir nicht vorstellen.«

Sie schliefen eng umschlungen ein, ohne zu ahnen, welches Grauen ihnen bevorstanden.

Am 1. September 1939 überfiel Deutschland Polen. Über eine Million Soldaten sowie die überlegene deutsche Luftwaffe bezwangen die polnische Armee mühelos. Etwa zwei Wochen später marschierte die Rote Armee im Osten des Landes ein. Das bedeutete das Ende der polnischen Streitkräfte. Polen wurde zwischen Russland und Deutschland aufgeteilt.

Die Schlacht um Warschau wütete währenddessen weiter. Nacht um Nacht saßen Jacob, Adele, David und Rosa in ihrem Keller. Jacobs Angst wuchs, denn er hatte von den Gräueltaten gehört, die in Berlin gegen Juden verübt wurden, und beobachtete, wie eine Welle des Antisemitismus über sein Heimatland schwappte. Die »Evakuierung« von Juden aus zahlreichen kleinen polnischen Ortschaften hatte infolge der brutalen Pogrome zu Flüchtlingsströmen nach Warschau geführt. Tausende waren bereits gestorben, doch als Jacob die Explosionen hörte, die die Stadt Tag für Tag erschütterten, wusste er, dass dies erst der Anfang war.

Am 27. September kapitulierte Warschau. Das erste Mal in jener Woche wagte Jacob sich hinaus und war entsetzt beim Anblick der Verwüstung in der einst prächtigen Stadt. Das Königsschloss war durch deutsche Luftangriffe weitestgehend zerstört, der kaum fertiggestellte neue Zentralbahnhof nicht mehr wiederzuerkennen.

Jacob hastete durch menschenleere Straßen zum Haus seiner Eltern. Sein Herz setzte einen Schlag aus, als er das völlig zerstörte daneben sah, dessen Innenleben rauchend heraushing.

»Was soll nun, da die Nazis da sind, aus uns werden, Jacob? Du hättest Adele und die Kinder wegbringen sollen, solange es noch möglich war.«

Jacob blickte in das blasse Gesicht seiner Mutter. »Ich weiß, Mama, aber Adele wollte nicht.«

»Dann hat sie ihre Chance vertan. Jetzt wird sie hierbleiben und mit uns allen sterben müssen.«

»Mama, bitte rede nicht so! In Polen gibt es über drei Millionen Juden. Wir werden uns erheben und uns wehren.«

Surcie Delanski erkannte den Trotz ihres Sohnes, seine Jugend und Stärke, aber in ihrem tiefsten Innern wusste sie, dass der Kampf bereits verloren war.

In Paris hatte sich mittlerweile eine polnische Exilregierung etabliert, während in der Heimat ein Generalgouvernement der okkupierten polnischen Gebiete mit Hans Frank als Generalgouverneur gebildet wurde. Dazu setzte man in Warschau einen deutschen Anweisungen unterstehenden Judenrat ein.

Jacobs Vater war Mitglied dieses Rates und teilte seinem Sohn stets die aktuellen deutschen Regeln mit, die die jüdische Bevölkerung zu befolgen hatte.

»Von morgen an müssen alle Juden eine Armbinde tragen, damit sie sofort erkennbar sind, und bestimmte Teile der Stadt dürfen wir nicht mehr betreten.«

Jacob stützte den Kopf in die Hände. »Papa, das kann nicht wahr sein! Wehrt der Rat sich denn nicht?«

»Wie soll das gehen? Wir sind einer Schreckensherrschaft unterworfen. Willkürliche Erschießungen, Juden, die in Lastwagen gepfercht und zu Arbeitslagern gebracht werden … Tausende haben bereits ihr Leben gelassen. Und Schlimmeres steht uns noch bevor.«

»Wir dürfen bestimmte Teile der Stadt nicht mehr betreten? Das kommt einer Ghettoisierung gleich.«

Samuel Delanski nickte traurig. »Ja. Genau die beabsichtigen sie wohl. Mein Sohn, ich flehe dich an, sofort deinen gesamten Besitz zu verkaufen. Versuche, so viel Bargeld wie möglich zusammenzubekommen, bevor es zu spät ist. Gott sei Dank habe ich mein Bankkonto aufgelöst, bevor die Nazis es tun konnten. Einige meiner Freunde haben alles verloren. Das Netz zieht sich enger. Du musst Adele dazu bringen, mit den Kindern die Stadt zu verlassen. Sie hat ihren britischen Pass doch noch, oder?«

»Ja, Papa.«

»Bring deine Familie hier weg, Jacob.« Er senkte den Blick.

»Tut mir leid, das sagen zu müssen, aber ohne dich haben sie, eine Engländerin mit zwei christlichen Kindern, eine deutlich bessere Überlebenschance.«

Jacob war sich dessen durchaus bewusst. »Adele geht ohne mich nicht. Trotzdem werde ich ein letztes Mal versuchen, sie zu überzeugen.«

»Gut. Ein Freund von mir hilft Menschen, nach Gdynia zu gelangen. Von dort aus fahren immer noch ein paar Boote nach Dänemark. Wenn sie es so weit schaffen, können sie sich da verstecken, bis ein Schiff nach England ablegt.«

Am Abend erzählte Jacob Adele, was er von Samuel erfahren hatte. Wie erwartet weigerte Adele sich standhaft, das Land ohne ihren Mann zu verlassen.

»Begreifst du denn nicht, dass du ohne mich eine echte Chance hast, sicheres Gebiet zu erreichen? Mit deinem Pass sind die Kinder englische Staatsbürger wie du. Niemand muss erfahren, dass du konvertiert bist, als du mich geheiratet hast.«

Adeles Augen füllten sich mit Tränen. Sie schüttelte den Kopf. »Ohne dich gehe ich hier nicht weg. Bei einer so ungewissen Zukunft kann ich dich nicht allein zurücklassen.«

Jacob empfand seine Liebe zu ihr stärker denn je. Obwohl Adele die Möglichkeit hatte, diesem Irrsinn zu entfliehen, war sie bereit, mit ihm zu leiden.

Er unternahm einen letzten Versuch. »Adele, *kochana*, ich kann dich nicht begleiten. Wenn sie uns erwischen, wäre das unser sofortiger Tod. Bitte denk an die Kinder. Was ihnen droht, wenn sie bleiben. *Bitte*, Liebes, ich flehe dich an.«

Sie seufzte auf, hob den Blick zum Himmel und ergriff seine Hände.

»Jacob, an dem Tag, als wir aus Paris durchgebrannt sind, hast du mich angefleht, dem Ruf meines Herzens zu folgen. Das habe ich getan. Dadurch war mein Schicksal besiegelt, das wusste ich. Für mich gibt es kein Zurück. Ich habe seinerzeit beschlossen, deine Frau zu werden und zu deinem Glauben überzutreten. Ich werde unsere Liebe nicht verleugnen. Niemals. Finde dich also bitte damit ab, dass wir als Familie zusammen sein werden bis zum Tag unseres Todes.«

Sie legte die Arme um ihn, und er drückte sie fest an sich.

Dann nickte er nachdenklich. »Bis zum Tag unseres Todes.«

Wie von Samuel Delanski prophezeit, wies Hans Frank die Juden in Warschau an, sich bis Mitte November 1940 in den nördlichen Teil des Stadtzentrums zu begeben. Da Samuel frühzeitig Bescheid gewusst hatte, war ihm etwas gelungen, das an ein Wunder grenzte. Er hatte eine Wohnung innerhalb des Ghettobereichs ergattert, im Bürstenmacherviertel um die Leznostraße. Sie hatte drei Zimmer, eines für Jacob und Adele, ein weiteres für Samuel und Surcie, und im Wohnraum war genug Platz für eine Matratze, auf der David und Rosa schlafen konnten. Verglichen mit den Bedingungen, unter denen andere hausten, war diese Bleibe geradezu ein Palast.

Jacob hatte seine sämtlichen Besitztümer verkauft, um an Geld zu kommen. Zusammen mit dem, was Samuel besaß, glaubten sie, genug zu haben, um mindesten zwei Jahre Lebensmittel erstehen zu können.

Etwa vierhundertfünfzigtausend Juden lebten in dem nur etwa drei Quadratkilometer großen Gebiet, das sich von der Aleje Jerozolimskie bis zum jüdischen Friedhof erstreckte. In dem Ghetto herrschte unbeschreibliche Enge, die hygienischen Verhältnisse waren katastrophal, und es kam bereits zu Lebensmittelknappheit. Den Morgen verbrachte Adele meist damit, vor einer der wenigen zugelassenen Bäckereien anzustehen.

Samuel und der Judenrat bemühten sich, den Bewohnern des Ghettos so etwas wie Normalität zu ermöglichen. Schulen wurden eingerichtet, in denen tagtäglich Unterricht stattfand. Man organisierte Diskussionen, gründete Theatergruppen, und ein auserlesenes Symphonieorchester gab allwöchentlich Konzerte.

Doch Ende 1940 hatten die Juden, die gezwungen worden waren, ihre Heimatorte in der Provinz zu verlassen, die Bewohnerzahl des Ghettos auf über eine halbe Million anwachsen lassen. Die Lebensmittelrationen für das Ghetto reichten kaum für die Hälfte der dort lebenden Menschen. Folglich starben viele an Unterernährung, und der Schwarzmarkt florierte. Diejenigen, die sich hinauswagten, um Vorräte heranzuschaffen, verlangten astronomische Preise. Den Delanskis blieb nichts anderes übrig, als sie zu zahlen, denn sonst wären sie verhungert.

Es war ein merkwürdiges Leben voller Angst. Obwohl Freunde verschwanden und die Straßen von Schüssen widerhallten, bemühten sich Adele und Jacob verzweifelt, der Familie zuliebe so etwas wie eine Struktur aufrechtzuerhalten.

Morgens besuchten die Kinder die Schule, und nachmittags malte Jacob mit Rosa auf die Rückseiten alter Leinwände, um Papier zu sparen. Adele füllte die Stunden mit dem Versuch, ein halbwegs schmackhaftes Essen aus ihren Kartoffelvorräten und anderem halb verrottetem Gemüse zu zaubern. Die neunjährige Rosa schien ihre Umgebung glücklicherweise kaum wahrzunehmen, wenngleich sie sich nachts manchmal an David kuschelte, weil die Schüsse sie erschreckten. Ihr freundliches Wesen machte sie bei den Nachbarn beliebt, die ihr oft für eine Zeichnung ein Stück Brot schenkten.

Abends drängte sich die Familie um den kleinen Kamin, und David spielte auf seiner geliebten Stradivari. Sie zu verkaufen, hatte Jacob nicht übers Herz gebracht.

Im folgenden April erkrankte Surcie Delanski an Typhus, der das Ghetto heimsuchte. Sie starb eine Woche später. Samuel Delanski folgte ihr im Juli.

Außer sich vor Kummer, hievte Jacob die Leiche seines Vaters auf einen der übervollen Karren, die für diesen Zweck bereitstanden.

Nach dem Tod seiner Eltern wurde Jacob sehr schweigsam. Er hörte mit dem Malen auf, starrte stundenlang aus dem Fenster auf die Armut und das schreckliche Leid auf der Straße.

Adele verzweifelte, als sie sah, wie ihr geliebter, ehemals so lebenslustiger Mann sich mit jedem Tag weiter zurückzog. Wenn sie ihn zu trösten versuchte, blickte er sie an wie eine Fremde. Wie sehr sie sich auch bemühte: Es gelang ihr nicht, seine Lebensgeister zu wecken.

So musste Adele sich allein um die Kinder kümmern und Essen heranschaffen. Geschwächt durch Unterernährung und die Pflege zweier todkranker Menschen, sank sie eines Tages in der winzigen Küche bewusstlos zu Boden.

Entsetzt zog David sie hoch. Sie war leicht wie eine Feder, er spürte die Knochen unter ihrem abgetragenen Kleid. David flößte ihr mit dem Löffel etwas von der Brühe ein, die auf dem Herd vor sich hin köchelte. Da wurde ihm bewusst, dass sie auf ihre eigenen Rationen verzichtet hatte, damit es für die Familie reichte.

Adele traten Tränen in die Augen, als sie ihren Sohn beobachtete.

»Iss. Alles«, forderte er sie auf.

»Nein, David.« Sie schob die Schale weg.

»Mama, mach dir keine Gedanken. Von jetzt an kümmere ich mich darum. Und ich verspreche, dass heute Abend etwas zu essen auf dem Tisch steht.«

Eine halbe Stunde später verließ David die Wohnung mit entschlossenem Blick. Um sechs Uhr kam er mit einem Beutel frischer Lebensmittel zurück.

Von da an ging David einmal die Woche hinaus und kehrte in der Dämmerung mit einem Sack voller Vorräte wieder. Weil er danach immer übel roch, vermutete Adele, dass er durch die Kanalisation in die Stadt außerhalb des Ghettos gelangte.

Adele fragte nie, woher er die Lebensmittel hatte. Sie wusste, dass David viel riskierte, und der Gedanke quälte sie.

Der Winter 1941 kostete weitere Tausende von Menschen im Ghetto das Leben. Kohle war Mangelware, und sogar David, der den Schwarzmarkt mittlerweile wie seine Westentasche kannte, hatte Mühe, welche zu ergattern. Das Geld wurde allmählich knapp, vermutlich würde es nur noch wenige Monate reichen, um die Familie mit Lebensmitteln zu versorgen. Er war dankbar, dass der Frühling nahte.

Wenn David sich nach draußen wagte, brachte er auch nützliche Informationen. Von einer seiner Quellen hörte er, das Ghetto von Lublin sei geräumt worden, man habe die Juden nach Bełżec gebracht. Über Bełżec munkelte man, es sei ein Vernichtungslager, wo unzählige Juden getötet wurden.

David hätte das gern seinem Vater mitgeteilt, ihn sagen hören, dass diese Gerüchte falsch sein *mussten*, doch Jacob hatte sich inzwischen völlig in seine eigene Welt zurückgezogen und stand kaum noch vom Bett auf. So war David gezwungen, allein mit seiner schrecklichen Angst fertigzuwerden.

Im Juli 1942, an Tisha B'av, einem jüdischen Fast- und Trauertag zur Erinnerung an die Zerstörung des Jerusalemer Tempels, kehrte David mit einer wertvollen Beute von fünf Kartoffeln zur Wohnung zurück.

Eine Nazipatrouille, wie man sie auf den Straßen des Ghettos jederzeit sehen konnte, marschierte an ihm vorbei und stoppte vor dem Gebäude, in dem der Judenrat untergebracht war. David, der vermutete, dass die Deutschen wieder Juden für die Zwangsarbeitertrupps zusammentrieben, blieb nicht stehen, um zu lauschen, was der Befehlshaber sagte. Die goldene Regel lautete, sich so weit wie möglich von solchen Patrouillen entfernt zu halten.

Später, als die vier verbliebenen Delanskis bei ihrem kargen Mahl beisammensaßen, klopfte es an der Tür.

David öffnete sie. Draußen stand ein Freund von ihm, der mit seiner Familie in der Wohnung unter ihrer lebte. Er war kreidebleich.

»Komm herein, Johann. Was ist los?«

»Mein Vater schickt mich. Ich soll euch warnen. Er hat heute beobachtet, wie die Deutschen alte Menschen vor sich her scheuchten und Müttern ihre Kinder entrissen. Vom Umschlagplatz haben sie sie zur Stawkistraße am Güterbahnhof gebracht. Sie stießen die Alten und die Jungen in Frachtwaggons, und dann fuhr der Zug los. Keiner weiß so genau, wohin.« Johann traten Tränen in die Augen. »Auf den Straßen herrscht Panik. Es gibt Gerüchte über Vernichtungslager. David, sorg dafür, dass Rosa drinnen bleibt. Sie darf keinesfalls in die Schule. Ich muss gehen, so vielen anderen wie möglich Bescheid sagen.«

»Danke, Johann.«

David schloss die Tür mit wild klopfendem Herzen. Nun begann die Auflösung der Ghettos also wie zuvor bereits in Lublin auch hier in Warschau.

Als Adele das Gesicht ihres Sohnes sah, wusste sie, dass etwas nicht stimmte. Später, Rosa schlief bereits, und Jacob war im Schlafzimmer, winkte sie ihren Sohn in die Küche.

»Was wollte Johann, David?«

Er erzählte ihr von der Warnung seines Freundes. Adeles grüne Augen wurden vor Angst dunkel.

»David, du weißt mehr darüber, was uns bevorsteht, als du sagst. Bitte weih mich ein. Es bleibt unter uns. Rosa ist zu jung, um das alles zu verstehen, und dein Vater ...« Sie schloss kurz die Augen, um sich zu sammeln. »Ist das Gerücht über die Vernichtungslager wahr?«

Er nickte. »Ja. Jedenfalls glauben die Leute das.«

David setzte sich auf den Boden, und Adele legte die Arme um ihn. Er erzählte ihr, was er gehört hatte, und weinte vor Erleichterung darüber, dieses schreckliche Wissen teilen zu können.

Adele lauschte ihm schweigend, bevor sie ihn zu trösten versuchte. »Ich bewundere deine Stärke und deinen Mut und dass du das bisher für dich behalten hast. Und ich möchte dir Folgendes sagen: Es war meine Entscheidung, bei eurem Papa in Polen zu bleiben. Er macht sich Vorwürfe für das, was mit seiner Familie passiert ist, doch meine Liebe zu ihm ... Vielleicht wirst du eines Tages verstehen, warum ich ihn nicht verlassen konnte.

Er hat immer nur die Schönheit und Freude dieser Welt gesehen und stets eine Möglichkeit gefunden, die dunkle Realität auszublenden. Aber jetzt gibt es keine Freude mehr, die er sehen könnte. Er musste sich in sich selbst zurückziehen, um zu überleben, hat sich in der Vergangenheit eingerichtet, um die Schuld nicht zu spüren. Begreifst du das?«

Zum ersten Mal verstand David das Verhalten seines Vaters.

»Ich möchte dir etwas geben.« Adele legte das Kettchen mit dem Goldmedaillon ab, das sie um den Hals trug, und reichte es ihrem Sohn.

David öffnete das Schmuckstück, darin befand sich ein Foto seiner Mutter als junger Frau.

»Nimm das Bild heraus und dreh es um.«

David warf einen Blick auf die winzige Schrift auf der Rückseite. »Was ist das?«

»Das ist die Adresse deiner Großeltern in London. Falls wir irgendwann … getrennt werden sollten, musst du versuchen, zu ihnen zu gelangen. So Gott will, leben sie noch. Erklär ihnen, wer du bist. Das Medaillon beweist es. Präg dir die Adresse ein und leg das Kettchen um. Und versprich mir, es immer zu tragen.«

David schob es unter sein Hemd.

»Ich verspreche es dir, Mama.«

Adele stand auf, ging zu einem der Küchenschränke und holte ein schmales blaues Büchlein hervor. »Das ist mein britischer Pass. Den kannst du im Fall der Fälle als Nachweis deiner Identität benutzen.« Adele streckte die Arme aus. »Lass dich drücken. Pass für uns auf Rosa auf, wenn eurem Vater oder mir etwas zustoßen sollte. Sie besitzt eine wundervolle Gabe, und es wird an dir liegen, sie bei ihrer Entfaltung zu unterstützen.«

Als Adele ihren Sohn ziemlich lang umarmte, wurde David bewusst, dass sie nun ein Geheimnis teilten.

Den ganzen Sommer über durchkämmten deutsche Patrouillen die Straßen des Ghettos, trieben Menschen zusammen und schickten sie in Zügen in den sicheren Tod. Die Delanskis blieben

Tag und Nacht in ihrer Wohnung; nur David wagte sich hinaus, um Lebensmittel zu beschaffen. Adele flehte ihn an, nichts zu riskieren, meinte, es sei besser, zu hungern, als David zu verlieren, doch sie wussten beide, dass die Familie etwas zu essen brauchte.

Nach einem ergebnislosen Versuch, bei dem David lediglich einen halben Laib schimmeliges Brot und zwei alte Karotten hatte auftreiben können, sah er auf der Leznostraße, wie vier deutsche Soldaten eine Gruppe von Menschen abführten. Sobald sie außer Sichtweite waren, hastete er zurück nach Hause.

Und begann zu schluchzen, als er die leere, verwüstete Wohnung betrat. David sank auf den Boden und drückte die Fingerknöchel in die Augenhöhlen.

»Mama, Papa, Rosa. Nein!«

David, der nicht wusste, wie viel Zeit vergangen war, seit sie sie geholt hatten, stand auf und ging ins Schlafzimmer seiner Eltern. Die Schubladen dort waren herausgerissen und ihr Inhalt überall verstreut. Das Schmuckkästchen seiner Mutter lag aufgebrochen auf dem Bett.

Er vergewisserte sich, dass das Medaillon sich nach wie vor unter seinem Hemd befand, und schaute mit rasendem Puls unters Bett. Hoffentlich hatten sie sie nicht entdeckt … Nein, die Stradivari mit dem im Futter des Kastens versteckten Pass war da.

David holte die Geige hervor, schob sie, Tränen in den Augen, unters Kinn und hob den Bogen. Doch die vertraute Melodie weckte so starke Erinnerungen an seine Familie, dass er sie wieder weglegen musste.

Nun hörte er ein leises Geräusch. Fast meinte er, es sich eingebildet zu haben. David spitzte die Ohren. Da war es wieder. Weinte da jemand? Konnte das sein?

»Rosa! Rosa, *kochana*, wo bist du?«

Er folgte dem Klang des Schluchzens zu dem schweren Mahagonischrank. Mit letzter Kraft gelang es ihm, ihn von der Wand wegzuschieben. Dahinter verbarg sich eine kleine, nur etwas mehr als einen halben Meter hohe Tür.

Als er sie öffnete, fiel ihm die vor Angst bebende und halb hysterische Rosa entgegen.

»David, David! Die Soldaten waren da und haben Mama und Papa mitgenommen. Mama hat mich hier drin versteckt. Ich hatte solche Angst. Es war so dunkel, ich habe keine Luft gekriegt, und …«

»Ganz ruhig! Jetzt bin ich ja da.« Er strich ihr sanft über die Haare und rief sich das Versprechen ins Gedächtnis, das er seiner Mutter gegeben hatte.

In dem Augenblick schwor er sich, Rosa bis zum Ende seiner Tage zu beschützen.

Nachdem sie zwei Wochen lang in schrecklicher Angst vor Entdeckung gelebt und sich von den wenigen Lebensmitteln ernährt hatten, die David in den anderen Wohnungen im Block fand, wusste er, dass er sich wieder hinauswagen musste, weil sie sonst verhungerten.

Doch Rosa weigerte sich, allein zu bleiben, und begann zu schreien, sobald David sie verließ. Nur wenn sie endlich auf der Matratze einschlief, die David für den Fall der Fälle gleich neben den kleinen Hohlraum gelegt hatte, konnte er sich entfernen und auf die Suche nach Essbarem begeben. Inzwischen hatte er alles Verwertbare aus dem Gebäude geholt und musste seinen Radius erweitern. Und er konnte nicht riskieren, dass Rosa in seiner Abwesenheit aufwachte.

»Liebes, mal mir doch ein Bild. Ich muss hinaus, etwas zu essen auftreiben. Es dauert nicht lange, ich …«

»*Nein!*« Rosa klammerte sich an ihn. »Bitte lass mich nicht allein, David!«

Es hatte keinen Zweck. Er würde sie mitnehmen müssen, sonst zog sie mit ihrem Schreien Aufmerksamkeit auf sich.

Er holte tief Luft. »Na schön, dann komm mit. Aber du musst mir versprechen, zu tun, was ich dir sage.«

David löste das Dielenbrett in der Küche, unter dem sich die

Schachtel mit dem Geld befand. Er stöhnte auf, als er sah, wie wenig noch übrig war.

Dann hatte er eine Idee. Vielleicht interessierte sich jemand dafür.

David holte den Geigenkasten mit seiner geliebten Stradivari.

»Ich nehme Papier und Stift mit. Vielleicht sehe ich unterwegs was zum Zeichnen«, meinte Rosa.

»Gut. Komm. Und vergiss nicht: Mach, was ich dir sage.«

Rosa folgte David auf die menschenleeren Straßen. Es war ein heißer, sonniger Tag, in der Luft hing der bestialische Gestank verwesender Leichen. David zog Rosa in Hauseingänge, wenn sie Schritte hörten. Er betete, dass einer seiner Kontakte vom Schwarzmarkt ebenfalls davongekommen war, und spürte, wie er beobachtet wurde, als er die müde, schmollende Rosa hinter sich her zerrte.

Sie fanden die Wohnung von Davids Kontakt verlassen vor. Die Schränke waren leer, und Rosa klagte über Durst.

David stützte den Kopf in die Hände. So funktionierte es nicht. Rosa behinderte ihn und sorgte dafür, dass sie auffielen. Er musste sie zurücklassen.

Da entdeckte David einen großen Teddybären auf einem Stuhl im Schlafzimmer. Rosas Augen begannen zu leuchten, als er ihn ihr gab.

»Der heißt auch David. Er bleibt hier und passt auf dich auf, während ich uns etwas zu essen besorge. Jetzt will ich keine Klagen mehr hören. Ich bin im Handumdrehen wieder da. Wenn ich nicht gehe, haben wir kein Wasser und nichts zu essen für den David-Bären. Rühr dich nicht von der Stelle.« Er schenkte seiner Schwester ein Lächeln. »Der David-Bär sagt es mir, wenn du auch nur einen Mucks machst.«

Zu seiner Erleichterung nickte Rosa, die hingerissen von ihrem neuen Spielzeug war. »Ich zeichne den David-Bären für dich«, verkündete sie.

David schlüpfte aus der Wohnung und hastete die Straße entlang.

Eine Stunde später kehrte er zurück, die Geige nach wie vor unter dem Arm. Es war hoffnungslos. Alle Menschen hungerten, niemand interessierte sich für ein Musikinstrument, egal, wie wertvoll es war.

Als David die Tür zu dem Zimmer öffnete, setzte sein Herz einen Schlag aus. Seine Schwester saß auf dem Boden und aß mit seligem Gesichtsausdruck einen Apfel, während ein deutscher Offizier ein Stück Papier betrachtete. Rosa hob den Blick und grinste.

»Hallo, David. Der Mann hat mir einen Apfel geschenkt. Ihm gefällt mein Bild von David-Bär, und er wollte, dass ich ihn zeichne, während wir auf dich warten.«

Der Offizier stand auf. Beim Knarren seiner Stiefel stellten sich Davids Nackenhaare auf. Der Mann lächelte, fast wirkte er freundlich.

»Du bist also David Delanski, und das ist deine Schwester Rosa.«

David nickte, brachte kein Wort heraus.

»Deine Schwester ist eine begabte junge Dame. Mit ihrer Zeichnung hat sie mich sehr gut getroffen. Ich habe von eurem Vater gehört. Auch er war äußerst talentiert. Kommt, wir müssen gehen.«

Er zog Rosa hoch.

»Kann ich meinen Bären mitnehmen?«

Kurz sah David so etwas wie Mitleid in der Miene des Mannes, als er in Rosas unschuldiges Gesicht blickte.

»Warum nicht?« Er zuckte die Achseln. Ein paar Stunden harmloses Vergnügen waren nun wirklich nicht viel verlangt.

Sie wurden auf den Rücksitz des Offizierswagens geschoben und zur Stawkistraße gebracht, wo der Anblick der Güterwaggons David vor Furcht erbeben ließ.

Auf dem Bahnsteig wimmelte es von verängstigten Ghettobewohnern, und die Züge waren zum Bersten voll mit Menschen.

David stieg aus, Rosa folgte ihm. Draußen ging sie auf die Zehenspitzen und gab dem Offizier ein Küsschen auf die Wange.

»Danke für den Apfel«, sagte sie.

Der Offizier beobachtete, wie David und Rosa in einen bereits übervollen Güterwagen verfrachtet wurden.

Und sah die Furcht auf dem Gesicht des kleinen Mädchens, als Soldaten die Schiebetür schlossen.

Er wandte sich seinem Wagen zu, hielt inne und sagte etwas zu einem der Wachmänner, während er auf den Waggon deutete, in dem David und seine Schwester waren.

Rosas Kuss rettete ihr das Leben.

Nun blickte David aus dem Fenster seines Hotelzimmers, ohne etwas zu sehen. In seiner Miene spiegelte sich das Grauen, das die Erinnerung in ihm weckte. Er stand vom Stuhl auf, schenkte sich einen weiteren großen Whisky ein und leerte das Glas in einem Zug.

Dann nahm er den Telefonhörer in die Hand und wählte eine Nummer in dem Bewusstsein, dass sich sein Leben von nun an radikal ändern würde.

»Für dich, Rosa«, murmelte er, als am anderen Ende der Leitung abgehoben wurde.

20

London, Oktober 1977

»Letzter Aufruf für Alitalia-Flug AZ459 nach Mailand, einsteigen bitte an Gate 17.« Die Roboterstimme wiederholte die Durchsage, während Leah und Jenny durch die Passkontrolle hasteten und zum Flugsteig rannten.

»Mist! Ich wusste doch, dass wir früher hätten losfahren sollen. Ich hätte nicht gedacht, dass der Verkehr so katastrophal ist«, keuchte Jenny mit hochrotem Gesicht.

»Wenn wir diesen Flieger verpassen, redet Madelaine nie wieder ein Wort mit uns!«, jammerte Leah.

Nachdem sie die Mitarbeiterin am Flugsteig förmlich hatten anflehen müssen, saßen die beiden Mädchen zehn Minuten später wohlbehalten im Flugzeug. Als die Maschine die Startbahn entlangrollte, krampfte Leah die perfekt lackierten Nägel in die Kanten ihres Sitzes.

»Es geht los«, stellte Jenny vergnügt fest. »Ich liebe dieses Gefühl, du nicht?«

Die Triebwerke dröhnten, und das Flugzeug erhob sich hoch in den Himmel, während Leah fest die Augen zukniff.

»Wir sind oben. Du kannst die Augen jetzt aufmachen.« Jenny lachte. »Herrje, bin ich froh, dass ich nach der ganzen Herumrennerei endlich sitze.«

»Möchten die Damen etwas trinken?«, erkundigte sich die Flugbegleiterin, nachdem das Anschnallzeichen erloschen war.

Jenny nickte. »Ja. Ich hätte gern einen Wodka Cola. Und du, Leah?«

»Nur eine Cola, bitte.« Leahs Magen rebellierte noch immer.

»Wenn wir erst in Mailand sind, darfst du aber nicht mehr so brav sein. Dort trinkt einfach jeder. Du willst doch nicht, dass alle dich für eine grässliche Spielverderberin halten?«

Leah rümpfte die Nase. »Offen gestanden mag ich den Geschmack nicht, Jenny.«

»Ich anfangs auch nicht. Nach einer Weile gewöhnt man sich daran.«

»Außerdem«, fügte Leah hinzu, »bin ich noch nicht volljährig.«

»Das ist am Anfang bei den meisten Mädchen so, was für sie allerdings kein Hinderungsgrund ist. Cheers. Auf deinen ersten Auftrag.« Jenny trank einen kräftigen Schluck. Dann drehte sie sich um und ließ den Blick durch die Kabine schweifen. »Oh, schau, da ist ja Juanita. Sie steht auch bei Madelaine unter Vertrag. Und Joe, der arbeitet bei *Harper's*. Im Flieger trifft man immer dieselben Leute. Du wirst die anderen bald kennenlernen. Ich rede nur kurz mit Juanita. Bin gleich zurück.«

Als Jenny aufstand, schloss Leah die Augen und wünschte, die schreckliche neue Erfahrung, in einem Flugzeug zu sitzen, möge so schnell wie möglich vorübergehen.

Sie konnte kaum glauben, dass sie über einen Monat in London verbracht hatte. Die Zeit war vergangen wie im Zeitraffer, jeder Tag vollgestopft mit Fototerminen für ihre Sedcard und mit Unterricht, wie man sich richtig schminkte, sprach und bewegte. Leah hatte nicht einmal Gelegenheit gehabt, sich Gedanken darüber zu machen, ob ihr das überhaupt gefiel. Und nun schickte Madelaine sie zu ihrem ersten Auftrag.

Jenny war einfach eine Wucht gewesen. Wie eine Schwester hatte sie Leah unter ihre Fittiche genommen und ihr alle möglichen neuen Tricks beigebracht.

»Was, um alles in der Welt, tust du da?« Der Anblick, wie ihre neue Freundin eines Abends genüsslich eine Portion Fish and Chips vertilgte, ließ Jenny vor Entsetzen erstarren. »Her damit.« Sie griff nach den Resten der Mahlzeit und warf sie in den Müll.

»Spinnst du? Ich habe einen Mordshunger«, empörte sich Leah.

»Rühr niemals wieder Pommes an.« Jenny drohte Leah mit dem Finger. »Davon kriegst du fettige Haut. Hier, iss stattdessen einen Apfel.«

Es fiel Leah schwer, sich an die neuen Ernährungsregeln zu gewöhnen. Wenn Jenny abends unterwegs war, schlich sie sich deshalb häufig hinunter in die Pommesbude an der Ecke, um sich heimlich ein Festmahl zu gönnen. Es war ihr rätselhaft, wie Jenny es schaffte, ausschließlich von Obst und Müsli zu leben. Leah hatte sich wirklich angestrengt, war jedoch vor Hunger fast umgefallen.

»Ich gebe es auf«, seufzte Jenny, als sie eines Tages nach Hause kam und Leah dabei antraf, wie sie sich ein riesiges Schoko-Eclair schmecken ließ. »Was ich an dir am meisten hasse, ist die Tatsache, dass du essen kannst, was und wie viel du willst. Und trotzdem kriegst du keine Pickel und wirst nicht dick.« Ärgerlich rauschte sie hinaus, um ein Bad zu nehmen.

Jenny hatte auch versucht, Leah dazu zu überreden, abends auszugehen. Doch Leah war zu müde und außerdem zu schüchtern und hatte, anders als die meisten Models, keine Lust auf Partys und Nachtclubs. Stattdessen blieb sie lieber zu Hause, sah fern oder telefonierte mit ihrer Mutter.

Sie vermisste ihre Eltern ganz entsetzlich und hatte manchmal großes Heimweh. Doch sie war bei Madelaine viel zu eingespannt gewesen, um nach Yorkshire zu fahren.

»Die Mädchen und ich denken, dass du das neue Lieblingskind Ihrer Majestät bist. Um dich kümmert sie sich viel mehr als um uns. Mich hat sie schon am ersten Tag nach der Unterschrift in einen Flieger nach Paris gesetzt«, hatte Jenny ohne eine Spur von Eifersucht angemerkt.

Allerdings hatte Jenny auch gar keinen Grund, neidisch zu sein. In den letzten Monaten hatte ihre Karriere rasant an Fahrt aufgenommen. Wenn sie nach dem Abstecher nach Mailand wieder in London war, stand eine sechsseitige Fotostrecke für die britische *Vogue* auf dem Programm.

»Hallo. Darf ich dir einen Moment Gesellschaft leisten? Du siehst ein bisschen einsam aus.« Als Leah die Augen aufschlug, stellte sie fest, dass Steve Levitt sich über sie beugte.

»Klar«, erwiderte sie. Er ließ sich in Jennys freiem Sitz nieder. Von allen Leuten, die Leah in letzter Zeit kennengelernt hatte, mochte sie Steve am liebsten, und die Fotoshootings mit ihm machten ihr großen Spaß.

»Läuft das immer so?« Leah wies auf die Gruppe, die sich hinter ihnen versammelt hatte. Alle drängten sich rauchend und trinkend auf Sitzen und Armlehnen.

»Ich fürchte, ja. Die Modebranche ist eine sehr kleine Welt. Jeder kennt jeden. Bald gehörst du auch zum Club. Es sind wirklich nette Leute, aber …« Steve zog eine Augenbraue hoch. »Ich würde niemandem ein Geheimnis anvertrauen. Sonst weiß es morgen die ganze Stadt.«

»Ich werde es mir merken, Steve.«

»Sehr gut. Möchtest du was trinken?« Er hatte eine Flasche Wein in der Hand und schenkte sich ein Glas ein.

Leah seufzte. »Also gut.«

Ihr Zögern war Steve nicht entgangen. »Es steht nicht in deinem Vertrag, Leah! Wenn du nicht trinken willst, musst du auch nicht.«

»Das weiß ich. Ich mag einfach keinen Alkohol. Außerdem rauche ich nicht und nehme keine Drogen. Jenny meint, alle werden mich für spießig halten.«

Steve trank einen Schluck Wein und schüttelte den Kopf. »Bleib einfach, wie du bist, Leah. Die anderen müssen das akzeptieren.«

»Leichter gesagt als getan. Aber ich will, dass sie mich auch mögen.«

»Natürlich möchtest du das. Es ist nicht leicht, die Neue zu sein, doch das haben wir alle irgendwann durchgemacht. Anfangs sind sie vielleicht ein bisschen misstrauisch.« Steve beugte sich vor und senkte die Stimme zu einem Flüstern. »Es wird gemunkelt, dass Madelaine große Pläne mit dir hat.«

»Ich hoffe nur, dass ich keine von Madelaines Anweisungen vergesse oder auf dem Laufsteg über meine eigenen Füße stolpere.«

»Du bist ein Naturtalent, Schätzchen, du schaffst das.« Er lächelte Leah väterlich zu. »Nur noch eine kleine Warnung: Die anderen sind zum Großteil in Ordnung. Doch einige der Mädchen schrecken vor nichts zurück, um weiterzukommen. Also sei vorsichtig und nimm besser nichts, was dir auf Partys angeboten wird. Damit meine ich wirklich *nichts*. Mailand ist berüchtigt für seine wilden Feiern nach den Modenschauen. Und die haben auch eine weniger schöne Seite. Halt dich an Jenny. Sie ist ziemlich ehrlich.« Beim Anblick der Sorgenfalten, die sich in Leahs hübschem Gesicht abzeichneten, lachte Steve leise auf. »Alles wird gut. Keine Angst. Jetzt muss ich aber wieder an meinen Platz.«

»Ist Miles bei dir?« Sie wusste, dass Roses Sohn Steve auf eine frühere Reise nach Mailand begleitet hatte. Doch bis jetzt war sie ihm bei keinem Fototermin begegnet.

Steve verzog das Gesicht. »Nein, die Zusammenarbeit hat nicht so gut geklappt. Jetzt habe ich einen neuen Assistenten namens Tony. Du wirst von ihm begeistert sein. Bis später, mein Engel.« Leah wurde ein wenig lockerer, erleichtert, dass sie dem Mann, bei dessen Anblick ihr stets unbehaglich wurde, nicht würde begegnen müssen. Steve hauchte ihr einen Kuss auf die Wange und kehrte zu seinem Sitz zurück.

Das Taxi brachte Leah und Jenny vom zehn Kilometer außerhalb gelegenen Flughafen Linate nach Mailand, der wohlhabendsten Stadt Italiens.

Leah, die England noch nie verlassen hatte, starrte aufgeregt aus dem Fenster, als das Taxi sich durch ein Labyrinth aus engen Straßen und Plätzen quälte. Die Autos rollten Stoßstange an Stoßstange dahin, während die Fahrer hupten und Verwünschungen aus den Fenstern brüllten. Die Atmosphäre war großstädtisch und belebend. Eine Mischung aus Wolkenkratzern und gotischen Türmen – besonders der des prachtvollen Doms stach hervor – beherrschte das Stadtbild.

»Hauptverkehrszeit in Mailand! Mehr wirst du von der Stadt nicht zu sehen kriegen, also genieße es.« Jenny lachte.

Das Taxi setzte die beiden vor einem großen weißen Gebäude auf der Piazza della Repubblica ab.

»Da wären wir, Herzchen. Das Principe di Savoia. Das ist das beste Hotel von ganz Mailand.«

Die zwei meldeten sich am Empfang und wurden zu ihren Zimmern geführt. Sie verabredeten sich um halb acht an der Hotelbar.

Leah war überwältigt von der luxuriösen Suite und brauchte zehn Minuten, um sie gründlich zu erkunden. Sie drückte auf jeden einzelnen Knopf und machte vor Schreck einen Satz, als plötzlich lautstark Fernseher und Radio ansprangen.

Sorgfältig hängte sie die mitgebrachten Kleider auf. Nach ihrer Ankunft in London war Madelaine mit ihr zum Einkaufen gegangen und hatte Hunderte von Pfund für ihre neue Garderobe ausgegeben. Nun besaß Leah Kostüme von Bill Gibb, Cocktailkleider von Zandra Rhodes und eine schimmernde Abendrobe von Jean Muir.

»Es ist wichtig, dass ein britisches Model Kleider von britischen Designern trägt, wann immer es geht. Wenn Jean dich in diesem Kleid sehen könnte, würde sie dich morgen auf den Laufsteg schicken.« Madelaine lächelte.

Leah duschte, schlüpfte in den weichen Hotelbademantel und setzte sich, um sich dezent zu schminken, wie Barbara Daly es ihr beigebracht hatte.

»Sobald du in der Öffentlichkeit bist, ganz gleich ob beruflich oder privat, musst du immer wie aus dem Ei gepellt sein. Der Mythos eines Models ist dahin, wenn es aussieht wie eine verschlampte Alte in einem Supermarkt am Montagmorgen. Zu Hause kannst du anziehen, was du willst. Aber wenn du vor die Tür trittst, bist du ganz Profi.«

Leah hatte genickt und Madelaine geantwortet, sie habe sie verstanden. Nun bürstete sie kräftig ihr langes Haar über den Kopf, wie Vidal es ihr gezeigt hatte, und warf es dann in den Nacken. Die leichte Dauerwelle, die der Stylist ihr gelegt hatte, verlieh ihrem Haar mehr Volumen. Außerdem war es um etwa zehn Zentimeter gekürzt worden, sodass es ihr nun wie ein dichter, glänzender Vorhang über die Schultern floss.

Jenny hatte ihr erklärt, heute Abend sei nur ein informeller Umtrunk in der Hotelbar geplant, wo auch einige Designer verkehrten. Leah warf einen Blick in ihren Kleiderschrank und entschied sich für einen schwarzen Crêpe-Overall von Biba, den Madelaine ausgesucht hatte. Dazu trug sie einen breiten schwarzen Gürtel und hochhackige Pumps.

Als sie ihr Spiegelbild betrachtete, war sie mit ihrem Aussehen ziemlich zufrieden. Was jedoch ihre Fähigkeiten in der Kunst des Small Talk anging, war sie weitaus weniger selbstsicher.

Aber sie wollte Madelaine nicht enttäuschen. Also atmete sie tief durch und nahm sich fest vor, ihr Bestes zu geben.

Carlo Porselli ließ den Blick durch die gut besuchte Bar schweifen, wo Models, Fotografen und Modedesigner angeregt durcheinanderredeten. Als seine Augen zum Aufzug wanderten, öffneten sich gerade die Türen, und eine Frau erschien, die er noch nie zuvor gesehen hatte.

Wenn andere Designer behaupteten, ihre »Muse« gefunden zu haben, tat er dies gern achselzuckend ab, denn seiner Überzeugung nach sollte man Kleider so entwerfen, dass jede Frau sich darin wohlfühlte. Doch als die Erscheinung nun auf ihn zukam, änderte sich seine Meinung schlagartig.

»Wer ist das?« *Molto bella. Bellissima.*

»Das ist Madelaines neues Model.« Jenny, die neben ihm in der Bar saß, leerte ihren fünften Wodka Cola. »Sie wohnt bei mir. Ihr Name ist Leah. Sie gehört zu deiner Truppe, zusammen mit mir, Juanita und Jerry.« Sie winkte Leah heran. »Hallo, Leah, komm und setz dich. Ich möchte dir Carlo vorstellen. Wir führen am Freitag seine Prêt-à-porter-Kollektion vor. Er ist der angesagteste Designer in der Stadt.« Sie zog für ihre Begleiterin einen Stuhl heran. Carlo erhob sich und küsste Leah die Hand.

»*Buona sera, signorina.* Es ist mir eine Freude, Sie kennenzulernen.«

»Die Freude ist ganz auf meiner Seite«, erwiderte Leah steif. Sobald sie saßen, schnippte Carlo mit den Fingern, worauf ein Kellner heraneilte. »Wir trinken Champagner, um Leahs erste Modenschau zu feiern.«

»Ich hätte lieber eine Cola, falls das für Sie in Ordnung ist«, entgegnete Leah leise.

»Ach, ein junges Mädchen, das auf seine wundervolle Figur und sein hübsches Gesicht achtet. *Per favore*, eine Coca-Cola und eine Flasche Berlucchi.« Als der Kellner davonhastete, wandte Carlo sich zu Leah um. »Also sind Sie zum ersten Mal in Mailand, *si*?«

»Ja.«

»Mailand ist die schönste Stadt der Welt, insbesondere im Spätherbst, wenn die lärmenden Touristen fort sind und die Blätter von den Bäumen fallen. Sie müssen mir gestatten, es Ihnen zu zeigen.«

Jenny lachte leise auf. »Ich glaube nicht, dass Leah Zeit haben wird, die Stadt zu besichtigen, Carlo. Ab morgen arbeiten wir Tag und Nacht.«

»Zeit findet sich immer«, antwortete Carlo wegwerfend.

Die Getränke wurden serviert. Der Kellner schenkte drei Gläser Champagner ein. Leah griff nach ihrer Cola und nippte daran.

»Aber, aber. Wenn Sie nicht wenigstens einen kleinen Schluck trinken, bin ich beleidigt.« Widerstrebend nahm Leah das Glas, das Carlo ihr hinhielt.

»Okay.« Sie führte das Glas an die Lippen und kostete. Als die Luftblasen ihr die Kehle hinunterrannen, fing sie an zu prusten.

Lachend warf Carlo den Kopf in den Nacken. »Nun, das ist nicht die Reaktion, die ich erhofft hatte. Aber ich sehe, wir werden Ihre Unschuld gegen die bösen Buben verteidigen müssen, die versuchen werden, sie auszunutzen.« Als er Jenny ansah, nickte diese wissend.

»Carlo meint die Playboys. Diese Woche ist Jagdsaison. In diesen Minuten parkt eine lange Reihe von Ferraris vor dem Hotel.« Jenny wies auf eine Seite des Raums. »Siehst du die Typen, die gerade mit Juanita reden? Und die drei Männer bei den Models am Tresen?«

Leah nickte.

»Das sind superreiche internationale Geschäftsleute. Heute Abend suchen sie sich eine aus und bedrängen sie mit Blumen und Geschenken, bis sie mit ihnen zum Abendessen geht. Und dann probieren sie es mit allen Tricks, um … tja, du weißt schon.«

»Ja«, erwiderte Leah und errötete.

Carlo seufzte auf. »Ich fürchte, sie hat recht. Ich muss mich für das Benehmen meiner Landsleute entschuldigen. Aber es liegt uns Italienern eben im Blut. Wir können einer schönen Frau nicht widerstehen.« Wieder bedachte er Leah mit einem vielsagenden Blick. »Also freuen Sie sich auf diese Woche?«

»Ich bin ein bisschen aufgeregt.«

»Das kann ich verstehen. Es ist nur natürlich. Ich werde dafür sorgen, dass Sie strahlen wie ein Stern am Himmel.« Carlo leerte seine Champagnerflöte. »Jetzt muss ich mich verabschieden und zurück an die Arbeit. Bis Freitag gibt es noch viel zu tun. *Buona notte*, Jenny. Du nimmst die Kleine hier unter deine Arme, ja?« Er küsste Jenny auf beide Wangen.

»Fittiche, Carlo, nicht Arme.« Jenny kicherte.

»Gute Nacht, *piccolina*. Bis bald.« Carlo küsste Leah noch einmal die Hand und verließ die Bar in Richtung Haupteingang.

»Bist du sicher, dass du keinen Schampus willst?« Jenny nahm die halb volle Flasche und schenkte sich nach.

Leah schüttelte ablehnend den Kopf. Sie beobachtete, wie

Juanita von einem der jungen Playboys aus der Bar geführt wurde.

»Das war nicht anders zu erwarten«, murmelte Jenny, der es nicht entgangen war. »Die Frau ist einfach unglaublich. Obwohl sie mit einem Popstar verlobt ist, ist sie hinter jedem her, solange er nur eine enge Hose trägt und eine volle Brieftasche hat.«

»Carlo macht einen sympathischen Eindruck«, wechselte Leah das Thema.

»Ja, inzwischen schon. Aber es heißt, dass er früher keinen Deut besser war als die anderen jungen Männer in dieser Stadt. Vor vier Jahren hat er angefangen, Mode zu entwerfen, und scheint ein anderer Mensch geworden zu sein. Sein Vater ist stinkreich.« Jenny vergewisserte sich, dass sie nicht belauscht wurden, und beugte sich vor. »Letztes Jahr hat mir jemand erzählt, dass er zum großen ›M‹ gehört.«

»Großes M?«, flüsterte Leah zurück.

»Die Mafia«, raunte Jenny. »Aber das gilt ja für die meisten hier. Ein Großteil der Modelagenturen wird vom organisierten Verbrechen betrieben. Im letzten Jahr gab es sogar ein Bombenattentat auf eine Agentur, nachdem sie eine Übernahme abgelehnt hatte.«

Leahs Augen weiteten sich immer mehr. Das hatte Madelaine gar nicht erwähnt.

»*Scusate, signorine.* Dürfen wir Sie beide zu einem Drink einladen?«

Zwei gut aussehende Italiener standen hinter ihnen.

»Nein, danke. Wir möchten nichts«, entgegnete Jenny mit Nachdruck.

»Dürfen wir uns dann wenigstens setzen, um Ihre Gesellschaft zu genießen?«

»Eigentlich wollten wir gerade gehen. Stimmt's, Leah?«, antwortete Jenny und stand auf. Leah folgte ihrem Beispiel. »*Ciao*, Gentlemen.« Jenny lächelte höflich und steuerte, Leah im Schlepptau, auf die Fahrstühle zu.

»Ich glaube, es ist das Beste, wenn wir früh schlafen gehen. Falls du Hunger haben solltest, bestell dir was beim Zimmerservice«, sagte Jenny, als der Lift sich auf ihrer Etage öffnete. »Gute Nacht, Leah. Gerade hast du Lektion eins hinter dich gebracht und mit Bravour bestanden. Du kriegst das hin.« Jenny küsste sie auf die Wange und verschwand in ihrem Zimmer.

21

»Viel Glück, Schätzchen, du wirst einfach wundervoll sein.« Jenny drückte Leah die Hand. Der pulsierende Rhythmus des ersten Songs setzte ein. Leah war froh, dass der Designer sie erst zum Schluss eingeplant hatte und dass sie nur zwei Cocktailkleider vorführen musste.

»Los!«, sagte die Choreografin, worauf Leah hinter den anderen Mädchen ins grelle Licht hinausstolzierte. Das Publikum applaudierte jubelnd. Leah folgte der Schlangenlinie der Choreografie und schaffte es sogar zu lächeln, als sie auf die kreisförmige Fläche am Ende des Laufstegs treten musste, um ihr Kleid vorzuzeigen. Blitzlichter blendeten sie, als sie sich umdrehte und den Laufsteg entlang zurückschritt, wo sie hinter der Bühne schon von ihrer Garderobiere und Hairstylistin erwartet wurde.

Da sie noch Zeit hatte, beobachte sie interessiert die anderen. Einige der älteren und erfahreneren Models schimpften hemmungslos vor sich hin, während sie sich geschickt umkleideten und anschließend die Stufen hinaufhetzten, um dann gelassen hinaus auf den Laufsteg zu spazieren.

Die ganze Modenschau dauerte keine vierzig Minuten. Anschließend fand hinter der Bühne ein großes Küssen und Gratulieren mit dem Designer statt, und zu guter Letzt wurden im Salon Drinks serviert. Die Models waren gebeten worden, die Kleider anzubehalten. Leah trug ein rückenfreies rotes Oberteil zu einem schwarzen Hosenrock aus schwerem Satin.

»Glückwunsch. Ich hab dir doch gesagt, dass du es schaffst«, flötete Jenny. Sie hatte heute Abend mit einem der anderen Models die Show eröffnet. Leah fand, dass sie in ihrem Abendanzug aus Samt mit Nadelstreifen, einer Seidenbluse mit spitzem Kragen und einer großen Fliege um den Hals einfach hinreißend aussah. »Bleib immer in meiner Nähe. Ab jetzt könnte es zur Sache gehen.«

Leah nickte und folgte ihrer Freundin in den Salon, wo diese sofort von einer Horde Fotografen umringt und von der Moderedakteurin der *Vogue* mit einem Küsschen und Glückwünschen empfangen wurde.

Leah nahm von einer vorbeigehenden Kellnerin ein Glas Orangensaft entgegen und nippte daran. Sie fühlte sich unwohl, denn, wie man ihr schon gesagt hatte, schienen sich alle anderen zu kennen.

»*Cara*, du warst perfekt!« Carlo wirbelte Leah durch die Luft und küsste sie auf beide Wangen. »Natürlich schmeicheln die Kleider des Designers von heute Abend einer Frau nicht so wie meine, aber ich hatte trotzdem nur Augen für dich.«

»Oh, danke, Carlo.«

»Am Freitag werde ich der Welt zeigen, wie viel Potenzial in dir steckt.« Carlo wies auf einen weltberühmten Designer, der hinter ihm stand. »Hoffentlich führst du morgen bei seiner Show nicht zu viele Kleider vor.«

»Offen gestanden habe ich keine Ahnung«, erwiderte Leah wahrheitsgemäß.

Carlo nahm sie an den Händen. »Nun, ich will dich für mich. Nur für mich allein. Du bist die Frau, die meine Entwürfe unsterblich machen wird.« Als er Leah mit eindringlichen braunen Augen fixierte, verschlug es ihr die Sprache.

»Carlo, *caro*!« Eine hinreißend schöne Frau mit pechschwarzem Haar und blitzenden grünen Augen küsste Carlo mitten auf den Mund. Darauf folgte ein italienischer Wortschwall, in dessen Verlauf Carlo einige Male auf Leah zeigte.

»Entschuldige meine Unhöflichkeit, aber ich habe Maria seit Monaten nicht gesehen. Sie war in Amerika, um viele Dollar für eine Kosmetikfirma zu verdienen.«

Maria hatte einen starken Akzent. »Ich freue mich ja so, dich zu lernen kennen, meine Liebe.« Ihr Gesichtsausdruck strafte ihre Worte Lügen.

»Maria ist eigens eingeflogen, um meine Kollektion vorzuführen. Am Freitag arbeitet ihr zusammen.«

»Dann sehen wir uns, nein?« Maria küsste Carlo ein weiteres Mal. Im Davongehen wandte sie sich noch mal zu Leah um und murmelte etwas auf Italienisch, bevor sie in der Menge verschwand.

»Tut mir leid, die Fotografen haben mich aufgehalten.« Jenny gesellte sich zu ihnen. »War das gerade Maria?«

Carlo nickte. »*Sì*, Jenny.«

Jenny zog die Augenbrauen hoch. »Wie … wundervoll, dass sie es rechtzeitig geschafft hat. Also, ihr beiden, wir machen uns jetzt auf den Weg in den Astoria Club. Gianni hat ihn für den Abend gemietet. Sally und ich fahren bei ihm im Auto mit.«

»Ach, in diesem Fall begleite ich Leah. Keine Angst, Jenny, ich nehme sie unter meinen Arm.«

»Fittiche, Carlo«, verbesserte Jenny ihn lässig. »Okay, dann sehen wir uns dort. Benimm dich, Leah.« Sie zwinkerte ihr zu.

»Ich muss mich zuerst umziehen«, sagte Leah, worauf Carlo nickte.

Leah ging in die Garderobe und schlüpfte in die Abendrobe von Jean Muir.

»Ja, das passt besser zu dir. Ich mag Muirs Stil. Er ist meinem sehr ähnlich«, merkte Carlo an, als habe die berühmte britische Modeschöpferin *ihn* nachgeahmt. Er griff nach Leahs Hand und zog sie durch die Menschenmenge hinaus auf die kühle Via della Spiga.

»Vor dem Astoria will ich dir etwas zeigen. Es ist nicht weit. Wir können zu Fuß gehen.« Leahs Hand fest umklammernd, marschierte Carlo die Straße entlang. Als er ihren ängstlichen Blick bemerkte, lächelte er.

»Alles ist gut, *cara*. Jenny vertraut mir, richtig?« Er ließ ihre

Hand los und beschrieb eine ausladende Geste. »Schau, wir sind im Quadrilatero. In diesen wenigen Straßen haben alle großen italienischen Designer ihre Ateliers.« Carlo wandte sich nach rechts. Leah folgte ihm in eine ruhigere Straße. In der Via Sant'Andrea wurden die prächtigen neoklassischen Palazzi aus weißem Stein und die großen Luxusläden von einer stillen Welt abgelöst, die noch aus dem achtzehnten Jahrhundert zu stammen schien. Leah blieb stehen, um in die Schaufenster einer alten Boutique zu spähen.

Carlo legte ihr die Hand auf den Rücken und schob sie weiter. »Komm, komm. Wir haben nicht viel Zeit.« Leah entschuldigte sich und eilte ihm hinterher. »Schau, das ist Giorgios Salon. Dort bist du am Donnerstag, richtig?«

Leah nickte. Etwa zweihundert Meter weiter blieb Carlo wieder stehen. »Hier wären wir.« Er lotste Leah eine alte Steintreppe hinauf. *Carlo* lautete die Aufschrift auf dem goldenen Klingelschild.

Er schloss auf. »Mein Assistent Giulio ist sicher noch da. Ich möchte, dass du ihn kennenlernst. Einen Moment.«

Carlo wies auf einen Prunksessel und verschwand in den Tiefen des Salons. Leah ließ den Blick durch den Raum schweifen. Er war ziemlich überladen eingerichtet. Von der handbemalten Decke hingen gewaltige Kronleuchter, an den hohen Fenstern waren Vorhänge aus Moiré-Seide drapiert.

Carlo kehrte mit einem kleinen Mann mittleren Alters zurück.

»Leah, bitte steh auf.« Sie folgte der Aufforderung. Carlo sah den älteren Mann an.

»Und? Hatte ich recht?«, fragte er.

»*Sì.*« Der Mann nickte langsam.

Carlo ging auf Leah zu. »Das ist Giulio Ponti. Er hat für viele bedeutende Häuser gearbeitet. Ich habe ihn entführt, damit er für mich tätig ist, genauso wie ich dich heute Abend entführt habe.« Er wandte sich zu Giulio um. »Ich will, dass sie am Freitag das Hochzeitskleid trägt.«

Giulio starrte ihn an, als habe er den Verstand verloren. »Aber … wir haben es doch Maria angepasst.«

Carlo schien verärgert. »Deshalb habe ich Leah heute hierhergebracht. Ich möchte, dass sie das Kleid anzieht. Dann musst du es für sie umarbeiten. Bestimmt sind nicht viele Änderungen nötig.«

»Tja.« Zögernd trat Giulio einen Schritt vor und musterte Leah. »Größe und Hüftumfang sind gleich, glaube ich, aber Maria …« Ohne eine Spur von Verlegenheit zeigte Giulio mit dem Finger. »Sie hat obenrum mehr.« Er wies auf Leahs Brust.

»Ach, das kriegst du doch in einem *momento* hin. Leah, geh die Treppe hoch und dann rechts in die Garderobe. Dort findest du das Hochzeitskleid. Bitte zieh es an. Wir kommen gleich nach.«

Während Leah die Treppe vorne im Salon hinaufstieg, stieß Giulio einen italienischen Wortschwall aus, in dem sie nur den Namen »Maria« ausmachen konnte. Bald hatte sie die Garderobe gefunden und öffnete die Tür.

In einer Ecke hing das schimmernde weiße Kleid. Wie angewiesen, zog Leah sich aus und streifte das Gewand über den Kopf. Giulio hatte recht gehabt: Mit Ausnahme der Oberweite, wo es ein klein wenig zu groß war, passte es wie angegossen. Es wurde an die Tür geklopft.

»Ich bin so weit«, rief sie.

Carlo und Giulio traten ein, blieben stehen und starrten sie an. Dann nickte Carlo. Ein Lächeln spielte um seine Lippen. »Ich hatte recht. Leah muss am Freitag dieses Kleid tragen.«

Giulio nickte nachdenklich. »Sie strahlt die natürliche Unschuld und Freude einer Braut an ihrem Hochzeitstag aus.«

»Genau wie ich gedacht hatte«, erwiderte Carlo höchst zufrieden. »Bitte pass es ihr an.«

Giulio brauchte nur zehn Minuten, um die Änderungen vorzunehmen. Als er fertig war, ließen die beiden Männer Leah allein, damit sie sich umziehen konnte. Dann kehrte sie in den Salon zurück.

»Und jetzt fahren wir in den Nachtclub.« Als Carlo Leah angrinste, fand sie, dass er aussah wie ein kleiner Junge, der gerade seinen Willen durchgesetzt hatte.

»Du wirst ihr erklären …«

Carlo bedachte Giulio mit einer wegwerfenden Handbewegung, nahm Leah am Arm und führte sie zur Tür.

»Darum kümmere ich mich. Überhaupt kein Problem. *Arrivederci*, Giulio.«

Als Carlo und Leah in seinem roten Lamborghini vor dem Astoria-Nachtclub vorfuhren, waren sie sofort von Paparazzi umringt. Carlo lächelte und legte Leah den Arm um die Schultern, was ein wahres Blitzlichtgewitter zur Folge hatte. Carlo beantwortete die Fragen der Reporter auf Italienisch, winkte ihnen zu und begleitete Leah ins Lokal und zu einem freien Tisch, wo er sie auf eine mit Leder bezogene Bank bugsierte.

»Warte hier. Ich besorge Champagner und … äh … Cola.« Er zwinkerte ihr zu und steuerte die Theke an, vor der sich eine Menschentraube drängte.

Leah fühlte sich immer noch benommen und wie erschlagen von den Ereignissen dieses Abends, als sie sah, dass Jenny, ein Glas in der Hand, auf sie zukam.

»Wo hast du denn gesteckt? Kaum lasse ich dich einen Moment aus den Augen, und schon bist du verschwunden. Ich habe mir solche Sorgen gemacht!« Jenny wirkte verärgert.

Carlo erschien hinter ihr. »Sie war mit mir zusammen, Jenny. Also kann ihr überhaupt nichts passieren, oder?« Mit einem charmanten Lächeln stellte er die Getränke auf den Tisch.

»Wahrscheinlich nicht. Aber gib mir beim nächsten Mal Bescheid, wo du hingehst. Ich habe Madelaine versprochen, auf dich aufzupassen. Außerdem will ich gleich zurück ins Hotel. Leah sieht müde aus.«

»Komm, setz dich für *un momento*. Ich habe nämlich etwas für dich«, erwiderte Carlo. »Ich weiß, dass du das magst. Etwas Besseres findest du in ganz Mailand nicht.« Aus seiner Brusttasche förderte er ein kleines Röhrchen zutage, das er Jenny reichte.

Jenny zögerte. »Eigentlich sollte ich die Finger davon lassen. Ich hatte heute schon genug.«

Carlo zuckte mit den Schultern. »Dann behalte es als Geschenk, *cara.*«

»Okay. Danke, Carlo.« Jenny verstaute das Röhrchen in ihrer Abendtasche, wobei ihr nicht entging, dass Leah sie fragend ansah. Sie warf Carlo einen Blick zu. »Bin gleich zurück«, verkündete sie und verschwand.

»Also. Tanzen wir?« Carlo stand auf und hielt Leah beide Hände hin.

»Oh … klar … gerne.« Eigentlich sehnte Leah sich nach ihrem bequemen Hotelbett. Ihre Füße brachten sie um. Allerdings wusste sie, dass sie Situationen wie diese souverän meistern musste, wenn sie Erfolg haben wollte.

Als sie auf die Tanzfläche traten, wechselte die Musik zu einem langsameren Stück. Carlo zog Leah in seine Arme. Der würzige Geruch seines Rasierwassers stieg ihr in die Nase, und es hing auch noch ein anderer sonderbarer Geruch in der Luft, den sie nicht einordnen konnte.

»Oh, *cara, mia cara*«, murmelte Carlo. Er hob ihr Gesicht an und betrachtete es. »Ich werde dich so berühmt machen. Man wird unsere Namen für immer in einem Atemzug nennen. Du bist meine Muse! Sag, dass du heute Nacht bei mir bleibst.« Er beugte sich vor und küsste sie auf die Lippen.

»Hey! Nein, Carlo! Hör auf!« Leah riss sich von ihm los und rannte zum Ausgang. Als sie draußen ein wartendes Taxi bemerkte, sprang sie hinein und nannte dem Fahrer den Namen ihres Hotels. Sobald sie wohlbehalten in ihrem Hotelzimmer war, warf sie sich aufs Bett und brach in Tränen aus.

Das alles wuchs ihr allmählich über den Kopf. Noch vor einem guten Monat hatte sie bei ihren Eltern in einer nordenglischen Kleinstadt gewohnt, siebzehn Jahre alt und ohne zu ahnen, was in der großen weiten Welt vor sich ging. Und nun war sie hier, hineinkatapultiert in ein fremdes, glitzerndes Reich, in dem sie fremde Männer abwehren musste.

Sie war so verzweifelt, dass sie sich am liebsten nach Hause geflüchtet hätte, wo ihr alles so vertraut war.

Als jemand an die Tür klopfte, hielt Leah den Atem an. Es klopfte wieder.

»Leah, ich bin's nur, Jenny. Darf ich reinkommen?«

Leah stand auf und entriegelte die Tür. Beim Anblick des vom Weinen verschwollenen Gesichts ihrer Freundin malte sich Mitgefühl in Jennys Augen.

»Schätzchen, es tut mir ja so leid. Es war meine Schuld. Ich hätte dich nicht mit ihm allein lassen dürfen. Komm. Geh ins Bad und wasch dir das Gesicht. Ich mach dir inzwischen einen Tee.«

Leah nickte wortlos. Nachdem sie sich die verschmierte Wimperntusche weggewischt hatte, fühlte sie sich ein wenig besser. Als sie aus dem Bad kam, reichte Jenny ihr eine Tasse dampfenden Earl Grey.

»Was hat er dir getan?«

»Er hat versucht, mich zu küssen«, antwortete Leah leise.

Jenny seufzte erleichtert auf. »Gott sei Dank, dass nicht mehr passiert ist. Ich habe in Nachtclubs schon viel Schlimmeres erlebt. Gleich morgen bringe ich ihn um. Er hat mir versprochen, dass er dich nicht anrührt.«

»Du kannst nichts dafür, Jenny. Ich glaube, ich bin eben einfach nicht geschaffen für so was.«

»Denkst du, es wäre uns nicht allen am Anfang so gegangen? Glaube mir, Leah, ich war damals noch viel unerfahrener als du und habe es auf die harte Tour gelernt.« Ihre blauen Augen blickten traurig drein, als sie sich erinnerte.

»Was ist dir passiert?«

Jenny holte tief Luft. »Erinnerst du dich noch, dass ich dir erzählt habe, Madelaine habe mich am Tag nach der Vertragsunterschrift nach Paris geschickt?«

»Ja.«

»Tja, ich hatte niemanden, der auf mich aufgepasst hätte. Niemanden, der mich gewarnt hätte, dass es Typen gibt, die zu allem bereit sind, um ein Model in die Kiste zu kriegen. Und als ein niedlicher Franzose mich ständig zum Essen einlud und mir Blumen aufs Zimmer schickte, habe ich ihm jedes Wort geglaubt. Er hat mich mit seinen Aufmerksamkeiten überwältigt.« Jenny ließ sich aufs Bett sinken. »Eines Nachts hat er mir in einer Zigarette Koks verabreicht und mich mit zu sich nach Hause genommen. Und …« Jenny brach in Tränen aus. »Ich habe versucht, ihn abzuwehren. Aber er war stärker als ich und hat mich angeschrien. Also habe ich nachgegeben. Nach jener Nacht habe ich ihn nie wiedergesehen.« Sie schniefte. »Übrigens ist Koks ein Rauschgift und hat nichts mit Kohleöfen zu tun.«

Leah nickte. »War das Koks in dem Röhrchen, das Carlo dir gegeben hat?«

Jenny presste die Lippen zusammen. »Ja. Aber wehe, wenn du mich bei Madelaine verpetzt, Leah Thompson. Falls sie das erfährt, schmeißt sie mich nämlich hochkant raus. Ich nehme es nicht oft, aber in der Modebranche tun es alle. Man kann dem Zeug kaum ausweichen.«

Leah setzte sich neben Jenny aufs Bett und legte den Arm um sie. »Warum nimmst du es denn weiter, obwohl der Mann dich vergewaltigt hat, nachdem er es dir gegeben hatte?«

Jenny fiel ihr ins Wort. »Man findet eben Gefallen daran. Und jetzt musst du mir erzählen, wohin du und Carlo vorhin verschwunden seid.«

Leah verzog das Gesicht. »Wir waren in seinem Salon, um ein Hochzeitskleid anzuprobieren. Er will, dass ich es am Freitag trage.«

»O mein Gott!«, rief Jenny erschrocken aus.

»Was ist?«

»Bei Carlo ist das Hochzeitskleid immer für Maria reserviert. Sie ist sein Topmodel, seit er sein Atelier eröffnet hat. Die beiden hatten drei Jahre lang eine Affäre, bis sie vor sechs Monaten nach Amerika gegangen ist. Weiß sie davon?«

Leah verzog das Gesicht. »Carlo sagte, er wolle mit ihr darüber reden.«

»Um Himmels willen, Leah, er lässt dich ins offene Messer laufen. Carlo ist ein verwöhnter Junge, der seine Mitmenschen beiseiteschiebt, wenn sie ihm im Wege stehen. Die Scherben müssen dann andere aufsammeln.« Sie holte tief Luft. »Ich möchte dich warnen: Vor Maria musst du auf der Hut sein. Die Frau ist ein Miststück, anders kann man es nicht nennen. Und so etwas …« Jenny beendete den Satz nicht.

»Ich will nach Hause«, sagte Leah mit dünner Stimme.

Jenny umarmte sie. »Tut mir leid, Schätzchen. Ich wollte dir keine Angst machen. Natürlich willst du nicht nach Hause. Vom großen Carlo Porselli entdeckt und dazu auserkoren zu werden, sein Hochzeitskleid vorzuführen, ist eine Ehre. Es bedeutet, dass du unbeschreiblich erfolgreich sein wirst. Ich wollte damit nur sagen, in unserem Beruf wird mit harten Bandagen gekämpft. Außerdem muss man schnell erwachsen werden. Aber wenn ich es geschafft habe, schaffst du es auch, Liebes.« Jenny drückte sie an sich.

»Und wenn Carlo mich wieder betatscht?«

Jenny zuckte die Achseln. »Gefällt er dir denn nicht? Ihn hat es offenbar total erwischt.«

Leah verzog das Gesicht.

22

Am Freitagmorgen um zehn vor sieben wurde Leah vom Schrillen ihres Weckers aus dem Schlaf gerissen. Sie schleppte ihren müden Körper vom Bett in die Dusche, und als sie wieder herauskam, klopfte es an der Tür.

»Wer ist da?«

»Die Rezeption. Eine Lieferung, Miss Leah.«

Als Leah die Tür öffnete, stand ein Page vor ihr, der fast hinter einem riesigen Strauß weißer Rosen verschwand.

»*Grazie.*« Leah gab dem jungen Mann ein Trinkgeld, worauf er ihr den Strauß übergab. Sie ging mit den Blumen zum Bett und öffnete die Karte.

Heute Nacht wird unvergesslich werden, meine Braut. Carlo.

Leah hatte ihn seit Montagabend nicht gesehen, denn er hatte sich zu ihrer Erleichterung auf keiner der anderen Modenschauen blicken lassen. Sie selbst hatte in dieser Woche viel gelernt und erkannte allmählich, dass das Leben eines Models weniger aus Glamour als aus harter Arbeit bestand. Jeden Morgen stand sie um sieben auf und trat um neun in einem Modeatelier im Quadrilatero an, wo die Models für die abendliche Modenschau vorbereitet wurden. Sie übten mit der Choreografin, absolvierten Testdurchläufe mit Friseurin und Visagistin, und zu guter Letzt fand noch eine Generalprobe mit sämtlichen Kleidern statt. Normalerweise blieb ihnen vor der abendlichen Veranstaltung dann höchstens eine halbe Stunde, um rasch etwas zu essen.

Und dann waren da noch die anschließenden Feiern. Die meisten Models waren bis zum Morgengrauen auf den Beinen, um Partys und Nachtclubs zu besuchen. Leah war es ein Rätsel, wie es ihnen gelang, am nächsten Tag so erholt auszusehen. Es wurde zwar lautstark gestöhnt, und man reichte zuerst das Aspirin herum, doch die rauschenden Feste der letzten Nacht schienen bei den Mädchen keine Spuren zu hinterlassen.

Leah hatte sich angewöhnt, nach der Modenschau auf ein Glas im Atelier zu bleiben und sich dann unauffällig ins Hotel zu verdrücken, wo sie sich ausgiebig in der Badewanne aalte und ihre luxuriöse Suite genoss. Sie gehörte eben nicht dazu. Doch obwohl einige Mädchen sie als »Spielverderberin« bezeichneten, ließen sie sie meistens in Ruhe.

Am nächsten Morgen schaute Jenny dann bei ihr vorbei, um sie bei einer Tasse Kaffee mit dem neuesten Klatsch zu unterhalten. Als Leah sich erkundigte, warum die berüchtigten Playboys sie offenbar in Ruhe ließen, lächelte Jenny nur weise.

»Carlo hat verbreiten lassen, dass du tabu bist. Keiner dieser Typen würde wagen, dich anzurühren. Dafür haben sie viel zu große Angst vor ihm. Ich habe dir doch gesagt, dass sein Vater in dieser Stadt großen Einfluss hat.«

Leah war Carlo dankbar dafür. Wilde Partys, Alkohol und Drogen hatten einfach keinen Reiz für sie. Außerdem wusste sie, dass ihre Mutter sie umbringen würde, wenn sie sich auf so etwas einließ.

Allerdings wusste sie auch, dass die Dinge heute Abend völlig anders lagen.

Leah fragte sich, was die übrigen Mädchen wohl sagen würden, wenn Carlo später ankündigte, dass sie das Hochzeitskleid tragen sollte. Sie dachte an die gehässigen Seitenhiebe ihrer Kolleginnen, die sie so oft in der Garderobe belauschte, wenn ein Model die besseren Kleider bekam. Sie ahnte, dass ihr einiges bevorstand.

Ganz ruhig, Leah, lass dich nicht kirre machen, sagte sie sich, als sie den Flur entlangging und an Jennys Tür klopfte.

Diese öffnete im Nachthemd. Sie sah ziemlich derangiert aus.

»Komm rein, Schätzchen. Ich bin zu spät dran. O mein Gott, ich bin ja so verkatert! Machst du uns Kaffee? Ich springe rasch unter die Dusche.«

Leah kam ihrer Bitte nach. Dann hob sie Jennys wunderschönes Abendkleid von Chanel vom Boden auf und hängte es auf einen Bügel.

»Hmmm, schon besser«, meinte Jenny, als sie nackt auf dem Bett saß und ihren Kaffee trank. »Ich habe gestern Abend jemanden kennengelernt.« Sie betrachtete Leah über den Rand ihrer Kaffeetasse hinweg.

»Aber Jenny, ich dachte, du würdest diese Playboys nicht mit der Kneifzange anfassen!«

Jenny kicherte. »Er ist kein Playboy, sondern ein Prinz.«

»Oh.«

»Oh? Oh?! Deine beste Freundin begegnet einem der begehrenswertesten Junggesellen der Welt und verbringt den Abend mit ihm, und dir fällt dazu nur ›oh‹ ein?«

Leah grinste. »Tut mir leid, Jenny. Erzähl mir mehr über ihn.«

»Nun, sein Name ist Ranu, und er ist irgendwo im Nahen Osten Kronprinz. Angeblich ist sein Vater der reichste Mann der Welt. Sicher hast du schon von ihm gehört, Leah. Die Klatschspalten sind voll von Ranu und seinen riesigen Partys auf seiner Jacht und auf seiner privaten Karibikinsel. Ständig soll er mit irgendeiner schönen Frau verheiratet werden.«

Leah schüttelte den Kopf. »Bei mir klingelt da wirklich nichts. Wie ist er denn so?«

Jennys Miene wurde träumerisch. »Ach, Leah, es war die romantischste Nacht meines Lebens. Als Giorgio, der Designer, sagte, Ranu wolle mir unbedingt vorgestellt werden, war ich nicht gerade begeistert. Schließlich genießt der Mann nicht den besten Ruf. Doch dann stand Ranu vor mir. Und er ist ja so reizend, Leah. Ein echter Gentleman. Wir waren auf einer Party in einem großen Palazzo am Ufer des Comer Sees. Den ganzen Abend ist er mir nicht von der Seite gewichen. Und dann hat er mich nach Hause gefahren. Dabei hat er nicht einmal versucht, mich zu küssen. Ist das zu fassen! Bevor ich ausstieg, drehte er sich zu mir um und sagte mit seiner unglaublich erotischen Stimme: ›Ich will dich wiedersehen, Jennee.‹ Ich liebe es, wie er meinen Namen ausspricht, mit einer Betonung auf der letzten Silbe.«

Leah schüttelte sich vor Widerwillen. Und dabei hatte sie gedacht, dass ihre liebe und eigentlich vernünftige Freundin Jenny gegen das hohle Geschwätz dieser Männer immun war.

»Ich weiß, was du jetzt denkst. Aber ich kann es dir nicht erklären …« Jenny sprang auf und schlüpfte in ihren Trainingsanzug, den sie immer zu den Proben trug. »Er ist anders. Das weiß ich einfach. Heute Abend kommt er zu der Party. Ich möchte, dass du ihn kennenlernst und mir sagst, was du von ihm hältst. Jetzt aber genug von mir. Bist du bereit für deinen großen Tag?«

Leah nickte. »Ich glaube, schon.«

»Gut. Achte einfach nicht darauf, was die anderen Mädchen sagen. Die sind bloß eifersüchtig, weil du eine solche Chance kriegst, obwohl du noch neu im Geschäft bist. Nur vor Maria musst du auf der Hut sein. Ich bin schon gespannt, wie Carlo das mit ihr regelt. Und jetzt los, sonst kommen wir zu spät.«

Als Leah und Jenny Carlos Salon erreichten, waren die meisten anderen Mädchen schon da, tranken Kaffee und rauchten.

»Okay, meine Damen, kommen Sie bitte. Ich würde gern mit Ihnen den Zeitplan durchgehen. Außerdem hat Carlo noch eine Ankündigung zu machen.« Giulio wirkte müde und hatte gerötete Augen. Leah und Jenny setzten sich hinten in den Raum, während Carlo auf den für die Modenschau aufgebauten Laufsteg kletterte.

»*Buon giorno*, meine Damen. Hoffentlich ist keine von Ihnen nach Mitternacht zu Bett gegangen …«

In den Sitzreihen wurde gekichert. Carlo runzelte die Stirn und fuhr fort. »Wir haben einen langen Tag vor uns. In diesem Jahr haben wir unser Format ein wenig abgewandelt, und es gibt eine wichtige Veränderung. Die wunderschöne Maria, die so freundlich war, aus Amerika zu uns zu kommen, ist von ihrem dortigen Arbeitgeber gebeten worden, sich im Hintergrund zu halten, um ihre Werbekampagne in den Vereinigten Staaten nicht zu gefährden. Natürlich wird sie trotzdem an der Modenschau teilnehmen. Aber wir haben angesichts der Umstände beschlossen, dass eine andere das Hochzeitskleid tragen muss.«

»Guter Versuch, Carlo«, murmelte Jenny, wohl wissend, dass niemand im Raum auch nur ein Wort davon glaubte.

»Nachdem wir die Maße aller Models gesichtet haben, sind wir zu dem Ergebnis gekommen, dass Leahs denen von Maria am nächsten kommen. Deshalb wird sie heute Abend das Hochzeitskleid vorführen.«

Im Raum wurde laut nach Luft geschnappt. Alle stießen einander an und wandten die Köpfe zu Leah um, die rot anlief und auf ihre Hände starrte. Dann richtete sich die Aufmerksamkeit auf Maria. Sie saß in der ersten Reihe, zuckte elegant mit den Schultern und lächelte reizend.

»*Va bene*. Dann überlasse ich Sie jetzt den fähigen Händen von Giulio, der mit ihnen den Ablauf durchgehen wird, und Luigi, unserem Regisseur. *Grazie*, meine Damen.«

Als Carlo von der Bühne trat, begann das Getuschel. Einige ältere Models scharten sich um Maria, während die anderen Leah umringten, um ihr zuckersüß zu gratulieren. Nach einer Weile erhob sich Maria und schlenderte zu Leah hinüber. Alle Blicke im Raum ruhten auf ihr.

Zu Leahs Überraschung lächelte Maria und küsste sie auf beide Wangen. »Danke, Schätzchen, für die Hilfe. Diese Amerikaner würden mich am liebsten mit Haut und Haare besitzen. Viel Glück. Falls du eine Frage hast, komm ruhig zu mir, okay?«

Leah, die die Luft angehalten hatte, atmete erleichtert auf. Maria kehrte an ihren Platz zurück, während Giulio auf die Bühne trat, um den Ablauf zu erläutern.

Den restlichen Vormittag konzentrierte Leah sich auf die Choreografie. Meistens trat sie zusammen mit Maria auf, und das ältere Model überschlug sich fast vor Hilfsbereitschaft. Sie bemutterte Leah regelrecht, brachte ihr Kaffee, wenn sie keine Zeit hatte, ihn selbst zu holen, und behandelte sie wie eine lange verlorene Tochter.

In der Mittagspause flüchteten Leah und Jenny sich nach draußen, um frische Luft zu schnappen.

»Kaum zu fassen, wie nett Maria zu dir ist. Den anderen Mädchen ist es auch schon aufgefallen. Allerdings kommt sie mir ein bisschen überfreundlich vor. Also lass dich davon nicht einwickeln.«

Leah schüttelte den Kopf. Allerdings hatte sie nicht den Eindruck, dass Marias Freundlichkeit nur gespielt war.

Die schnellen Kleiderwechsel waren das, wovor Leah sich an diesem Abend am meisten fürchtete. Bei jeder Modenschau beobachtete sie die anderen Mädchen dabei und fragte sich, wie sie das bloß bewerkstelligten. Leah sollte sechs verschiedene Kleider vorführen und wusste ebenso wie ihre Kolleginnen, dass diese Modelle die Höhepunkte des Abends waren.

Die Generalprobe war eine Katastrophe. Leah verpasste zweimal ihr Stichwort, sodass Giulio einen Wutanfall bekam.

Eine Stunde vor der Modenschau saß sie endlich da und ließ sich im Eiltempo frisieren, als Maria hinter sie trat.

»Ach, bist du ein bisschen nervös?«

Leah nickte und stand vom Frisierstuhl auf, um dem nächsten Mädchen Platz zu machen.

»Hier, nimm die hier. Die beruhigen.« Maria wollte ihr drei kleine weiße Tabletten reichen.

Leah schüttelte den Kopf. »Nein, danke, Maria.«

»Das ist nur Aspirin. Schau, ich nehme sie auch.« Maria steckte zwei weiße Tabletten in den Mund und griff nach einem Glas Wasser.

»Nun, ich …« Leah gab nach. Vom grellen Scheinwerferlicht und dem ständigen Zerren an ihren Haaren hatte sie grässliche Kopfschmerzen. Außerdem waren die Tabletten bestimmt nicht schädlich, denn Maria hatte sie schließlich selbst genommen.

»Danke«, sagte sie und spülte die Tabletten mit etwas Wasser hinunter.

Eine halbe Stunde später trug Leah ihre erste Kombination, ein geripptes Pulloverkleid mit Schalkragen aus der weichen Wolle, die in dieser Woche bei allen Designern sehr beliebt war. Sie bemühte sich, ruhig zu bleiben. Zehn Minuten vor Beginn der Modenschau kam Carlo in die Garderobe. In seinem weißen Abendanzug war er eine beeindruckende Erscheinung.

»Viel Glück, Mädchen. Ich bin sicher, dass es ein großer Erfolg wird.« Er ging zu Leah hinüber und nahm sie an den Händen. »Du siehst hinreißend aus, *cara.*« Er küsste sie auf beide Wangen. »In einer Stunde wirst du der neue Star der Modewelt sein. Glaube mir.«

»Okay, Mädchen. Alle an ihren Platz, bitte.«

Leah nahm ihre Position ein. Im nächsten Moment machte ihr Magen einen gewaltigen Satz, und ihre Handflächen wurden feucht.

»Das sind nur die Nerven, Leah.« Jenny musterte Leahs bleiches Gesicht und den leichten Schweißfilm auf ihrer Stirn. »Wenn du erst draußen bist, wird das schon.«

Leah nickte. Gewiss hatte Jenny recht. Allerdings fühlte sich ihr Magen wirklich merkwürdig an.

Als sie sich dem Laufsteg näherte, hörte sie das Stimmengewirr des Publikums. Bei der ersten Nummer würde sie an der Spitze des Defilees gehen. Als der Conférencier das Wort ergriff, kehrte Stille ein. Dann erklang die vertraute Musik. Leahs Magengrummeln wurde stärker.

»Okay, los!«, wies die Choreografin sie an.

Leah trat ins Scheinwerferlicht hinaus, wo ihr Applaus entgegenbrandete. Nach der ersten Nummer hastete sie auf ihre

Garderobiere zu. Sie fühlte sich zwar ein wenig ruhiger, aber ihr war immer noch übel.

Die nächsten zwanzig Minuten wurden zu einem Albtraum. Leah brachte zwar sechs Kleiderwechsel hinter sich, befürchtete aber die ganze Zeit, jeden Moment in Ohnmacht zu fallen. Außerdem musste sie dringend zur Toilette, wusste jedoch, dass dafür die Zeit nicht reichte. Also biss sie die Zähne zusammen und zwang sich zu einem Lächeln, während sie auf dem Laufsteg hin und her stolzierte.

Gleich ist es vorbei, fast hast du es geschafft, jetzt kommt nur noch das Hochzeitskleid, sagte sie sich, als sie vom Laufsteg und zu ihrer Garderobiere lief. Gerade war sie dabei, aus dem Abendkleid zu schlüpfen, als ihr klar wurde, dass sie es nicht länger unterdrücken konnte.

»Tut mir leid, aber ich muss auf die Toilette.« Leah floh zum Waschraum und ließ ihre verwunderte Garderobiere mit dem Kleid stehen.

»*Mamma mia!* Was mache ich jetzt? Was mache ich jetzt?«

Giulio hastete die Treppe neben dem Laufsteg hinunter.

»Schnell! Wir dürfen keine Zeit verlieren! Maria, komm her und zieh das Kleid an.«

Ein triumphierendes Lächeln auf den Lippen, kam Maria herbeigeschlendert.

»Meiner Firma wird das gar nicht gefallen«, meinte sie lässig, als ihr das Kleid über den Kopf gezogen wurde. »Autsch, obenrum ist es zu eng.«

»Dann zieh eben den BH aus!«, brüllte Giulio.

Maria grinste. »Wenn du darauf bestehst.«

Als Maria eine Minute später auf den Laufsteg trat, schnappte das Publikum nach Luft. Darauf folgte tosender Applaus. Die anderen Mädchen stimmten ein, und ein verdatterter Carlo sprang auf die Bühne, um die Ovationen entgegenzunehmen.

Jenny fand ihre Freundin auf der Toilette vor, wo sie wie ein Häufchen Elend in einer der Kabinen kauerte.

»Oh, Schätzchen, was hast du? Du musst sofort ins Krankenhaus.«

Leah schüttelte den Kopf. »Ich brauche keinen Arzt.«

»Du siehst zum Fürchten aus, Leah. Wo hast du denn Schmerzen? Im Bauch?«

Leah nickte. »Ich kann einfach nicht aufhören … Entschuldige.« Leah schob Jenny aus der Kabine. Als sie fünf Minuten später herauskam, krümmte sie sich und sank wieder auf dem Boden zusammen.

»Offenbar hast du eine Lebensmittelvergiftung. Aber du hast heute kaum etwas gegessen. Ich war doch immer dabei. Hast du eine Erklärung dafür?«

»Hat Maria das Hochzeitskleid getragen?«, fragte Leah.

Jenny nickte. »Ja. Es war eine Sensation. Da sie mit BH nicht hineingepasst hat, konnte man durch den Chiffon *alles* sehen. Ich glaube nicht, dass Carlo es sich so vorgestellt hatte. Aber sicher steht es morgen in sämtlichen Zeitungen.«

»Sie hat mir Tabletten gegeben. Sie sagte, es sei Aspirin, und hat selbst zwei genommen. Etwa eine Stunde später gingen die Schmerzen los«, murmelte Leah.

Jenny starrte sie fassungslos an. »O mein Gott. Bestimmt hat dir das Miststück ein Abführmittel untergeschoben! Ich habe schon mal gehört, dass manche Models so etwas tun. Aber ich hätte nicht gedacht, dass Maria so tief sinken würde. Meinst du wirklich, es liegt an den Tabletten?«

»Ja. Ich habe heute noch nichts gegessen. Und krank fühle ich mich auch nicht. Ich muss nur dauernd aufs Klo.«

»Ach herrje!«, rief Jenny aus, als Leah wieder die Tür schließen musste, um sich zu erleichtern. »Ich hole jetzt deine Jeans. Dann kannst du dich umziehen, während ich ein Taxi rufe, um dich zurück ins Hotel zu bringen. Und danach rede ich mit Carlo. Maria soll nicht ungeschoren davonkommen.«

»Lass es gut sein, Jenny. Ich kann es ja nicht beweisen«, protestierte Leah durch die geschlossene Kabinentür. Aber Jenny war schon fort.

Leah lag erschöpft im Bett und erging sich in Selbstmitleid. Nur mit knapper Not hatte sie es rechtzeitig ins Hotel geschafft – nur um gleich wieder auf die Toilette zu hasten, wo sie die letzte Stunde verbracht hatte. Es wollte ihr einfach nicht in den Kopf, wie jemand nur so abgrundtief gemein sein konnte.

Außerdem hatte ihr der heutige Abend wieder einmal bestätigt, dass sie für diesen Beruf eben nicht geeignet war. Nur dass sich diese Überlegung erübrigte: Nachdem sie sich heute vor der gesamten Modewelt bis auf die Knochen blamiert hatte, würde sie ohnehin niemand mehr beschäftigen wollen. Sie beschloss, sich gleich morgen von ihrem Honorar ein Flugticket nach Hause zu kaufen und nach Yorkshire zurückzukehren, wo sie hingehörte.

Ihr war nach Heulen zumute. Doch sie unterdrückte ihre Tränen und stellte sich vor, dass sie morgen um diese Zeit wieder in ihrem eigenen Bett liegen und sich von ihrer Mutter verwöhnen lassen würde.

Leah schlief ein, froh, dass das Schlimmste offenbar ausgestanden war.

Sie wurde von einem beharrlichen Klopfen geweckt.

»Wer ist da?«, rief sie mit schwacher Stimme.

»Carlo. Bitte mach auf.«

»Ich fühle mich nicht wohl, Carlo. Bitte lass mich in Ruhe.«

»*Cara*, ich flehe dich an. Mach die Tür auf. Ich gehe nicht weg, bis ich mit dir gesprochen habe.«

Widerstrebend rappelte Leah sich auf, schleppte sich zur Tür und öffnete. Es gelang ihr gerade noch, sich wieder hinzulegen, bevor ihre Beine nachgaben.

Carlo setzte sich auf die Bettkante und nahm mit besorgter Miene ihre Hand. »Wie geht es dir?«

»Ich glaube, schon ein bisschen besser. Es tut mir so leid, Carlo.«

Carlo verzog das Gesicht. »Wehe, wenn du dich jetzt bei mir entschuldigst. Jenny hat mir erzählt, was Maria getan hat. Und ein Wort ins richtige Ohr hat mir bestätigt, dass es wahr ist. Das alles ist nur meine Schuld. Es war dumm von mir anzunehmen, dass sie sich so einfach damit abfinden wird. Es tut mir ja so leid, *piccolina.*«

Leah zuckte mit den Schultern. »Wenigstens ist mir dadurch klar geworden, dass die Modewelt nicht das Richtige für mich ist. Morgen fliege ich nach Hause«, fügte sie bedrückt hinzu.

Carlos braune Augen blitzten. »Du wirst nichts dergleichen tun! Hier, schau mal.« Er drückte ihr eine Ausgabe des *Il Giorno* in die Hand. Auf der Titelseite der Zeitung prangte ein großes Foto von Leah in dem vorletzten Abendkleid mit einer dicken Schlagzeile darüber.

»Was steht da, Carlo?« Sie gab ihm die Zeitung zurück, damit er übersetzen konnte.

»Da steht *Wer ist sie?*. Ich lese dir den Rest vor.« Carlo räusperte sich. »›Das ist das Gesicht des geheimnisvollen Models, das gestern Abend die Sensation auf Carlo Porsellis Prêt-à-porter-Modenschau war. Zur anschließenden Party ist sie nicht erschienen, und sie wurde diese Woche auch nicht im Mailänder Nachtleben gesichtet. Einzige Ausnahme war der Montagabend, als sie sich in einem Nachtclub am Arm von Carlo selbst gezeigt hat. Doch auch da ist sie fünf Minuten später wieder allein verschwunden. Gerüchten zufolge könnte sie eine russische Aristokratin und eine Nachfahrin des Zaren persönlich sein …‹«

Leah konnte sich ein Kichern nicht verkneifen.

»›Der Modewelt gibt es Rätsel auf, warum der illustre Carlo Porselli seiner ehemaligen Geliebten Maria Malgasa gestattet hat, das Hochzeitskleid vorzuführen. Einige vermuten, es könnte sich um ein Friedensangebot gehandelt haben, um die temperamentvolle Maria zu beruhigen, denn er hat zweifellos einen neuen

Star entdeckt. Die natürliche Schönheit und Ausstrahlung des geheimnisvollen Models ließ Marias ziemlich vulgäre Zurschaustellung nackter Haut nur umso gewöhnlicher erscheinen. Das Publikum bekam nämlich Teile der weiblichen Anatomie zu sehen, die sonst Sexpostillen wie *Penthouse* vorbehalten sind.‹«

Carlo grinste Leah über den Rand der Zeitung hinweg an. »Soll ich weiterlesen?«

»Nein.«

»Wie du siehst, ist Marias Strategie nach hinten losgegangen. Dass du das Hochzeitskleid nicht getragen hast und auch nicht auf der Party warst, hat die Reporter nur umso neugieriger gemacht.« Carlo hielt Leah die Hände hin. »Es ist gut, dass du nicht so viel Spaß am Nachtleben hast wie die anderen. Deshalb giltst du jetzt als mysteriös, und genau das gefällt der Pressemeute am besten.«

Leah wandte den Kopf ab. »Ich fliege trotzdem nach Hause, Carlo.«

Er seufzte auf. »Deine Entscheidung. Ich verstehe, wie verstört du bist, weil diese schreckliche Frau dir so etwas angetan hat. Aber begreifst du denn nicht, wie du es ihr am besten heimzahlen kannst? Nämlich, indem du genau der Star wirst, vor dem sie solche Angst hat. Bleib und stell sie in den Schatten! Wenn du dich jetzt nach Hause schleichst, wird sie frohlocken und denken, dass sie gewonnen hat. Verstehst du, was ich meine?«

Leah nickte wortlos.

Carlo musterte sie argwöhnisch. »Wie alt bist du, Leah?«

»Siebzehn. Gerade geworden.«

Er sah sie überrascht an. »Ach, meine *piccolina*, jetzt ist mir alles klar. Du bist zu jung, um so etwas wegzustecken. Von nun an hast du Carlo an deiner Seite, und er wird auf dich aufpassen.« Er strich ihr das Haar aus dem Gesicht. »Es tut mir leid, dass ich versucht habe, dich zu küssen. Ich fand dich einfach so *bellissima* und elegant. Wenn du bleibst, schwöre ich dir, dich nie wieder anzufassen. Darauf gebe ich dir mein Wort.«

Leah musterte ihn forschend. Er schien es ernst zu meinen.

»Du musst bleiben, Leah. Es ist dein Schicksal.«

»Okay«, sagte sie.

Als Leah am nächsten Morgen aus dem Aufzug stieg, wurde sie schon von einer Horde Fotografen erwartet.

Ihr neues Leben hatte begonnen.

TEIL ZWEI

August 1981 bis Januar 1982

1

London, August 1981

»Das war's dann wohl, Jungs. Lasst uns auf unsere letzte Woche der sorglosen Jugend anstoßen. Bald müssen wir alle bei Morgengrauen aufstehen, anstatt uns um elf aus dem Bett zu wuchten, wenn die erste Vorlesung längst vorbei ist. Wir werden uns bis acht Uhr abends krumm schuften, keine Chance mehr auf ein Nickerchen am Nachmittag, um den Kater von letzter Nacht loszuwerden. Wer weiß, vielleicht werden einige von uns sogar Stützen der Gesellschaft dieses wunderschönen grünen Landes. Aber jetzt wollen wir das tun, was Studenten kurz vor dem Abschluss am besten können: trinken!«

Die fünf jungen Männer, die sich in einem schäbigen Pub im Westen von London um einen Tisch scharten, stöhnten auf und erhoben gleichzeitig die Gläser.

»Wenn ich nur daran denke, dass ich mich über die viele Arbeit beschwert habe, die dieser Menschenschinder von einem Tutor mir aufgehalst hat«, seufzte Rory.

»Wenigstens konntest du im Finanzdistrikt ausgiebig zu Mittag essen, was uns Medizinstudenten leider verwehrt geblieben ist«, murmelte Toby neidisch.

»Ich denke, dass Brett es von uns allen am besten getroffen hat. Ein Job bei Daddy zu einem Anfangsgehalt, das die meisten von uns wohl bis zur Rente nicht erreichen werden. Du bist wirklich ein Glückspilz, so viel steht fest«, frotzelte Sebastian, der es überhaupt nicht böse meinte.

Brett zuckte mit den Schultern. »Ich weiß, Leute. Ganz oben an der Spitze hat man es eben nicht leicht«, witzelte er. Dabei hätte er liebend gern mit seinen vier Freunden aus Cambridge getauscht.

Denn die hatten sich ihren Beruf selbst aussuchen können, eine Möglichkeit, für die er gern sein dickes Gehalt geopfert hätte.

Brett hatte die drei Jahre an der Uni genossen und bedauerte es sehr, dass sie nun enden sollten. Schließlich hatte er sich nicht sonderlich anstrengen müssen und das Jurastudium mehr oder weniger mit links abgesessen. Seine wahre Berufung und auch seine besten Freunde hatte er im künstlerischen Bereich der Hochschule gefunden.

Er hatte sich der Theatergruppe Footlights angeschlossen und die Bühnenbilder gemalt und war sogar selbst in einigen Revuen aufgetreten. Dennoch war es ihm zu seiner eigenen Überraschung gelungen, das Studium in Cambridge sogar mit einer ordentlichen Durchschnittsnote abzuschließen.

Nun ließ Brett den Blick bedrückt über die Runde schweifen. Keiner von ihnen hatte entschieden, seine künstlerischen Neigungen weiterzuverfolgen. Stattdessen hatten sie sich für einen bürgerlichen Beruf entschieden und sich damit abgefunden, dass die angenehmen Studienjahre vorbei waren. Sobald sie ihre Abschlusszeugnisse in den Händen halten würden, fing für sie der Ernst des Lebens an. Als Student in Cambridge über die Stränge zu schlagen, gehörte einfach dazu. Doch danach wurde von einem erwartet, dass man ein ordentliches und geregeltes Leben führte und einem anständigen Broterwerb nachging.

Brett schien als einziger der Freunde damit zu hadern. In der kommenden Woche würde er bei seinem Vater anfangen, und ihm graute schon davor. In der abgeschiedenen Welt von Cambridge war er nur ein Student unter vielen gewesen, fest entschlossen, im Studium seinen Spaß zu haben. Aber selbst jetzt, nur zwei Monate nach dem Ende seiner Studienzeit, spürte er bereits, wie sich zwischen ihm und seinen Freunden eine Kluft auftat.

»Das geht auf meine Rechnung, Leute.« Brett öffnete seine Brieftasche, nahm die goldene American-Express-Karte heraus und legte sie in die abgegriffene Plastikmappe des Kellners.

»Cheers, Brett«, sagte Sebastian lässig. »Ich weiß zwar nicht, wie es euch geht, aber ich will noch nicht nach Hause. Außerdem habe ich zufällig ein paar Einladungen zu der angesagtesten Party, die heute Nacht in dieser Stadt steigt. Meine Schwester Bella hat sie mir besorgt. Die Fete steigt im Tramp, dem Privatclub. Die Geburtstagsfeier irgendeines Models. Wahrscheinlich werden viele schöne Frauen dort sein …« Er sah sie auffordernd an.

Bretts Herz setzte einen Schlag aus.

Er wusste, dass Leah Thompson sehr erfolgreich war und als eines der bestbezahlten Models der Welt galt. Also war die Wahrscheinlichkeit ziemlich gering, dass ihre Wege sich wieder kreuzen würden.

Er hatte sich wirklich Mühe gegeben, Leah zu vergessen. Doch dass ihm ihr Gesicht seit einigen Jahren vom Cover jedes Hochglanzmagazins entgegenblickte, erschwerte dieses Vorhaben beträchtlich.

Brett hatte versucht, sich auf Beziehungen mit Kommilitoninnen einzulassen, jede von ihnen eine gute Partie und von den jungen Männern in Cambridge umschwärmt. Nur dass die Gefühle für seine erste wahre Liebe einfach nicht nachlassen wollten. Ganz gleich, welcher weiche Frauenkörper auch unter ihm lag, er schloss stets die Augen und dachte dabei an Leah.

Obwohl die Vernunft ihm sagte, dass er sich in die Erinnerungen an seine erste Liebe hineinsteigerte, setzte sein Herz dennoch immer einen Schlag aus, wenn er ein Foto von Leah sah. Dann ertappte er sich dabei, dass er sich ein Wiedersehen mit ihr ausmalte.

»Los, wir nehmen ein Taxi. Sonst schnappt uns noch jemand die besten Mädchen weg.« Nachdem der Kellner Brett diskret die goldene Kreditkarte zurückgegeben hatte, stand Sebastian auf.

Der Türsteher winkte ihnen ein Taxi heran, das sie in den Club bringen würde.

»*Cara*, heute Abend siehst du so strahlend aus wie nie zuvor.« Carlo stand auf der Schwelle von Leahs Reihenhaus in Holland Park und küsste sie auf beide Wangen.

»Danke, Carlo.« Sie lächelte. »Und jetzt komm rein und lerne meine Mutter kennen.«

Sie winkte ihn herein. Das maßgeschneiderte weiße Kleid raschelte leise bei jeder Bewegung. Carlo folgte ihr in das große, gemütliche Wohnzimmer, wo eine Frau sie erwartete. Er schätzte sie auf Mitte vierzig, und sie schien sich in ihrem förmlichen Kleid von Yves Saint Laurent ziemlich unwohl zu fühlen.

»Mum, das ist Carlo.«

Doreen Thompson erhob sich. »Es ist mir eine Freude, Sie kennenzulernen, Mr Porselli. Unsere Leah hat mir so viel von Ihnen erzählt.«

Leah legte ihr die Hand auf die Schulter. »Findest du nicht auch, dass Mum reizend aussieht? Wir waren gestern einkaufen und haben das Kleid eigens für diesen Abend ausgesucht.« Leah betrachtete sie stolz.

»Mrs Thompson, Sie sehen *bellissima* aus. Jetzt weiß ich, woher Leah ihre Schönheit hat.«

Doreen trat verlegen von einem Fuß auf den anderen. »Es ist wirklich nett, dass Sie das sagen, Mr Porselli. Aber in Rock und Schürze fühle ich mich weitaus wohler.«

Carlo verstand nicht ganz: »*Schürze?*«

»Das, was man in der Küche über seinen Sachen trägt«, erklärte Leah. »Nun, ich finde auch, dass du hinreißend aussiehst. Hier habt ihr beide ein Glas Champagner.« Sie verteilte die Gläser.

»Aha, *sì*. Heute ist ein Abend zum Feiern, aber auch einer zum Traurigsein. Denn nächste Woche verliere ich meine Muse an die Amerikaner.«

»Aber, Carlo, sei doch nicht so dramatisch. Ich ziehe wegen des Vertrags mit der Kosmetikfirma nach New York. Aber auch, weil ich sowieso meistens dort zu sein scheine. In New York spielt momentan die Musik.«

Carlo nickte. »*Sì*, Leah, aber New York ist außerdem weit weg von Mailand, und deshalb bin ich traurig.«

»In nur sechs Wochen komme ich zu deiner Modenschau wieder. Doch bevor wir aufbrechen, habe ich noch etwas für dich, Mum. Ja, es ist mein Geburtstag, und eigentlich solltest du *mir* etwas schenken. Und deshalb musst du mir, bevor ich es dir gebe, versprechen, dass du es annimmst.« Mit ernster Miene ging Leah zu ihrem antiken Schreibtisch aus Mahagoni und förderte einen Umschlag zutage. »Hier.« Sie reichte ihn ihrer Mutter. »Mach ihn auf.«

Mrs Thompson betastete den Umschlag aus Büttenpapier und betrachtete die aufgeregte Miene ihrer Tochter. Dann öffnete sie langsam das Kuvert und zog einige Papiere heraus. Der umständliche Juristenjargon sagte ihr nicht viel, doch sie erkannte auf der ersten Seite mehrmals ihren Namen und den ihres Mannes Harry.

»Was ist das, Leah? Es sieht aus wie ein Testament«, wunderte sie sich.

Carlo und Leah lachten. »Das ist kein Testament, Mum, sondern die Grundbuchurkunde für einen neuen Bungalow in Oxenhope. Ich habe ihn für dich und Dad gekauft.«

Mrs Thompson setzte sich wortlos und blätterte die Papiere durch. Leah kniete sich vor sie, und als Doreen aufblickte, erkannte sie die schimmernden Tränen in den Augen ihrer Tochter.

»Leah, mein Kind, das kann ich nicht annehmen.« Auch ihr kamen die Tränen. »Du hast mir und deinem Dad schon so viel geschenkt.«

Leah griff nach der Hand ihrer Mutter. »Du musst es annehmen, Mum. Um dir und Dad etwas schenken zu können, ist doch einer der Gründe, warum ich überhaupt als Model arbeite. Der Bungalow wurde eigens für Dads Rollstuhl umgebaut. Er ist nagelneu, mit einem hübschen Wohnzimmer, einem großen Schlafzimmer für euch beide und einem Gästezimmer, damit ich euch besuchen kann.«

»Oh, Leah.« Mrs Thompson brach prompt in Tränen aus, und die beiden Frauen fielen sich um den Hals. »Danke. Ich hoffe nur, dass du nicht dein ganzes Geld ausgegeben hast. Du musst es für dich behalten. Schließlich hast du es auch verdient.«

»Keine Sorge, ich habe noch genug für viele Jahre. Außerdem hat Carlo mir erklärt, wie ich es investieren kann.« Leah lächelte. »An diesem Wochenende komme ich nach Yorkshire, um dir und Dad das Haus zu zeigen«, fügte sie stolz hinzu.

Carlo, der die liebevolle Szene beobachtet hatte, hüstelte leise. »Meine Damen, es ist Zeit zum Aufbruch.«

Er hatte sich lange auf diesen Abend gefreut und konnte es kaum noch erwarten.

Miranda Delancey folgte den übrigen Gästen in den berühmten Nachtclub. Draußen wartete eine Horde von Fotografen, sodass sie sich selbst wie ein Star fühlte. Drinnen war es gesteckt voll. Sie warf einen Blick auf das Spruchband, das von der Decke hing:

Liebe Leah, alles Gute zum Einundzwanzigsten von allen deinen Freunden.

Wieder einmal stieg Neid in ihr hoch. Miranda konnte es kaum fassen, was aus Leah Thompson geworden war, während sie selbst mit schmutzigen Windeln und einem sabbernden Baby zu Hause festsaß. Wie sie allerdings zugeben musste, war es sehr nett von Leah gewesen, eine Einladung an »Rose und Familie« zu schicken.

Chloe, Rose und Miranda waren gestern aus Yorkshire angereist. Rose musste mit Roddy etwas Geschäftliches erledigen und hatte versprochen, in seiner Wohnung auf Chloe aufzupassen, damit Miranda zu der Party gehen konnte.

Nun, heute Nacht bot sich ihr eine einmalige Chance. Und sie hatte vor, sie zu ergreifen.

Als Leahs Limousine vor dem Nachtclub hielt, war sie sofort von Paparazzi umringt. Der Inhaber des Tramp begrüßte sie auf der Vortreppe. Carlo folgte mit Mrs Thompson, die feuerrot angelaufen war.

»Carlo, ein Geburtstagskuss für Leah, bitte!«, rief einer der Fotografen.

Carlo nickte. Und ehe Leah sich versah, hatte er sie hochgehoben und mitten auf den Mund geküsst.

»Wunderbar!« Die Blitzlichter flackerten noch, als das Taxi mit Brett und seinen Freunden hinter der Limousine stoppte.

Wie erstarrt stand Brett auf dem Gehweg und beobachtete, wie der hochgewachsene Italiener Leah wieder abstellte, ihr den Arm um die bloßen Schultern legte und sie ins Lokal führte. Ihm wurde übel. Am liebsten wäre er davongelaufen, so schnell ihn seine Beine trugen.

»Passt auf, Jungs. Ich hab's mir anders überlegt. Ich geh nach Hause. Amüsiert euch nur …«

Begleitet von einem Schwall von Hänseleien, wurde er von seinen Freunden zur Tür geschleppt.

Als sie den Nachtclub betraten, war Leah schon von Bewunderern umringt. Brett verdrückte sich in eine Ecke, wo niemand ihn bemerken würde, sodass er ungestört schmollen konnte.

Carlo beobachtete Leah aus der Entfernung.

Er war stolz, wenn er an das heulende Elend dachte, das in Mailand in einem Hotelbett gelegen und geschworen hatte, die Karriere hinzuwerfen und in die Anonymität zurückzukehren. Die weltgewandte, elegante Frau, um die sich heute die Anhänger scharten und an deren Lippen sie hingen, war sein Geschöpf. Und nun war sie auf dem Gipfel des Ruhms angelangt.

Wie ein Stück Rohseide hatte er sie zurechtgeschnitten und zu etwas Außergewöhnlichem geformt, dem man seine bescheidene Herkunft nicht mehr anmerkte. Dazu hatte er Zeit, Talent und Geduld gebraucht und, wie jeder gute Designer, die Liebe zum

Detail walten lassen. Vier Jahre lang hatte er sehnsüchtig die in seine Kreationen gehüllten schlanken Glieder betrachtet. Doch er hatte sie kein einziges Mal angerührt.

Carlo wusste, dass die Zeit, die es gedauert hatte, bis Leah perfekt war, sich heute Nacht bezahlt machen würde.

Heute war sie einundzwanzig geworden, und Carlo hatte lange genug gewartet.

»Hallo, meine Schöne. Lust auf einen Tanz?« Ein hochgewachsener älterer Mann sprach Miranda an. Er hatte einen sonderbaren ausländischen Akzent.

Miranda kippte ihren Wodka mit Cola light hinunter. »Warum nicht?«, erwiderte sie. Der Mann führte sie auf die Tanzfläche und fing an, sich zur Musik zu bewegen. Miranda erkannte die unbeholfenen Bemühungen eines älteren Gentleman, der seine als Jugendlicher auf der Tanzfläche erworbenen Kenntnisse auf die aggressiveren modernen Discorhythmen anzuwenden versuchte.

Sie nutzte die Gelegenheit, um ihn eingehend zu mustern. Er war ziemlich beleibt und schätzungsweise Mitte sechzig. Selbst im Dämmerlicht konnte sie feststellen, dass sein Gesicht von blauen Äderchen durchzogen wurde. Außerdem war sein Haupthaar ziemlich spärlich.

Okay, er war sicherlich kein Adonis, doch Miranda hatte außerdem die goldene Rolex bemerkt, die aus dem Ärmel seines gut geschnittenen, teuren Anzugs hervorlugte. Also legte sie sich mächtig ins Zeug und setzte sämtliche Tricks ein, die sie in den letzten vier Jahren nur selten zur Anwendung hatte bringen können. Sie wand sich sinnlich und streifte den Mann immer wieder und gewährte ihm Einblick in den Ausschnitt ihres engen Kleids aus goldenem Lamé.

Als das Stück endete, lotste der Mann sie zur Bar.

»Champagner?«, fragte er.

Miranda nickte.

»Und was macht ein nettes Mädchen wie du in so einem Laden?«, witzelte er ziemlich abgedroschen.

»Ich bin eine alte Freundin des Geburtstagskinds.«

»Aha. Leah Thompson. Sie ist sehr schön. Und du auch.« Der Mann fuhr mit dem Finger die Konturen ihrer Brust nach.

»Und du?«, erkundigte sich Miranda.

Der Mann zuckte mit den Schultern. »Ich beschäftige mich damit, rauszukriegen, wo gerade eine Party stattfindet, die man nicht verpassen darf.« Er zwinkerte. »Komm, wir suchen uns ein ruhiges Eckchen. Dann kannst du mir alles über dich erzählen.« Er griff nach der Champagnerflasche und ging los. Miranda folgte ihm.

Leah begegnete Brett Cooper, als sie aus der Toilette kam. Eigentlich hatte er gerade verschwinden wollen.

Obwohl sie sich vor Augen hielt, wie sehr er sie verraten hatte, klopfte ihr das Herz bis zum Hals. Denn sosehr sie sich auch dagegen sträubte, sie sah nur den Jungen, der so lange der Mittelpunkt ihrer Träume gewesen war.

Brett war gewachsen. Sein Gesicht war markanter geworden, und er ähnelte Rose noch mehr als damals.

Als sie einander nun gegenüberstanden, kehrten die Erinnerungen an jene unbeschwerten Tage im Hochmoor zurück und überdeckten die Gedanken an ihre unschöne Trennung.

»Hallo«, sagten sie beide gleichzeitig und mussten lachen.

»Alles Gute zum Geburtstag, Leah.« Ihren Namen nach so langer Zeit laut auszusprechen, ließ Brett einen Schauder den Rücken hinunterlaufen.

»Danke.«

Brett zermarterte sich das Hirn nach etwas, das er sagen konnte, damit sie nicht gleich wieder ging.

»Du siehst spitze aus.« Das war zwar nicht sehr originell, kam aber von Herzen.

Diese Worte aus Bretts Mund zu hören, bedeutete ihr mehr

als die Hunderte von Malen, die dieser Satz heute schon zu ihr gesagt worden war.

»Danke. Du auch. Wolltest du schon gehen?«

Brett wand sich verlegen. »Äh … tja …«

»Es wird gleich auf meinen Geburtstag angestoßen. Bleib wenigstens so lange und trink ein Glas Champagner«, stammelte Leah viel zu schnell.

Brett atmete erleichtert auf. »Danke. Sehr gerne.«

Er folgte ihr wieder hinein. In diesem Moment verstummte die Musik. Der Inhaber des Nachtclubs trat in die Mitte der Tanzfläche und klatschte in die Hände.

»Ladies and Gentlemen, falls denn welche anwesend sind.« Er lachte. »Ich …«

»Leah, wo warst du denn? Komm mit.« Mit finsterer Miene führte Carlo Leah zur Tanzfläche, sodass Brett allein zurückblieb.

Sie drehte sich noch einmal um. »Bis später«, flüsterte sie, während Carlo sie weiterzog.

»Ich übergebe jetzt an Mr Carlo Porselli …« – die Menge brach in Jubelrufe aus – »der unserem Geburtstagskind, wie Sie sicher alle wissen, die erste große Chance gegeben hat. Außerdem ist er heute Abend unser Gastgeber.« Wieder ohrenbetäubender Jubel, während die Anwesenden mit dem von Carlo spendierten Champagner anstießen.

Brett entging nicht, dass der Italiener Leah besitzergreifend ansah. Fast, als wäre sie sein Eigentum. Sie stand neben ihm und senkte verlegen den Kopf, während Carlo ihre vielen Vorzüge aufzählte.

»Bitte erhebt jetzt eure Gläser. Wir wollen anstoßen. Auf Leah!«

»Auf Leah!«, wiederholten die Gäste im Chor.

»Und nun hätte ich gern das Vergnügen, der erste Mann zu sein, der an diesem besonderen Tag mit dir tanzt.« Carlo streckte die Hand aus und begleitete Leah in die Mitte der Tanzfläche. Die

Anwesenden machten Platz, als die langsamen Takte von »Woman«, dem neuesten Hit von John Lennon, aus den gewaltigen Lautsprechern hallten.

Brett zuckte zusammen, als er sah, wie Carlo die Arme um Leah legte und sie fest an sich zog. Die Art, wie die zwei miteinander tanzten, ließ keinen Zweifel daran, dass sie eine Liebesbeziehung hatten. Da er den Anblick nicht ertragen konnte, wandte er sich ab.

»Oh, Leah, wie lange habe ich auf diese Nacht gewartet«, murmelte Carlo in ihr Haar.

Etwas an seinem Tonfall war anders als sonst und erinnerte Leah an jenen ersten Abend in Mailand, als er versucht hatte, sie zu küssen. Sofort wurde ihr unbehaglich zumute.

Die Gäste beobachteten sie neugierig. Leah konnte die Anspannung förmlich spüren.

»Küss mich, Leah«, raunte Carlo und hob ihr Kinn an.

»Carlo, ich …«

Doch seine Lippen berührten ihre, ehe sie protestieren konnte. Sie wich zurück und schmiegte den Kopf an seine Schulter, während die Anwesenden lautstark applaudierten.

»Bitte, Carlo, das ist so peinlich.«

»Immer noch schüchtern, meine Kleine? Das macht nichts. Später haben wir noch genug Zeit, um allein zu sein. Ich möchte, dass du mit in mein Hotel kommst. In meinem Zimmer wartet ein Geburtstagsgeschenk auf dich.«

Das Stück endete, und der DJ legte eine Platte von Shakin' Stevens auf. Bald füllte sich die Tanzfläche mit Feiernden.

»Entschuldige mich, Carlos. Da ist jemand, mit dem ich reden muss.« Leah löste sich aus seinen Armen und hielt Ausschau nach Brett. Als sie bemerkte, dass er auf die Tür zusteuerte, hastete sie zu ihm hinüber.

»Willst du dich etwa schon wieder verdrücken?«

Brett wirkte verlegen. »Offen gestanden, ja.«

Leah mochte noch so weltgewandt sein, sie wusste trotzdem

nicht, wie man einem Mann durch die Blume vermittelte, dass er bleiben sollte.

Brett nahm seinen ganzen Mut zusammen. »Was hältst du von einem kurzen Tanz, bevor ich gehe?«, fragte er tapfer.

»He, sag jetzt nicht, du hast es geschafft, dir die Ballkönigin zu schnappen!« Plötzlich stand Bretts Freund Toby neben ihnen. Eine Debütantin, die ein wenig derangiert aussah, stützte sich auf seine Schulter.

»Leah und ich sind … alte Freunde. Komm.« Tobys Erscheinen lieferte Brett den gewünschten Vorwand, um Leahs zarte Hand zu nehmen und sie auf die Tanzfläche zu führen.

Er wünschte sich von ganzem Herzen, das Schicksal möge ihm gnädig sein, damit der DJ eine langsame Nummer auflegte und er Leah in den Armen halten konnte. Doch der Discobeat pochte gnadenlos weiter.

Das Lied endete, und die eindringliche Stimme von Diana Ross im Duett mit Lionel Richie brandete über die Tanzfläche. Brett nutzte seine Chance und zog Leah an sich.

»Es ist wirklich toll, dich nach so langer Zeit wiederzusehen«, versuchte er sein Glück.

»Ich freue mich auch«, antwortete Leah.

Ihren wundervollen Körper an seinem zu spüren, sorgte dafür, dass ein elektrisches Knistern Brett den Rücken hinauf- und wieder hinunterfuhr. Er hielt sie noch fester.

»Ich würde dich gern wiedersehen, Leah. Ich möchte dir nämlich erklären, was … also, was damals passiert ist. Das Problem ist nur, dass ich am Sonntag nach New York fliege. Mein Vater hat dort seine Hauptniederlassung, und ich fange nächste Woche bei ihm an. Vielleicht kann ich dir ja schreiben.«

Leah kicherte. »Die Luftpostumschläge kannst du dir sparen, Brett. Ich fliege am Dienstag auch nach New York, um in einer Werbekampagne für Chaval Cosmetics mitzuwirken.«

Brett blieb der Mund offen stehen. »Wow! Was für ein Zufall. Wo wohnst du?«

»In den ersten Wochen im Plaza Hotel. Danach suche ich mir zusammen mit meiner besten Freundin Jenny eine Wohnung. Sie ist schon drüben und arbeitet gerade für eine andere Kosmetikfirma.«

»Fliegst du allein, oder kommt Carlo mit?«, erkundigte Brett sich argwöhnisch.

»Allein. Bei Carlo stehen Modenschauen für seine Kollektionen an. Er muss morgen zurück nach Mailand.«

Brett gab sich Mühe, sich seine Freude nicht anmerken zu lassen. »Darf ich dich im Hotel anrufen?«

Leah nickte. »Ja.«

»Leah.« Eine Hand wirbelte sie grob herum. »Ich glaube, wir sollten jetzt gehen.« Carlo schwankte ein wenig. Leah merkte ihm an, dass er betrunken war.

»Carlo, ich fürchte, ich muss sofort nach Hause. Meine Mutter wohnt bei mir, schon vergessen? Du kannst mir dein Geschenk auch ein andermal geben.«

Der Italiener machte ein Gesicht, als würde er gleich in die Luft gehen. *»Permesso«*, sagte er, an Brett gewandt, und zerrte Leah zur Tür.

»Hör auf, Carlo. Du tust mir weh!« Sie versuchte sich loszureißen.

»Tut mir leid, aber du musst mitkommen. Ich habe alles vorbereitet.« Er zog sie die Stufen hinunter. Leah war froh, dass die Paparazzi schon verschwunden waren.

»Carlo, hör auf, hab ich gesagt!« Sie bemühte sich, ihm ihren Arm zu entwinden. Das war nicht der Carlo, den sie kannte. Sie hatte sogar ein wenig Angst vor ihm.

Unten angekommen, winkte Carlo ein Taxi heran. Leah gelang es nicht, sich aus seinem Schraubstockgriff zu befreien.

»Ich komme nicht mit, Carlo. Du bist betrunken.« Er wollte sie gewaltsam ins Taxi verfrachten, während sie sich nach Kräften sträubte.

»Leah! Du steigst jetzt ein! Es ist alles geplant!«

»Nein!«, rief sie verzweifelt.

Da fassten zwei starke Arme sie an den Schultern und zogen sie nach hinten, sodass Carlo loslassen musste.

»Ich glaube, die Dame möchte Sie nicht begleiten, Mr Porselli.«

Leah erkannte die Stimme. Und als sie sich umdrehte, stand Miles, drei Kameras um den Hals, hinter ihr. Er stieß Carlo mit einem kräftigen Schubs ins Taxi und knallte die Tür zu.

»Bringen Sie diesen Mann in sein Hotel.«

Der Fahrer salutierte und startete den Wagen.

»Danke, Miles«, stammelte Leah, obwohl sie nach jener Nacht in der Scheune Mühe hatte, Dankbarkeit für ihn aufzubringen. »Ich weiß nicht, was heute in ihn gefahren ist. So habe ich ihn noch nie erlebt.«

Miles schwieg und bedachte sie nur mit einem seiner üblichen seltsamen Blicke.

»Leah. Ist alles in Ordnung?« Brett näherte sich im Laufschritt. Seine Miene war besorgt.

»Ja, und das habe ich Miles zu verdanken.«

»Oh, hallo, Miles.« Als Brett die Hand ausstreckte, griff Miles widerwillig zu. »Was machst du denn hier?«, erkundigte Brett sich neugierig.

»Ich gehe meinem Beruf nach«, entgegnete Miles kühl.

»Miles ist freiberuflicher Fotograf. Seine Fotos erscheinen in landesweiten Zeitungen.« Leah erwähnte lieber nicht, dass Miles sich vor den Nachtclubs und Restaurants herumdrückte, um die Reichen und Berühmten bei einem Fehltritt zu ertappen und die Ergebnisse dann an die Revolverblätter in der Fleet Street zu verhökern.

»Ich rufe dir ein Taxi«, erbot sich Miles.

»Zuerst muss ich meine Mum holen. Sie ist noch drin.«

»Ich suche sie. Du steigst ein.« Miles hielt ein vorbeifahrendes Taxi an, öffnete ihr die Tür und verschwand im Inneren des Lokals.

»Tschüs, Leah. Wir sehen uns in New York.« Brett lächelte.

»Ja. Ich freue mich schon darauf, über alte Zeiten zu reden.«

Eine Pause entstand, als die beiden auf dem Gehweg verharrten und einander eindringlich anstarrten. Gerade wollte Brett Leah in seine Arme ziehen, als Miles mit Mrs Thompson erschien. Also küsste er Leah keusch auf die Wange, winkte einer erstaunt dreinblickenden Doreen zum Abschied zu und ging davon.

Brett schlenderte durch die kühle Nachtluft zu der kleinen Wohnung, die sein Vater in Knightsbridge unterhielt; er musste einen klaren Kopf bekommen.

Dass sie beide nach New York fliegen würden, musste Schicksal sein. Aber was war mit diesem Carlo? Vielleicht kam Brett ja zu spät, aber er musste es wenigstens versuchen. Nun bot sich ihm eine zweite Chance. Diesmal würde er es nicht wieder verpfuschen.

Ein Stück hinter ihm ging Miles ebenfalls nach Hause, und zwar in seine winzige Mietwohnung in Chelsea. Unterwegs dachte er an Leah. Zu Hause angekommen, nahm er die halb volle Flasche Whisky aus dem Küchenschrank und schenkte sich ein großes Glas ein, um sich zu beruhigen.

Es hatte ihn große Selbstbeherrschung gekostet, diesem Mistkerl Carlo nicht den Hals umzudrehen. Begriff der Kerl denn nicht, dass Leah etwas Besonderes war? Sie war ein Geschöpf, das man umwarb und bewunderte – und nicht behandelte wie eine billige Hure. Miles kippte seinen Drink hinunter. Dann holte er den Schlüssel zu seinem Geheimzimmer hervor, öffnete die Tür und trat ein. Jeder Zentimeter der Wände war mit Fotos von Leah aus fast sämtlichen Lebensphasen bedeckt. Das hier war sein Tempel. Miles stand mitten im Zimmer, holte tief Luft und drehte sich langsam um die eigene Achse. Er atmete Leah ein und sonnte sich in ihrem himmlischen Glanz. Wie immer hatten die Bilder eine besänftigende Wirkung auf ihn.

Nach einer Weile verließ Miles das Zimmer wieder, schloss

die Tür hinter sich ab und griff zum Telefon. Als er die Nummer wählte, meldete sich eine Frauenstimme. Nach einem kurzen Gespräch legte er auf, froh, dass die Frau nur wenige Straßen weiter wohnte.

Miles öffnete seine Kameras, nahm die Filme heraus und verstaute sie wie immer im Kühlschrank.

Dann wartete er.

Zehn Minuten später läutete es an der Tür, und Miles ließ die Frau herein. Wortlos führte er sie ins Schlafzimmer, wo sie sich, ein Stück nach dem anderen, auszogen. Danach schaltete Miles die Deckenbeleuchtung aus, sodass nur noch das Nachtlicht neben seinem Bett einen dämmrigen Schein verbreitete. Der Ablauf war stets derselbe.

Die Frau war für ihn bereit. Schlanke Gliedmaßen streckten sich erwartungsvoll auf dem Bett aus. Miles hielt es schon länger mit ihr aus als mit den meisten anderen Huren, mit denen er ins Bett ging. Sie hatte nichts gegen seine groben Spiele einzuwenden, erfüllte seine ungewöhnlichen Wünsche, und außerdem hatte sie langes rötlich braunes Haar. So konnte er sich, wenn ihr das Haar im Dämmerlicht übers Gesicht fiel, beinahe vorstellen, dass sie Leah war.

Miles kniete über der Frau. Er genoss es, Frauen zu beherrschen und sich ihnen überlegen zu fühlen. Außerdem küsste er sie nie. Hier ging es nicht um Liebe. Denn es gab nur eine Frau, die er je hätte lieben können.

Als sie während des Akts vor Schmerzen aufschrie und sich wand, hatte Miles sein Vergnügen daran. »Dreh dich um«, befahl er.

Die Frau wirkte verängstigt. Heute spiegelte sich ein anderer Ausdruck als sonst in den Augen ihres Kunden. Ein Anflug von Wahnsinn.

»Miles, ich …« Als sie über das Bett davonkriechen wollte, zerrte er sie zurück und schlug sie immer wieder heftig ins Gesicht, bis ihre Lippe zu bluten begann.

»Umdrehen, du Nutte!«

Die Frau gehorchte, zu verängstigt, um zu widersprechen. Sie sah zu, wie das Blut von ihrer Lippe vor ihr aufs Kopfkissen tropfte.

»Miles, bitte hör auf …«

Doch Miles nahm sie gar nicht wahr, denn er kam mit einem Aufschrei. Während die junge Frau wimmernd und den Kopf im Kissen vergraben liegen blieb, stand Miles auf, ging ins angrenzende Bad und schloss die Tür. Als er wieder herauskam, war seine Besucherin voll bekleidet und stand, mit verschwollenem Gesicht und Tränen in den Augen, neben der Wohnungstür.

»Männer wie du gehören eingesperrt. Ruf mich nie wieder an. Sonst gehe ich zur Polizei.« Sie öffnete die Tür und drehte sich ein letztes Mal zu Miles um. »Irgendwann wirst du noch jemandem umbringen.« Sie eilte den Flur entlang, und Miles hörte, wie sich ihre hastigen Schritte auf der Treppe entfernten. Lächelnd zuckte er die Achseln.

Dann würde er sich morgen eben eine Neue suchen müssen.

Miles legte sich in seine zerknitterten Laken und entfernte angewidert den blutigen Bezug vom Kopfkissen. Er fühlte sich gut. Seelenruhig schloss er die Augen.

2

Beim Aufwachen stellte Miranda fest, dass sie hämmernde Kopfschmerzen hatte. Verwirrt setzte sie sich auf und blickte sich um. Da ihr das Zimmer so gar nicht vertraut erschien, überlegte sie fieberhaft, wo sie denn sein könnte. Jedenfalls war sie nackt. Ihr Kleid und die Unterwäsche hingen über einem Stuhl am anderen Ende des Raums, die Schuhe standen davor. Auf dem Nachttisch entdeckte sie ein dickes Bündel Geldscheine und darunter einen Brief. Sie las:

Liebe Miranda,
ich danke dir für die letzte Nacht. An diesem Wochenende erwarte ich Gäste auf meiner Jacht in Saint-Tropez und würde mich freuen, dich auch dort begrüßen zu dürfen. Bitte komm um sechs Uhr abends wieder, damit wir zusammen zum Flughafen fahren können.

Da du gestern Abend erwähnt hast, dass du keinen Pass hast, wird mein Assistent sich darum kümmern. Er ruft dich im Lauf des Vormittags an.

Die Boutique in der Hotelhalle wird dir eine Auswahl an Kleidungsstücken schicken, damit du dir etwas aussuchen kannst. Das Geld kannst du nach Belieben ausgeben und dir heute Nachmittag ein kleines Geschenk kaufen.

Das Schreiben war mit einem unleserlichen Gekritzel unterzeichnet und endete mit einem Kuss. Miranda zermarterte sich das Hirn nach dem Namen des Mannes und dem genauen Ablauf der Ereignisse von letzter Nacht. Sie erinnerte sich nur noch daran, dass sie viel Champagner getrunken und den Nachtclub auf diesen Mann gestützt verlassen hatte. Danach verschwamm alles in einem Nebel.

»Mist!«

Rose würde außer sich sein. Sie griff zum Telefon neben dem Bett und versuchte, sich Roddys Nummer ins Gedächtnis zu rufen.

»Rezeption«, meldete sich eine dienstlich klingende Stimme, was Miranda verriet, dass sie sich in einem Hotel befand.

»Äh, ja, könnten Sie bitte für mich die Auskunft anrufen und mir eine Nummer besorgen?« Sie nannte Roddys Nachnamen und die Adresse.

»Gewiss, Madam. Kann ich Ihnen auch ein Frühstück servieren lassen?«

Beim bloßen Gedanken an Essen drehte es Miranda den Magen um.

»Nein, danke. Aber Kaffee wäre schön.«

»Kommt sofort, Madam. Ich rufe Sie zurück, sobald ich die Nummer habe. Darf ich die Boutique bitten, Ihnen die bestellten Kleider zu bringen?«

Miranda verschlug es die Sprache. »Klar«, stammelte sie nur.

Während Miranda auf den Rückruf wartete, dachte sie darüber nach, was sie Rose sagen sollte. So eine Gelegenheit konnte sie doch nicht ungenutzt verstreichen lassen, oder? Sie musste dem Typen, den sie sich geangelt hatte, nach Frankreich folgen. Schließlich hatte sie ihr Leben lang von so einer Einladung geträumt. Endlich würde sie auch zum Jetset gehören.

Sicher würde Rose Verständnis dafür haben.

»Werd bloß nicht neidisch, Leah!« Sie kicherte noch in sich hinein, als die Rezeption anrief, um ihr Roddys Nummer zu geben.

Miranda überlegte kurz und wählte. Roddy war selbst am Apparat.

»Hallo, Roddy, ich bin es, Miranda.«

»Oh, Gott sei Dank! Wo steckst du? Deine Mutter ist außer

sich vor Sorge. Wenn ich sie nicht daran gehindert hätte, hätte sie die Polizei verständigt.«

Miranda wand sich verlegen. »Mir geht es gut. Du kannst Rose ausrichten, dass ich einundzwanzig und kein Kind mehr bin.«

Roddy lachte leise auf. »Tja, du hättest uns wenigstens verraten können, wo du hingehst, mein Schatz. Deine Mutter hat heute Morgen sämtliche Bekannten abtelefoniert. Niemand wusste, wo du abgeblieben bist.« Roddys Vorwürfe trafen auf Schweigen. »Jedenfalls möchte deine Mutter mit Chloe zurück nach Yorkshire fahren. Wann bist du hier?«

Miranda holte tief Luft. »Ich komme nicht mit nach Hause. Ein Freund von Leah hat mich übers Wochenende auf eine Party eingeladen. Sag Rose, dass mit mir alles in Ordnung ist. Wir sehen uns am Montag. Sie soll Chloe ein Küsschen von mir geben. Tschüs, Roddy.« Sie legte auf, ohne seine Antwort abzuwarten.

Beim Gedanken an ihre Tochter bekam Miranda kurz Gewissensbisse. Doch sie beruhigte sich damit, dass sie Chloe in den letzten vier Jahren all ihre Aufmerksamkeit geschenkt hatte. Hatte sie nicht auch ein Recht auf ein bisschen Spaß?

Wieder läutete das Telefon, und der Empfang meldete, ein Ian Devonshire sei am Apparat. Miranda hatte zwar keine Ahnung, wer das sein sollte, bat aber, den Anruf durchzustellen.

»Hallo?«

»Hallo, Miranda. Mein Name ist Ian Devonshire. Ich arbeite für Mr Santos. Er hat mich gebeten, Ihnen *toute de suite* einen Pass zu organisieren.«

»Okay.« Ein Lächeln spielte um Mirandas Lippen. Ihr neuer Lover ließ sich offenbar nicht lumpen. Und außerdem kannte sie jetzt seinen Namen.

»Dazu bräuchte ich Ihren Familiennamen und einige weitere Informationen, um mir im Einwohnermeldeamt eine Kopie Ihrer Geburtsurkunde besorgen zu können.«

»Mein Familienname lautet Delancey. Geboren bin ich am 23. Juli 1960.«

»Danke. Ich bringe Ihnen die Formulare heute Mittag ins Hotel. Dann können Sie sie unterschreiben, und anschließend lege ich sie im Passamt vor. Ich habe dort einen Freund, der Ihren Antrag noch heute Nachmittag bearbeiten wird. Könnten Sie bis dahin zwei Fotos von sich anfertigen lassen? Im U-Bahnhof Charing Cross, das ist vom Savoy nur ein Stück die Straße hinunter, gibt es einen Fotoautomaten.«

Das Savoy! War sie tatsächlich im Savoy? Miranda wurde von Aufregung ergriffen. Sie versprach Ian, die Fotos zu machen, und verabredete sich mit ihm um zwölf in der American Bar im Erdgeschoss des Hotels.

Im nächsten Moment wurde an die Tür geklopft. Als sie zu schnell aus dem Bett sprang, wurde ihr schwindelig und übel.

»Ich komme«, rief sie, während sie sich verzweifelt im Zimmer nach etwas umsah, um sich zu bedecken. Zu guter Letzt zog sie das Laken vom Bett und wickelte es um sich wie eine Toga.

Als sie die Tür öffnete, schob ein junger Mann einen Servierwagen mit ihrem Kaffee herein. Auf dem Wagen standen außerdem eine rote Rose und eine Flasche Champagner auf Eis.

»Den Champagner habe ich nicht bestellt«, sagte sie rasch.

Der Junge lächelte. »Mr Santos lässt Sie grüßen.«

Wieder wurde angeklopft.

»Soll ich aufmachen, Madam?«, fragte der Page.

Miranda nickte. Ein weiterer Page in der gleichen schicken Uniform brachte einen Wagen, auf dem sich unzählige Kartons und Tüten türmten.

»Eine Auswahl von Kleidungsstücken aus der Boutique, Madam. Mr Santos möchte, dass Sie sich aussuchen, was Ihnen gefällt. Wenn nichts für Sie dabei ist, bitte ich Sie, nach unten in unseren Laden zu kommen, wo der Geschäftsführer gewiss etwas finden wird, das Ihren Wünschen entspricht.«

Als die beiden jungen Männer stehen blieben und sie erwartungsvoll ansahen, wurde Miranda klar, dass sie mit einem Trinkgeld rechneten. Ihr fiel der Stapel Geldscheine neben dem

Bett ein, und sie ging ihn holen. Sie schnappte nach Luft, denn die etwa dreißig Banknoten waren alles Fünfzigpfundscheine. Da sie nichts anderes hatte, reichte sie den beiden Jungen einen davon.

»Das können Sie sich teilen«, verkündete sie, worauf sich ein enttäuschter Ausdruck auf den Gesichtern der Pagen malte. Offenbar hätte Mr Santos jedem von ihnen einen Fünfziger gegeben. Sobald die Pagen fort waren, ging Miranda zu der schweren Mahagonitür am anderen Ende des Raums, die, wie sie annahm, zum Badezimmer führte. Doch als sie sie öffnete, stand sie stattdessen in einem luxuriös eingerichteten Wohnzimmer, dessen riesige Panoramafenster mit Vorhängen aus goldfarbenem Damast versehen waren. Auf dem Weg dorthin musste sie sich zwischen schweren, teuren Möbeln hindurchschlängeln.

Beim Anblick des Embankment und des silbrig glitzernden Wassers der Themse unter ihr bekam Miranda große Augen. Das hier war bestimmt eine Penthouse-Suite. Sie kehrte ins Schlafzimmer zurück und raffte so viele Kleiderschachteln zusammen, wie sie tragen konnte. Nachdem sie alle ins Wohnzimmer gebracht hatte, schenkte sie sich einen Kaffee ein.

Dann kniete sie sich inmitten der Schachteln auf den Boden. Wo sollte sie anfangen? Nun, mit der größten natürlich. Neugierig öffnete sie den Deckel. Oben auf dem Seidenpapier lag eine kleine Karte mit Goldrand und der Aufschrift: *Überreicht vom Hotel Savoy.*

Miranda sprang auf und vollführte einen kleinen Freudentanz. Sie konnte ihr Glück kaum fassen. Dann bückte sie sich und entfernte die Lagen aus weichem Seidenpapier. Darunter verbarg sich das kostbarste Abendkleid, das sie je gesehen hatte. Es bestand aus schwarzer Seide und trug das Etikett eines weltberühmten Modehauses.

Eilig streifte Miranda das Laken ab, zog das Kleid an und ging dann ins Schlafzimmer, um sich im bodenlangen Spiegel zu betrachten. Es passte wie angegossen. Miranda fasste mit einer

Hand ihr Haar zu einem Nackenknoten zusammen und drehte sich um die eigene Achse.

»Pass nur auf, Leah. Jetzt kriege ich dich«, höhnte sie und eilte ins Wohnzimmer zurück, um, wie ein Kind an Weihnachten, die anderen Schachteln zu öffnen.

Eine Stunde später lag überall im Raum Seidenpapier verstreut. Teure Kleidungsstücke im Wert von mehreren Tausend Pfund hingen über den Möbeln. Miranda saß, in einem schwarzen Seidenhöschen und mit einem Schal von Hermès um den Hals, da und bewunderte die weichen Lederschuhe an ihren Füßen.

Zu ihrer Enttäuschung war nur noch ein winziges Päckchen übrig. Sie griff danach und riss es auf. Darin befanden sich zwei Lederetuis, von denen sie das kleinere zuerst in Augenschein nahm. Es enthielt ein Paar funkelnder Diamantohrringe in Tropfenform. In dem größeren Etui entdeckte sie eine traumhafte, dazu passende Halskette.

»Wow«, flüsterte Miranda.

Inzwischen hatte sie sich von ihrem Kater erholt. Sie ging zum Servierwagen und schenkte sich ein Glas Champagner ein.

»Auf dich«, prostete Miranda sich selbst zu. Sie trank einen Schluck und schob ein paar Kleider zur Seite, um sich aufs Sofa setzen zu können. Und all das für eine kurze Nummer, an die sie sich nicht mal mehr richtig erinnern konnte.

»Offenbar war ich ziemlich gut.« Grinsend trank sie noch einen Schluck.

Schließlich ging Miranda duschen und schlüpfte in eine rosafarbene Seidenbluse, die sie mit einem wundervoll geschnittenen Kostüm von Chanel kombinierte. Dann verließ sie das Zimmer und fuhr hinunter in die Hotelhalle, wo sie den Pförtner um eine Wegbeschreibung zum Bahnhof Charing Cross bat.

Nach einem kurzen Fußmarsch die Straße hinunter wechselte sie am Fahrkartenschalter einen der Fünfziger in Kleingeld um.

Während sie darauf wartete, dass das Foto in den Ausgabeschacht fiel, schaute sie auf die Uhr. Zehn vor zwölf, also gerade genug Zeit, um rechtzeitig wieder im Hotel zu sein und sich mit Ian Devonshire an der Bar zu treffen.

Dass etwas an den Ereignissen des heutigen Vormittags seltsam sein könnte, kam Miranda überhaupt nicht in den Sinn. Schließlich hatte sie ihr ganzes Leben in der Überzeugung verbracht, dass ihr eines Tages sicher etwas Wundervolles passieren würde. Und so schlenderte sie zurück ins Savoy und setzte sich in der Bar an einen Tisch.

»Miranda?«

»Ja.«

Ein unscheinbarer junger Mann, der einen eleganten Anzug und eine dicke Brille trug, nahm ihr gegenüber Platz.

»Ian Devonshire.« Er schüttelte Miranda die Hand. »Nett, Sie kennenzulernen. Darf ich Sie auf ein Getränk einladen?«

»Ja, ein Glas Weißwein, bitte.«

Ian bestellte und nahm einige Papiere aus seinem Aktenkoffer. Er wirkte ein wenig verlegen.

»Nun, wie ich annehme, wissen Sie … dass Sie nicht …« Er schien zu hoffen, dass Miranda den Satz für ihn beenden würde, aber sie hatte keine Ahnung, worauf er hinauswollte. »Dass Sie adoptiert sind?«

»Ja«, erwiderte sie, was Ian sehr zu erleichtern schien. »Haben Sie das Original meiner Geburtsurkunde hier?«, fragte sie dann.

»Ja.«

»Darf ich mal schauen?«

Als Ian ihr das Dokument reichte, las Miranda es interessiert. »Also war mein Geburtsname Rosstoff.« Sie sah Ian an, und im nächsten Moment hatte sie eine Idee. »Wissen Sie was? Der gefällt mir eigentlich viel besser. Könnte ich meinen Pass nicht unter dem Namen ›Rosstoff‹ ausstellen lassen?« Wie Miranda annahm, würde Rose sie auf diese Weise nicht so leicht aufspüren können, falls sie beschloss … ein wenig länger wegzubleiben.

»Ich wüsste nicht, was dagegenspräche. Ich frage meinen Freund.«

Miranda lächelte. »Gut.«

»Jetzt müssen Sie nur noch hier unterschreiben.« Ian wies auf die entsprechende Zeile des Antragsformulars. »Und prüfen Sie bitte nach, ob alle Einträge korrekt sind.« Miranda tat es. »Wunderbar. Ich bringe die Unterlagen sofort ins Passamt. Dann haben Sie um vier Uhr heute Nachmittag Ihren Pass.«

»Mr Santos muss ein mächtiger Mann sein, um das so schnell für mich regeln zu können«, versuchte Miranda, mehr über ihren Gönner herauszufinden.

Ian nickte. »Ja, das ist er. Er hält sich zwar nicht oft in London auf, hat aber jede Menge Verbindungen hier.«

»Wo wohnt er denn?«, erkundigte sich Miranda.

»In Südamerika«, erwiderte Ian und wich ihrem Blick aus.

»Tun Sie so was oft für ihn? Ich meine, Pässe besorgen?«

Ian zuckte die Achseln. »Wie ich schon sagte, ist er nicht sehr oft hier. Aber jetzt muss ich Sie, wie ich fürchte, verlassen und mich meinen Aufgaben widmen, Miss Delancey …« Er hielt einen Finger hoch und verbesserte sich. »Miss Rosstoff. Ich wünsche Ihnen einen schönen Aufenthalt in Frankreich.«

Als Ian gegangen war, blieb Miranda sitzen und nippte nachdenklich an ihrem Glas.

Wer war dieser Mr Santos? Sie überlegte, ob ihr der Name schon einmal im Fernsehen oder in der Zeitung untergekommen war.

Nein. Für einen Moment bekam sie leichte Zweifel. War es vielleicht doch leichtsinnig von ihr, ganz allein mit einem wildfremden Mann zu verreisen? Womöglich hatte er mit der Mafia zu tun? Oder war er gar ein Menschenhändler?

Andererseits … Schließlich saß sie hier im Savoy und trug Designerkleidung im Wert von Tausenden von Pfund. Das Personal im Hotel schien Santos zu kennen, und auch Ian hatte einen seriösen Eindruck gemacht.

Plötzlich fühlte sie sich erschöpft. Sie stand auf und ging zum Lift. So sehr war sie in Gedanken versunken, dass sie den Mann gar nicht bemerkte, der still in einer Ecke der Bar gesessen hatte und sich nun ebenfalls erhob.

Nachdem er beobachtet hatte, wie sie den Aufzugknopf betätigte, verließ er das Hotel.

Miranda öffnete die Tür der Suite. Offenbar war in der Zwischenzeit das Zimmermädchen hier gewesen, denn die Sachen waren wieder in ihren Schachteln verstaut, und das Bett war gemacht.

Erleichtert ließ Miranda sich auf das weiche Bett sinken. Sie wollte zuerst ein Nickerchen halten und den restlichen Nachmittag damit verbringen, sich auf Santos' Rückkehr vorzubereiten. Als Miranda die Augen schloss, zogen die Ereignisse der letzten Stunden an ihr vorbei. Noch nie zuvor hatte sie sich so zufrieden gefühlt. Sie schlief ein.

3

»Hallo, David.« Der hochgewachsene, bärtige Mann schüttelte ihm freundlich die Hand. »Wie geht es Ihnen?«

»Gut, danke. Ich habe schon fast befürchtet, dass Sie nicht mehr von sich hören lassen würden. Unser letztes Treffen ist immerhin über acht Monate her.«

Der Mann betrachtete ihn abschätzend. »Dafür gibt es Gründe, das kann ich Ihnen versichern. Wie Sie bald erfahren werden, kann sich diese Art von Schachspiel eine Ewigkeit hinziehen. Jeder Zug muss äußerst genau durchdacht werden. Die Vorbereitung dieser Operation hat Jahre gedauert, und trotzdem stehen wir noch ziemlich am Anfang.«

David setzte sich hinter seinen Schreibtisch und forderte seinen Besucher auf, Platz zu nehmen.

»Haben Sie die von uns vorgeschlagenen Sicherheitsüberprüfungen durchgeführt?«, fragte der Mann.

David nickte. »Ja. Das Team hat jeden Zentimeter dieses Büros durchkämmt. Ich kann Ihnen garantieren, dass wir hier völlig gefahrlos sprechen können.«

Der Mann seufzte auf. »Völlig gefahrlose Gespräche gibt es nicht. Dennoch wollte ich mich in Ihrem Büro mit Ihnen treffen, um keinen Verdacht zu erregen. Tiefgaragen bei Mitternacht und menschenleere Strände bei Morgengrauen sind Stoff für Filme. Das hier ist die Wirklichkeit.« Zwischen den Männern entstand beklommenes Schweigen. »Es geht voran, und zwar auf unserer Seite als auch aus Ihrer Perspektive. Liege ich richtig?«

David schluckte. »Ja. Ich habe getan, was Sie von mir verlangt haben. Sicher können Sie verstehen, dass das alles recht schwierig für mich ist. Doch jetzt läuft das Projekt bereits seit sechs Monaten, und allmählich gewinne ich sein Vertrauen.«

Der Mann wirkte zufrieden. »Sie schlagen sich wacker. Aber ich warne Sie: Der Mann ist ein schlauer Fuchs.«

»Sie beobachten ihn schon seit vielen Jahren, richtig?«

»Ja.«

»Warum haben Sie dann bis jetzt gewartet? Ich habe den Eindruck, dass Sie sich sehr viel Zeit lassen.«

Der Mann zuckte mit den Schultern. »In Fällen wie diesem, und ich kann Ihnen versichern, dass es da noch einige andere gibt, müssen die Beweise absolut wasserdicht sein. Unserer Erfahrung nach werden unsere Feinde im Lauf der Zeit immer selbstbewusster und sorgloser, und irgendwann machen sie einen Fehler. Dabei ist es nicht weiter wichtig, ob es ein halbes Leben dauert.«

David starrte sein Gegenüber schweigend an. »Mir fällt das alles ziemlich schwer«, murmelte er schließlich.

Der Mann lehnte sich in dem tiefen Ledersessel zurück. »Ja, das kann ich mir denken. Aber Sie sind genau der richtige Mann für diese Aufgabe, Mr Cooper. Ganz zu schweigen davon, dass Ihre persönlichen Beweggründe, uns zu helfen, den Motiven der Zielperson in gewisser Weise ähneln. Sie beide haben eine Vergangenheit, die Sie aus verständlichen Gründen lieber vergessen wollen. Sie sind beide einflussreich und in Ihren Kreisen bekannt und haben geschäftlich eine blütenweiße Weste.« Der Mann schnalzte mit der Zunge. »Für gewöhnlich lockt man Gleiches am besten mit Gleichem an.«

David war nicht sicher, was er darauf erwidern sollte. Die Reaktion seines Besuchers konnte man nicht gerade als einfühlsam bezeichnen. Allerdings hatte er im Lauf der letzten vier Jahre die Erfahrung gemacht, dass diese Leute nicht unbedingt zart besaitet waren.

Der Mann ergriff wieder das Wort. »Wir bitten Sie, Ihr gemeinsames Geschäftsvorhaben weiterzuführen und sich die

Zeit zu nehmen, ihn besser kennenzulernen. Werden Sie sein Freund. Um ihm eine Falle zu stellen, ist es nötig, gewisse Umstände herbeizuführen. Man wird Sie zeitnah dementsprechend instruieren.«

David klopfte mit den Zeigefinger langsam auf die marmorne Schreibtischplatte. »Ich muss Ihnen gestehen, dass ich schon öfter mit dem Gedanken gespielt habe, den Auftrag abzulehnen.«

Der Mann lachte leise. »Nein, das haben Sie nicht, Mr Cooper. Sie wurden sorgsam ausgewählt, um diese Rolle für uns zu spielen. Ich erinnere Sie ja nur ungern daran, wer Sie sind, aber … es ist Zeit, dass der Kreis sich schließt. Und es ist Ihr Recht, ihn zu schließen.« Er streckte die Hand über den Schreibtisch. »Auf Wiedersehen, David.«

Der Mann durchquerte das geräumige Büro, öffnete die Tür und zog sie hinter sich zu.

David seufzte auf und rieb sich die Stirn. Er fühlte sich ausgelaugt und erschöpft, und da die ganze Nacht Gedanken an das heutige Treffen in seinem Kopf gekreist hatten, hatte er kein Auge zugetan.

Inzwischen war es vier Jahre her, dass die Vergangenheit sich wieder in sein Leben geschlichen hatte. Doch die Albträume hielten ihn noch immer wach. Auch die Zeit hatte die Erinnerungen nicht verblassen lassen.

Aufgewühlt fuhr er sich durchs Haar. Erwarteten diese Leute nicht zu viel von ihm? Schließlich brachte er nicht nur sich selbst, sondern auch sein gesamtes Unternehmen in Gefahr.

Doch dann dachte David wie immer an das Versprechen, das er als Vierzehnjähriger gegeben hatte …

4

Polen, 1942

David saß in einer winzigen Ecke des Eisenbahnwaggons, drückte die weinende Rosa an sich und war nicht sicher, ob er erleichtert darüber sein sollte, dass er noch lebte. Er lauschte dem Rattern des Zuges, als dieser quer durch Polen rollte. Andere hatten sich vorbereitet und Essen und Trinken eingepackt. Doch Rosa und er hatten nur die Geige, ein wenig Papier und Stifte und Rosas heiß geliebten Teddybären. Erst als Rosa vor Hunger und Durst verzweifelt zu schluchzen begann, hatte eine ältere Frau Mitleid mit ihnen bekommen und ihr ein Becherchen Wasser und ein halbes Stück Brot abgegeben.

Die Hitze in dem fensterlosen Waggon war unerträglich. Und den Gestank nach Exkrementen, vermischt mit dem Geruch des Desinfektionsmittels im schmutzigen Stroh, würde er wohl nie vergessen. David sprach nur wenig mit den anderen und lauschte stattdessen ihren Gesprächen und Mutmaßungen, was sie wohl am Ende der Fahrt erwartete. Allerdings wusste er das bereits und hoffte nur, dass das, was diese Leute mit ihnen vorhatten, schnell vorbei sein würde. Rosa zuliebe, nicht um seinetwillen.

Die Frauen nahmen den Schmuck von Hals, Armen und Fingern und versteckten ihn in ihrer Unterwäsche. David folgte ihrem Beispiel und steckte das wertvolle Amulett zum Pass im Futter seines Geigenkastens.

Während der Zug weiterfuhr, brach der Mann neben David mit einem Herzanfall zusammen und starb auf seinem Schoß. *Der Glückliche hat es hinter sich*, dachte er nur, als die Witwe die restliche Nacht lang bitterlich weinte und ihren toten Mann an die Brust drückte.

Beim ersten Morgengrauen kam der Zug quietschend zum Stehen. Als David durch die winzigen Lücken im Stacheldraht spähte, konnte er auf dem Bahnsteig ein Schild erkennen: *Treblinka*. Er erkannte einige Eisenbahnarbeiter und mehrere SS-Männer. Der Zug setzte sich wieder in Bewegung, stoppte und machte dann einen Satz rückwärts, sodass die Insassen des Waggons unsanft durcheinandergeschleudert wurden.

David stellte fest, dass man ihren Waggon mit einigen anderen auf ein Nebengleis schob. Der Wald ringsherum wurde dichter, und bald kamen einige Baracken in Sicht. Dahinter erhob sich ein riesiger Haufen, der offenbar aus Schuhen bestand. Der Zug fuhr in eine Lichtung ein. David konnte einen Blick auf einen Zaun aus Stacheldraht erhaschen, der offenbar rings um ein Lager verlief. Davor war der Boden eingeebnet worden, um als provisorischer Bahnsteig zu dienen. Überall wimmelte es von SS-Männern, einige mit Peitschen bewaffnet. Entlang des Zauns standen Wachmannschaften in grauen Uniformen und mit Gewehren in der Hand.

Als der Zug wieder anhielt, drängten sich die anderen Insassen hinter David, um auch durchs Gitter nach draußen zu schauen. Doch nur wenige bekamen die Gelegenheit dazu, denn im nächsten Moment wurden die Türen geöffnet, und die Uniformierten stürmten herein, um die Leute aus dem Zug zu zerren.

»David! David!« Rosas Schreie gellten in seinem Kopf, als sie von einem Aufseher weggeschleppt wurde und im Meer der weinenden und klagenden Menschen auf dem Bahnsteig verschwand.

Auch auf dem Bahnsteig hielt David seine kostbare Geige weiter umklammert. Er ließ sich mit den anderen auf das offene Tor in der Mitte des Zauns zutreiben. Immer wieder rief er Rosas Namen, aber es gelang ihm nicht, die schrecklichen Verzweiflungsschreie um ihn herum zu übertönen.

»Mama, oh, Mama«, murmelte er vor sich hin, während er, begleitet vom gebrüllten »Schneller!« und »Bewegung!« der Wachmannschaften, zu einem Platz gedrängt wurde.

Dort angekommen, wurden die Frauen auf die eine Seite, die Männer auf die andere befohlen. Voller Angst hielt David zwischen den Frauen Ausschau nach Rosa, aber er konnte sie nicht entdecken. Er spürte die Tränen nicht, die ihm übers Gesicht liefen, als er sich zu den anderen setzte und anfing, wie von einigen mit Armbinden ausgestatteten Juden angewiesen, die Schuhe auszuziehen. Die Männer verteilten Bindfadenstücke, mit denen die Gefangenen ihre Schuhe zusammenschnüren sollten.

Einer der Männer mit Armbinde bemerkte die Geige, die neben David lehnte.

»Ist das deine?«, fragte er auf Polnisch.

David nickte.

»Kannst du spielen?«

»Natürlich.«

Der Mann schien sich für David zu freuen. »Ich sage es dem Aufseher.« Er verteilte weiter seine Bindfäden und verschwand.

David beobachtete, wie die Frauen in eine Baracke auf der anderen Seite des Hofes gescheucht wurden. Da sie nicht groß genug für alle war, mussten einige draußen bleiben und dort ihre Kleider ausziehen.

Ein Aufseher befahl den Männern, das Gleiche zu tun. David wollte schon aus der Hose schlüpfen, als ihn jemand auf die Füße zerrte.

»Spiel!«

David drehte sich um und bemerkte hinter sich einen SS-Mann, der auf seine Geige zeigte.

Er verstand nicht sofort und schwankte leicht hin und her, bis eine Peitsche seine nackte Brust traf.

»Spiel!«

Mit zitternden Händen öffnete David den Geigenkasten, klemmte sich die Geige unters Kinn und griff zum Bogen. Doch sosehr er sich auch bemühte, sein Verstand war wie leer gefegt.

Die anderen Männer starrten ihn schweigend an. Sie waren alle nackt.

»Lügner!«

Als David die Peitsche zum zweiten Mal auf sich zusausen sah, konnte er plötzlich wieder klar denken. Er hob den Bogen und stimmte die leisen und gefühlvollen Anfangstakte des Violinkonzerts von Brahms an. Die mitreißenden Töne hallten über den Hof, bis einige der nackten Männer zu weinen anfingen.

»Das reicht. Warte da drüben.«

David konnte gerade noch seinen Geigenkasten an sich reißen, als ihn schon jemand am Arm packte. Er wurde weggeschleppt und ein Stück abseits in eine Baracke gestoßen. Als er durch ein Loch in der Wand spähte, sah er, dass die nackten Männer durch eine Lücke im Zaun getrieben wurden. Die Frauen waren auch fort.

Überall auf dem zertrampelten Boden waren Gepäck und Kleidungsstücke verstreut.

David sank auf Hände und Knie. Er war geschwächt von Angst, Hunger und Übermüdung, und seine Gedanken wanderten zurück zu all den Malen, die seine Familie sich im Wohnzimmer versammelt hatte, um ihm beim Geigespielen zuzuhören. Auf der Geige, die ihm gerade das Leben gerettet hatte.

Er wagte nicht, sich vorzustellen, was gerade mit seiner kleinen Schwester, seiner wundervollen Rosa, geschah. Es war zu hoffen, dass sie es bereits ausgestanden und ihren Frieden gefunden hatte.

Als er von draußen wieder Lärm hörte, schaute er noch einmal durch das kleine Loch. Inzwischen waren etwa fünfzehn Juden mit Armbinden erschienen und begannen, unter Aufsicht der Wachmannschaft die Kleiderbündel einzusammeln.

David blickte sich in der Baracke um. Auf dem Boden lagen Haufen aus Lumpen neben Tassen, Tellern und Pyjamajacken. Offenbar handelte es sich um eine Art Schlafsaal. Da sein Oberkörper noch immer nackt war, hob David eines der Hemden vom

Boden auf und zog es über den Kopf. Wie er feststellte, bestand es aus einem guten Stoff und war fast neu.

Die Tür zur Baracke öffnete sich. Eine Gruppe blutender jüdischer Gefangener strömte herein. Ihnen folgte ein Aufseher.

»Mitkommen!«, brüllte er David an.

Auf dem Weg über den Hof drückte David seinen Geigenkasten an sich. Der Aufseher führte ihn zu einer anderen Baracke. Dort saßen einige Männer in seltsam zusammengewürfelter Kleidung auf langen Holzbänken und aßen hungrig aus ihren Schalen. Der Aufseher wies auf einen älteren Herrn, der David bekannt vorkam. »Hol deine Suppe und sprich dann mit Albert Goldstein. Er ist hier zuständig.«

David ließ sich von einer Frau, die hinter einem Holztisch stand, eine Schale Suppe geben. Als er neben dem Mann Platz nahm, der offenbar zu seinem Vorgesetzten bestimmt war, erkannte er ihn endlich wieder. Er war einer der berühmtesten Dirigenten Warschaus.

»Herr Goldstein … Ich kann Ihnen gar nicht sagen, wie geehrt ich mich fühle, Sie kennenzulernen …«

Albert Goldstein unterbrach ihn mit einer Handbewegung. »Iss. Dann reden wir.«

David gehorchte. Er war verwundert, wie wohlschmeckend die Mahlzeit war. So etwas Gutes hatte er während der ganzen Zeit im Ghetto nicht bekommen. Als die warme Suppe seinen Magen füllte, ließ der Schwindel allmählich nach.

Schließlich hatte Albert seine Schale vollständig geleert und drehte sich zu David um. »Welches Instrument spielst du, mein Junge?«

»Die Geige, Herr Goldstein.«

Albert wischte sich den Mund ab. »Das hätte ich mir denken können. Unser letzter Geiger hatte … einen Unfall.« Er sah ihn fragend an. »Bist du gut?«

»Den Männern in den Orchestern, die ich Sie habe dirigieren sehen, kann ich nicht das Wasser reichen. Aber ich galt in Warschau als für mein Alter sehr talentiert.« Albert nickte. »Könnten Sie mir bitte sagen, wo wir sind und was aus meiner Schwester geworden ist?«

Der alte Mann musterte ihn mit traurigem Blick.

»Wie alt bist du, mein Junge?«

»Vierzehn.«

»Deine Schwester?«

»Elf.«

Albert seufzte tief. »Komm, wir gehen in unsere Unterkunft.«

David folgte Herrn Goldstein über den Hof und in eine andere Baracke. Diese war sauberer als die letzte, und auf dem Boden lagen einige dünne Matratzen. Der Maestro wies auf eine in der Ecke, wo allerdings die Decke fehlte.

»Hier. Das war die von Josef, und jetzt ist es deine.«

»Josef?«

»Ja. Unser letzter Geiger.«

»Bitte, mein Herr, könnten Sie mir erklären, was das hier ist? Wo sind die anderen Leute, die mit mir im Zug waren?« Obwohl David die Antwort eigentlich kannte, brauchte er eine Bestätigung.

Albert sah ihm in die Augen. »Sie sind tot. Wie ich dir leider sagen muss, sind wir in Treblinka. Das ist nicht nur ein Arbeitslager, sondern auch eines, wohin die Deutschen uns Juden bringen, um uns zu vernichten. Die hier hat dir den Hals gerettet.« Er wies auf Davids Geige.

David traten Tränen in die Augen. »Und meine Schwester?«, fragte er trotzdem tapfer.

Albert schüttelte traurig den Kopf. »Für Frauen haben die Deutschen keine Verwendung, insbesondere nicht für kleine Mädchen. Also darfst du nicht hoffen. Stattdessen musst du verstehen lernen, wie diese Leute denken.«

David konnte einen leisen Aufschrei nicht unterdrücken.

»Jeder Mensch, der in dieser Hölle noch am Leben ist, hat seine Familie verloren. Wir alle tragen jeden Tag die Schuld mit uns herum, weil wir noch leben und sie nicht. Und wie du bald erfahren wirst, hatte deine kleine Schwester vielleicht Glück, dieser Hölle zu entrinnen. Was du hier Tag für Tag sehen wirst … wird dein Herz in Stein verwandeln.« Albert blickte zu Boden.

»Was soll das heißen?«

»Das Trio, dem du nun angehörst, muss spielen, während die SS Familien in den Tod schickt.« Alberts Augen röteten sich. »Die Musik übertönt die Schreie in den Gaskammern und soll diejenigen, die draußen warten, ruhig halten. Mein Junge, du wirst Zeuge werden, wie Tausende von Menschen in den Tod gehen, und zwar in dem Glauben, dass sie nur duschen sollen.«

David konnte es nicht mehr ertragen. Er sank zu Boden.

»Es tut mir leid, mein Junge, aber es ist besser, wenn du weißt, was hier geschieht. Außerdem gehört es zu unseren Pflichten, die deutschen Aufseher und ihre ukrainischen Huren nach dem Abendessen zu unterhalten.«

»Ukrainerinnen?«, hakte David nach.

»Ja. Und zwar nicht nur Frauen. Wie du feststellen wirst, sind die meisten Soldaten hier Ukrainer, die auf deutschen Befehl handeln. Nach der Annexion 1939 stand das gesamte Gebiet, Polen, Ukraine und Belarus, unter sowjetischem Befehl. Doch dann kam ›Unternehmen Barbarossa‹. Jetzt sind die Deutschen die Herren hier.« David war aschfahl geworden. »Vielleicht verstehst du jetzt, dass du nicht unbedingt Glück gehabt hast, mit dem Leben davonzukommen. Das Morden geht Tag und Nacht weiter. Und wir müssen dabei zuschauen.«

David rang um Fassung. »Meine Eltern wurden auch aus Warschau deportiert.«

»Wie heißt du?«

»David Delanski, mein Herr.«

Ein Funke Hoffnung glomm in Alberts Augen auf. »Delanski? Wie Jacob Delanski?«

David nickte.

»Bist du etwa sein Sohn?«

»Ja, Herr Goldstein.«

Albert lächelte. »Dann habe ich eine gute Nachricht für dich. Dein Vater lebt. Er ist der Lagermaler. Er wohnt in dieser Baracke und porträtiert die Leute, die uns hier gefangen halten.«

Davids Augen leuchteten. »Wirklich? Ist das wahr?«

»Ja. In Momenten wie diesen schöpfe ich wieder Hoffnung, dass das Universum doch gut ist. Aber für Sentimentalitäten ist hier kein Platz. Ich muss dich warnen, denn dein Leben ist jede Minute in Gefahr. Die Aufseher machen sich einen Spaß daraus, willkürlich Menschen zu erschießen. In ihren Augen gibt es genug Juden, um dich zu ersetzen. Und bitte, nimm dich vor dem stellvertretenden Lagerleiter in Acht …« Albert erschauderte.

»Wie heißt er?«, fragte David.

»Kurt Franzen. Wenn er in der Nähe ist, darfst du niemals etwas tun, das seine Aufmerksamkeit auf dich lenken könnte. Er ist der böswilligste Sadist, den ich zu meinem Bedauern je kennenlernen musste. Gewiss wirst du ihm bald begegnen. Und jetzt erkläre ich dir die Lagerregeln.«

David lauschte, als Albert ihm erzählte, sein Vater Jacob gehöre zu der kleinen Gruppe der »privilegierten« Juden, die Dienstleistungen für die Deutschen erbrachten. Zu ihnen gehörten auch Schreiner, Mechaniker, Schuster und Juweliere. An Lebensmitteln und Kleidung bestehe kein Mangel, da täglich umfangreiche Lieferungen im Lager einträfen – gemeinsam mit den Menschen, denen sie nicht mehr zugutekommen würden.

»Der Hunger ist hier nicht ganz so schlimm wie im Ghetto, so gesehen geht es uns hier ein bisschen besser, wenn es einem gelingt, sich nicht verprügeln zu lassen. Bring dich nicht in Schwierigkeiten und pass auf, damit du nicht den Verstand verlierst. Und jetzt spiel mir etwas vor. Wir müssen bald zum Appell, und dann darf uns kein Fehler unterlaufen.«

Bald gesellte sich das dritte Mitglied des Trios zu ihnen, und in den nächsten beiden Stunden übten sie beliebte Weisen aus der Vorkriegszeit, die David die Tränen in die Augen trieben.

Als zum Appell gerufen wurde, folgte David Albert auf die kleine hölzerne Plattform in der Mitte des Appellplatzes. David ließ den Blick über das Meer von Gesichtern der Menschen schweifen, die sich vor ihnen in Reih und Glied aufstellten. Ein SS-Offizier brüllte drei Namen, worauf die Männer mit ängstlichen Mienen vortraten. Die drei wurden in einer Reihe vor der Bühne aufgestellt. Dann wurde einer nach dem anderen über einen kleinen Hocker gelegt und ausgepeitscht.

David wurde flau. Er fing an zu schwanken und wäre beinahe gestürzt, wenn sich nicht ein schraubstockartiger Griff um seinen Oberarm geschlossen hätte.

»Ich habe dir doch gesagt, dass du nicht auffallen sollst«, zischte Albert leise.

Nach der Auspeitschung drehte sich der SS-Mann zu den zerlumpten Gestalten auf dem Podium um und nickte.

Das Trio begann zu spielen.

Als sie zwanzig Minuten später in der Essensbaracke anstanden, hielt David Ausschau nach seinem Vater und entdeckte ihn an einem Tisch auf der anderen Seite des Raums.

»Papa!« Er verließ die Warteschlange und rannte zu ihm hinüber. Allerdings schien die freudige Begrüßung den ausgemergelten Mann nicht zu berühren. Jacob nahm seinen Sohn überhaupt nicht zur Kenntnis, sondern aß einfach weiter.

»Papa? Ich bin es, David! Dein Sohn! *Jak się masz?* Wie geht es dir?«

Jacob hörte auf zu essen und saß stocksteif da. Sein Nebenmann machte Platz, damit David sich setzen konnte.

»Er hört uns nicht. Aber versuch es noch mal«, sagte der Mann leise.

David setzte sich und legte die Hand auf das magere Handgelenk seines Vaters.

»Papa, bitte. Ich bin es, David.«

Endlich wandte Jacob ihm sein eingefallenes Gesicht zu, und seine stumpfen Augen leuchteten auf.

»Bist du es wirklich, David? Bin ich tot und in den Himmel gekommen?«

»Nein, Papa. Du lebst. Sie haben mich am Leben gelassen, weil ich Geige spiele. Ist Mama …?« David beendete den Satz nicht.

Jacob blickte an seinem Sohn vorbei. »Sie haben sie mitgenommen.« Schweigend starrte er eine Weile ins Leere und wandte sich dann wieder an seinen Sohn, als kehre die Erinnerung schließlich zurück.

»Rosa?«

David schüttelte den Kopf.

»So jung, so begabt. In welcher Welt leben wir nur?« Jacob suchte im Gesicht seines Sohnes nach einer Antwort. Als er keine fand, stand er auf.

»Auf Wiedersehen, mein Sohn.« Er ging davon. David wollte ihm schon folgen, doch eine Hand hielt ihn zurück.

»Pass auf, du musst wissen, dass dein Vater den Lebenswillen verloren hat«, flüsterte der Mann. »Er hat vor zwei Tagen aufgehört zu malen, sitzt nur da und starrt auf seine Staffelei. Die Deutschen verlieren allmählich die Geduld mit ihm. Seine Zeit ist bald um.«

»Dann muss ich ihm helfen.«

»Du kannst nichts für ihn tun. Es wird gemunkelt, dass im letzten Zug ein neuer Maler war.«

»Ich bin sein Sohn! Ich muss zu ihm!« David stieß den Mann grob beiseite und eilte zur Tür der Essensbaracke. In der Schlafbaracke bereiteten sich Albert und Filip, der Cellist, auf das Abendkonzert vor. Von Jacob fehlte jede Spur.

»Haben Sie meinen Vater gesehen?«, fragte er Albert.

»Ja. Er wurde in den Raum gerufen, wo er malt. Das ist neben der Kürschnerwerkstatt, gleich am Ende dieser Reihe von Baracken. Du erkennst es an der Staffelei neben dem Fenster.«

»Danke.« David wollte hinauslaufen.

»Komm nicht zu spät. Wir fangen in zehn Minuten an!«, rief Albert ihm nach.

Draußen stellte David fest, dass der rasch dunkler werdende Abend von einem gewaltigen roten Leuchten erfüllt wurde. Eine dunkle, zähe Rauchwolke waberte über dem Lager, und der grausige Geruch nach verbranntem Fleisch lag in der Luft. David hastete die Baracken entlang bis zu dem Fenster mit der Staffelei und trat in den kleinen Raum.

Im Dämmerlicht saß Jacob reglos auf einem Stuhl.

»Vater!« David rannte auf ihn zu und fiel vor ihm auf die Knie. In diesem Moment öffnete sich die Tür. Ein SS-Mann trat ein. Er trug ein Bild unter dem Arm.

»Bitte, Vater«, flüsterte David.

»Los, aufstehen!«, brüllte der SS-Mann. Er stellte das Bild auf die Staffelei neben ein anderes, das David als ein Werk seines Vaters erkannte. Der Mann ging hinaus und wurde von einem anderen abgelöst, der eine Öllampe in der Hand hielt. Halb verborgen hinter ihm und an seiner Hand konnte David eine kleine Gestalt ausmachen.

Er wandte sich wieder an Jacob. »Vater, bitte, ich …«

»Was hast du gesagt?«, blaffte der SS-Mann. »Aufstehen. Alle beide!«

Als David sich aufrappelte, blickte er in ein Augenpaar, in dem sich ein abgrundtief bösartiger Ausdruck spiegelte. Unwillkürlich erschauderte er.

»Ich habe dich etwas gefragt. Was hast du gerade gesagt?« Nur wenige Zentimeter trennten das Gesicht des SS-Mannes von Davids.

»Ich sagte ›Vater‹, mein Herr.«

Der Blick des SS-Mannes richtete sich blitzartig auf Jacob, der immer noch dastand und geradeaus starrte. Als der Mann die Lampe auf den Tisch stellte, erhellte ihr Schein den Raum.

»Na, das ist ja ein Zufall. Dann hätten wir ja ein echtes Delanski-Familientreffen.« Der barsche deutsche Akzent des Mannes ließ Davids melodische Muttersprache hart klingen. Im nächsten Moment schob der SS-Mann die kleine Gestalt weiter in den Raum hinein. »Alle drei in einem Raum. Begrüße deinen Bruder und deinen Vater, Rosa.«

David schnappte nach Luft, während Rosas verängstigte Miene von einem freudigen Strahlen abgelöst wurde. Als sie auf ihn zulief, schloss er beschützend die Arme um sie und konnte kaum fassen, dass sie es wirklich war. Da bemerkte Rosa Jacob, der den Blick noch immer auf einen Punkt oberhalb ihrer Köpfe richtete.

»Papa!«, jubelte sie, fiel ihm um den Hals und küsste ihn ab.

Der SS-Mann schien die Szene recht erfreut zu beobachten.

»Nun, offenbar habt ihr mein Problem für mich gelöst. Eigentlich wollte ich einen der Häftlinge um Hilfe bitten, aber dein Urteil wird gewiss um einiges aufschlussreicher sein. Schau.« Der Mann zeigte mit seinem Stock auf die beiden nebeneinanderstehenden Bilder. »Das eine hat dein Vater gemalt, das andere deine Schwester. Einer der Aufseher hat mir erzählt, dass sie malen kann. Also habe ich sie heute Nachmittag gebeten, das hier für mich zu zeichnen. Die Skizze stellt meinen Hund Wolf dar.« Der SS-Mann drehte sich zu David um. »Natürlich lohnt es sich wirtschaftlich nicht, zwei Maler hier im Lager durchzufüttern. Also überlasse ich es dir zu entscheiden, welches Bild das bessere ist.«

David brauchte einen Moment, um zu verstehen, was dieser Mann da von ihm verlangte. Erfüllt von Grauen, drehte er sich um und sah, dass seine Schwester seinen Vater fest umklammerte. Jacob betrachtete seine Tochter mit ungläubiger Miene und streichelte ihr übers Haar.

»Nun, Delanski? Wer macht das Rennen? Rosa oder dein Vater?«

Verzweifelt sah David sich um und hoffte auf Hilfe, auf einen Fingerzeig des Himmels. Aber dieser blieb aus. Das alles geschah doch nicht wirklich. Wie konnte jemand so eine Entscheidung fällen, ohne darüber den Verstand zu verlieren?

»Ich verlange eine Antwort, Junge!« Der SS-Mann zog die Pistole. David wusste, was er tun musste. Er fiel vor dem SS-Mann auf die Knie.

»Nehmen Sie mich, mein Herr. Bitte. Ich flehe Sie an. Dann hätten Sie einen Esser weniger, so wie Sie es wünschen.«

Der SS-Mann schüttelte ganz langsam den Kopf. Geheuchelte Anteilnahme malte sich auf seinem Gesicht ab. »Aber das geht doch nicht, Junge. Dich brauchen wir noch für unser kleines Orchester. Entscheide dich!«

David wurde am Kragen hochgezerrt, bis er vor den Bildern stand.

Hilf mir, Mama!

Er hatte ein Kreischen im Kopf, als er auf die beiden Bilder starrte, ohne sie wirklich zu sehen.

»Also, mein Junge. Da du dich offenbar nicht entscheiden kannst, hältst du wohl keines der beiden Bilder für erwähnenswert. Da muss ich mich wohl im nächsten Transport nach einem neuen Künstler umschauen.«

»Nein!« Am ganzen Leib bebend, wirbelte David herum. Tränen strömten ihm übers Gesicht. Rosa und Jacob sahen ihn an.

Da nickte sein Vater und wies mit einer kaum merklichen Kopfbewegung auf Rosa.

David hörte, wie hinter ihm eine Pistole entsichert wurde.

Sein Atem ging so schnell, dass er kaum ein Wort herausbrachte.

Mein Gott, Mama, Papa, verzeiht mir.

»Rosa.« Seine Stimme war kaum mehr als ein Flüstern.

»Tut mir leid, Junge. Hast du etwas gesagt?«

»Rosa.«

»Lauter.«

»Rosa!«, schrie David und wollte zur Tür laufen. Doch der SS-Mann, der das Bild gebracht hatte, versperrte ihm den Weg und stieß ihn grob zurück in den Raum.

»Gut. Ich teile deine Auffassung. Das Porträt meines Hundes ist wirklich ausgezeichnet, Rosa. Komm und stell dich zu deinem Bruder. Er hat dich dazu ausgewählt, die Arbeit deines Vaters fortzusetzen.«

Jacob küsste seiner Tochter, die sich weiter an ihn klammerte, den Scheitel. Dann schob er sie sanft weg. Als David die Arme ausbreitete, warf sie sich hinein.

Der SS-Mann zielte mit der Pistole auf Jacob, dann drückte er dreimal ab.

Rosas schrille Schreie gellten durch den Raum. Der SS-Mann packte sie am Arm und zerrte sie von David weg.

»Bitte, mein Herr, darf sie nicht wenigstens eine Weile bei mir bleiben?«, bettelte David, während Rosa immer wieder seinen Namen rief.

»Ich werde mich selbst um unser Wunderkind kümmern.« Er schubste Rosa unsanft zur Tür hinaus und in die Arme eines anderen SS-Mannes. Dann drehte er sich wieder zu David um.

»Mein Name ist Franzen. Merk ihn dir gut. Wir werden uns sicher bald wiedersehen.« Er lächelte noch einmal und ließ David mit der Leiche seines Vaters zurück.

David hatte jegliches Zeitgefühl verloren, denn ein von Angst, Schmerz und Erniedrigungen erfüllter Tag schien nahtlos in den anderen überzugehen. Als das Lager eines Morgens mit Raureif bedeckt war, wusste er, dass der Winter vor der Tür stand. Bald begann es zu schneien, und David sah zu, wie die Männer und Frauen blau anliefen, als sie nackt in einer Reihe im Schnee standen, bevor man sie in den Tod schickte.

Inzwischen war ihm klar, warum sein Vater sich in sich selbst zurückgezogen hatte. Das Grauen, dessen Zeuge man hier tagtäglich wurde, war wie ein unwirklicher Albtraum, aus dem es kein Erwachen gab.

Und an jedem Tag, den David weiterlebte, betete er darum, sterben zu können.

Nachts lag er wach und fragte Gott, warum unschuldige Menschen auf diese Weile gestraft wurden. Doch da nie eine Antwort erfolgte, hörte David irgendwann auf zu beten. Sein Glaube schwand in dem gleichen Maße wie sein Bezug zur Wirklichkeit.

Inzwischen hatte er sich damit abgefunden, dass niemand kommen würde, um ihn und seine Schwester zu retten. Er würde es selbst in die Hand nehmen müssen.

Rosa war wohlauf und am Leben. Sie wohnte in der Unterkunft der Ukrainerinnen. Trotz der unbeschreiblichen Grausamkeiten, die Franzen vor Davids Augen beging, schien er Rosa ins Herz geschlossen zu haben. Er hatte eine der Frauen, die er als seinen persönlichen Harem betrachtete, damit beauftragt, das Mädchen unter ihre Fittiche zu nehmen.

Ihr Name war Anya, und sie arbeitete in der Lagerküche. Sie war sechzehn, sehr hübsch und außerdem sympathisch. Und sie vergötterte Rosa. David merkte ihr an, dass sie sich mehr vor Franzen fürchtete, als seine Schwester es tat.

Seufzend wälzte David sich herum. Er musste dringend schlafen. Doch stattdessen gingen ihm unzählige Fluchtpläne im Kopf herum. Im Lauf der letzten Monate war es ihm gelungen, einige Banknoten, Goldmünzen und Schmuckstücke unter den Bodenbrettern seiner Schlafbaracke zu horten. Wie er wusste, taten das alle Gefangenen. Sie fanden diese Schätze versteckt in der Habe derer, die gestorben waren. Und die ukrainischen Aufseher waren gern bereit, frisches Obst und Fleisch dafür einzutauschen, wenn die Rationen im Lager gekürzt wurden. Doch Davids kostbarster Schatz war sein Pass, der ihm sicher nützlich sein würde, wenn es ihm gelang, mit Rosa aus dem Lager zu fliehen.

Tränen brannten in seinen Augen, als ihm klar wurde, wie aussichtslos so eine Flucht war. Der dichte Wald und die bestechlichen Ukrainer, die in den Dörfern rings um das Lager lebten, machten es nahezu unmöglich, zu entkommen. Seit Davids Ankunft in Treblinka war ausnahmslos jeder Gefangene, der es versucht hatte, wieder eingefangen, zurückgebracht und von Franzen vor dem versammelten Lager erschossen worden. Danach ließ er für gewöhnlich abzählen und knallte jeden zehnten Mann nieder.

Aber es musste einfach einen Ausweg geben. Denn wenn sie

noch viel länger hier blieben, würden sie so oder so sterben. David schloss die Augen und versuchte, wieder einzuschlafen.

»Also, Rosa, mein Liebchen. Zeig mir doch mal das Bild, das du heute gemalt hast.«

Rosa stand nervös vor Franzens Schreibtisch und reichte ihm das Gemälde über die Tischplatte. Er nahm es und lächelte breit.

»Wie hübsch. Ich finde, du wirst immer besser, oder? Komm und gib Onkel Kurt einen Kuss, Rosa.« Er breitete die Arme aus.

Rosa umrundete den Schreibtisch. Sie freute sich, weil ihm ihre Bilder immer zu gefallen schienen, und hatte auch gegen die täglichen Süßigkeiten zur Belohnung nichts einzuwenden. Onkel Kurt war sehr nett zu ihr, seit sie und David in Treblinka waren. Er sorgte dafür, dass sie stets warme Kleider und leckeres Essen hatte und gab ihr viele Geschenke. Bei ihm fühlte sie sich wie etwas Besonderes.

Doch wenn sie ihn küssen musste, kratzte sein dichter Schnurrbart sie an den Lippen, und sein Atem roch nach Zigaretten.

Franzen hob sie hoch, setzte sie auf seinen Schoß und tippte sich auf den Mund. Rosa kannte das Spiel schon. Sie küsste ihn. Aber als sie zurückweichen wollte, umfasste Franzen ihren Hinterkopf und versuchte, ihre Zähne mit der Zunge auseinanderzudrücken.

Dann lächelte er Rosa an. »Sehr gut. Du wirst immer besser. Morgen zeige ich dir ein anderes Spiel, das dir bestimmt Spaß macht.«

»Ja, Herr Franzen!« Sie kletterte von Franzens Schoß und ging zur Tür. Sobald diese hinter ihr ins Schloss gefallen war, rannte sie, so schnell sie ihre Beine trugen, zur Unterkunft, wo Anya mit geschlossenen Augen auf ihrer Matratze lag.

»Hast du etwas, Anya? Du siehst so unglücklich aus.«

Anya schlug die Augen auf und sah Rosa an. »Nein, mir geht es gut. Aber für dich ist jetzt Schlafenszeit. Ich muss mich für heute Abend fertig machen.«

Während Rosa sich auszog und sich ein viel zu großes Nachthemd überstreifte, schlüpfte Anya in ein Kleid, das sie gestern in einem Haufen in der Sortierbaracke gefunden hatte. Laut Etikett stammte es von Chanel. Sie hoffte, dass es Franzen gefallen und auch, dass es ihren zunehmend gewölbten Bauch tarnen würde. Denn falls er den bemerkte, war es aus und vorbei mit ihr. Sie hatte schreckliche Geschichten über Frauen gehört, die von SS-Männern erschossen worden waren, wenn diese ihrer überdrüssig wurden.

Nachdem sie sich die Lippen geschminkt hatte, steckte sie ihr weiches goldenes Haar auf.

Anya war zwar nur fünf Jahre älter als Rosa, aber schon eine erwachsene Frau. Sie war vor einem Jahr ins Lager gekommen, als ihre halb verhungerten und völlig mittellosen Eltern von einem Nachbarn im Dorf erfahren hatten, dass in der Küche eine Stelle frei war. Während ihr Vater ihr gut zugeredet hatte, hatte ihre Mutter ihn angefleht, sie nicht zu zwingen, für die Nazis zu arbeiten. Allerdings änderten die Proteste ihrer Mutter nichts an der Tatsache, dass die Familie etwas zu essen brauchte.

Und so hatte Anya in Treblinka angefangen.

Eine Woche nach ihrer Ankunft hatte Franzen sie in seine Unterkunft eingeladen und sie mit Wein und Speisen bewirtet, wie Anya sie noch nie zuvor gekostet hatte. Da sie dankbar war, wies sie Franzens Zudringlichkeiten, die prompt nach der Mahlzeit begannen, anfangs nicht zurück. Doch obwohl sie ihn erst gebeten, denn aufgefordert und schließlich angefleht hatte, von ihr abzulassen, war ihr Bitten auf taube Ohren gestoßen. In jener Nacht hatte er sie vergewaltigt und ihr befohlen, im Lager zu wohnen. Falls sie sich weigern sollte, würde man ihre Eltern erschießen.

Nun war Anya schon seit einem Jahr tagtäglich Demütigungen und Widerwärtigkeiten ausgesetzt und fühlte sich inzwischen ebenso entmenschlicht wie die Lagergefangenen. Wenn sie doch einmal zu widersprechen wagte, zückte Franzen prompt die

Pistole und unterwarf sie, während er die Waffe auf ihre Schläfe richtete. Außerdem verlieh er sie an seine Kameraden, um die Offiziere für ihre gute Arbeit zu belohnen.

In der Öffentlichkeit überhäufte er Anya mit Geschenken und behandelte sie zuvorkommend, weshalb die Gefangenen vor ihr ausspuckten, wenn sie ihr begegneten. Doch Anya war sicher, dass Franzen sich eben eine andere aussuchen würde, wenn sie ihm nicht zu Willen war.

Soweit sie wusste, gab es nur einen Menschen, dem Franzen je mit Güte begegnet war, und das war Rosa. Seit der Ankunft des Mädchens im Lager hatte er eine Schwäche für sie. Anya glaubte, dass seine Zuneigung aufrichtig war, und dankte Gott dafür, denn es war Rosas Rettung.

Natürlich hatte auch Anya schon unzählige Male mit dem Gedanken an Flucht gespielt. Jede Nacht lag sie auf ihrer Matratze und schämte sich wegen der abscheulichen Dinge, die Franzen sie zu tun zwang. Und jede Nacht schwor sie sich, dass es das letzte Mal gewesen war. Nur dass sie jetzt keine Wahl mehr hatte. Sie war schwanger, ihrer Schätzung nach im fünften Monat. Viel länger würde sie es ihm nicht mehr verheimlichen können. Franzen mochte sie wegen ihres schlanken, anschmiegsamen Körpers, der sich jedoch immer mehr veränderte. Das Kind würde sie nicht retten. Anya galt nicht als würdig, ein Mitglied der »Herrenrasse« zu gebären. Außerdem hatte sie keine Ahnung, ob Franzen überhaupt der Vater war. Es hätte auch einer der anderen SS-Männer sein können, die sie benutzt hatten.

Vor Kurzem hatte sie ein Gespräch zwischen ihm und dem Lagerkommandanten belauscht. Die beiden hatten erörtert, dass Treblinka bald friedliches Ackerland sein würde, wo nichts mehr darauf hinweisen würde, was einmal hier geschehen war.

Anya trug noch mehr Lippenstift auf, und als sie dazu in ihren kostbaren kleinen Spiegel schaute, erkannte sie die Angst in ihren Augen. Wenn sie versuchte zu fliehen, würden ihre Eltern gewiss erschossen werden. Und auch sie selbst würde sterben.

Obwohl sie sich manchmal fragte, ob der Tod nicht die beste Lösung war.

»Hallo, Rosa!« Franzen lächelte. »Was hast du denn heute für Onkel Kurt gemalt?«

»Ein Bild von einem See«, erwiderte sie.

»Ein See, sagst du? Wunderbar. Komm und zeig es mir.« Rosa ging um den Schreibtisch herum zu Franzen und legte ihr Bild vor ihn hin.

Er musterte es und nickte beifällig. »Es ist sehr schön, Rosa. Genau wie du. Hier.« Er griff in die Schreibtischschublade und förderte eine Papiertüte mit roter Lakritze zutage. Doch als Rosa sich eines nehmen wollte, hielt Franzen ihre Hand fest.

»Bestimmt hast du heute Hunger.« Rosa nickte. »Hier. Onkel Kurt wird dich füttern.« Er griff nach einem Stück Lakritze. »Und jetzt mach weit den Mund auf.«

Rosa gehorchte, worauf Franzen ihr die rote Süßigkeit auf die Zunge legte.

»Lecker?«, fragte er.

»Ja, Onkel Kurt. Danke.«

»Es ist mir ein Vergnügen. Du bist eine ganz besondere junge Dame und sehr begabt. Deshalb hast du eine Belohnung verdient.« Als er breit lächelte, erwiderte Rosa die Geste.

»Gefällt es dir, dass Onkel Kurt so gut für dich sorgt, Rosa?« Sie nickte eifrig. »Ich kann nämlich nicht für alle sorgen. Aber du hast immer einen vollen Magen, richtig?«

»Ja.«

»Und eine warme Decke, damit du nachts nicht frieren musst?«

»Hmmm-hmmm.«

»Solche Sachen hat sonst niemand, Rosa. Nur du.« Er blickte sie eindringlich an. »Findest du nicht, dass du großes Glück hast, weil Onkel Kurt auf dich aufpasst?« Rosa nickte wieder. »Gut.« Franzen stand auf und ging zu dem einzigen Fenster seines Büros. Nachdem er hinausgespäht und die Lage sondiert hatte, zog er die Vorhänge zu. »Meinst du nicht, dass ich auch eine Belohnung verdient habe, weil ich so gut für dich sorge, Rosa?«

»Natürlich, Onkel Kurt. Ich male dir noch mehr Bilder!«

Franzen lachte leise in sich hinein. »Danke, Rosa. Ich liebe deine Bilder. Aber eigentlich habe ich von einer anderen Belohnung gesprochen. Und die kannst du mir jetzt sofort geben.« Rosa sah ihn verwirrt an. »Möchtest du noch ein Stück Lakritze?« Er holte ein Stück aus der Tüte, doch diesmal stopfte er Rosa die Süßigkeit in den Mund.

Rosa versuchte, nicht zu würgen. Als sie den Kopf hob, erkannte sie in Franzens Augen einen Ausdruck, der ihr Angst machte. Auf einmal war er gar nicht mehr freundlich, sondern strahlte etwas Gefährliches aus.

»Du bist wichtig für mich, Rosa. Wirklich sehr wichtig. Ich werde dich weiter beschützen. Aber dafür musst du lernen, etwas für mich zu tun.«

»Was?«, fragte Rosa mit leicht zitternder Stimme.

»Etwas, das nur zwei Menschen zusammen tun, die einander ganz viel bedeuten.« Er kam näher. »Hab keine Angst, ich zeige es dir.«

Franzen ging zur Tür seines Büros und schloss ab.

Anya wusste, dass etwas im Argen lag, sobald Rosa in die Unterkunft kam. Sie war kreidebleich im Gesicht, und ihre kleinen Hände bebten.

»Was ist los, Rosa? Erzähl es Anya.«

Doch Rosa schüttelte nur den Kopf und brachte kein Wort heraus. Anya krampfte sich der Magen zusammen, denn sie befürchtete das Schlimmste.

»Franzen. Was hat er …?«

Aber Rosa brauchte gar nicht zu antworten. Anya nahm das zitternde Mädchen in die Arme.

»Oh, mein armer Liebling, mein Liebling.« Sie streichelte Rosas Haar.

Es war genug. Sie konnten es beide nicht mehr ertragen.

Nach dem Abendessen nahm David wie immer seinen Platz auf dem Podium in der Offizierskantine ein.

Als Albert ihm zunickte, begann das Trio zu spielen. David war froh über diese geselligen Abende, die einzige Zeit am Tag, wenn sein Leben wenigstens halbwegs normal zu sein schien. Die Paare lächelten und tanzten. Hier konnte David sich in der Musik verlieren und seine schmerzenden Knochen und den Hunger vergessen.

Seit Kurzem kamen keine Züge mehr. Und deshalb gab es auch keinen Proviantnachschub. Fast alle im Lager hungerten, und die Ukrainer verlangten astronomische Preise für geschmuggelte Lebensmittel.

Bald wimmelte es auf der Tanzfläche von Uniformen. Auch Franzen erschien mit Anya und tanzte mit. David beobachtete, wie sie sich elegant zu den Klängen eines Walzers wiegten, als befänden sie sich in einem der Tanzpaläste Warschaus, nicht mitten in der Hölle auf Erden. Nach zehn Minuten sah David, dass Anya sich bei Franzen entschuldigte und auf ihn zuging.

»Bitte spiel den Donauwalzer«, sagte sie und beugte sich dann ein wenig vor. »Ich muss mit dir reden. In der Kürschnerei, heute Nacht nach dem Tanz. Ich erwarte dich dort.« Sie trat einen Schritt zurück. »Vielen Dank«, verkündete sie und kehrte auf die Tanzfläche und zu Franzen zurück.

In der Kürschnerei war es stockdunkel.

»Anya?«, flüsterte David heiser.

»Hier drüben.«

Als er dem Klang ihrer Stimme folgte, fand er sie mitten auf einem Haufen von Pelzmänteln sitzend vor.

»Warum musst du mich sprechen, Anya?«

»Weil Rosa und ich fliehen müssen und deine Hilfe brauchen.«

»Ist etwas mit Rosa?«

»Ja, David. Franzen kümmert sich nicht aus Nächstenliebe um deine Schwester. Er hat sie gezwungen, unanständige Dinge zu tun.«

Ein dumpfes Stöhnen stieg in Davids Kehle auf.

»Dieses Schwein! Ich bringe ihn mit bloßen Händen um …«

»Leise, David. Ich habe einen Fluchtplan. Auch ich schwebe in Gefahr. Wenn er rauskriegt, dass ich ein Kind erwarte, erschießt er mich. Und jetzt hör mir gut zu, damit ich dir alles erklären kann …«

Nach dem Appell am folgenden Morgen begann für die übrigen Gefangenen die tägliche Schinderei. Als David in seine Baracke zurückkehrte, pochte das Herz stetig in seiner Brust.

Alles war vorbereitet. Er musste nur den richtigen Zeitpunkt abpassen. Dann würde er diese Hölle in zwei Stunden hinter sich lassen. Auch wenn ihm klar war, dass seine Mitgefangenen deshalb würden leiden müssen, hatte er keine andere Wahl, als zu fliehen. Und wenn nur, um der ganzen Welt von dem Wahnsinn an diesem Ort zu erzählen – und um es Franzen heimzuzahlen.

Wie Anya gesagt hatte, stand das Benzin in der Werkzeugbaracke. Es war nur ein kleiner Kanister, genügte aber für seinen Zweck. Der Plan lautete, den hinter einem Berg von trockenem Reisig getarnten Zaun anzuzünden, der wiederum den Blick auf die Gaskammern versperrte. In dem darauffolgenden Tumult würde David zu dem Zug laufen, der laut Anya heute abfahren sollte, um die Unmengen gebrauchter Kleider ins Vaterland zu transportieren. Dazu würde David direkt am Wachturm vorbeimüssen. Doch er hoffte, dass ihn wegen des lodernden Feuers am anderen Ende des Appellplatzes niemand bemerken würde.

Es war Zeit. Bemüht ruhig ging er, den Geigenkasten in der Hand, den Pfad zu den Gaskammern entlang und zum Appellplatz und schlüpfte rasch in die Baracke, wo sich die Frauen entkleiden mussten. Dort tastete er unter der hölzernen Bank nach dem in der letzten Nacht deponierten Benzinkanister und den drei Streichhölzern, die Anya ihm gegeben hatte. Das hier war der gefährlichste Teil seines Plans, denn er musste den offenen Platz überqueren, wo er vom Wachturm aus gut zu sehen war.

David spähte aus der Baracke. Da die Luft rein war, hastete er über den Platz und duckte sich in den Schatten des fünf Meter hohen Zauns. Nachdem er das Benzin in Windeseile über die trockenen Zweige verteilt hatte, wollte er das Streichholz auf dem harten, steinigen Boden anreißen. Es flackerte auf und verlosch. Der zweite Versuch misslang ebenfalls. Nun hatte David nur noch ein Streichholz übrig.

Bitte, Mama, hilf mir.

Er riss es an, schützte die Flamme mit der Hand und hielt sie an einen Zweig. Sie loderte mit solcher Wucht hoch, dass er vor Schreck einen Satz rückwärts machte.

Als David einen Schrei hörte, drehte er sich um und sah, dass die Männer auf dem Wachturm ihn beobachteten. Kurz darauf pfiffen ihm Kugeln um den Kopf.

Inzwischen hatten die Flammen den Zaun voll erfasst. Die Aufseher kletterten hastig vom Turm. David nutzte den Moment, um zurück in die Baracke der Frauen zu eilen, innen zum anderen Ende zu laufen und durch eine Ritze zu spähen. Dort stand der Zug. Er beobachtete, wie die Ukrainer, die mit dem Verladen der Kleidung beschäftigt waren, überrascht innehielten und alles stehen und liegen ließen, als sie die Rufe der SS-Wachen hörten. Sie rannten los, um beim Löschen zu helfen.

Sobald der Bahnsteig menschenleer war, öffnete David die Tür. Nur zehn Meter trennten ihn vom Waggon. Er sah, dass Anya bereits einstieg.

»David! Los! Schnell! Versteck dich unter den Sachen! Rosa ist schon da.« David hetzte über den Bahnsteig, warf seinen Geigenkasten in den Waggon und kletterte hinterher. Immer noch nach Atem ringend, wühlte er sich tief in den Kleiderberg. Als eine kleine Hand seine Schulter berührte, drehte er sich um, griff danach und drückte sie fest.

Nach einer Weile, die David für den Rest seines Lebens wie eine Ewigkeit erscheinen würde, fuhr der Zug los. Tränen der Erleichterung traten ihm in die Augen, und er umfasste weiter Rosas Hand. Sie kroch durch den Kleiderberg zu ihm hinüber und kuschelte sich an ihn.

»Ich hab dich lieb, David.«

»Ich hab dich auch lieb, Rosa. Und eines Tages wird dieser Mann für das bezahlen, was er Papa und dir angetan hat, Rosa. Das schwöre ich dir.«

Bald hatte das sanfte Schaukeln des Zuges sie in den Schlaf gewiegt.

Das Surren der Gegensprechanlage riss David jäh aus seinen Erinnerungen und holte ihn zurück in sein elegantes New Yorker Büro. Er wischte sich den Schweiß von der Stirn und tupfte sich die Augen ab.

»Ja, bitte?«

»Ihr Sohn erwartet Sie am Empfang, Sir.«

»Danke, Pat. Bieten Sie ihm einen Kaffee an und bitten Sie ihn in fünf Minuten herein.«

»Selbstverständlich, Sir.«

»Verdammt!« Zum ersten Mal zweifelte David an der Entscheidung, seine Vergangenheit vor Brett geheim zu halten. Eigentlich hatte er es nur in der guten Absicht getan, ihn zu schonen. Doch da die Ereignisse von damals nun Einfluss auf die Zukunft zu nehmen drohten und womöglich sein, Davids, Leben auf den Kopf stellen würden, war er nicht mehr sicher, ob dieser Schritt richtig gewesen war.

Nur eines stand inzwischen fest: So eine Gelegenheit, endlich Vergeltung zu üben, würde sich kein zweites Mal bieten. Und David war bereit, jeden Preis dafür zu bezahlen, ganz gleich, wie hoch dieser auch sein mochte.

Er sammelte sich und drückte auf den Knopf der Gegensprechanlage.

»Okay, Pat. Sie können Brett jetzt reinschicken.«

Eines Tages, wenn alles vorbei war, würde er Brett vielleicht reinen Wein einschenken. Doch es war sein Krieg, nicht der seines Sohnes.

Die Tür öffnete sich, und Brett trat ein. Der junge Mann wirkte erschöpft und hatte gerötete Augen.

»Hallo, Dad. Schön, dich zu sehen.« Mit den Händen in den Taschen blieb Brett stehen und ließ den Raum auf sich wirken. »Wow, das ist toll hier. Ein himmelweiter Unterschied zum Londoner Büro.«

»Ja. Du wirst dich schon noch daran gewöhnen, dass hier alles eine Nummer größer ist als in England. Wie war der Flug?«

»Okay, danke. Allerdings habe ich nicht viel geschlafen und fühle mich ein bisschen zerknautscht.«

David schmunzelte. »Nun, niemand verlangt von dir, dass du gleich einen richtigen Arbeitstag einlegst. Ich schlage vor, wir setzen uns eine Stunde zusammen, um den Plan durchzugehen, den ich für dich aufgestellt habe. Dann haben wir Mittagszeit, und ich würde dich gern in den 21 Club zum Essen einladen. Anschließend fährst du in meine Wohnung und schläfst dich erst mal aus. Was hältst du davon?«

Brett lächelte seinem Vater müde zu. »Klingt super. Ich bin froh, hier zu sein, Dad.«

»Und ich freue mich, dich hier zu haben, Brett.« David war erleichtert, dass sein Sohn sich offenbar mit dem Gedanken angefreundet hatte, bei Cooper Industries zu arbeiten. Die Flausen, sein Glück als Künstler zu versuchen, hatte er sich anscheinend aus dem Kopf geschlagen. Denn noch ein weiteres Problem hätte ihm momentan gerade noch gefehlt.

Allerdings ahnte David nicht, weshalb Brett in Wahrheit so guter Dinge war. Das lag nämlich hauptsächlich daran, dass Leah Thompson in knapp drei Tagen in New York eintreffen würde.

Vater und Sohn verbrachten eine angenehme Stunde damit, Bretts Arbeitsplan zu sichten. David wollte, dass sein Sohn vier Monate im New Yorker Büro hospitierte, um zu lernen, wie die Firmenzentrale geführt wurde. Anschließend sollte er ein Jahr lang sämtliche sich in verschiedenen Entwicklungsphasen befindlichen Niederlassungen von Cooper Industries rund um die Welt besuchen.

»Ich halte nicht viel davon, dass der Juniorchef erst mal in der Poststelle anfangen sollte, Brett. Alle in der Firma wissen, dass du eines Tages die Leitung von mir übernehmen wirst. Allerdings wirst du in den nächsten eineinhalb Jahren keinen offiziellen Posten bekleiden, und ich erwarte von dir, dass du dich durch alle Abteilungen arbeitest. Das Wichtigste ist, dass du dir den Respekt der Leute verdienst, deren Vorgesetzter du einmal sein wirst. Deshalb erwarte ich von dir in erster Linie Bescheidenheit und Lernbereitschaft. Du bist hier, um von jedem einzelnen meiner Mitarbeiter etwas zu lernen. Also gut. Ende des Vortrags! Lass uns essen gehen.«

Nach einer in harmonischer Stimmung eingenommenen Mahlzeit fuhren David und Brett im Taxi zu Davids nagelneuer Maisonettewohnung in der Fifth Avenue, etwa sechs Häuserblocks von der Firmenzentrale von Cooper Industries entfernt.

»Ich dachte, diese Suite ist genau das Richtige für dich. Hier hat man eine gute Aussicht auf den Park.«

Brett ließ den Blick durch das luxuriöse Wohnzimmer schweifen und schlenderte dann in das geräumige Schlafzimmer mit angrenzendem Marmorbad.

»Es gefällt mir sehr gut. Danke, Dad.«

»Ich habe mir überlegt, ob ich dir eine eigene Wohnung besorgen soll. Aber ich bin sowieso kaum zu Hause, und in vier Monaten reist du ja schon wieder ab.«

»Klar. Ich verstehe.«

David wusste, dass er es nicht nötig hatte, seinen Sohn zu beeindrucken. Trotzdem wollte er Brett unbedingt zeigen, wie viel

Mühe er sich gab. »Ach, außerdem wohnt Georgia, die Köchin, im Haus. Du kannst sie jederzeit bitten, dir etwas zurechtzumachen.«

»Es ist wirklich toll, Dad.«

»Gut, dann lasse ich dich jetzt am besten schlafen. Heute Abend habe ich ein Geschäftsessen, aber morgen Vormittag müsste ich wieder hier sein. Falls du etwas brauchst, läute einfach nach der Haushälterin. Der Klingelknopf ist neben deinem Bett.« David wollte schon hinausgehen, blieb aber noch einmal stehen und drehte sich zu seinem Sohn um. »Ich bin wirklich froh, dass du hier bist, Brett«, sagte er nur und verließ den Raum.

Brett sank aufs Bett und schloss die Augen. Sein Körper sehnte sich zwar nach Ruhe, doch sein Kopf war hellwach, sodass er einfach nicht einschlafen konnte. Also gab er es nach zwanzig Minuten auf und beschloss, sein neues Zuhause zu erkunden.

Die Maisonettewohnung war wirklich eine Pracht. In der oberen Etage befanden sich ein konventionell eingerichtetes Wohnzimmer und ein Esszimmer, die auf eine Terrasse mit Blick auf den Central Park hinausgingen. Davids Zimmerflucht schloss sich direkt an ein gemütlich ausgestattetes Arbeitszimmer an. Die untere Etage, wo Brett untergebracht war, beherbergte außerdem eine riesige Küche, drei weitere Suiten und Zimmer für das Personal. Obwohl Brett Luxus gewöhnt war, musste er den Hut ziehen. Das war eine andere Liga.

Unwillkürlich fragte er sich, was Leah wohl davon halten würde, nahm sich aber zusammen. Wieso ging er so selbstverständlich davon aus, dass sie ihn wiedersehen wollte?

Brett schlenderte zurück in sein Zimmer und legte sich aufs Bett. In drei Tagen würde sie hier sein.

Als er sich Bilder von ihr ins Gedächtnis rief, konnte er endlich einschlafen.

5

New York, August 1981

»Leah, Schätzchen, ich kann es kaum fassen, dass du endlich hier bist.« Jenny drückte ihre Freundin fest an sich. »Ich habe dich vermisst. Setz dich. Ich bestelle Champagner.«

»Für mich bitte Mineralwasser, Jenny.«

»Ach, du Langweilerin! Du kannst doch nicht an deinem ersten Abend in New York im Oak Room sitzen und mit Mineralwasser anstoßen!« Jenny lachte.

Leah musste ihr zustimmen. »Meinetwegen. Aber nur ein Glas.«

Jenny bat einen vorbeigehenden Kellner, ihnen eine Flasche zu bringen. »Schön zu sehen, dass du dich nicht verändert hast. Ich wünschte, ich wäre so diszipliniert wie du!« Sie musterte sie wehmütig. »Lass dich anschauen.« Jenny betrachtete sie und seufzte traurig auf. »Kein Gramm Fett, nicht der Hauch von Krähenfüßen. Du bist einfach ein Glückspilz.« Sie verdrehte die Augen. »Mir hingegen merkt man mein Alter an.«

Leah musterte ihre Freundin. So ungern sie es auch zugab, machte Jenny einen müden und abgekämpften Eindruck. Ihre Augen waren gerötet, und die zarten Konturen ihres Gesichts wirkten merklich aufgedunsen.

»Sei nicht albern, Jenny. Du siehst aus wie immer«, log sie deshalb.

Jenny schüttelte den Kopf. »Ich sehe zum Kotzen aus, Leah. Keine Angst, das kann ich verkraften. Heute Morgen hatte ich einen Anruf von Madelaine. Sie meinte, wenn ich nicht mindestens drei Kilo abnehme und mir einen gesünderen Lebenswandel angewöhne, wird die Kosmetikfirma meinen Vertrag nicht verlängern. Madelaine möchte mich eine Woche lang in diese Kurklinik in Palm Springs schicken. Das Problem ist nur, dass man dort weder trinken noch rauchen darf und sich hauptsächlich von Kaninchenfutter ernähren muss.«

»Hört sich nach einem guten Vorschlag an.«

Die beiden Mädchen stießen auf die Zukunft an.

»Hoffentlich war es die richtige Entscheidung, nach New York zu ziehen. Bei Chaval habe ich nur einen Monat, danach muss ich wieder auf Aufträge warten.«

»Jetzt übertreib mal nicht, Leah. Die zahlen dir für etwa einundzwanzig Tage eine halbe Million Dollar. Außerdem wird danach ganz Amerika dein Gesicht kennen. Die Zeitschriften und Fotografen werden sich um dich reißen.« Jenny wirkte ziemlich bedrückt. »Das war bei mir auch so, als ich hier ankam.« Sie leerte ihr Glas. »Aber jetzt will ich alles über deine Geburtstagsparty hören. Es tut mir so leid, dass ich es nicht geschafft habe, aber die dämliche Firma hat sich strikt geweigert, das Fotoshooting zu verschieben«, klagte sie und schenkte sich Champagner nach.

»Es war wirklich einiges geboten«, erwiderte Leah nachdenklich. »Ich bin meiner ersten Liebe Brett wiederbegegnet, den ich jahrelang nicht gesehen hatte. Außerdem hat Carlo sich bis auf die Knochen blamiert und musste sturzbesoffen in sein Hotel verfrachtet werden.«

Jenny kicherte. »Scheint ein spannender Abend gewesen zu sein. Doch vor Carlo habe ich dich schon immer gewarnt, Leah. Der Typ ist bis über beide Ohren verliebt in dich. Außerdem glaubt er ernsthaft, dass er dich zu dem gemacht hat, was du heute bist.« Jenny betrachtete sie eindringlich. »Und nun verlangt er offenbar die Auszahlung seiner Investition.«

Leah sah sie fragend an. »Was soll das heißen?«

»Seit vier Jahren benimmt er sich schon, als wärst du sein Privateigentum. Und nun will er sich nehmen, was ihm seiner Ansicht nach zusteht.« Jenny zog eine Augenbraue hoch.

»Außerdem denken die ganze Modebranche und die versammelte Presse ohnehin, dass ihr zwei es schon seit Jahren miteinander treibt.«

Leah wäre am liebsten im Erdboden versunken. »Jenny! Bitte! Ich bin Carlo für seine Unterstützung dankbar und betrachte ihn als sehr guten Freund. Aber ich habe nie … so etwas für ihn empfunden. Carlo weiß das bestimmt.«

Jenny seufzte auf. »Ach, Leah. Du magst in vieler Hinsicht erwachsen geworden sein, aber manchmal bist du entsetzlich naiv. Aber lass uns das Thema wechseln. Erzähl mir lieber von deiner alten Flamme.«

Leah zuckte mit den Schultern. »Ich habe ihn kennengelernt, als ich fünfzehn war. Offen gestanden hat er mich sitzen lassen.«

»Du hast doch hoffentlich kein Wort mit ihm geredet.«

Leah starrte auf ihre Fingernägel. »Ich fürchte, doch. Wir haben zusammen getanzt, und ich habe ihm vorgeschlagen, er könne sich hier in New York bei mir melden. Zufällig muss er aus beruflichen Gründen auch hierher.«

»Jetzt sag nicht, dass du nach einundzwanzig Jahren Jungfräulichkeit plötzlich ein gewisses Prickeln verspürst!«

Leah verdrehte die Augen. »Echt, Jenny, bei dir klingt es, als ob ich ein Ladenhüter wäre. In den letzten Jahren hatte ich einfach keine Zeit …«

»Carlo hat dich nie lange genug aus den Augen gelassen, dass du überhaupt Gelegenheit gehabt hättest, an andere Männer auch nur zu denken. Geschweige denn etwas deswegen zu unternehmen«, stellte Jenny fest. »Du magst diesen Typen, richtig?«

Leah hielt inne und blickte ihre Freundin dann an. »Eigentlich sollte ich mich nicht mit ihm treffen. Er war damals absolut mies zu mir. Aber ich möchte ihn trotzdem sehen. Sehr sogar.«

Jenny trank noch einen kräftigen Schluck Champagner. »Ausgezeichnet. Es wird nämlich langsam Zeit, dass du dich wie ein Mensch aus Fleisch und Blut benimmst. Du weißt schon, dass es absolut normal ist, auf einen Typen zu stehen?«

»Ja. Und wenn wir schon mal beim Thema sind: Wie geht's deinem Prinzen?«

Jenny schenkte sich das dritte Glas Veuve Clicquot ein. »Er hat mich schon seit einigen Wochen nicht mehr angerufen, denn er musste in einer dringenden Familienangelegenheit zu seinem Vater. Bestimmt meldet er sich, wenn er wieder in New York ist.«

Leah war froh, dass Jenny die neuesten Ausgaben der britischen Zeitungen offenbar nicht kannte. Prinz Ranu war nämlich in den meisten Klatschspalten abgelichtet, und zwar eng umschlungen mit der Tochter eines wohlhabenden russischen Aristokraten. Eine Kolumnistin hatte sogar auf eine mögliche Verlobung angespielt.

»Aber du liebst ihn doch nicht, oder, Jenny?«

Schweigend fuhr ihre Freundin den Rand ihres Glases mit dem Finger nach. »Offen gestanden schon. Ich bete ihn an. Jetzt sind es schon vier Jahre, und ich fühle mich noch immer so wie in unserer ersten Nacht. Wenn er um meine Hand anhalten würde, würde ich ihn morgen heiraten und dieser grässlichen Modelbranche mit all ihrem Konkurrenzkampf entfliehen.« Jenny sah Leah traurig an. »Ich weiß Bescheid, du brauchst es mir also nicht zu sagen. Er hat eine Affäre mit dieser Prinzessin De-La-Soundso. Wie ich dir versichern kann, ist es nicht die erste. Aber zu guter Letzt kommt er immer zu mir zurück und fleht mich an, ihm zu verzeihen.«

»Und warum, um Himmels willen, verzeihst du ihm, Jenny?«

»Warum verzeihst *du* dem Typen, den du auf deiner Geburtstagsparty wiedergesehen hast?«

Leah errötete. »Das hat gesessen.«

»Tut mir leid. Es war ein Hieb unter die Gürtellinie. Trotzdem bestätigt es das, was ich dir sagen will. Ich liebe ihn, Leah. Außerdem ist er reich. Steinreich. Er kann jedes Mädchen haben, das er will. Und wann er will. Also hat er es nicht nötig, treu zu sein, denn hinter mir in der Schlange wird immer eine stehen, die jünger und hübscher ist als ich. Deshalb habe ich nur eine

Chance, ihn irgendwann zu kriegen, wenn ich meinen Platz in dieser Schlange behaupte.«

»Ach, herrje.« Leah wusste nicht, was sie sonst dazu sagen sollte.

»Keine Sorge. Wenn du diesen Typen wiedersiehst, wirst du verstehen, was ich meine.«

»Aber ich werde mich nicht verlieben, Jenny.«

»Ach, nein?« Jennys Augen funkelten. »Berühmte letzte Worte von Leah Thompson.« Sie bestellte noch eine Flasche Champagner.

6

»Leah, ich bin's, Brett.«

»Hallo, Brett.«

»Du klingst so verschlafen. Hab ich dich geweckt?«

»Äh, nein. Entschuldige.« Leah richtete sich in dem breiten Doppelbett auf. Trotz ihrer Schlaftrunkenheit fing ihr Herz an zu klopfen, als sie seine Stimme hörte.

Vor einer Stunde war sie nach einem ausgiebigen Lunch mit den Presseleuten von der Kosmetikfirma und einem Nachmittag voller Interviewtermine erschöpft ins Plaza Hotel zurückgekehrt. Außerdem saß ihr die Zeitumstellung noch in den Knochen, und da sie zudem eine schlaflose Nacht hinter sich hatte, war sie wie ein Stein ins Bett gefallen.

»Ich habe mir überlegt, ob du heute Abend vielleicht Lust hast, mit mir ein Glas trinken zu gehen.«

Im Spiegel an der gegenüberliegenden Wand konnte Leah ihr blasses Gesicht und ihr zerzaustes Haar sehen. Sich in Schale zu werfen und auszugehen, war eigentlich das Letzte, worauf sie jetzt Lust hatte. Andererseits … Sie ärgerte sich über sich selbst, weil sie solche Sehnsucht nach ihm hatte.

»Also gut.«

»Wunderbar. Wir treffen uns in vierzig Minuten in der Hotelhalle!«

Leah seufzte auf. Vierzig Minuten, um sich vorzeigbar herzurichten. Da war Beeilung angesagt.

Nachdem sie geduscht und sich die Haare geföhnt hatte, probierte sie ihre gesamte Garderobe durch und verwarf ein teures Kleid nach dem anderen.

»Mist!«, schrie sie schließlich wütend auf. Da verbrachte sie praktisch ihr ganzes Leben als wandelnder Kleiderständer, und dennoch führte sie sich auf wie ein Schulmädchen beim ersten Date.

Schließlich entschied sie sich für ein Kleid, das Carlo eigens für sie entworfen hatte. Danach setzte sie sich vor den Spiegel, testete unzählige Frisuren und fand, dass eine grauenhafter war als die andere. Inzwischen war sie fast zehn Minuten zu spät dran. Also löste sie den aufgesteckten Knoten und beschloss, das Haar offen zu tragen.

»Dann muss es eben so reichen«, murmelte sie, griff nach ihrer Handtasche und hastete zum Aufzug.

Brett stand nervös in der Vorhalle und schaute gerade auf die Uhr, als sich die Türen des Lifts öffneten und Leah ausstieg. Er stellte fest, dass sämtliche Männer den Kopf wandten, um ihr nachzublicken. Als eine der schönsten Frauen der Welt ihn bemerkte und auf ihn zusteuerte, wurde er von Stolz ergriffen.

Er fand, dass Leah heute Abend sogar noch hinreißender aussah als an ihrem Geburtstag. Sie hatte etwas Strahlendes an sich. Das lange Haar umfloss ihre Schultern, und er fühlte sich an den Moment ihrer allerersten Begegnung erinnert, damals im Licht der Morgensonne in seinem Schlafzimmer in Yorkshire. Natürlich war ihre Schönheit gereift, was noch von der Designerkleidung und der in den Jahren auf dem Laufsteg erworbenen Anmut unterstrichen wurde. Jedenfalls fühlte sich Brett wie ein Schuljunge, als sie ihn lässig auf beide Wangen küsste.

»Hallo.«

»Hallo.« Brett spürte förmlich, wie er rot anlief. »Sollen wir in die Hotelbar gehen?«

Auf dem Weg zum Oak Room zermarterten sie sich beide den Kopf nach einem Gesprächsthema. Da ihnen nichts einfiel, nahmen sie schweigend Platz.

»Was möchtest du trinken?«, ergriff Brett schließlich das Wort.

»Mineralwasser.«

»Du trinkst keinen Alkohol?«
»Nur selten.«
»Mann. Ich bin beeindruckt.«

Brett bestellte das Wasser und ein Bier. Er fand, dass sie sich ziemlich kühl und reserviert verhielt. Kein Wunder nach dem, was er ihr vor all den Jahren angetan hatte.

»Wie war dein Flug?«, fragten sie beide gleichzeitig, und das darauf folgende Gelächter hatte zur Folge, dass die Stimmung etwas lockerer wurde.

»Meiner war in Ordnung«, antwortete Leah.

»Meiner auch. Allerdings kämpfe ich noch mit dem Jetlag.«

»Himmel, ich auch«, meinte Leah. »Ich war die ganze letzte Nacht wach und habe den Großteil davon aus dem Fenster gestarrt. Offenbar schläft diese Stadt nie.«

»Da erzählst du mir nichts Neues. Außerdem habe ich ständig das Bedürfnis zu duschen. Dreck und Staub scheinen hier schlimmer zu sein als in London.« Brett griff nach seinem Bier. »Cheers. Es ist wundervoll, dich wiederzusehen.«

»Danke.«

»Kaum zu fassen, dass wir beide gleichzeitig in New York sind.«

»Ich weiß.« Leah zwang sich, nicht an die Vorsehung zu glauben. »Und was hast du in den letzten Jahren so getrieben?«

Brett fasste es in groben Zügen für sie zusammen und schilderte Cambridge und seine Freunde dort in den leuchtendsten Farben. Offenbar hatte er sie dort nicht vermisst, dachte Leah missmutig, obwohl für diesen Ärger überhaupt kein Grund bestand.

»Und jetzt bin ich hier in New York, um zu lernen, wie mein Vater sein Unternehmen leitet«, beendete Brett seinen Bericht. »Und was ist mit dir? Mein Leben ist verglichen mit deinem sicher tödlich langweilig. Als ich dein Gesicht auf dem Titel der *Vogue* gesehen habe, habe ich meinen Augen nicht getraut. Ich will alles darüber wissen, Leah.« Und das, obwohl die Medien ihren Werdegang vermutlich ausführlicher behandelt hatten als den der Premierministerin. Was Brett wirklich meinte, war: *Erzähl mir von Carlo.*

»Ich fange am besten ganz von vorne an, Brett. Würde es dich sehr erschrecken, wenn ich dir jetzt eröffnen würde, dass ich deinetwegen entdeckt worden bin?«

Er starrte sie verwundert an. »Was genau meinst du damit?«

»Rose hat die Skizze, die du im Moor von mir gemacht hast, bei ihrer ersten Ausstellung in der Galerie aufgehängt. Der Fotograf Steve Levitt hat sie gesehen – und hier bin ich.« Sie lächelte.

»Gütiger Himmel!«, rief Brett fassungslos aus. »Wo hat Rose sie gefunden? Hat sie die Zeichnung noch?«

Leah schüttelte den Kopf. »Nein. Es ist wirklich mysteriös, denn einige Tage nach der Ausstellung ist sie auf Nimmerwiedersehen verschwunden. Malst du noch, Brett?«

»Die einfache Antwort lautet Nein. Ich bin inzwischen erwachsen geworden. Und in der wirklichen Welt zählen alberne Kindheitsträume nicht.« Er lächelte traurig.

»Deine Träume waren alles andere als albern. Du hattest echtes Talent, Brett. Ich finde, du solltest es nutzen, und wenn nur als Hobby. Offenbar hast du Roses Begabung geerbt.«

»Vielleicht, auch wenn unser Stil unterschiedlicher nicht sein könnte. Sie hatte in den letzten Jahren ziemlich viel Erfolg. Nach ihrer letzten Ausstellung habe ich ihr geschrieben, um ihr zu gratulieren. Ich war begeistert.«

»Du solltest sehen, wie sich das Farmhaus verändert hat. Du würdest es kaum wiedererkennen. Inzwischen ist alles modernisiert, und die Sofas haben Bezüge von Laura Ashley.« Leah wappnete sich innerlich. Sie musste es wissen. »Und Chloe ist sehr gewachsen, seit ich sie zuletzt gesehen habe.«

»Chloe?« Brett blickte sie verständnislos an.

»Mirandas Tochter.«

Als er den Namen hörte, krampfte sich ihm der Magen zusammen. »Gütiger Himmel. Ist sie etwa schon verheiratet?«

»Nein. Und sie rückt nicht damit heraus, wer der Vater ist. Chloe ist inzwischen vier. Kurz nachdem du Yorkshire den Rücken gekehrt hattest, hat Miranda Rose eröffnet, dass sie schwanger ist.« Leah nippte an ihrem Glas, um Zeit zu gewinnen.

Brett wurde gleichzeitig heiß und kalt. Die Stunde der Wahrheit war da.

»Hör zu, Leah. Darf ich dir erklären, wie das mit Miranda war?«

»Wenn du unbedingt möchtest. Allerdings ist es doch ziemlich offensichtlich. Chloe ist deine Tochter, richtig?«

Leah stellte fest, dass Brett erbleichte.

»Keine Angst. Außer mir weiß es niemand.«

»Nein! O mein Gott, nein. Nein. Das ist absolut unmöglich. Es kann einfach nicht passiert sein.« Offenbar war Brett sich seiner Sache vollkommen sicher.

»Aber Miranda hat gesagt, ihr beide … Oh, Brett, bitte lüg mich nicht an. Du hättest nicht schuldbewusster aussehen können.«

Brett breitete die Hände aus. »Leah, ich schwöre dir, dass Chloe auf gar keinen Fall mein Kind ist. Miranda und ich … ach, herrje … also, wir haben uns geküsst und rumgemacht, aber nicht … du weißt schon.«

»Warum behauptet Miranda dann das Gegenteil? Und wieso verrät sie nicht, wer der Vater ist?«

»Die Antwort auf die erste Frage ist simpel: Miranda wollte sich rächen. Und was die zweite Frage angeht, habe ich offen gestanden keine Ahnung.«

»Nun.« Leah seufzte auf. »Ich fürchte, Mirandas Heimlichtuerei in Sachen Kindsvater hat für mich deine Schuld bestätigt. Ich dachte, es liege daran, dass ihr beide nicht wagt, es Rose zu beichten.«

Brett fuhr sich durchs Haar. »Schau, Leah, ich kann es nicht beweisen. Aber ich schwöre dir, dass ich nichts damit zu tun habe. Ja, ich war dumm und egoistisch, doch dafür habe ich gebüßt, als ich dich verloren habe. Mir ist klar, wie du dich gerade fühlen musst, und das ist dein gutes Recht.« Er blickte sie flehend an. »Aber gibst du mir bitte die Chance, dir zu beweisen, dass ich inzwischen wirklich ein anständiger Kerl bin?«

Schlagartig war Leah todmüde.

»Tut mir leid, Brett, doch ich bin total erledigt. Ich habe morgen einen sehr anstrengenden Tag vor mir und brauche dringend ein wenig Schlaf.«

Brett seufzte auf. »Natürlich.« Sie hatte ihm also nicht verziehen. »Aber wäre es für dich in Ordnung, wenn ich mich wieder bei dir melde?«

Leah überlegte einen Moment. »Ja. Allerdings bin ich nächste Woche sehr beschäftigt. Und am Wochenende gehen Jenny und ich auf Wohnungssuche.«

»Gibst du mir dann deine neue Adresse und Telefonnummer?« Brett förderte eine Visitenkarte zutage und reichte sie ihr. »Falls ich nicht da bin, kannst du bei Pat, der Sekretärin meines Vaters, eine Nachricht hinterlassen.«

»Werd ich machen.« Leah stand auf. »Danke für die Einladung.«

Er begleitete sie zum Aufzug. »Du vergisst auch wirklich nicht, anzurufen und mir deine neue Nummer zu geben?«

»Nein.« Die Aufzugtüren öffneten sich. »Gute Nacht, Brett.« Sie küsste ihn sanft auf beide Wangen und stieg in den Lift.

»Gute Nacht, Leah.« Die Türen schlossen sich, und sie war fort.

Brett schlenderte hinaus auf die Straße und hielt ein vorbeifahrendes Taxi an. Er schaute auf die Uhr. Halb zehn. So viel zu seinen Tagträumen, sie hinauf in ihr Hotelzimmer zu entführen und sie leidenschaftlich zu lieben, bis draußen der Morgen graute. Er seufzte auf. Daran trug einzig und allein er selbst die Schuld. Nun hatte Leah alle Trümpfe in der Hand, und er würde sich in banger Erwartung und Geduld üben müssen, bis sie anrief.

7

Miranda räkelte sich wohlig, öffnete die Augen und blickte in den Spiegel über ihrem Kopf. Ihr gefiel, was sie sah. Ihr nackter Körper war zum Teil unter Laken aus Satin verborgen, ihr blondes Haar breitete sich auf dem Kissen aus.

Sie setzte sich auf und sah sich in dem behaglichen Schlafzimmer um. Ihrem neuen Zuhause. All dieser Luxus und dazu ein Bankkonto, so prall gefüllt, dass sie niemals alles würde ausgeben können. Und, nicht zu vergessen, ein Schrank voller wunderschöner Designerkleider. Lächelnd umfasste Miranda ihre Knie. In nur wenigen Tagen hatte sie alles bekommen, was sie sich immer gewünscht hatte. Und es war ja so einfach gewesen.

Schneller, schmerzloser Sex war alles, was sie dafür tun musste.

Sie und Santos waren nach Nizza geflogen und am Samstagmorgen weiter zum Hafen von Saint-Tropez gefahren, wo die Wochenendkreuzfahrt über das Mittelmeer beginnen sollte. An Bord war er wirklich reizend zu ihr gewesen und hatte sie seinen vielen Freunden vorgestellt, von denen die meisten für ihn arbeiteten.

So einen Luxus hatte Miranda noch nie zuvor gesehen. Sie hatte sich eine Jacht als kleines Schiff mit einigen engen Kabinen unter Deck vorgestellt, aber diese hier … Das war ja wie an Bord der *Queen Elizabeth 2*. Die Jacht verfügte über drei Decks mit prunkvoll ausgestatteten Kabinen für die fünfzehn Gäste, einen beeindruckenden verglasten Salon, einen förmlich eingerichteten Speiseraum und sage und schreibe fünf riesige Sonnendecks.

In den beiden Tagen an Bord hatte Santos sie mit Geschenken und Zuneigung überhäuft und dem männlichen Teil der Gäste unmissverständlich klargemacht, dass sie ihm gehörte. Diese hatten sie so respektvoll und höflich behandelt, als wäre sie die Gastgeberin.

Miranda hatte ihr Bestes getan, um seine Freunde über Santos auszuhorchen. Allerdings hatte sie nur erfahren, dass er irgendwo in Südamerika lebte, über sechzig war und unbeschreibliche Reichtümer besaß. Dinge, die sie bereits wusste.

Wenn er sie spätnachts in ihrer Kabine besucht hatte, hatte Miranda die Augen geschlossen und an die Diamanthalskette, die schönen Kleider und den eleganten Privatjet gedacht, während sie hin und wieder ein, wie sie hoffte, glaubwürdiges lüsternes Stöhnen ausstieß. Anschließend gab Santos ihr einen Kuss, schlüpfte in seinen seidenen Bademantel und zog sich in seine eigene Kabine zurück.

Am Sonntagabend legte die Jacht im Hafen von Saint-Tropez an. Die Gäste stiegen aus und in ihre wartenden Limousinen. Miranda stand auf einem der Oberdecks und beobachtete sie wehmütig, wohl wissend, dass ihr eine Rückkehr nach Yorkshire und in den Alltag bevorstand. Doch da näherte sich Santos leise von hinten und überreichte ihr einen Schlüssel.

»Deine Limousine wartet, um dich zum Flughafen zu bringen, Miranda.«

»Kommst du nicht mit?«

»Ich kann nicht. Ich muss nach Hause. Der Schlüssel gehört zu einer Wohnung in London. In Heathrow wird dich ein Chauffeur abholen und dorthin fahren. Ich rufe dich später an.« Er küsste sie. »Bis bald, mein wundervoller Schatz.«

Nach der Landung in London wurde Miranda ohne Formalitäten durch die Zollkontrolle geschleust und zu einem wartenden Rolls-Royce geführt. Der Wagen rollte durch die dämmrigen Straßen von London und hielt schließlich vor einem palastähnlichen, weiß verputzten Gebäude mit Blick auf einen Park.

»Bitte folgen Sie mir, Madam«, sagte der Chauffeur förmlich und begleitete Miranda durch eine große Vorhalle zu einem Aufzug und schließlich hinauf in den dritten Stock. Ein kurzer, mit einem dicken Teppich belegter Flur endete an einer Tür, die er öffnete. Dahinter befand sich eine geschmackvoll eingerichtete Zweizimmerwohnung.

Nachdem er ihre Koffer hineingetragen hatte, tippte er sich an die Mütze.

»Die Nummer, die Sie anrufen müssen, wenn Sie mich brauchen, steht auf der Liste neben dem Telefon. Gute Nacht, Madam.«

Miranda konnte sich des Eindrucks nicht erwehren, dass der Chauffeur so etwas schon öfter getan hatte. Und deshalb verbrachte sie die nächste Stunde damit, die Wohnung nach Hinweisen auf eine frühere Bewohnerin oder auf Santos selbst zu durchsuchen. Allerdings konnte sie weder in den nach einem Reinigungsmittel duftenden Schubladen noch zwischen den Polstern des mit Rohseide bezogenen Sofas etwas entdecken. Neben dem Telefon lag ein Umschlag mit ihrem Namen darauf. Er enthielt zweitausend Pfund in bar sowie die schriftliche Ankündigung, dass zwei Kreditkarten, ausgestellt auf das Konto von Mr F. Santos, für sie vorbereitet seien. Außerdem sei auf ihren Namen ein Bankkonto mit einem Guthaben von zehntausend Pfund eröffnet worden, das an jedem Monatsletzten um fünftausend Pfund aufgestockt werden würde.

Erschrocken ließ Miranda sich auf einen Stuhl fallen. Das hier übertraf ihre kühnsten Träume. Sie war reich.

Um neun Uhr abends läutete in der stillen Wohnung das reich verzierte Telefon. Miranda hob ab.

»Hallo?«

»Hallo, Miranda«, flötete Santos. »Ist alles zu deiner Zufriedenheit?«

»Ja, mein Liebling. Es ist einfach wundervoll«, erwiderte sie.

»Sehr gut.« Eine Pause entstand, in der das Knistern in der Leitung verriet, wie viele Kilometer sie voneinander trennten. »Wie ich hoffe, verstehst du, dass dieser Luxus an gewisse Bedingungen geknüpft ist. Ich wünsche nicht, dass du die Wohnung verlässt, ohne Roger, den Chauffeur, anzurufen, damit er dich im Rolls-Royce abholt. Und keine Gäste. Männer sind in deiner Wohnung nicht erlaubt, mit Ausnahme von Ian, den du im Savoy kennengelernt hast. Er wird dich hin und wieder aufsuchen, und falls du ein Problem hast, musst du dich mit ihm in Verbindung setzen. Jeden Abend um neun rufe ich dich an, um mich zu vergewissern, dass es dir gut geht und dass du glücklich bist. Camilla, die Haushälterin, wohnt in der Wohnung unter dir. Sie wird alle deine Mahlzeiten kochen und sich um die Hausarbeit kümmern.«

Miranda wusste nicht recht, was sie sagen sollte. »Natürlich, mein Liebling«, war das Einzige, was ihr einfiel.

»Gut. Und noch etwas: Halte immer einen gepackten Koffer bereit, denn ich könnte dich jederzeit anrufen und dich bitten, dich im Ausland mit mir zu treffen.« Sein Tonfall veränderte sich. »Unter gar keinen Umständen wirst du je versuchen, mich zu kontaktieren.« Es folgte eine angespannte Pause. »Nun, ich hoffe, dieses kleine Regelwerk hindert dich nicht daran, dein neues Zuhause zu genießen. Im Kühlschrank steht Champagner. Trink ein Glas auf uns beide. Auf Wiedersehen, Miranda.«

Als es in der Leitung klickte, legte Miranda auf, sank aufs Sofa und ließ sich Santos' Worte durch den Kopf gehen.

Der Preis für diesen Luxus war offenbar höher, als sie gedacht hatte. Und schließlich dämmerte es ihr. Santos hatte sie gerade gekauft und dafür bezahlt. Sie war sein Eigentum. Und deshalb hatte er das Recht, ihr vorzuschreiben, wie sie zu leben hatte.

Sie war seine Mätresse.

»Mätresse.« Miranda ließ sich das Wort auf der Zunge zergehen, um zu spüren, wie es sich anfühlte. Dabei starrte sie hinauf zu den Spiegeln an der Decke.

Nach vier allein verbrachten Tagen begann die Stille in der Wohnung an Mirandas Nerven zu zerren. Sie war die morgendlichen Geräusche gewöhnt, wenn Mrs Thompson sich in der Küche zu schaffen machte. An Rose, die beim Malen laut sang. Und an die hohe Piepsstimme ihrer Tochter Chloe.

Plötzlich bekam sie schreckliches Heimweh. Miranda griff zum Telefon neben dem Bett und wählte.

Als das Telefon läutete, lief Rose sofort hin.

»Hallo?« Ihre Stimme war heiser vor Übermüdung und zu vielen Zigaretten.

»Rose, ich bin's.«

Rose musste ein Schluchzen unterdrücken.

»Miranda! Gott sei Dank. Geht es dir gut?«

»Es ist mir noch nie besser gegangen«, säuselte die Stimme in den Hörer.

Rose hätte ihrer Tochter den Hals umdrehen können. In den letzten vier Tagen hatte sie vor Sorge fast den Verstand verloren.

»Wo bist du, Miranda? Ich hatte so schreckliche Angst um dich. Du hättest anrufen müssen. Wir haben dich schon vor Tagen zu Hause erwartet und …«

»Herrgott, Rose. Ich bin einundzwanzig und kann auf mich selber aufpassen. Ich bin in London, und alles ist bestens.«

»Du magst einundzwanzig sein, junge Dame, aber du bist noch immer meine Tochter und …«

»Okay, okay. Tut mir leid, Rose.«

Rose holte tief Luft. »Also gut. Welchen Zug nimmst du? Ich hole dich in Leeds ab.«

»Eigentlich wollte ich noch nicht nach Yorkshire kommen.«

»Aber warum denn nicht, Miranda?«

»Weil ich ein paar Leute kennengelernt habe und noch ein bisschen bleiben möchte. Kümmerst du dich eine Weile um Chloe?«

Rose biss sich auf die Lippe. »Natürlich … wo wohnst du? Wer sind diese Leute? Hast du genug Geld?« Rose wurde von einer kleinen Patschhand abgelenkt, die die Tür zum Wohnzimmer aufschob.

»Mummy? Wo ist Mummy?« Chloes Engelsgesichtchen, das

absolute Ebenbild von Miranda in diesem Alter, verzog sich zweifelnd.

»Komm zu Großmama, Liebes.« Als Rose die Arme ausbreitete, kam Chloe auf sie zu. »Da ist jemand, der mit dir sprechen will, Miranda. Chloe, sag Hallo zu Mummy.«

»Hallo, Mummy. Kannst du nach Hause kommen?«

»Hallo, Chloe, mein Schatz. Keine Angst, Mummy ist bald wieder da.«

Rose nahm ihre Enkelin auf den Schoß. »Sie vermisst dich sehr, Miranda. Ständig fragt sie nach dir.«

»Ja. Also ich muss jetzt los. Ich ruf bald wieder an. Gib Chloe einen Kuss von mir. Und mach dir keine Sorgen, Rose. Mir geht es wirklich gut. Tschüs.«

Die Leitung war tot. Langsam legte Rose den Hörer auf und betrachtete das hübsche kleine Mädchen, das auf ihrem Schoß saß und zufrieden am Daumen lutschte.

»Wann kommt Mummy heim, Großmama?« Als das kleine Mädchen sie ansah, spiegelten sich so viel Vertrauen und Arglosigkeit in ihren großen blauen Augen, dass Rose einen Kloß im Hals bekam. Sie drückte Chloe fest an sich.

»Ich weiß nicht, Schätzchen. Ich weiß es wirklich nicht.«

8

Jenny ließ sich der Länge nach auf das bequeme cremefarbene Sofa fallen und strich sich das Haar aus der schweißnassen Stirn.

»Das war das allerletzte Mal!« Sie schüttelte den Kopf.

»Ganz richtig.« Leah sank in den Lehnsessel auf der anderen Seite des Raums. »Niemals wieder helfe ich dir, deinen Kram umzuziehen. Mal im Ernst, Jenny, du bist doch erst seit neun Monaten hier. Nicht zu fassen, wie viel Mist du in dieser Zeit angesammelt hast!«

Sie lächelte. »Tut mir leid. Aber es hat sich gelohnt, oder?« Stolz ließ sie den Blick durch die neue Wohnung schweifen.

Die beiden hatten das letzte Wochenende damit verbracht, Mietwohnungen zu besichtigen, und sich schließlich für diese hier als ihr neues Zuhause entschieden. Sie war nicht annähernd so groß wie einige der riesigen Lofts, die sie in Soho gesehen hatten, doch da die beiden jungen Frauen aus England kleinere Räumlichkeiten gewohnt waren, hatten sie so viel Platz als einschüchternd empfunden.

Die Wohnung befand sich im zwölften Stock eines luxuriösen Hochhauses in der East 70th Street, und es war Liebe auf den ersten Blick gewesen. Vom großen Wohnzimmer aus führten Türen auf einen Balkon mit Blick auf die belebte Straße unter ihnen, vom Flur gingen eine kleine, aber praktische Küche mit Essecke, zwei Schlafzimmer mit Doppelbetten und angrenzenden Badezimmern und ein Gästezimmer mit eigener Toilette ab. Alles war geschmackvoll in dezentem Beige und Cremefarben eingerichtet. Auf dem Dielenboden lagen pastellfarbene Teppiche. Natürlich war die Miete ebenso beeindruckend wie die Wohnung selbst, doch da Leahs Kosmetikfirma bezahlte, stellte das kein Problem dar.

»Ich bin begeistert. Es ist so gemütlich hier«, meinte Leah. »Lust auf einen Kaffee, Jenny?«

»Für mich etwas Stärkeres. Ich glaube, das habe ich mir verdient. Bestimmt habe ich beim Kistenschleppen heute mindestens zwei Kilo abgenommen.«

»Okay, du kriegst einen kleinen Wodka mit viel Eis.« Die beiden gingen in die Küche, wo Leah die Kartons nach der Kaffeedose durchsuchte.

»Hier kann man bestimmt eine tolle Party steigen lassen. Ich finde, wir sollten nächste Woche eine Einweihungsfete veranstalten. Dann kann ich dich mit einigen Leuten bekannt machen.« Jenny lehnte sich an die vollgestapelte Frühstückstheke.

»Großartig. Passt es dir am Samstagabend? Dann habe ich vierundzwanzig Stunden, um mich von Mexiko zu erholen.« Leah wurde am Montagmorgen zu einem Shooting dort erwartet und würde erst am folgenden Freitag zurück sein.

»Überlass nur alles mir. Ich habe die ganze Woche nichts zu tun. Also übernehme ich die Veranstaltungsplanung.«

Inzwischen hatte Leah den Kaffee ganz unten in einem der Kartons gefunden. Sie seufzte. Den Satz »Ich habe nichts zu tun« hörte sie nun schon von Jenny, seit sie in New York war. Ein Unding für ein Topmodel.

Madelaine hatte Leah im Lauf der Woche angerufen und ihr ziemliche Angst gemacht.

»Ich bin froh, dass du mit Jenny zusammenziehst, Leah. Sie braucht jemanden, der aufpasst, dass sie nicht über die Stränge schlägt. Vermutlich ist dir ihr Alkoholproblem auch schon aufgefallen.«

»Na ja, Madelaine, ich weiß, dass Jenny gern ab und zu einen trinkt, aber …«

»Im letzten Monat ist sie zu zwei Shootings total zugedröhnt und sturzbetrunken erschienen. Außerdem hat sie zugenommen, und ihre Haut sieht aus wie Beton. Allmählich spricht es sich herum. Ich habe ihr bereits mitgeteilt, dass die Kosmetikfirma ernsthaft mit dem Gedanken spielt, ihren Vertrag nicht zu verlängern, wenn sie sich nicht zusammenreißt. Außerdem habe ich Mühe, für die Wartezeit bis zum Anfang der neuen Anzeigenkampagne Aufträge für sie zu finden. Sie hat noch etwa zwei Monate, um zur Vernunft zu kommen. Du musst ihr helfen, Leah. Ich weiß ja, wie nah ihr einander steht.«

»Ich versuch mein Möglichstes, Madelaine. Bestimmt wird alles wieder gut. Schließlich gehört sie noch immer zu den Besten.«

»Mag sein. Allerdings stehen da draußen Tausende hübscher Mädchen in den Startlöchern und warten nur auf eine Gelegenheit, ihren Platz einzunehmen. Das hier ist ihre letzte Chance. Das kannst du ihr von mir ausrichten.«

Nur dass Leah in der letzten Woche wenig Gelegenheit gehabt hatte, ein Gespräch mit Jenny zu führen. Sie hatte anstrengende Tage voller Fototermine und Interviews hinter sich. Gestern Abend war die neue Werbekampagne für Chaval mit großem Tamtam angelaufen. Nun blieben ihr bis zum Abflug nach Mexiko noch vierundzwanzig Stunden. Also war sie eigentlich nicht unbedingt die Richtige, um Babysitterin für Jenny zu spielen. Doch heute Abend würde sie endlich mit ihr reden müssen.

»Hier.« Leah stellte den Wodka auf den Küchentisch und setzte sich Jenny gegenüber.

»Cheers. Auf unser neues Zuhause.«

Als Jenny das ganze Glas in einem Zug leerte, zuckte Leah zusammen.

»Hmmm. Schon viel besser. Hast du Lust, etwas beim Chinesen zu bestellen? Ich bin am Verhungern.«

»Okay.«

»Ich gehe kurz zum Laden an der Ecke und hole uns zwei Flaschen Wein. Dann machen wir uns einen gemütlichen Abend zu Hause.«

Eine Stunde später saßen sie auf dem Balkon, aßen und sahen zu, wie die Sonne über New York unterging. Jenny hatte beim Chinesen ein üppiges Festmahl bestellt. Dazu tranken sie Weißwein. Leah hatte ihr Glas gerade einmal zur Hälfte geleert, während Jenny schon beim dritten war.

»Dir ist schon klar, dass das für die nächste Zeit dein letztes chinesisches Essen ist, Jenny?«

Jenny leckte sich die Finger ab. »Warum?«

»Ich habe letzte Woche mit Madelaine geredet. Sie macht sich große Sorgen um dich.«

»Das ist beschönigend dafür, dass sie eine alte Hexe ist, die alle herumkommandiert, ihre Nase in anderer Leute Angelegenheiten steckt und ungebetene Ratschläge gibt.«

»Jetzt übertreib mal nicht. Du weißt, dass das nicht stimmt. Du hast sie früher vergöttert. Außerdem hält sie wirklich große Stücke auf uns.«

»Ja, weil es ihrem Bankkonto guttut«, entgegnete Jenny.

»Sie ist Geschäftsfrau. Und ihr Geschäft ist es, uns zu vermarkten. Und wenn eines ihrer ›Produkte‹ nachlässt, muss sie …«

»Produkte!«, schrie Jenny auf. »Du hast den Nagel auf den Kopf getroffen. Bravo, Leah. Wir sind eben keine Menschen, sondern nur hirnlose Barbie-Puppen, die laufen und sprechen können!«

»Tut mir leid, Jenny, so habe ich es nicht gemeint.« Leah blickte in das zornige Gesicht ihrer Freundin und überlegte, wie sie das Thema am taktvollsten ansprechen sollte. »Die Sache ist, dass Madelaine befürchtet, du könntest deinen Vertrag mit der Kosmetikfirma verlieren.«

Jenny betrachtete ihre Füße. »Ich weiß. Das habe ich dir doch selbst erzählt.«

»Und du willst doch ganz bestimmt nicht, dass das passiert.«

»Natürlich nicht!«

»Also wäre es die Sache doch sicher wert, auf die paar Drinks und die Joints zu verzichten und dich zu einem Gymnastikkurs anzumelden, oder?«

Jenny starrte in die Dämmerung hinaus und zuckte schließlich die Achseln. »Du hast leicht reden, Leah. Du magst keinen Alkohol, rührst Drogen nicht an und könntest dich den ganzen Tag mit Chips vollstopfen, ohne auch nur ein Gramm zuzunehmen. Ich bin da anders. Ich neige schon von Geburt an zur Maßlosigkeit.« Jenny kippte den Rest in ihrem Weinglas hinunter. »Ach, was würde es schon bringen? Es ist ein Teufelskreis. Es schlägt mir aufs Gemüt, dass ich zu dick bin und zu viel trinke. Und was mache ich, damit es mir besser geht? Ich esse noch mehr und saufe oder kiffe. Es ist doch alles sinnlos!« Sie brach in Tränen aus. Als sie aufsprang und ins Wohnzimmer stürmte, stieß sie Leahs halb volles Weinglas um, sodass sich der Inhalt auf den Boden des Balkons ergoss.

Leah folgte ihrer Freundin hinein, setzte sich neben sie aufs Sofa und legte ihr sanft den Arm um die Schultern.

»Wein doch nicht, Liebes. Es tut mir leid, dass ich dich gekränkt habe.«

»Das braucht es nicht. Ich weiß ja, dass du mir nur helfen willst. Und dann ist da auch noch Ranu, dieser Mistkerl! Seit Wochen hat er mich nicht angerufen.« Wieder flossen die Tränen. »Oh, Leah, ich fühle mich einfach nur noch elend. Vor zwei Jahren war alles so wundervoll«, schluchzte sie. »Und jetzt bin ich ein Wrack und habe keine Ahnung, wie ich es wieder hinkriegen soll.«

Leah packte ihre Freundin an den Schultern. »Hör mir zu, Jen. Du bist dreiundzwanzig Jahre alt. Bei den meisten anderen Mädchen beginnt jetzt erst das Leben, und du redest daher, als wäre deins schon vorbei. Ist dir denn nicht klar, was für ein Glück du hattest?« Leah lächelte ihr aufmunternd zu. »Der Druck ist dir offenbar über den Kopf gewachsen, mehr steckt nicht dahinter. Aber du bist stark, Jenny. Du schaffst das.«

»Das weiß ich nicht.« Jenny schniefte leise.

»Aber ich weiß es. Erinnerst du dich, wie du am Anfang auf mich aufgepasst hast? Nicht auszudenken, wo ich ohne dich womöglich gelandet wäre. Und jetzt bin ich an der Reihe, dir zu helfen. Madelaine ist bereit, die Kosten zu übernehmen, wenn du für eine Woche in diese Entgiftungsklinik in Palm Springs gehst. Ich an deiner Stelle würde das Angebot annehmen.«

Jenny schwieg eine Weile. »Du hast recht. Das bin ich mir selbst schuldig«, sagte sie schließlich und fügte schonungslos hinzu: »Wenn ich so weitermache, bin ich nämlich bald tot.« Sie sah Leah an. »Du meine Güte, du bist ja richtig erwachsen geworden. Seit wann bist du denn so vernünftig?«

»Muss an den Yorkshire-Genen liegen.« Leah umarmte Jenny fest. »Warum rufst du nicht gleich Madelaine an und sagst ihr, dass du mit Palm Springs einverstanden bist?«

»Okay.« Jenny stand auf, holte die Weinflasche vom Balkon und goss den Inhalt in den Topf einer Pflanze neben dem Sofa. »Auf mein neues Ich.«

»Auf dein neues Ich.« Leah lächelte.

9

Genau eine Woche später wummerten Bässe durch die Wohnung, und in den Zimmern drängten sich die Gäste.

Jenny hatte ein Glas Cola in der Hand und himmelte lächelnd ihren arabischen Prinzen an. Zu Leahs großer Erleichterung hatte Jenny sie am letzten Donnerstag in Mexiko angerufen, um ihr mitzuteilen, Ranu sei in der Stadt. Das war genau die Aufmunterung, die ihre Freundin gebraucht hatte. Er hatte sogar angeboten, sie am Montagmorgen in seinem Privatjet nach Palm Springs zu fliegen.

Leah wurde von einer Horde fremder Menschen umringt, hauptsächlich Models, Fotografen und Designer; die Crème de la Crème der New Yorker Modeszene hatte sich heute Abend versammelt.

Offenbar wussten die anderen sehr wohl, wer Leah war, und sie stellten ihr ständig dieselben Fragen: Wie gehe es Carlo? Habe sie wirklich eine halbe Million für ihren Werbevertrag mit Chaval bekommen? Wie lange plane sie, in New York zu bleiben?

Leah seufzte tief auf. Vielleicht lag es ja daran, dass sie erschöpft war, aber sie hatte wirklich keine Lust auf Small Talk. Da sie ein wenig Platz und Ruhe brauchte, schlenderte sie aus dem Wohnzimmer in ihr Bad, schloss die Tür hinter sich und betrachtete sich im Spiegel.

»Das wertvollste Gesicht der Welt.«

So hatte letzte Woche eine der Schlagzeilen gelautet, als die Presse erfuhr, wie viel Chaval ihr bezahlte.

Häufig fiel es ihr schwer, dieses Gesicht mit der Person in Einklang zu bringen, die sie in Wirklichkeit war. Das Gesicht war berühmt, aber ihre wahre Persönlichkeit, tja, mit der konnte sie offenbar nicht punkten. Die interessierte nicht.

Leah stützte das Kinn in die Hände. Wie schön wäre es gewesen, nur einen Tag lang eine Unbekannte zu sein und jemandem zu begegnen, der keine Ahnung hatte, wer sie war. Der sie behandelte wie einen ganz normalen Menschen.

Sie bürstete sich das Haar und fragte sich, ob Brett wohl heute Abend kommen würde. Nach einer Woche der Unschlüssigkeit hatte sie entschieden, ihm eine Chance zu geben, wie vereinbart bei Cooper Industries angerufen und ihm durch Pat ausrichten lassen, wann und wo die Party stieg.

Als ihr klar wurde, dass sie ihre Pflichten als Gastgeberin vernachlässigte, trat sie widerwillig aus dem Bad ins Schlafzimmer und von dort aus auf den Flur hinaus, wo sie prompt mit einem hochgewachsenen, dunkelhaarigen älteren Mann zusammenstieß.

»Verzeihung«, murmelte sie.

»Oh, kein Problem. Offen gestanden habe ich Sie gesucht.«

»Ach?«, erwiderte sie müde, da sie keine Lust auf Plänkeleien hatte.

»Ja. Mein Name ist Anthony van Schiele.«

Offenbar hätte das Leah etwas sagen sollen, was es aber nicht tat.

»Hallo.«

»Ich glaube, Sie arbeiten für mich.«

»Wirklich?« Leah verstand kein Wort.

Inzwischen lächelte er sie an, und seine Augen funkelten. »Ja. Chaval Cosmetics gehört mir … unter anderem.«

»Oje, das ist mir jetzt aber peinlich. Ich hatte ja keine Ahnung.« Die Verlegenheit stand Leah ins Gesicht geschrieben.

»Kein Problem. So geht es den meisten Leuten, die ich beschäftige. Ich habe die Firma erst vor einigen Monaten gekauft, und es gibt nichts Schlimmeres, als einen neuen Inhaber mit Geltungsdrang, der alles durcheinanderwirbelt.«

Seine lockere Art war Leah sofort sympathisch. In New York hatte eine Einstellung wie seine nämlich Seltenheitswert.

»Es freut mich wirklich, Sie kennenzulernen, Mr van Schiele.«

»Das Vergnügen ist ganz auf meiner Seite. Ich habe mich gefragt, ob Sie mir wohl gestatten würden, Sie zur Feier unserer neuen Geschäftspartnerschaft zum Essen einzuladen.«

Da konnte Leah schlecht ablehnen. »Natürlich.«

»Wunderbar. Dann also am Mittwoch um acht im Delmonico's, falls Ihnen das passt.« Leah nickte. »Ausgezeichnet. Jetzt muss ich los. Aber ich freue mich schon auf unser Wiedersehen. Gute Nacht, Miss Thompson.« Er verbeugte sich förmlich und steuerte auf die Tür zu. Als er sie öffnete, kam Brett herein und ging auf Leah zu.

»Hallo, Leah.« Er küsste sie auf beide Wangen und hielt ihr die mitgebrachte Champagnerflasche hin. »Ich gratuliere zur neuen Wohnung.«

»Danke, Brett. Komm rein, dann kriegst du was zu trinken.«

»Sehr gut. Das ist ja eine tolle Party. Kennst du so viele Leute?«, flüsterte er überrascht.

»Nein.« Leah kicherte. »Aber leider scheinen sie alle mich zu kennen.«

»Zufällig bist du eben ziemlich berühmt. Sogar mein Vater schien neidisch zu sein, als ich ihm erzählt habe, dass ich zu einer Party bei Leah Thompson eingeladen bin.«

»Und da du schon mal hier bist und mir Champagner mitgebracht hast, mache ich eine Ausnahme und trinke ein Glas. Auf Großbritannien.« Als der Korken knallte, stieß Leah einen Schrei aus. Plötzlich fühlte sie sich wie berauscht und seltsam zum Flirten aufgelegt.

»Auf die Briten!« Sie hob ihr Glas.

»Ja, auf uns«, erwiderte er.

Sie gingen ins Wohnzimmer, wo »Satisfaction« aus den Lautsprechern dröhnte. Brett nahm Leah am Arm.

»Komm tanzen. Ich liebe dieses Lied!« Sie mischten sich unter die hin und her springenden und johlenden Menschen auf der improvisierten Tanzfläche in der Mitte des Raums. Als das Lied endete, nahm Brett Leah in die Arme und wirbelte sie herum. »Mein Gott, ich bin so glücklich«, sagte er, als er sie wieder absetzte.

»Ich auch.« Leah strahlte ihn an.

Und sie meinte es ernst. Es war, als wäre sie in dem Moment, als Brett die Wohnung betrat, innerlich zum Leben erwacht. All ihre Sinne prickelten, und die Welt erschien ihr plötzlich wunderschön.

Auf das Stück von den Rolling Stones folgte ein langsames von Lionel Richie. Brett legte die Arme um Leah, und sie schmiegte sich zufrieden an ihn.

Ihre Zweisamkeit wurde jäh von Jenny gestört. »Schätzchen, Ranu und ich gehen noch in einen Club. Kommst du allein klar?«

Verärgert über die Unterbrechung, drehte Leah sich um. »Natürlich. Jenny, das ist Brett.«

Die beiden schüttelten einander die Hand.

»Und das ist Ranu, Brett.«

»Hallo, Brett, wie geht's?« Ranu wandte sich an Jenny. »Wir kennen uns. Er war in Eton sechs Jahre unter mir.«

Brett nickte. »Ja. Ranu war ein Schuljahr lang mein Präfekt und ziemlich anspruchsvoll.«

Obwohl es scherzhaft klingen sollte, erkannte Leah die Abneigung in Bretts Augen.

»Wenn ich aus Palm Springs zurück bin, müssen wir vier zusammen essen gehen«, sagte Jenny. »Tschüs, Brett, tschüs, Leah. Ich bin morgen im Lauf des Tages wieder zu Hause.« Sie zwinkerte ihrer Freundin zu und ließ sich von Ranu hinausbegleiten.

Brett schüttelte den Kopf. »Ist das zwischen Jenny und Ranu etwas Ernstes? Der Typ ist ein reicher Schnösel und ein Schwachkopf, wie er im Buche steht. Niemand in Eton mochte ihn.«

»Ich fürchte, ja«, antwortete Leah. »Aber keine Sorge. Jenny kann auf sich selbst aufpassen«, fügte sie hinzu, obwohl sie da gar nicht so sicher war.

Den restlichen Abend lang versah Leah die Pflichten einer Gastgeberin, sorgte für Getränkenachschub und wurde von Gruppe zu Gruppe weitergereicht, um der Elite der New Yorker Modewelt vorgestellt zu werden. Brett trottete hinter ihr her und schien sich ziemlich zu langweilen. Sie hatten keine Gelegenheit, auch nur ein privates Wort miteinander zu wechseln.

Doch irgendwann trollten sich sogar die hartnäckigsten Nachtschwärmer und ließen Leah und Brett in einem Meer der Verwüstung zurück.

»O mein Gott«, stöhnte Leah und ließ den Blick über die Flaschen, Gläser und überquellenden Aschenbecher schweifen, die wild verteilt überall im Wohnzimmer standen. Sie sank aufs Sofa. »Dafür habe ich jetzt nicht die Kraft.«

»Komm schon. Ich helfe dir. Wenn wir gleich anfangen, ist es im Nu erledigt.« Er zog sie hoch. »Ansonsten musst du dich morgen früh damit herumärgern.«

Während der nächsten Stunde legten sich beide mächtig ins Zeug, um die Wohnung in ihren ursprünglichen Zustand zu versetzen. Draußen dämmerte es schon, als Leah sich wieder aufs Sofa fallen ließ.

»Kaffee?«, schlug Brett vor.

»Hmmm. Ja, bitte.« Sie schloss die Augen.

Brett kehrte mit zwei dampfenden Tassen zurück und setzte sich vor Leah auf den Fußboden.

»Los, du Schlafmütze. Du bist viel zu groß, um dich ins Schlafzimmer zu tragen. Trink das. Ich zünde das Feuer an. Es ist kalt hier drin.«

Mühsam schlug Leah die Augen auf und beobachtete, wie Brett den Gaskamin anzündete. Ein Schauder überlief sie, als ihr klar wurde, dass sie nun zum ersten Mal seit sehr langer Zeit allein miteinander waren.

Langsam nippte sie an ihrem Kaffee.

»Ich liebe die Morgendämmerung in New York. In den letzten Wochen habe ich sie recht oft gesehen, denn ich kann aus irgendeinem Grund nicht richtig schlafen«, meinte Brett nachdenklich, als die ersten Flammen emporzüngelten. Er ließ sich auf dem großen Lammfellteppich nieder, den Leah erst am Vortag gekauft hatte, und betrachtete durch die Balkontüren die Skyline.

Wortlos tranken sie ihren Kaffee, denn die bange Erwartung hatte ihnen die Sprache verschlagen.

Schließlich stellte Leah ihre leere Tasse auf den Boden. Als sie die Hand wieder zurückzog, griff Brett danach und hielt sie fest. Er blickte ihr tief in die Augen. Und dann näherte er sein Gesicht dem ihren und küsste sie.

Bereitwillig öffnete sie für ihn die Lippen. Seine Arme schlossen sich um sie.

Alle Nervenenden in Leahs Körper prickelten vor Begierde. Als seine Lippen ihren Hals entlangwanderten, schnappte sie nach Luft. Er zog sie sanft hinunter auf das Lammfell und stützte sich auf den Ellbogen. Seine Hand schwebte über den Knöpfen ihres schwarzen Tops.

»Darf ich?«, fragte er.

Leah nickte schüchtern, worauf Brett ehrfürchtig jeden einzelnen der winzigen Knöpfe aus Saatperlen löste, bis ihr das Kleidungsstück vom Körper glitt.

»Leah, du bist so schön. Zu schön.«

Leah lag mit geschlossenen Augen da und genoss es, wie die bislang unbekannten Gefühle über sie hinwegbrandeten. Dennoch wusste sie, dass sie sich jetzt entscheiden musste. So lange hatte sie ihre Jungfräulichkeit gehütet, dass sie ihr inzwischen beinahe heilig erschien.

Und plötzlich wusste sie, warum: Sie hatte sich für ihn aufgespart.

Offenbar hatte Brett ihre Gedanken gelesen. Denn er hörte auf, sie zu küssen, und blickte ihr in die Augen.

»Ich würde sehr gerne mit dir schlafen.«

Seine Stimme war leise, und Leah erkannte die Aufrichtigkeit in seinem Blick.

Sie nickte. Kurz überlegte sie, ob sie ihm gestehen sollte, dass er der Erste war. Doch es war ihr peinlich, das Thema anzusprechen.

Ihre Vereinigung erschien ihr nur natürlich. Sie wusste, dass sie immer auf ihn gewartet hatte. Dass kein Mann sie jemals so erfüllen würde wie Brett.

Und so verschmolzen Körper und Gefühl zu einem Höhepunkt der überschäumenden Freude.

Danach lag sie, in seine Arme geschmiegt, auf dem Fellteppich vor dem Kamin und starrte durch die Fenster in den violett schimmernden Morgenhimmel.

Leah wusste, dass sie heute Nacht den Schlüssel zu ihrer Zukunft entdeckt hatte. Brett war ihre andere Hälfte. Er war das fehlende Verbindungsglied zu ihrer Seele.

Brett spürte es auch. Sosehr er sich auch dagegen gewehrt hatte, wusste er, als er sie nun betrachtete, dass es sein Schicksal war, sie zu lieben. Von nun an würde es sein Leben bestimmen.

Tief in Gedanken versunken kuschelten sie sich aneinander, felsenfest davon überzeugt, dass sich ihre Vorsehung soeben erfüllt hatte.

10

Am Montag flog Jenny nach Palm Springs, und Brett siedelte von der Wohnung seines Vaters zu Leah über.

Den Abend verbrachten sie damit, einander an die Freuden am frühen Sonntagmorgen zu erinnern, wobei jedes Mal das vorangegangene übertraf. Leah wollte ihn unbedingt glücklich machen und bemerkte, wie ihre Scheu, ihn zu berühren, schwand.

Sie schliefen nur wenig, und als Brett am Dienstagmorgen ins Büro fuhr, fühlte er sich, als kehrte er von einer Reise zum Mond zurück. Er war geistesabwesend und hatte Schwierigkeiten, sich zu konzentrieren. Selbst als sein Vater mit ihm sprach, ertappte er sich dabei, dass er unterdessen ständig an Leah dachte und die Minuten zählte, bis ihn die wirkliche Welt wieder aus ihren Fängen entließ, damit er zu ihr ins Traumland zurückkehren konnte.

Als er an ihrer Wohnungstür läutete, öffnete sie ihm, das Haar noch tropfnass vom Duschen und das wunderschöne Gesicht ungeschminkt.

»Du hast mir gefehlt«, sagte er, nahm sie in die Arme und sog ihren himmlischen Duft ein.

Nachdem sie sich wieder geliebt hatten, ging Leah nackt in die Küche und setzte Spaghetti auf. Brett duschte und ließ sich dann am Küchentisch nieder, wo er ihr zufrieden zusah, als sie routiniert eine Sauce Bolognese zubereitete.

Mit einer Flasche Rotwein und einem Teller Nudeln setzten sie sich an den Kamin.

»Wow, du bist ja auch noch eine tolle Köchin. Was kann ein Mann mehr verlangen?«

Leah kicherte. Sie sah so reizend aus, wie sie da im Bademantel auf dem Sofa saß. Brett konnte kaum fassen, dass das dieselbe Frau war, deren Schönheit und Eleganz auf Plakatwänden in ganz Amerika den Verkehr zum Erliegen brachten.

»Was hältst du davon, wenn ich dich morgen Abend zum Essen einlade? Ich war letzte Woche mit Dad im 21 Club und davon sehr angetan.«

Leahs Miene verdüsterte sich. »Morgen Abend kann ich nicht. Ich muss mit Anthony van Schiele zum Essen gehen. Das ist der Inhaber von Chaval.«

Kurz streifte Brett ein Anflug von Angst. In den letzten beiden Tagen hatte nichts ihre kostbaren gemeinsamen Abende gestört. Außerdem wurde ihm bei der Vorstellung übel, dass Leah Zeit mit einem anderen Mann verbringen würde. Doch wie er sich vor Augen hielt, war das hier nur der Anfang. Auch in Zukunft würden sich solche verunsichernden Situationen nicht vermeiden lassen. Schließlich war er mit einer der schönsten Frauen der Welt zusammen, und das hatte eben seinen Preis.

»Aha, ich verstehe«, erwiderte er in gespielter Entrüstung.

Sofort stellte Leah den Teller weg und kletterte auf seinen Schoß.

»Ich will nicht hingehen, Brett. Aber ich muss.«

»Das weiß ich doch, Liebste. Ich habe einiges nachzuarbeiten. Also bleib ich morgen Abend zu Hause und schlafe mich aus.«

Als Brett sich am nächsten Morgen an der Haustür von ihr verabschiedete, war er gedrückter Stimmung.

»Dann also bis morgen. Vergiss nicht, dass ich dich liebe.«

»Und ich liebe dich auch.« Sie küsste ihn und stieg in die wartende Limousine, die sie zu Chaval bringen würde.

Brett hielt ein Taxi an. Auf dem Weg zur Arbeit kam er sich ziemlich albern vor, als ihm beim Gedanken, bis morgen warten zu müssen, Tränen in die Augen traten.

»Miss Thompson. Sie sehen wie immer hinreißend aus.«

Anthony van Schiele empfing sie an der Tür des Delmonico's. Der Oberkellner führte sie sofort an den besten Tisch im elegant eingerichteten Gastraum.

»Darf ich Ihnen etwas zu trinken bringen?«

»Ja, eine Flasche von meinem üblichen Weißwein und Mineralwasser mit viel Eis für Miss Thompson.«

Leah war beeindruckt. Offenbar hatte Anthony van Schiele sich über ihre Trinkgewohnheiten kundig gemacht.

»Bitte nennen Sie mich Leah.« Sie lächelte.

»Und Sie müssen mich Anthony nennen.«

Als Leah den Mann ihr gegenüber betrachtete, kam sie zu dem Schluss, dass er sehr attraktiv war. Sie hätte ihn auf Anfang vierzig geschätzt, obwohl er eigentlich jünger wirkte, denn sein dunkelbraunes Haar wies an den Schläfen nur ein paar graue Strähnchen auf. Er hatte eine schlanke, durchtrainierte Figur und Augen, die ihm einen ernsten Ausdruck verliehen: hellgrau, von im Lauf der Jahre eingeprägten Lachfältchen umgeben und mit einem gütigen Ausdruck darin. Der Mann strahlte Zuverlässigkeit und Durchsetzungskraft aus.

»Und wie läuft die Werbekampagne? Ich habe die Plakate gesehen … Na ja, wer in New York hat das nicht?« Er grinste. »Ich finde sie wundervoll. Sie werden für unsere kleine Firma viel Geld verdienen.«

Leah musste ein Lachen unterdrücken, als sie hörte, wie Anthony sein Unternehmen beschrieb. Chaval Cosmetics gehörte zu den größten und erfolgreichsten Kosmetikkonzernen der Welt.

»Das hoffe ich sehr. Alles scheint zu klappen wie am Schnürchen.«

»Ich kann doch davon ausgehen, dass mein Marketingchef Sie gut behandelt und Sie nicht zu sehr schindet?«

»Oh, ja. Henry ist wirklich nett zu mir.«

»Wunderbar. Falls Sie irgendwelche Klagen haben, brauchen Sie mich nur anzurufen«, sagte er, was offenbar ernst gemeint war. »Und wie gewöhnen Sie sich in New York ein? Gehen Sie abends oft aus?«

»Nein. Ich muss zugeben, dass ich meistens zu erschöpft bin. Allmählich zerrt das hektische Tempo in dieser Stadt an meinen Nerven.«

Anthony nickte. »Ach, ja, wie recht Sie haben. Auf mich wirkt dieses anonyme Gedrängel erschlagend. Deshalb habe ich ein Haus in Southport, Connecticut, wo es geruhsamer zugeht. Außerdem ist die Luft dort besser. Obwohl ich zugeben muss, dass New York Ihnen zu bekommen scheint. Heute Abend strahlen Sie regelrecht.« Anthony betrachtete Leahs glatte, schimmernde Haut, die ihm half, Chaval-Kosmetika im Wert von vielen Millionen Dollar zu verkaufen.

Eigentlich hatte Leah vor dem Abend gegraut, weshalb sie erstaunt war, dass die Zeit verging wie im Flug. Anthony behandelte sie höflich und ausgesprochen respektvoll und schien aufrichtig an ihren Gedanken und Meinungen interessiert zu sein. Deshalb ließ ihre übliche Reserviertheit ein wenig nach, und sie vertraute ihm Dinge an, die sie sonst lieber für sich behielt.

Als sie auf der Toilette auf die Armbanduhr sah, stellte sie erstaunt fest, dass es schon kurz vor elf war.

Leah kehrte an den Tisch zurück und nippte an ihrem Cappuccino. »Also fahren Sie heute Abend noch zurück nach Southport?«

»Ja, ich versuche, jeden Abend nach Hause zu kommen, falls meine Geschäfte mich nicht zu lange in der Stadt festhalten. Für diese Fälle habe ich eine Wohnung im obersten Stock des Chaval-Gebäudes, wo ich mich ein paar Stunden lang ausruhen kann.«

»Ich wette, Ihre Frau kriegt Sie nicht oft zu Gesicht«, merkte Leah an.

»Meine Frau ist vor zwei Jahren gestorben. Deshalb gibt es zu Hause, wie ich fürchte, niemanden, der mich vermisst«, antwortete er leise.

Leah lief rot an. »Mein aufrichtiges Beileid, Anthony.«

»Danke. Aber für sie war es eine Erlösung. Sie hatte schon sehr lange Schmerzen.« Er blickte ins Leere. »Manchmal erwarte ich beim Nachhausekommen immer noch, dass sie im Sessel am Kaminfeuer sitzt und mich begrüßt. Angeblich soll die Zeit ja alle Wunden heilen, doch darauf warte ich bis heute.«

Leah wurde von Mitgefühl überwältigt. Spontan griff sie über den Tisch hinweg nach seiner Hand und drückte sie.

Ihre Anteilnahme rührte ihn. »Entschuldigen Sie, Leah. Ich habe Sie nicht eingeladen, um Ihnen die Stimmung zu verderben. Es ist eben immer ein wenig schwierig, denn bei wohlhabenden und erfolgreichen Menschen wie uns nehmen die meisten nur die Äußerlichkeiten wahr und verwechseln sie mit Glück.«

Leah nickte zustimmend. Es war eine Wohltat, dass endlich jemand das aussprach, was sie selbst beschäftigte.

»Ich kenne das. Wegen meines Berufs scheint niemand wissen zu wollen, wie ich wirklich bin. Man interessiert sich nur für mein Gesicht, nicht für mich.«

»Mich interessieren Sie, Leah«, erwiderte er leise. »Wenn Sie je das Bedürfnis haben sollten zu reden, können Sie mich immer anrufen. Aber nun ist es Zeit, Sie nach Hause zu bringen. Schließlich darf ich nicht schuld daran sein, wenn die wertvollste Mitarbeiterin von Chaval morgen mit Augenringen zum Fotoshooting erscheint!«

Anthony begleitete sie hinaus, wo der Chauffeur sofort aus dem Wagen sprang und die rückwärtige Tür der schwarzen Limousine öffnete. Leah stieg ein, und Anthony folgte. In entspanntem Schweigen fuhren sie durch die belebten Straßen bis zu dem Apartmentblock, in dem Leah wohnte.

Anthony griff nach ihrer Hand und küsste sie.

»Danke für einen wundervollen Abend. Ich würde das gern irgendwann wiederholen.«

»Ja, ich auch«, antwortete Leah zu ihrer eigenen Überraschung ohne zu zögern. Als sie aussteigen wollte, hielt Anthony sie zurück.

»Sie sind ein echter Mensch in einer sehr unechten Welt. Bewahren Sie sich das mir zuliebe, ja?«

Sie nickte. »Das werde ich. Gute Nacht, Anthony. Und danke.«

Während Leah auf den Lift wartete, dachte sie über den ungewöhnlichen Mann nach, mit dem sie den Abend verbracht hatte. Zwischen ihnen war eine ganz besondere Verbindung entstanden, und Leah wusste, dass sie gerade einen Freund gefunden hatte.

11

Das Telefon gellte schrill durch Leahs Traum. Mühsam schlug sie die Augen auf und tastete nach dem Hörer.

»Hallo.«

»*Mia cara*. Ich bin's, Carlo.«

Sie warf einen Blick auf die Leuchtanzeige ihres Weckers.

»Carlo, es ist vier Uhr morgens! Was soll das? Du weißt doch, wie früh ich aufstehen muss.«

»*Scusa, cara*, aber ich habe es keine Sekunde länger ausgehalten. Ich musste einfach mit dir sprechen. Du hast mir so schrecklich gefehlt.«

Leah war klar, was Carlo jetzt hören wollte, nämlich, dass er ihr auch gefehlt hatte. Doch wenn sie ehrlich war, hatte sie seit ihrer Ankunft in New York kaum an ihn gedacht.

Als sie schwieg, fuhr Carlo prompt fort: »Vermisst du mich auch so, wie ich dich vermisse?«

»Natürlich, Carlo«, erwiderte sie ausweichend. Im nächsten Moment legte sich ein Arm um Leah und zog sie wieder unter die warme Decke. Als sie nicht reagierte, erschien ein zweiter Arm, und eine Hand umfasste ihre Brust.

»Hör auf«, flüsterte sie.

»Verzeihung? Ist da jemand bei dir, Leah?«

»Nein, selbstverständlich nicht.« Brett kuschelte sich an sie. »Bis zur Modenschau sind es ja nur noch drei Wochen. Dann sehen wir uns.« Leah stellte fest, dass Brett die Augen öffnete und sie zweifelnd musterte. »Pass auf, ich muss jetzt Schluss machen. Ich brauche dringend noch ein bisschen Schlaf. Gleich in der Früh habe ich ein wichtiges Shooting.«

»Gut, ich verstehe.« Sein schmollender Tonfall verriet, dass das genaue Gegenteil zutraf. »Du vermisst mich doch, oder, Leah?«

»Aber klar, Carlo.«

»Hoffentlich benimmst du dich auch und sparst dich nur für mich auf. Ich habe meine Spione überall, und die werden es mir verraten, falls du ein böses Mädchen gewesen bist.«

»Ja, Carlo. Wir sehen uns in Mailand.«

»Ja. Ich werde dich mit angehaltenem Atem erwarten. *Sogni d'oro, cara.*«

Langsam legte Leah den Hörer auf und lehnte sich in die Kissen.

»Wie ich annehme, war das Mr Porselli, der sich nach dem Befinden seines Schützlings erkundigen wollte«, sagte Brett.

»Ja.«

Brett stützte sich auf den Ellbogen und betrachtete sie mit finsterer Miene. »Und was sollte das Gesäusel, du könntest es kaum erwarten, ihn in drei Wochen wiederzusehen?«

Leah seufzte auf. »Ach, Brett, sei nicht albern. Du hast das völlig falsch verstanden. Carlo ist doch nur …«

»Ich bin eifersüchtig, Leah. Ist an den Gerüchten über euch beide vielleicht doch was Wahres?«

»Natürlich nicht, Brett.« Leah war zwar verärgert, glaubte aber dennoch, sich rechtfertigen zu müssen. »Carlo war wirklich sehr nett zu mir. Aber zwischen uns ist nie etwas gelaufen. Niemals.« Auch nicht mit irgendeinem anderen Mann, fügte Leah in Gedanken bedrückt hinzu und wünschte, sie hätte den Mut gehabt, das laut auszusprechen. »Der Schwachsinn, den die Presse sich da zusammenfantasiert, macht mich wirklich sauer. Eigentlich hätte ich gedacht, dass du nicht auf diese Klatschreporter hereinfällst.«

Als Brett Leahs zornigen Blick bemerkte, legte er sich wieder neben sie.

»Schon gut, beruhige dich. Es tut mir leid. Ich liebe dich einfach so sehr, dass ich mich leicht verunsichern lasse.«

»Brett, Liebling. Bitte. Du musst mir vertrauen.« Leah steckte die Hand unter die Decke und tastete nach seiner. »Ich liebe dich auch. Ich werde nie einen anderen lieben. Niemals. Ehrenwort.« Als sie seine Hand drückte, schmiegte er sich an ihre Schulter.

»Schlaf gut, Liebste. Entschuldige.«

Fünf Minuten später hörte Brett Leahs regelmäßige Atemzüge. Doch bei ihm wollte sich der Schlaf einfach nicht einstellen. Wie Leah gerade mit Carlo geredet hatte … da musste doch einfach etwas gewesen sein. Er erinnerte sich an die Nacht von Leahs einundzwanzigstem Geburtstag, als die beiden zusammen getanzt hatten. In drei Wochen würde Leah nach Mailand fliegen. Zurück zu Carlo. Brett wusste beim besten Willen nicht, wie er die Vorstellung ertragen sollte, dass die zwei miteinander allein sein würden.

Alle Gedanken an Carlo verflogen, als Brett und Leah ein idyllisches Wochenende lang New Yorks Sehenswürdigkeiten erkundeten.

Am Samstagmorgen bummelten sie durch die Läden im Rockefeller Center und unternahmen am Nachmittag einen langen Spaziergang durch den Central Park, wo sie die spielenden Kinder am Karussell beobachteten. Als Brett sie am Abend ins Sardi's ausführte, begafften sie beide mit kindlicher Ehrfurcht die Broadway-Stars an den Nachbartischen. Anschließend fuhren sie in die Maisonettewohnung von Bretts Vater und setzten sich auf die Terrasse, um in der milden Septemberluft einen Kaffee zu trinken.

»Die Wohnung ist traumhaft«, meinte Leah bewundernd. »Wahrscheinlich ist meine für dich im Vergleich eine Bruchbude.«

»Deine Wohnung lebt.« Brett wies in den Raum hinein. »Diese hier nicht.«

Brett überredete Leah, die Nacht bei ihm zu verbringen. Da sein Vater auf Geschäftsreise sei, würde ihr eine peinliche Begegnung am Frühstückstisch erspart bleiben.

Leider hatte Brett sich geirrt. Denn als die beiden im Bademantel die Treppe herunterkamen, um beim Frühstück auf der Terrasse die atemberaubende Aussicht auf den Central Park zu genießen, saß David bereits am Tisch und las Zeitung.

Leah stand da und betrachtete David Cooper. Bretts Vater sah weder seinem Sohn noch seiner Schwester Rose ähnlich. Er hatte blondes Haar mit grauen Strähnen darin und durchdringende blaue Augen, die Leah nun ebenso neugierig musterten wie sie ihn.

»Tja, offenbar haben wir zum Frühstück einen Gast. Leah Thompson, wie ich annehme.« Er stand auf, um ihr die Hand zu schütteln. Leah stellte fest, dass David ein Stückchen kleiner als sie, kräftig gebaut und muskulös war.

Als sie seine Hand ergriff, umfasste David sie fest. »Wir sind uns zwar noch nie begegnet, aber Ihr Gesicht kommt mir irgendwie bekannt vor«, witzelte er.

Leah lachte mit, obwohl sie diesen Scherz schon viel zu oft gehört hatte.

Nachdem sie auf der Terrasse Platz genommen hatten, servierte die Haushälterin Kaffee und Croissants. Während Brett ungezwungen mit seinem Vater plauderte, ertappte Leah sich dabei, dass sie David Cooper mit Anthony van Schiele verglich. David strahlte eine überwältigende Präsenz aus. Doch anders als Anthony, der sich seinen Reichtum nicht anmerken ließ, schien David ihn als Schutzschild zu benutzen. Auf Leah wirkte er einschüchternd, weshalb ihr ein wenig unbehaglich wurde. Darum war sie erleichtert, als er aufstand, sich höflich von Leah verabschiedete und die beiden allein ließ.

»Tut mir leid. Dads Zeitplan hat sich im letzten Moment geändert«, sagte Brett und biss in ein Croissant. »Also. Was denkst du?« Beiläufig warf er einen Blick in die Zeitung.

»Worüber?«

»Über Dad natürlich.«

»Er ist ganz anders als du«, antwortete Leah zögernd.

»Das sagen auch alle in der Firma. Die meisten Mitarbeiter haben eine Heidenangst vor ihm.«

»Das wundert mich nicht.«

Brett sah sie an und wartete offenbar auf eine Erklärung.

»Das heißt, er ... strahlt mit jeder Faser seines Körpers Macht aus. Allerdings scheint er sehr nett zu sein«, ergänzte sie.

»Das ist er auch, wenn man ihn erst mal besser kennt. Das ist einer der Gründe, warum ich froh über die Gelegenheit bin, jetzt für ihn zu arbeiten. Als Kind habe ich ihn kaum erlebt, weil er so viel unterwegs war. Vermutlich hat er seine Unrast an mich weitergegeben. Aber seit ich hier in New York bin, scheint er sich verändert zu haben. Er ist irgendwie zugänglicher geworden.« Brett zuckte mit den Schultern. »Außerdem bewundere ich wirklich, was er geleistet hat. Er hat dieses riesige Unternehmen ganz allein aus dem Nichts aufgebaut. So viele große Konzerne gehören Erben der zweiten oder dritten Generation. Was mein Vater in gut dreißig Jahren geschafft hat, hat bei anderen Firmen viele Generationen gedauert.« Brett verzog das Gesicht. »Und ich fürchte, das gelingt einem nicht, wenn man seine Mitarbeiter verhätschelt.«

»Natürlich nicht.« Es verwunderte Leah, dass Brett sich offenbar verpflichtet fühlte, seinen Vater in Schutz zu nehmen.

»Und worauf hättest du heute Lust, meine Liebste?«

Leah überlegte einen Moment. »Was hältst du von einer Bootsrundfahrt um Manhattan? Es sieht aus, als würden wir schönes Wetter kriegen.«

Sie fuhren mit einem Taxi zum Pier in der 42nd Street, stiegen in ein Boot der Circle Line und suchten sich Sitzplätze im Bug. Eine angenehme kühle Brise liebkoste ihre Gesichter, während rumpelnd der Motor ansprang. Das Boot fuhr hinaus auf den Fluss.

Auf der Fahrt an der Freiheitsstatue vorbei lauschten sie, als der Kapitän über einen knisternden Lautsprecher seine Ansagen machte.

Brett stützte die Ellbogen auf die Reling und starrte aufs Meer hinaus. »Auf dieser Strecke brachten die Einwandererschiffe ihre Passagiere in ein neues Leben im gelobten Land. Was mag wohl in ihnen vorgegangen sein, als sie Amerika zum ersten Mal sahen?«, sagte er nachdenklich. »Ach, mein Gott, das würde ich so gerne malen«, fügte er leise hinzu.

Als sich die Rundfahrt ihrem Ende näherte und das Boot auf die Anlegestelle zusteuerte, beugte er sich zu Leah hinüber und nahm sie in die Arme.

»Wünschst du dir je, du könntest einen Moment und das, was du gerade fühlst, für immer festhalten?«

»Ja.«

»Nun, das ist für mich einer dieser Momente. Ich liebe dich, Leah. Noch nie bin ich so glücklich gewesen wie in den letzten beiden Wochen. Ein Leben ohne dich kann ich mir gar nicht mehr vorstellen.«

Die anderen Passagiere waren vergessen, als sie einander in den Armen lagen und sich küssten, bis das Boot am Pier vertäut war und es Zeit zum Aussteigen wurde.

»Ich weiß, wo ich gerne den Nachmittag verbringen würde, aber nur wenn es dich nicht zu sehr langweilt.« Der Einfall ließ Bretts Augen begeistert funkeln.

»Ich werde mich ganz bestimmt nicht langweilen. Wo möchtest du denn hin?«

»Ins Museum of Modern Art.«

»Gerne.«

Während die U-Bahn durch die Bahnhöfe ratterte, wurde Leah von einem Glücksgefühl ergriffen. Das hier war das echte New York. Die Anspannung und Gefahr, die in der Luft lagen. Der schmutzige Waggon, wo es nach Schweiß, Marihuana und Parfüm roch. Und die Fahrgäste, von denen viele hofften, auch einmal, wie sie und Brett, zu den Reichen und Privilegierten zu gehören.

Als Leah aus dem Bahnhof kam, fühlte sie sich wie nach einem

Ausflug auf einen anderen Planeten. Auf dem Weg, Hand in Hand mit Brett die Straße entlang, hielt sie sich vor Augen, wie sehr sich ihr Leben in den letzten Jahren verändert hatte. Und wie viel für sie inzwischen selbstverständlich geworden war. Sie schämte sich ein wenig.

Den restlichen Nachmittag lang folgte sie Brett durch die gewaltige Sammlung kostbarer Gemälde und lauschte ehrfürchtig seinen fachkundigen Ausführungen zu den Bildern, die sie betrachteten.

Dank seiner Erklärungen verstand sie, was *Sternennacht* von van Gogh, *Les Demoiselles d'Avignon* von Picasso und *Der Tanz* von Matisse ihnen sagen wollten.

Brett war wie ausgewechselt. Er verhielt sich, als wäre etwas in ihm zum Leben erwacht. Als der Nachmittag endete, wusste Leah, dass in Brett eine Liebe zur Kunst und eine Begeisterung dafür wohnten, um die sie ihn nur beneiden konnte. Ihr selbst fehlte jegliches Gespür dafür.

»Wer ist dein Lieblingsmaler?«, fragte Leah.

Bretts Augen weiteten sich. »Das kann ich nicht beantworten. Ich entdecke ein Bild und liebe es als Kunstwerk, für seine Stimmung, seine Aussage und den Einsatz der Farben. Und dann stoße ich auf das nächste und kann den Blick wieder nicht davon abwenden. Ich habe eine Schwäche für Manet, Seurat … und Degas! Er hat die Lebendigkeit und Anmut der Tänzerinnen so wundervoll eingefangen. Ich liebe sie alle, Leah.« Er lachte auf. »Irgendwie bin ich doch froh, dass ich nicht Kunst studiert habe. Ich sehe mir Bilder nicht unter akademischen Gesichtspunkten an, weil ich gar nicht wüsste, wie das geht. Meiner Ansicht nach sollte ein Bild etwas Schönes sein, das einen immer wieder fesselt. Wenn man zu viel darüber weiß, findet man überall einen Fehler, und das raubt einem die Unbefangenheit.«

»Aber du weißt doch so viel über diese Bilder.« Als sie das Museum verließen, hielt Leah Bretts Hand.

»Schon, aber ich bin kein Fachmann«, wandte er ein.

»Du musst wieder malen, Brett.«

Brett machte ein gequältes Gesicht. »Vielleicht. Komm, wir besprechen das bei Kaviar und Blini im Russian Tea Room. Mein Vater sagt, dass man das nicht verpassen darf. Wir können von hier aus zu Fuß gehen.«

Eine Viertelstunde später saßen sie auf einer bequemen, mit rotem Samt bezogenen Bank und tranken starken Tee. Leah beäugte argwöhnisch die mit rotem und schwarzem Kaviar gefüllten winzigen Pfannkuchen.

»Hmmm. Wundervoll. Probier doch einen, Leah.«

»Okay, doch ich muss dich warnen. Ich habe Fish and Chips die Treue geschworen.«

Brett lachte. Als Leah vorsichtig in den Blin biss, stellte sie fest, dass er zwar ungewöhnlich, aber lecker schmeckte.

»Du musst doch nicht zu malen aufhören, nur weil du bei deinem Vater arbeitest. Du hast nämlich wirklich Talent.« Leah war fest entschlossen, Bretts im Museum geweckte Begeisterung nicht ungenutzt verebben zu lassen.

»Woher weißt du, dass ich Talent habe?«

»Weil ich dich beim Malen im Hochmoor beobachtet habe. Es ist eine angeborene Begabung. Wenn ich malen könnte wie du …« Leah schüttelte den Kopf. »Kann ich aber nicht. Ich bin absolut untalentiert.«

»Was redest du da für einen Unsinn? Du bist eines der erfolgreichsten Models der Welt. Dazu braucht man doch ganz bestimmt ein bisschen Talent«, protestierte Brett und biss herzhaft in seinen vierten Blin.

Leah seufzte auf. »Nein. Wenigstens glaube ich das. Ich habe eben zufällig ein hübsches Gesicht und eine gute Figur, und die meisten Kleider stehen mir. Das ist nichts, was aus meinem Innersten kommt. Ich habe keine künstlerische Begabung oder einen überragenden mathematischen Verstand, mit dem ich die Menschheit weiterbringen könnte.«

Brett musterte Leah und dachte darüber nach, dass es ihr immer wieder gelang, ihn zu überraschen. Damals, in jenem ersten Sommer in Yorkshire, hatte er sich wie die meisten zuerst in ihr Äußeres und in ihre sanfte, liebenswürdige Art verliebt.

Doch je näher sie sich kamen, desto mehr erstaunte es ihn, was sich hinter ihrer Fassade verbarg.

»Wir leben in einer Welt des Hier und Jetzt, Leah. Und das Gegenwärtigste an dir ist deine Schönheit. Du darfst sie nicht zurückweisen, denn sie ist ein Teil von dir und hat dich erfolgreich gemacht. Und dir vermutlich auch eine Stange Geld eingebracht.«

Leah nickte. »Ich weiß, Brett.« Sie hielt inne und seufzte auf. »Aber manchmal, wenn ich eine Stunde lang in derselben Position verharren muss, beobachte ich die Leute, die um mich herumwimmeln und sich an den Scheinwerfern, den Kameraobjektiven oder an einer verrutschten Haarsträhne zu schaffen machen. Allen ist so wichtig, was sie da tun, und dabei geht es doch nur um ein Foto. Das wird kaum die Welt verändern, oder? Mir erscheint es so unehrlich und sinnlos. Und da bin ich und verdiene Unmengen von Geld dafür, dass ich eigentlich nichts tue. Dabei gibt es so viele wirklich begabte Menschen, die sich abmühen, um ihren Lebensunterhalt zu verdienen. Wie der Graffitikünstler, der vorhin den Drachen auf den Zugwaggon gemalt hat. Oder die jungen Schauspieler, die in diesem Lokal als Kellner arbeiten.«

Brett griff nach Leahs Hand. »Liebling, ich verstehe dich sehr gut. Und es gibt auch eine Lösung für dieses Problem, einen Weg, wie du mit dem, was du tust, deinen Frieden machen kannst.«

»Und die wäre, Brett?«

»Nun, du bist in einer privilegierten Position. Die Menschen kennen dich und dein Gesicht. Im Moment bist du das Aushängeschild einer Kosmetikfirma. Aber in Zukunft könntest du dich mit deinem Geld und deiner Berühmtheit auch für viel lohnendere Ziele einsetzen. Wenn du in der Gesellschaft etwas verändern möchtest, ist deine Stellung dafür geradezu ideal.«

Leah ließ sich Bretts Worte durch den Kopf gehen. »Du hast recht, Brett. In Zukunft kann ich auch Gutes tun. So habe ich mir das noch gar nicht überlegt. Danke!«, sagte sie erleichtert.

»Wofür?«

»Dass du mir einen Grund gegeben hast, um sechs Uhr morgens aufzustehen und den ganzen Tag mit einem gekünstelten Lächeln auf dem Gesicht herumzulaufen.«

Er drückte ihre Hand. »Vergiss nur nie, dass du von wirklichen Menschen umgeben bist. Außerdem finde ich es wundervoll, dass du dich nicht von der Aufgeregtheit und dem falschen Glanz dieser Welt hast vereinnahmen lassen. Genau deshalb liebe ich dich ja so sehr.«

Als sie zu Leahs Wohnung kamen, wurden sie an der Tür von einer strahlenden Jenny begrüßt. Sie war gerade von ihrer Woche in Palm Springs zurückgekehrt.

»Leah, Schätzchen. Ich habe dich vermisst!« Jenny fiel ihrer Freundin um den Hals. Dann trat sie einen Schritt zurück. »Wie sehe ich aus?«

»Absolut hinreißend. Stimmt's, Brett?«

»Stimmt.« Er lächelte.

»Kommt und setzt euch, damit ich euch alles erzählen kann. Ich habe mir gerade einen Kräutertee gekocht. Wollt ihr auch einen?«

Als Leah spöttisch kicherte, versetzte sie ihr einen freundschaftlichen Knuff.

»Okay, okay, ich weiß, dass es schräg klingt, wenn die beste Freundin statt Wodka plötzlich Löwenzahnaufguss trinkt, aber, Leah: Ich bin bekehrt!« Jenny ging in die Küche, füllte drei Tassen mit einer gelben Flüssigkeit und brachte sie ins Wohnzimmer.

»Bitte schön. Kostet mal. Das ist sehr gesund.«

Als Leah die Tasse an die Lippen hob, schlug ihr sofort der vertraute üble Geruch entgegen, mit dem sich eine überwältigende Erinnerung verband. Kurz wurde ihr schwummrig, und sie wusste nicht mehr, wo sie war.

Doch: wieder in Megans Küche, elf Jahre alt und voller Angst.

Leah knallte die Tasse auf den Beistelltisch, als wollte sie einen Zauber durchbrechen. Die gelbe Flüssigkeit schwappte über den Tassenrand und sammelte sich zu einer kleinen Pfütze.

»Fehlt dir was, Leah?« Besorgt musterte Brett ihr bleiches Gesicht.

»So schlecht ist der Tee nun auch wieder nicht.« Jenny kicherte. »Aber jetzt erzähle ich euch alles über die Kurklinik. Ihr müsst da unbedingt auch mal hin. Es war ein Traum, und ich fühle mich wie neugeboren. Die haben einen Ernährungsplan für mich zusammengestellt und mir die Übungen gezeigt, die ich machen muss, damit das Gewicht unten bleibt. Außerdem habe ich keinen Schluck getrunken und keine einzige Kippe geraucht, seit ich aus New York weg bin. Ich fühle mich großartig!«

Leah war wirklich stolz auf Jenny. Sie sah tatsächlich viel gesünder und lebendiger aus. Dank der ständigen Gymnastik war sie die überschüssigen Pfunde wieder los und hatte ihre gute Figur zurück. Das goldblonde Haar umfloss in schimmernden Wellen ihre Schultern, ihre Haut strahlte, und was am wichtigsten war: Ihre Augen funkelten so temperamentvoll wie eh und je.

»Ich freue mich so, Jenny. Jetzt musst du nur bei der Stange bleiben.«

»Das werde ich, Leah. Schließlich bleibt mir gar nichts anderes übrig«, erwiderte sie nur.

12

Um Punkt neun Uhr abends läutete das Telefon.

Als Miranda den Hörer abhob, klopfte ihr das Herz bis zum Hals.

»Hallo.«

»Bist du allein?«

Diese Frage stellte er ihr jeden Tag.

»Ja.«

»Gut. Hast du mich vermisst?«

Miranda knirschte mit den Zähnen.

»Natürlich.«

»Ich habe dich auch vermisst. Jetzt denke ich an dich und fasse mich dabei an. Tust du das auch?«

Miranda betrachtete ihre Hand. Sie war fest um den Stiel ihres Glases mit teurem Rotwein geschlossen.

»Ja.«

»Ich glaube dir nicht.«

»Ich schwöre.« Miranda gab sich Mühe, damit er ihr den Widerwillen nicht anhörte.

»Ahhhh. Das fühlt sich so gut an. Für dich auch?«

»Ja. Wundervoll«, erwiderte Miranda knapp.

»Am Freitag schicke ich meinen Jet nach London, um dich abzuholen.« Santos' Tonfall hatte sich innerhalb weniger Sekunden völlig geändert. »Roger erwartet dich um sechzehn Uhr vor dem Haus. Am Zielort steht eine Limousine bereit.«

»Wo fliege ich hin?«, erkundigte sie sich.

»Zum Boot. Ich freue mich schon auf ein ausgesprochen angenehmes Wochenende mit dir. Schlaf gut, Miranda.«

Langsam legte Miranda den Hörer auf. Inzwischen graute ihr vor Santos' Anruf um neun, und wenn die Stunde näher rückte, schenkte sie sich zur Stärkung meist ein großes Glas Wein ein.

Die ersten Wochen in der Wohnung waren paradiesisch gewesen. Dann jedoch hatte sich der Tonfall der Telefonate allmählich geändert, denn er hatte angefangen, sie zu drängen, schmutzige Dinge zu ihm zu sagen. Ihre Proteste hatte er niedergeschrien. Wenn Santos wütend war, hatte Miranda Angst vor ihm. Also tat sie, was er von ihr verlangte.

Miranda fuhr sich durchs füllige blonde Haar. Sie konnte so nicht weiterleben. Die Dinge hatten sich völlig anders entwickelt als erwartet. In den letzten sechs Wochen hatte sie gelebt wie eine Prinzessin, erlesen gespeist und teure, elegante Kleider getragen. Sie wurde in einem Rolls-Royce herumchauffiert und verbrachte ihre Nachmittage damit, bei Harrods ihre Garderobe zu erweitern oder niedliche Kleidchen zu kaufen, die sie an Chloe in Yorkshire schickte.

Nur dass sie dabei immer allein war. Miranda bekam niemanden zu Gesicht als Camilla, die deutsche Haushälterin, die nie eine Miene verzog, und Roger, den alten Chauffeur mit dem Cockney-Akzent. Dieser bestand darauf, ihr auf Schritt und Tritt zu folgen. In ihrer Verzweiflung hatte sie versucht, mit den beiden zu plaudern, doch Camilla sprach kaum Englisch, und Rogers Antworten auf ihr Geplauder fielen einsilbig aus.

Seit Kurzem träumte sie immer häufiger von Chloe. Es war immer derselbe Albtraum, der sie in Todesangst versetzte.

Chloe rannte, verfolgt von einer dunklen Gestalt, über das Moor. Sie weinte und rief nach Miranda. »Mummy, Mummy! Wo bist du? Hilf mir!« Als das Kind näher kam, streckte Miranda die Arme aus. Doch Chloe sah sie nicht und lief an ihr vorbei. Miranda schrie genauso laut wie ihre Tochter, denn die bedrohliche Gestalt holte Chloe schließlich ein, während sie hilflos zusehen musste.

Dann wachte Miranda, durchgeschwitzt und am ganzen Leib zitternd, von ihrem eigenen Schluchzen auf.

Voller Angst vor der Dunkelheit ging sie danach in der Wohnung hin und her, wartete auf die Morgendämmerung und zermürbte sich mit Vorwürfen, weil sie Chloe seit dem Tag ihrer Geburt abgelehnt hatte. Sie hatte dem Kind nie die Liebe und Zuneigung entgegengebracht, die es verdiente. Die hatte Chloe sich bei anderen wie Rose oder Mrs Thompson holen müssen.

Miranda wollte, dass alles wieder gut wurde. Sie wollte morgens in ihrem hübschen Schlafzimmer in Yorkshire aufwachen, Chloe an sich kuscheln und den Rufen der Brachvögel lauschen, die über das Hochmoor flogen.

Heute Abend war das Heimweh unerträglich.

Miranda hatte Angst, große Angst. Am liebsten wäre sie geflohen, doch sie wusste, dass sie in der Falle saß.

Den ganzen Abend kippte sie den restlichen Rotwein in sich hinein, bis sie irgendwann wegdämmerte.

Als es am nächsten Morgen läutete, lag Miranda immer noch auf dem Sofa. Mit brummendem Schädel schleppte sie sich zur Gegensprechanlage.

»Hallo.«

»Ich bin es, Ian.«

»Okay.« Sie drückte auf den Türöffner, und kurz darauf stand Ian vor der Tür. Bei ihrem Anblick verzog er besorgt das Gesicht.

»Guten Morgen, Miranda. Oje, sind Sie krank?«

Seine Anteilnahme sorgte dafür, dass Miranda in Tränen ausbrach. Ian bugsierte sie zum Sofa und wartete geduldig, bis sie sich ausgeweint hatte. Dann ging er in die Küche und kochte ihr einen starken schwarzen Kaffee.

»Trinken Sie das und versuchen Sie, sich zu beruhigen.«

Schweigend saß er da und beobachtete sie. Aus unerklärlichen Gründen empfand Miranda seine Gegenwart als tröstend. Einen unscheinbaren Mann mit Brille wie ihn hätte sie noch vor zwei Monaten keines Blickes gewürdigt. Doch inzwischen verkörperte Ian für sie die Normalität und Berechenbarkeit, die sie in ihrem seltsamen Leben so schmerzlich vermisste.

»Und nun ziehen Sie Ihr bestes Kleid an. Ich lade Sie zum Lunch ein.«

Sie nickte und ging ins Schlafzimmer, um zu duschen und sich umzuziehen.

»So, jetzt sind Sie wieder so hübsch wie immer«, meinte Ian freundlich und bot ihr seinen Arm. »Kommen Sie.«

Sie gingen nach unten, wo ihr Ian zu Mirandas freudiger Überraschung die Beifahrertür eines nagelneuen Range Rover aufhielt.

»Alles in Ordnung. Sie dürfen mich begleiten. Schließlich bin ich geprüft und für zuverlässig befunden worden. Ich dachte, Sie würden lieber in meinem Auto fahren.«

Miranda stieg ein, froh, der Wohnung und den neugierigen Blicken von Roger und Camilla eine Weile entrinnen zu können.

Wortlos steuerte Ian den Wagen durch die Straßen von London und parkte schließlich in einer kopfsteingepflasterten Seitengasse, die von der Kensington High Street abging.

»Ich kenne hier ein sehr gutes Bistro und dachte, wir könnten einen Happen essen und uns dabei unterhalten.«

Nachdem sie an einem Ecktisch in dem kleinen Lokal Platz genommen hatten, bestellte Ian eine Flasche Wein.

»Ich glaube, das hilft gegen Ihren Kater. Bestimmt fühlen Sie sich gleich besser. Wenn man etwas nicht schlagen kann, setzt man am besten noch einen drauf, wie ich zu sagen pflege.« Er lachte.

Zum ersten Mal seit Wochen konnte Miranda leise mitlachen.

»Also. Wir sind deswegen hier, weil Roger mich angerufen und mir berichtet hat, dass Sie keinen ganz glücklichen Eindruck machen. Deshalb wollte ich mit Ihnen reden.« Ians Miene war ernst. »Wie viel wissen Sie eigentlich über Mr Santos?«

Miranda zuckte die Achseln. »Mehr oder weniger gar nichts.«

»Das wundert mich nicht. Wenn es nicht ums Geschäft geht, lebt er ziemlich zurückgezogen. Er könnte die ganze Welt bereisen, ohne irgendwo erkannt zu werden. Sein Freundeskreis ist klein und handverlesen, einige Mitglieder haben Sie ja auf der Jacht kennengelernt. Die meisten dieser Männer arbeiten schon sehr lange für ihn, und er vertraut ihnen. Außerhalb dieses Zirkels pflegt er keine Kontakte. Deshalb war es wirklich ein seltener Zufall, dass Sie ihm in einem Londoner Nachtclub begegnet sind. Allerdings hatte seine letzte … äh … Freundin ausgedient, und er war auf der Jagd nach einem Ersatz. Und er hat Sie gefunden.«

Jagdbeute. Zur Strecke gebracht und gefangen gehalten wie eine hilflose Fliege in einem Spinnennetz, dachte Miranda.

»Behandelt er seine … Freundinnen immer so? Wie Häftlinge?«

Ian musterte sie nachdenklich über den Tisch hinweg und seufzte auf.

»Miranda. Ich arbeite nun seit über zehn Jahren bei Santos. Seit ich mit dem Studium fertig bin. Ich war am Ende, und er hat mir diese Stelle gegeben. Er war immer ein großzügiger Chef, und ich war ein treuer Mitarbeiter. Allerdings werde ich nun zehn Minuten lang gegen diesen Grundsatz verstoßen, denn ich befürchte aufrichtig, dass Sie nicht ahnen, worauf Sie sich da eingelassen haben. Für gewöhnlich sind die Mädchen, die er sich aussucht, Professionelle, mit allen Wassern gewaschen, erfahren und bereit, für einen Pelzmantel und ein Leben im Luxus alles zu tun. Sie sind eigentlich gar nicht so, oder?«

Miranda schüttelte den Kopf. »Ich dachte, ich wäre es. Das heißt, ich habe mir auch all diese Dinge gewünscht. Aber nicht auf diese Weise.«

»Nun, ich muss Ihnen sagen, dass Sie sich in eine ziemlich unangenehme Lage gebracht haben. Denn obwohl Santos stets anonym bleibt, herrscht er über eines der mächtigsten Wirtschaftsimperien der Welt. Er mischt überall mit, schickt allerdings stets einen Strohmann vor, sodass der Verhandlungspartner nie vermuten würde, dass das Unternehmen eigentlich Santos gehört. Auf diese Weise ist er zu einem gewaltigen Vermögen und weltweitem Einfluss gelangt, ohne dass jemand davon weiß.«

»Warum tut er das?«

Ian schüttelte den Kopf. »Das kann ich auch nicht sagen, es ist eben so. Ich zum Beispiel arbeite bei einer Londoner Firma. Nur ich selbst und ein weiterer Direktor stehen in direktem Kontakt mit Santos. Der Rest der Belegschaft ahnt nicht, wer der Eigentümer ist. Seltsam, wie ich zugeben muss. Aber Santos ist eben ein seltsamer Mensch.«

»Ein wahres Wort«, seufzte Miranda. »Bin ich eigentlich seine einzige … Mätresse?« Sosehr sie dieses Wort auch verabscheute, handelte es sich um die einzige zutreffende Bezeichnung.

»Ich könnte es zwar nicht beschwören, aber ich glaube schon. Santos ist verheiratet. Seine Frau ist Deutsche. Ich bin ihr einmal begegnet. Tun Sie bloß nichts, um diesen Mann gegen sich aufzubringen. Wenn er wütend wird, ist er gefährlich«, fügte Ian leise hinzu.

Miranda lief es eiskalt über den Rücken. »Was soll das heißen?«

»Mehr will ich nicht gesagt haben. Ich möchte nur nicht, dass Ihnen oder Ihrem Kind etwas zustößt.« Der letzte Satz war Ian unbedacht herausgerutscht. Beim Anblick von Mirandas entsetzter Miene bereute er ihn sofort.

»Woher wissen Sie über Chloe Bescheid?«, fragte sie, um Beherrschung ringend.

»Nun, die gekauften Kinderkleider. Die Telefonate, die Camilla belauscht hat. Santos bezahlt ihr und Roger eine Menge Geld dafür, dass sie Ihnen nachspionieren. Es hat nicht lange gedauert, bis sie zwei und zwei zusammengezählt hatten. Zum Glück haben sie es mir gesagt und nicht ihm. Ich kann nicht oft genug betonen, wie wichtig es ist, dass Santos nichts von der Existenz Ihrer kleinen Tochter ahnt. Er würde sie nämlich nötigenfalls als Druckmittel einsetzen. Also keine Anrufe mehr. Auch keine Briefe. Sie müssen den Kontakt sofort abbrechen, um sich und Ihre Tochter zu schützen.«

Miranda atmete ein paarmal tief durch, um sich zu beruhigen, als Angst in ihr aufstieg. »Ich verstehe den Grund nicht, Ian. Warum hält er mich gefangen? Wieso bezahlt er Leute dafür, dass sie mir nachschnüffeln? Weshalb kann ich nicht mit Chloe sprechen?« Tränen der Hilflosigkeit glitzerten in ihren Augen.

Ian wirkte beklommen. »Falls Santos rauskriegt, was ich Ihnen gerade erzählt habe, stecke ich in großen Schwierigkeiten. Er hat Sie gekauft, und jetzt gehören Sie ihm. So hält er es mit allen seinen Frauen. Wenn Sie ihm gegenüber Wohlverhalten zeigen und alles tun, was er von Ihnen verlangt, passiert Ihnen nichts. Ansonsten …«

Die Drohung schwebte zwischen ihnen in der Luft.

Miranda straffte die Schultern. »Ich werde einfach gehen. Was soll schon passieren, wenn ich jetzt zum Bahnhof King's Cross fahre und in den nächsten Zug nach Leeds steige?«

Ians Miene verfinsterte sich. »Sie würden aufgehalten.«

»Von Ihnen?«

Er rutschte verlegen auf seinem Stuhl herum. »Vermutlich eher von Roger. Wie Sie wissen, ist er kein sehr feinfühliger Mensch. Wenn er Mr Santos Bericht erstattet, droht Ihrer Familie Gefahr.«

Fassungslos schüttelte Miranda den Kopf. »Können Sie mir denn nicht helfen, Ian?«

Er senkte den Blick. »Meine Eltern sind schon alt, und ich brauche das Geld.«

»Was ist mit der Polizei?« Mirandas Verzweiflung wuchs.

»Den Großteil des Polizeiapparats hat er in der Tasche, ganz zu schweigen von den Behörden.« Miranda schlug die Hände vors Gesicht. »Tut mir leid, ich wollte Sie nicht ängstigen. Es ist schrecklich, dass Sie in diese Sache verwickelt worden sind. Doch so ist es nun mal, und deshalb wollte ich Sie warnen. Ich verspreche Ihnen, alles mir Mögliche zu tun, um Ihnen in Ihrer Situation beizustehen.« Eine beklommene Pause entstand, als beiden die Hoffnungslosigkeit ihrer Lage bewusst wurde. »Sollen wir jetzt bestellen?«

Während des Mittagessens versuchte Ian, die Stimmung aufzuheitern, indem er Witze und alberne Anekdoten zum Besten gab. Doch Miranda hörte nur mit halbem Ohr hin. Appetitlos stocherte sie auf ihrem Teller herum und war froh, als Ian um die Rechnung bat.

Auf der Heimfahrt blickte sie bedrückt schweigend aus dem Fenster.

»Ich kann Sie nicht nach oben begleiten, da ich noch arbeiten muss. Kommen Sie zurecht?«

»Ja«, erwiderte sie mit matter Stimme.

»Wenn ich richtig informiert bin, fliegen Sie am Freitag übers Wochenende zu Santos?«

»Ja.«

»Wie ich schon sagte, sollten Sie einfach nett zu ihm sein. Bestimmt werden Sie sich amüsieren. Ich schaue vorbei, sobald Sie zurück sind. Seien Sie vorsichtig, Miranda.«

»Danke für das Essen.«

Ian blickte ihr nach, als sie traurig zur Haustür ging und im Gebäude verschwand.

»Arme Kleine«, murmelte er. Dann startete er den Motor und fuhr die elegante, von Bäumen gesäumte Straße entlang und davon.

13

»*Buon giorno*, Leah! *Cara*, du siehst aus wie das blühende Leben. Wie schön, dich zu sehen.« Carlo wirbelte um Leah herum wie ein aufgeregter kleiner Junge, suchte im dicht gedrängten Salon nach einem Stuhl für sie und beauftragte einen seiner Assistenten, ihr eine Tasse Kaffee zu bringen.

Lächelnd sah Leah sich um. Unwillkürlich musste sie an den Vormittag zurückdenken, als Maria Malgasa der Star der Show gewesen war und Carlo sie wie eine Königin behandelt hatte. Sie drehte sich um und entdeckte zwei neue, jüngere Models, die nervös im Hintergrund saßen, genau wie sie damals. Die beiden starrten sie ehrfürchtig an, und sie warf ihnen ein freundliches Lächeln zu.

Die halbjährlichen Schauen waren eine Gelegenheit, die ganze Modewelt wiederzusehen. Nach dem ersten Jahr hatten diese Events Leah immer großen Spaß gemacht. Aber sicher, jetzt war sie auch der Star der Haute-Couture-Kollektion im September und nicht nur der der Prêt-à-porter-Schau im Oktober, und die Fotografen buhlten ebenso darum, Leah abzulichten, wie darum, Carlos Entwürfe einzufangen.

Aber als sie jetzt Giulios Ausführungen lauschte, in welcher Reihenfolge sie alle auf den Laufsteg treten würden, empfand sie nicht den gleichen vorfreudigen Zauber wie sonst. Vielleicht lag es am Jetlag nach dem langen Flug, aber eher wohl daran, dass sie sich einsam fühlte beim Gedanken, die kommende Woche ohne Brett verbringen zu müssen. Das sowie der Umstand, dass sie Carlos erdrückende Aufmerksamkeit ertragen musste, nachdem sie sich an ein Leben ohne all das gewöhnt hatte.

Außerdem war dieses Jahr Jenny nicht dabei. Keiner der Designer hatte sie buchen wollen, als Madelaine sie vorgeschlagen hatte. Keiner von ihnen nahm ihr ab, dass Jenny wieder zu ihrer alten Form zurückgekehrt war. Leah war über ihren Schatten gesprungen, hatte Carlo angerufen und ihn inständig gebeten, Jenny eine Chance zu geben.

»Schätzchen, selbst für dich heißt die Antwort Nein. Sie ist *finita.* Abgewrackt, wie die Amerikaner sagen.«

Leah hatte beteuert, dass Jenny keine Drogen mehr nahm, nicht mehr trank und großartig aussah, aber die Tatsache, dass ihr Kosmetikvertrag gekündigt worden war, hatte Jenny nicht gerade geholfen. Als Madelaine es ihr am Telefon gesagt hatte, hatte sie recht gefasst reagiert.

»Ihr Schaden«, hatte sie achselzuckend erwidert. »Es kommen andere Verträge.«

Mit schwerem Herzen hatte Leah sich von Jenny beim Packen für die Reise nach Mailand helfen lassen; sie war dankbar, dass offenbar zumindest die Romanze mit ihrem Prinzen gut lief. Ranu wollte ein paar Tage mit ihr in Urlaub fahren, und Leah war überzeugt, dass nur das ihre Freundin noch aufrecht hielt. Am liebsten hätte sie geweint beim Gedanken daran, wie sehr sich Jenny in der Entzugsklinik erholt hatte. Aber niemand wollte ihr noch eine Chance geben.

»Also gut, meine Damen. An die Arbeit«, rief Giulio.

Die Frühjahrskollektion war ein riesiger Erfolg, Carlo hatte sich in dieser Saison selbst übertroffen. Anschließend umringten die Fotografen Leah. Wie immer bestand Carlo darauf, sie fest an sich zu ziehen und ihr einen Kuss auf die Wange zu drücken. Leah entwand sich seiner Umarmung, aber zu spät.

»Ist die Romanze zwischen Ihnen beiden immer noch im Gange, Miss Thompson?«, fragte ein Klatschkolumnist über den Lärm hinweg.

Leah wandte sich ab.

»Meine Herren, es reicht. Wie Sie wissen, ist Leah scheu. Und wir sind jetzt beide müde«, sagte Carlo.

»Was ist mit dem jungen Mann, mit dem Sie bei Sardi's gesehen wurden?«

Leah seufzte. Jemand hatte sie und Brett entdeckt, als sie Arm in Arm das Restaurant verließen, und ein Foto geschossen, das dann bei jedem amerikanischen Boulevardblatt auf der Titelseite prangte. »Das Model und der Millionärssohn«, so die dazugehörige Schlagzeile. Leah war nicht klar gewesen, dass das Foto seinen Weg bis nach Italien gefunden hatte.

Carlo warf ihr einen merkwürdigen Blick zu und sagte dann: »Darf Miss Thompson nicht mit einem Geschäftsfreund ausgehen, wenn sie allein in einer neuen Stadt ist? Und jetzt, meine Damen und Herren, haben Sie genug bekommen. *Scusate.*«

Er zog Leah aus der Fotografenmeute.

»*Scusa*, ich muss mit einigen Leuten reden, danach möchte ich mit dir zum Essen fahren.«

Carlo marschierte davon. Leah war klar, dass sie einen Befehl erhalten hatte, keine Einladung.

Eine halbe Stunde später kehrte Carlo zurück. Sie gingen hinaus, er öffnete ihr die Beifahrertür zu seinem roten Lamborghini.

»Carlo, wohin fahren wir?«

»Das habe ich dir doch gesagt. Ich gehe mit dir essen.«

Nachdem Leah ihm jahrelang blind vertraut hatte, war ihr mittlerweile bewusst geworden, dass sich am Abend ihres einundzwanzigsten Geburtstags etwas verändert hatte. Je weiter sie Mailand hinter sich ließen, desto unbehaglicher wurde ihr.

Schließlich bog Carlo nach links ab durch ein großes schmiedeeisernes Tor auf eine herrschaftliche Auffahrt, die zu einem geräumigen, in Flutlicht getauchten Palazzo führte. Er sah aus wie ein Märchenschloss. Carlo stellte den Wagen ab.

»Willkommen bei mir zu Hause«, sagte er.

Unwillkürlich stockte Leah der Atem. Carlo versprach schon seit Langem, ihr seinen Palazzo zu zeigen, aber in den letzten

Jahren war es bei ihren wenigen Besuchen in Mailand immer so hektisch zugegangen, dass es nie dazu gekommen war.

Sie stieg aus dem Wagen und folgte Carlo die breite Treppe zum Säuleneingang hinauf. Die Tür wurde von einem Butler geöffnet.

»Guten Abend, Antonio.«

»Guten Abend, *signore.*«

»Ist alles fertig?«

»*Sì, signore.* Folgen Sie mir.«

Leah ging mit Carlo und dem Butler durch eine Flucht erlesener Räume, einer prachtvoller als der andere. Die hohen Decken waren in Pastellfarben mit religiösen Szenen bemalt, die Möbel sahen kostbar aus. Leah fühlte sich eher an ein Museum als an ein Zuhause erinnert. Wie sehr Brett doch die Kunstwerke bewundern würde, die hier an den Wänden hingen!

Am Ende eines langen Korridors, in dessen Marmorfußboden sich das Licht unzähliger Kerzenleuchter spiegelte, öffnete Antonio eine Doppeltür und führte sie in den dahinterliegenden Raum.

Staunend sah Leah zur Decke empor, vielleicht fünfzehn Meter über ihr. Der Raum war so groß, dass sie kaum das andere Ende ausmachen konnte.

»Der Ballsaal«, sagte Carlo und bot ihr seinen Arm. »Komm. Wir wollen essen.«

Der Saal war leer bis auf einen Tisch vor den großflächigen Glastüren, die auf eine beleuchtete Terrasse hinausführten.

Als sie sich setzten, erschien wie aus dem Nichts ein Bediensteter und öffnete die Champagnerflasche, die in einem Eiskübel bereitstand. Er schenkte zwei Gläser ein und trat dann auf die Terrasse, wo er mit den Fingern schnipste. Sofort wehten die leisen Klänge klassischer Musik herein, und Leah sah, dass draußen ein Streichquartett spielte.

Angesichts ihrer verblüfften Miene musste Carlo lächeln. »Siehst du, ich habe dir doch gesagt, dass ich dich zum Essen ausführe. Es ist sehr schön hier, nicht wahr?«

Leah nickte. »Ja, wie in einem Märchen.«

Carlos Lächeln wurde noch breiter. »Es freut mich, dass es dir gefällt. Komm, lass uns darauf anstoßen. Ich weiß, du trinkst nicht gern, aber ein kleiner Schluck schadet nicht.«

Er erhob sein Glas, und widerwillig tat Leah es ihm gleich.

»Auf uns.«

»Auf uns«, murmelte sie.

Die wenig später aufgetragenen Speisen waren das Köstlichste, was Leah je gegessen hatte. Minestrone, Ossobuco – eine Beinscheibe vom Kalb auf Risotto, perfekt gewürzt mit Kräutern aus dem Palazzo-eigenen Garten – gefolgt von einer Zabaione.

Schließlich stellte der Bedienstete eine Platte mit einer großen Käseauswahl auf den Tisch. Leah schüttelte in gespielter Verzweiflung den Kopf.

»Ich kann nicht mehr, Carlo, wirklich nicht. Ich platze gleich. Das Essen war einfach herausragend. Ich frage mich, warum du überhaupt je ins Restaurant gehen möchtest, wenn du zu Hause eine solche Köchin hast.«

»Ja, Isabella ist eine Meisterin. Sie arbeitet seit Jahren für unsere Familie. Aber jetzt ist es Zeit, zu tanzen.«

Der Kellner zog Leahs Stuhl zurück, sie erhob sich. Carlo führte sie auf die Terrasse und verbeugte sich vor ihr.

»Darf ich um das Vergnügen bitten?«

Leah nickte, Carlo legte die Arme um sie, und zur leisen Musik tanzten sie langsam einen Walzer. Leah fühlte sich von der Schönheit der Szene überwältigt und wünschte sich nur, dass die Arme, die sie umfingen, Bretts wären.

»*Cara*, heute Abend siehst du bezaubernder aus als je zuvor. Es kommt mir vor, als würdest du jedes Jahr noch schöner werden. Komm, ich muss dir etwas zeigen.«

Abrupt hörte Carlo zu tanzen auf, führte sie über die Terrasse und trat durch eine weitere Glastür in einen anderen Raum.

Er war wesentlich kleiner und wirkte im Vergleich zum Ballsaal regelrecht heimelig. Carlo schloss die Tür.

»Komm, setz dich ans Feuer. Die Herbstluft ist etwas frisch.«

Leah ließ sich auf einen bequemen roten Samtsessel sinken, Carlo nahm ihr gegenüber Platz.

»Möchtest du einen Cognac, *cara*?«

Leah schüttelte den Kopf. Carlo ging zu einem großen, mit Goldintarsien verzierten Barschrank, auf dem eine Reihe schwerer Kristallkaraffen stand. Ihr fiel auf, dass er nervös wirkte, was sonst gar nicht seine Art war. Er schenkte sich kräftig vom Cognac ein und kippte ihn hinunter. Dann schenkte er sich nach und kehrte mit dem Glas in der Hand zu seinem Sessel am Kamin zurück, wo er damit spielte und dabei sinnierend in die Flammen sah.

»Wahrscheinlich fragst du dich, warum ich dich heute Abend hergebracht habe. Die letzten sechs Wochen ohne dich waren unerträglich. Die Trennung hat bestätigt, was ich immer schon gewusst habe. Ich liebe dich, Leah. Ich möchte, dass du meine Frau wirst.«

Er holte ein kleines schwarzes Samtetui aus seiner Brusttasche, nahm einen schimmernden Diamantring heraus und beugte sich zu ihr.

»Das ist schließlich genau das, was die Modewelt erwartet. Du und ich, wir sind füreinander bestimmt. Du wirst mit mir hier leben, umgeben von der Pracht, die deine Schönheit verdient, und eines Tages wirst du mir Kinder schenken, die ebenso schön sind wie du.« Carlo griff nach Leahs Hand und steckte ihr den Ring an den Finger.

»Sag Ja, *cara*, und ich werde dich zur glücklichsten Frau der Welt machen.«

Leah betrachtete den Ring an ihrem Finger. Plötzlich wurde ihr bewusst, wie absurd der ganze Abend war. Am liebsten hätte sie laut gelacht.

Es war alles zu perfekt. Der gut aussehende junge Prinz, der in der üppigen Pracht seines Schlosses seiner Herrin einen Hochzeitsantrag machte. Wie im Märchen. Das Problem war nur, dass sie einen anderen Mann liebte.

Sie holte tief Luft, streifte sich den Ring vom Finger und reichte ihn zurück.

»Nein, Carlo. Ich kann dich nicht heiraten.«

Carlo sah aus, als hätte sie ihm eine Ohrfeige verpasst.

»Aber warum denn nicht?« Seine Verwunderung war nicht gespielt. Leah erkannte, dass Carlo nicht im Traum daran gedacht hatte, sie könnte seinen Antrag ablehnen.

»Weil ich jemand anderen liebe.«

Die Verwunderung wandelte sich zu Entsetzen.

»Wen?«

»Den Mann, den du auf dem Foto mit mir gesehen hast. Er heißt Brett Cooper, und ich kenne ihn, seit ich fünfzehn bin.«

»Das heißt, du hast die ganzen langen Jahre eine Affäre gehabt, während der geduldige Carlo sich um dich gekümmert hat, alles für dich getan und dich nie angerührt hat?« Seine Stimme bebte vor Wut.

Leah schüttelte den Kopf. »Nein, Carlo. Ich bin ihm an meinem einundzwanzigsten Geburtstag wiederbegegnet. Er lebt in New York, da haben wir uns getroffen.«

Carlo stand auf und schritt auf und ab durch den Raum.

»*Un momento, per favore!* Das ist also bloß eine Liebelei. Ein kleiner Junge, der dir Gesellschaft geleistet hat, als du allein in New York warst. Darüber kommst du hinweg, Leah. Er kann dir nicht dasselbe bieten wie ich, nicht das, was du verdienst. Ein wunderschönes Zuhause, einen Titel. Wirf das nicht weg. Wir sind füreinander bestimmt.«

»Wenn du es genau wissen willst: Bretts Vater ist einer der reichsten Männer der Welt. Aber Geld spielt sowieso keine Rolle«, erklärte sie. »Vergiss nicht, ich habe mein eigenes, und ich würde Brett auch dann lieben, wenn er arm wie eine Kirchenmaus wäre.«

»Das ist also dein Dank für all das, was ich für dich getan habe. Ich habe dich zu dem gemacht, was du bist, und jetzt vergiltst du es mir, indem du einen widerwärtigen Bengel vögelst, der noch grün hinter den Ohren ist.« Carlos Stimme überschlug sich fast.

Leah erhob sich. »Carlo, ich bin dir sehr dankbar für alles, was du für mich getan hast. Du warst großartig zu mir, und du bist für mich einer meiner besten Freunde. Aber ich glaube, jetzt gehe ich besser.« Ruhig schritt sie zur Tür.

»Die ganze Zeit führst du dich mir gegenüber auf wie die heilige Jungfrau, und hinter meinem Rücken triffst du dich mit anderen Typen. Aber …« Carlo trat vor Leah, und sie sah ein triumphierendes Glitzern in seinen Augen. »Jetzt ist es zu spät. Heute Nachmittag habe ich die Presse über unsere Verlobung und bevorstehende Hochzeit informiert.«

Abrupt blieb Leah stehen. »*Was* hast du getan?«

Carlo lächelte nur wortlos.

»Wie kannst du dich unterstehen, das ohne meine Zustimmung zu tun? Für wen zum Teufel hältst du dich?«

»Für den Mann, der dich von einer *goffa*, einer dummen Göre, in den Star verwandelt hat, der du heute bist.«

»Jenny hatte recht. Sie sagte, dass du glaubst, ich hätte meinen Erfolg nur dir zu verdanken. Aber ich bin nicht dein Eigentum, Carlo. Ich gehöre niemandem. Du solltest morgen bei der Presse anrufen und sagen, dass es ein Irrtum war. Und wenn du's nicht tust, dann mache ich es.«

»Zu spät. Morgen früh steht es in allen Zeitungen, überall. *Cara*, bitte. Lass uns nicht streiten. Ich weiß, dass du mich liebst. Du wirst diesen anderen Burschen vergessen.« Carlo streckte die Arme nach Leah aus, doch sie wich zurück, zitternd vor Wut.

»Fass mich nicht an!«

Er folgte ihr und zog sie mit Gewalt an sich.

»Ein Kuss ist das Mindeste, was du mir schuldest.« Er drückte seinen Mund auf ihren und versuchte, ihre Lippen zu öffnen.

»Hör auf! Hör auf!« Keuchend wand Leah sich aus seinem Griff. »Ich will dich nie wiedersehen. Mit dieser Show endet unser Vertrag, und einen nächsten unterschreibe ich nicht. Ich möchte, dass du deinen Chauffeur rufst und er mich sofort nach Mailand zurückfährt.«

Carlos Miene veränderte sich, seine Stimme wurde weich. »*Cara*, das kann nicht dein Ernst sein, oder? *Va bene*, vielleicht habe ich die Sache etwas überstürzt und die Presse informiert, bevor wir alles unter uns ausgemacht …«

»Carlo, zum letzten Mal, ich liebe dich nicht, ich will dich nicht heiraten, und was du getan hast, war widerwärtig. Und jetzt bestell mir ein Taxi! Sonst rufe ich bei der Presse an.«

»Schon gut, schon gut.« Carlo drückte den Summer. »Wir unterhalten uns morgen, wenn du dich etwas beruhigt hast.«

Der Butler erschien, und Carlo sagte auf Italienisch etwas zu ihm.

»Der Wagen steht draußen.«

»Leb wohl, Carlo. Ich hoffe um deinetwillen, dass der Schaden, den du angerichtet hast, sich wieder beheben lässt.«

Leah verließ den Raum und folgte dem Butler durch den langen Korridor. Sie zitterte immer noch vor Wut.

Auf der Fahrt nach Mailand versuchte sie, sich einen Reim darauf zu machen, was Carlo getan hatte. Wenn er die Wahrheit sagte, war es zu spät, um noch etwas zu unternehmen. Die Geschichte würde morgen in der Zeitung stehen.

Brett.

Leah biss sich auf die Unterlippe. Sie wusste, wie sehr ihre Beziehung zu Carlo ihn jetzt schon beschäftigte.

Sobald sie in ihr Zimmer kam, rief sie bei ihm im Büro an. Pat teilte ihr mit, er sei gerade gegangen. Sie versuchte es in der Maisonettewohnung, bekam aber nur den Anrufbeantworter. Sie hinterließ eine Nachricht und bat ihn, sie im Hotel anzurufen.

Sie musste versuchen, ihm die Geschichte zu erklären, bevor er die Zeitungen sah.

Leah tat ihr Bestes, sich zu überzeugen, dass Brett alles verstehen würde. Doch je mehr der Morgen graute, desto größer wurde der Zweifel in ihrem Herzen.

14

Carlo Porselli, der italienische Modedesigner, der die dieswöchigen Mailänder Schauen im Sturm eroberte, gab gestern seine Verlobung mit seiner Muse, dem Topmodel Leah Thompson, bekannt. Die Meldung kam nicht überraschend, das junge Liebespaar ist seit vier Jahren unzertrennlich.

Miss Thompson verbrachte gestern zur Feier der bevorstehenden Hochzeit einen romantischen Abend mit Carlo in seinem Palazzo am Ufer des Comer Sees. Im Morgengrauen wurde sie bei der Rückkehr in ihre Suite im Hotel Principe de Savoia gesehen.

Miss Thompson fliegt heute nach New York zurück, um ihre Verpflichtungen gegenüber Chaval Cosmetics zu erfüllen, aber Carlo versicherte mir, dass sie, sobald ihr Vertrag ausgelaufen ist, nach Mailand zurückkommen und dauerhaft dort leben wird. Dem jungen Paar die herzlichsten Glückwünsche!

Leah betrachtete das Foto, auf dem Carlo ihr vor seinem Salon einen Kuss gab, und seufzte. Auf der Taxifahrt vom Kennedy-Flughafen zu ihrer Wohnung las sie in anderen Zeitungen vier weitere, praktisch wortgleiche Meldungen.

»O mein Gott.« Es war unvermeidlich, dass auch Brett das lesen würde. Kurz fragte sie sich, ob sie ihren Anwalt anrufen und ihn bitten sollte, Anzeige zu erstatten, aber das war sinnlos. Die Zeitungen hatten alles Recht der Welt zu drucken, was Carlo ihnen gesagt hatte … Sie müsste also Carlo verklagen. Als das Taxi vor ihrem Apartmentblock hielt, drehte sich ihr der Kopf.

»O nein!«, entfuhr es ihr mit einem lauten Seufzen. Paparazzi kamen auf ihr Taxi zugelaufen.

»Haben Sie schon einen Termin für den großen Tag, Leah?«

»Glückwunsch, Miss Thompson!«

»Was ist mit Brett Cooper, der Sie begleitet, seit Sie in New York sind?«

»Kein Kommentar, kein Kommentar.« Leah bahnte sich einen Weg durch das Gedränge der Journalisten und Fotografen. Bevor sie eine Erklärung abgab, musste sie sich erst einmal sammeln; ganz abgesehen davon, dass Madelaine ihre Models stets dazu anhielt, nie direkt mit der Presse zu sprechen. Am wichtigsten war für sie jetzt aber zunächst, Brett anzurufen.

In der Wohnung war es sehr still. Leah stellte den Koffer in ihr Zimmer und ging durch den Flur weiter zu Jennys.

Die Tür war geschlossen. Leah klopfte. »Jenny! Ich bin wieder da! Ich muss dir dringend was erzählen.« Es kam keine Antwort. Sie öffnete die Tür, im Raum war es dunkel, allerdings konnte sie im Bett eine schlafende Gestalt ausmachen.

»Jenny, wach auf. Unten steht eine Journalistenmeute, und …« Leah trat näher ans Bett, Jenny schlief tief und fest. »Jenny, wach auf.« Sacht schüttelte sie ihre Freundin. Keine Reaktion.

Leah zog die Vorhänge zurück, Licht fiel auf Jennys blasses, regloses Gesicht.

Dann bemerkte sie die Wodkaflasche neben dem leeren Tablettengläschen auf der Zudecke.

»Jenny, wach auf!«, schrie Leah und schüttelte sie heftig. Panik machte sich in ihr breit. »O mein Gott.«

Sie griff nach dem Telefon neben dem Bett und wählte den Notruf.

»Hallo, ich brauche einen Notarzt. Ja.« Leah nannte die Adresse. »Ich vermute, dass sie eine Überdosis genommen hat. Bitte beeilen Sie sich. Ich kriege sie nicht wach … was? Nein, ich weiß nicht, wie lange sie schon hier liegt. Ja, das mache ich.«

Leah legte den Hörer auf und holte schnell die Zudecke von ihrem eigenen Bett. Die breitete sie über die reglose Gestalt und setzte sich dann daneben, um Jennys kalte Hand in ihrer zu wärmen.

»Bitte, Jenny, stirb nicht. Komm, jetzt bin ich doch bei dir.« Tränen liefen ihr über die Wangen, jede Sekunde zog sich in die Länge, und sie konnte nichts tun, als hilflos hier zu sitzen. Ihre eigenen Probleme rückten in weite Ferne, sie betete nur, es möge nicht zu spät sein.

Endlich läutete es an der Tür.

Sie betätigte den Summer, und keine Minute später standen die Sanitäter an Jennys Seite und überprüften ihre Vitalzeichen.

»Okay, wir bringen sie ins Krankenhaus.«

Sie hoben Jenny auf eine Trage, Leah hielt die Lifttür auf, und sie zwängten sich hinein.

»Ist sie …?«

Sie konnte sich nicht überwinden, die Worte auszusprechen.

»Sie ist am Leben, aber nur knapp. Sie muss schon mehrere Stunden bewusstlos sein.«

Vor der Tür des Gebäudes drängten sich die Paparazzi, während die Sanitäter Jenny in den Rettungswagen schoben und ihr eine Sauerstoffmaske aufsetzten.

»Miss Thompson, wer ist das? Eine Freundin?« Eine Journalistin drängte sich in die vorderste Reihe der Meute.

»Miss, kommen Sie mit?«, fragte der Sanitäter.

Leah nickte dankbar, sie wurde in den Ambulanzwagen gezogen, und die Türen schlossen sich.

Gleich nach der Ankunft im Lenox Hill Hospital wurde Jenny in die Notaufnahme gebracht. Leah blieb im verwaisten Wartezimmer zurück, wo sie rastlos auf und ab schritt. Immer wieder kamen ihr die Tränen: Ihre Freundin hatte sich so viel Mühe gegeben, ihr Leben wieder in den Griff zu bekommen, aber niemand war bereit gewesen, ihr eine zweite Chance zu geben. Jenny starb an dem Druck, perfekt sein zu müssen.

Schließlich trat ein Arzt durch die Schwingtür.

»Sie sind die Freundin von Jennifer Amory?«

Zögernd blickte Leah auf, alle Farbe wich ihr aus dem Gesicht. »Ja«, wisperte sie.

»Wir sind ziemlich sicher, dass Miss Amory durchkommen wird. Sie liegt auf der Intensivstation, und in den nächsten Tagen wird es ihr weniger gut gehen, aber das sollte sie überstehen.«

»Gott sei Dank«, flüsterte Leah. »War es eine Überdosis?«

Der Arzt hob die Hände. »Ja. Ob absichtlich oder nicht, müssen wir noch feststellen. Aber der Arzt, der ihr die Diättabletten verschrieben hat, die wir ihr gerade aus dem Magen gepumpt haben, gehört zur Verantwortung gezogen. Zusammen mit Alkohol können sie fatal sein. Ich bezweifle stark, dass Miss Amory in den vergangenen zwei Tagen auch nur einen Bissen gegessen hatte. Wir haben nichts in ihr gefunden, das darauf hinweisen würde. Wissen Sie, ob sie auf Diät war?«

»Ja. Aber ich wusste nicht, dass die Kurklinik ihr Tabletten verschrieben hatte.«

»Kurklinik? So nennt sich das heutzutage?« Der Arzt sah sie skeptisch an. »Ich werde Miss Amory sagen, dass sie ihr Geld in Zukunft nicht auf solche Kuren verschwenden soll. Die Medikamente, die dort verschrieben werden, wurden selten richtig getestet und sind oft gefährlich. Man kann am Stoffwechsel nicht herumbasteln wie an einem Gebrauchtwagen.«

»Kann ich sie sehen?«

Der Arzt nickte. »Sie ist müde und verängstigt, das ist ein gutes Zeichen. Kommen Sie mit.«

Leah folgte dem Arzt den Flur entlang zu einem kleinen Privatzimmer.

Jenny lag im Bett, ihr Körper war über zahlreiche Schläuche mit großen Monitoren verbunden. Sie hatte die Augen geöffnet, und sobald sie Leah sah, begannen sie, in ihrem blassen Gesicht zu strahlen.

»Hallo«, flüsterte sie heiser.

Leah küsste Jenny auf die kalte Wange und setzte sich auf den Stuhl neben ihrem Bett.

»Die Ärzte sagen, dass du in ein paar Tagen wieder ganz die Alte sein wirst.« Sie lächelte.

»Ich wollte gar nicht so viele nehmen … Ich … ich habe mich verzählt.«

»Na ja, von denen lässt du in Zukunft auf jeden Fall die Finger. Jetzt weißt du ja, wozu solche Tabletten führen können.«

»Ja. Aber ich wollte unbedingt mein Gewicht halten. Ich hatte am Montag einen wichtigen Termin, und ich wollte einfach gut aussehen. Madelaine sagte, das wäre meine letzte Chance, und …« Ihr versagte die Stimme.

Leah griff nach ihrer Hand. »Ganz ruhig. Ich rufe Madelaine gleich Montagvormittag an, das kriegen wir geregelt. Mach dir deswegen keine Sorgen. Versuch einfach, dich zu erholen. Ich komme dich so bald wie möglich wieder besuchen.«

»Nein.« Jenny umklammerte ihre Hand. »Ich möchte nicht, dass jemand davon erfährt. Bitte, Leah, versprich mir, dass du kein Wort sagst.«

»Also gut, versprochen.«

Der Arzt gab Leah von der Tür aus ein Zeichen.

»Ich muss jetzt gehen. Schlaf ein bisschen. Alles wird gut. Tschüs, meine Liebe.«

Jennys Lippen verzogen sich zur Andeutung eines Lächelns, als Leah ihr zum Abschied einen Kuss gab und mit dem Arzt das Zimmer verließ.

»Besuchen Sie sie erst morgen wieder. Was sie jetzt am meisten braucht, ist Schlaf.«

»Sie hat mir gesagt, dass sie nicht so viele von den Tabletten nehmen wollte; ich glaube nicht, dass es Absicht war.«

Der Arzt zuckte mit den Schultern. »Wer weiß? Manchmal ist so etwas eine Art Hilferuf. Wie auch immer, bevor wir sie entlassen, wird unser Psychotherapeut sich ausführlich mit ihr unterhalten.«

Auf der Taxifahrt zurück zu ihrer Wohnung fröstelte Leah trotz des für Ende September recht warmen Wetters. Zu ihrer Erleichterung waren die Reporter vor dem Haus verschwunden. Die Ereignisse der vergangenen vierundzwanzig Stunden wirbelten ihr durch den Kopf. Sie schloss die Tür zur stillen Wohnung auf und ging erschöpft ins Wohnzimmer, wo eine ihr vertraute Gestalt auf dem Sofa saß.

»Guten Abend, Brett.«

Er drehte sich nicht zu ihr. »Ich hoffe, du hast nichts dagegen, ich bin mit meinem Schlüssel reingekommen. Unter den Umständen sollte ich dir den wohl besser zurückgeben.«

Seine Stimme klang tonlos und kalt, er nuschelte. Leah bemerkte, dass er betrunken war.

Das Letzte, was sie jetzt brauchte, war eine große Auseinandersetzung. Sie fühlte sich ausgelaugt und kraftlos.

»Hast dir beim Heimkommen ja gut Zeit gelassen. Musstest wohl die schöne Nachricht feiern, was?«

»Nein, Brett. Im Gegenteil, ich war im Krankenhaus. Jenny, sie ... ach, egal.« Jenny hatte ihr das Versprechen abgenommen, nichts zu sagen. Matt schüttelte Leah den Kopf und setzte sich in einen Sessel Brett gegenüber.

»Ich habe gestern Abend versucht, dich anzurufen, und ...«

»Ich weiß. Hab deine Nachricht gehört. Nett von dir, mich vorzuwarnen, oder wolltest du mich bitten, dein Trauzeuge zu sein?«, zischte Brett.

»Brett, bitte. Darf ich dir die Sache erklären, bevor du voreilig Schlüsse ziehst? Ich ...«

»Voreilig? Verdammt, Leah! Ganz Amerika weiß, dass du gesehen wurdest, wie du im Morgengrauen ins Hotel geschlichen bist, nachdem du einen romantischen Abend allein mit Carlo verbracht hast. Willst du das etwa leugnen?«

»Nein, ich ... Aber das stimmt so alles nicht. Ja, ich war mit Carlo in seinem Palazzo. Er hat mich zum Essen eingeladen, aber mir war nicht klar, was er vorhatte, und ...«

»Ach, die süße, unschuldige kleine Leah, die vom bösen Carlo in seine Höhle verschleppt wurde. Wieso bist du erst im Morgengrauen entkommen? Hat er dich gefangen gehalten, oder konntest du dich nicht aus seinem warmen Bett losreißen?«

»Hör auf!« Leahs Stimme wurde eiskalt vor Wut. »Wie kommst du dazu, hier in meiner Wohnung zu sitzen und so mit mir zu reden? Du fällst dein Urteil über mich, bevor du mich angehört hast. Du hast mir keine Chance gegeben, irgendetwas zu erklären.« Angesichts von Leahs Zorn stutzte Brett einen Moment. »Carlo hat mir in seinem Palazzo wirklich einen Antrag gemacht. Ich war entsetzt und schockiert. Ich habe ihn abgelehnt, Himmelherrgott. Aber er hatte der Presse schon mitgeteilt, dass ich Ja gesagt hätte. Die Artikel waren bereits geschrieben. Ich kann nichts dafür, Brett, wirklich nicht.«

Leicht schwankend stand er auf. Es fiel ihm schwer, Leah mit den Augen zu fixieren. »Das ist ja eine nette kleine Geschichte.«

»Brett, du bist betrunken. Ich glaube, darüber sollten wir noch mal reden, wenn du wieder nüchtern bist.«

Brett stolperte einen Schritt auf sie zu. »Wärst du nicht auch betrunken, wenn die Frau, die du liebst, dich angelogen hätte? Wenn sie eine Nacht mit einem anderen Mann verbracht und dann ihre Verlobung mit ihm in alle Welt ausposaunt hätte? Okay, Leah, jetzt hast du, was du wolltest. Du hast es mir doppelt und dreifach heimgezahlt, dass ich dich damals verletzt habe. Hoffentlich bist du jetzt zufrieden.«

Leah sah Brett nach, wie er zur Tür torkelte. Sinnlos, noch weiter zu versuchen, ihm etwas zu erklären. Er war zu betrunken und zu irrational, um zuzuhören. Tränen brannten ihr in den Augen, als sie ihm durch den Flur zur Tür folgte.

»Also, Leah, leb wohl. Es war nett, dich gekannt zu haben. Ich wünsche dir viele glückliche Jahre mit dem italienischen Schleimbeutel.«

»Brett.« Sie fasste ihn am Arm. »Geh nach Hause, und wenn du dich beruhigt hast, dann ruf mich bitte an. Und denk daran, dass ich dir geglaubt und dir eine zweite Chance gegeben habe.«

Eine Sekunde sah Leah etwas wie Verständnis in Bretts Augen

aufflackern, aber dann kehrten der verletzte Stolz und die Wut zurück. Mit einem Kopfschütteln drehte er sich um und ging auf unsicheren Beinen zum Lift.

Leah ließ die Wohnungstür ins Schloss fallen, sank auf die Knie und brach in Tränen aus. Sie wusste, dass sie ihn ein weiteres Mal verloren hatte.

Schließlich schleppte sie sich ins Bad und duschte. Danach ging es ihr etwas besser. Sie setzte sich aufs Bett und rief im Krankenhaus an. Jenny schlief ruhig. Leah legte den Hörer neben das Telefon und kroch zwischen die kühlen Laken.

Aber der Schlaf wollte nicht kommen. Carlo, Jenny, Brett … Leah starrte zur Decke und fragte sich, wie viele junge Frauen alles geben würden, um an ihrer Stelle zu sein. Schön, erfolgreich, vermögend. Aber das alles kostete einen sehr hohen Preis. Und Leah war sich nicht sicher, ob sie noch sehr viel länger bereit war, ihn zu bezahlen.

15

»Wer war das?«, fragte die Gestalt leise, die jämmerlich auf dem Sofa kauerte.

»Anthony van Schiele. Er hat mich morgen zum Lunch bei sich in sein Haus in Southport eingeladen. Um zwölf kommt ein Wagen, um mich abzuholen. Wahrscheinlich hat er wegen der Sache mit Carlo kalte Füße bekommen und denkt, dass ich den Vertrag auflösen möchte, um eine *principessa* zu werden. Ich muss mit ihm reden und ihn beruhigen. Kommst du allein zurecht?«

»Ja, Leah, natürlich.«

Leah ging quer durchs Zimmer und setzte sich ans Sofaende zu Jennys Füßen. Das blasse Gesicht und der abgemagerte Körper hatten kaum noch Ähnlichkeit mit der jungen Frau, die Jenny früher gewesen war.

Vor zwei Wochen war sie aus dem Krankenhaus entlassen worden. Gleichzeitig hatte Leahs Arbeit für Chaval geendet. Sie hatte alle weiteren Termine abgesagt und sich Tag und Nacht um Jenny gekümmert, aber leider konnte sie keinerlei Verbesserung feststellen. Wenn überhaupt, ging es Jenny noch schlechter, als hätte sie all ihren Lebensmut verloren und würde sich nur noch mehr in sich selbst zurückziehen.

Der Arzt hatte Leah gewarnt und gesagt, man müsse nach einer Überdosis mit einer Depression rechnen, und ein kalter Entzug von Diättabletten oder Alkohol würde Jenny emotional aus dem Gleichgewicht bringen.

Nach ihrem jahrelangen Kampf, das Gewicht zu halten, war sie jetzt ins Extrem verfallen und musste von Leah regelrecht zwangsernährt werden. Sie war nur noch Haut und Knochen, und Leah dachte bitter, wie sehr Madelaine sich darüber freuen würde.

»Wenn ich dir etwas von der guten Suppe aufwärme, die ich gestern gekauft habe, isst du dann etwas davon?«

Jenny schüttelte den Kopf. »Ich hab keinen Appetit.«

»Aber meine Süße, du musst unbedingt mehr essen.«

»In den letzten Jahren haben mir alle in den Ohren gelegen, ich soll abnehmen, und jetzt wird mir das Essen aufgedrängt.«

»Im Moment kannst du dich nicht mal allein auf den Beinen halten, ganz zu schweigen davon, dich vor eine Kamera zu stellen. Du musst ein bisschen zunehmen und zu Kräften kommen, dann läuft alles wieder.«

»Wozu, Leah? Du meinst es gut mit mir, aber du weißt genauso gut wie ich, dass meine Karriere erledigt ist. Mich fassen sie nur noch mit der Kneifzange an«, sagte Jenny traurig.

Leah biss sich auf die Unterlippe. Sie hatte mit Madelaine gesprochen und wusste, dass Jenny recht hatte.

»Und was ist mit Ranu? Es wird ihm gar nicht gefallen, dich so zu sehen.«

»Seit wir aus dem Urlaub zurückgekommen sind, habe ich nichts mehr von ihm gehört. Er weiß nicht, dass ich krank war, und das ist auch gut so. Außerdem bin ich ihm sowieso egal.«

»Das stimmt nicht. Du hast doch gesagt, dass ihr in Aspen wunderschöne Tage hattet, oder nicht?«

»Doch. Aber ich weiß, dass er mich nicht liebt, Leah. Mal abgesehen davon, dass er ein bekanntes, erfolgreiches Sexsymbol an seiner Seite haben möchte und keinen abgewrackten Junkie wie mich.«

»Sag doch so was nicht«, flehte Leah verzweifelt.

»Warum nicht? Es stimmt doch.«

Leah seufzte. »Jenny, du musst da rauskommen. Du bist zu jung, um dich aufzugeben. Das ganze Leben liegt noch vor dir. Auch wenn es nicht mehr Modeln ist, es gibt andere Dinge im Leben, und zwar viel lohnendere.«

»Etwas anderes als mein Gesicht und meinen Körper habe ich doch nicht. Die habe ich beide kaputt gemacht, und jetzt ist nichts mehr übrig.«

»So einen Unsinn habe ich noch nie gehört. Die Fotografen und Modemacher haben dir das Gefühl gegeben, als hättest du kein Innenleben, und du bist ihnen voll auf den Leim gegangen.« Bevor sie weitersprach, überlegte Leah sich ihre Worte genau. »Ich bin wirklich enttäuscht von dir.«

»Es tut mir leid. Aber so empfinde ich es einfach«, sagte Jenny achselzuckend.

Mit einer entnervten Geste ging Leah in ihr Zimmer. Es war ein herbstlicher Oktobervormittag, ein Samstag, und die Bäume unter ihrem Fenster färbten sich gelb und golden.

Aus irgendeinem Grund war Leah angesichts der Schönheit des Ausblicks nach Weinen zumute. Vielleicht weil sie sich zwei Wochen lang aus dem Leben zurückgezogen hatte, um für Jenny da zu sein. Sie hatte eine Pause von den Kameras und der Presse gebraucht und sich über einiges klar werden müssen, bevor sie sich wieder dem grellen Scheinwerferlicht der Öffentlichkeit aussetzte. Sie hatte mit Madelaine über die Situation mit Carlo gesprochen, und die hatte sehr abwehrend reagiert, als Leah davon sprach, ihn zu verklagen.

»Nein, mein Herz, tu's nicht. Das ist schlecht für dein Image.«

Und für deine Agentur, hatte sich Leah sarkastisch gedacht.

»Lass Gras drüber wachsen. Nächste Woche hat die Presse die nächste große Story. Und in zwei Monaten dichten sie dir einen neuen Mann an.«

»Aber Madelaine, Carlo darf damit doch nicht durchkommen.«

»Ich weiß, meine Liebe. Das war wirklich nicht nett von ihm … Aber du musst auch bedenken, er hat dir zum großen Durchbruch verholfen.«

»Warum bekomme ich das immer wieder zu hören, Madelaine? Hat das wirklich nichts mit mir zu tun? Immerhin ist es mein Gesicht.« Noch nie hatte Leah ihrer Agentin gegenüber in einem solchen Ton gesprochen.

»Ja, meine Liebe, natürlich. Aber Carlo ist sehr einflussreich. Mein Gefühl sagt mir, dass es das Richtige ist, alles auf sich beruhen zu lassen. Die Geschichte wird sich von allein erledigen, die Leute haben ein kurzes Gedächtnis.«

Leah spürte, wie ihr Blutdruck stieg. »Sie wollen nicht, dass ich ihn verklage, weil er und seine Bekannten dann nicht mehr mit Ihren Models arbeiten.«

Kurz herrschte angespanntes Schweigen zwischen den beiden. »Du genießt dein augenblickliches Leben doch, Leah, oder?«, fragte Madelaine dann.

»Wie bitte?«

»Die Wohnung in New York, das gesellschaftliche Ansehen, das Geld. Und das alles nur, weil du an glamourösen Orten auftauchst und fotografiert wirst. Viele würden dafür über Leichen gehen.«

»Was wollen Sie damit sagen, Madelaine?«

»Dass du, wenn du von der Modewelt *und* der Öffentlichkeit weiterhin umworben und gefeiert werden möchtest, dich am Riemen reißt und weitermachst wie üblich. Carlo weiß, dass er einen Fehler gemacht hat. Das können wir zu unserem Vorteil nutzen.«

Leah fehlte die Kraft, auch noch gegen Madelaine anzukämpfen. »Bitte richten Sie ihm von mir aus, dass ich nie wieder für ihn arbeiten möchte und dass er sich unterstehen soll zu versuchen, mit mir Kontakt aufzunehmen. Sonst verklage ich ihn wirklich!«

Carlos mieses Verhalten beschäftigte Leah Tag und Nacht. Sie hasste ihn dafür, dass er ihre Beziehung mit Brett zerstört hatte; Brett hatte nicht mehr angerufen. Und selbst wenn er sich melden würde, wäre es unmöglich, wieder ein vertrauensvolles Verhältnis zwischen ihnen aufzubauen.

Die vergangenen zwei Wochen waren in jeder Hinsicht grauenhaft gewesen.

»Hallo, Leah. Sie sehen wirklich fantastisch aus. Bitte, kommen Sie doch herein.«

Die Größe des Hauses überwältigte Leah förmlich, als sie Anthony durch die schlicht, aber erlesen möblierten Räume folgte. Das Herrenhaus stand inmitten eines riesigen Grundstücks im baumbestandenen grünen Southport, Connecticut.

»Was möchten Sie trinken?«, fragte Anthony.

»Ein Mineralwasser, bitte.«

Mit einem Nicken machte er sich daran, die Getränke einzuschenken. Währenddessen blickte Leah durch die großen Fenster des eleganten Wohnzimmers auf die hügelige Landschaft hinaus.

»Das Haus ist wirklich wunderschön, Anthony«, sagte Leah bewundernd.

»Danke. Wir … Ich habe es selbst entworfen. Aber jetzt, wo mein Sohn nur noch in den Ferien nach Hause kommt, und seit meine Frau … na ja, es ist etwas groß für mich allein. Ich beschränke mich meistens auf das kleine Wohnzimmer und das Schlafzimmer. Ich bin am Überlegen, ob ich es nicht verkaufen soll.«

Leah war entsetzt. »Nein, tun Sie das nicht. Es hat etwas Besonderes. Ich kann gar nicht glauben, dass ich ganz in der Nähe von New York bin. Der Blick erinnert mich an meine Heimat, an dort, wo ich aufgewachsen bin.«

»Wo war das?«

»Yorkshire.«

»Das Land der Brontës. Ich habe die Bücher der drei Schwestern alle gelesen.«

Leah verbarg ihre Überraschung nicht. »Ach wirklich? Ich auch. Ich mag sie sehr.«

Angeregt unterhielten sich die beiden über ihre Lieblingsromane und erörterten die unterschiedlichen Stile von Charlotte, Emily und Anne.

Eine Hausangestellte erschien, um sie zum Lunch zu holen. Leah folgte Anthony in das förmliche Speisezimmer, wo am oberen Ende der langen Tafel zwei Gedecke aufgelegt waren.

»Es kommt mir etwas lächerlich vor, zum Lunch hier zu sitzen, aber um im Wintergarten zu essen, ist es zu kalt, und die Küche war mir etwas zu familiär«, erklärte Anthony entschuldigend. »Mein Sohn und ich essen immer in der Küche.«

»Wie alt ist er?«

»Mein Sohn? Gerade achtzehn geworden. Im September habe ich ihn nach Yale geschickt.« In Anthonys Stimme lag eine gewisse Wehmut. »Er fehlt mir sehr, muss ich sagen. Aber genug davon. Sehen Sie es mir bitte nach, ich habe seit Ihrer Ankunft praktisch nur von mir gesprochen.«

»Aber nein, es interessiert mich doch«, widersprach Leah aufrichtig.

Nach dem Lunch tranken sie im Wohnzimmer Kaffee.

»Leah, ich muss Sie fragen, ob die Geschichten in der Presse stimmen, dass Sie in Kürze Carlo Porselli heiraten und nach Italien ziehen. Ich weiß, dass Ihre Arbeit für Chaval abgeschlossen ist, aber natürlich würden wir den Vertrag mit Ihnen gern um ein weiteres Jahr verlängern.«

Anthony sah, dass Leahs Miene sich verdüsterte.

»Nein, Anthony. Die Geschichte stimmt nicht, von vorn bis hinten nicht. Eigentlich wollte ich ihn verklagen, aber meine Agentin hat mir davon abgeraten.«

»Die Geschichte ist also frei erfunden?«

»Nein … Carlo hat es der Presse so zugesteckt. Es klingt absurd, ich weiß, aber er war davon überzeugt, dass ich ihn heiraten würde, und ist gar nicht auf die Idee gekommen, mich zu fragen, was ich davon halte. Wie auch immer …« Leah machte eine hilflose Geste. »Madelaine meint, dass bald Gras über die Sache gewachsen sein wird. Ich muss sagen, eigentlich bin ich nach wie vor wütend. Wegen dieser Geschichte ist eine sehr schöne Beziehung mit jemandem, der mir viel bedeutet hat, in die Brüche gegangen.«

Nachdenklich trank Anthony einen Schluck Kaffee. »Keine Aussicht auf Versöhnung?«

»Nein. Aber vielleicht ist es auch gut so. So, wie ich rund um die Uhr im Licht der Öffentlichkeit stehe, wäre es wohl früher oder später passiert. Vermutlich wäre er mit den ständigen Gerüchten nicht klargekommen.«

»Die Medien können eine große Gefahr sein. Chaval freut sich natürlich über alle medienwirksamen Auftritte von Ihnen, aber bitte nicht zum Schaden Ihres Privatlebens.«

Beinahe hätte Leah Anthony gestanden, dass sie ziemlich desillusioniert war, was ihre Karriere betraf, überlegte es sich dann jedoch anders. Er mochte ja verständnisvoll sein, aber immerhin bezahlte er ihr ein Vermögen, damit sie ihren Job machte.

Anthony schlug einen Spaziergang durch die Anlagen vor, um sich den frischen Wind um die Nase wehen zu lassen, und sie machten sich auf den Weg. Zwar war es erst viertel vor drei, aber allmählich wurde es bereits dunkel. Während sie durch die gepflegten Gärten schlenderten, hob sich angesichts des Friedens und der Natur Leahs gedrückte Stimmung; beides kannte sie seit ihrer Kindheit, und es fehlte ihr sehr. Sie atmete tief die saubere, frische Luft ein und merkte, dass ihr üblicher Optimismus langsam zurückkehrte. Unvermittelt erschienen ihr New York und ihre Probleme sehr weit entfernt.

»Ach, ich vermisse diese weiten, offenen Landschaften wirklich sehr. Ich glaube, die Großstadt zehrt an mir. Es ist wunderschön hier.«

»Danke, Leah.«

»Obwohl es für meinen Geschmack ein bisschen zu aufgeräumt ist. Ich liebe das Wilde, Schroffe der Hochmoore«, meinte sie scherzhaft.

Anthony lachte. »Da gebe ich Ihnen recht, aber hier gibt es ziemlich viele Nachbarschaftsgesetze, denen zufolge im Garten Ordnung zu herrschen hat. Das Komitee würde mich vermutlich rauswerfen, wenn ich den Rasen höher als einen Zentimeter wachsen lasse.« Anthony schmunzelte. »Ich glaube, Neuengland würde Ihnen gefallen. Ich habe da ein Haus. Sie sind dort jederzeit herzlich willkommen.«

»Auf das Angebot komme ich vielleicht wirklich zurück.«

Das freute ihn unverkennbar. »Sie sagten vorhin, dass Sie ein Faible für das Ballett haben.«

Leah nickte. »Ja. In meiner Jugend wollte ich Tänzerin werden. Aber mit elf ging mir auf, dass ich mir den Wunsch, Primaballerina zu sein, abschminken konnte. Ich hätte keinen Tänzer gefunden, der größer war als ich, außerdem hätten sich alle einen Bruch an mir gehoben.« Sie lachte leise.

»Sie mögen ja groß sein, aber Sie sind bestimmt leicht wie eine Feder. Wie auch immer, ich bin im Vorstand der Met, und in zwei Wochen veranstalten wir eine Galaaufführung, Baryschnikow wird tanzen. Möchten Sie mitkommen?«

Ein Strahlen zog über Leahs Gesicht. »Liebend gerne, Anthony!«

Er sah sie streng an. »Aber Leah, Sie dürfen nur mitkommen, wenn Sie wirklich Lust dazu haben. Heute Morgen habe ich mir überlegt, dass Sie vielleicht nur deswegen zu mir gekommen sind, weil ich im Prinzip ja Ihr Arbeitgeber bin und Sie dachten, Sie wären dazu verpflichtet.« Anthony verstummte, kurz wurde sein Blick starr. »Ich bin gern in Ihrer Gesellschaft, aber ich bin kein Mensch, der es Ihnen nachträgt, wenn Sie Ihre Freizeit nicht mit einem verknöcherten alten Mann wie mir verbringen möchten.«

»Anthony, glauben Sie mir, ich würde mich sehr freuen, Sie zu begleiten. Bei Ihrer ersten Einladung zum Essen bin ich wirklich nur aus Pflichtgefühl mitgegangen, aber ich habe mich in Ihrer Gesellschaft sehr wohlgefühlt – und fühle mich immer noch sehr wohl. Und es kommt gar nicht infrage, dass ich mir einen Besuch in der Met entgehen lasse. Also werden Sie sich wohl oder übel mit mir abfinden müssen!«

Lachend hängte Leah sich bei ihm ein, und sie machten kehrt und schlenderten zum Haus zurück. Anthony warf ihr ein Lächeln zu. »Sie können doch sicher jeden Mann bekommen, den Sie wollen.«

Leahs Miene wurde ernst. »Nein. Nein, das stimmt nicht. Das ist der eine Aspekt in meinem Leben, bei dem ich offenbar scheitere. Deswegen habe ich beschlossen, von Beziehungen in Zukunft die Finger zu lassen. Ich möchte Männer nur noch als Freunde haben. Wie Sie.«

Wider Willen versetzten ihre Worte ihm einen Stich. Er verstand die Botschaft, die sie ihm mitteilte. Aber vielleicht, mit der Zeit … wer konnte schon wissen? Allein schon ihre Gesellschaft war besser als nichts.

Als sein Chauffeur Leah später nach New York zurückfuhr, sah er ihr nach, und die tiefe Traurigkeit, die ihn seit dem Tod seiner Frau vor zwei Jahren unentwegt niederdrückte, löste sich auf.

Er ging ins Wohnzimmer und schenkte sich einen Cognac ein.

Er wusste, dass sie im Moment noch nicht so weit war, aber er war bereit zu warten.

Eine Stunde später war Leah wieder in New York und fühlte sich so erholt und glücklich wie seit Langem nicht mehr. Während sich der Wagen der East 70th Street näherte, reifte in ihr der Entschluss, sich von Jenny und deren Problemen nicht herunterziehen zu lassen.

Sobald Leah aus dem Lift in die Wohnung kam, hörte sie Stimmen im Wohnzimmer, und beim ersten Schritt in den Raum blieb ihr der Mund vor Staunen offen stehen.

Im Sessel neben dem Gaskamin saß Miles Delancey, und Jenny lümmelte mitnichten wie sonst lethargisch herum, sondern unterhielt sich angeregt mit ihm.

»Hi, Leah.« Sie winkte. »Du hast Besuch bekommen.«

»Das sehe ich. Was in aller Welt machst du denn hier, Miles?«

»Hi, Leah.« Mit einem Lächeln erhob er sich, um sie zu begrüßen. »Wie geht's dir?«

»Sehr gut«, erwiderte sie. »Bist du auf Urlaub hier?«

Miles schüttelte den Kopf. »Nein. Ich habe beschlossen, auf Dauer von hier aus zu arbeiten.«

»Ich habe letzten Monat die Doppelseite von dir in der *Vogue* gesehen. Du hast doch gerade erst angefangen, dir in England einen Namen zu machen.«

»Ich weiß. Aber mittlerweile geht die Modeszene doch vor allem hier ab, im Big Apple. Ich habe mir überlegt, dass ich, bevor ich mich auf meinem Erfolg ausruhe, den anderen über den Atlantik folge und schaue, was hier so läuft.«

»Ah ja.« Miles' Begründung überzeugte sie nicht.

»Eine schönere Gesellschaft als Jennys hätte ich mir die letzten zwei Stunden nicht vorstellen können.« Miles warf ihr ein gewinnendes Lächeln zu, und Jenny errötete. Leah wusste, dass Miles, wenn er es darauf anlegte, außerordentlich charmant sein konnte.

»Miles hat mich auf den neuesten Stand gebracht, was den Klatsch aus der englischen Modewelt betrifft«, erklärte Jenny und sah ihn glücklich an.

Leah bemerkte in den Augen ihrer Freundin ein Leuchten, wie sie es seit Monaten nicht mehr an ihr wahrgenommen hatte.

»Das stimmt. Nicht, dass es da viel zu erzählen gäbe. Ein Glas Wein, Leah?«

»Nein, danke.«

Sie verfolgte, wic Miles sich selbst einschenkte. Es missfiel ihr, dass er sich in ihrer Wohnung offenbar ganz wie zu Hause fühlte.

»Miles möchte, dass du ihn all deinen Bekannten vorstellst, die ihm helfen könnten, hier einen Fuß auf den Boden zu kriegen«, sagte Jenny.

Peinlich berührt blickte Miles in sein Glas. »Jenny, wirklich, ganz so hättest du es nicht formulieren sollen.« Er wandte sich zu Leah. »Ich habe Jenny nur gesagt, dass ich Hilfe nicht ablehnen würde. Ihr wisst doch, wie es in dieser Branche läuft. Es geht weniger darum, was man kann, als darum, wen man kennt.«

Bei Miles' durchdringendem Blick stellten sich Leah unwillkürlich die Nackenhaare auf, genau wie damals vor all den Jahren.

»Außerdem wohnt er momentan in einem versifften Hotel in

der Lower East Side. Ich habe ihm gesagt, er könnte hier bei uns unterkommen, bis er sich eingelebt hat. Schließlich ist er ja ein alter Freund von dir«, meinte Jenny.

Leah seufzte leise. Eigentlich wollte sie überhaupt nicht, dass Miles Delancey bei ihnen wohnte. Andererseits hatte er zweifellos Jennys Lebensgeister wiederbelebt, ganz abgesehen davon, dass sie jetzt kaum noch Einspruch erheben konnte.

»Sicher. Ich lege mich jetzt in die Badewanne und dann ins Bett. Ich bin müde. Schau zu, dass sie nicht zu lange aufbleibt, Miles. Sie ist gerade ziemlich krank gewesen.«

»Hör auf, mich zu bevormunden, Leah. Mir fehlt überhaupt nichts«, sagte Jenny gereizt. »Schlaf gut.« Und damit wandte sie ihre Aufmerksamkeit wieder Miles zu.

Leah ging in ihr Zimmer; es ärgerte sie, dass es mit ihrem Seelenfrieden schon wieder vorbei war. Musste der Fiesling Miles Delancey jetzt ihr Mitbewohner werden? Das brachte sie völlig durcheinander.

Sie legte sich ins Bett und schloss die Augen.

In der Nacht träumte sie wieder denselben Traum. Die leise Stimme, die in ihrem Kopf ständig wiederholte … »Unnatürliche Dinge … schlimme Dinge … leg dich nie mit der Natur an … Er wird zurückkommen, dich oben im Moor finden.«

Mit einem Ruck setzte Leah sich auf und schaltete das Licht an. Ihr Herz hämmerte gegen ihre Rippen, sie war schweißgebadet.

Und da wurde ihr mit schauriger Gewissheit klar, dass der Albtraum ihrer Kindheit mit dem Mann in ihrer Wohnung zusammenhing.

16

»Danke für die Auskunft, Roddy. Miranda? Nein, nichts gehört. Ich überlege mir deinen Vorschlag und melde mich sobald wie möglich. Bis nächste Woche also. Tschüs!«

Rose legte den Hörer auf und atmete tief durch. Sie war völlig erledigt. Wann hatte sie das letzte Mal wirklich gut geschlafen? Sie konnte sich nicht erinnern. Sie verließ das Atelier und steuerte auf den Küchentisch zu, wo sie sich eine Zigarette anzündete. Es war noch nicht einmal ein Uhr, und sie war schon bei der zehnten angelangt.

Den letzten Anruf von Miranda hatte sie vor einem Monat bekommen. Rosa stellte sich immer wieder dieselben Fragen im Versuch herauszufinden, warum ihre Tochter den Kontakt so abrupt abgebrochen hatte.

Die Polizei war absolut keine Hilfe gewesen. Da Miranda einundzwanzig war, sei es ihr gutes Recht zu verschwinden, ohne jemandem Bescheid zu geben; so etwas passiere laufend. Außerdem hatte Miranda sich ja bei Rose gemeldet, weswegen die Polizei keinen Grund sah, sie für vermisst zu halten oder für das Opfer eines Verbrechens. Trotzdem hatte Rose der West Yorkshire Police ein Foto von Miranda zur Verfügung gestellt mit der Bitte, sie möchten es nach London schicken; vielleicht würde ja ein Polizist sie erkennen. Wobei sie wusste, dass die Wahrscheinlichkeit verschwindend gering war.

Immer wieder fragte Rose sich, ob sie am Verschwinden ihrer Tochter schuld war. Sie grübelte über Mirandas Kindheit, und ihre zahllosen Auseinandersetzungen quälten sie, als hätten sie gerade erst am Tag zuvor stattgefunden. Roddy hatte ihr gesagt, sie solle aufhören, sich Vorwürfe zu machen, sie habe Miranda angenommen, als diese noch ein Säugling gewesen sei, und habe sie geliebt, als wäre sie ihr eigenes Kind.

Aber Roddy brauchte auch nicht tagtäglich die Miniaturausgabe ihrer vermissten Tochter zu sehen. Chloes Gesichtchen begann zu leuchten, sobald sie Rose sah, und der Anblick brach ihr das Herz. Gemeinsam verwöhnten sie und Mrs Thompson die Kleine nach Strich und Faden, beide taten ihr Bestes, die Tatsache wettzumachen, dass sie im Grunde eine Waise war.

Rose wünschte sich sehnlich, sie hätte Miranda erzählt, welche Kämpfe sie ausgefochten hatte, um sie adoptieren zu dürfen … wie sie Himmel und Hölle in Bewegung gesetzt hatte, um das Recht zu bekommen, ihre Mutter zu sein … aber zu spät.

Grimmig drückte sie die Zigarette im Aschenbecher aus und beschloss, im Radio die Ein-Uhr-Nachrichten zu hören.

Mrs Thompson kam geschäftig in die Küche geeilt.

»Soll ich den Wasserkocher anstellen?«, schlug sie vor.

Rose nickte, und die beiden Frauen hörten schweigend die Nachrichten. Das war ihnen zur Gewohnheit geworden. Heute berichtete der Sprecher, man habe in einem möblierten Zimmer in King's Cross, Nord-London, die Leiche einer jungen Frau gefunden, die vergewaltigt und anschließend erwürgt worden war. Doreen Thompson verfolgte mitfühlend, wie Rose erstarrte und wieder nach der Zigarettenschachtel griff.

»Die Frau, die noch nicht identifiziert wurde, ist vermutlich Anfang zwanzig. Sie ist als Prostituierte bekannt, die seit eineinhalb Jahren von King's Cross aus arbeitete. Andere Prostituierte in dem Viertel wurden aufgefordert, auf der Hut zu sein. Die Polizei hat die Tat als besonders heimtückisch bezeichnet. Umfassende Ermittlungen sind im Gange, um den Mörder zu finden.«

Rose stieß einen Seufzer der Erleichterung aus. »Gott sei Dank«, flüsterte sie.

»Bitte sehr, Mrs Delancey.« Mrs Thompson stellte einen

dampfenden Becher Kaffee vor sie auf den Tisch. »Möchten Sie etwas zu essen, bevor ich ins Dorf fahre, um Chloe vom Kindergarten abzuholen?«

»Nein, danke, Doreen. Ich glaube, ich gehe mit meinem Becher wieder ins Atelier.«

»Gut.« Mrs Thompson zögerte einen Moment. »Sie ist noch am Leben, Mrs Delancey. Miranda wird wieder heimkommen, das weiß ich.«

Rose starrte zum Küchenfenster hinaus.

»Ich hoffe, Sie haben recht, Doreen.« Mit einem Seufzen erhob sie sich. »Danke.«

»Wofür?«

»Für Ihre ganze Hilfe mit Chloe und … einfach dafür, dass Sie da sind.«

»Dafür brauchen Sie mir doch nicht zu danken, Mrs Delancey. Ich vergöttere die Kleine. In einer Dreiviertelstunde bin ich wieder da.«

Rose nickte und kehrte in ihr Atelier zurück. Sie betrachtete das Bild, an dem sie gerade arbeitete, und sah die Angst und die Enttäuschung, die sich aus ihrem Innersten auf die Leinwand übertragen hatten.

Besonders grausam erschien ihr, dass ihre Laufbahn seit der ersten Ausstellung Fahrt aufgenommen hatte – so sehr, dass die vielen Aufträge sie beschäftigen würden, bis sie neunzig war. Auf ihrem Bankkonto lag ein kleines Vermögen, ihre Geldsorgen gehörten endgültig der Vergangenheit an.

Selbst ihre jahrelangen Bedenken wegen Miles' Zukunft hatten sich offenbar als überflüssig erwiesen.

Ihr Sohn hatte ihr immer Sorgen bereitet. Trotz seiner ausnehmenden Höflichkeit war er als Kind einsam gewesen. Zwar hatte sie nichts unversucht gelassen, damit er mit anderen Kindern spielte, doch er hatte sich immer vor der Realität verschlossen und lieber in seiner Fantasiewelt gelebt. Auch wenn sie allein waren, hatte sie das Gefühl gehabt, dass er sich von ihr abgrenzte.

Und sosehr sie versucht hatte, es auszublenden – bisweilen hatte sie in seinen Augen etwas Kaltes gesehen. Über den Grund dafür wollte sie lieber nicht nachdenken. Nein. Es war besser, die Vergangenheit ruhen zu lassen.

Jetzt aber hatte ihr Sohn offenbar seine Berufung gefunden, er war zu einem begabten jungen Mann herangewachsen. In letzter Zeit waren ihre Gespräche mit Miles positiver als je zuvor.

Eigentlich hatte Rose allen Grund, zuversichtlicher als seit Langem in die Zukunft zu blicken, wäre da nicht Mirandas spurloses Verschwinden.

Rose stand auf, griff nach dem Pinsel und tauchte ihn in die Ölfarbe, die sie zuvor aus Grün und Ockergelb gemischt hatte. Und während sie damit kräftig über die Leinwand strich, fragte sie sich, ob es ihr wirklich bestimmt war, keinen Frieden im Leben zu finden.

17

»Willkommen an Bord, Miranda.« Mit einem Lächeln reichte Santos ihr die Hand, um ihr über die steile Treppe vom kleinen Beiboot, das neben dem Schiff trieb, an Deck zu helfen.

Er gab ihr einen Kuss auf jede Wange, was Miranda mit verzogenem Gesicht über sich ergehen ließ. »Du siehst wunderschön aus, meine Liebe, wie immer. Ich hoffe, du hattest einen angenehmen Flug?«

»Ja, danke.«

»Sehr gut. Jetzt schlage ich vor, dass du dich in deiner Kabine etwas ausruhst, und um acht treffen wir uns im Wohnzimmer. Zuerst gibt es Drinks, dann Essen. Marius bringt dein Gepäck nach unten. Geh mit ihm.«

Mit einem Nicken folgte Miranda dem korpulenten Besatzungsmitglied über einige Stufen nach unten in das mit dicken Teppichen ausgelegte Innere des Schiffs. Vor ihrem üblichen Zimmer blieb Marius in seiner schicken weißen Uniform stehen und schloss die Tür auf. Sobald Miranda hineingetreten war, zog er die Tür wieder fest hinter sich zu und kehrte aufs Achterdeck zurück.

Die Pracht und Üppigkeit ihrer Kabine beeindruckten Miranda nicht mehr. Sofort ging sie zum Barschrank und schenkte sich einen großen Wodka Tonic ein. Dann ließ sie sich in einen der bequemen Ledersessel sinken und sah aus dem großen Bullauge auf das blau funkelnde Meer hinaus.

Sie nahm einen kräftigen Schluck von ihrem Drink. Auf dem Flug nach Nizza war sie zu dem Ergebnis gekommen, dass sie ständig volltrunken sein musste, um ein weiteres schauderhaftes

Wochenende mit Santos zu überstehen. Bei der Vorstellung, dass er sie berührte, lief es ihr eiskalt den Rücken hinunter.

Ihr ekelte vor ihm. Anders konnte sie es nicht nennen. Seit über einem Monat hatte sie ihn nicht mehr gesehen und jeden Abend in London befürchtet, er würde sie auffordern, ihn wieder auf seinem Schiff zu besuchen. Beim letzten Wochenende, das sie hier auf dem schwimmenden Palast mit ihm und all den Lakaien verbracht hatte, war er nach außen hin ebenso fürsorglich gewesen wie immer. Aber als sie später allein in seiner Kabine gewesen waren … Miranda wurde übel beim Gedanken an die Dinge, die zu tun er sie gebeten hatte – er ihr befohlen hatte.

Ian hatte es sich zur Gewohnheit gemacht, am Freitagabend bei ihr vorbeizukommen, und Miranda lebte auf diese Abende hin. Sonst sprach sie die ganze Woche mit keiner Menschenseele. Ian brachte ihr Bücher und Geschenke mit, damit sie beschäftigt war, und Miranda sah, dass er mit ihrem Elend mitfühlte.

Er blieb auf einen Drink und berichtete ihr von seiner Woche, erzählte ihr lustige Vorfälle im Versuch, sie zum Lächeln zu bringen, aber allzu bald musste er wieder gehen. Meist musste er schnell nach Hause, um sich für ein Abendessen umzuziehen oder um mit Freunden ein Wochenende auf dem Land zu verbringen.

»Ich wünschte, ich könnte mitkommen«, seufzte sie traurig.

»Ich auch«, sagte Ian dann immer und küsste sie züchtig auf die Wange. »Passen Sie auf sich auf und versuchen Sie, den Kopf nicht zu sehr hängen zu lassen. Das wird sich bestimmt alles finden.«

Aber das waren, wie Miranda erkannt hatte, leere Worte des Trosts. Ian wusste genauso gut wie sie, dass sich gar nichts finden würde.

Seit zwei, drei Wochen gab sie sich Träumen mit ihm hin. Sie stellte sich vor, wie es wäre, wenn die Dinge anders stünden. Wie Ian und sie abends zusammen ein Restaurant besuchten, durch einen Park spazierten, ins Theater gingen. Sie hatte ihn inständig gebeten, noch mal mit ihr auszugehen, aber er hatte sie zögernd betrachtet und gesagt, das könnte verdächtig wirken, und es sei besser, wenn er sie zu Hause besuchte.

Wie konnte Ian sie trösten, wo er, wie Miranda wusste, genauso viel Angst vor Santos hatte wie sie?

Er war so zuvorkommend und rücksichtsvoll, völlig anders als die anderen Männer, die sie kannte. Allmählich fragte Miranda sich, ob sie sich nicht in ihn verliebt hatte. Früher hätte sie über eine solche Möglichkeit gelacht – doch ganz bestimmt nicht in jemanden, der äußerlich so durchschnittlich war wie Ian. Aber das Gefühl, mit dem sie jetzt freitags am Morgen aufwachte im Wissen, dass sie ihn in wenigen Stunden sehen würde, war beglückend.

Er verstand ihre widerstreitenden Gefühle Chloe gegenüber und auch ihr schlechtes Gewissen, weil sie es schrecklich fand, dass die Kleine sie in die Mutterschaft gezwungen hatte, als sie selbst fast noch ein Kind gewesen war. Ständig machte Miranda sich diese Gefühle zum Vorwurf und wünschte sich, sie könnte Rose irgendwie erreichen und ihr sagen, wie sehr sie ihr kleines Mädchen liebte, wie entsetzlich leid es ihr tat, dass sie sich Chloe gegenüber nicht liebevoll verhalten hatte. Die Kleine fehlte ihr sehr.

Aber Ian hatte sie immer wieder gewarnt, dass Santos das Kind als Druckmittel verwenden würde. Miranda schüttete ihm jede Woche ihr Herz aus, und er saß schweigend daneben und hörte ihr zu, ohne über sie zu urteilen. Jedes Mal, wenn er ging, wurde ihr das Herz noch schwerer.

Miranda schenkte sich einen zweiten Wodka ein und hörte das Brummen der Motoren, als das Schiff vorsichtig zum Hafen von Saint-Tropez hinaussteuerte.

Sie setzte sich wieder und überlegte, wie lieb es von Ian gewesen war, gestern Abend, an einem Donnerstag, bei ihr vorbeizuschauen, weil er wusste, dass sie übers Wochenende nach

Südfrankreich aufs Schiff flog. Als sie den Schlüssel im Schloss gehört hatte, hatte sie gerade mit tränenüberströmtem Gesicht auf dem Sofa gesessen und den Fernsehbildschirm angestarrt, ohne etwas wahrzunehmen.

Ian hatte ihr einen großen Drink eingeschenkt und sich neben sie gesetzt.

»Ich schaffe das nicht, Ian. Ich weiß genau, wozu er mich wieder zwingen wird. O mein Gott.«

Sacht hatte er sie in die Arme geschlossen und sie gewiegt, während sie weinte. Irgendwie wurde das Wochenende, das ihr bevorstand, durch seine Berührung noch unerträglicher.

»Lieber sterbe ich. Bitte, zwingen Sie mich nicht zu fahren.«

»Jetzt kommen Sie, Miranda, so schlimm wird es nicht werden«, sagte Ian beschwichtigend. »Eine Menge Frauen würde alles dafür geben, um sich in ein Privatflugzeug zu setzen und ein Wochenende mit einem Milliardär auf seiner Jacht zu verbringen.«

Miranda blickte zu ihm hoch. »Aber so bin ich nicht. Früher dachte ich immer, ich würde alles tun, um ein Leben in Luxus zu führen. Ich dachte, ich würde damit klarkommen. Aber jetzt möchte ich nichts anderes, als irgendwo mit meiner Tochter in einem kleinen Häuschen zu leben und die Straße entlangschlendern zu können, wann immer mir danach ist.«

Am liebsten hätte Miranda noch hinzugefügt: »… und dich jeden Tag an meiner Seite zu haben«, aber das brachte sie nicht über die Lippen.

»Ian, Sie müssen mir helfen. Recht viel länger ertrage ich das nicht. Wussten Sie, dass bei Santos eine Pistole unter dem Kopfkissen liegt?«

Ian runzelte die Stirn. »Nein, das wusste ich nicht, aber es überrascht mich nicht.«

»Ich schwör's, Ian – wenn er mich zwingt, etwas zu machen, dann bringe ich ihn um.«

Ian blickte in ihr bleiches Gesicht mit dem hektischen Blick und wusste, dass Miranda die Wahrheit sagte.

»Schlagen Sie sich das aus dem Kopf. Das würde überhaupt nichts nützen. Jetzt überstehen Sie das Wochenende nach Kräften, und wenn Sie nächste Woche wieder hier sind, machen wir uns in aller Ruhe ein paar Gedanken. Es muss doch etwas geben, was Sie tun können.«

»Meinen Sie wirklich?« Mirandas Züge hellten sich auf.

Ian nickte. »Ja. Aber versprechen Sie mir, dass Sie vernünftig sind und alles tun, was Santos möchte.«

Ian war kurz vor neun gegangen, als Santos anrief, und Miranda war es möglich gewesen, sich ganz normal mit ihm zu unterhalten.

Und jetzt saß sie hier auf dem Schiff, ihrem Peiniger schutzlos ausgeliefert, und Ian war Hunderte von Kilometern entfernt.

»Jetzt komm, Miranda. Beiß die Zähne zusammen und denk an Ians Worte. Nach diesem Wochenende brauchst du das nie mehr zu machen«, sagte sie sich und legte sich mit einem weiteren großen Wodka in die Badewanne.

»Guten Abend, mein Schatz. Du siehst fantastisch aus. Hier, ich möchte dir eine Kleinigkeit schenken.« Santos reichte ihr eine kleine Lederschatulle, und die zehn Gäste, die im Salon standen, unterbrachen ihre Gespräche und sahen Miranda beim Auspacken zu.

Als sie die Kette, das Armband und die Ohrringe aus glitzernden Diamanten sah, holte sie unwillkürlich Luft. Dieser Schmuck war bei Weitem der schönste, den Santos ihr je geschenkt hatte. Sie fragte sich, was er später im Gegenzug dafür verlangen würde.

Die nächste Stunde hörte sie zu, wie Santos erzählte, wohin sie am nächsten Tag fahren würden. Die Aufmerksamkeit aller Anwesenden galt ausschließlich ihm, und insgeheim verachtete Miranda die Macht, die Geld einem Menschen verlieh. Dieser Mann verdiente es nicht, dass man seine Meinung respektierte. Aber sie war ihm in die Falle gegangen, ebenso wie alle anderen im Raum, und wie die anderen musste sie ihm nach dem Mund reden.

In dem Augenblick bemerkte Miranda einen Mann, der in den Salon trat und sich von einem der Stewards ein Glas Champagner reichen ließ. Sein Gesicht kam ihr bekannt vor. Er sah ausgesprochen gut aus, vielleicht Anfang fünfzig, in seinen blonden Haaren zeigten sich erste silberne Strähnen. Sein Blick war durchdringend, und Miranda war sich sicher, ihn schon einmal gesehen zu haben.

Santos drehte sich um und bemerkte den neuen Gast. »Ah, David. Willkommen. Es freut mich sehr, dass Sie es geschafft haben zu kommen.«

»Ja. Entschuldigen Sie, dass es so spät geworden ist. Ich hatte in New York noch zu tun.« David schenkte seinem Gastgeber ein bemühtes Lächeln, in dem Miranda den gleichen Abscheu erkannte, den sie empfand, wann immer sie Santos sah.

»Miranda, darf ich dir David Cooper vorstellen? Wir sind Freunde, seit wir uns bei der Zusammenarbeit an einem Projekt in Rio begegnet sind. Ich betrachte es als große Ehre, dass ein derart vielbeschäftigter Mann uns dieses Wochenende Gesellschaft leistet.«

»Es ist mir eine Freude, hier zu sein«, erwiderte David.

Miranda stockte der Atem, sie starrte David Cooper an. Würde er sich erinnern, dass er eine Nichte ihres Namens hatte, die sein Sohn vor vielen Jahren während eines Urlaubs in Yorkshire kennengelernt hatte?

Nein, er erinnerte sich nicht. Er lächelte nur herzlich und nahm ihre Hand, um sie zu küssen.

»Miranda, ich bin entzückt.«

Damit wandte er seine Aufmerksamkeit wieder Santos zu und unterhielt sich mit ihm. Langsam atmete Miranda aus und versuchte, ihren Herzschlag zu beruhigen. Ein Glück, dass Rose und er in den letzten Jahren keinen Kontakt gehabt hatten. Miranda wurde klar, dass es keinen Grund gab, weshalb David sich an sie erinnern sollte. Brett hatte sie vermutlich nicht einmal erwähnt. Trotzdem fand sie es verstörend, dass es eine Verbindung zwischen ihr und diesem Mann gab. Sollte Rose je erfahren, dass sie sich aushalten ließ und dafür abartige Dinge tun musste, würde sie möglicherweise dafür sorgen, dass sie Chloe nie mehr sah.

Aber ein Teil von ihr wünschte sich doch, sich ihrem wiedergefundenen Onkel anzuvertrauen, ihm zu erzählen, was sie durchmachte, und ihn um Hilfe zu bitten. Schließlich war er offenbar genauso einflussreich wie der Mann, der sie gefangen hielt, und der erste Mensch, bei dem sie erlebte, dass Santos ihm seine ganze Aufmerksamkeit schenkte.

Kurz zuckte ein Blitzlicht auf, jemand machte mit einer kleinen Kamera ein Foto von Santos, Miranda und David.

»Für mein Album.« Der Fotograf lächelte stolz.

»*Nein!*« Es war ein furchterregendes Brüllen, alle im Salon zuckten zusammen. »Nehmt ihm die Kamera ab und entsorgt sie mitsamt dem Film.« Santos war rot vor Zorn. Einer aus der Crew, der Getränke serviert hatte, nickte und nahm dem verängstigten Gast die Kamera aus die Hand.

»Es … es tut mir leid. Ich bitte um Entschuldigung.«

Santos' Wut verpuffte, im nächsten Moment war er wieder ganz der zuvorkommende Gastgeber. »Kein Grund, sich zu entschuldigen. Das ist die eine Regel, die ich strikt befolge; ich möchte keine öffentliche Person werden. Dafür liebe ich meine Anonymität und meine Freiheit zu sehr. Und jetzt sollten wir essen. Miranda, bitte begleite David in den Speisesaal.«

Miranda studierte das Gesicht ihres Onkels. Er betrachtete Santos mit einer Miene, die … ja, wie wirkte sie? Triumphal? Lächelnd bot er ihr den Arm. Sie folgten Santos, der den Arm um eine hübsche rothaarige junge Frau gelegt hatte.

Am Tisch saß Miranda zwischen den beiden Männern, während die junge Frau – Kim hieß sie – auf der anderen Seite von Santos Platz nahm. Miranda bemerkte, dass er sie mit Aufmerksamkeit überschüttete, und fragte sich hoffnungsvoll, ob sie an diesem Abend vielleicht ungeschoren davonkommen würde.

»Ist es hier auf dem Boot nicht himmlisch?«, sagte David zu Miranda mit einem warmen Lächeln. »Ich habe eine Jacht an der Amalfi-Küste, aber kein Vergleich zu dieser. Leider habe ich irgendwie nie die Zeit, um ein bisschen übers Meer zu schaukeln. Eigentlich habe ich mir überlegt, sie zu verkaufen, aber vielleicht sollte ich erst mal sehen, wie gut es mir dieses Wochenende hier gefällt.«

»Ja«, sagte Miranda.

»Sie sind Engländerin, oder?«, fragte David, während Kellner riesige Suppenterrinen auftrugen.

»Ja.«

»Woher kommen Sie?«

»Oh, äh, London.«

»Tatsächlich? Ihrem Akzent nach zu urteilen, hätte ich gedacht, dass Sie von weiter nördlich kommen. Allerdings habe ich die letzten fünfundzwanzig Jahre vor allem in New York gelebt und vermutlich vergessen, wie die regionalen Tonfälle wirklich klingen.« Er lächelte. »Ich liebe London, ich habe einige der schönsten Jahre meines Lebens dort verbracht. Was machen Sie beruflich?«

Die Frage verblüffte Miranda. War David nicht klar, was sie war?

»Gut, lassen Sie mich raten.« David betrachtete sie nachdenklich. »Also, mit Ihrem Aussehen könnten Sie Model sein, aber irgendetwas sagt mir, dass das nicht stimmt. Arbeiten Sie für Mr Santos?«

Miranda nickte langsam. In vieler Hinsicht stimmte das ja. Sie konnte nicht verstehen, was er so interessant an ihr fand.

»Er ist ein bemerkenswerter Mensch, finden Sie nicht auch?«

Die Bemerkung klang aufrichtig, und Miranda fragte sich, ob sie sich den Abscheu in seinen Augen, als er den Salon betrat, nur eingebildet hatte.

»Doch.« Miranda wusste, dass ihre Beiträge zum Gespräch klangen wie die einer Zehnjährigen, aber sie konnte es sich nicht leisten, einen Fehler zu machen.

Allerdings bemerkte David das offenbar gar nicht. Er erzählte ihr im Plauderton von seinem Projekt mit Santos und ging eindeutig davon aus, dass sie genau darüber Bescheid wusste. Miranda hörte ihm zu und merkte, dass sie allmählich etwas entspannter wurde. Sie fand ihn nett; er kam ihr gar nicht vor wie der größenwahnsinnige Machtmensch, als den Brett ihn geschildert hatte. Außerdem verhielt er sich ihr gegenüber respektvoll, was ihr Selbstbewusstsein stärkte.

Nach dem Essen kehrte man in den Salon zurück, wo Drinks gereicht wurden.

David saß in einem Sessel neben Miranda. Er fand sie faszinierend. Ihres mondänen Äußeren zum Trotz war sie unverkennbar recht jung und fest entschlossen, nichts von sich preiszugeben. Für ihn war das eine Offenbarung. Meist sanken Frauen vor ihm in die Knie, sobald sie erfuhren, wer er war.

Außerdem erinnerte sie ihn stark an jemanden, aber er kam nicht darauf, an wen.

Er fragte sich, welche Aufgabe sie wohl hatte. Eine von Santos' Prostituierten konnte sie kaum sein, sie umgab nicht die lebensverdrossene, abgestumpfte Aura, die diese Frauen auszeichnete.

»Und jetzt ist es für uns alle an der Zeit, uns zurückzuziehen. Morgen legen wir in Le Lavandou an. Frühstück wird um acht serviert.« Santos erhob sich, und damit war der Abend auch für die Gäste im Salon beendet.

»Miranda, komm.« Santos reichte ihr seinen Arm. Sie sah ihn an und hasste ihn, weil er so offensichtlich zu erkennen gab, dass sie sein Eigentum war und die Nacht mit ihm verbringen würde. Langsam stand sie auf und drehte sich zu David.

»Gute Nacht, Mr Cooper.«

David erhob sich und küsste ihr die Hand. »Gute Nacht,

Miranda. Es war mir eine große Freude.« Mit einem etwas traurigen Lächeln beobachtete er, wie sie Santos' ausgestreckten Arm nahm und beide den Raum verließen.

Santos führte sie in sein prunkvolles Gemach. »Ich glaube, Mr Cooper war sehr von dir angetan, Miranda. Gut gemacht. Er ist für mich ein wichtiger Geschäftspartner, und ich möchte, dass er bei Laune gehalten wird. Aber jetzt geht es um uns.« Er öffnete die Tür. Das Licht war gedimmt, trotzdem konnte Miranda zu ihrem Entsetzen auf dem Bett deutlich die Umrisse der rothaarigen jungen Frau ausmachen; sie war unbekleidet. Santos ging zum Barschrank und schenkte einen bereits gemixten Cocktail in ein Glas, das er Miranda reichte.

Miranda kippte es hinunter und schloss die Augen, und Sekunden später umfing sie der vage Nebel der von Drogen hervorgerufenen Benommenheit. Unfähig, dagegen anzukämpfen, überließ sie sich der Schwere.

18

»Ist alles in Ordnung, Leah? In letzter Zeit bist du ziemlich still.« Jenny, im Morgenmantel und mit zwei Bechern Kaffee in der Hand, sah zu, wie sie sich in der Küche eine Scheibe Toast mit Butter bestrich.

Leah nickte. »Alles bestens, Jenny. Ich hab bloß viel gearbeitet, das ist alles.«

»Arbeit allein macht auch nicht glücklich«, meinte Jenny. »Hast du Brett in letzter Zeit gar nicht gesehen?« Sie stellte die Becher auf der Arbeitsfläche ab.

Leah hatte gewusst, dass diese Frage früher oder später kommen würde. Obwohl ihre Beziehung schon vor über einem Monat so abrupt geendet hatte, hatte Leah Jenny nichts davon erzählt. In den letzten beiden Wochen hatte sie bis über beide Ohren in Arbeit gesteckt, und Jenny war praktisch jeden Abend mit Miles Delancey unterwegs gewesen. Abgesehen davon verspürte sie nicht die geringste Lust, sich darüber auszulassen.

»Nein. Die Sache mit Brett und mir ist vorbei, und wenn ich ehrlich bin, möchte ich lieber nicht darüber reden.«

Aufrichtig bestürzt sah Jenny sie an. »Ach, Leah, ich dachte, ihr zwei würdet …« Als sie bemerkte, dass Leahs Miene sich verdüsterte, unterbrach sie sich. »In Ordnung, entschuldige. Von mir hörst du kein Wort mehr dazu.«

»Ihr versteht euch offenbar sehr gut, du und Miles?«, fragte Leah. Sie erkannte ihre Freundin kaum wieder. Miles hatte in zwei Wochen geschafft, was ihr in Monaten nicht gelungen war. Jennys Augen leuchteten wieder, sie hatte zugenommen, ihre Wangen hatten Farbe bekommen. Was immer Leah insgeheim von Miles hielt, sie war froh, dass er anscheinend genau das war, was Jenny gebraucht hatte, um mental und körperlich wieder auf den Damm zu kommen.

Jenny strahlte und lächelte verschämt. »Das stimmt. Er ist das Beste, was mir seit Ewigkeiten passiert ist. Ich komme mir vor wie neugeboren. Aber er ist doch wirklich hinreißend, Leah, oder?«

Leah nickte ausweichend. Auch wenn Miles seit seiner Ankunft Jenny gegenüber die Freundlichkeit in Person war – instinktiv traute sie ihm nach wie vor nicht. Schließlich hatte er ihrer Mutter und Rose den perfekten Gentleman vorgespielt, bis sie beide ihm geglaubt hatten. Seit dem Vorfall abends in der Scheune vor all den Jahren wusste Leah es besser. Sie war nach wie vor überzeugt, dass es Miles gewesen war, der sie gepackt hatte.

»Ich glaube, ich bin verliebt«, flüsterte Jenny. »Wir verstehen uns so unglaublich gut. Mittlerweile stecken wir fast den ganzen Tag zusammen, und er sagt mir immer wieder, dass ich schön bin. Allmählich fange ich wirklich an, ihm zu glauben.« Sie lachte auf. »Wie auch immer, ich sollte ihm besser den Kaffee bringen, bevor er kalt wird. Bis später.«

Als Jenny die beiden Becher von der Arbeitsfläche nahm, rutschte der Ärmel ihres seidenen Morgenmantels bis zum Ellbogen hoch, und Leah sah einen großen blau-lila Bluterguss, der sich über Jennys ganzen Unterarm zog.

»Autsch! Wo um alles in der Welt hast du dich denn so verletzt?«

Eine leichte Röte zog über Jennys Gesicht, und sie bewegte den Arm, sodass der Fleck wieder unter dem Ärmel verschwand; dabei verschüttete sie etwas Kaffee über den Boden.

»Ach, da bin ich gestern hingefallen. Du weißt doch, wie ungeschickt ich bin. Ich glaube, ich bin nach der Krankheit immer noch etwas wackelig. Aber es ist nicht schlimm, wirklich nicht.«

Leah sah Jenny nach, als ihre Freundin die Küche verließ. Der Umriss des blauen Flecks und die Tatsache, dass Jenny bei ihrer Frage rot geworden war, verrieten Leah, dass sie log.

Am nächsten Abend kehrte Leah erschöpft nach Hause zurück. In der Wohnung war es still, Miles und Jenny waren vermutlich unterwegs. Sie hatte einen weiteren langen, schweren Tag hinter sich, freute sich aber sehr darauf, gleich mit Anthony ins Ballett zu gehen. Leah duschte, föhnte sich die Haare und überlegte, was sie anziehen sollte. Schließlich entschied sie sich für ein Kleid von Lanvin, das sie sehr liebte, schminkte sich und schlüpfte dann in die edle Garderobe. Versuchshalber legte sie mehrere Ketten um, aber nichts schien ihr so recht dazu zu passen. Da fiel ihr Jennys tropfenförmige Strasskette ein; die wäre genau das Richtige. Sie klopfte an Jennys Tür, ohne eine Antwort zu erwarten.

»Leah, ich bin beschäftigt«, hörte sie die ungewohnt raue Stimme ihrer Freundin hinter der Tür.

»Es tut mir leid, Jenny, aber kann ich mir für heute Abend zum Ballett deine Strasskette leihen?«

Nach einer kurzen Pause antwortete Jenny: »Ich habe sie verlegt.«

»Aber ich habe sie doch gestern bei dir auf der Kommode gesehen. Könntest du bitte noch mal nachschauen?«

»Leah, bitte, lass mich in Ruhe. Ich bin beschäftigt.«

Vor ihrem geistigen Auge sah Leah Wodkaflaschen und Tabletten. Dieses Mal würde sie auf Nummer sicher gehen. Sie drückte auf die Klinke. Die Tür war verschlossen.

»Jenny, lass mich rein, sonst rufe ich im Krankenhaus an.«

»Mir fehlt nichts. Lass mich einfach in Ruhe.«

Leah merkte, dass Jenny nicht betrunken klang, aber irgendetwas ging hinter der Tür vor sich.

»Ich meine es ernst. Wenn du nicht aufmachst, rufe ich sofort im Lenox Hill an. Sie haben mir gesagt, dass ich das machen soll, wenn du dich seltsam verhältst. Also jetzt komm, Jenny, mach auf.«

»Schon gut, schon gut.«

Jennys Gesicht erschien, halb hinter dem Türrahmen verborgen.

»Siehst du? Alles bestens.« Sie reichte ihr die Strasskette. »Bitte schön. Viel Spaß heute Abend! Bis später.« Und schon wollte sie die Tür wieder schließen, aber Leah war schneller. Sie stieß die Tür auf, betrat das Zimmer und sah sich nach Flaschen, Döschen oder dergleichen um. Aber sie konnte nichts entdecken. Unangenehm berührt, dass sie sich getäuscht hatte, drehte sie sich zu Jenny.

»Jenny, entschuldige, ich dachte nur … großer Gott!«

Jennys Blick war zu Boden gerichtet. Ihre rechte Gesichtshälfte war leuchtend rotblau, ihr Auge halb geschlossen.

»Was ist passiert? Wie in aller Welt hast du das gemacht?«

Jenny zuckte mit den Schultern. »Das war letzte Nacht, da wollte ich mir aus der Küche ein Glas Wasser holen. Aber ich wollte nicht extra Licht machen und bin über das Tischchen im Flur gestolpert und hingefallen.«

Sofort fiel Leah der blaue Fleck ein, den sie am Tag zuvor um Jennys Arm gesehen hatte.

»Das glaube ich dir nicht. Sag mir die Wahrheit, sonst rufe ich im Krankenhaus an.«

»Hör mal, Leah, das geht dich verdammt noch mal nichts an, und mir ist egal, wenn du mir nicht glauben magst. Ich sage die Wahrheit. Hör auf, dich ständig in mein Leben einzumischen, ja? Du bist wie eine Glucke, die mich auf Schritt und Tritt überwacht! Ich kann schon auf mich selbst aufpassen.«

In Leah stieg Wut auf. »Ach ja? Und was wäre passiert, wenn ich nicht von Mailand zurückgekommen wäre und dich gefunden hätte? Ich erwarte ja keinen Dank dafür, dass ich mich so viel um dich gekümmert habe, aber Himmelherrgott, Jenny! Ich bin doch nicht dumm! Ich bin nicht gegen dich, ich bin deine beste Freundin und hab dich lieb. Das hat doch Miles gemacht, oder? *Oder?*«

Unvermittelt sackte Jenny in sich zusammen, Tränen traten ihr in die Augen, sie sank aufs Bett. »Schrei mich nicht so an, Leah, bitte. Es tut mir leid, dass ich undankbar bin, aber ich weiß doch, dass du das nicht verstehst. Also gut, Miles ist gestern Abend etwas heftig geworden, aber hinterher hat es ihm schrecklich leidgetan. Er hat versprochen, dass es nie wieder passiert.«

»Ach ja? Und was ist mit dem blauen Fleck gestern an deinem Arm? Jenny, das ist lächerlich. Mal abgesehen von allem anderen – wie kannst du erwarten, wieder als Model zu arbeiten, wenn du von Kopf bis Fuß mit Blutergüssen übersät bist? Miles verlässt die Wohnung noch heute Abend«, sagte Leah entschlossen.

»Nein, bitte nicht. Schmeiß ihn nicht raus. Er hat mir so geholfen. Bevor er gekommen ist, wollte ich einfach nur sterben, und er war so nett und lieb. Ich liebe ihn, Leah. Ich brauche ihn. Und ich glaube ihm, wenn er sagt, dass er mir nichts mehr tun wird. Manchmal geht einfach seine Leidenschaft mit ihm durch, das ist alles.«

Leah seufzte auf. Was immer sie tat, sie konnte nicht gewinnen. Wenn sie Miles heute Abend vor die Tür setzte, würde Jenny ihr die Schuld dafür geben und wieder in das schwarze Loch fallen. Wenn sie ihn aber bleiben ließ, dann setzte sie Jenny einer anderen Gefahr aus.

»Bitte, Leah«, flehte Jenny. »Ich verspreche dir, es wird nicht wieder vorkommen. Gib ihm noch eine Chance. Ich weiß nicht, was ich ohne ihn täte.«

Leah setzte sich neben Jenny aufs Bett. »Du kennst Miles doch erst seit zwei Wochen. Wie kannst du jemanden lieben, der dir so wehtut?«

Jenny zuckte die Achseln. »Er wollte es doch gar nicht, wirklich nicht. Er hat mir gesagt, wie sehr er mich liebt. Und dann war er nervös wegen dieses Vorstellungsgesprächs heute. Sobald er Arbeit findet und eine Greencard hat, wird alles besser.«

Leah war fassungslos, dass Jenny sich so schützend vor Miles stellte. Ein Mann, der einer Frau gegenüber gewalttätig wurde, war ein elender Verbrecher. Leah betrachtete Jenny mit ebenso viel Mitleid wie Sorge.

»Also gut, Jenny, dann soll er bleiben. Ich persönlich finde ja, dass es verrückt von dir ist, ihn überhaupt noch in deine Nähe zu lassen, aber wie du sagst, ich bin nicht deine Mutter. Allerdings läuft der Mietvertrag auf meinen Namen, und als deine Vermieterin sage ich dir: Wenn der Mann dich auch nur einmal noch in anderer Weise berührt als liebevoll, dann steht er vor der Tür. Keine Chance mehr, keine Ausrede mehr. Ich bin zwar nicht glücklich, aber …«

Leah wurde mitten im Satz unterbrochen, Jenny schlang die Arme um sie. »Danke, Leah. Ich verspreche dir, es wird nicht wieder vorkommen. Ich weiß, es sieht scheußlich aus, aber Miles ist gar nicht so.«

»Bei wem war er denn heute?«

»Bei *Vanity Fair*. Ich hab ihm einen Kontakt gegeben, und er hat dort angerufen und deinen Namen erwähnt. Ich hoffe, du hast nichts dagegen, aber ich weiß, wenn er erst einmal einen Fuß in der Tür hat, wird's ihm viel besser gehen.«

Das hatte Leah gerade noch gefehlt: dass ein verrückter Frauenschläger auf ihre Empfehlung hin einen Job bekam. Sie stand auf.

»Ich muss los. Ich soll mich um sieben mit Anthony treffen und bin schon spät dran. Bitte, pass auf dich auf, und sag Miles, ich möchte nicht, dass er noch mal meinen Namen erwähnt, um irgendwo reinzukommen, in Ordnung?«

Leah verließ Jennys Zimmer, legte rasch die Kette um, warf sich einen Umhang über die Schultern und ging hinaus, um ein Taxi zu rufen. Bedrückt setzte sie sich dann auf die Rückbank. Konnte Jenny denn nicht verstehen, dass Miles sie gar nicht liebte, wenn er sie so verletzen wollte? Er benutzte sie beide wegen ihrer Kontakte und weil sie ihm eine Bleibe in New York zur Verfügung stellten.

Und er hatte die Chance gesehen, ein schwaches, wehrloses Opfer auszunutzen.

Das Taxi fuhr vor das Metropolitan Opera House im Lincoln

Center. Wie vereinbart, traf sie Anthony an der Bar. Er begrüßte sie mit einem Kuss auf jede Wange und trat dann einen Schritt zurück.

»Leah, ist bei Ihnen alles in Ordnung? Sie sehen aus, als würden Sie sich Sorgen machen. Ist es etwas, wobei ich Ihnen helfen kann?«

Sie schüttelte den Kopf und nahm das Glas Buck's Fizz, das er ihr reichte. »Nein, alles in Ordnung, Anthony, wirklich. Ich freue mich schon sehr auf das Ballett. Haben Sie tausend Dank für die Einladung.«

Dann erfüllte die Ouvertüre zu *Schwanensee* den voll besetzten Saal, Baryschnikow trat auf die riesige Bühne, und allmählich wurde Leah ruhiger.

Beim Höhepunkt des Balletts war sie beinahe zu Tränen gerührt, und als sie und Anthony nach mehreren Standing Ovations für den berühmten Tänzer das Theater verließen und auf die Columbus Avenue hinaustraten, war sie so bewegt, dass sie kaum sprechen konnte.

»Das war ganz wundervoll«, brachte sie schließlich hervor. Sie war wie euphorisiert.

»Leah, haben Sie Hunger?«

Sie lächelte. »Zum Essen braucht man mich nie zu zwingen.«

»Dann sehen wir doch mal, wo wir noch etwas bekommen.«

In der Limousine fuhren sie zum GE Building im Rockefeller Plaza. Leah folgte Anthony ins Gebäude, und ein Lift brachte sie nach oben, wo sie einen atemberaubenden Speisesaal betraten. Die mit auberginefarbener Seide bespannten Wände, die grünen Lederstühle und die in pastellfarbenem Frack gekleideten Kellner schufen eine Aura der Dreißigerjahre. Eine Kapelle spielte Musik.

Der Oberkellner empfing Anthony herzlich und führte ihn und Leah zu einem Tisch am Fenster. Leah blickte über die sechsundfünfzig Stockwerke hinab auf die Straße weit unter sich.

»Wo sind wir?«

»Im Rainbow Room. Eins meiner Lieblingslokale.«

»Es ist traumhaft hier«, schwärmte Leah.

In Absprache mit ihr bestellte er zwei Beefsteak Tatar und eine Flasche trockenen Weißwein. »Sind Sie sicher, dass alles in Ordnung ist? Sie sind den ganzen Abend schon sehr still.«

»Wirklich, es ist alles in bester Ordnung.«

»Sicher?«

Leah nickte schuldbewusst. Es war ihr unangenehm, dass Anthony ihre innere Unruhe bemerkt hatte.

»Also gut. Aber Leah, ich hoffe, Ihnen ist mittlerweile klar, dass ich nicht nur Ihr Arbeitgeber bin, sondern auch ein Freund. Wenn etwas Sie bedrückt, können Sie mir gern Ihr Herz ausschütten. Ich kann gut zuhören. Und jetzt hoffe ich, dass Sie mich nicht für aufdringlich halten, wenn ich frage, welche Pläne Sie für Weihnachten haben.«

»Ich habe meiner Mitbewohnerin Jenny versprochen, mit ihr zu feiern.«

»Ach. Ich habe Ihnen doch von meinem Haus in Vermont erzählt, oder?«

»Ja.«

»Dort verbringe ich Weihnachten, zusammen mit meinem Sohn Jack. Ich habe mir überlegt, ob Sie vielleicht Lust hätten, zu uns zu stoßen? Jenny wäre auch herzlich willkommen. Das Haus ist ziemlich groß, und wenn es schneit, ist es wunderschön dort.«

»Danke für die Einladung. Ich spreche mit Jenny darüber.«

Eineinhalb Stunden später setzte Anthony Leah vor ihrer Wohnung ab. Der schöne Abend hatte sie aufgeheitert, aber sie fragte sich, was sie zu Hause wohl erwartete.

Jenny saß allein im Wohnzimmer und trank in aller Ruhe einen Kaffee.

»Hi, Leah, wie war dein Abend?«

»Sehr schön. Wo ist Miles?«

»Im Gästezimmer. Ehrlich, Leah, er war total zerknirscht. Er hat mir einen riesigen Blumenstrauß mitgebracht, und ich habe ihm die Leviten gelesen und gesagt, dass er erst wieder zu mir ins Bett kommt, wenn ich dazu bereit bin. Aber die gute Nachricht ist, sie haben ihm bei *Vanity Fair* heute Nachmittag einen Dreiseiter gegeben. Ist das nicht toll?«

»Doch«, sagte Leah unaufrichtig. »Hör mal, ich möchte dir einen Vorschlag machen. Anthony hat mich eingeladen, Weihnachten bei ihm und seinem Sohn in Vermont zu verbringen. Ich möchte, dass du mitkommst.«

Jennys Gesicht fiel in sich zusammen. »Und was ist mit Miles?«

»Jenny, ich würde keine ruhige Minute haben, wenn ich wüsste, dass du mit Miles allein hier bist. Ein paar Tage kommt er gut auch so klar. Außerdem finde ich, dass dir ein kleiner Urlaub wirklich guttäte. Mal ganz abgesehen davon glaube ich, dass es richtig schön werden könnte. Anthony ist wirklich ein netter Mensch.«

»Leah, ich weiß nicht. Ich muss erst mal Miles fragen, und …«

»Ich mach dir ein Angebot. Ich bin bereit, ein Auge zuzudrücken wegen dem, was er getan hat, wenn du nach Vermont mitkommst. Du bist mir was schuldig, Jenny.«

»Also gut«, willigte Jenny seufzend ein. »Aber Miles wird es gar nicht gefallen.«

»Da hat er Pech. Es wird Zeit, dass er merkt, dass du dein eigenes Leben führst. Ich gehe jetzt ins Bett. Bis morgen. Gute Nacht.«

»Gute Nacht. Leah?«

»Ja?«

»Danke. Wirklich, Miles wird mir nie wieder was tun.«

»Wenn du das sagst.«

»Das sage ich.«

Mit einem Nicken ging Leah in ihr Zimmer. Überzeugt war sie nicht.

Doch als sie im Bett lag, machte sich Vorfreude auf Weihnachten in ihr breit. Sie musste zugeben, sie mochte Anthony. In einer

Welt voll selbstsüchtiger, aggressiver Männer war er mit seiner freundlichen, einfühlsamen Art eine leuchtende Ausnahme.

Wenn sie an ihn dachte, empfand sie Hoffnung für die Zukunft.

19

Miranda hörte, wie sich der Schlüssel im Schloss drehte. Stocksteif blieb sie auf dem Sofa sitzen und wand sich nervös ihr Taschentuch um die Finger. Sie horchte auf die Schritte im Flur, das Herz klopfte ihr laut in der Brust. Wann immer sie den Schlüssel im Schloss hörte, erstarrte sie vor Angst, dass er es sein könnte, dass er beschlossen hatte, nach London zu kommen, um sicherzugehen, dass alles nach seinen Wünschen war.

»Hallo, Miranda. Ich dachte, ich schaue mal vorbei, um zu hören, wie das Wochenende bei Santos war und …«

Bevor er ausreden konnte, fiel sie ihm weinend um den Hals. Tröstend legte er ihr die Hände auf die bebenden Schultern, so gefährlich die große Nähe ihm auch erschien.

»O mein Gott, Ian, ich halte das nicht mehr aus. Die Dinge, zu denen er mich gezwungen hat, ich … das kann ich Ihnen gar nicht alles erzählen. Ich schäme mich so.«

»Jetzt kommen Sie, Miranda, so schlimm kann es auch wieder nicht gewesen sein.«

Sie klammerte sich weiter an ihn. »Doch, doch, so schlimm war es. O mein Gott.« Allmählich wurde Miranda hysterisch.

Ian führte sie zum Sofa, damit sie sich hinsetzte. Dann wollte er sich von ihr lösen, doch das ließ sie nicht zu.

»Sie müssen mir helfen, ich halte das nicht mehr aus. Ich bring mich um, wenn ich ihn noch mal sehen muss. Bitte, Ian.«

»Schon gut, schon gut«, beruhigte er sie. »Ich hole uns was zu trinken, und dann unterhalten wir uns in aller Ruhe.«

Miranda ließ seinen Arm los, und er ging zum Barschrank, um ihnen beiden einen großen Whisky einzuschenken.

»Hier, das wird Ihnen guttun.«

Miranda nahm das Glas und trank einen Schluck, der sie wärmte.

»So ist es besser. Es lohnt sich doch gar nicht, sich derart aufzuregen, oder?« Er lächelte freundlich. »Und jetzt erzählen Sie doch mal genau, was passiert ist.«

Nach viel gutem Zureden und zwei weiteren Drinks brachte Ian sie schließlich zum Reden. Zu hören, wozu Santos sie gezwungen hatte, erfüllte ihn mit Widerwillen und Abscheu.

»Das Schlimmste war, dass er mich mit irgendetwas betäubt hat, trotzdem kann ich mich an alles ganz genau erinnern. Noch mal stehe ich das nicht durch, Ian, wirklich nicht.«

Als er den Arm um sie legte, stieg in ihm instinktiv das Gefühl auf, diese junge Frau vor seinem Arbeitgeber beschützen zu wollen. Santos war ein Ausbund an Grausamkeit. In den vergangenen Monaten hatte Ian sich eingeredet, er würde nur seine Pflicht erfüllen, wenn er Miranda regelmäßig besuchte, aber das stimmte nicht. In Wahrheit konnte er es jedes Mal kaum erwarten, sie zu sehen.

Ian gelang es nicht mehr, seine Gefühle zu leugnen.

Was das für seine weitere Karriere bedeuten würde sowie für seine betagten Eltern, wollte er sich gar nicht vorstellen, aber er war nicht bereit zuzusehen, wie die Frau, in die er sich verliebt hatte, sich von Santos noch weiter eine solche Behandlung gefallen lassen musste.

»Miranda, liebste Miranda, bitte glauben Sie mir. Ich tue alles, um Ihnen zu helfen.«

»Wirklich?« Angesichts der Dankbarkeit in ihrem Blick vergaß er alle Bedenken, die er gehabt haben mochte.

»Ja.«

»Danke, Ian.« Sie schlang die Arme um ihn, schmiegte sich fest an ihn und murmelte an seiner Schulter etwas Unverständliches.

»Wie bitte?«

Miranda löste sich von ihm und schaute auf ihre Hände.

»Ich habe gesagt, ich liebe dich, Ian.« Sie seufzte schwer. »Ich erwarte nicht, dass du das erwiderst, schließlich bin ich Santos' Hure, und …«

Nun war es an Ian, Miranda in die Arme zu schließen.

»Oh, mein Liebling, das tut nichts zur Sache. Du weißt ja nicht, wie es für mich war zu wissen, dass du das ganze Wochenende bei ihm warst, mir vorzustellen, was er von dir verlangt. Ich habe versucht, meine Gefühle zu unterdrücken, aber das geht nicht. Ich liebe dich auch.«

Sanft umfasste er ihr Gesicht und küsste sie scheu auf die Lippen, ihm war bewusst, dass sie vor Angst zurückweichen könnte. Aber das tat sie nicht.

Keiner von ihnen wollte sich vom anderen lösen. Zum ersten Mal im Leben merkte Miranda, dass Sex der innigste Ausdruck von Liebe sein konnte, rein und schön, und sie wusste, dass sie es nie mehr zulassen konnte, dass ein Mann ihren Körper nur zu seinem eigenen Vergnügen benutzte.

Hinterher lagen sie nackt aneinandergeschmiegt da.

Ian streichelte ihr sacht übers Haar. »Ich verspreche dir, Miranda, was immer passiert, ich werde nicht zulassen, dass dieser Mann dich je wieder berührt.«

Die entsetzliche Angst, die seit Monaten auf Miranda gelastet hatte, war wie fortgeblasen. Wie sehr hatte sie sich doch getäuscht zu glauben, es ginge im Leben einzig um Macht und Geld. In diesem Augenblick würde sie alles dafür geben, um mit Ian und Chloe irgendwo in einem kleinen Haus zu leben, in Liebe und Freiheit. Nichts anderes zählte.

»Ich überlege mir etwas, mein Liebling. Ich hole dich hier raus. Wir fangen neu an, irgendwo, wo Santos uns nicht findet, und …«

Das schrille Klingeln des Telefons zerstörte den friedlichen Moment. Beide fuhren zusammen, Mirandas Gesicht nahm wieder den furchtsamen Ausdruck an.

»Geh ran, mein Schatz.«

»Das schaffe ich nicht.« Miranda biss sich auf die Lippen und klammerte sich an ihn. »Mach, dass es aufhört, Ian, bitte.«

»Mein Schatz, ich bitte dich. Er darf nicht auf den Gedanken kommen, dass etwas nicht stimmt. Dann wird er misstrauisch, und alles wird noch schwieriger für uns. Du musst abheben. Ich verspreche dir, du brauchst nicht mehr oft mit ihm zu reden. Aber jetzt mach.« Er hob den Hörer ab und reichte ihn ihr.

»Hallo.« Ian konnte Mirandas gequälte Miene nicht ertragen. Er stand auf und ging in den Flur. Dort lehnte er sich an die Tür und fragte sich, ob Miranda wohl klar war, welche Folgen der heutige Abend haben könnte.

20

Auf dem Flughafen LaGuardia herrschte eine festliche Stimmung. Die Erwartung, die in der Luft lag, und das Lächeln auf den Gesichtern waren ein krasser Gegensatz zu den sonst üblichen gestressten Geschäftsleuten, die es eilig hatten, zu ihrem nächsten Meeting zu kommen.

Leah und Jenny gingen von ihrem Abfluggate zum Flugzeug.

»Was kannst du mir denn über unseren Gastgeber erzählen? Seid ihr irgendwie … liiert?«, fragte Jenny.

Leah schüttelte den Kopf. »Nein, ganz bestimmt nicht«, antwortete sie mit einem Lächeln. »Er hat vor zwei Jahren seine Frau verloren, und sie fehlt ihm immer noch sehr. Wahrscheinlich möchte er nur etwas Leben im Haus, mehr nicht.«

Als sie auf dem Lebanon-Flughafen landeten, wartete Anthony bereits auf sie. Sobald er Leah sah, hellte sich seine Miene auf, er kam, um ihnen mit dem Gepäck zu helfen.

»Du meine Güte, Sie sind doch nur eine Woche hier, aber es sieht aus, als wollten Sie Monate bleiben.«

»Das bringt es wohl mit sich, wenn man der Weihnachtsmann ist. Zum Anziehen habe ich nichts mitgebracht, nur viele Geschenke.« Leah kicherte. »Das ist übrigens meine Freundin Jenny.«

»Hallo, Jenny. Herzlich willkommen. Schön, Sie kennenzulernen.«

Die Frauen folgten Anthony hinaus zu seinem Jeep und freuten sich über die kalte, aber belebende Luft. Schon nach wenigen Minuten Fahrt schwelgte Leah in der Landschaft.

»Anthony, hier ist es so schön. Es erinnert mich an England.«

»Deswegen wurde die Gegend wahrscheinlich auch nach

Ihrem kleinen Land benannt. Ich dachte mir doch, dass es Ihnen hier gefallen würde.« Alles wirkte festlich auf ihrer Fahrt über die Landstraßen zu dem hübschen Örtchen Woodstock, das sich an den Fuß der Catskill Mountains schmiegte. Anthony erzählte von den Plänen für die kommende Woche.

»Eigentlich soll jeder machen, worauf er Lust hat. In Suicide Six gibt es reichlich Schnee, und es soll noch weiter schneien, also können wir Ski fahren, wenn Sie möchten.«

Leah schüttelte den Kopf. »Ich fahre nicht Ski.«

»Aber ich!«, rief Jenny begeistert. »Mit Leidenschaft.«

»Großartig, mein Sohn Jack auch. Ich selbst fahre nicht mehr allzu oft, also wird er sich freuen, auf den Hängen Gesellschaft zu haben.« Er nahm eine Hand vom Lenkrad und deutete durch die Windschutzscheibe.

»So, meine Damen, da wären wir.«

Anthonys Haus lag inmitten sanfter Hügel mit Blick auf die dahinter aufragenden Berge. Es war leuchtend weiß gestrichen, grüne Fensterläden gaben den Bleiglasfenstern einen Rahmen. Rund um das Haus verlief eine von Säulen begrenzte Terrasse, die Anthony mit einer Lichterkette geschmückt hatte.

»Oh, Anthony, es ist … zauberhaft«, sagte Leah leise.

»Danke. Ursprünglich hat das Haus meinen Großeltern gehört. Sie haben fünfzig Jahre hier gelebt, und nach dem Tod meiner Eltern ging es an mich über.« Anthony wuchtete das Gepäck aus dem Kofferraum, dann folgten Leah und Jenny ihm die Stufen hinauf zur Eingangstür. Zunächst betraten sie einen großen Eingangsbereich und von dort das Wohnzimmer, wo sie in einer Ecke als Erstes einen drei Meter hohen Weihnachtsbaum sahen. An den Zweigen blinkten Lichter, darunter lagen Berge von Geschenken. Im großen Kamin brannte ein Feuer und verbreitete Wärme, der Kaminsims war mit Stechpalmenzweigen geschmückt. Auf dem Sheraton-Sofa aus Mahagoni lagen verstreut Patchworkkissen, den Holzboden bedeckte ein erlesener Sarugh-Teppich.

»Das ist ja wie im Märchen«, flüsterte Jenny.

»Mich erinnert es an ein Ballett, das ich einmal gesehen habe. *Der Nussknacker*. Es ist wunderschön.« Leah lächelte.

Ein junger Mann kam die Treppe heruntergestürmt, zwei Stufen auf einmal nehmend. Er betrat das Wohnzimmer und strahlte die beiden jungen Frauen an.

»Darf ich raten? Sie können unmöglich Anthonys Sohn sein, oder?«, fragte Jenny mit einem Grinsen.

»Ihnen ist also die Ähnlichkeit aufgefallen? Ich würde ja gerne behaupten, dass Dad sein jungenhaftes Aussehen von mir geerbt hat, aber …« Der junge Mann zuckte mit den Schultern. »Wer von Ihnen ist wer? Ich weiß, dass Sie beide Supermodels sind, und ich werde das nächste halbe Jahr im College damit angeben, dass zwei der schönsten Frauen der Welt zu mir nach Hause gekommen sind, nur um Weihnachten mit mir zu feiern, aber …« Jack musterte Jenny. »Sie sind Leah?«

Jenny schüttelte den Kopf, aber insgeheim war sie entzückt, dass Jack sie für das berühmte Model hielt, das für seinen Vater arbeitete.

»Das führt uns vor Augen, wie tief unsere gewaltige Werbekampagne ins Bewusstsein der amerikanischen Öffentlichkeit vordringt, was?«, meinte Anthony augenzwinkernd.

Jack schüttelte beiden zur Begrüßung die Hand. »Schön, Sie kennenzulernen.«

»Jack, geh doch mit Leah und Jenny nach oben und zeig ihnen ihre Zimmer, während ich mich hier um das Essen kümmere, ja? Mit das Schöne hier ist, dass wir alles selbst machen.«

Leah folgte Jenny und Jack die Stufen hinauf nach oben.

»Also, Leah, Sie wohnen hier.« Jack führte sie in ein geräumiges Schlafzimmer.

»Vielleicht möchten Sie sich ja ein bisschen frisch machen und auspacken? Und dann sehen wir uns in zwanzig Minuten unten zum Lunch. So, Jenny, und jetzt zeige ich Ihnen Ihr Zimmer.«

Sobald die beiden den Raum verließen, trat Leah ans Fenster. Ob Anthony ihr wohl bewusst dieses Zimmer gegeben hatte? Der Blick über die hügelige grüne Landschaft war auf jeden Fall atemberaubend. Unvermittelt überfiel sie Heimweh. Sie fragte sich, was wohl ihre Eltern gerade machten.

Sie setzte sich auf die große Fensterbank und gab sich dem süßen Schmerz der Erinnerungen hin, bis ihr unvermittelt Brett in den Sinn kam – wie immer, wenn sie an zu Hause dachte. Sie erlaubte sich den Gedanken, wie wohl er den Heiligabend verbrachte, wie es ihm ging und ob sie ihm ebenso fehlte wie er ihr.

»Kommen Sie, Weihnachtsfrau, lassen Sie sich helfen«, bat Anthony lachend, als Leah einige Minuten später mit ihrem Berg Geschenke ins Wohnzimmer wankte.

Gemeinsam verteilten sie die Päckchen unter dem Baum.

»Möchten Sie mir mit dem Essen helfen?« Anthony trug über seiner Jeans eine geblümte Schürze.

»Ich glaube, damit könnten Sie einen neuen Trend in der Herrenmode lostreten«, scherzte Leah und folgte ihm in die große, behagliche Küche, die sie sofort an die in Roses Farmhaus in Yorkshire denken ließ. Ein verführerischer Essensduft hing in der Luft, im Radio spielten leise Weihnachtslieder. Ein wohliges Gefühl machte sich in Leah breit, und mit einem Mal war sie sehr froh, hierhergekommen zu sein.

»Ein Glas Glühwein?«, bot Anthony ihr an. »Der Großteil des Alkohols ist schon verdunstet.«

Leah warf einen Blick in den großen Topf, der köchelnd auf dem Herd stand. Der Geruch war betörend.

»Den probiere ich doch gern.«

»Gut. Es ist mein ureigenes Rezept. Apropos, eine Warnung vorweg: Das Weihnachtsessen morgen Mittag wird vom Hausherrn selbst zubereitet, gekocht und aufgetragen.« Anthony schöpfte Glühwein in zwei Gläser und reichte eins davon Leah. Sie trank einen Schluck und freute sich über die würzige Wärme.

»Der schmeckt sehr gut. Ich bin beeindruckt von Ihren gastronomischen Fähigkeiten. Ich bin in der Küche ein hoffnungsloser Fall.«

»Seien Sie nicht so bescheiden, das glaube ich nicht.«

Anthony füllte vier Schüsseln mit Suppe und stellte sie mit frisch gebackenem Brot auf den rustikalen Kiefernholztisch. Unterdessen rief Leah Jenny und Jack zum Essen.

Lachend erschienen sie in der Küche, und Leah bemerkte überglücklich, dass Jennys Augen funkelten.

»Bevor wir über das hochherrschaftliche Mahl herfallen, möchte ich vorschlagen, dass wir uns alle duzen. Also, Jack und ich freuen uns sehr über euren Besuch. Und bitte, jetzt fangt an, bevor die Suppe kalt wird.«

Das Mittagessen verging mit munterem Geplauder, alle sprachen dem Glühwein zu, und das Essen war fast so gut wie das von Mrs Thompson. Jenny und Jack verstanden sich offenbar auf Anhieb, und Jenny hatte eindeutig zu der Schlagfertigkeit zurückgefunden, für die sie in der Modelszene bekannt gewesen war.

Als sie gegessen hatten, war es nach drei Uhr, und draußen dunkelte es bereits.

»Ich weiß nicht, wie es euch geht, aber ich könnte vor den abendlichen Festivitäten ein Nickerchen vertragen. Es ist Tradition, dass wir an Heiligabend einige sehr alte Freunde zu einem Drink einladen, bevor wir alle gemeinsam zu Fuß zur Mitternachtsmesse gehen.«

Alle stimmten überein, dass etwas Ruhe ihnen guttäte.

Leah legte sich auf das bequeme Bett, und in der Ruhe und Stille breitete sich ein innerer Friede in ihr aus, die Sorgen der vergangenen Monate fielen von ihr ab …

»Guten Abend«, begrüßte Jack sie lächelnd, als sie ins Wohnzimmer trat. »Wir haben uns überlegt, ob du wohl je wieder aus deinem Dornröschenschlaf erwachen würdest.«

»Es tut mir leid, ich …«

»Er zieht dich nur auf, Leah. Das macht das Haus einfach mit einem. Darf ich sagen, dass du heute Abend wirklich hinreißend aussiehst?«, fragte Anthony.

»Doch, herausgeputzt bist du ganz nett anzuschauen«, scherzte Jenny.

»Hör nicht auf sie. Setz dich und lass dir ein Glas geben.« Jack klopfte neben sich aufs Sofa und reichte Leah ein Glas Champagner. »Dad sagt, dass du nicht viel trinkst, aber immerhin ist Weihnachten.«

»Anthony, du lässt mich wie eine Langweilerin klingen.« Leah warf ihm über den Raum hinweg ein Lächeln zu. »Wie ich sehe, hast du zum Empfang deiner Gäste gar nicht dein Schürzchen angelegt.«

»Äh, nein. Es lebe die Abwechslung! Morgen werdet ihr mich den ganzen Tag in nichts anderem sehen.« Anthony trug eine makellose graue Flanellhose und ein elegant geschnittenes Jackett.

Es läutete an der Tür, Jack sprang auf und ging öffnen.

Wenig später kam ein älteres Paar mit Geschenken in der Hand ins Wohnzimmer. Anthony begrüßte sie mit einem Kuss, gab ihnen jeweils ein Glas Champagner und stellte sie Jenny und Leah vor.

Im Lauf der nächsten Stunde ging immer wieder die Türglocke, und bald war das Wohnzimmer voller Menschen.

Leah stellte fest, dass alle so entspannt waren wie Anthony. In der Gruppe wirkte kein Einziger wie ein nüchterner New Yorker Geschäftsmann, und niemand erwähnte ihren Modelvertrag auch nur mit einer Silbe, obwohl alle eindeutig wussten, wer sie war.

Leah ging in die Küche, um sich ein Glas Orangensaft zu holen, und Anthony folgte ihr.

»Alles in Ordnung, Leah? Ich hoffe, es stört dich nicht, dass meine Freunde hier sind. Ich weiß doch, wie oft du bei Empfängen herumstehen und Small Talk machen musst.«

»Gar nicht. Alle kommen mir so viel entspannter vor als die

anderen Amerikaner, die ich kennengelernt habe. Irgendwie normaler, ehrlicher«, fügte sie hinzu.

»Ja. Obwohl du überrascht sein wirst zu hören, dass die meisten von ihnen in New York große Unternehmen leiten. Aber wenn zu Weihnachten alle hierher nach Vermont kommen, ist es ein ungeschriebenes Gesetz, dass während unseres Aufenthalts niemand über Geschäftliches spricht. Bill, mit dem wir uns gerade unterhalten haben, leitet ein großes Elektronikunternehmen, und Andy betreibt in Manhattan eine PR-Agentur.«

»Ich bin überrascht«, sagte Leah aufrichtig.

»In ein paar Minuten brechen wir auf zur Kirche, aber du brauchst nicht mitzukommen, wenn du nicht möchtest.«

»Doch, liebend gern. Ich bin seit Jahren nicht mehr in der Mitternachtsmesse gewesen.«

»Schön. Es freut mich wirklich sehr, dass du und Jenny hier seid. Es ist, als … ja, fast wieder wie Familie.« Leah warf ihm ein warmes Lächeln zu. »Komm, holen wir deinen Mantel. Draußen ist es bitterkalt, und im Wetterbericht haben sie Schneefall vorhergesagt.«

Die kleine Kirche war wie im Bilderbuch – kerzenerleuchtet, die Chormitglieder trugen traditionelle Gewänder. Bei den vertrauten Weihnachtsliedern sangen alle inbrünstig mit, und am Ende des Gottesdienstes ging Leah mit Anthony nach vorn, um das Abendmahl zu empfangen. Vor dem Altar kniend warf sie einen Blick auf seinen gesenkten Kopf neben sich, und eine Woge der Zuneigung für ihn erfasste sie.

Als sie die Kirche verließen, fielen die ersten Schneeflocken, und alle juchzten beglückt über die zauberhafte Szenerie. Dann löste sich die Gemeinde langsam auf, Menschen küssten sich zum Abschied und gingen mit fröhlichen Weihnachtswünschen ihrer getrennten Wege.

Anthony bot Leah seinen Arm.

»Es sieht wunderhübsch aus, aber Schnee auf Eis kann gefährlich sein.«

Leah nahm seinen Arm, und sie gingen los, gefolgt von Jenny und Jack.

»Ich muss gestehen, dieser Abend ist mir von allen Abenden des Jahres der liebste. Und Woodstock ist einfach die schönste Kulisse dafür.«

»So weihnachtlich habe ich mich schon seit Jahren nicht mehr gefühlt«, gestand Leah.

»Du Ärmste! Wie alt bist du, dass du so weltverdrossen bist? Fünfzig?« Anthony warf ihr ein Lächeln zu. »Nur ein Scherz, Leah, bitte glaub mir«, fügte er hinzu und sah besorgt in ihr ernstes Gesicht.

»Ich weiß. Aber du hast recht. Ich bin einundzwanzig und komme mir wirklich manchmal wie fünfzig vor. Ist dir klar, dass ich ganze drei Jahre älter bin als Jack?«

»Ja, kurz habe ich mir das auch überlegt, aber ich finde es schwer zu glauben. Eure Leben sind so völlig unterschiedlich verlaufen.« Sie hatten das Haus erreicht, und Anthony nahm ihre Hand und zog sie die rasch weiß werdende Treppe hinauf. »Komm, sehen wir zu, dass wir ins Warme kommen und auftauen.«

Die vier setzten sich vor den Kamin und tranken Kakao.

Eine halbe Stunde später zogen sich erst Jenny und dann Jack in ihre Zimmer zurück.

Anthony sah auf seine Uhr. »Viertel vor zwei. Weihnachten ist weit genug fortgeschritten, um meinen ganz besonderen Portwein zu öffnen.«

Er stand auf und ging zum Barschrank, kehrte zurück und schenkte zwei Gläser ein.

»Für mich bitte nicht, Anthony.«

»Um ehrlich zu sein, ist es auch nicht für dich bestimmt.« Er stellte ein Glas vor das Kaminfeuer. »Es ist für unseren Freund, für den Fall, dass er durch den Kamin kommt, um uns zu besuchen. Wir leeren jedes Jahr gemeinsam ein Glas Portwein. Cheers.« Anthony prostete in Richtung Kamin und trank einen

Schluck der rubinroten Flüssigkeit. »Wenn du müde bist, kannst du wirklich jederzeit ins Bett gehen. An diesem besonderen Abend bleibe ich immer bis in die Puppen auf.«

Leah fühlte sich kein bisschen müde, sondern sehr entspannt und ruhig. Sie starrte ins Feuer und freute sich darüber, in der Gesellschaft eines Mannes zu sein, den sie in keiner Weise bedrohlich fand. Bei dem sie sie selbst sein konnte.

»Wie schade, dass wir alle erwachsen werden und nicht mehr an Märchen glauben«, meinte sie.

»Ja«, sagte Anthony nachdenklich. »Dabei sind wir von Märchen umgeben. Wenn wir älter werden, haben wir im Kopf nur noch Platz für nützliche Gedanken und verlieren den Kontakt mit dem Märchenhaften. Deswegen sind Abende wie der heutige so besonders. Eine Auszeit von der Wirklichkeit. Wenn ich hier bin, wird mir wieder bewusst, wie wunderbar und wie schön die Welt eigentlich ist. Wenn man älter wird, ist die Schönheit schwerer zu finden. Sie ist immer noch da, aber eher im Verborgenen.«

Leah nickte zustimmend, wieder stieg eine Woge echter Zuneigung zu diesem empfindsamen Mann in ihr auf.

Dann saßen sie in einvernehmlichem Schweigen vor dem Feuer.

»Also gut, da ich nur zwei Stunden Schlaf bekomme, bevor ich wieder zum Dienst antrete, sollte ich langsam ins Bett gehen.«

»Mmmm.« Leah räkelte sich. »Ich bin so entspannt. Kann ich mich nicht einfach wie eine Katze vor dem Kamin zusammenrollen und hier schlafen?«

»Was immer du möchtest, Leah, aber vielleicht ist es im Bett etwas bequemer.«

»Du hast recht.« Widerstrebend stand Leah auf, ebenso wie Anthony.

»Gute Nacht, Anthony. Vielen Dank für den wunderschönen Tag.« Sie stellte sich auf die Zehenspitzen und gab ihm einen Kuss auf die Wange.

»Du brauchst mir nicht zu danken, Leah. Du weißt gar nicht,

was es für mich bedeutet, dass du hier bist.« Er nahm ihre Hand und küsste sie.

Lächelnd ging sie zur Treppe. Auf der ersten Stufe hielt sie kurz inne. »Frohe Weihnachten, Anthony.«

»Frohe Weihnachten, Leah.« Er sah ihr nach, wie sie mit anmutigen Bewegungen die Treppe hinaufging, und griff nach dem zweiten Glas Portwein. Langsam leerte er es, kostete den Geschmack.

Leah war eine ungewöhnliche Frau. Unter dem perfekten Äußeren besaß sie eine große Reife und Tiefe. In ihr fand er die verborgene Schönheit, von der er gerade gesprochen hatte.

21

Sechs Tage später überfiel Leah beim Aufwachen die Erkenntnis, dass sie am Nachmittag in die Realität zurückkehren musste. Entsetzlich, die Vorstellung, nach New York zurückzufliegen.

Sie konnte kaum glauben, wie wunderschön die Woche gewesen war. Kein Stress, keine Probleme, nur angenehme Gesellschaft, sehr viel gutes Essen und, das Wichtigste, kein Terminkalender. Sie war aufgestanden, wann sie Lust dazu hatte, hatte gegessen, wann immer sie Appetit hatte, und geschlafen, wenn sie müde war.

Anthony war der herzlichste Gastgeber gewesen, den sie sich vorstellen konnte, voller Anregungen, was man unternehmen könnte, aber immer mit der glaubhaften Versicherung, Leah könne den ganzen Tag vor dem Kamin liegen, Weihnachtsplätzchen essen und einen Roman lesen, wenn ihr der Sinn danach stand, und das wäre ebenso in Ordnung. Und solange schlechtes Wetter geherrscht hatte, hatten sie und Anthony die Stunden auch genau auf diese Art verbracht. Jenny und Jack waren ein Herz und eine Seele geworden und meistens schon draußen zum Skifahren unterwegs, bis Leah schließlich aufstand. Gegen vier Uhr waren sie bester Laune zurückgekehrt und hatten Leah und Anthony zu gewaltigen Schneeballschlachten herausgefordert.

Es wärmte Leah das Herz zu sehen, wie sehr Jenny aufgeblüht war, und sie dachte sich, wie gut die Auszeit ihr offenbar getan hatte. Sie fragte sich, ob Jenny und Jack wohl eine Affäre hatten, und hoffte, dass Miles damit außen vor war, obwohl die Beziehung eher wie eine richtig gute Kameradschaft wirkte als wie ein Liebesverhältnis.

Als sie ihre Kleidung aus dem Schrank holte und in den Koffer faltete, wusste sie, dass ihr in New York Anthonys beständige Gesellschaft fehlen würde. In den letzten Tagen hatte sie sich immer wieder einmal überlegt, ob sie sich zu ihm hingezogen fühlte, und war zu dem Schluss gekommen, dass … doch, das war sie. Nicht auf die alles verzehrende, leidenschaftliche Art wie bei Brett, sondern auf eine ruhigere, vielleicht reifere Weise.

Sie hatte keine Ahnung, was Anthony für sie empfand. Er hatte nicht die leiseste Andeutung gemacht, dass er sie als etwas anderes als eine sehr gute Freundin betrachtete, was angesichts ihrer gegenwärtigen Lage genau das war, was sie wollte.

Während sie zum Frühstück nach unten ging, war sie traurig, dass ihr gemeinsamer Urlaub zu Ende ging.

»Guten Morgen. Es gibt Pfannkuchen und Ahornsirup, damit ihr die Reise zurück in die Großstadt gut übersteht.« Anthony stellte einen Teller mit einem Berg Kalorien vor sie. Ausnahmsweise hatte Leah aber keinen Appetit.

»Erinnere mich nicht daran«, stöhnte sie. »Morgen Abend ist dieser große Silvesterball, an dem ich auf Wunsch von Chaval teilnehmen soll.«

Anthony setzte sich und machte sich über seine Pfannkuchen her.

»Ich weiß. Ich gehe auch hin. Wir könnten beide schwänzen und hierbleiben.«

»Führ mich nicht in Versuchung. Hier ist es so schön. Wenn ich an New York denke, wird mir übel. Wann fährst du zurück?«

»Morgen. Ich schaffe heute hier noch Ordnung und fliege morgen Vormittag zurück. Soll ich dich abends zum Ball abholen?«

»Das wäre schön. Ich kann es nicht leiden, allein zu solchen Anlässen zu gehen, und wenn schon, dann komme ich wenigstens in Begleitung des Präsidenten«, sagte sie lachend.

Drei Stunden später folgte am Flughafen das traurige Abschiednehmen. Jack und Jenny schienen untröstlich, sich zu trennen.

»Mein Gott«, seufzte Anthony, »es ist wie damals in der Kindheit, wenn man sich von seinem besten Kumpel trennte, weil man in die Schule zurückmusste.«

Lächelnd drehte Jack sich zu Leah, um ihr zum Abschied einen Kuss zu geben. »Ich habe mich sehr gefreut, dich kennenzulernen. Danke, dass du gekommen bist. Du tust Dad so gut. Pass auf dich auf.«

Als das Flugzeug abhob, sah Leah bedrückt auf die schneebedeckte Landschaft weit unter sich.

»Also, das war das schönste Weihnachten aller Zeiten«, sagte Jenny.

»Für mich auch«, stimmte Leah zu. »Und jetzt komm schon, rück raus mit der Sprache. Wann ist die Hochzeit?«

»Ehrlich, so war es nicht mit Jack und mir. Er ist einfach der Bruder, den ich nie hatte. Wir haben uns richtig gut verstanden. Abgesehen davon hat er im College eine feste Freundin, und ich habe Miles.«

»Ach«, sagte Leah bedrückt.

»Ich freue mich wahnsinnig darauf, ihn zu sehen. Und überhaupt, wie ist es bei dir? Anthony ist ja hinreißend. Kaum zu fassen, dass er ein so großes Unternehmen leitet. Er ist so bescheiden.« Jenny grinste schelmisch. »Und bis über beide Ohren in dich verliebt.«

Abrupt drehte Leah sich zu ihrer Freundin. »Das glaube ich nicht, wirklich nicht. Es ist wie bei dir und Jack. Wir fühlen uns in der Gesellschaft des anderen einfach wohl. Was erstaunlich ist angesichts der Tatsache, dass er zwanzig Jahre älter ist als ich. Aber wir verstehen uns einfach gut.«

»Was empfindest du für ihn?«

»Ich mag ihn sehr, sehr gern.«

»Aber nicht als Mann?«

Leah zögerte. So genau wollte sie ihre Gefühle für Anthony nicht ergründen, aus Angst, sie könnte sie zerstören. »Ich weiß es nicht.«

Jenny zuckte mit den Schultern. »Leah, wenn ich einen wunderbaren Mann hätte, der mich so unverhohlen anbetet, würde ich ihn nie mehr loslassen. Ihr zwei passt gut zusammen, sehr gut sogar. Tu die Gelegenheit nicht einfach ab.«

Leah betrachtete Jenny und schüttelte dann langsam den Kopf. »Ich werde es mir überlegen.«

22

Miranda hörte das Klopfen an der Tür und lief Ian entgegen. Er zog sie fest an sich.

»Frohes neues Jahr, mein Liebling«, flüsterte er.

»Und dir auch ein gutes neues Jahr.« Miranda schmiegte sich an ihn, glücklich, dass die unendlich langen Stunden und Tage der vergangenen Woche endlich vorbei waren und Ian wieder bei ihr war.

Er ließ sie los. »Komm, gehen wir ins Wohnzimmer. Ich habe ein paar Geschenke für dich.«

Als Ian den kleinen Weihnachtsbaum sah, den Miranda geschmückt hatte, überfielen ihn sofort ein schlechtes Gewissen und Trauer. Eilig holte sie die drei Geschenke, die darunter lagen.

»Für dich«, sagte sie aufgeregt.

»Ach, mein Schatz, es tut mir so leid, dass ich Weihnachten nicht bei dir sein konnte. Aber wir konnten nicht riskieren, dass Santos Verdacht schöpft. Du weißt doch, dass du mir entsetzlich gefehlt hast, oder? Jeden Tag habe ich die Stunden gezählt, bis er vorbei war.«

»Ich auch«, hauchte Miranda. »Zum Glück gibt es Fernsehen. Ich habe mir alles von *Ist das Leben nicht schön?* bis zu *Mickys Weihnachtserzählung* angesehen.«

Sie sagte ihm nicht, dass sie den Weihnachtstag in einem Nebel von Tränen und Alkohol verbracht und nur daran gedacht hatte, was wohl Rose und Chloe in Yorkshire machten. Die Zeit hatte sie überhaupt nur überstanden, weil sie wusste, dass Ian an Neujahr vom Besuch bei seinen Eltern zu ihr kommen würde.

»Aber das schönste Weihnachtsgeschenk überhaupt ist etwas ganz anderes.« Ihre Augen funkelten.

»Nämlich?«

»Also, gestern ist Camilla gekommen und hat gesagt, dass sie für eine Woche zu ihrer Familie nach Deutschland fährt. Sie ist gestern gefahren und kommt erst nächsten Dienstag zurück. Das heißt, wenn du magst, kannst du heute Nacht hierbleiben. Niemand überwacht mich.«

Das wusste Ian bereits, denn Camilla hatte es ihm drei Wochen zuvor am Telefon gesagt. Das hatte ihm die Zeit und die perfekte Gelegenheit gegeben, um seine Pläne umzusetzen. Er drückte Miranda an sich. »Natürlich möchte ich das.«

»Im Kühlfach liegt Champagner, die beste Flasche, die ich finden konnte. Ich dachte, wir könnten Weihnachten und Silvester zusammen feiern.«

»Dann trinken wir doch den Champagner und öffnen die Geschenke.«

»Gut!«, sagte Miranda aufgeregt. Sie drückte ihn wieder an sich, als wäre es ihr unerträglich, ihn auch nur eine Minute loszulassen, für den Fall, er könnte verschwinden.

Ian lachte. »Jetzt hol schon den Champagner, mein Liebling. Ich habe eine Überraschung für dich.«

Nachdem Miranda die Flasche geholt hatte, entkorkte Ian sie und schenkte zwei Flöten ein.

»Auf uns«, sagte Miranda.

»Auf uns.« Sie stießen an. »Ich verspreche dir, ich tue alles Menschenmögliche, damit das neue Jahr besser wird als das vergangene.«

Dann machten sie sich daran, die Geschenke zu öffnen. Miranda hatte eine ihrer Kreditkarten nach Kräften genutzt; es hatte ihr eine diebische Freude bereitet, Santos' Geld für Ian auszugeben. Eine andere Möglichkeit, sich ihm zu widersetzen, fiel ihr nicht ein.

Ian beugte sich vor und gab ihr einen Kuss. »Vielen Dank,

mein Liebling. Es ist alles wunderschön. Und jetzt bist du an der Reihe.«

Er reichte ihr ein dünnes Kuvert, das in hübsches Papier gepackt und mit einer Schleife gebunden war.

Sobald Miranda sah, was der Umschlag enthielt, traten ihr Tränen in die Augen, sie brachte kaum ein Wort hervor.

»Ach, Ian, ich …« Sie betrachtete die Tickets eingehender: zwei Flüge nach Hongkong auf die Namen ›Mr und Mrs Devonshire‹ sowie ein Heiratsaufgebot auf dieselben Namen.

»Oh, Ian … möchtest du …?«

»Ja, Liebling. Dich heiraten, mit dir durchbrennen und an einem Ort, an dem Santos uns nicht findet, neu anfangen. Ich habe alles organisiert. Wir lassen uns in einem Standesamt trauen, dann fahren wir mit dem Taxi sofort nach Heathrow. Am Nachmittag dann steigen wir in ein Flugzeug nach Hongkong. Ich habe einen Freund, der dort eine Firma hat, er hat mir einen Job angeboten. Großen Luxus werde ich dir wohl nicht bieten können, aber wenigstens sind wir frei und weit weg von Santos. Und das müssen wir diese Woche machen, denn dadurch, dass Camilla nicht da ist, ist alles viel einfacher. Ich weiß auch, dass Santos Weihnachten wie immer bei seiner Frau und den Kindern verbringt. Er ist bis zum zehnten Januar auf seinem Schiff, das heißt, wenn er zurückkommt, sind wir längst über alle Berge.«

»Aber Ian, ich brauche einen Pass, und …«

»Hör zu, Miranda. Morgen Vormittag muss Roger mir im Büro helfen. Ich möchte, dass du gleich in der Früh zum Friseur gehst und dir die Haare dunkel färben lässt. Dann lass Passfotos machen, die hole ich morgen Abend ab. Wenn du mit Roger wegfährst, verbirg deine Haare unter eine Mütze. Freitag bekomme ich neue Pässe für uns beide. Die ganzen Kontakte, die ich über die Jahre bei Santos aufgebaut habe, haben sich als sehr nützlich erwiesen.«

»Muss ich mir wirklich die Haare färben?«

»Es ist eine zusätzliche Vorsichtsmaßnahme. Ich möchte nichts dem Zufall überlassen. Wenn es schiefgeht, dann …« Er schüttelte den Kopf.

Miranda brach in Tränen aus. »O mein Gott, Ian, danke. Ich bin so glücklich.«

Er wischte ihr die Tränen von den Wangen. »Das sieht man«, sagte er schmunzelnd.

»Entschuldige, das sind Freudentränen. Bitte glaub mir. Ich kann es nicht fassen, dass dieser Albtraum vorbei sein soll. Ich liebe dich.« Miranda küsste ihn mit einer Leidenschaft, die Ian schier überwältigte.

Dann fiel Miranda etwas ein, und ihr Gesicht verdüsterte sich. »Ian, was ist mit Chloe?«

»Da habe ich mir den Kopf zerbrochen, aber es ist unmöglich, dass sie zusammen mit uns das Land verlässt. Allerdings können wir uns, sobald wir Tausende von Kilometern weg sind, bei deiner Mutter melden und ihr sagen, dass du in Sicherheit bist. Dann sehen wir weiter. Es tut mir leid, Miranda, aber solange du hier eine Gefangene bist, wirst du Chloe nicht wiedersehen. Sobald du frei bist, besteht zumindest eine Chance darauf.«

»Du hast recht«, sagte Miranda leise. »Glaubst du, dass ich sie noch mal wiedersehen werde, Ian?«

Er drückte ihr die Hand. »Natürlich, mein Schatz.« Er zog sie auf die Beine. »Und jetzt komm, ich möchte unsere Verlobung feiern.« Eng umschlungen gingen sie ins Schlafzimmer.

In dieser Nacht schliefen sie nicht. Erst als der Morgen dämmerte, stand Ian auf, um zur Arbeit zu gehen.

»Wenn ich morgen komme, um die Fotos abzuholen, werden wir keine Zeit haben, alles noch mal zu besprechen. Also, vergiss nicht, nur eine kleine Tasche. Es soll aussehen, als würde ich dich nur zum Mittagessen abholen. Ich werde dir ein paar Kleidungsstücke besorgen, aber zieh etwas Hübsches an. Immerhin wird es dein Hochzeitskleid sein.«

»Aber Santos wird doch vermuten, dass wir gemeinsam verschwunden sind, wenn Roger ihm sagt, dass er mich zuletzt mit dir gesehen hat, oder?«

»Doch, aber eine andere Lösung gibt es nicht. Ich bin eine der zwei Personen, mit denen du das Haus verlassen darfst, also muss ich das machen.«

Ian ging noch mal zum Bett, um Miranda sanft auf den Mund zu küssen. Dann wandte er sich zum Gehen.

Angst überflutete Miranda, als sie ihm nachsah.

»Ian!« Fast schrie sie seinen Namen.

»Was ist?«

»Ich habe Angst. Was, wenn etwas schiefgeht?«

»Alles ist geregelt. Denk einfach nur dran, heute in einer Woche sind wir Mann und Frau, und diese ganze Sache wird bloß noch ein böser Traum sein. Ich liebe dich, Miranda.«

»Ich dich auch.«

Als er das Schlafzimmer verließ, warf er ihr eine Kusshand zu.

Miranda ließ sich wieder in die Kissen sinken, aber sie wusste, schlafen würde sie nicht mehr. Sie schlich zum Fenster und zog den Vorhang auf.

Sie sah, wie er sich in der Morgendämmerung mit raschen Schritten von ihr und der Wohnung entfernte und seinem Wagen zustrebte, den er einige Straßen weiter geparkt hatte.

»Auf Wiedersehen, Liebling«, flüsterte sie und zog den Vorhang wieder zu.

23

»Guten Abend, Leah. Wie war euer Flug?« Anthony begrüßte sie mit einem Kuss auf die Wangen, als sie auf dem Rücksitz der Limousine Platz nahm, um gemeinsam mit ihm zum Museum of Modern Art zu fahren.

»Wunderbar. Kaum zu glauben, dass ich Woodstock erst vor gut vierundzwanzig Stunden verlassen habe.«

Anthony musterte sie, als sie dann verstummte und zum Fenster hinaussah.

»Ist alles in Ordnung? Du bist sehr still.«

»Entschuldige bitte, Anthony. Alles in bester Ordnung.« Leah lächelte ihn an.

In Wahrheit war ihr etwas unbehaglich zumute, auch wenn sie nicht wusste, weshalb. Miles hatte sie und Jenny bei ihrer Rückkehr am Tag zuvor sehr freundlich empfangen. Er hatte die Wohnung tipptopp in Ordnung gehalten, und an diesem Abend gingen Jenny und er zu einer Party im East Village.

Aus irgendeinem Grund hatte sie ein mulmiges Gefühl, das sie nicht abschütteln konnte.

Auf der Fifth Avenue musste die Limousine anhalten, weil eine Gruppe ausgelassener junger Leute, die Silvester in verrückter Aufmachung feierte, die Straße überquerte. Alle waren etwa in Leahs Alter, und einen Moment wünschte sie sich nichts sehnlicher, als ihre elegante Abendrobe abzustreifen, der Enge dieser abgehobenen, privilegierten Welt, in der sie lebte, zu entfliehen, und sich den Feiernden anzuschließen.

Anthony erfasste das instinktiv, und er bekam ein schlechtes Gewissen, weil er sich wünschte, Leah für immer zu entführen.

Aber andererseits, wenn er ihr an diesem Abend die entscheidende Frage stellte – würde er ihr damit nicht ihre Freiheit zurückgeben? Dann müsste sie nie wieder vor einer Kamera stehen und könnte ihre Tage nach Lust und Laune verbringen.

Als der Wagen langsam in die West 53rd Street einbog, berührte er sie sacht am Arm.

»Schau nicht so traurig, meine Liebe. Es liegt in deiner Hand, dein Schicksal zu ändern, wenn du das möchtest.«

Leah betrachtete Anthony eingehend. Es überraschte sie, dass er wusste, was in ihr vorging, und sie verstand.

»Ich bin verwöhnt. Ich meine, wer von den jungen Leuten vorhin würde sein Leben nicht gegen meines tauschen wollen? Geld, Ruhm, Jugend … ich bin doch der Inbegriff des amerikanischen Traums.«

Die Limousine fuhr vor das Museum of Modern Art, und Anthony half Leah aussteigen. Während sie sich zu den anderen festlich gekleideten Gästen gesellten, die das Gebäude betraten, dachte Leah unwillkürlich daran, mit wem sie das letzte Mal hier gewesen war.

Sie ließ Anthony zurück, um ihren bodenlangen Samtumhang abzugeben. Als sie sich in dem weitläufigen Raum, in dem der Ball stattfand, zu ihm stellte, war er von Menschen umringt, von denen sie einige von Chaval kannte. Die Augen aller in der Gruppe richteten sich auf sie, als sie auf sie zukam.

Selbst professionelle Models, die von Laufstegen und Werbeplakaten in aller Welt strahlten, hatten Abende, an denen ihre Schönheit besonders leuchtete. Und bei Leah war dieser Abend einer davon.

Sie hatte das Haar in Locken auf den Kopf getürmt und trug ein Abendkleid von Jean Muir, dessen schwarze Satincorsage mit Silberfäden besetzt war. Der aus zahlreichen schwarzen Tülllagen bestehende Rock schwang weich wie der einer Ballerina um ihre Knöchel.

Anthony reichte ihr beide Hände.

»Leah, was kann ich sagen? Du siehst … mehr als hinreißend aus. Ich glaube, du kennst die meisten Leute hier?«

Anthony stellte sie den ihr noch unbekannten Gästen vor, und dann nahmen sie ihre Plätze an einer der festlich gedeckten Tafeln ein.

Am Ende des köstlichen Essens begann die Band zu spielen, die Ersten strebten zur Tanzfläche.

»Darf ich um das Vergnügen bitten?«, fragte Anthony.

»Aber gern.« Sie nahm seine ausgestreckte Hand, und gemeinsam gingen sie zur Tanzfläche.

Als sie sich im gleichmäßigen Rhythmus bewegten, entdeckte Leah David Cooper, der in einigen Metern Entfernung ebenfalls tanzte. Er sah sie und winkte lächelnd. Anthony bemerkte das und grüßte ihn mit einem Nicken.

»Ich wusste gar nicht, dass du David kennst«, sagte er.

»Ich kenne ihn auch nicht, oder zumindest nicht besonders gut. Ich bin ihm nur ein Mal begegnet.«

»Er ist im Kreis der New Yorker Unternehmer etwas mysteriös und geheimnisumwittert. Es ist eher ungewöhnlich, ihn bei einer öffentlichen Veranstaltung wie dieser zu sehen. Er lebt recht zurückgezogen, vor allem, seit seine Frau vor einigen Jahren gestorben ist. Na ja, ich kann es ihm nachempfinden. Man wird leicht ungesellig.«

Die Band verstummte, und alle kehrten an ihre Plätze zurück. Der Direktor des Museums erhob sich und hielt eine Ansprache, in der er betonte, wie viel Gutes der abendliche Ball für die Stiftung bewirken werde. Abschließend bat er alle, auf das neue Jahr zu trinken, das sich rasch näherte.

Alle zählten gemeinsam die verbleibenden Sekunden hinunter, dann schlug es Mitternacht. Jubelrufe wurden laut, Anthony zog Leah eng an sich und gab ihr einen Kuss auf jede Wange.

»Ein gutes neues Jahr, Leah. Ich wünsche dir, dass es dir Glück und Frieden bringt.«

»Ich wünsche dir das Gleiche, Anthony.«

Sie gingen zur Tanzfläche, wo alle Gäste einen Kreis bildeten und sich an den Händen fassten, um das traditionelle »Auld Lang Syne« zu singen.

Danach zog die Band das Tempo an, und gesetzte Damen hoben die Rocksäume, um Swing zu tanzen.

»Das ist nicht ganz mein Fall«, sagte Anthony. »Aber tanz du doch bitte weiter.«

Noch bevor er die Arme von Leah gelöst hatte, wurden sie unterbrochen. »Darf ich?« Es war David Cooper.

»Guten Abend, David. Mit Vergnügen.« Anthony überließ sie Davids Armen.

Angesichts der Wahl, absolut unhöflich zu sein oder mit Bretts Vater zu tanzen, nickte Leah und begann, sich im Rhythmus zu bewegen.

»Wie geht es Ihnen?«, fragte David.

»Gut, danke.«

»Sie sehen heute Abend wirklich fantastisch aus.«

»Danke.«

»Ich fand es sehr schade mit Brett und Ihnen. Ich hatte den Eindruck, dass es etwas Ernstes war.« Mit David Cooper ihre Beziehung nachzubereiten, war nicht gerade das, womit sie das neue Jahr beginnen wollte. »Ich war überrascht, als Brett darum bat, seine Reise vorzuziehen.«

Das heißt, Brett hatte die Staaten verlassen.

»Ja«, antwortete sie ausweichend.

»Sind Sie und Anthony van Schiele jetzt ein Paar?«, fragte David.

Leah schüttelte den Kopf. »Nein. Er ist mein Arbeitgeber, und mittlerweile sind wir gut befreundet.«

David lächelte. »Bitte keine falsche Scheu. Ich kenne doch den Lauf der Welt. Nur weil Sie mit meinem Sohn eine Affäre hatten, brauchen Sie doch keine Nonne zu werden, wenn es vorbei ist.«

Am liebsten hätte Leah geschrien. Dieser Mann hatte keine Ahnung, was sie für Brett empfand, und dass er ihre Liebe als Affäre abtat, war ihr zuwider.

»Ich habe auch nicht vor, ins Kloster zu gehen, das kann ich Ihnen versichern. Wenn Sie mich jetzt bitte entschuldigen würden …« Leah entzog sich seinen Armen und ging zur Toilette.

Dort wusch sie sich die verschwitzten Hände und blieb dann unschlüssig stehen. Eigentlich hatte sie keine Lust, zu der Feier zurückzukehren. Am liebsten wäre sie nach Hause gefahren.

Schließlich wagte sie sich in die Lobby vor, und dort wartete bereits Anthony mit ihrem Umhang.

»Sollen wir gehen?«, fragte er.

Leah nickte dankbar. »Woher weißt du das?«

Er führte sie zum Ausgang und weiter zur wartenden Limousine.

»Ich habe dich mit David Cooper beobachtet. Ich muss zugeben, ich würde gern wissen, in welcher Beziehung ihr zueinander steht. Möchtest du noch auf einen Schluck zu mir mitkommen? Dann kannst du mir alles erzählen.«

»Gut.« Leah hätte es lächerlich gefunden, sich zu zieren, nachdem sie eine ganze Woche mit ihm unter einem Dach verbracht hatte.

Anthonys Wohnung im 66. Stock war eine Abfolge behaglicher, geräumiger Zimmer, die einen großartigen Blick über New York boten. Wie sein Haus in Southport waren auch diese Räume sparsam, aber elegant eingerichtet.

»Möchtest du auch etwas? Es ist mir unangenehm, allein zu trinken«, sagte Anthony, als er den Barschrank öffnete.

»Ja, gern. Du weißt ja, ich trinke nicht aus moralischen Gründen wenig Alkohol, sondern nur, weil er mir nicht besonders schmeckt.«

Er nickte. »Ich mache dir eine Crème de Menthe Frappé.«

Anthony mixte die Drinks und setzte sich ihr gegenüber. »Also, woher kennst du David Cooper?«

Leah rieb sich die Augen. Sie war müde. »Das ist eine lange Geschichte.«

»Wir haben die ganze Nacht.« Anthony hob sein Glas, die Eiswürfel klirrten.

»Also gut. Erinnerst du dich, dass ich, als ich das erste Mal bei dir war, sagte, eine Beziehung sei gerade zu Ende gegangen?«

»Ja.«

»David Cooper ist sein Vater.« Leah erzählte die ganze Geschichte, angefangen von ihrer Begegnung mit Brett, als sie noch ein Mädchen gewesen war, bis zum letzten Schlag, dass er die Staaten ohne Abschied verlassen hatte.

Anthony hörte ihr schweigend zu, nur bisweilen nickte er.

»Das Ganze hat meinem Selbstvertrauen einen ziemlichen Dämpfer versetzt.«

»Das kann ich gut verstehen, Leah. Wenn man für jemanden sehr viel empfindet, wie du es für Brett ja eindeutig getan hast, und diese Person einen dann enttäuscht, kann das alles Mögliche mit einem anstellen. Ich möchte ja nicht gönnerhaft klingen, aber du wirst früher oder später darüber hinwegkommen. Das weiß ich aus eigener Erfahrung.«

»Natürlich. Aber die Begegnung mit David Cooper gerade eben hat alles wieder aufgerührt.«

Unvermittelt wirkte Anthony etwas nervös. »Also, Leah, vielleicht ist es der falsche Moment, nach dem, was du mir gerade erzählt hast, aber wir sind doch immer sehr offen und aufrichtig miteinander, oder?«

»Ja, natürlich.«

»Weißt du, die Sache ist …« Der sonst so redegewandte Anthony rang um Worte. »Als ich dich kennenlernte, hielt ich dich für eine außergewöhnlich schöne Frau. Als ich dich dann nach und nach besser kennenlernte, stellte ich fest, wie viel mehr in dir steckt. Deine Schönheit kaschiert deine anderen Qualitäten nur allzu gut, und so war es für mich immer wieder eine große Freude festzustellen, dass du einen sehr eigenen Charakter hast und ein von Grund auf gutes Herz.« Anthonys Blick war ganz nach innen gerichtet, während er versuchte, seine Gefühle in

Worte zu fassen. »Das mag wie ein etwas abgedroschenes Kompliment klingen, aber was ich eigentlich sagen will, ist, dass die vergangene Woche mir das, was ich dachte, bestätigt hat. Mir ist etwas passiert, von dem ich nie geglaubt hatte, dass es mir nach dem Tod von Florence noch mal passieren würde. Ich habe mich in dich verliebt.«

Anthony sah weiterhin angelegentlich in seinen Cognac, während Leah ihn schweigend betrachtete. Sie wusste, dass er noch mehr zu sagen hatte.

»Die Sache ist, ich bin kein Mann, der sich mit wechselnden Frauen in der Öffentlichkeit herumtreibt, und als mir klar wurde, dass ich dich liebe, hatte ich anfangs Schuldgefühle Florence gegenüber und auch wegen des Altersunterschieds zwischen uns. Ich sagte mir, dass es nie funktionieren würde und du jemand Jüngeren brauchst.« Er hob den Blick. »Jemanden wie Brett.« Anthony seufzte. »Aber als ich dann länger mit dir zusammen war, überlegte ich mir, dass du vielleicht jemand Älteren haben möchtest, weil du so schnell erwachsen geworden bist.« Er schluckte schwer. »Kurz gesagt – ich möchte, dass du mich heiratest, Leah.«

Stille lastete auf der Wohnung, während Leah nur dasaß. Die Offenbarung überwältigte sie.

»Jetzt, wo ich von Brett weiß, ist mir klar, dass du Zeit brauchen wirst, um darüber hinwegzukommen. Ich weiß, wie sich das anfühlt. Jemanden zu verlieren, der einem nahesteht, ist das Schmerzhafteste, was einem passieren kann, also nimm dir alle Zeit der Welt. Ich dachte nur, dass wir, bevor unsere … hm … unsere Beziehung weitergeht, du meine tieferen Beweggründe kennen solltest. Aber ich verspreche dir, wenn du meine Gefühle nicht erwiderst, machen wir weiter wie bisher.« Er hob drei Finger. »Großes Pfadfinderehrenwort.«

»Anthony, ich …«

»Schon in Ordnung, du brauchst gar nichts zu sagen. Ich erwarte heute Abend keine Antwort. Das hat dich jetzt sicher alles überrascht, und ich möchte, dass alles weitergeht wie momentan. Und eine Antwort gibst du mir erst, wenn du so weit bist.«

Leah blickte ihn ernst an. »Danke, dass du es mir gesagt hast. Das muss dich viel Mut gekostet haben. Ich habe das Gefühl … Ich weiß nicht, was für ein Gefühl ich habe, weil ich unsere Beziehung nie als etwas anderes als eine Freundschaft gesehen habe.« Ihr Blick wurde forschender. »Ich verspreche dir, dass ich darüber nachdenke.«

Anthony wirkte etwas erleichtert. »Gut. Mehr erwarte ich nicht. Und jetzt – morgen muss ich zu einem Meeting nach Frankreich fliegen und bin ein paar Tage unterwegs. Darf ich dich anrufen, wenn ich wieder zurück bin?«

»Natürlich.«

»Gut. Dann bitte ich jetzt Malcolm, dass er den Wagen holt und dich nach Hause fährt.«

Anthony begleitete sie zur Tür des Lifts und gab ihr wieder einen Kuss auf jede Wange.

»Pass auf dich auf, Leah. Wir sehen uns bald. Und ich meine es ernst, kein Druck. Was auch immer ich heute Abend gesagt habe, lass dich davon nicht beunruhigen, ja?«

»Gut. Danke für den schönen Abend.«

Die Lifttür ging zu, und Leah fuhr in die Lobby hinunter, wo Malcolm bereits auf sie wartete. Ihr wirbelte der Kopf, als sie sich in das weiche Leder des Wagensitzes sinken ließ. Auch wenn Jenny auf dem Rückflug von Neuengland etwas Ähnliches gesagt hatte, so hatte Leah das doch nicht erwartet. Sie und Anthony hatten sich noch nicht einmal richtig geküsst. Sie beide verband eine Freundschaft. Eine wunderbare Freundschaft, sicher, aber mehr auch nicht. Oder?

Nach der halbstündigen Fahrt schloss sie die Wohnungstür auf und trat in den dunklen Flur. Sie ging auf ihr Zimmer zu, aber ein Geräusch ließ sie innehalten. Es war sehr leise und klang wie von einem verletzten Tier. Sie folgte dem Weinen ins Wohnzimmer, das aber ebenfalls im Dunkeln lag. Sie tastete nach dem Lichtschalter und dimmte ihn herunter.

Mitten auf dem Boden saß zusammengekauert Jenny. Sie war nackt, zitterte vor Kälte und wiegte sich hin und her, dabei stieß sie unablässig kleine Klagelaute aus. Als Leah näher trat, keuchte sie vor Entsetzen auf.

Jenny war am ganzen Körper von blauen Flecken übersät.

24

Leah brauchte ein paar Sekunden, um sich zu fassen. Jenny hatte sie offenbar noch nicht bemerkt. Vorsichtig kniete sie sich neben ihre Freundin.

»Jenny, ich bin's, Leah«, sagte sie leise und legte ihr die Hand auf die Schulter. Jenny fuhr zusammen.

»O mein Gott«, stöhnte sie.

Leah nahm ihren Umhang ab und legte ihn der zitternden Jenny um die Schultern, ehe sie rasch den Gaskamin anzündete.

»Komm, jetzt setz dich hierher. Sonst holst du dir noch den Tod.«

Es gelang Leah, Jenny langsam in die Nähe der wärmenden Flammen zu bewegen. Jenny weinte leise, und Leah konnte sie nur fest umarmen.

»Ach Jenny, Jenny«, flüsterte sie, »warum hat er das gemacht?«

»Ich … ich habe ihm erzählt, dass es in Woodstock sehr schön war und dass Jack und ich uns so gut verstanden haben. Er hat mir vorgeworfen, ich würde herumschlafen. Er hat mich eine … eine Hure genannt … Er wollte mich erwürgen, und …« Jenny versagte die Stimme. Sie blickte zu Leah hoch; die blutroten Fingerabdrücke um ihren Hals färbten sich bereits graublau.

»Wo ist Miles jetzt?«

»In meinem Bett, er schläft tief und fest. Er war sehr betrunken. Wahrscheinlich wird er sich morgen früh an nichts erinnern.«

Beim Gedanken, dass dieser Gewalttäter nur wenige Meter von ihnen entfernt war, lief Leah ein kalter Schauer über den Rücken. Im Kopf ging sie rasch die Möglichkeiten durch, die sie jetzt hatte.

»Ich rufe die Polizei an.«

»Nein! Das darfst du nicht!« Ein gequälter Ausdruck zog über Jennys Gesicht. »Bitte, Leah«, flehte sie, »tu das nicht, bitte nicht!«

Jennys Stimme stieg schrill an, gleich würde sie hysterisch werden. Das Letzte, was Leah wollte, war, Miles zu wecken.

»Schon gut, schon gut, dann hole ich die Polizei nicht. Sei leise. Aber ich finde, wir sollten dich ins Krankenhaus bringen, damit sie dich untersuchen.«

»Nein!« Panisch sah Jenny zu ihr. »Richtig weh hat er mir ja nicht getan. Es ist nur der Schock. Mir fehlt nichts, ehrlich nicht.«

»Hast du wirklich keine Schmerzen?«

»Mein Hals ist ein bisschen wund, mehr nicht. Bitte bring mich nicht ins Krankenhaus, Leah. Dort löchern sie mich nur mit Fragen, wer das war, und das ertrage ich heute Abend nicht. Wenn ich morgen Schmerzen habe, dann gehe ich, versprochen«, sagte sie flehentlich.

»Dir ist schon klar, dass es nicht so weitergehen kann, oder? Und dass Miles morgen verschwinden muss?«

Jenny nickte langsam. »Er hätte mich umbringen können.«

Wieder einmal hatte Leah nicht auf ihren Instinkt gehört. Schuldgefühle stiegen in ihr auf. Sie hätte Miles schon beim letzten Mal rauswerfen sollen.

»Komm, jetzt bringen wir dich ins Bett. Du kannst bei mir schlafen, und morgen früh gehst du sofort zur Notaufnahme, dort sollen sie dich untersuchen. Und du kommst erst am Nachmittag zurück. Ich habe Miles einiges zu sagen.«

»Ach, Leah, warum ist mein Leben ein solches Durcheinander?«, fragte Jenny traurig. »In Woodstock hatte ich wirklich das Gefühl, dass es besser werden würde. Ich war … glücklich. Ich habe mich richtig darauf gefreut, Miles zu sehen und beim Modeln wieder durchzustarten. Und jetzt? Es ist hoffnungslos. Warum, Leah? Warum?«

Leah schüttelte langsam den Kopf und half Jenny vom Boden auf.

»Ich weiß es nicht, Jenny, wirklich nicht.«

25

Am nächsten Morgen schickte Leah eine unglückliche Jenny zur nächsten Notaufnahme.

Dann machte sie sich eine Tasse heißen, starken Kaffee und setzte sich ins Wohnzimmer, um auf Miles zu warten.

Um elf Uhr hörte sie, wie die Tür zu Jennys Zimmer geöffnet wurde. Ihr Herz schlug heftig, als Miles in Jennys Bademantel ins Wohnzimmer tappte.

»Guten Morgen. Kaffee?«

»Ich habe schon einen.«

Sie folgte Miles in die Küche und sah zu, wie er in aller Ruhe den Wasserkocher füllte und dann anschaltete.

»Ach, natürlich: frohes neues Jahr.« Er lächelte. »Mann, ein irrer Abend war das gestern.«

»Das kann man wohl sagen. Setz dich, Miles. Ich muss mit dir reden.«

Er wirkte etwas überrascht über Leahs strengen Ton.

»Na gut. Übrigens, wo ist Jenny?«

»Unterwegs.«

»Ach, ich hätte nicht gedacht, dass sie heute so früh aufstehen würde. Wir hatten gestern Abend bei der Party beide etwas zu viel getankt.« Das Wasser kochte, und Miles füllte seine Tasse auf, bevor er Leah gegenüber Platz nahm.

Seine Lässigkeit nach seiner Brutalität der vergangenen Nacht machte Leah wütend.

»Miles, als ich morgens um drei nach Hause kam, saß Jenny weinend im Wohnzimmer. Sie war sehr unglücklich. Sie hat gesagt, dass du versucht hast, sie zu erwürgen.«

Ein Ausdruck ehrlichen Erstaunens zog über Miles' Gesicht. »Was?« Er lachte laut auf. »Na, da hat sie gestern Abend eindeutig einen über den Durst getrunken.«

»Nein, das glaube ich nicht. Ihr Körper war von blauen Flecken übersät, und zwar nicht das erste Mal. Vor einem Monat war ihr Gesicht geschwollen, und sie hatte ein Veilchen.«

Miles' Miene verdüsterte sich, seine Augen mit dem durchdringenden Blick funkelten. »Willst du damit sagen, ich hätte das getan?«

»Ja. Jenny hat mir selbst gesagt, dass du es warst, aber davon abgesehen, wer sonst? Du hast doch den gestrigen Abend mit ihr verbracht.« Kurz ging Leah die Absurdität dieses Gesprächs durch den Sinn. »Ich wollte dir schon vor einem Monat sagen, dass du ausziehen sollst, aber Jenny war absolut dagegen. Sie sagte, du würdest dich hinterher immer entschuldigen und hättest versprochen, dass es nicht wieder vorkommt. Also habe ich dich hierbleiben lassen. Aber Miles, so kann es nicht weitergehen. Ich möchte, dass du diese Wohnung verlässt, und zwar heute.«

Schweigend saß er da und starrte Leah an. Sein Gesichtsausdruck war genau der, der sie als Kind immer hatte schaudern lassen. Fast gab er ihr das Gefühl, unrein zu sein.

»Du glaubst Jenny also?«, fragte er langsam und sah sie unverwandt an.

»Ja, natürlich. Ich habe die blauen Flecken ja gesehen. Ich habe keinen Grund, ihr nicht zu glauben. Und jetzt möchte ich, dass du deine Sachen packst und die Wohnung bis mittags verlässt. Du hast Glück, dass Jenny sich geweigert hat, die Polizei zu holen. Wenn du verschwindest und versprichst, sie nie mehr zu kontaktieren, verzichte ich auch darauf. Deiner Familie zuliebe.«

»Meiner Familie zuliebe? Welcher Familie denn?«

»Rose, Miranda und Chloe natürlich. Sie wären am Boden zerstört, wenn du angeklagt würdest, weil du eine Frau verprügelt hast.«

Miles erhob sich und ging langsam auf Leah zu, baute sich in voller Größe vor ihr auf. Leah bekam es mit der Angst.

»Du kennst dich mit meiner Familie ja bestens aus, nicht wahr? Hast ja schon als Kind immer versucht mitzumischen, hast dich bei Rose eingeschleimt und meinen lächerlichen Cousin verführt. Du traust dich was, anderen Leuten zu sagen, wie sie ihr Leben führen sollen. Leah, die Reine, Leah, die Perfekte.«

Miles' Hand näherte sich ihrem Gesicht, und einen Moment glaubte Leah, er würde sie schlagen. Doch dann fuhr er stattdessen sanft die Konturen ihres Gesichts nach, seine Finger wanderten über ihren Hals zu ihren Brüsten. Das riss Leah aus ihrer Trance. Sie sprang auf.

»Hör auf, Miles! Untersteh dich, mich anzufassen! Und jetzt verschwinde! Sonst hole ich wirklich die Polizei!«

»Schon gut, ich gehe ja schon.« Miles schlenderte zur Tür, blieb aber noch einmal stehen und drehte sich zu ihr. Seine dunklen Augen blitzten.

»Das, liebste Leah, wirst du noch mal bereuen.«

Nach zehn Minuten erschien Miles wieder mit seinem Koffer und schleuderte den Hausschlüssel auf den Boden. »Ich finde selbst zur Tür. *Ciao.*«

Leah hörte, wie die Wohnungstür zugeknallt wurde und der Aufzug nach unten fuhr. Sie hoffte, dass sie Miles Delancey nie mehr wiedersehen würde. Er löste in ihr eine eiskalte Angst aus, die sie zum Erstarren brachte. Sie kam sich vor, als wäre sie wieder sechzehn und allein mit ihm in Roses Scheune.

Jetzt komm, Leah, er ist weg. Er kehrt nicht wieder zurück. Er weiß doch, was dann passieren würde.

Zwei Stunden später hörte sie, wie die Wohnungstür aufgeschlossen wurde, und dachte an das mühselige Unterfangen, das ihr bevorstand, um ihre liebste Freundin zu überzeugen, dass das Leben trotz allem lebenswert war.

Jenny schleppte sich ins Wohnzimmer. Sie war blass und sah abgrundtief elend aus.

»Ist er weg?«

»Ja, meine Liebe.«

Prompt brach Jenny in Tränen aus. Leah stand auf und nahm sie in die Arme.

»Weißt du, ich habe ihn wirklich geliebt. Was soll ich jetzt machen?«, jammerte Jenny.

»Weitermachen und in die Zukunft schauen. Es tut mir leid, Jenny, aber du musst doch erkennen, dass es dir ohne den Schuft besser geht. Ich kenne Miles schon sehr lange, er hatte immer etwas an sich, das mir unheimlich ist. Jeder Mann, der dir antun kann, was er dir angetan hat, ist durch und durch schlecht.«

»Ich weiß. Aber er hat mir einen Grund gegeben, um weiterzuleben. Davor ging es mir so elend. Und jetzt ist er nicht mehr da.«

»Jenny, denk doch daran, wie glücklich du in Woodstock warst. Magst du nicht mal Jack anrufen? Er wird dich aufheitern.«

»Nein. Er ist mit seiner Freundin über Neujahr weggefahren. Ich stehe bei niemandem an erster Stelle.«

»Doch, bei mir. Wir haben einander. Ach, Jenny, bitte – du musst dich durchkämpfen. Es wird andere Männer geben, die dich lieben und dich umsorgen und dir nicht wehtun wie Miles.«

Jenny ließ sich aufs Sofa fallen. »Lohnt sich das alles überhaupt, Leah?«

Leah wischte ihrer Freundin die Tränen aus dem Gesicht. Was Jenny brauchte, war positive Bestärkung.

»Natürlich, du Dummchen. Du hast einfach eine scheußliche Zeit hinter dir, mehr nicht. Es wird auch wieder besser werden, glaub mir.«

Jenny ergriff Leahs Hand. »Leah, du bist so stark. Ich wünschte, ich wäre wie du. Du bist so gut zu mir, und ich mache dir nichts als Ärger.«

»Dafür sind Freunde doch da. Im Gegenzug dafür möchte ich nur, dass du das Ganze so bald wie möglich vergisst. Du musst es versuchen. Versprichst du mir das?«

Jenny schüttelte unglücklich den Kopf. »Das kann ich nicht. Miles war das Einzige, was ich noch hatte. Alles andere ist weg.«

»Jetzt komm, Jenny, so darfst du nicht denken.« Leah überlegte verzweifelt, womit sie Jenny aufheitern konnte. »Was hat der Arzt denn gesagt?«

»Nicht viel. Du weißt doch, wie sie sind. Er wollte mir nicht glauben, dass ich die Treppe runtergefallen bin, und meinte, er könne nichts tun, wenn ich ihm nicht die Wahrheit sage. Er hat mich untersucht, mir fehlt nichts. Er hat mir ein Rezept für Schlaftabletten und Valium ausgestellt.«

»Dann gib sie mir. Wir wollen doch nicht, dass das Spiel wieder von vorn losgeht.«

»Ich habe sie gar nicht in der Apotheke abgeholt«, sagte Jenny rasch.

»Gut. Bitte versprich, dass du es auch nicht tun wirst. Dich mit Medikamenten vollzupumpen, hilft dir auch nicht weiter. Das ist dir doch klar, oder?«

Jenny nickte stumm.

»Möchtest du dich nicht hinlegen? Du musst doch völlig kaputt sein. Ich bring dir eine Tasse Tee.«

Vorsichtig stand Jenny auf. »Ja, ich bin wirklich müde.« Sie drückte Leahs Hand. »Danke für alles.«

»Das mache ich doch gern. Und jetzt geh. Ich komme gleich mit dem Tee für dich.«

Langsam verließ Jenny das Wohnzimmer. Leah ging in die Küche und schaltete den Wasserkocher ein. Sie überlegte, was sie tun sollte. Sie hatte nicht das Rüstzeug, um jemandem zu helfen, der an so schweren Depressionen litt wie ihre Freundin, und nach dem letzten Mal lastete die Verantwortung wie Blei auf ihren Schultern. Sie beschloss, Jennys Therapeuten in Lenox Hill anzurufen.

Die Rezeptionistin sagte, der Arzt sei bis morgen im Urlaub, und meinte, sie solle sich dann noch einmal melden. Leah legte den Hörer auf. Im Augenblick konnte sie nicht mehr tun, aber wenn Jenny am nächsten Tag noch einen genauso instabilen Eindruck machte wie jetzt, würde sie sofort wieder anrufen.

»Bitte schön.« Leah reichte dem Häufchen Elend, das im Bett saß, den heißen Becher.

»Danke.«

»Soll ich hierbleiben, bei dir?«

Jenny schüttelte den Kopf. »Ich komme schon klar. Ich bin sehr müde. Ich werde bestimmt gleich einschlafen.«

»Gut. Aber ruf, wenn du etwas brauchst. Ich bin nebenan.«

Leah schloss die Tür hinter sich und ging in ihr eigenes Zimmer, um auch etwas Schlaf nachzuholen.

Jetzt erst fiel ihr Anthonys Heiratsantrag vom Vorabend wieder ein. Wegen Jenny und Miles hatte sie keine Gelegenheit gehabt, darüber nachzudenken.

Liebte sie Anthony? Sie fühlte sich wohl in seiner Gesellschaft, sie fühlte sich umsorgt und absolut verstanden, und das war eine große Seltenheit. Und doch, ja, sie fand ihn anziehend.

Aber heiraten? Leah war sich nicht sicher.

Um halb elf Uhr abends ging Leah zu Jenny ins Zimmer. Sie saß aufrecht im Bett, aß einen Apfel und sah auf ihrem tragbaren Gerät fern. Ihr Haar glänzte, es war gebürstet, und Leah fand, dass ihre Freundin angesichts der Umstände ausgesprochen gut aussah. Sie setzte sich neben sie und nahm ihre Hand.

»Hallo, Leah. Mir geht's viel besser.«

»Das sieht man. Möchtest du heute Nacht vielleicht bei mir schlafen?«

»Nein, ich komme hier gut klar.«

»Bestimmt?«

Jenny schenkte ihr ein strahlendes Lächeln. »Ganz bestimmt.«

»Ich bin richtig stolz auf dich, Jenny«, sagte Leah aufrichtig. »Du weißt, wo ich bin. Gute Nacht, schlaf gut.« Sie stand auf.

»Leah?« Jenny streckte die Hand aus und zog Leah zu sich. »Du warst in den letzten Monaten einfach großartig. Die beste

Freundin, die ich mir hätte wünschen können. Danke, danke, danke. Ich hab dich lieb.« Sie schlang die Arme um Leah und drückte sie fest.

»Ich hab dich auch lieb. Gutes neues Jahr.«

»Ja, gutes neues Jahr. Du hast nur das Beste verdient. Bleib dir nur immer selbst treu, dann kommst du überall durch.«

Jenny winkte ihr nach, als Leah den Raum verließ.

»Leb wohl«, flüsterte sie durch ihre Tränen, als sich die Tür schloss.

Um neun am nächsten Morgen ging Leah mit einem dampfenden Becher Kaffee zu Jenny.

Bevor sie etwas sah, sagte ihr der starke alkoholische Dunst, dass das Schlimmste eingetreten war.

Leah machte Licht und ging zu dem leblosen, blassen Körper ihrer Freundin. Sie entfernte die leeren Bourbonflaschen und Valiumschachteln von der Bettdecke, bevor sie vergeblich nach Jennys Puls tastete.

Sie schloss ihre Freundin in die Arme und drückte sie fest an sich.

»Ach, Jenny, liebste Jenny.«

Leah brach in Tränen aus.

26

Miranda stand vor dem Spiegel und warf einen letzten prüfenden Blick auf ihre Aufmachung. Nach langem Hin und Her hatte sie sich für ein schlichtes Kostüm von Zandra Rhodes aus cremefarbener Seide mit Hermelinbesatz entschieden.

Die vergangene Nacht hatte sie nicht geschlafen, war schließlich um fünf Uhr aufgestanden und hatte stundenlang ihr jetzt dunkles Haar frisiert.

Miranda sah auf ihre Armbanduhr. Fünf vor zehn. Ian sollte jeden Moment hier sein, sie und ihre kleine Reisetasche aus diesem Albtraum holen und in ein neues, gemeinsames Leben führen.

Gestern hatte sie Roger angerufen und sich von ihm zur Bank fahren lassen. Dort hatte sie von dem Konto, das Santos für sie eingerichtet hatte, das gesamte Geld abgehoben. Fünftausend hatte sie sich bar auszahlen lassen, die anderen zwanzigtausend auf einen Scheck, der auf den neuen Namen in ihrem Pass ausgestellt war. Wenn Ian das wüsste, würde er sich Sorgen machen, aber bis Santos davon erfuhr, würden sie längst über alle Berge sein, und das Geld würde ihnen den Anfang erleichtern.

Miranda ging ins Wohnzimmer und setzte sich. Nervös verschränkte sie die Hände, ihr Blick wanderte unwillkürlich immer wieder zu der kleinen Uhr auf dem Kaminsims, auf der die Sekunden vertickten.

»Bitte, Ian, komm nicht zu spät«, flüsterte sie. Seitdem sie von dem Plan wusste, war sie immer wieder schweißgebadet aus entsetzlichen Träumen aufgewacht, in denen Santos am Flughafen auftauchte und sie daran zu hindern versuchte, in die Maschine zu steigen.

Die Zeiger tickten an der vollen Stunde vorbei, während Miranda wie auf heißen Kohlen saß. Sie dachte an Ians Worte:

»Wenn ich um halb elf noch nicht da bin, nimm deine Tasche, verlass die Wohnung und lauf, so schnell du kannst, zum nächsten Taxistand. Wir treffen uns im Standesamt. Wenn das nicht klappt, nimm ein Taxi nach Heathrow, und wir sehen uns am Abfluggate.«

Miranda wusste, dass Ian Roger am Vormittag irgendeinen Auftrag gegeben hatte, und der Chauffeur hatte ihr gestern gesagt, dass er erst am frühen Nachmittag wieder einsatzbereit wäre. Bessere Bedingungen für ihre Flucht würden sie nicht bekommen.

Zum hundertsten Mal schaute Miranda in ihrer kleinen Clutch auf die Adresse des Standesamts, auch wenn sie sie mittlerweile auswendig kannte.

Die Zeiger rückten auf Viertel nach zehn vor, und Miranda konnte es nicht mehr aushalten. Sie stand auf und schenkte sich einen großen Wodka ein. Der geschmacksneutrale Alkohol rann ihr die Kehle hinab.

Um fünfundzwanzig nach zehn schritt sie vor Anspannung im Zimmer auf und ab.

»O mein Gott, bitte komm, bitte, bitte komm«, wiederholte sie ein ums andere Mal.

Die Stille im Raum war ohrenbetäubend, sie schaltete den Fernseher ein in der Hoffnung, er würde sie ablenken. Sie würde bis um zwanzig vor elf warten und dann Ians Anweisungen folgen und mit einem Taxi zum Standesamt fahren.

Ohne etwas zu registrieren, starrte sie auf den Bildschirm, wo gerade die Kurznachrichten liefen.

Dann tauchte Ians Gesicht auf dem Schirm auf.

Miranda fragte sich, ob sie halluzinierte. Sie trat näher und hörte auf das, was der Nachrichtensprecher gerade sagte.

»… kam gestern Abend um zwanzig Uhr bei einem Autounfall ums Leben. Der Unfallverursacher beging Fahrerflucht. Die Polizei bittet Zeugen, die den Fahrer gesehen haben könnten, sich zu melden. Und nun zum Wetter. Der Kälteeinbruch …«

Ians Gesicht verschwand. Miranda sank zu Boden, sie glaubte, jeden Moment ohnmächtig zu werden.

»Nein, nein, nein, o mein Gott, nein …«

Sie wiegte sich vor und zurück, konnte gar nicht richtig begreifen, was sie gerade gesehen hatte.

Ihre Finger und Zehen kribbelten, während ihr das Herz wild in der Brust hämmerte. Sie atmete tief durch und versuchte, sich etwas zu beruhigen.

Der Schwächeanfall ging vorüber. Auf wackeligen Beinen stand sie auf und griff nach der Wodkaflasche, trank einen kräftigen Schluck und setzte sich wieder aufs Sofa.

Irgendetwas sagte ihr, dass es überlebensnotwendig war, sich zu beherrschen. Fieberhaft durchdachte sie ihre Möglichkeiten.

Ian war tot. War es ein Unfall gewesen? Das konnte Miranda nicht glauben.

Santos musste von ihren Plänen erfahren haben.

Alles, was Ian ihr über Santos erzählt hatte, kam ihr wieder in den Sinn. Er hatte sie gewarnt, dass der Mann auch nicht davor zurückscheuen würde, Menschen zu töten.

Miranda war in Lebensgefahr, und sie hatte keine Sekunde zu verlieren. Unter Aufbietung all ihrer Willenskraft gelang es ihr, ihre Wut und ihre Trauer zu unterdrücken. Jetzt ging es um Leben und Tod. Wenn sie nicht rasch handelte, war die Gefahr groß, dass sie letztlich sterben würde.

Miranda handelte instinktiv, nahm ihre Reisetasche und ging zur Wohnungstür. Sie öffnete sie und stand einem bekannten Gesicht gegenüber.

»Neeiin!« Sie versuchte, sich am Chauffeur vorbeizudrängen, hämmerte mit den Fäusten gegen seine Brust, aber er packte sie einfach und trug sie schreiend und um sich tretend in die Wohnung zurück.

»Halt den Mund! Klappe!« Roger versetzte ihr mehrere Ohrfeigen, während Miranda hysterisch kreischte.

»Mörder! Mörder!«

»Halten Sie uns wirklich für so dumm und blind? Ich warne Sie, Madame. Wenn Sie uns noch mehr Ärger machen, dann ist Ihr Balg da oben in Yorkshire tot! Hören Sie mich?«

Roger warf Miranda einen Umschlag auf den Schoß.

»Ich lasse Sie jetzt allein, dann können Sie sich beruhigen. Schauen Sie in den Umschlag, und vergessen Sie nicht, was ich gesagt habe. Mr Santos ist nicht glücklich, ganz und gar nicht. Und was dann passiert, wissen wir alle.«

Dann fiel die Wohnungstür ins Schloss.

Miranda öffnete den braunen Umschlag.

Darin lagen Fotos von ihrer Tochter Chloe. Sie stand vor ihrem Kindergarten in Oxenhope und hielt Mrs Thompsons Hand fest umklammert. Das Kleid, das sie trug, hatte Miranda ihr gekauft, kurz bevor sie weggegangen war.

Beim Anblick ihrer wunderhübschen Tochter traten ihr wieder Tränen in die Augen.

Sie könnten ihr jederzeit etwas antun. Chloe war wegen ihrer Selbstsucht in Gefahr.

Miranda stürzte zum Telefon und nahm der Hörer ab. Die Leitung war tot.

Sie drückte auf die Klinke der Wohnungstür. Sie war von außen verschlossen.

Sie war eingesperrt.

Miranda leerte die Wodkaflasche und griff dann zum Whisky. Drei Stunden später war ihr Kopf völlig benebelt.

Die Antwort war ganz einfach. Miranda ging in die Küche und holte das größte Messer. Wenn sie tot war, würde Chloe nichts zustoßen, Santos würde sich das nächste Opfer suchen.

Miranda setzte das Messer am Handgelenk an und drückte ein wenig dagegen, sodass einige Blutstropfen austraten.

Bei dem Anblick warf sie das Brotmesser zu Boden. Nein. Das war der feige Ausweg. Sie war die Einzige, die Santos zur Rechenschaft ziehen konnte, dafür, dass er sie zerstört und Ian umgebracht hatte.

Unvermittelt fühlte Miranda sich stark und mächtig. Sie griff nach einer kostbaren antiken Statue, die auf der Arbeitsfläche stand, und schleuderte sie gegen die Tür. Sie zerbrach in Hunderte Scherben.

»Dreckskerl! Ich werde einen Weg finden, dich dafür büßen zu lassen, Santos«, sagte sie leise.

27

»Asche zu Asche, Staub zu Staub …«, betete der Pfarrer.

Leah verfolgte, wie das ältere Paar, sich gegenseitig stützend, langsam zum offenen Grab ging. Die Frau warf eine rosafarbene Rose auf den Sarg und suchte dann Trost in den Armen ihres Mannes, wo sie leise weinte.

Es war, als wollte sich der graue Januarmorgen dem Kummer des Paars anpassen. Als Jennys Mutter zu Leah trat, gab sie ihr die Hand, und Leah blickte in die gleichen schönen blauen Augen, denen ihre Freundin ihre betörende Schönheit verdankt hatte.

»Haben Sie noch mal vielen Dank, Leah. Ich weiß, Sie haben alles getan, was in Ihrer Macht stand. Jenny hat Sie geliebt wie eine Schwester. Sie hat uns immer wieder erzählt, wie rührend Sie zu ihr waren.« Die Frau starrte einen Moment ins Leere, dann drückte sie Leah die Hand und ging weiter.

Allmählich zerstreute sich die Menge. Leah trat ans Grab und wappnete sich dafür, einen Blick hineinzuwerfen.

»Leb wohl, Jenny. Hab dich lieb«, flüsterte sie.

Tränen brannten ihr in den Augen, doch sie wollten nicht fließen. Das Ganze kam ihr einfach surreal vor. Sie konnte sich nicht vorstellen, dass der mit Blumen übersäte Eichensarg etwas mit ihrer jungen, schönen Freundin zu tun hatte.

Andere hatten bei der Beisetzung viele Tränen vergossen, allen voran Madelaine.

Leah trat vom Grab zurück und spürte einen Arm auf ihrer Schulter.

»Alles in Ordnung?«

Anthonys Stimme war kräftig und tröstend, sie blickte zu ihm hinauf. Neben ihm stand Jack, Trauer in den Augen.

»Ja. Wir sollten in die Wohnung fahren. Ich glaube, ich habe mit den meisten gesprochen und ihnen den Weg dorthin erklärt.«

Anthony nickte und legte den Arm um sie. Sie folgten den letzten Trauergästen zum Friedhof hinaus.

Auf der kurzen Fahrt in Anthonys Limousine sagte Leah kein Wort. Jedes Gespräch wirkte banal angesichts dessen, was gerade passiert war.

Als sie die Wohnungstür öffnete, drängten sich im Wohnzimmer bereits die Gäste, Caterer boten auf Tabletts Gläser mit Sherry und Softdrinks an.

Während Leah sich einen Weg durch die Menge bahnte, stieg Unwillen in ihr auf, als sie die Gesprächsfetzen hörte, die ihr ans Ohr drangen. Man sprach über die neueste britische Model-Sensation und die letzte Ausgabe der *Vogue*.

Als hätte es Jenny nie gegeben.

»Meine Liebe, was kann ich sagen? Es ist so unendlich tragisch. Jenny war eine der Besten, die ich je hatte.« Vor ihr stand Madelaine, ein Inbegriff eleganter Trauer in ihrem schwarzen Lanvin-Kostüm mit passendem Pillbox-Hut und Schleier.

Am liebsten hätte Leah geschrien. Madelaine hatte sich einen Teufel um Jenny gekümmert, als sie in Schwierigkeiten steckte. Die einzige Sorge der Agentin war gewesen, dass ihr »Produkt« nicht ihre Vermittlungsprovision schmälerte, indem es aus der Bahn geriet. Diese Frau und die ganzen anderen Scheinheiligen hier im Raum waren für Jennys Tod ebenso verantwortlich wie Jenny selbst. Als es ihr gut gegangen war, hatten alle bereitwillig so viel Geld wie irgend möglich durch sie verdient, hatten sie aber wie die sprichwörtliche heiße Kartoffel fallen lassen, sobald sie Probleme bekam.

Leah riss sich zusammen. »Anthony, das ist Madelaine, die Leiterin von Femmes.«

Anthony gab ihr die Hand, und Madelaine ergriff sie. »Schön, Sie kennenzulernen, Mr van Schiele. Leah hat mir so viel von Ihnen erzählt. Ihre Chaval-Kampagne läuft ja offenbar sehr gut. Wie ich höre, sind die Verkäufe um ein Viertel gestiegen, seitdem Leah dabei ist. Da hat sich die kleine Summe, die ich ausgehandelt habe, doch bezahlt gemacht, nicht wahr?«

Madelaine flatterte kokett mit den Lidern. Abscheu machte sich in Leah breit.

Die ganze vergangene Woche war sie wie gelähmt gewesen vor Kummer, Schock und Schuldgefühlen, weil sie den Tod ihrer Freundin nicht hatte verhindern können, und war rastlos durch die erschreckend stille Wohnung gestreift im Bemühen, sich einen Reim darauf zu machen. Antworten hatte sie keine gefunden, aber sie war zu einem Entschluss gekommen. Die künstliche Welt, in der sie lebte, hatte eine schöne junge Frau zerstört, die erst am Anfang ihres Lebens stehen und nicht unter der Erde liegen sollte. Es war eine korrupte Welt, und auch wenn Leah vermutete, dass es in anderen Geschäftsbereichen kaum anders zuging, brauchte sie Luft zum Atmen, um wieder zu der Lebensfreude zurückzufinden, die Menschen in ihrem Alter gemeinhin empfanden. Sie aber kam sich mit ihren einundzwanzig Jahren wie eine verbitterte alte Frau vor. Sie wollte raus aus dem Geschäft.

Ihr zwei passt gut zusammen, sehr gut sogar. Wieder hörte sie Jennys Stimme im Kopf.

Während sie Madelaine anstarrte, wurde Leah bewusst, dass sie in ihren Händen die einzige Waffe hielt, die diese unerbittliche, eiskalte Frau, die so grausam zu Jenny gewesen war, treffen konnte. Leah erinnerte sich an den Zorn, der in ihr brodelte, als Madelaine sie davon abgehalten hatte, Carlo zu verklagen – den Mann, der ihre Beziehung mit Brett zerstört hatte. Jetzt wusste sie, was sie zu tun hatte.

Ein Gefühl großer Genugtuung machte sich in ihr breit. Sie griff nach Anthonys Hand.

»Madelaine, ich muss Ihnen etwas sagen. Sobald ich die Aufträge erfüllt habe, für die ich gebucht wurde, gebe ich das Modeln auf. Endgültig.«

Das Lächeln auf Madelaines Gesicht gefror zu kaltem Entsetzen. Mit dem Geld, das sie durch Leah Thompson verdient hatte, hatte sie sich ein wunderschönes Haus am Cap d'Antibes sowie einen Porsche 924 gekauft.

»Ich … Aber … aber Leah, warum denn?«

Leah hatte noch nie erlebt, dass Madelaine um Worte verlegen war, und sie genoss den Schmerz, den sie in ihren Augen sah. Sie hoffte nur, dass Jenny das irgendwie mitbekam und sich darüber freute. Sie sah zu Anthony. Einen Moment erkannte sie Überraschung in seinem Blick, doch die verschwand gleich wieder.

Madelaine wiederholte ihre Frage. »Warum?«

Leah schaute immer noch unverwandt zu Anthony, drückte seine Hand und lächelte.

»Weil Anthony und ich so bald wie möglich heiraten werden.«

TEIL DREI

März bis August 1984

1

New York, März 1984

Als Leah aufwachte, hörte sie das Zwitschern, mit dem die Vögel den nahenden Frühling begrüßten. Sie ließ die Augen noch geschlossen, kostete die wenigen Momente zwischen Schlaf und Wachsein aus, wenn ihr ganzer Körper entspannt und erholt war.

Schließlich öffnete sie widerstrebend die Augen und warf einen Blick zum Wecker neben dem Bett. Halb neun. Sie hatte also nicht einmal gehört, wie Anthony morgens das Haus verließ.

In den ersten drei Monaten ihrer zwei vorherigen gescheiterten Schwangerschaften war sie die ganze Zeit sehr erschöpft gewesen, und auch jetzt wieder, in der zehnten Woche, fühlte sie sich schlapp und matt.

Langsam erhob Leah sich aus dem behaglichen Bett und ging ins angrenzende Bad. Dort ließ sie Wasser in die große, runde Wanne laufen, fügte Badeessenz hinzu und stieg hinein. Sie breitete einen Waschlappen über ihr Gesicht, atmete tief durch und überlegte, was sie mit dem Tag anfangen sollte, der sich vor ihr erstreckte.

Anthony und Dr. Adams, ihr Gynäkologe, bestanden darauf, dass sie sich so wenig wie möglich bewegte. Weder Reiten noch Schwimmen im herrlichen Innenpool … nichts, das sie mehr anstrengen würde als das Umblättern von Seiten in einem Buch.

Leah stieg aus der Wanne, hüllte sich in ein großes Badetuch und ging in den Ankleideraum, um etwas zum Anziehen herauszusuchen.

Sie stellte sich vor den bodentiefen Spiegel. Ihr Körper war noch genauso straff und muskulös wie zu der Zeit, als ihr Bild auf den Titelblättern internationaler Zeitschriften geprangt hatte.

Mit einem tiefen Seufzen schlüpfte sie in einen Kaschmir-Jumpsuit. Anthony gegenüber könnte sie das zwar niemals zugeben, aber bisweilen vermisste sie diese Tage. Früher einmal war sie gebraucht worden. Wenn sie sich zu einem Termin verspätete, verursachte das für alle im Team, das man für das Shooting angeheuert hatte, unendlich viele Probleme.

In den vergangenen zwei Jahren hätte sie jeden Tag im Bett verbringen können, und niemand außer Anthony hätte das gemerkt.

»Jetzt komm, Leah, hör auf. Du klingst wie ein verwöhntes Gör«, tadelte sie ihr Spiegelbild. Sie verließ den Ankleideraum und ging über den mit dickem Teppichboden ausgelegten Flur zur großen Treppe, die in den geräumigen Eingangsbereich führte.

Im Wintergarten, wo sie morgens gern saß und den Ausblick genoss, erwartete sie ein leichtes Frühstück mit Croissants, Obst und koffeinfreiem Kaffee. An diesem Morgen war der Blick in den schönen Garten noch reizvoller als sonst. Ein leichter Märzregen hatte die letzten Schneereste fortgewaschen, zum ersten Mal schien richtig die Sonne und kündigte das Wiedererwachen der Natur an. Leah setzte sich an den Tisch, schenkte sich Kaffee ein und hoffte, das wäre ein gutes Omen für die Geburt ihres eigenen Kindes.

Nur noch vier Wochen, dann hätte sie die kritische Zeit überstanden. Die zwei vorherigen Schwangerschaften hatten in der zwölften beziehungsweise vierzehnten Woche geendet. Dr. Adams war überzeugt, dass sie das Kind austragen würde, sobald sie diese Monate erst einmal hinter sich gebracht hatte.

Leah fand das sehr ungerecht. Sie, die nie geraucht hatte, die ihr Leben lang wenig Alkohol getrunken und sich körperlich immer fit gehalten hatte, war offenbar nicht zu etwas in der Lage, was Millionen anderer Frauen mühelos gelang. Und trotz eingehender Untersuchungen konnten die Fachärzte keine eindeutige Ursache für die Fehlgeburten finden. Leah sei bester Gesundheit, sagten sie, organisch sei ebenfalls alles in Ordnung. Aber diese

Auskunft beruhigte sie nicht, sondern machte sie noch unglücklicher, weil es scheinbar keinen Grund für ihr Problem gab.

Dabei wünschten sie sich beide sehnlich ein Kind. Anthony war sich mit Mitte vierzig bewusst, dass die Jahre allzu schnell vergingen. Von seiner Seite jedoch gab es keinerlei Probleme, während sie mit ihren dreiundzwanzig Jahren versagte.

Wenn sie auch dieses Baby verlor, würde sie das kein viertes Mal durchstehen, das war ihr klar. Die Angst bei jedem Stechen, jedem noch so kleinen Schmerz – Dinge, die sie unter normalen Umständen nicht einmal wahrnehmen würde – versetzte sie jetzt sofort in Panik.

Leah wusste, dass sie sich, objektiv betrachtet, viel zu sehr in ihr Problem hineinsteigerte. Das gesamte vergangene Jahr war davon beherrscht gewesen, und ihre sonst so glückliche Ehe sah sich großen Belastungen ausgesetzt. Anthony war die ganze Zeit voller Verständnis, immer freundlich und liebevoll, während sie irrational und gereizt geworden war.

Wenn sie wenigstens ein Kind bekommen würde … Leah war überzeugt, dass sie dann nicht mehr so bedrückt wäre. Schließlich hatte sie davon abgesehen alles, was eine Frau sich wünschen konnte. Ihre Ehe verlief harmonisch, sie hatte ein wunderschönes Zuhause und genügend Geld, um zu tun, wozu sie Lust hatte.

Anthony hatte darauf bestanden, dass die Einkünfte aus ihrer Zeit als Model nicht angetastet würden, da er genügend für sie beide habe. Ihr angelegtes Geld wuchs unterdessen zu einem kleinen Vermögen heran.

Sehr oft tadelte Leah sich für ihre Selbstsucht. Ihr Problem beschäftigte sie so sehr, dass ihre Träume, mit ihrem Geld etwas Gutes zu bewirken, verblassten. Dann saß sie da, schämte sich, wenn in den Nachrichten von einer weiteren Katastrophe in dem einen oder anderen abgelegenen Winkel der Welt berichtet wurde, von Hunger und Blutvergießen, bei dem Tausende ihr Leben verloren, und hielt sich vor, wie viel Glück sie habe und dass sie unbedingt etwas tun müsse, um das Leid auf der Welt zu lindern. Dann spürte sie einen Stich im Unterleib, und ihre eigenen Sorgen holten sie wieder ein.

Sobald dieses Kind auf der Welt ist, beschloss sie, während sie eine Kiwi in gleichförmige Stückchen schnitt, *fange ich etwas Sinnvolles mit meinem Leben an.*

Die Post lag auf einem Silbertablett. Leah sah sie durch, suchte die an das Paar adressierte heraus und ließ die für Anthony liegen. Alles Einladungen zu Wohltätigkeitsveranstaltungen, Vernissagen und offiziellen Dinners. Das bedrückte sie, wusste sie doch, dass sie bis zur Geburt des Kindes keinen einzigen dieser Termine wahrnehmen würde.

Ihre Laune hob sich, als sie die Schrift ihrer Mutter sah. Sofort öffnete sie den Umschlag. Zwar telefonierten sie jede Woche, aber Leah war seit über zwei Jahren nicht mehr in England gewesen. Mit den Fehlgeburten, der daraufhin einsetzenden Depression und dann der neuen Schwangerschaft hatte sich nie eine Gelegenheit ergeben. Und jetzt würde sie mindestens noch einmal acht oder neun Monate warten müssen, bevor sie hinfliegen konnte. Das heißt, natürlich nur, wenn es ihr gelang, das Kind auszutragen.

Mum hielt sie über den Klatsch in Oxenhope auf dem Laufenden. Sie arbeitete nach wie vor Teilzeit für Rose Delancey – auch wenn es nicht mehr nötig wäre, da Leah ihren Eltern ein gutes Auskommen ermöglichte –, aber Mum sagte, dann käme sie aus dem Haus, außerdem mache es ihr Spaß. Leah ging immer mal wieder Mirandas geheimnisvolles Verschwinden durch den Kopf. Offenbar hatte seit Leahs Fest zu ihrem einundzwanzigsten Geburtstag damals in London sie niemand mehr gesehen. Sie war einfach untergetaucht, hatte die kleine Chloe allein zurückgelassen, und seitdem hatte kein Mensch mehr etwas von ihr gehört. Mum bedachte sie mit allerlei unfreundlichen Namen, aber wie Leah wusste, hatte Miranda sich ihr Leben lang nicht bemüht, Menschen für sich zu gewinnen. Trotzdem, ihr eigenes Kind im Stich zu lassen – wie tief konnte man sinken?

Leah entnahm dem Ton ihrer Mutter, wie sehr sie in Chloe

vernarrt war. Es klang, als habe Mrs Thompson für die Siebenjährige die Rolle der Ersatzmutter übernommen, während Rose sich in ihr Atelier zurückzog und malte.

Und was Miles betraf, so fragte ihre Mutter ständig, ob sie ihm nicht irgendwo in New York begegnet sei. Jetzt, wo er als Fotograf so großen Erfolg hatte, ging Doreen davon aus, dass sie sich in denselben Kreisen bewegten. Leah verneinte nur immer kurz und wechselte dann das Thema. Sie hatte niemandem erzählt, was er Jenny angetan hatte, hatte nur mit Entsetzen verfolgt, wie sein Name immer häufiger in den Bildstrecken großer Artikel von *Vogue* Amerika, *Vanity Fair* und *Harper's Bazaar* auftauchte. Sie hoffte inständig, dass Jenny ein Einzelfall gewesen war und dass sie, Leah, durch ihr Schweigen nicht das Leben anderer Frauen gefährdete, die seinen Weg kreuzten.

Und Carlo? Von dem hatte sie seit dem Abend, als er ihr den Heiratsantrag gemacht hatte, nichts mehr gehört. Vermutlich hielt er sich lediglich an Madelaines Rat, Leah in Ruhe zu lassen. Aus den Zeitungen wusste sie, dass Maria Malgasa wieder seine Muse und sein Topmodel geworden war. Die ganze Sache hatte bei Leah einen faden Geschmack hinterlassen und trübte Erinnerungen, die eigentlich schön hätten sein sollen.

Sie ließ sich Zeit beim Lesen des Briefs. Als sie erfuhr, dass ihr Vater eine künstliche Hüfte bekommen sollte, machte sie sich Sorgen. Seine eigene war aufgrund seines schweren Rheumas kaputt, und auch wenn ihre Mutter sehr munter darüber berichtete, las Leah zwischen den Zeilen doch die darunterliegende Angst heraus.

Könnte sie nur nach England fliegen und ihren Eltern beistehen!

Leah beschloss, einen Spaziergang zu machen. Sie verließ den Wintergarten, trat in die kalte Luft hinaus und versuchte, alle unerfreulichen Gedanken aus ihrem Kopf zu verbannen. Stress war schlecht für das Kind, und das winzige Lebewesen, das in ihr heranwuchs, war für sie das Wichtigste im Leben.

2

David fühlte sich hellwach, auch wenn es vier Uhr morgens war. Der Dolphin-Airways-Flug DA412 hatte fünf Stunden zuvor den Kennedy-Flughafen für seine lange Reise nach Osten, nach Nizza, verlassen.

David erhob sich aus seinem Sitz und ging auf einen Drink nach oben, in das verlassene Oberdeck der 747. Dort setzte er sich in einen der bequemen Sessel und trank langsam einen Cognac.

Er war voller Unruhe, jede Faser seines Körpers war zum Zerreißen gespannt. Angst würde er es nicht nennen. Nein, Angst hatte er in Treblinka empfunden. Eher erschien es ihm, als erlebe er gerade einen Schicksalsmoment, als hätte sein ganzes Leben ihn zu dieser Reise um die halbe Welt geführt, um sich an dem Mann zu rächen, der seine Eltern ermordet und seine geliebte Schwester missbraucht hatte. Und natürlich wegen allem, was danach passiert war.

Alles war bis ins Detail geplant. Er und die Organisation hatten in der vergangenen Woche zahllose Telefonate geführt. David brauchte nur, wie vorgesehen, Franzen in seiner Villa in Saint-Tropez aufzusuchen. Ein Mitglied der Organisation war als eingeschleuster Hausangestellter bereits vor Ort.

Man hatte David eine Waffe gegeben und ihn im Schießen unterwiesen. Er sollte sie aber nur im Notfall verwenden, zur Selbstverteidigung bei Lebensgefahr. Franzen sollte der Organisation lebend in die Hände fallen. Das war so geplant, damit die Zielperson ausgeliefert und wegen Verbrechen gegen die Menschlichkeit vor Gericht gebracht werden konnte.

David musste einen Abend überstehen, an dem er sich völlig normal verhielt. Sobald Franzen dann das Blatt unterschrieben hatte – seinen eigenen Haftbefehl –, würde David aus der Villa geholt werden, und dann wäre alles endlich vorüber. Er würde seine Rache bekommen.

Er überlegte, was das alles wohl für Rose bedeuten würde. Er konnte nur hoffen, dass ihre nun wieder blühende Karriere als Malerin ihr darüber hinweghelfen würde. Auf jeden Fall war die Ausstellung in der Galerie, die er in London erworben hatte, ein großartiges Sprungbrett für sie gewesen, um sich in der Kunstszene wieder einen Namen zu machen.

David warf einen Blick auf die Uhr. Er musste sich entspannen, musste schlafen.

Er kehrte nach unten zurück. Sobald er seinen Sitzplatz wieder eingenommen hatte, schloss er die Augen und schickte ein Stoßgebet gen Himmel.

Solange der Privathubschrauber über dem Landeplatz der Villa schwebte, nahm David Franzens palastartigen Wohnsitz in Augenschein. Er lag hoch oben in den Bergen des Var und bot einen fantastischen Blick auf die Plage de Pampelonne von Saint-Tropez. Das moderne Anwesen war eindeutig mit Blick auf die Sicherheit des Besitzers errichtet. An den weiß gestrichenen Mauern war ein halbes Dutzend Überwachungskameras angebracht, um das Grundstück verlief ein stabiler, hoher Metallzaun, der nur auf der Vorderseite der Villa fehlte – der akkurat geschnittene Rasen vor dem Anwesen ging in Gebüsch über und fiel dann schroff zur Küste ab.

Sobald der Hubschrauber aufgesetzt hatte, wurde David von Franzen empfangen.

»Mr Cooper, es ist mir eine Freude, Sie wiederzusehen.« Er drückte ihm herzlich die Hand. »Und Miranda kennen Sie ja bereits.«

Er starrte die hagere junge Frau an, die direkt hinter Franzen stand. Er erinnerte sich an sie vor drei Jahren, allerdings war sie damals lebhaft gewesen – und blond. Diese Frau aber hatte dünnes braunes Haar und sah dramatisch gealtert aus.

»Wie schön, Sie wiederzusehen, Mr Santos. Und natürlich erinnere ich mich an Miranda – obwohl ich glaube, Sie haben jetzt eine neue Haarfarbe.«

»In der Tat. Aus einer weiblichen Laune heraus, aber ich finde, es steht ihr ganz gut, finden Sie nicht? Ich habe sie gebeten, bei der Farbe zu bleiben, nicht wahr, mein Schatz?« Er warf Miranda ein Lächeln zu, das sie mit einem mürrischen Nicken quittierte.

David lächelte. »Auf jeden Fall freue ich mich, Sie wiederzusehen, Miranda.« Eine Reaktion erwartend, blickte er ihr in die matten, ausdruckslosen blauen Augen und fragte sich, was in aller Welt mit der jungen Frau passiert war, dass sie derart verändert wirkte. Mit wachsendem Entsetzen erinnerte er sich dann daran, wie Franzen die Frauen in seinem Leben behandelt hatte. Einen Moment war er dankbar, dass *sie* nicht lange genug geblieben war, um das gleiche Schicksal wie die arme Seele hier zu erleiden …

»Ich dachte mir, wir gehen mit unserem Champagner auf die Terrasse«, sagte Franzen. »Da haben wir den schönsten Blick.«

Damit drehte er sich um und ging vom Landeplatz über den Steinpfad auf den azurblau glitzernden Swimmingpool zu. David spürte, dass der Hubschrauber wieder startete, wandte sich um und sah ihn abheben. Innerhalb weniger Sekunden war er zu einem kleinen Fleck am Himmel geworden. David beschlich ein ungutes Gefühl.

»Sind wir das Wochenende über allein?«, fragte er.

»Doch, ja. Wenn es um Geschäftliches geht, ist Alleinsein bisweilen von Vorteil. Ich fand es besser, wenn wir unter uns bleiben. Morgen, wenn das Geschäft abgeschlossen ist, kommen möglicherweise ein paar Gäste, aber im Moment sind nur wir drei hier und mein Butler.«

Sie traten auf die prachtvolle Marmorterrasse, wo ein Mann im weißen Smoking mit Champagner bereitstand. Er reichte zuerst Franzen ein Glas, anschließend dessen Gästen.

»Dann trinken wir doch auf ein erfreuliches und erfolgreiches Wochenende, ja?« Franzen hob das Glas.

Eine Warnglocke schrillte in Davids Kopf, doch das führte er auf seine Nervosität zurück. Bei dem Butler musste es sich um den Mann von der Organisation handeln.

Eine halbe Stunde später frischte der Wind auf, es wurde kühl.

»Allmählich wird es Zeit, ins Haus zu gehen. Essen gibt es um acht, danach setzen wir uns an die Arbeit. Bitte, erholen Sie sich und genießen Sie die Villa. Nach dem langen Flug möchten Sie doch sicher duschen, Mr Cooper?«

»Ja, gern, das wäre großartig.«

»Im oberen Badezimmer liegen Handtücher bereit. Das ist am Ende des Gangs.« Mit einem Winken verschwand Franzen durch eine gläserne Schiebetür.

»Entschuldige, mein Schatz, hast du etwas dagegen, uns Männer allein zu lassen, damit wir uns dem Geschäftlichen widmen können? Es tut mir leid, aber sobald das erledigt ist, können wir uns das restliche Wochenende dem Vergnügen widmen.«

Miranda schüttelte den Kopf, und David entging nicht, dass sie erleichtert wirkte.

»Gute Nacht, David.« Sie stand vom Tisch auf und ging zur Treppe.

»So, ich schlage vor, dass wir uns jetzt ins Arbeitszimmer zurückziehen, und ich kümmere mich um Drinks für uns, während Sie die Papiere zum Unterschreiben vorbereiten, ja?«

David nickte schweigend, erhob sich und folgte Franzen durch den offenen Wohnraum zum Arbeitszimmer.

Er tat sein Bestes, seine Aktentasche mit ruhigen Händen zu öffnen und die Unterlagen herauszuholen. Dabei betätigte er einen Schalter, um das in der Tasche versteckte Aufnahmegerät zu starten. Er hatte die Bewegung Dutzende von Malen geübt, es gelang ihm fehlerfrei. Dann stellte er die Aktentasche auf den Boden. Es war ein beruhigendes Gefühl, dass sich unter seinem Jackett der Stahl in seine rechte Seite bohrte.

Jetzt hast du's gleich geschafft, David. Behalt einfach die Nerven. Alles läuft nach Plan.

Er reichte Franzen die Unterlagen, die er auf den Mahagonischreibtisch legte, dann hob er seinen Cognacschwenker.

»Ehe wir fortfahren, müssen wir doch anstoßen. Auf unsere anhaltende Zusammenarbeit und erfolgreiche Partnerschaft.« Franzen kippte den Cognac hinunter.

»In der Tat.« David nippte nur von seinem Glas. Er musste einen klaren Kopf behalten.

»Ich muss sagen, David, ich war etwas überrascht von Ihrem Vorschlag. Sie sind der Letzte, von dem ich erwartet hätte, dass Sie mit einer, wie soll ich sagen, eher dubiosen Gruppe Militanter aus Südamerika zu tun haben. Als Sie mich kontaktierten mit der Bitte, dieser Gruppe – Erzfeinden meiner Heimat – Waffen zu liefern, wäre ich, hätte der argentinische Staat von meiner Beteiligung erfahren, sofort verhaftet und des Landes verwiesen worden. Deswegen haben meine Leute selbstredend alles unternommen, um sicherzustellen, dass Sie tatsächlich der sind, als der Sie sich ausgeben.« Franzen betrachtete ihn abwägend.

David erstarrte. »Und was haben Ihre Leute herausgefunden?«, fragte er langsam.

Franzen schwieg eine lange Weile, dann lächelte er. »Dass Sie tatsächlich der sind, als der Sie sich ausgeben. Ein lupenreiner wohlhabender Geschäftsmann. Meine Leute fanden nichts, das einen Zweifel an Ihnen geweckt hätte.«

David entspannte sich und stimmte in Franzens Lachen ein.

Dann beugte Franzen sich vor, und der Ausdruck in seinen Augen veränderte sich schlagartig. »Aber schließlich wissen sie ja auch nichts von der persönlichen Verbindung zwischen uns.«

David dachte zurück, als er diesen Blick das letzte Mal bei Franzen gesehen hatte. Bösartig.

»Natürlich wusste ich, wer Sie sind. Wie dumm von Ihnen zu glauben, das würde mir entgehen.« Er lehnte sich im Stuhl zurück und verschränkte lachend die Arme.

Wie erstarrt vernahm David Franzens Worte. Dieser Mann wusste, wer er war. Das bedeutete sein sicheres Ende.

»Oje, vielleicht sollte ich mich nicht über Sie lustig machen. Ihre Erfahrung als Nazijäger ist ja eher beschränkt, David, nicht wahr?«

Die Arbeit von Jahren war mit einem Schlag zunichte.

»Wie?« Mehr brachte David nicht heraus.

»Ich habe immer ein wachsames Auge auf Sie gehalten, aus nachvollziehbaren Gründen. Ich muss zugeben, als Sie mich kontaktierten, konnte ich zuerst nicht glauben, dass Ihre kleinen Freunde wirklich einen so offensichtlichen Kandidaten nehmen würden, um mich zu fassen. Ich habe Ihre Wohnung durchsuchen lassen, nur um sicherzugehen.« Franzen machte eine ungläubige Geste. »War es angesichts der Umstände nicht etwas fahrlässig, ein Gemälde von Rose Delancey mit dem Titel *Treblinka* in Ihr Arbeitszimmer zu hängen?« Franzen atmete mit Genugtuung durch. »David Delanski. Bruder der entzückenden Rosa. Wie hätte ich sie je vergessen können? Danach war es kein Problem mehr. Ihr Trüppchen unverzagter Menschenjäger kenne ich seit Jahren. Aber ich muss sagen, der Plan war schlau. Er hätte geklappt – wenn jemand anderer ihn durchgeführt hätte.«

»Sie Schwein«, stieß David hervor.

Franzen lachte auf. »Jetzt kommen Sie schon, David. Sie und Ihresgleichen halten sich für so intelligent. Sie glauben, dass Sie es verdienen, die Welt zu beherrschen. Aber das ist dumme Arroganz. Sie werden die Macht, auf die Sie so erpicht sind, nie bekommen.«

David erhob sich. »Hier ist noch jemand im Haus. Er wird jeden Moment …«

Franzen hob abwehrend die Hand. »Natürlich. Mein getreuer Butler. Er arbeitet seit zwei Jahren für mich. Dann habe ich von seinen Verbindungen zu Ihren Freunden erfahren. Sehr beeindruckend. Aber er liegt gefesselt im Weinkeller und wird Ihnen nicht zu Hilfe kommen. Um den kümmere ich mich später.« Franzen streifte ein Fädchen von seinem Jackett. »Es ist am sinnvollsten, Sie beide zur gleichen Zeit zu beseitigen. Sauber und ordentlich, wie in den guten alten Zeiten. Sie mögen Treblinka ja entkommen sein, aber das mache ich jetzt wett.«

David wurde bewusst, dass Franzen noch in der Zeit lebte, als er Menschen aus einer Laune heraus umbringen konnte. »Und wie wollen Sie mich entsorgen? Das ist doch wohl der Grund, weshalb Sie sich die Mühe gemacht haben, mich hierher in Ihr leeres Haus zu bitten?«, fragte er, so ruhig es ihm möglich war.

Franzen nickte. »Da haben Sie recht. Einer meiner Leute hätte Sie natürlich schon längst erledigen können, aber ich fand es nur recht und billig, dass ich die Arbeit, die ich vor vierzig Jahren begonnen habe, auch selbst zu Ende führe. Außerdem wollte ich Ihren netten kleinen Plan nicht durchkreuzen.« Franzen verzog das Gesicht zu einem Grinsen. »Ein kleiner Sturz in den Abgrund ist gefragt.« Er deutete durchs Fenster zum Ende des Gartens. »Der arme betrunkene Tycoon, der während eines erholsamen Besuchs in der Villa seines Freundes Santos über die Klippe stürzt. Das wird Schlagzeilen machen. Herzlichen Glückwunsch!«

In dem Moment platzte etwas in David, Hass brodelte in ihm auf. Rasch griff er in sein Jackett, wie er es gelernt hatte, und richtete die Waffe auf Franzen.

»Es reicht, Franzen! Jetzt ist Schluss! Ich wurde hergeschickt, um dafür zu sorgen, dass Sie vor aller Welt dafür büßen, was Sie in Treblinka getan haben, aber jetzt sieht es so aus, als wäre es mein Schicksal, Sie eigenhändig zu töten. Als ich Treblinka verließ, habe ich Rache geschworen. Stehen Sie auf! Sofort!«

David zielte weiter auf Franzen, der mit einem Lächeln Davids Aufforderung nachkam und sich langsam erhob.

»Wie Sie wünschen, David Delanski. Sie haben das Kommando.«

»Umdrehen! Weitergehen!«, brüllte David. Mit einer Hand presste er Franzen die Waffe in den Rücken und zwang ihn so, zur gläsernen Schiebetür des Wohnzimmers und weiter auf die Terrasse zu gehen. Er wusste, dass er Franzen eigentlich in eines der Schlafzimmer schließen und per Funk Hilfe anfordern sollte, aber Bilder von Rosas entsetztem Gesicht nach dem Tod ihres Vaters blitzten vor seinem inneren Auge auf.

Sie erreichten den Rand des Gartens, und David zwang Franzen, über einen gestutzten kleinen Strauch ins Gestrüpp zu treten. Zum ersten Mal sah er über die steile Klippe zum Wasser hinunter. Die Villa stand auf einem Felsvorsprung, und David schaute erschreckt auf die schroffen Felsen, die aus den an die Küste schlagenden Wellen gut hundertfünfzig Meter unter ihnen ragten.

»Stell dich vor mich!«, herrschte er seinen Gefangenen an.

»Wie du wünschst.« Franzen trat gefährlich nah an den Abgrund.

»Und jetzt spring«, verlangte David.

Franzen prustete. »Als würde ich es dir so einfach machen. Du wirst mich schon erschießen müssen, Delanski. Obwohl dir dazu garantiert der Mumm fehlt.« David hob die Waffe höher, sodass sie auf Franzens Hinterkopf zielte. Adrenalin jagte durch seinen Körper, ihm war leicht schwindelig und übel. Sein Atem ging stoßweise.

»Auf diesen Moment habe ich lange gewartet.« David zitterte, Gefühle überwältigten ihn. »Ich habe geschworen, dass ich Rache üben würde für das, was du getan hast. Das ist für meine Eltern und für Rosa und alle anderen. Möge Gott sich deiner Seele erbarmen!«

David drückte ab. Und ein zweites Mal. Zweimal klickte es hohl, das Geräusch hallte über die Klippen hinweg. David betätigte immer wieder den Abzug, aber nichts geschah.

Dann hörte er etwas, das noch viel beängstigender klang. Gelächter. Hysterisches, triumphierendes Gelächter.

Die kräftige Hand lag um seinen Hals, noch bevor David sich bewegen konnte, eine Pistole presste sich an seinen Kopf. Seine eigene ungeladene Waffe fiel ihm aus der Hand nach hinten, während er an die Stelle gedrängt wurde, an der nur Sekunden zuvor Franzen gestanden hatte. Jetzt hielt der ihn am Kragen; ohne den festen Griff wäre David in den Tod gestürzt.

»Du dummer, jämmerlicher Wicht. Während du geduscht hast, hab ich deine Waffe entladen. Mein alter Freund, nicht mir ist an diesem Abend der Tod bestimmt, sondern dir, David Delanski.«

»Eine Frage noch, bevor du mich erledigst. Hast du je Reue empfunden wegen der Tausenden Unschuldiger, die du ermordet hast?«

»Nie. So, und jetzt darfst du noch ein Gebet sprechen, wenn dir danach ist. Gemeinhin beten Juden doch gern, bevor sie sterben.«

Die Pistole wurde noch fester in sein Genick gepresst, Franzens Gesicht war nur ein paar Zentimeter von seinem entfernt.

»Nein? Na, dann nicht. Ein Jammer, dass du Rosa keine herzlichen Grüße von mir ausrichten kannst. Sie fehlt mir sehr.« Franzen lachte auf. »Und ich weiß, dass ich ihr auch fehle. Wie hast du reagiert, als du von unserer kleinen Wiederbegegnung erfahren hast?« David verzog schmerzlich das Gesicht. »Das dachte ich mir doch. Es freut mich zu sehen, dass du leidest, David. Da bekomme ich wirklich gute Laune.«

»Du Schwein«, flüsterte David noch einmal.

»Ich bin noch nicht fertig mit dir, Delanski. Wie du weißt, bin ich dir seit unserem ersten Gespräch als Geschäftspartner auf der Spur. Für diesen lächerlichen Racheversuch wollte ich dich leiden lassen. Wie zuvor habe ich das Spiel von langer Hand geplant.«

»Was meinst du damit?«

»Das Mädchen. Miranda. Sie war nicht mehr als ein Haustier für mich. Wie einen Hund habe ich sie behandelt.«

»Das bezweifle ich nicht. Aber was hat das mit mir zu tun?«

Franzens Mund verzog sich zu einem Grinsen, bei dem es David eiskalt den Rücken hinunterlief. »Sie ist Rosas Tochter. Ich habe sie von meinen Leuten aufspüren lassen.«

David war wie betäubt. »Das … das kann nicht … Ich …«

»Ich habe deine kostbare Rosa für die Sünden ihres Bruders schrecklich leiden lassen – wieder einmal!« Franzen lachte hämisch. »Delanski, ich gewinne. Wie immer. Und falls du dich fragen solltest – Miranda ist im Bett nicht so gut wie deine Schwester.«

David wollte auf Franzen losgehen, aber vergeblich. Franzen lachte wieder auf. »Leb wohl, David. Es war sehr aufschlussreich, dir wiederzubegegnen.«

Verzeih mir, Rosa. Ich habe mein Bestes versucht, aber verloren. Wie die anderen vor mir.

Plötzlich war hinter Franzen ein entsetzlicher Schlag zu hören. Franzen schrie auf, die Waffe fiel ihm aus der Hand, er löste den Griff um Davids Hals, sodass der nach vorne taumelte; instinktiv warf er sich zu Boden. Keinen Moment später hörte er etwas knacken, das er als das Splittern von Knochen identifizierte. Dann fiel Franzen mit einem Stöhnen rückwärts der Länge nach auf ihn. Unter Aufbietung aller Kräfte wuchtete David ihn von sich zum Rand der Klippe. Franzens Beine verschwanden außer Sicht, mit den Händen suchte er panisch nach Halt im Gebüsch und klammerte sich verzweifelt daran fest.

Dann nahm David ein Paar Stöckelschuhe wahr.

Der rechte versetzte Franzen einen festen, schnellen Stoß ins Gesicht, und mit einem Aufschrei stürzte Franzen vor Davids Augen über die Klippe in den Abgrund.

David lag nur da und rang nach Atem.

»Danke. Danke«, keuchte David. »Fehlt Ihnen auch nichts?«

Die Person schüttelte den Kopf. »Glauben Sie, dass ich ihn umgebracht habe? Ich habe sehr fest gegen seinen Schädel getreten.«

»Das weiß ich nicht, aber einen solchen Sturz kann niemand überleben.«

»Ich wollte ihn umbringen, David. Wissen Sie, ich habe das nicht getan, um Sie zu retten. Ich habe es meinetwegen getan.« *Und Ians wegen.*

Die Ruhe, mit der sie das sagte, machte ihm Angst. Die junge Frau stand eindeutig unter Schock.

David rappelte sich auf. »Miranda, warum gehen Sie nicht ins Haus? Ich glaube, wir sollten so bald wie möglich Hilfe holen. Ich gehe in den Keller und schaue nach dem Butler.«

»Gut. Ich bin müde. Und mir ist kalt.« Miranda streckte die Hände aus. »Bitte helfen Sie mir.«

David ging zu ihr, sie zitterte heftig. Er schloss sie in die Arme.

»Schon gut, jetzt ist es vorbei.«

Sie sah zu ihm hoch. »Ja. Bringen Sie mich nach Hause, David. Zu Rose.«

David machte sich auf in den Weinkeller, wo er den Butler geknebelt und gefesselt auf einem Stuhl sitzend fand.

»Der Plan ist gescheitert. Franzen ist uns schon vor Monaten auf die Schliche gekommen. Er wird nie vor Gericht stehen. Entweder ist er bereits tot oder ertrinkt gerade am Fuß der Klippen im Meer.«

Der Butler legte ihm eine Hand auf die Schulter. »David, Sie haben alles Menschenmögliche getan. Ich funke dem Team, um ein Treffen zu vereinbaren. Wir fahren sofort los.«

David nickte und ließ sich auf einen Stuhl fallen. Über Franzens neueste Offenbarung wollte er noch nicht nachdenken.

Miranda … oh, Miranda …

3

Rose legte den Hörer auf die Gabel zurück und sank zu Boden. Der Schock, Davids Stimme wieder zu hören, war ebenso groß gewesen wie die Überraschung, zu erfahren, dass Miranda wieder aufgetaucht war.

Sie schloss die Augen und atmete ein paarmal tief durch.

Sie würde ihren Bruder nach all den Jahren wiedersehen. Er war am Telefon kurz angebunden gewesen, hatte aber versprochen, alles zu erklären, sobald Rose bei ihm in Frankreich sei. Er lasse sie mit seiner Privatmaschine am Flughafen Leeds Bradford abholen. Er hatte ihr versichert, dass Miranda am Leben sei, aber er fände es besser, wenn sie sich ohne Chloe in Saint-Tropez träfen, damit sie ungestört über alles sprechen könnten.

Wie in aller Welt David ihre Tochter in einer Villa in Saint-Tropez aufgespürt hatte, war Rose ein völliges Rätsel. Sämtliche Mutmaßungen waren sinnlos, aber in weniger als vierundzwanzig Stunden würde sie alles erfahren.

Kurz vor der Landung des Learjet in Nizza zog Rose sich die Lippen nach und fuhr sich mit der Bürste durch das volle tizianrote Haar.

Sie erkannte ihn, sobald sie den Zoll passiert hatte. Er sah natürlich älter aus, sein blondes Haar war mit ein paar grauen Strähnen durchsetzt.

Langsam ging sie auf ihn zu.

Seine Augen begannen zu strahlen, als er sie sah.

»Hallo, David.«

»Hallo, Rose. Wie war der Flug?«

»Gut.«

»Du musst müde sein.«

Unter ähnlich banalem Geplauder folgte Rose ihrem Bruder durch den Flughafen zum Parkplatz hinaus. David schloss die Beifahrertür eines Mercedes auf.

»Du siehst wunderschön aus. Du hast dich kaum verändert.« David starrte sie an.

»Du siehst auch gut aus.«

»Danke.«

David setzte sich hinter das Lenkrad und ließ den Motor an. Die Fahrt verlief schweigend, keiner von beiden wusste, wie sie die Lücke überbrücken sollten zwischen dem heutigen Tag und dem Punkt, an dem sie vor achtundzwanzig Jahren aufgehört hatten. Alles, was ihnen zu sagen einfiel, war entweder zu oberflächlich oder zu gewichtig, als dass sie im Moment damit umgehen könnten. Rose betrachtete den atemberaubenden Blick, der sich durchs Autofenster auf das Mittelmeer bot.

Eine Viertelstunde später fuhr David auf einen kleinen Parkplatz. Unterhalb lag eine einsame Bucht.

»Wollen wir ein bisschen spazieren gehen? Ich sollte dir einiges erzählen, bevor du Miranda siehst.«

Rose nickte und stieg aus dem Wagen.

Vom Wind umtost verbrachten sie zwei Stunden am Strand. Während die Wellen an diesem grauen Märztag ans Ufer peitschten, gingen sie nebeneinander her, stets auf Abstand bedacht. Schließlich blieb Rose stehen, sank in die Knie und schlug die Hände vors Gesicht. David bückte sich, zog sie an sich und nahm sie tröstend in die Arme.

Nach einer ganzen Weile standen sie auf und gingen weiter, jetzt aber hatte er den Arm um ihre Schultern gelegt.

Es dämmerte bereits, als Rose und David zum Wagen zurückkehrten.

Rose zitterte, nicht nur vor Kälte, sondern vor Schock, überwältigt von ihren Gefühlen. David half ihr einzusteigen, ging dann zur Fahrertür und setzte sich hinter das Lenkrad.

»Verstehst du, Rose, es ist alles meine Schuld. Franzen hatte es meinetwegen auf sie abgesehen.«

Rose schüttelte den Kopf. »Du hast doch keine Schuld, David. Wie könnte ich dir Vorwürfe machen? Du hast doch nur versucht, für etwas Gerechtigkeit zu sorgen. Uns ist doch beiden klar, dass du das alles nie unternommen hättest, wenn ich nicht …« Rose schluckte. »Ich hätte intensiver nach ihr suchen müssen.«

Jetzt war es an David, den Kopf zu schütteln. »Du hättest sie so oder so nie gefunden. Miranda hat den Namen ihrer leiblichen Mutter verwendet, vor allem, weil sie nicht wollte, dass du sie findest.«

Rose drehte sich zu David, ihr Gesicht war aschfahl.

»Hat sie dir denn den Namen ihrer leiblichen Mutter gesagt?«

»Nein«, sagte er. »Ist das wichtig? Zumindest ist sie mit keinem von uns blutsverwandt und dadurch noch mehr in die ganze Sache verstrickt.«

Tränen stiegen Rose in die Augen. »Oh, David, da täuschst du dich gewaltig.«

»Rose, ach, Rose!« Miranda warf sich weinend in die Arme ihrer Mutter, und Rose streichelte ihr über das brünette Haar, unglücklich im Wissen, dass die Sache für ihre Tochter noch nicht vorüber war.

Die drei gingen die gefliesten Stufen zur Villa hinauf, die David gemietet hatte, und traten in den Salon. David schenkte ihnen einen starken Drink ein und setzte sich auf eines der bequemen Sofas.

»Miranda, wir müssen dir viel über deine Vergangenheit erzählen und über unsere. Ich fand, dass Rose dabei sein sollte.«

»Fang du an, David.« Rose setzte sich neben Miranda und zog die zitternde junge Frau an sich.

»Weißt du, weshalb ich dieses Wochenende bei Santos in der Villa war?«

»Etwas Geschäftliches?«

»So könnte man es auch nennen. Frank Santos hieß in Wirklichkeit Kurt Franzen. Er war stellvertretender Kommandant in Treblinka, einem Todeslager für Juden in Polen während des Kriegs. Er hat unsere Mutter, unseren Vater und unzählige andere Menschen umgebracht. Er hat Rose Unsägliches angetan. Aber dann … hat Rose … es war nicht ihre Schuld, aber …« David hielt kurz inne, bevor er alles erzählte. Der Schmerz, die Einzelheiten laut auszusprechen, war schier unerträglich.

Miranda umklammerte Roses Hand, während David die Gräueltaten des Mannes schilderte, den sie am Vorabend getötet hatte. Ihr Onkel erzählte ihr von Anya, die ihnen bei der Flucht geholfen hatte, und wie sie von Franzen und anderen SS-Offizieren vergewaltigt worden war.

»Aber nach unserer Flucht aus Treblinka ist uns, Anya, Rose und mir, klar geworden, dass der Kampf ums Überleben noch nicht ausgestanden war«, fuhr David fort. »Wir mussten uns durchschlagen, haben uns im Wald versteckt und mit dem Geld, das ich in Treblinka gestohlen hatte, Essen gekauft, wenn es irgendwo etwas gab. Anya hat ihr Kind in einer Scheune nahe der polnischen Grenze zur Welt gebracht. Danach ging es ihr sehr schlecht, aber schließlich ist sie doch wieder zu Kräften gekommen.« David blickte zu Rose und wusste, dass auch sie das Grauen noch einmal durchlebte. »Dann war der Krieg vorbei, und irgendwie sind wir in Österreich gelandet. Erinnerst du dich noch an Peggetz, Rose?«

Rose nickte. »Ja. Ein schrecklicher Ort, eine schreckliche Zeit …«

4

Lager Peggetz, Österreich, 1945

Hunderte Männer, Frauen und Kinder strömten zum Vertriebenenlager der britischen Armee, alle in der Hoffnung, von dort aus nach Hause zu gelangen. Inmitten dieser vielen Menschen holperten Konvois von Armeelastern, voll beladen mit Soldaten, durch die bergige Umgebung von Lienz.

Rosa und Anya waren am Ende ihrer Kräfte. Anyas kleine Tonia greinte unaufhörlich, weil sie in dem behelfsmäßigen Tragetuch auf Anyas Rücken auf und ab geschüttelt wurde. Mittlerweile war sie fast drei Jahre alt, aber aufgrund des Elends und der Not der vergangenen Jahre noch sehr klein.

Das Lager Peggetz zog sich endlos im Tal der Drau hin. Es war eine deutsche Kaserne gewesen und jetzt überlaufen von Flüchtlingen aller Nationalitäten, darum herum lagerten Tausende Kosaken. Ihre Pferde konnte man über Kilometer hinweg in der grünen Landschaft grasen sehen.

»David, das sieht ja aus wie Treblinka«, sagte Rose zögerlich, als sie den anderen durch das hölzerne Tor folgten.

»Hab keine Angst, Rosa. Wir werden nicht lange hierbleiben. Wir müssen nur einen britischen Offizier finden und ihm sagen, dass wir halb Engländer sind. Sie werden uns helfen.«

Die vier verbrachten ihre erste Nacht in Peggetz unter freiem Himmel, denn in den Schlafsälen war kein Platz für sie.

Am nächsten Vormittag verließ David die beiden Mädchen, die mit einem jungen Kosaken plauderten, und stieß schließlich auf einen britischen Offizier.

»Verzeihung, Sir.« David hatte seit Ewigkeiten kein Englisch mehr gesprochen und musste sich anstrengen, damit ihm die

Worte flüssig über die Lippen kamen. »Meine Schwester und ich haben Familienangehörige in England. Wir möchten so bald wie möglich zu ihnen. Schauen Sie.« David zeigte dem Offizier den britischen Pass seiner Mutter.

Überrascht über das gute Englisch des verwahrlosten Jungen, besah der Offizier sich den Pass eingehender.

»Und du sagst, das ist deine Mutter?«

»Ja, Sir. Ich habe die Adresse meiner Großeltern. Gibt es einen Zug, mit dem wir von hier aus nach England fahren können?«

»Ich fürchte, so funktioniert das nicht ganz, mein Junge. Hier im Lager sind Hunderte, die nach Hause möchten, und viele, die nach England wollen. Das Rote Kreuz ist in der Baracke da drüben. Der dort verantwortliche Offizier kann dir vielleicht weiterhelfen.«

Mit schwerem Herzen sah David, wie der Mann sich abwandte. Er wusste, dass seine Mama mit seinem Papa durchgebrannt war und seitdem nicht mehr mit ihren Eltern gesprochen hatte. Sie wussten nicht einmal von der Existenz ihrer Enkelkinder.

Bedrückt ging er zu der Baracke, auf die der Offizier gedeutet hatte, und stellte sich in die Schlange der Menschen, die den Mitarbeiter des Roten Kreuzes sprechen wollten. Schließlich war David an der Reihe.

»Name?«

»David Delanski. Und Rosa Delanski, meine Schwester. Wir möchten zu unseren Großeltern in England.«

»Ach ja?« Der Mitarbeiter beäugte ihn skeptisch.

David erläuterte ihre Situation, so gut es ihm möglich war. Der Mann hörte ungerührt zu, er hatte bereits Hunderte ähnliche Geschichten gehört.

»Ich kann nur an deine Großeltern in England schreiben und fragen, ob sie deine Geschichte bestätigen. Dann habt ihr möglicherweise eine Chance. Hast du irgendeinen Ausweis?«

»Ja, den Pass meiner Mutter.«

»Sonst noch etwas?«

David fiel das Medaillon ein, das ihm jetzt wieder um den Hals hing. Vorsichtig nahm er es ab.

»Hier, das können Sie mitschicken. Es ist ein Geschenk meiner Großmutter an meine Mutter.«

Der Mann blickte erfreut. »Gut, das ist eine Hilfe. Obwohl es eine ganze Weile dauern könnte, bis wir etwas hören. Die Post ist immer noch ziemlich unzuverlässig, und es gibt hier sehr viele Fälle, um die wir uns kümmern müssen.«

»Und was ist mit unserer Freundin Anya? Sie hat kein Zuhause und möchte mit uns nach England kommen.«

»Welche Staatsangehörigkeit hat sie?«

»Die ukrainische.«

»Ah ja. Wie heißt sie gleich?«

»Anya. Ihren Nachnamen kenne ich nicht.«

»Ich verstehe. Sehen wir mal, was sich machen lässt.« Als David die Baracke verließ, sah der Mitarbeiter ihm einen Moment lang nach. Für ihn und seine Schwester bestand eine geringe Chance, aber was das ukrainische Mädchen betraf … absolut keine. Gerade hatten sie den Befehl erhalten, dass alle sowjetischen Staatsangehörigen zurückgeführt werden müssten, notfalls mit Gewalt. Innerhalb weniger Wochen würden die Tausende von Kosaken und anderen russischen Flüchtlingen in ihre Heimat gebracht werden, wo sie ein ungewisses Schicksal erwartete.

In der Schlange vor der Baracke des Roten Kreuzes hatte David erfahren, dass man in Lienz Brot und frische Milch kaufen konnte, wenn auch zu Wucherpreisen. Er ging zu Rosa und Anya zurück, die sich noch immer mit dem Kosaken unterhielten.

»Wann fahren wir nach England?«, fragte Rosa.

»Bald, das verspreche ich dir.« David wollte sich Rosa gegenüber nichts von seinen Befürchtungen anmerken lassen.

Seine Schwester stand auf und umarmte ihn. »Gut. Hier gefällt es mir nicht.«

»Ich weiß. Wir müssen warten, bis sie unsere Großeltern kontaktiert haben. Dann fahren wir.«

Anya zeigte auf den Kosaken. »David, das ist Sergei. Er sagt, dass ganz in seiner Nähe ein Zelt frei geworden ist, aber wir müssen gleich hin, bevor jemand anderes es nimmt.«

David reichte dem Mann die Hand. »Danke, Sergei. Wenn du die Mädchen zu dem Zelt bringst, gehe ich nach Lienz und besorge uns etwas zu essen.«

Anya übersetzte ins Russische, und Sergei nickte.

Abends machten die beiden jungen Männer ein Feuer, über dem sie die große Wurst brieten, die David im Ort erstanden hatte. Es war ein warmer Abend, und nach Sonnenuntergang begannen einige Kosaken, zu singen und mit den Frauen zu tanzen. David ließ sich überreden, sie auf seiner Geige zu begleiten. Anya tanzte mit Sergei, während Rosa auf die kleine Tonia aufpasste. Ihre Mutter kehrte erst im Morgengrauen in das gemeinsame Zelt zurück.

»David, bei den Kosaken geht das Gerücht um, dass alle Russen und Ukrainer zwangsrückgeführt werden. Kann das stimmen?«

David machte eine vage Geste. »Anya, das weiß ich nicht.«

Angst stand ihr ins Gesicht geschrieben. »Meine Familie ist vor zehn Jahren vor den Kommunisten geflohen. Ich könnte es nicht ertragen, dorthin zurückzugehen. Sergei sagt, dass wir alle bestraft würden.«

»Aber weshalb denn, Anya? Du hast doch nichts getan.«

»Ich weiß, aber Stalin – er ist …« Anya zupfte an einem Grashalm. »Wie auch immer, morgen treffen sich die Kosaken mit Feldmarschall Alexander. Ich glaube, dort werden sie alles erklären.« Anya sah David in die Augen. »Ich gehe nicht nach Russland zurück. Lieber sterbe ich.«

David nickte. »Wenn es Schwierigkeiten gibt, verlassen wir das Lager sofort«, sagte er schlicht.

»Danke. Aber falls etwas passieren sollte … Ich … Würdet ihr euch um Tonia kümmern?«

»Natürlich, Anya.« David zögerte nicht. »Aber ich glaube, du machst dir unnötig Sorgen.«

»Vielleicht.« Anya verließ das Zelt und betrachtete die wunderschöne Landschaft um sie her. Angst hatte sich in ihr eingenistet.

Am nächsten Tag verfolgte David mit Anya, wie die Offiziere der Kosaken auf Lastwagen getrieben wurden.

Am Abend kehrten die Lastwagen ohne die Menschen zurück.

Am darauffolgenden Tag verkündete Major Davies, der für das Lager verantwortliche englische Offizier, dass die Gerüchte der Wahrheit entsprachen. Stalin, Churchill und Roosevelt hatten sich auf eine Zwangsrückführung geeinigt. Ab dem nächsten Tag sollten Menschen nach Russland zurückgebracht werden.

Daraufhin brach die Hölle los. Tausende russischer Flüchtlinge – Männer, Frauen und Kinder – sammelten ihre wenigen Habseligkeiten zusammen und verließen das Lager; sie wirkten wie betäubt.

Später wurde auf dem Hauptplatz eine behelfsmäßige Bühne errichtet. Der Geistliche wollte, ehe am nächsten Morgen die Verladung begann, einen Gottesdienst abhalten.

David machte sich in der Menge verzweifelt klagender Menschen auf die Suche nach Anya. Er konnte sie nirgends finden.

Er verstand das alles nicht. Sicher, die Kosaken würden als Feinde der Sowjetunion gelten, weil sie aufseiten der Deutschen gekämpft hatten, aber unschuldige Frauen und Kinder würden doch bestimmt nicht bestraft werden?

David kehrte zum Zelt zurück. Dort lag Tonia, in eine Decke gehüllt, und schlief tief und fest. An der Decke war ein Zettel befestigt.

Lieber David,
Sergei und ich haben das Lager verlassen. Wenn wir bleiben, ist das unser sicherer Tod. Vielleicht verstehst du das nicht, aber glaub mir, es stimmt. Wir gehen in die Schweiz und hof-

fen, dort Asyl zu bekommen. Unterwegs wird es gefährlich werden, deswegen bitte ich dich, David, kümmre dich um Tonia, bis ich sie hole.

Ich finde euch in England.
Danke, mein bester Freund.
Viel Glück und leb wohl
Anya

Am nächsten Tag sah David durch das Fenster eines der nun leeren Schlafsäle, wie Menschen schreiend und um sich schlagend auf Lastwagen geladen wurden. Immer wieder hallten Schüsse durch die Luft. Es war, als würden seine schlimmsten Erinnerungen an Treblinka wiederaufleben. Wie dumm von ihm zu glauben, der Krieg wäre vorüber. David dankte dem Himmel, dass Anya gegangen war.

»Möge Gott mit dir sein«, flüsterte er und zog Rosa und Tonia an sich.

David Cooper musste sich zwingen, in die Gegenwart zurückzukehren. Miranda starrte ihn nur sprachlos an, sie rang um Fassung. Erst nach einer ganzen Weile drehte sie sich zu Rose. »Warum hast du Miles und mir nie von deiner Vergangenheit erzählt? Sicher, eigentlich geht es mich nichts an, weil du mich adoptiert hast, aber …?«

»Mein Liebling.« Rosa drückte Miranda fest die Hand. »Bitte verzeih mir, aber du irrst dich. David, erzähl doch weiter.«

David nickte. »Nachdem Anya gegangen war und die anderen Russen zurückgeführt worden waren, bekamen wir aus England die Nachricht, dass unsere Großeltern uns aufnehmen würden. Aber Tonia, Anyas Kind, durfte nicht mitkommen. Die Lagerbehörde sagte, wir sollten uns keine Sorgen machen, das Kind würde adoptiert werden.« David fuhr sich durch die Haare. »Was hätten wir tun sollen? Bevor wir das Lager verließen, haben wir der kleinen Tonia einen Brief geschrieben und ihr erklärt, dass ihre Mutter der Rückführung entgangen war. Darin sagten wir, dass Anya geschworen hatte, sie zu finden, sobald sie selbst in Sicherheit wäre, und dass wir beide sie liebten und uns wünschten, sie könnte mit uns nach England kommen. Wir haben ihr unsere Namen aufgeschrieben und die Adresse unserer Großeltern in London und das Rote Kreuz gebeten, den Brief in Tonias Akte aufzubewahren, bis sie alt genug war, um ihn zu bekommen. Dann sind wir nach London gefahren, in unser neues Leben.«

»Was ist aus Anya geworden?«, fragte Miranda leise.

David betrachtete Roses schuldbewusstes Gesicht.

»Das wissen wir nicht, Miranda. Vermutlich wurden sie und Sergei irgendwo gefasst und in Sibirien in ein Arbeitslager gesteckt. Es waren nur wenige, denen die Flucht gelungen ist.«

»Und Tonia? Das Baby?« Miranda schaute zu Rose, die totenbleich war. Rose warf einen Blick zu David, der unmerklich nickte.

»Es gibt noch etwas, das Rose dir sagen möchte, Miranda. Danach verstehst du wahrscheinlich, warum das alles doch ziemlich viel mit dir zu tun hat. Ich bin bei mir im Zimmer. Wenn ihr mich braucht, könnt ihr mich jederzeit holen.«

David verließ den Raum. Rose nickte und sah dann zu ihrer Tochter. Der Augenblick war gekommen.

»Mein Liebling, jetzt musst du noch einmal sehr tapfer sein, genauso tapfer wie vorhin. Jetzt erzähle ich dir von deiner leiblichen Mutter.«

5

Yorkshire, Oktober 1960

Die Schrift auf dem Kuvert kam ihr nicht bekannt vor. Rose bückte sich nach dem Brief, der auf der Fußmatte lag, und sah, dass er von der Adresse ihrer Großmutter in London zu ihrer eigenen alten Londoner Anschrift und von dort schließlich mit dem Rest ihrer Post an ihren neuen Wohnort in Yorkshire nachgesandt worden war.

Miles greinte in der Küche, also nahm sie den Brief mit und öffnete ihn mit einer Hand, während sie ihren dreijährigen Sohn mit der anderen fütterte.

Das Englisch war gebrochen und voll Rechtschreibfehler.

»Libe Miss Delanski …«

Allein der Name ließ sie schaudern. Rosa Delanski gab es für sie schon seit vielen Jahren nicht mehr.

Mein Name is Tonia Rosstoff. Ich suchen du oder David Delanski. Meine Mutter Anya Rosstoff. Du sie kennen in Peggetz. Bitte, dringent, dringent ich dir sehen. Biete du kommen zu Adresse oben. Biete schnell.

Tonia Rosstoff

Miles begann zu brüllen, als die Hand, die den Löffel mit seinem Apfelbrei hielt, wenige Zentimeter vor seinen Lippen innehielt, während Rose den Brief las.

Die am oberen Rand des Briefs genannte Adresse war irgendwo im Osten Londons.

Eins nach dem anderen.

Zuerst sorgte sie dafür, dass ihr hungriger Sohn satt wurde, dann machte sie ihn sauber und stellte ihn in den behelfsmäßigen Laufstall, den sie in einer Ecke der Küche eingerichtet hatte. Sobald Miles dort zufrieden mit seinem kleinen Lastwagen spielte, setzte Rose sich hin, um den Brief ein zweites Mal zu lesen.

Der Inhalt ließ sie schaudern. Im ersten Moment überlegte sie, David anzurufen, aber … nein. Das war unmöglich. Nicht nach dem, was sie getan hatte. Damit musste sie schon selbst fertigwerden.

Die Vorstellung, wieder nach London zu fahren, war schlimm genug, aber dann auch noch dem Kleinkind zu begegnen, das sie und David damals seinem Schicksal überlassen hatten – bei dem Gedanken begann ihr Herz zu rasen. Andererseits war es der jungen Frau unverkennbar sehr wichtig, sie zu sehen. Rose schaute auf den ersten Poststempel und stellte fest, dass der Brief über drei Wochen zu ihr nach Yorkshire unterwegs gewesen war.

Ihr Gewissen ließ nicht zu, dass sie nicht darauf reagierte. Sie musste hinfahren.

Miles konnte sie unmöglich mitnehmen. Aber obwohl sie seit über drei Jahren hier in Oxenhope lebte, kannte sie nach wie vor niemanden. Der Dorfverband war sehr eng, da wurde eine alleinerziehende Frau wie sie, die obendrein das große Farmhaus oben am Berg gekauft hatte, von den Einheimischen misstrauisch beäugt.

Rose beschloss, ins Dorf zu gehen und in der Post zu fragen, ob es vielleicht ein Mädchen oder eine Frau gab, die mit Kinderbetreuung ein bisschen Geld verdienen wollte.

Wie nicht anders erwartet, war Mrs Heaton, die nicht nur die winzige Poststelle mitten im Dorf leitete, sondern auch die Klatschbörse, wenig hilfsbereit.

»Kinderbetreuung, sagen Sie … hmm.«

Unverkennbar brannte der Frau die Frage auf der Zunge, wo denn der Vater des Jungen abgeblieben sei, und Rose musste sich zwingen, freundlich zu bleiben. Schließlich wollte sie den Rest ihres Lebens hier verbringen. Sie lächelte.

»Ja. Ich muss morgen nach London fahren und möchte Miles nicht mitnehmen. Abends bin ich wieder da. Es ist wirklich sehr dringend.«

»Du armes Würmchen, hast niemanden, der sich um dich kümmert?« Mrs Heaton klang missbilligend. »Na ja, vielleicht wüsste ich jemanden«, sagte sie dann langsam.

Roses Miene hellte sich auf. »Großartig. Wer?«

»Doreen Thompson. Sie hat ein zwei Monate altes Baby. Doreen ist eine gute Seele. Sie bleibt wirklich die ganze Zeit zu Hause, um sich um Leah zu kümmern«, erläuterte Mrs Heaton anspielungsreich.

»Darf ich nach ihrer Adresse fragen?«

»Gegenüberliegende Straßenseite, gleich am Platz. Nummer acht. Sie ist bestimmt zu Hause. Sagen Sie ihr, dass ich Sie geschickt habe.«

»Danke, Mrs Heaton.«

Die Nummer acht war das letzte Haus einer Reihe kleiner Häuser, im Vorgarten hingen an einer Wäscheleine viele weiße Windeln. Hühner gackerten aufgeregt und liefen davon, als Rose das Holztor öffnete und Miles im Kinderwagen durch die schmale Öffnung schob.

Sie klopfte an die Tür, und eine Frau mit einem Baby auf dem Arm beäugte sie durch das Küchenfenster.

»Mrs Heaton von der Post hat mich zu Ihnen geschickt«, rief sie.

Das Runzeln auf dem Gesicht der Frau verschwand, sie öffnete die Tür.

»Mrs Thompson?«

»Ja.«

»Mrs Heaton hat mir gesagt, dass Sie vielleicht bereit wären, ein bisschen auf meinen Sohn aufzupassen, weil Sie selbst ein kleines Kind haben. Hallo, Schätzchen.« Rose streckte dem Baby im Arm der Mutter einen Finger entgegen, nach dem die Kleine mit ihrem pummeligen Händchen sofort griff.

»Also, ich weiß ja nicht …«

»Die Sache ist, Mrs Thompson, ich muss morgen dringend nach London, und die Fahrt ist für Miles einfach zu weit. Ich wäre abends wieder da, vermutlich um sieben, aber ich müsste morgens gleich den ersten Zug nehmen. Die Sache ist wirklich sehr dringend, Mrs Thompson. Und Miles ist ein braves Kind. Er wird Ihnen keine Scherereien machen, oder, mein Schatz?«

Miles' ganze Aufmerksamkeit galt einem Huhn, das in der Nähe seines Kinderwagens scharrte. Er streckte die Arme danach aus, und es rannte aufgescheucht davon.

»Eigentlich müsste ich meinen Mann fragen, aber …« Mrs Thompsons Züge wurden weicher, als sie auf den hübschen kleinen Jungen im Kinderwagen schaute, »… aber dieses eine Mal sollte wirklich kein Problem sein.«

»Natürlich bezahle ich Sie dafür. Finden Sie zwei Pfund angemessen?«

Mrs Thompson sah aus, als würde sie gleich in Ohnmacht fallen, dann schüttelte sie den Kopf. »Nein, das kann ich nicht annehmen. Er macht mir doch keine zusätzliche Arbeit, ich bin ja mit Leah sowieso hier. Zehn Shilling sind mehr als genug.«

»Nein …« Rose suchte in ihrer Handtasche bereits nach dem Geldbeutel. »Ich möchte Ihnen zwei Pfund geben, weil ich Miles schon frühmorgens herbringen muss und Sie so freundlich sind, mir so kurzfristig zu helfen. Hier.« Rose drückte der verdutzten Frau zwei zerknitterte Noten in die Hand. »Danke. Dann komme ich morgen um sechs mit allem, was er braucht, zu Ihnen. Auf Wiedersehen.«

Lächelnd schob Rose Miles durch die Pforte und machte sich auf den langen Weg den Berg hinauf. Sie wusste instinktiv, dass ihr Sohn in den fähigen, mütterlichen Händen von Mrs Thompson sehr gut aufgehoben sein würde.

Als der Zug am nächsten Vormittag um Viertel nach elf im Bahnhof King's Cross einfuhr, wurde es Rose angesichts der Menschenmassen körperlich übel.

Nachdem sie den überfüllten Bahnsteig hinter sich gelassen hatte, stieg sie in ein Taxi und nannte dem Fahrer die Adresse aus Tonias Brief. Sie wollte die Sache so schnell wie möglich hinter sich bringen.

Eine halbe Stunde später hielt der Wagen vor einem heruntergekommenen Hochhaus im Stadtteil Tower Hamlets.

»Die Wohnung, zu der Sie wollen, ist in dem Gebäude da drüben, aber weiter fahre ich Sie nicht, Miss. Das ist keine gute Gegend hier.«

Das hatte Rose bereits selbst bemerkt.

Sie ging über den Hof und sah zu den kleinen, halb verfallenen Balkonen hinauf, über deren Brüstungen graue Wäsche hing. Irgendwo hallten Kinderstimmen, aber von den Kindern selbst war nichts zu sehen.

Sie öffnete die Tür des Hochhauses, auf das der Fahrer gedeutet hatte, und ging die Steintreppe hinauf. Eiseskälte kroch ihr den Rücken hinauf, der beißende Geruch von fauligem Müll stieg ihr in die Nase. Er kam ihr nur allzu bekannt vor.

Auf der Tür zu der Wohnung blätterte die Farbe ab, überall waren schwarze Schuhabdrücke zu sehen, ein Teil des Glasfensters fehlte.

Rose atmete tief durch und drückte auf die Klingel, die nicht funktionierte. Also klopfte sie an den Briefkasten.

Keine Reaktion. Sie klopfte erneut, nun lauter.

Immer noch nichts.

Die Tür auf der gegenüberliegenden Seite des Treppenhauses wurde einen Spalt geöffnet, und ein Paar brauner Augen lugte heraus.

»Nicht da.«

»Wie bitte?«

Die Frau musterte Rose und öffnete die Tür weiter.

»Weg. Krankenwagen. Zwei Wochen. Sehr krank. Jetzt vielleicht tot.« Die Frau, die ausgezehrt aussah, machte eine hilflose Geste.

»Wissen Sie, in welches Krankenhaus sie gekommen ist?«

»Wahrscheinlich Whitechapel. Ganz nah.«

»Vielen Dank. Dann versuche ich es dort.«

Rose ging die Treppe wieder hinunter. Sie wusste, wo Whitechapel war, und entschied, dass sie mit einem zehnminütigen Fußmarsch schneller dort wäre als mit dem Taxi. Sie hoffte nur, dass sie nicht zu spät kam.

Im Krankenhaus angelangt, fragte Rose am Empfang nach Tonia und hielt angespannt den Atem an, während die Frau die Liste durchsah.

»Hier ist sie ja. Tonia Rosstoff. Station acht.«

Die Frau beschrieb Rose den Weg dorthin, der sie durch blassgrüne Flure führte. Beim Gehen versuchte sie, den Geruch nach Krankheit und Desinfektionsmittel zu ignorieren.

Als sie Station acht gefunden hatte, fragte Rose die Krankenschwester hinter dem Schalter, in welchem Bett Tonia liege.

Die Schwester warf ihr einen finsteren Blick zu. »Sind Sie mit ihr verwandt?«

»Nein.«

»Ach.« Die Schwester dachte kurz nach. »Das war meine Hoffnung, aber offenbar hat Tonia tatsächlich keine Familie. Leider ist sie zu spät zu uns gekommen. Sie ist wirklich schwer krank.« Sie zuckte traurig mit den Schultern.

»Wird sie durchkommen?«

Die Schwester schüttelte den Kopf. »Leider nicht. Sie hat Tuberkulose, aber in einem sehr fortgeschrittenen Stadium. Wir können nur noch dafür sorgen, dass sie keine Schmerzen hat. Das arme Ding. Wir Krankenschwestern sollen ja keine persönliche Beziehung zu unseren Patienten aufbauen, aber bei Tonia, tja … Sie werden gleich selbst sehen, was ich meine. In ihren jungen Augen liegt so viel Traurigkeit.« Die Schwester seufzte. »Und ihr armes Kind. Die Kleine hat sie mitgebracht, als sie ins Krankenhaus kam; sie ist unterernährt.« Roses Herz verkrampfte sich. »Mittlerweile geht es ihr besser, sie könnte das

Krankenhaus verlassen, aber weiß Gott, was aus ihr werden soll, wenn ihre Mutter stirbt. Wahrscheinlich wird sie in ein Heim kommen. Wie auch immer, folgen Sie mir.« Auf dem Weg zu einer kleineren Nebenstation senkte die Schwester ihre Stimme zu einem Flüstern. »Sie spricht leider nicht gut Englisch, und sie ist sehr schwach.«

Beim Anblick der jämmerlichen Gestalt, die im Bett lag, traten Rose unwillkürlich Tränen in die Augen. Inmitten all der lebenserhaltenden Apparaturen wirkte Tonia noch zerbrechlicher.

Rose trat näher und sah, dass Tonia schlief. Sie war entsetzlich mager, die Wangenknochen stachen aus dem eingefallenen, blassen Gesicht hervor, die Augen lagen tief in den dunklen Höhlen.

Wie sie so dalag, das blonde Haar übers Kissen gebreitet, sah sie gerade einmal wie zwölf aus, dabei wusste Rose, dass die junge Frau achtzehn Jahre alt sein musste.

»Dann lasse ich Sie jetzt allein«, flüsterte die Krankenschwester und schloss leise die Tür.

Rose setzte sich auf den unbequemen Holzstuhl neben dem Bett.

»Tonia«, flüsterte sie. »Hier ist Rosa. Rosa Delanski.«

Sie bekam keine Antwort. Rose nahm die Hand der jungen Frau und drückte sie. Sie beschloss, es mit Polnisch zu versuchen.

»Tonia, *kochana*. Tonia, Liebes.«

Die Augenlider flackerten und öffneten sich dann. Tonia schaute zur Decke, als würde sie träumen.

Rose drückte ihr noch mal sacht die Hand.

»Tonia, *kochana*, verstehst du Polnisch?«

Tonia drehte sich fast unmerklich, als würde die Bewegung ihr große Schmerzen bereiten. Sie sah zu Rose und nickte dann.

Rose hatte ihre Muttersprache schon lange nicht mehr benutzt und sprach stockend.

»Ich bin Rosa Delanski. Du hast mir einen Brief geschrieben, dass ich dich besuchen soll.«

»Ja.« Die Stimme war ein bloßes Flüstern. »Ich habe nicht gedacht, dass du wirklich kommen würdest. Danke.«

»Weswegen wolltest du mich so unbedingt sehen?«

Der Druck um Roses Hand wurde fester, Tonia hievte sich in eine sitzende Position.

»Ich habe ein Kind. Drei Monate alt. Hier im Krankenhaus. Bitte kümmere dich um sie, wenn ich …« Die Anstrengung hatte Tonia offenbar völlig erschöpft, sie fiel ins Kissen zurück, »… sterbe.«

»Ach, Tonia, was ist denn alles passiert? Es gibt so viel, das ich wissen möchte. Als wir Peggetz verließen, hat das Rote Kreuz uns versichert, dass du adoptiert werden würdest, und …«

Tonia schüttelte heftig den Kopf. »Nein. Waisenheim. Furchtbar. Bitte, nicht mein Kind. Bitte. Ich habe einen Brief geschrieben … im Schrank …« Tonia deutete leicht mit dem Kopf. »Schau rein.«

Rose kam der Aufforderung nach. Im Schrank lag ein Umschlag und sonst nichts.

»Falls du kommst. Darin steht, ob du dich um Miranda kümmern kannst. Eine Bitte von ihrer Mutter. Ja?«

Tonia sprach vor Schwäche sehr undeutlich, was nicht dazu beitrug, Roses Verwirrung zu verringern.

»Soll ich ihn aufmachen?«

Tonia nickte.

Der Brief war in schlechtem Englisch geschrieben, informierte den Leser aber, dass entweder David oder Rosa Delanski im Fall von Tonias Tod die Vormundschaft für Miranda Rosstoff bekommen sollte.

»Ich würde meine Kleine lieber umbringen, als sie alleinzulassen. Ich musste einsam an einem schrecklichen Ort aufwachsen. Keine Liebe, nur Hunger, Unglück.« Tränen liefen Tonia über die Wangen, die heftigen Gefühle verliehen ihr die Kraft zu sprechen.

Rose wollte es schier das Herz brechen, auch sie weinte.

»Ach, Tonia, warum hast du dich nicht früher bei uns gemeldet? Wenn wir das gewusst hätten, hätte ich …«

»Ich habe nichts von euch gewusst. Erst vor einem Jahr. Ich war im Gefängnis. Ich musste klauen und Männer haben, um Geld zum Essen zu kriegen – und da hat eine Sozialarbeiterin mich nach einer Familie gefragt. Ich sagte, ich habe keine. Da hat sie meine Akte von den Behörden angefordert, und darin war dein Brief. Ich habe geschrieben, aber keine Antwort bekommen. Da bin ich nach England gekommen, um euch zu finden. Dann bin ich schwanger geworden. Und krank. Dann mein Baby bekommen, und dann das.«

Tonia fiel das Atmen schwer.

»Schhh, ganz ruhig, Tonia. Du musst dich ausruhen.«

Tonia sah Rose aus ihren großen Augen an, Angst lag darin.

»Nein. Ich glaube, ich werde bald sterben. Ich habe so Angst … ach, lieber Gott, ich habe so Angst.«

Rose beugte sich vor und nahm die junge Frau in die Arme. Dabei spürte sie deren Zerbrechlichkeit und auch, wie ihre Lebenskräfte schwanden. Sie strich ihr übers Haar, ihre Tränen fielen auf Tonias Kopf. Noch nie hatte sie sich derart hilflos gefühlt. Noch nie hatten ihr die Folgen der Vergangenheit und die Vergeblichkeit des Lebens so klar vor Augen gestanden wie in diesem Moment.

»Jetzt bin ich hier, *kochana*, Rosa ist hier, und sie kümmert sich um dein Kind, das verspreche ich dir.«

Tonia löste sich aus ihren Armen und starrte Rose an, Erleichterung stand ihr ins Gesicht geschrieben. »Danke, dass du gekommen bist, bevor es zu spät war. Miranda wird eine Familie haben. Bitte hol die Schwester.«

Rose legte Tonias Kopf sacht aufs Kissen zurück und rief nach der Schwester, die den Korridor entlanggehastet kam.

»Was ist denn passiert?«, erkundigte sie sich besorgt.

»Ich weiß es nicht. Tonia hat gerade nach Ihnen gefragt.«

Die Schwester stellte sich neben Tonias Bett und beugte sich über ihre Patientin. Tonia flüsterte ihr eine ganze Weile etwas ins Ohr, kämpfte immer wieder gegen ihre Schwäche an. Schließlich nickte die Schwester und hob den Kopf.

»Ich glaube, sie möchte, dass ich verspreche, dass Sie ihr Kind mitnehmen sollen … dass Sie die einzige Verwandte sind, die sie hat.« Die Schwester atmete tief durch und ordnete ihre Gedanken. »Dass Sie ihre Mutter geliebt haben, und sie möchte, dass Sie Mirandas Mutter werden. Können Sie sie auf Polnisch fragen, ob ich sie auch richtig verstanden habe?«

Das tat Rose, und Tonia nickte. »Ja. Kein Waisenhaus, bitte, versprechen.«

Mittlerweile standen auch der Schwester Tränen in den Augen. »Dann hole ich Miranda jetzt, ja?«

Ein Lächeln erschien auf Tonias Gesicht, die Schwester verließ eilig das Zimmer.

Rose setzte sich wieder ans Bett und nahm erneut Tonias Hand in ihre. »Siehst du, *kochana*, alles wird gut. Mach dir keine Sorgen. Miranda ist gleich bei uns, und ich verspreche dir, sie wird mit mir das Krankenhaus verlassen. Ich werde sie lieben und mich um sie kümmern, als wäre sie mein eigenes Kind. Du sorg nur dafür, dass du wieder zu Kräften kommst.«

Die Schwester kehrte mit einem kleinen Wollbündel im Arm ins Zimmer zurück. Tonia bedeutete Rose, die Kleine zu nehmen.

Als Rose das Baby in den Arm gelegt wurde, entfuhr ihr unwillkürlich ein leiser Schrei.

»Sie ist wunderschön, oder?«, flüsterte Tonia und betrachtete die beiden.

»Ja. Wie ihre Mutter. Und ihre Großmutter.«

Die Schwester beobachtete, wie die sterbende Mutter die Finger ihres winzigen Babys hielt, das sie so tapfer einer anderen Frau anvertraute. Eine herzzerreißendere Szene hatte sie noch nie erlebt.

Tonia fielen die Augen zu.

»Sie sollten jetzt wohl besser gehen. Tonia ist erschöpft.«

Rose nickte.

»Auf Wiedersehen, Tonia. In zwei Stunden komme ich wieder, dann können wir uns noch ein bisschen unterhalten.«

Tonia streckte die Arme nach der Kleinen aus. Rose legte sie ihr auf die Brust, und Tonia drückte sie fest an sich.

»*Do widzenia, kochana*, leb wohl, mein Liebling.« Sacht küsste sie Miranda auf den Scheitel und gab das Baby wieder an Rose.

»Jetzt ist sie deine Tochter, Rosa. Ich danke dir von ganzem Herzen.«

»Sie sehen sie später noch mal, Herzchen«, sagte die Krankenschwester.

Rose gab Tonia einen Kuss.

»Leb wohl, Tonia. Ich werde mein Versprechen halten, das schwöre ich dir. Und jetzt ruh dich aus.«

Tonia nickte. Mit den Augen folgte sie Rose und ihrer Tochter aus dem Zimmer. Dann warf sie ihnen noch eine Kusshand zu, ließ sich aufs Kissen sinken und schloss die Augen.

Als Rose zwei Stunden später wieder ins Krankenhaus kam, standen der Schwester Tränen in den Augen. Traurig schüttelte sie den Kopf.

6

Saint-Tropez, März 1984

Rose schlug die Augen auf. Sie hatte sie geschlossen, um die Gegenwart auszublenden und sich in dieses triste Klinikzimmer zurückzuversetzen. Das Geschehen von damals hatte sich ihr unauslöschlich ins Gedächtnis geprägt, und sie wollte Miranda zumindest die letzten Worte ihrer leiblichen Mutter vor ihrem Tod wiedergeben.

Die junge Frau saß still da, während Rose weitersprach. Sie wollte die Geschichte zu Ende erzählen.

»Ich muss gestehen, dass es mir nicht gelungen ist, dich direkt mit nach Yorkshire zu nehmen, wie ich es Tonia versprochen hatte. Als diese liebe Krankenschwester und ich das Versprechen gaben, wussten wir beide, dass der Lauf der Welt oft ein anderer ist. Aber wenigstens konnte deine Mutter friedlich sterben, weil sie glaubte, dass du nicht das gleiche Schicksal wie sie erleiden musstest. Nach Tonias Tod wurdest du in die Obhut von Pflegeeltern gegeben. Ich habe sofort den Adoptionsantrag für dich gestellt. Aber weil ich nicht verheiratet war, wurde ich für ungeeignet erachtet und abgelehnt. Erst nach drei Jahren und etlichen gerichtlichen Anhörungen konnte ich dich mit nach Hause nehmen. Und diese Krankenschwester hielt ihr Versprechen. Durch ihre Aussage und Tonias Brief gab das Gericht meinem Adoptionsantrag endlich statt. Nie werde ich den Tag vergessen, als ich dich endlich in den Armen hielt und wusste, dass du nun zu mir gehörst.« Rose schluchzte auf. »Oh, Miranda, ich schwöre dir, dass ich dich geliebt habe wie meine eigene Tochter, und dennoch hattest du immer das Gefühl, Miles bedeute mir mehr. Um dir zu beweisen, wie sehr du mir am Herzen liegst, hätte ich dir manchmal so gern erzählt, wie verzweifelt ich um deine Adoption gekämpft habe.«

»Als ich Santos getötet habe – ich meine, Franzen –, wollte ich mich an ihm rächen für das, was er mir angetan hat.« Miranda starrte ins Leere, kreidebleich im Gesicht. »Und jetzt höre ich von dir, dass er womöglich mein Großvater war.«

Rose umarmte ihre Tochter. »Anya, deine Großmutter, wurde auch zu Intimitäten mit anderen SS-Offizieren gezwungen. Wir werden die Wahrheit niemals erfahren.«

»O Gott«, flüsterte Miranda.

Die beiden Frauen versanken lange in Schweigen, während sie die erschütternde Wahrheit zu verkraften versuchten.

Schließlich blickte Miranda auf und sah Rose an. »Er hatte den Tod verdient, nicht wahr?«

»Ja, Liebes. Ja, das hat er.«

»Er hat Chloe bedroht. Er hatte Fotos von ihr und gesagt, er würde ihr etwas antun, wenn ich versuchen würde, mit ihr Kontakt aufzunehmen. Ich … liebe sie … so sehr. Und er hat Ian getötet, den ich geliebt habe. Die letzten zwei Jahre hat er mich gefangen gehalten wie … ein Tier in einem Käfig, weil ich zu fliehen versucht hatte. Ich …« Miranda brach die Stimme.

»Er wusste, dass du meine Tochter warst, und hat das alles getan, um mir zu schaden. Und David. Franzen war ein zutiefst bösartiger Mann. Seine Grausamkeit endete nicht mit Treblinka, er hätte immer so weitergemacht. Aber du hättest niemals so leiden dürfen. Das war meine Schuld.«

Miranda schüttelte den Kopf. »Nein, war es nicht. Du hast mich vor einem Leben als Waise bewahrt. Hast mich aufgenommen und mir deine Liebe geschenkt. Ich werfe dir nichts vor.« Diese tröstlichen Worte rührten Rose zutiefst. »Ich habe Angst«, fuhr Miranda fort. »Werde ich ins Gefängnis kommen?«

»Nein, mein Liebes. David und seine Organisation sorgen dafür, dass das nicht geschehen wird. Die Behörden wissen nichts von deiner Anwesenheit in der Villa. David hat der französischen Polizei mitgeteilt, als er und der Butler morgens erwachten, sei Franzen verschwunden gewesen. Seine Leiche lag übel zugerichtet am Fuß der Klippen. Glaub mir, niemand wird den Fall weiterverfolgen. Zahllose Menschen haben Franzen den Tod gewünscht.«

»Aber man wollte ihn doch lebendig haben, damit er ausgeliefert und vor Gericht verurteilt werden konnte. Und ich habe diese jahrelange Planung ruiniert.«

»Meiner Ansicht nach ist es besser so. Ich jedenfalls hätte mich nicht imstande gefühlt, bei einem Prozess gegen ihn auszusagen. Allein der Gedanke, diesen Mann jemals wiederzusehen …« Rose schauderte.

»Er hat mich zu schrecklichen Dingen gezwungen. Ich … kann nicht darüber sprechen.« Miranda umklammerte Roses Arm.

»Ach, Liebes, ich habe Ähnliches erlitten. Und habe furchtbare Fehler gemacht. Ich habe das alles verdrängt, um zu überleben, aber der Schmerz ist immer noch da. Wir müssen einander jetzt beistehen, Miranda. Müssen beide versuchen, einen Neuanfang zu machen. Nicht nur für uns selbst, sondern vor allem für Chloe.«

»Wie ist sie inzwischen?«

Tränen glänzten in Roses Augen. »Wunderschön.«

»Ich sehne mich so danach, sie zu sehen. Aber ich habe schreckliche Angst, dass sie sich nicht mehr an mich erinnert.«

»Liebes, nicht ein Tag ist vergangen, an dem wir nicht von dir gesprochen haben. Du kannst dir gar nicht vorstellen, in was für einem entsetzlichen Zustand ich war, Miranda. Seit deinem Verschwinden habe ich kaum noch richtig geschlafen. Was ich alles befürchtet habe …«

Rose sah gequält aus, und als Miranda dieses Leid sah, drang ein Sonnenstrahl in ihre Seele und vertrieb das Gespinst aus Unsicherheit, Hass und Zorn. Miranda verstand jetzt, dass sie in ihrer Kindheit von Rose nur Geduld und Liebe erfahren hatte. Doch erst jetzt war es der jungen Frau möglich, das zu erkennen.

Erdrückende Schuldgefühle quälten sie, weil sie nicht nur ihrer eigenen Tochter, sondern auch Rose so viel Schmerz zugefügt hatte.

»Ich weiß, dass ihr eine schreckliche Zeit durchmachen musstet, Chloe und du, weil ich so egoistisch war. Aber ich glaube, dass ich ausreichend bestraft worden bin«, sagte Miranda unter Tränen, und Rose ergriff ihre Hand. »Ich habe mich in einen Mann verliebt, der weder reich noch schön war, und er wurde mir genommen. Durch ihn habe ich den wahren Wert des Lebens begriffen, und jetzt weiß ich, wie ich Chloe eine gute Mutter sein kann.« Miranda zögerte. »In den nächsten Monaten werde ich deine Hilfe brauchen.«

Rose breitete die Arme aus.

»Und ich die deine, Liebes. Ich die deine.«

Mutter und Tochter redeten die ganze Nacht hindurch, und erst als der Morgen dämmerte, erhob sich Miranda.

»Vor ein paar Tagen noch hatte ich das Gefühl, mein Leben wäre zu Ende. Aber du hast mir geholfen, Dinge über mich und meine Vergangenheit zu erkennen, die ich erst verstehen musste.« Miranda seufzte. »Jetzt bin ich schrecklich müde.«

»Leg dich schlafen, Liebes. Ich bin hier. Der Albtraum ist vorüber«, sagte Rose.

»Ja. Gute Nacht, Mutter. Ich liebe dich.«

Miranda ging hinaus und zog die Tür zum Wohnzimmer hinter sich zu.

Rose hing noch eine Zeit lang ihren Gedanken nach. Dann trat sie auf die Terrasse und sah zu, wie die aufgehende Sonne einen neuen Tag ankündigte.

Es gab jetzt so vieles, über das Rose ebenso ausführlich nachdenken musste wie Miranda.

»Wie hat sie die Nachricht aufgenommen, dass Franzen ihr Großvater gewesen sein könnte?« Sachte legte sich eine Hand auf Roses Schulter.

»Nun, was sollte sie dazu sagen? Das ist eine grauenhafte Vorstellung. Aber Miranda hat schon viel Schlimmes durchgemacht. Es lief so weit gut. Sie muss jetzt so vieles auf einmal verstehen lernen. Es ist nicht gerecht, dass Geschichte sich wiederholt.«

David seufzte auf. »Wir sind nicht auf der Welt, um das zu hinterfragen. Je älter ich werde, desto mehr glaube ich, dass unser Schicksal schon bestimmt ist, bevor wir unseren ersten Atemzug machen.« Er hielt inne. »Du hast mir gefehlt, Rose. Es tut mir leid, dass ich dich gemieden habe. Das hätte ich niemals tun dürfen …«

Rose rückte von ihm ab.

»Miranda und ich werden so bald wie möglich nach Yorkshire zurückkehren.«

»Bitte, Rose. Bleibt noch ein wenig länger. Miranda braucht doch gewiss noch Zeit, um sich an alles zu gewöhnen, oder? Hast du ihr erklärt, wer Miles ist?«

Rose schluckte mühsam. »Nein. Das habe ich nicht über mich gebracht.«

David nickte. »Verstehe. Vielleicht kann ich dir dabei helfen.« Rose hätte beinahe aufgelacht. Ihr Sohn war schließlich der Grund gewesen, warum David vor so vielen Jahren den Kontakt zu ihr abgebrochen hatte. »Und ich möchte auch noch mit dir über etwas sprechen«, fügte David hinzu.

»Worüber?«

»Über Brett. Ich habe genauso versucht, ihn zu schützen, wie du es mit deinen Kindern getan hast. Er weiß nichts über die Vergangenheit. Oh, Rose, ich fürchte, ich war ein furchtbar schlechter Vater … Ich habe Brett nur um meiner selbst willen davon abgehalten, sein künstlerisches Talent zu nutzen, weil ich nicht damit zurechtkam. Aber das muss ich jetzt wiedergutmachen. Ich will dafür sorgen, dass meine Vergangenheit nicht länger der Zukunft meines Sohnes schadet. Und dafür brauche ich deine Hilfe.«

»Wie meinst du das?«

»Ich habe da so eine Idee …«

7

Der Industrielle Frank Santos, der während eines Kurzurlaubs in seiner Villa in Südfrankreich als vermisst gemeldet wurde, ist mutmaßlich unter Alkoholeinfluss von einer Klippe gestürzt. Seine Leiche wurde gefunden, die französische Polizei geht nicht von Fremdverschulden aus. Meldung wurde erstattet von David Cooper, einem Geschäftspartner und engen Freund, der außer dem Butler die einzige Person war, die sich in der Villa von Santos aufhielt. Obwohl Frank Santos auf der ganzen Welt Unternehmen besaß, mied er die Öffentlichkeit und lebte zurückgezogen in ...

Brett las den Bericht frühmorgens, bevor er von seinem Apartment zum Kennedy-Flughafen aufbrach, und fand ihn sehr verwirrend. Am Vorabend hatte sein Vater angerufen und gesagt, Brett solle den nächsten Flug nach Nizza nehmen, wo sie sich treffen würden.

Als Brett elf Stunden später aus dem Ankunftsbereich trat, wurde er von David erwartet, der mit Freizeithose und Sonnenbrille sehr lässig wirkte.

»Hallo, Brett.« Sein Vater legte ihm den Arm um die Schultern. »Danke, dass du so schnell hergekommen bist. Beeilen wir uns, ja? Wir treffen Rose und Miranda in Saint-Tropez zum Abendessen.«

»Rose und Miranda? Warum?«

David ging schnellen Schrittes zu seinem gemieteten Mercedes, verstaute Bretts Reisetasche im Kofferraum und stieg ein. Dann startete er den Motor, und die beiden verließen das Flughafengelände.

»Ich habe etwa zwei Stunden Zeit, Brett, um dich in alles einzuweihen. Und muss dir sagen, dass ich mich schrecklich fühle, weil ich dir das alles so lange vorenthalten habe. Weil ich so ein schlechter Vater für dich war und nie auf das gehört habe, was du mir sagen wolltest.«

Er konzentrierte sich auf ein kniffliges Abbiegemanöver, während Brett ihn mit offenem Mund anstarrte.

Dann sprach sein Vater in ruhigem Tonfall weiter.

»Etliche Dinge sind gerade passiert, über die du Bescheid wissen sollst. Ich beginne ganz am Anfang und schlage vor, dass du dir erst alles anhörst und Fragen danach stellst. Du wirst schockiert, verblüfft und angewidert sein, aber ich möchte ab jetzt nichts mehr vor dir verheimlichen.«

Und während sie an der malerischen Küste Südfrankreichs entlangfuhren, erzählte David seine Geschichte, beginnend in Polen, endend vor wenigen Tagen in Santos' Villa.

»Ich weiß, das ist furchtbar viel auf einmal, aber ich dachte mir, es muss jetzt alles raus. Du hast bestimmt viele Fragen, und ich werde mein Bestes geben, sie alle zu beantworten.«

»Oh, Dad.« Brett war tief erschüttert. »Warum hast du mir das alles nie erzählt? Hätte ich es doch nur gewusst. Es hätte mir geholfen, weißt du? Du hättest das nicht alles allein tragen sollen. Es tut mir leid, falls ich jetzt vielleicht unangemessen reagiere. Aber das sind wirklich überwältigende Enthüllungen … die ja auch mein Leben betreffen. Du hättest mich nicht schützen sollen. Ich hatte ein Recht darauf, über meine Herkunft Bescheid zu wissen.«

»Das ist mir inzwischen auch bewusst. Aber hätte ich mich dir offenbart, hätte ich nie alles hinter mir lassen können. Dann wäre die Vergangenheit Teil meiner Zukunft geworden. Und deiner.«

»Aber jetzt ist es trotzdem so, Dad. Weil das dein Leben massiv beeinflusst hat. Und damit auch meines … und das von Mum«, sagte Brett traurig.

»Ich habe getan, was ich für richtig hielt, für uns alle. Vielleicht aber war das falsch. Ich bedauere es sehr, dass ich so blind war, Brett. Und es ist schwer zu erklären, wie ich mich gefühlt habe. Ich …« David schüttelte den Kopf.

»Versuch es, Dad. Ich verstehe vielleicht alles besser, als du glaubst.«

»Okay.« David überlegte einen Moment. »Ich war regelrecht besessen davon, Geld zu verdienen. Weil Geld frei von Emotionen ist und doch zugleich so machtvoll. Indem ich mich darauf konzentrierte, ist es mir gelungen, den Hass und die anderen belastenden Gefühle aus meiner Vergangenheit zu verdrängen. Sie konnten mir nichts mehr anhaben. Ich hatte sie im Griff und konnte mich sicher fühlen.« Er atmete aus. »Und ich beherrschte das sehr gut.«

»Arme Mum«, flüsterte Brett vor sich hin.

»Ja.«

»Hast du sie geliebt?«

»Wie?« David war in Gedanken vertieft.

»Hast du Mum geliebt?«

»Ja, Brett. Und wie du auch hat sie sich sehr bemüht, zu mir durchzudringen. Es war einzig und allein meine Schuld, dass ihr das nicht geglückt ist.« David wollte das nicht vertiefen und wechselte das Thema. »Hör zu, ich habe dich hergebeten, um dir das alles zu erzählen, aber auch noch aus einem anderen Grund. Wie wohl fühlst du dich bei Cooper Industries?«

Brett zuckte mit den Schultern. »Die Arbeit macht mir Spaß.«

David warf seinem Sohn einen Seitenblick zu. »Ich war ehrlich zu dir, Brett. Also sei du bitte jetzt auch ehrlich zu mir.«

»Also gut, Dad«, sagte Brett gedehnt. »Am Anfang habe ich es gehasst. Ich war wütend, weil du ignoriert hast, was ich wirklich machen wollte in meinem Leben, und weil du stillschweigend davon ausgegangen bist, dass ich dein Nachfolger sein werde. Mein Geschäftssinn war noch nie so brillant wie deiner und wird es auch niemals werden. Ich finde es nicht berauschend, gigantische Deals abzuschließen. Aber im Lauf der Jahre bin ich wohl zumindest besser darin geworden.« Brett spielte am Fensterheber herum. »Ich habe mich angepasst und versucht, meine Träume von einem Leben als Künstler zu vergessen. Bin ich glücklich? Nein, eigentlich nicht, muss ich zugeben. Aber dabei schäme ich mich, weil es Millionen arme Menschen gibt, die sicher liebend gern mit mir tauschen würden.«

»Hmm«, kam es nachdenklich von David. »Und hauptsächlich bin ich daran schuld, Brett. Wärst du arm, hätte sich niemand daran gestört, wenn du nach Frankreich gezogen wärst, um dort für den Rest deines Lebens Maler zu sein. Eine reiche Familie zu haben, hat dich also gehemmt, nicht gefördert.«

Brett nickte langsam. »Das kann schon sein, ja.« Er blickte über die Wellen des Mittelmeers, die an die Côte d'Azur gischteten. »Eine letzte Frage habe ich. Hast du Rose auch deshalb so lange nicht gesehen, weil du die Vergangenheit vergessen wolltest?«

Genau vor dieser Frage hatte David sich gefürchtet, aber er war vorbereitet.

»Zum Teil. Wir hatten einen … schlimmen Streit über etwas. Und waren beide zu stolz, um uns zu entschuldigen. Zu dumm, genauer gesagt. Achtundzwanzig Jahre haben wir deshalb vergeudet. Aber jetzt ist alles gut. Und da wir gerade davon sprechen: Deine Tante Rose und ich haben zusammen einen Plan für dich ausgeheckt, den ich voll und ganz unterstütze.« David hielt an, ergriff Bretts Hand und drückte sie. »Verzeih mir bitte, mein Sohn. Ich hoffe, ich kann das alles wiedergutmachen.«

Brett bemerkte Tränen in den Augen seines Vaters.

Der Moment war rasch verflogen, als David hastig ausstieg. Aber zum ersten Mal in seinem Leben hatte Brett erlebt, dass sein Vater ihm seine Gefühle offenbarte.

»So haben wir uns das also gedacht. Was hältst du davon?« Roses Augen funkelten erwartungsvoll.

Das Restaurant direkt an der Uferpromenade war leer, die ersten Touristen würden erst im April eintreffen, wenn das Wetter besser wurde. Rose hatte die beiden Männer erwartet und bereits eine Flasche Weißwein bestellt.

Brett war überwältigt von dem, was seine Tante ihm gerade vorgeschlagen hatte, und sah nervös zu seinem Vater.

David schenkte ihm ein Lächeln. »Brett, ich habe dir doch vorhin erst gesagt, dass ich den Plan voll und ganz unterstütze. Falls es schiefgeht, gibt es ohnehin immer eine Stelle bei Cooper Industries für dich.«

»Wir dachten uns, so kannst du am besten herausfinden, was du wirklich möchtest«, fuhr Rose fort. »Du hast keinen Druck, und anstatt sofort Kunst zu studieren, kannst du dich erst einmal in deinem eigenen Tempo entwickeln.«

»Und hast eine exzellente Lehrerin, die dich unterrichten und fördern kann.« David lächelte. »Und? Was sagst du dazu?«

Brett schaute zwischen den beiden hin und her. Er konnte es noch immer nicht fassen. Rose hatte vorgeschlagen, dass er mit nach England kommen und einige Monate mit ihr zusammen in ihrem Atelier arbeiten sollte. Danach konnte er entscheiden, ob er diese Laufbahn einschlagen und Kunst studieren oder ob er zu Cooper Industries zurückkehren wollte.

»Ich … aber, Dad … Ich kann doch nicht einfach aus dem Unternehmen verschwinden und dich im Stich lassen?«

»Wir werden schon irgendwie zurechtkommen«, antwortete David mit einem Schmunzeln. »Aber das hattest du dir doch immer gewünscht, oder?«

»Also … ja. O Gott, ja!« Brett lachte auf.

»Miranda und ich fliegen in einer Woche nach England zurück«, sagte Rose. »Wir wollen noch ein bisschen Zeit für uns haben, bevor wir nach Yorkshire und zu Chloe zurückkehren, Mirandas Töchterchen. Danach bist du jederzeit willkommen.«

»Na ja, ich muss bei der Arbeit erst noch einiges regeln, aber …«

David wischte die Einwände mit einer Handbewegung vom Tisch. »Nichts, was wir nicht allein hinbekommen.«

Brett klatschte in die Hände. »Also gut. Dann sage ich zu!« Seine Augen leuchteten, und er sah aus, als wäre ihm eine enorme Last von den Schultern gefallen.

»Entschuldige, dass das Angebot so spät kommt«, sagte David reumütig. »Ich verstehe selbst nicht, wie ich das Talent meines Sohnes – und das noch bei seiner Vorgeschichte – so lange ignorieren konnte.«

»Moment mal, Dad. Seit Jahren habe ich keinen Pinsel mehr angerührt. Ich weiß gar nicht, ob ich überhaupt noch etwas zustande bringe.«

»Das wird auf jeden Fall so sein, Brett«, versicherte ihm Rose. »Ich hatte zwanzig Jahre lang nicht mehr gemalt. Man verlernt es nie.«

Brett war gespannt darauf, seine Tante und seinen Vater zusammen zu erleben. Eine große Nähe und Herzlichkeit war jetzt zwischen den beiden zu spüren, als hätte es das Zerwürfnis nie gegeben, das sie so lange voneinander getrennt hatte. Er war überglücklich. Zum ersten Mal in seinem Leben hatte Brett das Gefühl, einer harmonischen Familie anzugehören.

Jemand erschien draußen und spähte durch die Fensterscheibe.

»Miranda! Hier!« David winkte.

Als sie ihn entdeckte, lächelte sie scheu und kam herein. David stand auf und stellte ihr einen Stuhl zurecht.

Brett sah die dunkelhaarige, schmale junge Frau erstaunt an. Er hätte Miranda kaum wiedererkannt. David hatte berichtet, dass sie eine furchtbare Zeit hinter sich hatte. Aber sie sah so erschreckend verändert aus, dass Brett keinen Groll mehr, sondern nur noch Mitgefühl empfand. »Hallo, Miranda. Wie geht's dir?«, fragte er sanft.

Sie sah ihn nervös an. »Ich … besser, danke.«

»Gut zu hören. Ich kann gar nicht ermessen, was du alles durchmachen musstest. Du bist ein unglaublich mutiger Mensch, finde ich.« Miranda schien es die Sprache zu verschlagen. »Übrigens sieht es ganz danach aus, als würde ich in einer Woche mit euch nach England kommen. Du freust dich bestimmt schon sehr auf deine kleine Tochter«, fügte er freundlich hinzu.

Mirandas Augen leuchteten auf, ihr Gesicht entspannte sich. Als sie Brett jetzt ansah, lag große Dankbarkeit in ihrem Blick.

»Ja«, sagte sie schlicht.

Wie sehr sie sich doch wünschte, dass Brett der Vater ihres Kindes wäre.

8

Rose kamen beinahe die Tränen, als sie sah, wie nervös Miranda an ihren Mantelknöpfen herumspielte, während das Taxi den Hügel hinauf zum Farmhaus fuhr. Ihre Tochter ergriff ihre Hand und umklammerte sie fest.

»Und wenn sie sich gar nicht an mich erinnert? Ich sehe doch so anders aus.«

»Sie wird sich erinnern«, versicherte ihr Rose mit einer Zuversicht, die sie keineswegs empfand.

Als sie ankamen, sagte Brett, er werde den Fahrer bezahlen und sich um das Gepäck kümmern.

Während sie zum Haus gingen, hielt Miranda immer noch die Hand ihrer Mutter fest.

Bevor Rose aufschließen konnte, öffnete sich die Tür, und Mrs Thompson erschien.

»Ist alles in Ordnung, Doreen? Mit Chloe?«, fragte Rose so ruhig wie möglich.

»Chloe geht's gut«, antwortete Mrs Thompson. »Schau, Schätzchen. Ich hab dir doch erzählt, dass deine Mummy heute nach Hause kommt, nicht wahr?«

Ein wunderhübsches siebenjähriges Mädchen trat schüchtern hinter Mrs Thompson hervor und blickte scheu zu den beiden Frauen auf. Einen furchtbaren Moment lang fürchtete Rose, die Kleine werde auf sie zurennen.

»Hallo, Großmama.« Chloe strahlte.

Dann richtete sie den Blick auf Miranda, die stocksteif dastand und ihre Tochter anstarrte.

»Hallo, Mummy«, sagte Chloe und streckte die Ärmchen aus.

Mit einem Aufschrei riss Miranda ihre Tochter in ihre Arme und drückte sie fest an sich.

Die beiden älteren Frauen bekamen feuchte Augen, während sie die Szene beobachteten. Rose spürte eine Hand auf ihrer Schulter und drehte sich um. Auch Bretts Augen glänzten, und sie sahen alle drei zu, wie Miranda ihr Kind ins Wohnzimmer trug.

»Oh, mein Liebling, mein Schatz«, schluchzte sie. »Mummy ist jetzt wieder zu Hause. Mummy ist zu Hause.«

9

Beim Aufwachen sah Leah, dass Sonnenlicht durch einen Spalt im Vorhang fiel. Sie stand auf und öffnete die Fenster. Es war ein strahlender Aprilmorgen, und sie fühlte sich froh und heiter.

Sie hatte auch allen Grund, fröhlich zu sein. Schon seit drei Wochen war sie über den gefährlichen Zeitpunkt hinweg und fühlte sich wohl. Ihr Gynäkologe hatte ihr versichert, dem Baby gehe es gut, und es gebe keinerlei Grund, warum sie das Kind diesmal nicht problemlos zur Welt bringen könnte.

Beim Aufstehen hatte sie einen leichten Schmerz in der Seite gespürt, ignorierte ihn aber. Leah wusste, dass hier und da ein Zwicken völlig normal war. Es ließ auch schnell nach, und sie beschloss, nach nebenan ins Kinderzimmer zu gehen. Das hatte sie seit vier Monaten nicht getan aus Furcht, damit Unheil heraufzubeschwören. Doch heute fühlte sie sich entspannt und hoffnungsvoll.

Das Kinderzimmer hatten sie vor zwei Jahren eingerichtet, als Leah zum ersten Mal schwanger gewesen war. Die Wiege war mit Tüchern abgedeckt, die Leah jetzt entfernte, der Schrank war angefüllt mit teurer Kinderkleidung.

»Du wirst so ein glückliches Kind sein«, sagte sie zu dem kleinen Wesen in ihrem Bauch.

Dann ging Leah wieder hinaus, um zu duschen.

Als sie sich im Wintergarten zum Frühstück niederließ, machte sie sich mit großem Appetit über Croissants, Orangensaft und Obstsalat her. Nebenbei sah sie die Post durch. Drei Briefe waren heute für sie gekommen, von denen sie zwei auf den ersten Blick als Schreiben von Wohltätigkeitsorganisationen identifizierte. Die Handschrift auf dem dritten war ihr unbekannt.

Sie öffnete ihn und keuchte entsetzt, als sie den Inhalt sah.

Es war ein Foto von ihr in einem von Carlos Kleidern, aufgenommen bei den Frühlingsmodenschauen in Mailand. Das Bild war aus der Aprilausgabe der *Vogue* von vor vier Jahren herausgerissen worden.

Und ihr Gesicht war kreuz und quer mit einer Klinge zerschlitzt.

Leah hielt das Foto in den zitternden Händen und konnte den Blick nicht davon wenden.

Sie sah nach, ob sich noch etwas in dem Umschlag befand, aber er war leer.

»O mein Gott«, hauchte sie.

Carlo.

Es war zu still gewesen um ihn. Seit zwei Jahren hatte sie kein Wort mehr von ihm gehört. Aber ihr waren Gerüchte zu Ohren gekommen, dass es mit seinem Modelabel steil bergab gegangen war, nachdem sie nicht mehr für ihn gearbeitet hatte.

Leah zuckte zusammen, als sie ein starkes Stechen in der Seite spürte. Anspannung. Sie durfte sich nicht aufregen oder erschrecken lassen. Am besten war es sicher, gleich Anthony anzurufen. Er würde wissen, was zu tun war.

Sie stand auf und ging durchs Wohnzimmer zum Telefon.

Ein Schmerz durchfuhr sie so heftig, dass sie sich krümmte.

»Nein! O nein!«

Betty, die Haushälterin, kam hereingestürzt, als sie die Schreie hörte, und fand Leah mit schmerzverzerrtem Gesicht am Boden vor.

»Rufen Sie einen Krankenwagen, Betty! Und Anthony. Ich verliere das Baby. Nein!«, stöhnte Leah noch, bevor sie ohnmächtig wurde.

10

Leah sank auf ihre Kissen zurück. Das Frühstück hatte sie kaum angerührt, das Betty ihr auf einem Tablett serviert hatte. Seit Leah vor einer Woche nach Hause zurückgekehrt war, hatte sie keinen Appetit mehr.

Anthony hatte vorgeschlagen, dass sie nach Woodstock fliegen sollten, um in dem Haus zu sein, in dem sie ihre schönsten Weihnachten verbracht hatten. Leah hatte nur mit den Schultern gezuckt und erwidert, wenn er das wolle, sei es ihr recht.

Er drängte sie, Dr. Simons aufzusuchen, einen Psychiater, aber Leah wollte sich nicht sagen lassen, dass sie depressiv sei. Das wusste sie bereits.

Eine Träne rann ihr aus dem Auge, als sie an das kleine Wesen dachte, das sie in fünf Monaten hätte im Arm halten sollen. Über diese Gedanken wollte sie nicht mehr sprechen.

Apathisch öffnete sie die Post.

In der sie erneut ein zerschlitztes Foto von sich vorfand, diesmal aus Carlos Herbstkollektion ein Jahr später.

Leah unterdrückte ein Schluchzen, knüllte das Bild zusammen und warf es in den Papierkorb. Sie wusste, dass sie Anthony darüber informieren sollte. Aber sie fühlte sich nicht imstande, mit der Polizei zu sprechen oder mit irgendwelchen Drohungen umzugehen.

Im Augenblick war es ihr vollkommen gleichgültig, ob sie sterben würde.

Nachdem Betty das Schlafzimmer aufgeräumt hatte, brachte sie das zerknüllte Foto zu Anthony.

»Ich glaube, Sie sollten das sehen, Sir.« Betty mochte die junge Frau sehr gern, die so liebenswürdig zu ihr und den anderen Hausangestellten war, und machte sich ebensolche Sorgen um ihren Gemütszustand wie Anthony.

Er seufzte tief, als er das furchtbar zugerichtete Bild in Händen hielt.

»Großer Gott!«

»Ich habe es nach dem Frühstück im Papierkorb gefunden, Sir. Sie könnte es mit dem Obstmesser gemacht haben.«

»Vielen Dank, dass Sie mir das gebracht haben, Betty.«

»Keine Ursache. Ich mache mir Sorgen um Madam. Dieses wunderschöne Bild von ihr, es sieht aus, als ob …«

»Ja, Betty. Danke.«

»Gerne, Sir. Madam wird in wenigen Minuten hier sein. Ihr Gepäck wird gerade heruntergebracht.«

Die Haushälterin ging hinaus.

Anthony faltete das Bild zusammen und steckte es in die Tasche. Es war nicht der richtige Zeitpunkt, um sich damit zu beschäftigen. Vielleicht konnte er mit Leah darüber sprechen, nachdem sie sich in Woodstock ein paar Tage entspannt hatten.

Leah trat ins Wohnzimmer. Sie sah dünn und blass, aber dennoch wunderschön aus in einem Hosenanzug aus weicher Wolle von Donna Karan.

»Ah.« Anthony ging zu ihr und küsste sie auf die Wange. »Bezaubernd wie immer. Bist du bereit zum Aufbruch, Liebste?«

Leah nickte stumm.

»Dann komm. Wir wollen ja unseren Flug nicht versäumen, oder?«

Sie schüttelte den Kopf.

»Ich verspreche dir, dass dir diese paar Tage guttun werden. Du liebst das Haus, und wir müssen nicht mal rausgehen, wenn du nicht möchtest. Könntest du mir vielleicht ein winziges Lächeln schenken, meine Liebste?«

Der Versuch misslang gründlich.

»Oje.« Anthony schmunzelte. »Na gut, komm, lass uns aufbrechen.«

Er geleitete sie hinaus, und fünf Minuten später saßen sie im Auto zum Flughafen.

Anthony stellte das Tablett mit Orangensaft, Kaffee und Croissants ans Fußende des Betts.

»Wie geht es dir heute Morgen?«

»Ganz okay.« Leahs Stimme klang dumpf.

»Soll ich die Vorhänge öffnen? Es ist ein strahlender Tag.«

»Wenn du willst.«

Anthony seufzte, traurig und frustriert. Er war verletzt, weil Leah seit der Ankunft auf getrennten Schlafzimmern bestanden hatte. Natürlich hatte er eingewilligt. Schließlich konnte er die körperlichen und emotionalen Belastungen kaum einschätzen, denen seine geliebte Frau jetzt ausgesetzt war. Er hatte allerdings inständig gehofft, dass Leah nach ein paar Tagen Ruhe und Entspannung in das gemeinsame Schlafzimmer zurückkehren würde.

Was jedoch bisher nicht der Fall war. Tagtäglich machte er Vorschläge für Ausflüge an schöne Orte und in Restaurants, die Leah immer geliebt hatte, aber sie reagierte kaum darauf. Er wollte für sie da sein, aber sie schien sogar seine Unterstützung abzulehnen. Leah wirkte, als wäre sie meilenweit entfernt, und nun weigerte sie sich auch noch, das Bett mit ihm zu teilen.

Es kam ihm vor, als wäre das der Anfang vom Ende.

Anthony sagte sich immer wieder, es sei nur eine Depression, eine Krise, die vorübergehen würde, und gewiss hätten sich Leahs Gefühle für ihn nicht verändert. Doch nachdem sie ihm Tag für Tag die kalte Schulter zeigte, fiel es ihm zunehmend schwerer, diese Zuversicht aufrechtzuerhalten.

Trotzdem war ihm bewusst, dass er nicht aufgeben durfte. Andernfalls würde er Leah verlieren, davon war er überzeugt.

Jetzt holte er tief Luft, um sich gegen ihre Kühle zu wappnen, und zog die Vorhänge auf.

»So. Schau dir diese Pracht an.«

Sonnenlicht flutete ins Zimmer, und er setzte sich ans Bett. »Gibt es etwas, das du heute gerne unternehmen würdest, Liebling?«

Leah richtete sich langsam auf, strich ihr Haar aus dem Gesicht und beschattete ihre Augen gegen das helle Licht.

Anthony fand sie so schön wie nie zuvor.

»Mir fällt nichts ein«, antwortete sie mit einem Schulterzucken.

»Ich dachte mir, wir könnten doch nach Woodstock reinfahren, der kleinen Boutique, die du so magst, einen Besuch abstatten und danach im Woodstock Inn zu Mittag essen. Was hältst du davon?«

»Ich würde lieber hierbleiben, offen gestanden. Aber wenn du das machen möchtest, dann …«

Etwas in Anthony zerbrach. Er stand auf.

»In Ordnung, Leah. Bleib du ruhig hier und bemitleide dich selbst. Weißt du, die meisten Frauen …« Er unterbrach sich, als er ihr Gesicht sah. Ihre Miene hatte sich nicht verändert. Anthony fuhr sich zerstreut durchs Haar. »Hör mal, es tut mir leid. Ich gebe mein Bestes, um zu verstehen, wie du dich fühlst, aber … Ich mache einen Spaziergang. Bin bald zurück.«

Leah sah Anthony nach, als er hinausging. Sie wusste, dass sie jetzt irgendetwas empfinden sollte, aber da war nichts. Nur dieser ständige schmerzhafte Zustand von Betäubtheit, der sie daran hinderte zu reagieren, ganz als hätte die Realität selbst Leah aufgegeben.

Als sie das Türknallen hörte, war ihr klar, dass sie jetzt wohl Anlass zur Besorgnis hatte.

Anthony stürmte aus dem Haus und ging die lange Zufahrt entlang. Er machte sich Vorwürfe, weil er abermals zur Sprache gebracht hatte, dass er so gern ein Kind mit Leah hätte. Er liebte Leah abgöttisch, und obwohl ein gemeinsames Kind ihre Beziehung gefestigt hätte, war er jetzt unsicher, ob Leah es nicht bereute, einen älteren Mann geheiratet zu haben.

Er hatte inständig für sie gehofft, dass sie das Kind diesmal austragen könnte, und war am Boden zerstört, als es erneut nicht gelang.

Der Arzt hatte Anthony immer wieder aufs Neue erklärt, dass es klinische Gründe gab für die Persönlichkeitsveränderung, dass Leah selbst kaum Einfluss nehmen konnte auf ihre psychische Verfassung. Und Anthony war auch immer wieder eindringlich gebeten worden, Geduld und Verständnis zu zeigen. Aber er war auch nur ein Mensch. Die Entfremdung hatte bereits nach der ersten Fehlgeburt begonnen, und Anthony sehnte sich nach der Rückkehr der strahlenden, lebhaften jungen Frau, die er geheiratet hatte.

Manchmal fragte er sich, ob sie vielleicht gelangweilt war und sich deshalb so sehr auf ein Kind versteift hatte. Leahs wacher, forschender Geist war gewiss unterfordert mit dem Alltag als Gattin eines Geschäftsmanns, vor allem nach dem umtriebigen Leben, das sie früher geführt hatte. Er hatte sie oft gefragt, ob sie nicht wieder als Model arbeiten oder einen anderen Berufsweg einschlagen wolle, um ihre Intelligenz zum Einsatz zu bringen. Doch Leah hatte sich rundweg geweigert.

Während Anthony die von hohen alten Bäumen gesäumte Allee entlangging und den Kuckucksrufen lauschte, sann er wieder einmal darüber nach, warum Leah sich so überstürzt entschieden hatte, ihn zu heiraten. Damals war er so überglücklich gewesen, dass er nicht länger darüber nachgedacht hatte. Doch jetzt, während ihre Beziehung sich dramatisch verschlechterte, musste er sich ernsthaft fragen, ob Leah ihn jemals wirklich geliebt hatte.

Er hatte Angst. Leah zu verlieren, wäre ein Albtraum, den er nicht verkraften könnte. Ein Abgrund tat sich zwischen ihnen auf, und Anthony hatte keine Ahnung mehr, wie er das verhindern konnte.

Später saßen sie gemeinsam auf der Terrasse. Anthony hatte sich nach seiner Rückkehr ausgiebig entschuldigt, und Leah hatte sich bemüht, freundlich zu sein.

Anthony stand auf und ging zu ihr. »Wie wäre es denn mit einem romantischen Dinner in einem schönen Restaurant? Du könntest das neue Christian-Dior-Kleid tragen, das ich dir letzte Woche geschenkt habe. Hättest du Lust darauf, Liebste?« Er legte den Arm um Leah und küsste sie leicht auf die Wange.

Sie rückte ein Stück von ihm ab und schüttelte den Kopf. »Ich bin zu müde. Aber geh du ruhig, ich lege mich lieber hin.«

Sie ging ins Haus. Anthony fröstelte unwillkürlich in der warmen Mailuft. Mit einem tiefen Seufzer griff er nach der *New York Times* auf dem Tisch, um sich abzulenken.

Als er die Seite vierzehn aufschlug, blickte er auf ein Foto von Maria Malgasa. Es stammte aus der Zeit, als sie auf dem Gipfel ihrer Karriere stand, und sie sah umwerfend glamourös aus in einem von Carlo Porsellis eleganten Kleidern.

Anthony las den Text unter dem Bild.

Maria Malgasa, Mitte der Siebzigerjahre bekannt als das höchstbezahlte Model der Welt, wurde erwürgt in einem Hotelzimmer in Mailand aufgefunden, wo sie sich zu einem Fotoshooting für *Vanity Fair* aufhielt. Das Team entdeckte ihre Leiche, nachdem sie nicht zum Rückflug nach New York erschienen war. Ihr langjähriger Liebhaber Carlo Porselli unterstützt die Polizei bei den Ermittlungen. Einzelheiten sind noch unklar, aber es scheint Hinweise darauf zu geben, dass Maria Malgasa vor ihrem Tod Geschlechtsverkehr hatte.

Später zeigte Anthony den Bericht Leah.

»Du kanntest sie, oder?«

Leah nickte, während sie das Foto betrachtete. Sie war kreidebleich geworden.

»O … mein Gott. Anthony, in meiner Post waren Zeitschriftenfotos, die zerschlitzt worden sind.«

»Ach, Liebling, und wir haben geglaubt, das hättest du selbst getan … An dem Tag, als du die Fehlgeburt hattest, haben wir das eine Bild gefunden. Und Betty hatte hier ein weiteres aus dem Papierkorb geholt.«

Leah schüttelte fassungslos den Kopf. »Auf diesen Fotos trage ich immer Kleider von Carlo bei seinen Schauen. Der Poststempel war aus Mailand. Wenn er Fotos von mir so zurichtet, hältst du es da nicht für möglich, dass er … Maria?« Leah brachte die Worte nicht über die Lippen.

»Ich weiß es nicht. Aber ich rufe jetzt sofort die Polizei an.«

11

»*Per favore,* glauben Sie mir. Ich habe Maria zum letzten Mal direkt nach dem Abendessen gesehen. Sie sagte, sie sei müde und wolle früh zu Bett gehen.« Carlo fuhr sich durch das wirre Haar, während er den Polizisten auf der anderen Seite des Schreibtischs ansah.

»Aber, Signor Porselli, wir haben Ihre Fingerabdrücke auf den persönlichen Dingen und im gesamten Zimmer gefunden.«

»Aber das habe ich Ihnen doch schon erklärt!« Carlo schlug erbost mit der Faust auf den Tisch. »Maria und ich hatten Sex *vor* dem gemeinsamen Abendessen, nicht *danach*. Ich habe ihr am Aufzug im Hotel eine gute Nacht gewünscht und bin allein in meine Wohnung zurückgefahren.«

»Nur leider kann das niemand von der Hotelrezeption bestätigen«, erwiderte der Polizist. »Der Nachtportier schwört, dass er einen dunkelhaarigen Mann, auf den Ihre Beschreibung passt, gesehen hat, wie er Miss Malgasa auf ihr Zimmer begleitete, eine Viertelstunde, nachdem Sie angeblich bereits gegangen waren. Und um halb fünf Uhr morgens sah der Nachtportier denselben Mann das Hotel verlassen.«

Carlo seufzte tief. »Ich habe keine Ahnung, wer dieser Mann gewesen sein soll. Ich war es jedenfalls nicht. Ich habe Maria geliebt! Sie war mein Topmodel! Warum sollte ich sie umbringen? Außerdem wurde ich noch nie der Gewalttätigkeit bezichtigt, oder? Fragen Sie doch die Models, mit denen ich seit vielen Jahren zusammenarbeite.«

»Das haben wir getan, Signor Porselli.« Der Polizist schob eine Klarsichthülle über den Tisch. »Sehen Sie sich das bitte an.«

»O nein! Das ist ja *nauseante*! Wie abscheulich!«

»Das finden wir auch. Und ebenfalls Mrs van Schiele, die diese Bilder per Post erhalten hat. Der letzte Brief war in Mailand abgestempelt.«

Carlo machte Anstalten, etwas zu erwidern, besann sich dann aber anders. Der Miene des Polizisten war anzusehen, dass er Carlo beider Verbrechen für schuldig hielt.

»Sollte sie Ihr nächstes Opfer werden, Signor Porselli?«

Carlo spürte, wie ihm vor Empörung und Selbstmitleid Tränen in die Augen traten. Ungeheuerlich, dass Carlo Porselli, der berühmte Modedesigner, von der Mailänder Polizei in einer schmutzigen Haftzelle eingesperrt und des Mordes verdächtigt wurde.

»Sie können jetzt in Ruhe über das nachdenken, was ich gerade gesagt habe, *signore.* Wir haben bereits genügend Beweismaterial für eine Anklage.«

»Wenn meine Freunde davon hören, wird man Sie bestrafen!«, schrie Carlo, als der Polizist zur Tür ging.

Der Mann grinste. »Ich glaube, dass Sie nicht so viele Freunde haben, wie Sie glauben, *signore. Buona notte.*«

Die Zellentür schlug hinter ihm zu.

Carlo stützte den Kopf in die Hände und weinte bitterlich.

Der zweistündige Flug von Mailand nach London verlief reibungslos. Die Passagiere am Flughafen Heathrow passierten die Ausweiskontrolle und den Zoll und traten hinaus in die frische Mailuft.

Er kaufte eine Zeitung, während er in einer Schlange stand, um auf ein Taxi zu warten. Als er einstieg, las er die Schlagzeile und lächelte. Carlo Porselli war des Mordes an Maria Malgasa angeklagt worden.

Alles funktionierte nach Plan. Carlo sollte dafür bezahlen, dass er ihm Leah weggenommen und sie zu einer überheblichen, selbstsüchtigen Hure gemacht hatte, die ihn wie Dreck behandelt hatte.

Mit Maria und den anderen hatte er seine Bedürfnisse eine Weile befriedigen können. Doch jetzt war es an der Zeit, die Frau für sich zu beanspruchen, die ihm seit jeher zustand. Er hatte ihr Warnungen geschickt, jetzt musste er nur noch warten. Über kurz oder lang würde sie zu ihm kommen, das wusste er.

Das Taxi brauchte eine Stunde bis zum Bahnhof King's Cross. Er stieg in den Zug und machte es sich bequem für die lange Fahrt nach Norden.

12

Brett erwachte vom Zwitschern einer Amselfamilie, die vor seinem Fenster unter dem Giebel des Farmhauses nistete. Im frühen Morgenlicht blickte er blinzelnd auf den Wecker und sah, dass es kurz nach sechs war. Er sprang aus dem Bett, schlüpfte in Jeans und ein altes Sweatshirt und schlich nach unten in sein Atelier. Brett lächelte unwillkürlich, als er den Raum betrat. Bevor Rose sich eine der Scheunen umgebaut hatte, war das ihr Atelier gewesen, das sie ihm nun überlassen hatte. Einen Moment lang stand Brett ganz still und atmete den Geruch der Farben ein.

Dann betrachtete er eingehend das Gemälde auf der Staffelei.

Brett wusste, dass dies sein bisher bestes Bild war. Die Farben waren fein nuanciert, ergänzten einander in vollkommener Harmonie.

Dieses Bild sah nicht aus, als kopierte Brett Cooper andere Künstler. Es hatte vielmehr einen einzigartigen, individuellen Stil. Eine eigene Identität.

Neun Gemälde und drei Monate hatte er gebraucht, um zu diesem Punkt zu gelangen. Die anderen Werke, an den Wänden des Ateliers aufgestellt, waren gut, aber nicht ausdrucksstark genug. Rose war in der ganzen Zeit sehr unterstützend gewesen, hatte immer wieder gesagt, er dürfe nicht aufgeben, sein eigener Stil werde sich irgendwann entfalten. Sie hatte auch häufig wiederholt, er habe von Natur aus ein großes Talent, das gefördert und gefordert werden müsse, um sein ganzes Potenzial entwickeln zu können.

Brett wusste, dass er hart dafür gearbeitet hatte.

Früher hatte er Dinge oder Landschaften gemalt und versucht, ihre Schönheit einzufangen. Doch seit er wieder mit dem Malen begonnen hatte, wollte er etwas aussagen, dem Gemälde eine Bedeutung verleihen. Auf dem gerade vollendeten Bild war ein wunderschönes Mädchen zu sehen, das sich zum Himmel emporreckte. Die obere Hälfte des Gemäldes erstrahlte in leuchtenden Farben – blauer Himmel, goldene Sonne, weiße Apfelblüten rund um den Kopf des Mädchens. Brett hatte die romantische Stimmung des Moments eingefangen. Doch für die untere Hälfte hatte er viel dunklere Farben benutzt. Eine Männerhand umklammerte einen Knöchel des Mädchens, die Erde sah hart und düster aus. Die andere Hand schien nach der Taille des Mädchens zu greifen, die nur halb verhüllt war.

Während Brett auf das Bild starrte, murmelte er: »Frau in Gefangenschaft.«

Heute wollte er Rose das Bild zeigen. Er genoss sehr die ausführlichen Unterhaltungen mit ihr bei einer Flasche Wein, die sich oft bis tief in die Nacht erstreckten. Rose erzählte von ihrer Zeit am Royal College, und sie betrachteten gemeinsam Ausstellungskataloge aus ihrer großen Sammlung und erörterten die Werke der Maler Lucian Freud, Francis Bacon und Graham Sutherland sowie deren Kollegen aus den Fünfzigern.

Doch während Brett sein jüngstes Werk betrachtete, wurde ihm klar, dass jetzt Veränderungen notwendig waren. Nach New York zurückzukehren, um wieder für seinen Vater zu arbeiten, kam für ihn nicht mehr infrage. Rose schien ihren Neffen in ihren Fußstapfen am Royal College sehen zu wollen, aber Brett hatte andere Pläne – er wollte nach Paris, wo sein Großvater Jacob gelebt und seine Kunst erlernt hatte. Paris schien Brett zu sich zu rufen; nachts träumte er so lebhaft davon, dass er morgens beim Aufwachen kaum in die Realität zurückfand.

Er beschloss, dass es an der Zeit war, mit Rose über seine Zukunft zu sprechen und zu verkünden, dass er an der École des Beaux-Arts in Paris studieren wolle. Er griff nach Palette und

Pinsel, um letzte Kleinigkeiten zu vollenden. Wie immer beim Malen wanderten seine Gedanken dabei zu Leah.

Mit Entsetzen, aber auch mit einem Funken Genugtuung, hatte er gelesen, dass man Carlo des Mordes an Maria Malgasa angeklagt hatte. Oft hatte Brett sich gefragt, warum Leah Carlo nach dieser Ankündigung in der Presse nicht geheiratet hatte, und vermutet, dass es zu einem Zerwürfnis gekommen war. Doch angesichts der jüngsten Ereignisse begann Brett an dieser Vermutung zu zweifeln. Er war bei dem Streit mit Leah so betrunken und wütend gewesen, dass er ihr kaum zuhören konnte. Wenn sie nun damals die Wahrheit gesagt hatte? Immerhin wurde der Mann gerade des Mordes an einem anderen Model angeklagt.

Brett seufzte. Es war sinnlos, sich damit zu quälen. Das Schicksal hatte es anders gewollt. Leah war glücklich verheiratet mit einem anderen Mann, und Brett war verdammt dazu, für den Rest seines Lebens von einer Frau zu träumen, mit der er niemals zusammen sein würde.

Als er den Pinsel sinken ließ, merkte Brett, wie hungrig er war. Er verließ sein Atelier, ging den Flur entlang und nahm an der Tür die Post mit.

Miranda und Chloe saßen schon in der Küche beim Frühstück. Das Gesicht des kleinen Mädchens leuchtete auf, als Brett hereinkam.

»Hallo, Onkel Brett. Hast du noch mehr Bilder gemalt?«

Er nickte. Wenn sie hier zusammen frühstückten, hatte er oft ein Déjà-vu-Gefühl. Mrs Thompson war eifrig in der Küche beschäftigt, und Brett dachte zurück an die ersten Ferien, die er hier verbracht hatte. So viel Zeit war seither vergangen, so viel war geschehen.

Rose kam herein.

»Guten Morgen.« Sie sah erschöpft aus.

»Hast du gut geschlafen?«, erkundigte sich Brett höflich.

»Nein. Ich bekam mitten in der Nacht plötzlich Panik wegen

der Ausstellung in New York. Deshalb bin ich um drei aufgestanden und war seither im Atelier.«

»Aber, Rose, das ist doch nicht nötig. Ich weiß, dass du dort noch nie ausgestellt hast, aber deine Bilder sind überragend«, erwiderte Brett, um sie zu beruhigen.

»Danke, mein Lieber, aber es sind nur noch zwei Monate, und ich muss noch vier Bilder vollenden.«

»Wir sind bei dir und unterstützen dich, Rose«, sagte Miranda sanft.

»Das weiß ich, Liebes. Tut mir leid, wenn ich mich seltsam benehme. Aber es ist mir so wichtig, dort drüben Erfolg zu haben.«

»Und so wird es auch ganz bestimmt sein«, bemerkte Miranda. »Komm, Chloe. Wir ziehen dich an, Süße.«

»Ist gut, Mummy.«

Die beiden gingen hinaus.

Rose seufzte. »Miranda macht mir Sorgen, Brett. Sie hat solche Stimmungsschwankungen. Ich hoffe, der Aufenthalt in New York wird ihr guttun, auch wenn wir dort nicht viel Zeit zusammen haben werden. Es ist so schade, dass die beiden nicht den ganzen Monat bleiben können. Aber Chloe muss wieder in die Schule.«

»Sie werden es bestimmt genießen. Dads Maisonettewohnung ist fantastisch und liegt zentral. Er hat mir schon gesagt, dass er sich eine Weile freinehmen will, damit er Miranda und Chloe die Stadt zeigen kann.«

Rose lächelte. »Das ist schön.«

Brett stand auf. »Ich mach mal weiter. Könntest du später vielleicht zu mir ins Atelier kommen, wenn du einen Moment Zeit hast? Ich würde dir gern etwas zeigen und mit dir sprechen.«

»Natürlich.«

Rose setzte sich an den Tisch und gähnte.

Unwillkürlich fragte sie sich, ob sie jemals wieder hierher zurückkehren würde, wenn sie erst einmal in New York war.

13

Leah streifte durch den Garten und schnitt vertrocknete Rosenblüten ab.

Sie warf einen Blick auf ihre Uhr. Zehn nach zehn. Ein endloser Tag erstreckte sich vor ihr, der mit einem ebenso endlosen Abend und einer ermüdenden Unterhaltung beim Essen enden würde, wenn Anthony nach Hause kam.

Es war ihr ein Rätsel, wie sie in diesen Zustand geraten war. Leah fühlte sich leblos, stumpf, empfand nicht den geringsten Funken Interesse an irgendetwas.

Sie hatte nicht einmal irgendeine Regung in sich gespürt, als sie mit dem Polizisten gesprochen und ihm die zerschlitzten Fotos gezeigt hatte. Es kam ihr vor, als blickte sie auf ihr eigenes Leben aus weiter Ferne. Als man Carlo aufgrund der Fotos und seiner Fingerabdrücke des Mordes an Maria anklagte, empfand Leah auch nichts. Die Polizei hatte erklärt, sie müsse eventuell als Zeugin der Anklage vor Gericht aussagen, aber daran wollte Leah lieber gar nicht denken.

Inzwischen war sie sicher, dass sie Anthony nicht mehr liebte, auch wenn es sie schmerzte, ihn zu verletzen.

Seit über drei Monaten hatten sie nicht mehr in einem Bett geschlafen. Die Vorstellung von Sex mit Anthony stieß Leah ab und erinnerte sie nur an ihren unzuverlässigen Körper und die drei verlorenen Kinder. Leah hatte geahnt, dass ein weiterer Versuch sinnlos sein würde. Deshalb hatte sie beschlossen, keinen mehr zu unternehmen.

Oft sann sie darüber nach, ob Anthony wohl eine Affäre hatte. Es lag schließlich nahe, sich mit einer anderen Frau zu trösten.

Aber er kam nie spät aus dem Büro nach Hause, und von Geschäftsreisen rief er sie regelmäßig an.

In gewisser Weise hätte es sie vielleicht sogar erleichtert, wenn es eine andere gegeben hätte. Dann hätte sie sich weniger schuldig fühlen müssen. Leah wünschte sich, Anthony würde manchmal Wut an den Tag legen, wie damals, als er sie in Woodstock angeblafft hatte. Doch inzwischen schien er die Situation nur noch resigniert hinzunehmen.

Anthony hatte ihr nahegelegt, dass sie noch einmal versuchen sollten, ein Kind zu bekommen. Als Leah sich entschieden weigerte, schlug er eine Adoption vor. Doch auch das lehnte sie ab. Ein Kind zu adoptieren, wäre für sie eine öffentliche Zurschaustellung ihrer Unfähigkeit.

So wartete sie Tag für Tag darauf, dass es endlich wieder dunkel wurde, damit sie schlafen gehen und ihren wundervollen Traum haben konnte. Er kehrte immer wieder: ein Baby in ihren Armen, ein kleines, weiches Wesen; und Brett, der danebenstand und sie beide liebevoll betrachtete.

Manchmal dachte sie wochenlang nicht an Brett, doch dann hatte sie erneut diesen Traum und erinnerte sich am nächsten Tag wieder daran, wie viel sie für Brett empfunden hatte und wie überwältigend ihre Liebe füreinander gewesen war. Lustvolle Regungen erwachten in ihr, die sie für tot gehalten hatte, und mit schlechtem Gewissen dachte sie dann an Anthony und wie ihm wohl zumute wäre, wenn er davon wüsste.

Doch es gab auch diesen anderen Traum, der sie seit ihrer Kindheit heimsuchte. Die dunkle Gestalt, die sie durchs Moor verfolgte, bis ihre Kräfte sie verließen … Megans warnende Stimme …

Leah schüttelte den Kopf und riss sich in die Gegenwart zurück. Trotz allem spürte sie tief in sich, dass sie kostbare Zeit vergeudete. Ihr Leben war völlig aus der Spur geraten, und sie selbst bemühte sich nicht, etwas daran zu ändern.

Es kam ihr vor, als befände sie sich in einem Schwebezustand und wartete auf ein Ereignis, das sie mit Gewissheit vorausahnte. Ein Ereignis, das sie vor sich selbst retten würde.

Bis dahin musste das Leben weitergehen.

Leah hob die abgeschnittenen Rosenblüten vom Boden auf und kehrte ins Haus zurück.

Das Telefon klingelte, und sie nahm ab.

»Hallo?«

»Ach, Leah. Hier ist Mum. Ich …«

Ein unterdrücktes Schluchzen war zu hören.

»Mum? Was ist los?«

»Ich … tut mir leid, Leah. Dein Vater. Du weißt ja, dass er sich von seiner Hüftoperation gut erholt hat, aber gestern Abend rief das Krankenhaus an. Er hatte einen Herzinfarkt, Leah, einen schlimmen. Sie wissen nicht, ob er durchkommt. Ach, Leah, ich habe solche Angst. Ich weiß gar nicht, was ich tun soll.«

»Hör mir zu, Mum. Ich nehme die nächste Concorde nach England und fliege von Heathrow aus nach Leeds. Ist Dad im Airedale-Krankenhaus?«

»Ja.«

»Wir treffen uns dort. Halt durch, Mum, und sag Dad, er soll das auch tun. Ich bin unterwegs zu euch.«

»Danke, Leah. Ich … wir brauchen dich.«

»Versuch, ruhig zu bleiben, Mum. Ich melde mich vom Flughafen aus, wenn ich weiß, wann ich in Leeds ankomme.«

Danach rief Leah sofort bei British Airways an und konnte den letzten Platz in der Concorde reservieren, die um die Mittagszeit nach London flog. Ankunft war um halb elf Uhr abends, zu spät für einen Anschlussflug nach Leeds. Sie würde sich einen Mietwagen nehmen müssen, um so schnell wie möglich nach Yorkshire zu kommen.

Leah rannte nach oben, um das Nötigste zu packen, und schrieb Anthony eine Nachricht:

Familienprobleme in England. Dad hatte einen Herzinfarkt. Rufe dich an, sobald dort. L.

Malcolm chauffierte sie zum Flughafen, und sie hatte gerade die Passkontrolle hinter sich, als auch schon der letzte Aufruf für ihren Flug zu hören war.

Als die Concorde abhob, wurde Leah von einem heftigen Gefühl erfasst, das ihr fast den Atem nahm. Ein intensiver seelischer Schmerz, ja, aber auch noch etwas anderes.

Zum ersten Mal seit Monaten fühlte sie sich gebraucht.

Um vier morgens erreichte Leah das Airedale-Krankenhaus. Eine Schwester brachte sie direkt zur Intensivstation. Doreen Thompson saß im Warteraum und starrte ins Leere. Leah biss sich auf die Lippe, als sie sah, wie sehr ihre Mutter seit dem letzten Treffen gealtert war. Graue Strähnen durchzogen ihr Haar, ihr Gesicht wirkte hager und erschöpft.

Leah nahm ihre Mutter in die Arme und hielt sie lange fest, während sie leise weinte.

»Danke, dass du so schnell hergekommen bist, Leah«, sagte sie schließlich. »Es war schrecklich, mit niemandem reden zu können.«

»Wie geht es ihm?«

Mrs Thompson machte eine hilflose Geste. »Unverändert, heißt es. Weder besser noch schlechter. Er sieht schlimm aus. Grau im Gesicht … und er ist an diese ganzen Maschinen angeschlossen. Manchmal öffnet er die Augen, kann aber nicht sprechen.«

»Ich gehe zu ihm.«

»Soll ich mitkommen?«

Leah schüttelte den Kopf. »Nein, bleib du hier, und ruh dich aus. Du siehst sehr erledigt aus.«

Langsam ging Leah den stillen Flur entlang. Obwohl es mitten in der Nacht war, sah sie in den Zimmern andere Besucher bei ihren Lieben sitzen. Auf der Intensivstation gab es keine festen Besuchszeiten.

Eine Schwester zeigte ihr das Zimmer, in dem ihr Vater lag. Leah holte tief Luft und ging hinein.

Sofort musste sie ein Schluchzen unterdrücken, denn es war ein Schock, ihren geliebten Vater so gebrechlich und reglos zu sehen, mit einer Vielzahl von Schläuchen und Kabeln an Monitore und Infusionen angeschlossen.

»Dad«, flüsterte sie. »Ich bin's, Leah.« Sie beugte sich über ihn, damit er sie sehen könnte, falls er die Augen öffnete. Doch sie blieben geschlossen.

Leah sank auf den Stuhl neben dem Bett und griff nach der krallenartigen Hand ihres Vaters, verkrümmt durch die jahrelange Einnahme von Kortison und anderen Medikamenten. Sein armer Körper hatte so viel Leid ertragen müssen, und dennoch hatte Leah nie auch nur ein Wort der Klage von ihrem Vater gehört. Er war in seinen Vierzigern, sah aber aus, als wäre er Mitte sechzig.

»Dad, Leah ist jetzt hier. Bitte konzentrier dich darauf, ganz schnell wieder gesund zu werden, damit Mum und ich dich nach Hause bringen können und alles wie früher wird.« Tränen rannen Leah übers Gesicht, als sie daran dachte, wie oft sie früher nach Hause gekommen war, um ihre Eltern zu sehen. Nun schalt sie sich selbst, weil sie so versunken gewesen war in ihren eigenen Problemen. Und jetzt war es vielleicht zu spät.

»Dad, weißt du noch, wie wir früher immer aufs Moor hinausgeschaut haben, als ich klein war, und du mir die Namen der Vögel gesagt hast, die am Himmel herumschwirrten? Und mein erster Schultag, als ich geweint habe und nicht reingehen wollte? Da hast du mir gesagt, du würdest den ganzen Tag draußen auf mich warten, und wenn es mir nicht gefallen würde, könnte ich rauskommen und du würdest mich nach Hause bringen. Nachdem ich erst mal in der Klasse war, ging natürlich alles gut, aber du warst bei Schulschluss trotzdem da. Ich hab mich oft gefragt, ob du tatsächlich den ganzen Tag dageblieben bist.« Leah lächelte unter Tränen, als sich die Augen ihres Vaters langsam öffneten und ein kleines Lächeln auf seinem Gesicht erschien.

Zwei Stunden saß Leah an seinem Bett. Dann ging sie ins Wartezimmer zu ihrer Mutter zurück, die ein bisschen weniger verzweifelt wirkte.

»Der Arzt kommt demnächst zur Morgenvisite«, sagte Mrs Thompson. »Lass uns in die Kantine gehen und frühstücken. Du musst doch nach deiner langen Reise halb verhungert sein.«

Ihr Magen war gerade das Letzte, woran Leah dachte, aber vermutlich war es besser, etwas zu essen.

In der Kantine herrschte geschäftiges Treiben, weil die Nachtschicht endete und das Personal wechselte. Den beiden Frauen gelang es, ein paar Bissen zu sich zu nehmen.

»Wie lange wird es dauern, bis die Ärzte wissen, ob … die Gefahr vorüber ist?«

Mrs Thompson zuckte mit den Schultern. »Das können sie nicht einschätzen. Dein Dad hat außer allem anderen auch noch hohes Fieber und ist geschwächt von der Hüft-OP. Das war die Ursache, Leah. Das hat sein armes Herz nicht mehr verkraftet. Im Moment weiß noch niemand, wie schwer die Folgen des Herzinfarkts sind. Ich war ja nie so fürs Beten, aber in den letzten Tagen habe ich doch einige Gebete nach oben geschickt. Dein Vater, na ja … er ist der einzige Mann, mit dem ich jemals zusammen war. Als wir geheiratet haben, war ich noch sehr jung. Fünfundzwanzig. Mir ist schon klar, dass ich manchmal ihm gegenüber gereizt bin, aber er ist mein Ein und Alles, Leah. Ohne ihn könnte ich nicht leben.«

Leah hielt die Hand ihrer Mutter, während sie zu weinen begann. Doch dann trocknete Mrs Thompson sich rasch mit ihrem schon durchnässten Taschentuch das Gesicht. »Jedenfalls haben wir keine Zeit für Tränen«, sagte sie entschlossen. »Wir müssen stark sein für deinen Vater. Daran glauben, dass er durchkommen wird. Er muss es schaffen.«

Während der nächsten zwei Tage hielten Leah und ihre Mutter abwechselnd Wache am Bett. Sie sprachen zu Mr Thompson, lasen ihm vor, hielten seine Hand, streichelten ihm die Stirn. Die Schwestern rieten ihnen, nach Hause zu gehen und sich auszuruhen, aber beide Frauen wollten nichts davon wissen. »Er soll spüren, dass wir immer hier sind«, entgegnete Mrs Thompson fest.

Am dritten Morgen, nachdem Leah aus Amerika eingetroffen war, bestellte der behandelnde Arzt Mutter und Tochter zu sich ins Büro.

»Es gibt gute Nachrichten«, verkündete er. »Wir werden Mr Thompson heute Vormittag von der Intensivstation in die normale Pflege verlegen können.«

»O Gott sei Dank, Gott sei Dank«, schluchzte Mrs Thompson.

»Er wird noch etwa drei Wochen im Krankenhaus bleiben müssen und danach aufwendige Pflege brauchen. Aber da er nun außer akuter Gefahr ist, würde ich vorschlagen, Sie beide gehen jetzt nach Hause, um ein bisschen Schlaf zu bekommen. Wir wollen Sie ja nicht auch hier aufnehmen müssen, nicht wahr?«

»Danke, Herr Doktor. Vielen Dank.« Draußen geleitete Leah ihre Mutter den Gang entlang, und sie spähten in Mr Thompsons Zimmer. Eine Krankenschwester entfernte gerade die Elektroden von seiner Brust.

Die beiden Frauen traten ans Bett. Mr Thompsons Augen waren geöffnet und wirkten wach. Er hauchte ein Hallo.

»Wir fahren nur mal kurz nach Hause, um eine Mütze Schlaf zu nehmen, Schatz. Und uns auf deine Rückkehr vorzubereiten.«

Leah bemerkte erleichtert, dass ihre Mutter offenbar ihre Zuversicht wiedergefunden hatte.

Jetzt beugte Mrs Thompson sich über ihren Mann und küsste ihn auf die Stirn. »Wenn du so was noch mal machst, stehen deine geliebten Yorkshire Puddings künftig nicht mehr auf dem Speiseplan.«

Mr Thompson lächelte mühsam und nickte. Dann hauchte er: »Bis später.«

Mutter und Tochter verließen das Krankenhaus leichten Schrittes, fuhren mit Leahs Mietwagen nach Oxenhope zurück und schliefen den Rest des Tages wie die Murmeltiere.

14

Eine Woche vor Mr Thompsons Entlassung aus dem Krankenhaus vereinbarte Leah einen Termin beim behandelnden Arzt.

Er bat sie herein, und Leah ließ sich an seinem Schreibtisch nieder.

»Wie geht es meinem Vater?«, erkundigte sie sich.

»Er macht sehr gute Fortschritte. Aber wie ich schon sagte: Er wird zu Hause intensive Pflege benötigen. Die Bezirksschwester kann alle zwei Tage nach ihm schauen, aber ich fürchte, der größte Teil der Arbeit wird Ihrer Mutter zufallen.«

»Und genau das macht mir Sorgen. Meine Mutter ist völlig erschöpft. Sie pflegt meinen Vater schon seit zwanzig Jahren. Ich selbst kann noch ein paar Tage bleiben, werde aber dann in die USA zurückkehren müssen. Ich hatte schon überlegt, eine Pflegerin einzustellen, aber das Haus ist klein, und meine Mutter kann nicht gut delegieren. Deshalb hatte ich eine andere Idee. Wie wäre es, wenn ich die beiden für ein paar Wochen in einem Genesungsheim unterbringe? Dann könnten sie zusammen sein, aber meine Mutter hätte rund um die Uhr Unterstützung bei den Pflegeaufgaben und könnte sich vor allem selbst erholen. Sie braucht das genauso dringend wie mein Vater. Ich habe ein paar privat betriebene Heime angerufen und eines in der Nähe von Skipton gefunden, das im Prospekt sehr schön aussieht und Paare aufnimmt. Dann könnte meine Mutter auch wieder zu Kräften kommen, und ich müsste mir weniger Sorgen machen.«

Der Arzt nickte. »Sehr gut, ja. Aber solche Aufenthalte kosten viel Geld.«

»Das ist kein Problem. Ich wollte nur von Ihnen hören, ob Sie das für eine gute Idee halten würden.«

»Absolut. Für beide.«

»Gut, dann wäre das geklärt. Aber ob Sie es vielleicht meiner Mutter mitteilen könnten? Wenn ich das mache, wird sie nämlich wegen des Geldes protestieren und mir sagen, sie will nicht, dass ich so einen Aufwand treibe.«

»Aber natürlich, das übernehme ich gern für Sie.« Der Arzt lächelte verständnisvoll.

»So, ihr beiden. Ihr macht euch jetzt bitte über gar nichts mehr Sorgen. Und du, Dad, achtest darauf, dass Mum sich anständig ausruht, ja?«

»Ich werde mein Bestes tun, mein Mädchen.« Mr Thompson wurde gerade in einen Krankenwagen geschoben, der ihn und Leahs Mutter zum dreißig Kilometer entfernten Genesungsheim fahren sollte.

»Okay. Tschüs, Mum. Erhol dich gut. Das ist Sinn und Zweck dieses Aufenthalts.«

»Ja, schon, Leah. Aber wir wären zu Hause wirklich gut zurechtgekommen.«

»Nun gib Ruhe, Mum.« Leah umarmte ihre Mutter liebevoll. »Ich besuche euch dann bald, wenn ihr wieder zu Hause seid.«

»Wenn du Chloe siehst, sag ihr, dass ich sie vermisse und bald wieder da bin.«

»Mach ich, Mum.« Leah winkte beiden zum Abschied zu, als die Türen des Krankenwagens geschlossen wurden. Sie sah ihm nach, als er vom Parkplatz der Klinik fuhr, und ging dann zu ihrem Auto.

Als sie den Bungalow ihrer Eltern betrat, erfasste Leah heftige Schwermut. Zwei Wochen lang hatte sie nur Angst um ihren Vater gehabt und ihre Mutter unterstützt, sie war gar nicht dazu gekommen, sich mit ihren eigenen Problemen zu befassen. Aber jetzt, in dem stillen, leeren Haus, wanderten ihre Gedanken zu Anthony und dem Zustand ihrer Ehe. Leah hatte ihren Mann ein paarmal angerufen, um ihn auf den neuesten Stand zu bringen. Anthony hatte sich so fürsorglich wie immer verhalten und gesagt, natürlich müsse sie so lange bleiben wie nötig, und er würde auch nach England kommen und sie unterstützen. Leah hatte erklärt, dass sie vor ihrer Rückkehr noch eine Woche hierbleiben wolle, um nach dem Rechten zu sehen, was Anthony ohne Einwände akzeptiert hatte. Sie glaubte, dass es ihr guttun würde, eine Weile allein zu sein, um ihre Gedanken zu klären.

Leah streifte durch den Bungalow, räumte das Geschirr vom Trockenregal in den Schrank und rückte die bereits tadellos ordentlichen Kissen zurecht. Schließlich setzte sie sich und stieß einen langen Seufzer aus. Vielleicht waren das jetzt die Folgen der zwei strapaziösen Wochen. Jedenfalls war heute eindeutig nicht der Tag für ausgiebiges Nachdenken.

Leah griff nach ihren Autoschlüsseln und verließ das Haus. Sie wusste genau, wo sie jetzt sein wollte.

Das Pfarrhaus der Brontës hatte einen neuen Anstrich bekommen, seit sie zum letzten Mal hier gewesen war, und einen Anbau mit Souvenirladen und weiteren Räumen für Ausstellungen.

Die Schlange am Einlass war lang, aber Leah genoss es, in der Sonne zu stehen. Amerikanische Touristen, mit Videokameras behangen, unterhielten sich ohrenbetäubend laut, und Leah empfand es plötzlich beinahe als seltsam, dass sie die letzten drei Jahre in deren Land gelebt hatte.

Im Inneren war das Pfarrhaus noch genau so, wie sie es in Erinnerung hatte. Leah schlenderte langsam durch die Räume und ließ die Atmosphäre auf sich wirken, die sie als junges Mädchen so geliebt hatte. Beim letzten Mal hier … War sie deshalb hergekommen? Um Erinnerungen wachzurufen, die wunderschön und zugleich noch immer schmerzhaft waren?

Darüber sann sie nach, als sie die kopfsteingepflasterte Hauptstraße entlangspazierte und die alte Apotheke betrat, um dort Senfsaat-Badepulver zu kaufen.

Anschließend blieb sie vor dem Stirrup Café stehen. Einerlei. Wenn sie sich nun schon mit Erinnerungen quälen wollte, dann auch richtig.

Sie ließ sich an einem Tisch am Fenster nieder, damit sie den Passanten zusehen konnte, und bestellte sich eine Portion Shepherd's Pie.

Als sie gerade ihren ersten Schluck Kaffee trinken wollte, sah sie einen großen Mann mit tizianrotem Haar die Straße entlanggehen. Hatte sie Halluzinationen? Er schien in ihre Richtung zu blicken, ging aber unbeirrt weiter und war binnen Kurzem verschwunden.

Eine heftige Enttäuschung erfasste Leah. Tief in Gedanken versunken, trank sie ihren Kaffee.

Die kleine Glocke an der Tür bimmelte, aber Leah blickte nicht auf.

»Mein Gott. Du bist es tatsächlich. Ich war mir zuerst nicht sicher, aber …«

Er stand vor ihr, nervös lächelnd.

»Hallo, Brett.«

»Ich … hallo.«

»Was machst du hier?«

Brett sah überrascht aus. »Ich wohne bei Rose im Farmhaus. Hat deine Mutter dir das nicht erzählt?«

»Nein. Aber sie war in letzter Zeit mit anderem beschäftigt.«

»Ja, habe ich gehört. Tut mir schrecklich leid, das mit deinem Vater. Rose hat es erwähnt. Er wird sich doch erholen, oder?«

Leah lächelte. »Ja. Aber eine Zeit lang stand es auf der Kippe.«

Brett zögerte. Dann sagte er: »Hättest du etwas dagegen, wenn ich mich setze?«

Leah zuckte lässig die Achseln. »Nein, setz dich ruhig.«

Er stellte eine Tüte mit zwei Brotlaiben neben seinem Stuhl ab. »Rose liebt das Brot vom Bäcker hier. Ich fahre immer nach Haworth, um es für sie zu besorgen.« Brett fiel auf, dass er seine

Anwesenheit rechtfertigte, obwohl er doch zurzeit in der Gegend lebte.

»Ich habe ziemlich Hunger«, fügte er dann hinzu. »Isst du etwas?«

»Ja.«

»Dann nehme ich das, was du bestellt hast.« Er nickte der Kellnerin zu.

Sie trat zu ihnen und zückte ihren Block. »Was hätten Sie gern?«

Leah errötete. »Noch einen Shepherd's Pie, bitte.«

»Gern.«

Leah sah Brett an und merkte sofort, dass er sich auch erinnerte.

»Wie lange bleibst du in England?«, fragte er.

»Eine Woche noch. Ich wohne im Bungalow meiner Eltern. Und du? Arbeitest du nicht mehr für deinen Vater?«

»Nein. Er selbst hat den Vorschlag gemacht, dass ich ein paar Monate hier lebe, um zu malen. Wenn ich dann immer noch sicher bin, dass ich das wirklich will, werde ich mich bei Kunstakademien bewerben. Gerade heute Morgen habe ich eine tolle Nachricht bekommen.« Brett zog einen zerknitterten Brief aus seiner Jeanstasche. »Ich habe einige Gemälde bei der École des Beaux-Arts in Paris eingereicht und damit in zehn Tagen einen Termin für ein Vorstellungsgespräch bekommen. O Gott, Leah, ich möchte so gern dort studieren. Mein Großvater war auch da, weißt du?«

Die Kellnerin brachte das Essen.

»Nein, wusste ich nicht. Das freut mich sehr für dich! Kaum zu glauben, denn als wir uns das letzte Mal getroffen haben, sah es nicht danach aus, als würdest du jemals das Unternehmen deines Vaters verlassen dürfen.«

»Ich mache das hier mit seiner vollen Unterstützung.« Brett seufzte, als er nach seiner Gabel griff und den ersten Bissen nahm. »In meiner Familie ist im letzten Jahr irrsinnig viel passiert. Zu kompliziert, um dir jetzt alles zu erklären. Jedenfalls hat mein Dad im Lauf seines Lebens alle möglichen seelischen Verletzungen erlitten, ohne darüber zu reden. Sie haben seine ganze Persönlichkeit geprägt. Aber er hat eine schreckliche Zeit durchgemacht, und diese Erfahrung hat ihn sehr verändert. Er ist jetzt ein ganz anderer Mensch.« Brett hielt inne. »Und ich auch.« Dann fügte er hinzu: »Leah, komm uns doch mal im Farmhaus besuchen. Rose wird sich freuen. In drei Wochen reist sie nach New York zu ihrer ersten Ausstellung in Amerika. Mit Miranda und Chloe.«

»Ach, wirklich? Und wie geht's Miranda? Sie ist also nach ihrem mysteriösen Verschwinden wieder aufgetaucht?«

»Ja. Und wie mein Vater als völlig gewandelter Mensch. Tatsächlich verstehen Miranda und ich uns inzwischen unglaublich gut. Und ihre kleine Tochter ist zauberhaft.«

Leah wusste nicht, was sie darauf erwidern sollte. Es tat immer noch weh, Brett so von Miranda schwärmen zu hören.

»Ich glaube, ich muss los, Brett.«

»Hör mal, Leah. Ich finde, wir sollten uns unbedingt aussprechen. Bei unserem letzten Treffen habe ich mich wie ein Vollidiot aufgeführt. Würdest du vielleicht heute Abend mit mir essen gehen?«

»Heute nicht.«

»Oh.« Brett sah enttäuscht aus. »Morgen dann?«

»Okay.« Die Zusage entfuhr ihr, bevor sie sich bremsen konnte.

»Dann gehen wir ins Steeton Hall. Rose sagt, das Essen sei fantastisch. Ich hole dich um acht am Bungalow ab.«

»Gut. Bis dann, Brett.« Leah nahm Geld aus ihrer Tasche und legte es auf den Tisch. »Wiedersehen.«

Brett sah ihr nach, als sie hinausging. Zehn Minuten später schlenderte er die High Street entlang, die Hände in den Manteltaschen vergraben.

Leah, Leah. Sie war hier. Er hatte mit ihr gesprochen, vor einer Viertelstunde noch.

Er spazierte zum Hochmoor hinter dem Pfarrhaus, wo er Leah zum ersten Mal geküsst hatte, und legte sich ins süß duftende Gras. Die Sonne stand noch hoch am Himmel, und er schloss die Augen.

War es vorbei zwischen ihnen? Seine innere Stimme widersprach.

Aber noch einmal ganz von vorn beginnen … das war beängstigend. Es machte ihm Angst, sich seinen Gefühlen auszuliefern, nachdem er sie so viele Jahre weggesperrt hatte.

Sein Vater hatte sein Herz verschlossen und den Schlüssel weggeworfen. Dann war man in Sicherheit vor Überraschungen und Kummer. Doch andererseits, dachte sich Brett, wurde das Leben auch flach, wie eine Kohlezeichnung ohne kraftvolle, leuchtende Farben.

Er liebte Leah immer noch.

Die Vergangenheit war Vergangenheit. Und Brett wünschte sich eine Zukunft.

Am nächsten Abend musste Leah an ihre erste Verabredung mit Brett in New York denken. Sie hatte damals sämtliche Sachen durchprobiert, die sie dabeihatte, und sich für nichts entscheiden können. Normalerweise musste sie nur etwas aus dem Schrank ziehen und wusste sofort, ob es für diesen Anlass passte.

Jetzt fühlte sie sich wieder wie ein junges Mädchen und dachte unwillkürlich, dass sie so etwas nie erlebte, wenn sie mit Anthony ausging.

Aber mit Brett hatte sie sich immer schon so gefühlt: aufgeregt und zappelig wie ein Kätzchen.

Nachts hatte sie kaum ein Auge zugetan und sich die Schlaflosigkeit damit erklärt, dass sie einerseits zum ersten Mal allein im Haus ihrer Eltern war und andererseits ein schlechtes Gewissen wegen ihres morgigen Treffens mit Brett hatte.

Als über dem Moor der Morgen dämmerte, hatte Leah mehrmals überlegt, ob sie Anthony anrufen sollte, sich aber dagegen entschieden. Sie fürchtete, dass er ihr das schlechte Gewissen anmerken könnte.

Um Himmels willen, Leah, du gehst doch nur mit einem alten Freund essen, mehr nicht.

Doch ihr Herz war da anderer Meinung.

Brett fuhr durch Oxenhope. Als er abbog und der Bungalow der Thompsons in Sicht kam, wurde er von einer Woge der Nervosität erfasst.

Leah hatte gestern so ruhig und gelassen gewirkt, als wäre ihre Begegnung gar nichts Besonderes. Er dagegen war ein einziges Nervenbündel gewesen und hatte viel zu viel geredet, fand er im Nachhinein. Und er war so zerstreut gewesen, dass er das Brot im Café hatte stehen lassen, weshalb Rose ihm fast den Kopf abgerissen hatte.

Brett hatte jede Menge Schmetterlinge im Bauch, als er vor der Haustür anhielt und den Motor ausstellte.

Komm schon, Brett, sie ist verheiratet. Du willst doch nur nett mit ihr zu Abend essen, um dich für deine Fehler in der Vergangenheit zu entschuldigen.

Doch sein Herz war da anderer Meinung.

»Hallo, Leah. Du siehst großartig aus.«

»Danke, Brett.«

Er stand an der Tür, unsicher, ob Leah noch hierbleiben oder direkt ins Restaurant fahren wollte. Schließlich entschloss er sich zu fragen.

»Möchtest du gleich aufbrechen? Die Fahrt dorthin ist schön, und wir können vor dem Essen noch einen Drink nehmen.«

»Ja, gern.« Leah schloss die Tür ab, und sie gingen zum Wagen.

Die Fahrt nach Steeton dauerte knapp zwanzig Minuten. Rose hatte Brett für die Zeit seines Aufenthalts ihren betagten Range Rover überlassen, und Leah genoss den typischen Geruch eines alten Autos: Leder und Benzin.

Es gelang ihnen, sich während der Fahrt ohne unbehagliche Lücken zu unterhalten, und als sie im Restaurant ankamen, ließen sie sich an der Bar nieder. Brett bestellte ein Bier für sich und für Leah auf ihren Wunsch hin einen Weißwein.

»Dann trinkst du inzwischen Alkohol?«, fragte er.

»Nur bei besonderen Anlässen.«

»Ich fühle mich geehrt, Ma'am«, erwiderte Brett und überlegte, ob er mit seiner Erklärung gleich loslegen oder bis zum Essen abwarten sollte. Er entschied sich für Letzteres.

»Warum hast du eigentlich mit dem Modeln aufgehört?«, erkundigte er sich.

»Ich hatte genug davon. Und der Tod meiner Freundin hat dann den Ausschlag gegeben.«

Bestürzt sagte Brett: »Das tut mir sehr leid, Leah, davon wusste ich gar nichts.« Er schluckte. »Woran ist sie gestorben? Alkohol? Drogen?«

»Sie hat zweimal versucht, sich umzubringen. Beim zweiten Mal ist es ihr leider gelungen.«

»Was für eine Tragödie. Ich …« Brett fehlten die Worte. »Und seit wann bist du verheiratet?«

»Seit über zwei Jahren.«

»Glücklich?«

Leah holte tief Luft. »Wir hatten schon einige Probleme. Aber im Wesentlichen ja. Anthony ist ein sehr lieber, fürsorglicher Mann.«

»Das freut mich zu hören. Er ist älter als du, oder?«

»Ja, zweiundzwanzig Jahre älter. Er ist sechsundvierzig, was heutzutage aber wirklich kein Alter mehr ist.«

»Das stimmt.« Brett sah, dass der Oberkellner sie zu ihrem Tisch winkte. »Wollen wir rübergehen?«

Leah folgte Brett in den mit Kerzen erleuchteten Wintergarten. Am Fenster war ein Tisch für zwei gedeckt.

»Ein sehr schönes Lokal«, sagte Leah als sie nach ihrer Gabel griff und sich ihrem Avocado-Krabben-Cocktail zuwandte.

Während der Mahlzeit wollte Brett mehrmals zu seiner Rede ansetzen, verlor jedoch jedes Mal den Mut und sprach über etwas anderes.

Nach dem Essen bestellte er zwei Kaffees und einen Cognac und fasste sich ein Herz.

»Hör mal, Leah, ich möchte mich dafür entschuldigen, wie ich mich an diesem Abend in New York dir gegenüber benommen habe. Ich war furchtbar betrunken, wütend und völlig durcheinander. Deshalb habe ich deine Erklärung nicht akzeptieren können.«

Leah schüttelte den Kopf. »Ja, das konntest du wohl nicht.«

»Ich war am Boden zerstört, als ich in der Zeitung las, dass die Frau, die ich liebte, einen anderen Mann heiraten würde. Deshalb habe ich total die Nerven verloren.«

Leah sah ihn mit ruhigem Blick an. »Nur um das klarzustellen, Brett: Ich habe dir damals die Wahrheit gesagt. Ich hatte nie eine Affäre mit Carlo und war fuchsteufelswild, als er mir sagte, er habe der Presse mitgeteilt, wir würden heiraten. Ich wollte ihn sogar verklagen, aber Madelaine, meine Agentin, hat mich davon abgehalten.« Leah zuckte die Achseln. »Aber das liegt nun alles lange zurück. Ich kann auch verstehen, warum du so außer dir warst.«

Brett seufzte. »Als Carlo wegen des Mordes an Maria Malgasa verhaftet wurde, kam mir plötzlich der Gedanke, dass er dich an diesem Abend unter falschen Vorgaben in seinen Palazzo gelockt hatte.«

»Und genau so war es auch. Was ich dir damals schon gesagt hatte.« Leah schüttelte den Kopf. »Ich weiß nicht, Brett. Carlo mag alles Mögliche sein – verwöhnt, egomanisch, überheblich. Aber ich glaube einfach nicht, dass er ein Mörder ist. Andererseits hat er mir diese zerschlitzten Fotos von mir geschickt. Ich habe sie der Polizei übergeben, was sicher zu Carlos Verhaftung beigetragen hat. Der Prozess findet noch dieses Jahr statt. Aber …« Leah schauderte. »Lass uns über etwas Erfreulicheres reden. Wo hast du dich denn herumgetrieben, nachdem du plötzlich von der Bildfläche verschwunden warst?«

Brett berichtete Leah von seinen Reisen durch die Welt, bei denen er Davids Immobilien besichtigt hatte. Irgendwann fiel ihm auf, dass sie die letzten Gäste im Restaurant waren.

»Ich glaube, wir sollten lieber aufbrechen, damit die armen Angestellten ins Bett gehen können.«

Er bezahlte, und sie gingen zum Auto.

Während Brett die lange Zufahrt entlangsteuerte, nutzte er die Dunkelheit, um seine Verlegenheit zu verbergen, und sagte: »Ich würde dich gern etwas fragen. Kannst du mir verzeihen? Damit wir einen Neuanfang wagen können?«

»Ja, Brett. Ich bin sicher, dass wir gute Freunde werden können.«

Diese Antwort war nicht ganz, was er hören wollte.

Sie schwiegen beide, bis Brett vor dem Bungalow anhielt.

»Danke für die Einladung«, sagte Leah, und Brett stellte den Motor aus.

»Es war mir ein Vergnügen. Ich kann dir gar nicht sagen, wie erleichtert ich bin, weil ich dir alles nach so langer Zeit endlich erklären konnte.«

»Und ich bin froh, dass du es getan hast.« Leah öffnete die Wagentür. »Gute Nacht, Brett.«

»Gute Nacht, Leah.«

Sie stieg aus, schloss die Haustür auf und betrat den Bungalow.

Im Flur setzte sie sich auf den Boden, weil ihr schwindlig war, vor Erleichterung und Enttäuschung zugleich. O Gott, sie hätte Brett so gern hereingebeten, aber … nein, diese Beziehung war in New York zu Ende gegangen, und Brett gehörte ihrer Vergangenheit an, nicht ihrer Zukunft.

Leah stand auf, streifte ihre Schuhe ab und ging in die Küche.

Dort füllte sie den Wasserkocher, stellte das Radio an, um die

Stille zu übertönen, und setzte sich an den Tisch, stolz auf ihre Selbstdisziplin.

Als der Kaffee fertig war, wanderte sie mit ihrer Tasse ins Wohnzimmer.

Und ließ sie prompt vor Schreck fallen, als sie am dunklen Fenster außen ein Gesicht sah. Die Tasse zerbrach, heiße Flüssigkeit spritzte in alle Richtungen.

Leah gelang es nur mit Mühe, einen Schrei zu unterdrücken, als sie die Hand vor den Mund schlug.

»Ich bin es, Leah! Brett! Das Auto springt nicht an!«

15

Als Leah am nächsten Morgen in Bretts Armen erwachte, wurde ihr klar, dass sie das schon geahnt hatte, als sie die Haustür öffnete und ihn einließ.

Sie waren beide nicht stark genug gewesen, dagegen anzukämpfen. Versucht hatten sie es aber immerhin.

Brett bestand darauf, zu Fuß nach Hause zu gehen, und trank dann in der Küche Unmengen Kaffee, um den Moment hinauszuzögern.

Erschöpft und zugleich wie elektrisiert vor Verlangen, stand Leah schließlich auf und schlug vor, da sie im Gästezimmer schlief, solle Brett doch im Wohnzimmer auf dem Sofa übernachten, anstatt sich den langen Marsch zuzumuten.

Er entschuldigte sich wortreich für die Umstände, nahm dankend die Daunendecke an, die Leah ihm brachte, und versprach, gleich morgen früh die Werkstatt anzurufen.

»Dann gute Nacht«, sagte Leah, als sie sich abwandte, um hinauszugehen.

Brett ergriff ihre Hand. »Ich liebe dich, Leah. Ich habe nie aufgehört, dich zu lieben.«

Dann zog er sie an sich und küsste sie so, wie sie es sich in all den Jahren so oft erträumt hatte.

Sie liebten sich sofort dort auf dem Fußboden, konnten sich nicht lange genug voneinander lösen, um das Gästezimmer zu erreichen.

Brett war genau so, wie Leah immer geahnt hatte – zärtlich, liebevoll, leidenschaftlich. Die Bedeutung dieser Worte war ihr inzwischen fast entfallen. Und sie reagierte mit einer Heftigkeit, die sie selbst überraschte und auch ein wenig ängstigte. Jeden Teil seines Körpers wollte sie erkunden, berühren, liebkosen.

»O mein Gott, Leah.« Mit Tränen in den Augen blickte Brett auf sie hinunter. »Du bist es für mich, bist es schon immer gewesen, seit jenem ersten Sommer. Es wird niemals eine andere Frau für mich geben. Das weiß ich, und ich spüre es in meinem tiefsten Inneren. Oh, meine Liebste.«

Und Leah spürte keinerlei Schuld oder Traurigkeit in sich, weil sie so überwältigt war von dem Glück, wieder von Brett geliebt zu werden.

Später, als sie zu Bett gegangen waren und sich erneut geliebt hatten, ergriff Leah in der Dunkelheit Bretts Hand.

»Aber ich muss zurückgehen, das weißt du, oder?«

Er konnte nicht mehr erwarten, als sie ihm schon gegeben hatte. »Ja, ich weiß.« Er drückte ihre Hand. »Dann lass uns die Tage, die uns bleiben, in vollen Zügen genießen.«

Noch nie hatte Leah erlebt, dass die Zeit so schnell verflog.

Weil sie beide wussten, wie kostbar sie war, verbrachten sie jeden Moment erfüllt mit Liebe. Gedanken an die Zukunft schob Leah beiseite. Den Preis für diese Tage mit Brett würde sie noch früh genug zahlen müssen, sagte sie sich.

Rose wusste natürlich auf Anhieb Bescheid, als Brett erst am Nachmittag nach Hause kam und verlegen erklärte, der Range Rover sei nicht angesprungen und stehe noch vor dem Bungalow der Thompsons. Das glückliche Leuchten in seinen Augen war nicht zu übersehen, und Rose konnte nicht umhin, sich für ihren Neffen zu freuen. Sie machte ihm auch keine Vorwürfe, denn sie wusste, dass er sich über die Konsequenzen seines Verhaltens im Klaren war und sie akzeptierte.

Leah, die nur einen flüchtigen Anflug von Schuldgefühlen empfunden hatte, schwelgte im Glück, als sie gemeinsam einen romantischen Ausflug in ihre Vergangenheit unternahmen. Hand in Hand schlenderten sie durch das Pfarrhaus der Brontës, spazierten dann zum Moor hinauf und küssten sich dort, wo sie sich zum ersten Mal geküsst hatten; unweit vom Farmhaus lagen sie auf der Wiese und liebten sich unter dem strahlend blauen Himmel. Abends fuhren sie nach Haworth und speisten in einem der gemütlichen Pubs oder vorzüglichen Restaurants und kehrten dann zu einer weiteren Liebesnacht in den Bungalow zurück.

Alles war wie früher. Und sie wurden beobachtet, wie damals.

Vier Tage, drei Tage, zwei Tage … Am Tag vor ihrem Rückflug nach New York erwachte Leah morgens neben Brett, und als sie ins Bad ging, wurde ihr übel.

Brett fand sie bleich und elend am Küchentisch vor, wo sie ins Leere starrte.

»Was ist los, Leah?« Er hoffte, dass er ihren Zustand richtig deutete.

»Nichts«, antwortete sie.

»Aber du siehst krank aus.«

»Mir geht's nicht so gut. Muss an dem Chili liegen, das ich gestern Abend gegessen habe.«

Brett flehte innerlich darum, dass sie ihm die Wahrheit eingestehen würde. Er setzte sich zu ihr.

»Ist es, weil du morgen nach Amerika zurückfliegen musst?«

Damit hatte er ausgesprochen, was sie beide in diesen himmlischen sechs Tagen zu vergessen versucht hatten.

Der Bann verflog, Leah brach in Tränen aus. Brett war unsicher, was er sagen oder tun konnte, und hinderte sie nicht am Weinen.

»Tut mir leid.« Leah zog ein Taschentuch aus ihrem Morgenmantel und putzte sich die Nase. Dann stand sie entschlossen auf und ging ins Badezimmer.

Während sie duschte, wurde ihr in vollem Ausmaß bewusst, was ihr jetzt bevorstand. Morgen musste sie zu ihrem Mann zurückkehren und so tun, als sei nichts gewesen, obwohl sie sicher war, dass er ihr die Gefühle für Brett auf den ersten Blick ansehen würde. Anthony war nicht dumm und würde garantiert sofort Bescheid wissen. Eine Woge der Scham erfasste Leah, weil sie immer nur Liebe und Fürsorge von ihm bekommen hatte. Und sie dankte es ihm, indem sie eine Affäre anfing, sobald sie gerade mal eine Minute allein war.

Nackt saß sie auf dem Fußboden im Badezimmer, den Kopf in die Hände gestützt. Wenn Brett sie fragen würde, ob sie hierbleiben wolle – was er bisher nicht getan hatte –, würde sie dann einwilligen?

O Gott, sie wusste es einfach nicht. Sie hatte sich eingebildet, in der Zeit hier in Ruhe über den Zustand ihrer Ehe nachdenken zu können. Stattdessen hatte sie nun alles unendlich komplizierter gemacht.

Leah hegte keinerlei Zweifel daran, dass sie Brett liebte. Doch sie sah auch immer wieder Anthonys liebevolles Gesicht vor Augen. Ein Klopfen an der Tür riss sie aus ihrer Grübelei.

»Alles in Ordnung, Leah?«

»Ja. Ich komm raus.«

Leah schloss die Tür auf und lief direkt in Bretts Arme. Minuten später landeten sie wieder im Bett.

Ihr letzter gemeinsamer Abend war bis ins letzte Detail durchgeplant. Champagner im Bungalow, dann Abendessen im Haworth Old Hall.

Doch der Abend geriet zur Katastrophe. Der Anblick von Leahs halb gepacktem Koffer im Schlafzimmer war schon schrecklich genug, um den Abend zu ruinieren, bevor er überhaupt begonnen hatte. Brett hatte einen Flug nach Paris zu seinem Vorstellungsgespräch in der École des Beaux-Arts gebucht, und sie würden zusammen bis London Heathrow fliegen. Um fünf Uhr morgens am nächsten Tag wollten sie mit Leahs Mietwagen losfahren, deshalb hatte der Abschied von Rose, die ihrem Neffen noch gute Ratschläge mit auf den Weg gab, bereits am Nachmittag stattgefunden. Als er im Bungalow eintraf, war Brett schon zutiefst niedergeschlagen.

Im Restaurant rührten beide ihr Essen kaum an, und die Rückfahrt verlief schweigend.

Im Bungalow machte Leah Kaffee, den sie im Wohnzimmer tranken, beide tief in Gedanken versunken.

Das ist die letzte Nacht, die ich jemals mit ihr verbringen werde.

Wie soll ich es ertragen, ihn zu verlassen?

»Wir sollten ins Bett gehen«, murmelte sie. »Wir müssen morgen früh aufbrechen.«

»Leah, ich …«

»Schsch.« Sie legte ihm den Zeigefinger an die Lippen. »Sag nichts.« Leah zog ihn ins Schlafzimmer, und sie liebten sich ein letztes Mal. In ihrem Liebesakt kam Verzweiflung und Zärtlichkeit zum Ausdruck, die beide nicht in Worte fassen konnten. Aber sie wussten, dass sie diese Nacht ihr Leben lang nicht vergessen würden.

Sie schliefen nicht, standen aber um vier Uhr auf und machten einen letzten Rundgang durch den Bungalow. Leah schloss die Haustür ab und warf die Schlüssel in den Briefkasten. Dann fuhren sie mit dem Mietwagen los.

Der Flughafen Bradford in Leeds war ein deprimierender Ort. Zum Glück war die Maschine nach London wenigstens pünktlich.

Eine Stunde später steuerten sie auf den Check-in-Schalter für Leahs Concorde-Flug um halb elf nach New York zu. Leah beobachtete, wie ihr Gepäck auf dem Band verschwand. Wenn sie ihre Koffer wiedersah, würde sie wenige Minuten später Anthony treffen.

Brett war kalkweiß im Gesicht, seine Augen waren gerötet.

»Kaffee?«, fragte er.

Leah schüttelte den Kopf. Sie wusste, dass sie den Schmerz nur verschlimmern würde, indem sie das Unausweichliche hinauszögerte.

»Ich sollte jetzt gehen. Mein Flug wird bald aufgerufen.«

»Okay.« Brett gelang es nur mit Mühe, sich zu beherrschen. Der Kloß in seinem Hals drohte jeden Moment, sich in eine Tränenflut aufzulösen.

Er ging neben Leah her. Die Strecke zur Passkontrolle war viel zu kurz.

Leah blieb stehen, wenige Meter von dem Abgrund entfernt, in dem sie für immer verschwinden würde.

»Leb wohl, Brett.« Sie hatte den Kopf gesenkt.

Jetzt wurde Brett von seinen Gefühlen überwältigt. Tränen rannen ihm übers Gesicht, und es war ihm vollkommen gleichgültig, ob jemand es bemerkte.

»Ich liebe dich«, flüsterte er.

Leah wandte sich ab und ging zum Schalter.

Brett sah ihr nach, und es kam ihm vor, als liefe alles in Zeitlupe ab. Leah reichte ihr Ticket der Stewardess.

»Nein!« Brett erkannte seine eigene Stimme kaum wieder. Leah war kurz davor, hinter der Absperrung zu verschwinden. Plötzlich kam wieder Leben in ihn. *»Leah! Nein!«* Er rannte los, stürmte an der verblüfften Stewardess vorbei und hielt Leah fest.

Zitternd drehte er sie zu sich.

»Du darfst nicht weggehen. Das kannst du mir nicht antun. Ich weiß, dass du mich liebst. Bitte, Leah, bitte. Wir sind füreinander bestimmt, immer schon. Gib es zu!« Beinahe hätte er sie geschüttelt. »Du liebst mich, Leah, du liebst mich!«

Sie sah Brett an, dem die Tränen übers Gesicht strömten.

In diesem Augenblick entschied sie über ihre Zukunft, zum Guten oder zum Schlechten.

»Ja. Ich liebe dich.«

Zwei Stunden später hob ein Flugzeug der Air France Richtung Paris vom Boden ab, und Brett lächelte der wunderschönen jungen Frau neben ihm zu.

»Du wirst es nicht bereuen, meine Liebste, das verspreche ich dir.«

Leah erwiderte das Lächeln. Dann sah sie aus dem Fenster und schüttelte langsam den Kopf.

16

Anthony legte den Hörer auf und blickte zu dem großen Kronleuchter in der prachtvollen Eingangshalle hoch. Durch den Tränenschleier schien das Licht noch heller zu erstrahlen.

Es kostete ihn große Mühe, sich zu bewegen, doch Anthony zwang sich, ins Wohnzimmer zu gehen, um sich einen Drink einzuschenken.

Sie würde nicht zurückkommen.

Die Worte hallten in seinem Kopf wider, doch sein Verstand schien sie nicht begreifen zu wollen. Bestimmt würde er doch in wenigen Stunden seine Frau nach ihrem Aufenthalt in England vom Flughafen abholen. Sie würden gemeinsam nach Hause fahren und weiter gemeinsam ihr Leben verbringen.

Nein. Leah würde nie wieder hier im Haus wohnen. Sie hatte ihn verlassen, weil sie sich in einen anderen Mann verliebt hatte.

Das kam ständig vor – bei Freunden, Nachbarn, Menschen überall auf der Welt, tagtäglich. Und nun widerfuhr es ihm.

Anthony fühlte sich, als hätte ihm jemand einen Schlag in den Magen versetzt. Seine Beine zitterten unkontrolliert, und er goss sich einen großen Cognac ein.

Dann sackte er auf das cremeweiße Sofa, verschüttete dabei etwas von dem goldbraunen Getränk.

Die Fabergé-Uhr tickte wie gewöhnlich auf dem Kaminsims.

Stille. Diese Stille würde Leahs Vermächtnis sein und künftig seine einzige Gefährtin.

Er war am Boden zerstört. Nicht einmal während der unheilbaren Krankheit seiner ersten Frau hatte Anthony sich so schrecklich gefühlt. Aber damals hatte er auch Zeit gehabt, sich auf den Verlust vorzubereiten, während er miterlebte, wie sie nach und nach dahinschwand.

Doch das jetzt war ein furchtbarer Schock. Keine Sekunde lang hatte er daran gezweifelt, dass Leah zurückkommen würde. Aber als er zurückdachte, erkannte Anthony, dass er es hätte ahnen können. Leah war schon so lange so unglücklich gewesen. Und zwar deshalb, weil sie ihn nicht mehr geliebt hatte. Das wurde Anthony jetzt klar.

Bei ihren Anrufen aus Yorkshire hatte sie viel lebhafter gewirkt, und er hatte ihr gern noch mehr Zeit gegeben, damit sie als die fröhliche Leah von früher zu ihm zurückkehrte.

Doch jetzt verstand er, dass sie sich so glücklich angehört hatte, weil sie sich verliebt hatte.

Der Schmerz war grausam. Anthony wurde übel, wenn er sich vorstellte, wie sie sich der körperlichen Liebe mit einem anderen hingab.

Er hätte vor der Hochzeit begreifen müssen, dass Leah zu jung war, um sich auf Dauer an einen älteren Mann wie ihn zu binden. Brett war in ihrem Alter. Stark und kraftvoll; mit ihm würde Leah gewiss kein Problem haben, ein Kind zu bekommen.

Dennoch war Anthony überzeugt davon, dass kein Mann eine Frau mehr lieben konnte als er Leah.

Er liebte sie selbstlos und absolut. Für ihn würde es nie eine andere geben.

Anthony ließ seinen Tränen freien Lauf.

17

»Bist du glücklich, meine Liebste?«

Leah nickte bedächtig. Sie lag in einem luxuriösen Hotelbett in der romantischsten Stadt der Welt und plante ihre Zukunft mit dem Mann, den sie seit Jahren liebte.

Dennoch konnte sie eine bedrückende Traurigkeit nicht abschütteln. Das Glück und die Freude, die sie in den Tagen mit Brett in Yorkshire erlebt hatte, war schlagartig verflogen, als sie vom Flughafen Heathrow aus bei Anthony angerufen hatte.

Ihr Mann klang völlig verzweifelt, am Boden zerstört, hatte sie aber nicht angefleht zurückzukommen. Er hatte nur gesagt, dass er sie liebte und immer lieben werde und ihrem Glück nicht im Weg stehen wolle.

Leah wäre es lieber gewesen, er hätte vor Wut getobt. Dann hätte sie sich nicht so entsetzlich schuldig fühlen müssen.

Tags zuvor hatte sie Brett vor der École des Beaux-Arts zum Abschied geküsst und ihm viel Glück gewünscht. Sein Vorstellungsgespräch nahm fast den ganzen Vormittag in Anspruch, und in dieser Zeit besuchte Leah alte Freunde in deren Designersalons an der Avenue Montaigne. Ihr Gepäck war inzwischen am Kennedy-Flughafen in New York gelandet, und sie hatte nur das Kleid dabei, das sie am Leib trug. Die Designer begrüßten sie begeistert in ihren geheiligten Hallen, und als Leah berichtete, dass sie wohl nach Paris ziehen würde, wurde sie regelrecht bedrängt, unbedingt wieder als Model zu arbeiten. Sie wandte ein, dass sie doch inzwischen zu alt dafür sei. Das löste jedoch nur Gelächter und die Erwiderung aus, vierundzwanzig sei heutzutage kein Alter mehr für Models – sie solle sich doch nur Jerry Hall, Christie Brinkley und Marie Helvin anschauen!

Die Begegnungen waren erfreulich, aber auch verwirrend für Leah, und ihr wurde plötzlich erst richtig bewusst, was sie getan hatte. Sie ging in ein Café, trank *citron pressé* und aß ein Baguette mit Brie.

Am Abend dieses Tages feierten Brett und sie seine Aufnahme in die École des Beaux-Arts. Sie gingen zum Abendessen ins Maxim's, und Brett fragte Leah, ob sie sich vorstellen könne, die nächsten Jahre in Paris zu leben. Leah antwortete, für die Feinplanung sei noch nicht ganz der richtige Moment, aber grundsätzlich hätte sie nichts dagegen.

Einerseits war das Angebot, wieder als Model zu arbeiten, verlockend – sie musste schließlich etwas zu tun haben, während Brett studierte –, aber sie hatte auch das Gefühl, dass sie gerne etwas Neues ausprobieren würde.

Doch Bretts Augen hatten aufgeleuchtet, als sie ihm von ihren Angeboten berichtet hatte.

»Das ist ja fantastisch, Leah! Ich studiere Kunst, du modelst wieder. Du hast mir ja auch erzählt, dass es dich gelangweilt hat, jahrelang nur im Garten zu arbeiten. Wirst du's dir überlegen?«

Leah hatte genickt. »Ja, auf jeden Fall.«

Brett würde nicht verstehen können, wie viele Gefühle dabei eine Rolle spielten und wie schlimm der Tod von Jenny sie getroffen hatte. Leah wusste aber auch, dass sie das nicht von ihm erwarten konnte.

Jetzt küsste Leah Brett, stand auf und ging ins Bad, um zu duschen.

Ihnen blieb nur noch ein Tag in Paris, bevor sie vorerst erneut nach Yorkshire zurückkehren würden, um ihr neues Leben zu beginnen.

Wenn sie wieder an dem Ort sein konnte, der so viele Erinnerungen barg, würde sie vielleicht beim Blick auf ihre Zukunft mehr Freude und Zuversicht empfinden, sagte sich Leah, während das heiße Wasser über ihren Körper strömte.

Bestimmt würde sie ihr Zusammensein mit Brett wieder unbeschwert genießen können, nachdem sie den Schmerz und die Schuldgefühle wegen der Trennung von Anthony abgeschüttelt hatte.

18

»Rose, meinst du, du könntest in den nächsten Wochen noch eine weitere Person hier unterbringen? Bis wir nach Paris ziehen?«

Brett stand in der Küche des Farmhauses, den Blick zu Boden gerichtet. Die Situation war ihm unendlich peinlich.

Rose seufzte. »Wo ist sie denn jetzt?«

»Bei ihren Eltern, um es ihnen mitzuteilen. Sie sind gestern aus dem Genesungsheim zurückgekehrt, und Leah hält es für gut, dieses Gespräch schnell hinter sich zu bringen. Wir hätten uns ja irgendwo eingemietet, aber mitten in der Hochsaison ist alles ausgebucht.«

Rose nickte langsam. »Natürlich kann Leah hier unterkommen. Ein zweites Bett braucht ihr vermutlich nicht?«, fragte sie mit einem kleinen Lächeln.

Brett lief rot an. »Nein.«

»Ihr werdet übrigens sowieso hier allein sein, weil Miranda, Chloe und ich in einer Woche nach Amerika fliegen. Ich frage mich ja, wie Doreen Thompson diese Nachricht aufnehmen wird. Leahs Mann weiß aber Bescheid, oder? Ich muss nicht fürchten, dass hier ein paar Schläger auftauchen und alles zertrümmern, oder?«

»Nein. Er hat es offenbar ziemlich gefasst aufgenommen. Die beiden waren schon ziemlich lange nicht mehr glücklich zusammen, denke ich.«

Rose entging der leuchtende Blick ihres Neffen nicht, und sie freute sich für ihn. »Und Leah ist einverstanden, mit dir nach Paris zu ziehen?«

»Na ja, wir haben noch nicht ausführlich darüber gesprochen, aber ich glaube schon. Ich werde wahrscheinlich demnächst wieder dorthin fliegen, um vor Semesterbeginn eine Wohnung zu suchen. Leah kommt dann zu mir, wenn ich etwas gefunden habe. Sie will noch eine Weile bei ihren Eltern bleiben und sich davon überzeugen, dass sie allein zurechtkommen.«

Roses Miene wurde ernst. »Leah muss dich wahnsinnig lieben, wenn sie diese Entscheidung getroffen hat. Selbst wenn sie mit ihrem Mann nicht so glücklich war, gibt sie für dich jetzt alles auf. Du darfst sie nicht noch mal im Stich lassen, Brett.«

»Das werde ich auch nicht, Rose. Du weißt doch, was ich für sie empfinde. Ich habe so ein großes Glück, dass ich noch eine zweite Chance bekommen habe. Sobald Leah frei ist, will ich sie heiraten.«

»Gut.« Rose lächelte. »Ich fahre heute Nachmittag nach Leeds, um ein bisschen Garderobe für Amerika einzukaufen. Kann ich dir was mitbringen?«

»Nein, danke. Ich werde ins Atelier gehen, bis Leah herkommt. Mich juckt es schon in den Fingern nach dieser langen Pause.«

Er trat zu Rose und umarmte sie. »Danke, Rose. Ich wusste, dass du Verständnis haben würdest.« Er küsste seine Tante auf die Wange und ging hinaus.

Rose sah ihm nach. Sie hoffte inständig, dass nichts geschehen würde, das dem Glück ihres noch immer sehr romantischen Neffen im Weg stehen könnte.

»Leah! Was machst du denn hier? Ich dachte, du seist längst wieder bei Anthony in Amerika!« Mrs Thompson strahlte, als sie Leah einließ.

»Das erzähle ich gleich. Aber erst mal müsst ihr mir berichten.« Im Wohnzimmer umarmte Leah ihren Vater. »Ich muss ja sagen, ihr seht beide prächtig aus.« Leah drückte die Hand ihres Vaters und fühlte sich schrecklich, weil sie die beiden gleich mit der bestürzenden Nachricht überfallen musste. Ihre Mutter brachte Leah eine Tasse Tee und schilderte dann ausführlich die Segnungen des Genesungsheims.

»So«, schloss Mrs Thompson. »Wir haben haarklein berichtet. Jetzt möchten wir aber wissen, warum du noch hier bist.«

Leah holte tief Luft und gab ihre Erklärung ab. Ihre Eltern sahen so erschüttert aus, dass ihr beinahe die Tränen kamen.

»Es tut mir leid.« Mehr brachte sie nicht hervor.

Nach einem langen betroffenen Schweigen sagte Mrs Thompson: »Bist du dir ganz sicher, dass du nicht einen folgenschweren Fehler machst? Anthony ist so ein herzensguter, fürsorglicher Mann. Er war so gut zu dir.«

Leah hätte sich am liebsten die Ohren zugehalten. Das konnte sie gerade nicht ertragen, obwohl ihre Mutter natürlich recht hatte.

»Ich war schon seit Langem unglücklich, Mum. Und Brett … na ja …« Leah rang die Hände. »Ich liebe ihn.«

»Er hat dich aber schon einmal enttäuscht, Leah. Das kann sich wiederholen. Hat kein Verantwortungsgefühl, der junge Mann. Der ist ein Traumtänzer, wie seine Tante.«

»Er wird mich nicht enttäuschen, Mum. Brett hat sich verändert, ist erwachsen geworden. Er ist kein Junge mehr, sondern ein Mann.«

»Als ich diesen Jungen vor all den Jahren zum ersten Mal gesehen habe, wusste ich vom ersten Moment an, dass der nur Schwierigkeiten machen würde«, sagte Mrs Thompson düster. »Wo wollt ihr denn wohnen?«

»Brett will Rose fragen, ob ich im Farmhaus unterkommen kann, bis wir ab September in Paris leben.«

»Paris? Und was willst du dort machen, während Brett mit seiner Kunst beschäftigt ist?«

»Zwei der großen Modehäuser haben mir bereits angeboten, für sie zu modeln.«

Mrs Thompson runzelte die Stirn. »Und wer hatte mir vor Jahren gesagt, sie wolle nie wieder einen Fuß auf einen Laufsteg setzen?«

»Ich habe noch nichts entschieden«, erwiderte Leah verärgert, weil ihre Mutter dieses Thema aufbrachte. »Ich habe mich fürchterlich gelangweilt in den letzten Jahren, als ich nichts zu tun hatte …«

»Glaubst du nicht, dass du es ziemlich schwierig finden wirst, nach Anthony mit einem Studenten zusammenzuleben? Denn Brett wird voll und ganz mit anderem zu tun haben. Was meinst du, wie viel Zeit dann noch für dich bleibt?«

»Ganz sicher genug. Ich liebe Brett, Mum, und meine Entscheidung steht fest. Außerdem brauche ich ein eigenes Leben, ich möchte nicht von einem Mann abhängig sein. Das war zum Beispiel ein Problem zwischen Anthony und mir.«

Leah wandte sich ihrem Vater zu, der still in seinem Rollstuhl saß.

»Was denkst du, Dad?« Leah sah ihren Vater hilfesuchend an. Er betrachtete sie einen Moment nachdenklich, zuckte dann mit den Schultern.

»Das Wichtigste ist doch, dass unsere Leah glücklich ist. Bist du glücklich, Liebes?«

»O ja«, antwortete Leah von ganzem Herzen. »Sehr glücklich sogar.«

19

Am Abend vor der Abreise von Rose, Miranda und Chloe nach New York nahmen Leah und Brett in der Küche des Farmhauses am Abendessen teil, bei dem es sehr lebhaft zuging.

»Ich möchte einen Toast aussprechen auf Rose Delancey, die ganz sicher Amerika im Sturm erobern wird. Auf Rose!« Brett hob sein Glas.

»Auf Rose!«, riefen auch Miranda, Chloe und Leah.

»Danke für die Ehre, lieber Brett. Und ich stoße auf dich und Leah und euer gemeinsames Leben in Paris an. Ich hoffe, in fortgeschrittenem Alter im Rollstuhl durch die Tate Modern in London chauffiert zu werden, um dort deine Gemälde zu bewundern. Aber bilde dir bloß nicht ein, dass du berühmter als ich werden kannst! Cheers!« Rose lachte.

Leah stand auf. »Und ich möchte allen danken, dass ihr mich hier so herzlich willkommen geheißen habt. Dafür bin ich sehr dankbar.« Sie warf einen Blick auf Miranda, die sie scheu anlächelte.

»Gut, ihr Lieben. Wie wär's, wenn wir alle gemeinsam abwaschen?«, schlug Rose vor.

Miranda schüttelte den Kopf. »Nein, Mum, setz du dich mal schön ins Wohnzimmer. Ich weiß doch, dass du noch in Ruhe mit Brett reden willst. Leah und ich machen zusammen den Abwasch, oder?«

Leah nickte. »Du spülst, ich trockne ab.«

»Ich helf dir, Tante Leah.«

»Das ist prima, Chloe.«

Leah betrachtete Mirandas brünett schimmerndes Haar, als

sie sich über das Spülbecken beugte, und fand, dass ihr die neue Haarfarbe gut stand. Die junge Frau strahlte etwas Trauriges aus, und Leah konnte gut verstehen, warum Brett inzwischen besser mit ihr auskam. Miranda war ausgesprochen freundlich zu Leah gewesen, seit sie ins Farmhaus gezogen war, auch wenn sie bislang keine Gelegenheit für ein längeres Gespräch gefunden hatten.

»Freust du dich auf Amerika, Chloe?«, fragte Leah, während das kleine Mädchen sorgsam einen Teller abtrocknete.

Chloe nickte. »O ja. Wir können Micky Maus sehen.«

»Also Onkel David hat gesagt, wenn du ein ganz braves Mädchen bist«, bemerkte Miranda und zwinkerte Leah zu.

»Magst du meine Latzhose, Tante Leah?«, fragte die Kleine. »Die hab ich heute von Tante Doreen geschenkt bekommen.«

»Ja, die sieht toll aus.« Leah lächelte. Zuvor hatte es eine tränenreiche Abschiedsszene zwischen Doreen und Chloe gegeben. Das kleine Mädchen schien mehr an Mrs Thompson zu hängen als an ihrer eigenen Mutter oder an Rose, was natürlich nicht verwunderlich war.

Als der Abwasch erledigt war, legte Miranda das Geschirrtuch über den Heizkörper. »Schätzchen, geh doch schon mal nach oben und zieh deinen Schlafanzug an, ja? Mummy kommt gleich zu dir.«

»Mach ich. Erzählst du mir dann eine Gutenachtgeschichte, Tante Leah?«

»Aber natürlich.«

Das Mädchen strahlte und hüpfte vergnügt aus der Küche.

»Sie scheint dich sehr zu mögen«, sagte Miranda. »Und deine Mutter war so großartig. Chloe betet sie förmlich an.«

»Deine Tochter ist zauberhaft. Du bist sicher enorm stolz auf sie.«

Miranda lächelte. »Ja, bin ich. Leah …« Sie drehte verlegen eine Kaffeetasse in der Hand. »Falls ich keine Gelegenheit mehr dazu finde, bevor ihr nach Paris zieht … Ich möchte mich für das entschuldigen, was ich an meinem sechzehnten Geburtstag zu dir gesagt habe. Ich war so eifersüchtig auf dich, und … was ich gesagt habe, war alles erlogen. Zwischen Brett und mir war damals kaum mehr als ein Kuss, und der war nicht mal freiwillig von Bretts Seite aus. Ich wusste, dass er dich liebte, und habe ihn dafür gehasst. Es tut mir wahnsinnig leid. Wäre ich nicht gewesen, dann wärt ihr beide jetzt schon lange zusammen.«

Leah setzte sich an den Küchentisch. »Bitte, Miranda, vergiss das alles. Mir ist es gelungen. Ja, sicher war ich damals verzweifelt, vor allem, weil ich glaubte, Brett sei Chloes Vater …«

Mirandas Miene verfinsterte sich. »War er nicht. Ich meine, ist er nicht. Ich schwöre, Leah.«

»Ich bin eben davon ausgegangen, weil du so ein Geheimnis um den Vater gemacht hast.«

Miranda nickte langsam und schaute dann auf. Eine Sekunde lang glaubte Leah in ihrem Blick den drängenden Wunsch zu erkennen, etwas zu offenbaren. Aber dieser Moment war schnell verflogen.

»Ich bin so froh, dass ihr zusammengekommen seid, Brett und du«, sagte Miranda. »Ich selbst habe mich verändert und finde mein Verhalten von früher mittlerweile abscheulich. Und es wäre schön, wenn wir zwei vielleicht Freundinnen werden könnten.«

»Sehr gern, Miranda.« Leah lächelte. »Ich wünsche dir eine wundervolle Zeit in New York. Es ist eine großartige Stadt, du wirst sie bestimmt lieben. Und wenn ihr wieder da seid, könnten wir doch mal zusammen in Haworth Mittag essen gehen, bevor ich nach Paris ziehe. Aber jetzt geh ich wohl lieber mal nach oben zu Chloe.«

»Ja. Danke, Leah.«

Miranda blieb am Küchentisch sitzen und starrte ins Leere. Tränen standen ihr in den Augen, während sie versuchte, die Erinnerungen abzuschütteln, von denen sie seit ihrer frühen Jugend verfolgt wurde.

»Geht es dir gut, Liebste?« Brett streichelte Leahs Wange, als sie am nächsten Abend im Bett lagen. »Du wirkst heute so still.«

Leah starrte in die Dunkelheit.

»Ja, alles in Ordnung. Nur ein bisschen müde. Ich habe in letzter Zeit nicht so gut geschlafen.«

»Es war ein langer Tag für uns. Wir sind schließlich um fünf aufgestanden, um Rose, Miranda und Chloe zum Flughafen zu fahren. Sie müssten jetzt schon in New York sein. Kaum zu glauben, dass ich letztes Jahr auch noch dort gelebt habe. Ist es nicht erstaunlich, wie unser Leben sich entwickelt hat?«

»Wie meinst du das?«

Brett seufzte. »Ach, ich saß gestern Abend am Küchentisch und dachte, dass wir alle so unterschiedlich sind, aber dennoch sind wir jetzt hier wieder zusammen. Als hätte dieser erste Sommer unser aller Leben und unsere Zukunft auf schicksalhafte Weise bestimmt.«

»Ja, so war es«, sagte Leah leise.

»Gute Nacht.« Brett küsste sie und nahm sie in die Arme.

Leah schloss die Augen.

Und es begann aufs Neue. Sie hatte diesen Traum nun jede Nacht, und er war immer gleich. Doch heute Nacht sah sie zum ersten Mal das Gesicht.

»Nein!«

Leah fuhr hoch und knipste das Licht an.

»Was ist los, Liebling?« Brett setzte sich beunruhigt auf.

Sie spürte diesen Mann neben sich, so dicht, dass sie seinen Atem hören konnte.

»Entschuldige. Ich … hatte einen Albtraum.«

»Oh, Liebste, das kommt aber in letzter Zeit häufig vor. Schsch, ich bin doch da. Alles ist gut.«

Er zog sie sachte in seine Arme, streichelte ihr das Haar.

Doch sogar eingehüllt in Bretts Liebe wusste Leah genau, dass sie für den Rest der Nacht nicht mehr zur Ruhe kommen würde; dass niemand sie vor dem Mann beschützen konnte, der sie seit ihrem elften Lebensjahr in ihren Träumen heimsuchte.

Schicksal … Megan … das Böse … Bis zum Morgengrauen rumorte die Angst in ihr.

Leah war aus freien Stücken hierher zurückgekehrt. Damit hatte sie ihren Anteil des Schicksals erfüllt. Und sie ahnte, dass es nicht mehr lange dauern würde, bis er den seinen erfüllte.

20

»Bist du auch ganz sicher, dass du hier zurechtkommst, Liebste? Mir ist gar nicht wohl dabei, dich in dem großen Haus allein zu lassen.«

Die Koffer standen gepackt im Flur. Brett und Leah saßen im Wohnzimmer und warteten auf das Taxi.

Leah lächelte beruhigend. »Aber natürlich. Mum und Dad sind doch ganz in der Nähe, falls ich mich einsam fühle. Außerdem kommen Miranda und Chloe bald zurück.«

Brett zog Leah enger an sich. »Gleich morgen fange ich mit der Wohnungssuche an. Bestimmt finde ich in den nächsten Tagen etwas. Dann könntest du schon Ende der Woche nach Paris fliegen.«

»Ja.«

»Versprichst du mir, dass du mit Roses Anwalt sprichst wegen der Scheidung? Denn je länger du es hinauszögerst, desto länger wird es dauern, bis du frei bist.«

»Ja, verspreche ich«, antwortete Leah entschieden.

Brett hob ihr Kinn an und küsste sie zärtlich. »Du kannst dir gar nicht vorstellen, wie sehr du mir fehlen wirst.«

»Du mir auch«, erwiderte Leah.

Jetzt sahen sie draußen ein Auto, das langsam den Hügel hinauffuhr.

Brett stand auf. »Es geht los, Liebste.«

Sie folgte ihm in den Flur und nahm einen der Koffer.

»Ich liebe dich, Leah. Bitte gib gut auf dich acht. Ich rufe dich an, sobald ich im Hotel bin.«

Brett umarmte sie fest.

»Wiedersehen, Brett.«

Er öffnete die Beifahrertür des Taxis, der Fahrer verstaute das Gepäck. Leah sah dem Wagen nach und winkte, bis er nicht mehr zu sehen war.

Dann ging sie ins Haus zurück.

In dieser Stille allein zu sein, fühlte sich doch recht unheimlich an. Leah überlegte, ob sie ihre Eltern besuchen sollte, entschied sich aber dagegen.

Sie ging in die Küche, um etwas zu essen. Suppe und Brot waren heute Abend genug für sie.

Danach spazierte sie ins Wohnzimmer und staunte erneut darüber, wie es Rose gelungen war, aus dem heruntergekommenen Farmhaus ein behagliches Zuhause zu machen.

Leah ließ sich auf einem der bequemen Sofas nieder, griff nach der Fernbedienung und schaltete den Fernseher an. Doch sie entdeckte auf keinem der Sender etwas Interessantes und stellte ihn schließlich wieder aus.

Auf dem Couchtisch lag ein Stapel Zeitschriften. Leah nahm sich einige und blätterte sie durch, ohne den Inhalt wahrzunehmen.

Zehn vor sieben Uhr abends. Leah war bestürzt, wie schlecht sie mit dem Alleinsein zurechtkam. In ihrer Jugend war sie recht gern allein gewesen, hatte es sogar manchmal genossen. Der Alltag mit Anthony dagegen war strikt durchgeplant gewesen. Und in dieser Zeit war Leah ohnehin so mit ihren Schwangerschaften und dem Verlust der Babys beschäftigt gewesen, dass sie an kaum etwas anderes gedacht hatte.

Auf einmal kam ihr der Gedanke, dass sie nicht mehr wusste, wer sie eigentlich war.

Ihr Leben war ein einziges fürchterliches Chaos. Das vernünftige, selbstständige Mädchen, das sie früher gewesen war, schien es nicht mehr zu geben.

Was war aus ihrem Traum geworden, etwas Sinnvolles mit ihrem Geld anzufangen und die Welt zu einem lebenswerteren

Ort zu machen? Den hatte sie über ihren eigenen Problemen komplett aus den Augen verloren.

Leah stand auf und ging langsam zu dem gut bestückten Barschrank. Sie nahm eine Flasche Gin heraus und betrachtete sie nachdenklich.

Die Entscheidung oblag ihr. Und sie wollte etwas trinken.

Obwohl sie dieses Getränk nicht gewöhnt war, schenkte sie sich reichlich ein und gab etwas Tonic Water hinzu.

Der bittere Geschmack brannte in ihrem Hals, und sie hustete heftig. Sie goss noch etwas Tonic nach und ließ sich wieder auf dem Sofa nieder.

Männer. Seit ihrem fünfzehnten Lebensjahr hatten sie ihr Leben bestimmt. Zuerst Brett, dann Carlo, anschließend Anthony. Trotz ihrer erfolgreichen Karriere hatte sie zugelassen, dass sich in ihrem Leben alles um ihre Beziehungen drehte.

Während Leah in großen Schlucken den Gin Tonic trank, dachte sie an die glücklichste Zeit ihres Lebens zurück – als sie mit Jenny in New York zusammengewohnt hatte. Leah fehlten die Nächte, in denen sie sich bis in die Morgenstunden allerlei Geschichten erzählt und über das bizarre Universum gelacht hatten, in dem sie gelandet waren.

In ihrer Ehe mit Anthony hatte sie zu viel Leerlauf gehabt. Deshalb waren auch die Probleme mit den Schwangerschaften viel zu schwerwiegend geworden, hatten zu viel Raum eingenommen.

Leah stand auf und machte sich noch einen Drink.

Sie hatte sich eingebildet, ihr Leben im Griff zu haben, war aber in Wahrheit genauso von anderen fremdbestimmt worden wie ihre mittlerweile tote Freundin. Bei diesem Gedanken kamen Leah die Tränen, weil die Welt so kompliziert und schön und grausam und wundervoll war und weil sie selbst sich zum ersten Mal wirklich erkennen konnte.

Sogar nachdem sie die Flasche Gin zur Hälfte geleert hatte, fühlte Leah sich nicht betrunken. Die verblüffende Klarheit, mit der sie plötzlich ihr Leben erkennen konnte, war den Kater am nächsten Tag wert. Sie verstand jetzt, dass sie künftig eigenständige Entscheidungen treffen musste und dabei nur ihr eigenes Wohlbefinden im Blick haben sollte.

Sie liebte Brett über alles.

Trotz ihrer stürmischen Geschichte gab er ihr das Gefühl von Sicherheit und Geborgenheit. Aber wollte sie mit ihm in Paris leben? Leah musste sich eingestehen, dass sie es nicht genau wusste. Noch unsicherer war sie, was die Rückkehr in die Modelwelt betraf. Nachdem sie heute Abend so intensiv an Jenny gedacht hatte, begann Leah, an dieser Idee zu zweifeln.

Sie musste mit Brett über ihre Bedenken sprechen, daran führte kein Weg vorbei. Wenn es wirklich die große Liebe war, würde sie das doch auch ertragen, wenn man häufiger reisen musste, oder nicht? Falls Brett das anders sah, würde er eine Entscheidung über ihre Zukunft treffen müssen. Und wie diese auch ausfallen würde, wollte Leah darauf achten, dass es ihr damit gut ging.

Ihre Gedanken wanderten zu ihren Eltern und deren Meinungen, und sie hatte die Stimme ihres Vaters im Ohr.

Das Wichtigste ist doch, dass unsere Leah glücklich ist. Bist du glücklich, Liebes?

»Ich weiß, dass ich es sein kann, Dad«, flüsterte sie. »Weil ich mich dafür *entscheide.*«

Leah war felsenfest entschlossen, künftig allein verantwortlich zu sein für ihren Lebensweg. Niemand anderer sollte darüber bestimmen.

Die wiederkehrenden Albträume? Sie waren Ausdruck ihres verworrenen Zustands, ein Zeichen dafür, dass sie nicht im Gleichgewicht war. Erleichterung durchströmte sie. Genau, so war es.

Miranda und Chloe würden spätestens in fünf Tagen wieder hier sein. Leah hatte also auch fünf Tage ohne Brett vor sich, in denen sie sich sortieren konnte. Eine wohltuende Auszeit, die ihr sicher aus gutem Grund zuteilgeworden war.

Als sie später nach oben ging, wusste sie, dass sie am nächsten Morgen einen ziemlichen Kater haben würde. Aber sie hatte an diesem Abend eine Form von geistiger Freiheit gewonnen, über die sie sehr froh war.

Sie wusste jetzt, dass sie ihre eigenen Antworten finden würde.

Zum ersten Mal seit Monaten in innerem Frieden mit sich selbst, tappte Leah in ihr Zimmer, schlüpfte unter die Bettdecke und sank in einen traumlosen Schlaf.

Er beobachtete, wie das Licht ausging. Irgendwo in der Scheune rief eine Eule.

Nein, nicht heute Abend. Die anderen mochten noch eine Zeit lang weg sein, aber womöglich kam Brett wieder zurück.

Der Moment war noch nicht der richtige.

Er würde sich gedulden.

21

Anthony wurde durch Dauerklingeln an der Haustür beim Mittagessen gestört. Wer zum Teufel wollte ihn an einem Sonntag so dringend sprechen?

»Schon gut, schon gut, ich komme ja«, murmelte er vor sich hin, als er kurz vor der Tür der Haushälterin begegnete.

»Ist schon in Ordnung, Betty, ich mache selbst auf.«

Sie zuckte mit den Schultern und verschwand wieder.

Anthony spähte durch den Spion und sah eine Polizeiuniform. Daneben stand ein Mann in Zivil, der jetzt einen Ausweis an den Spion hielt. Anthony schaltete die Alarmanlage aus und öffnete die Tür.

»Wie kann ich Ihnen helfen?«

»Detective Cunningham, FBI. Entschuldigen Sie die Störung, Sir, aber ist Mrs van Schiele zu Hause?«

»Nein, sie …« Anthony brachte die Worte nicht über die Lippen. »Sie ist verreist.«

»Entschuldigen Sie, Sir, aber könnten Sie mir sagen, wo sie sich aufhält?«

»Sie ist in England. In Yorkshire, genauer gesagt. Bei ihren Eltern.«

Cunningham runzelte besorgt die Stirn. »In diesem Fall, Sir, sollten wir besser reinkommen.«

»Es geht ihr doch hoffentlich gut?«

»Im Moment wissen wir von nichts Gegenteiligem.«

Anthony geleitete die beiden Männer ins Wohnzimmer.

»Weshalb möchten Sie denn meine Frau sprechen?«, erkundigte er sich.

»Wegen diesem hier, Sir.«

Der Detective entnahm seinem Aktenkoffer eine dicke Plastikhülle und reichte sie Anthony.

Er betrachtete den Inhalt. Es handelte sich um ältere Ausgaben von *Vanity Fair, Harpers & Queen* und der amerikanischen *Vogue.*

Anthony sah den Detective verständnislos an. »Warum zeigen Sie mir das?«

»Wollen wir uns vielleicht setzen, Mr van Schiele?«

Anthony nickte. Cunningham und er ließen sich auf dem Sofa nieder, der uniformierte Polizist setzte sich in den Sessel gegenüber.

»Hat Ihre Frau in letzter Zeit noch mehr beunruhigende Post erhalten?«, fragte der Detective.

Anthony schüttelte den Kopf. Im Flur lag ein ganzer Stapel ungeöffneter Briefe an Leah.

»Soweit ich weiß, nicht«, antwortete er. »Ich habe die Post meiner Frau allerdings nicht geöffnet, seit sie verreist ist. Aber Carlo Porselli ist doch in Italien in Haft.«

Cunningham nickte. »Und genau das ist unser Hauptproblem. Wir glauben nämlich inzwischen, dass es nicht Mr Porselli war, der Ihrer Frau die zerschlitzten Fotos geschickt hat.« Cunningham wies auf die Zeitschriften. »Die hier haben wir im Zuge einer anderen Ermittlung gefunden. Und nicht nur das.«

»Ich … entschuldigen Sie, aber ich kann Ihnen nicht ganz folgen. Können Sie mir das bitte genauer erklären?«

»Selbstverständlich. Vor einigen Tagen wurde die Polizei in ein Apartment in New York gerufen. Nachbarn hatten sich über einen schrecklichen Gestank aus der Wohnung über ihnen beschwert. Die Polizei verschaffte sich Zutritt und entdeckte die verwesenden Überreste einer jungen Frau unter den Dielen. Sie muss schon eine ganze Weile dort gelegen haben. Ich wurde zum Tatort bestellt. In einem Zimmer dieser Wohnung fanden wir Hunderte Fotos von Ihrer Frau. Sie waren an die

Wände geheftet und mit einem Messer zerschlitzt und verunstaltet worden, vor allem das Gesicht. Wir entdeckten auch eine Kohlezeichnung von Ihrer Frau, die in Schnipsel zerrissen worden war. Und fanden eben auch diese Zeitschriften hier.« Cunningham schlug eine von ihnen an einer markierten Stelle auf. »Aus allen vier Heften wurde eine Seite herausgerissen. Zuerst verstanden wir das nicht, ließen uns aber aus den Redaktionen Exemplare der jeweiligen Ausgabe schicken. Und dabei fiel uns auf, dass darauf jeweils Ihre Frau abgebildet war, Mr van Schiele. Als wir einen Abgleich mit den anderen Heften machten, stellten wir fest, dass es sich bei den fehlenden Seiten um die zerschlitzten Fotos Ihrer Frau handelte, die wir vor Monaten von Ihnen erhalten haben.«

Anthony schwieg, und Cunningham entging nicht, dass er kreidebleich geworden war.

»Wir haben keinerlei Zweifel mehr«, fuhr der Detective fort, »dass der Mann aus der New Yorker Wohnung die Fotos an Ihre Frau geschickt hat. Und wir sind jetzt überzeugt davon, dass der falsche Mann wegen des Mordes an Maria Malgasa in Haft sitzt. Die Tote in New York wurde auf die gleiche Weise umgebracht wie Malgasa. Die Spurensicherung hat uns bestätigt, dass es in dem Hotelzimmer in Mailand, in dem sie ermordet wurde, auch nicht identifizierbare Fingerabdrücke gab. Sie sind nicht nur identisch mit denen, die auf den Dingen des Opfers in New York gefunden wurden, sondern führen auch zu einem ebenso ausgeführten Mord an einer Prostituierten vor drei Jahren in Großbritannien.«

Anthony brachte vor Entsetzen immer noch kein Wort über die Lippen.

»Und es gibt eine weitere Spur«, sagte Cunningham. »Der Mann, der die Wohnung in New York gemietet hatte, in der die Tote gefunden wurde, war zum Zeitpunkt von Maria Malgasas Tod in Mailand. Er war der Fotograf bei ihrem Shooting.«

»Wer ist dieser Mann?«, fragte Anthony fassungslos.

»Miles Delancey. Der Modefotograf. Leider ist er derzeit unauffindbar. Seit dem Shooting mit Malgasa in Mailand ist er nicht mehr in seine Wohnung in New York zurückgekehrt. Wir vermuten, dass er direkt nach England geflogen ist. Und wir sind uns ziemlich sicher, dass Ihre Frau sein nächstes Opfer sein soll.«

22

»Vor einer Weile hat das Telefon geklingelt, Liebes. Ich habe geschlafen, und dann hörte es auf, bevor ich rangehen konnte. Als es noch mal anfing, habe ich abgenommen, dabei aber mit meinen steifen Fingern den Hörer fallen lassen.« Ein monotones Tuten drang aus dem Hörer, der neben dem Rollstuhl am Boden lag.

Mrs Thompson bückte sich und legte auf. »Ich frage mich, wer das gewesen sein kann«, sagte sie stirnrunzelnd. »Ich war gerade oben bei Leah im Farmhaus. Da funktioniert das Telefon nicht, sie kann es also nicht gewesen sein. Tja, wenn es dringend war, wird sich der Anrufer schon wieder melden.«

Mr Thompson nickte, einmal mehr beschämt über seine Gebrechlichkeit.

»Ich mache dir jetzt Abendessen, Schatz. Es gibt Rindereintopf und Yorkshire Puddings.« Mrs Thompson warf ihrem Mann ein liebevolles Lächeln zu und ging in die Küche.

Er erwachte vom Motorbrummen eines Autos in der Nähe.

Aufmerksam horchte er, während es sich wieder entfernte. Wie lange er geschlafen hatte, wusste er nicht, aber in der Scheune war es stockfinster. Er tastete nach der Taschenlampe und schaute auf seine Armbanduhr. Zehn vor zehn.

Er hatte einen Traum gehabt, von ihr.

Jetzt wollte er nicht mehr länger warten.

Heute Nacht musste es passieren. Er hatte das Haus vier Tage lang beobachtet. Niemand außer ihrer Mutter war dort aufgetaucht. Sie war jetzt allein, und er musste handeln, bevor jemand von den anderen zurückkehrte.

Eine Stunde würde er noch abwarten und dann losgehen.

Er gab sich genüsslich der Vorstellung hin, was er mit ihr machen würde, und berührte sich dabei selbst.

Früher hatte er sie abgöttisch geliebt. Sie war so wunderschön, viel zu vollkommen, um von Männern angefasst zu werden.

Doch dann hatte sie ihn aus ihrer Wohnung geworfen, auf die Straße gesetzt. Hatte ihm gedroht und ihn wie Abschaum behandelt.

Und vor drei Wochen hatte er beobachtet, wie sie es mit diesem Dreckskerl Brett im Moor trieb.

Von diesem Moment an hatte es keinen Zweifel mehr gegeben, dass sie keinen Deut besser war als die anderen.

Sie gehörte ihm. Seit jeher.

Und jetzt war die Zeit reif.

Er spähte aus der Scheune. Oben im Haus war das Licht ausgegangen.

Einbrechen musste er nicht. Er war schließlich hier aufgewachsen und hatte einen Schlüssel.

An der Scheune gab es keine Beleuchtung, und im Licht des Halbmondes hastete er zur Haustür und schloss sie auf.

Im Vorraum war es finster. Er schloss die Tür hinter sich und wartete ab, während seine Augen sich an die Dunkelheit gewöhnten.

Eine Gestalt in einem langen Gewand kam die Treppe herunter. Er hielt den Atem an und lächelte in sich hinein.

Sie kam zu ihm.

Erregung erfasste ihn, als er sie beobachtete. Ihr langes dunkles Haar fiel über ihre Schultern.

Jetzt kam sie unten an und durchquerte den Vorraum.

Miles packte sie, presste ihr die Hand auf den Mund und zerrte sie den Flur entlang ins Wohnzimmer.

Sie wehrte sich, war aber machtlos gegenüber seiner brutalen Kraft.

Er drückte sie mit dem Gesicht nach unten auf den Boden.

»Du weißt, wer ich bin. Und du wusstest, dass ich zu dir kommen werde, nicht?«

»Miles …«

»Sei still! Wenn du noch einen Laut von dir gibst oder dich bewegst, töte ich dich sofort.«

Es war wichtig, dass sie nicht redete, den Moment nicht ruinierte, auf den er so lange hatte warten müssen.

Er bückte sich und riss ihr den Morgenmantel herunter. Ja, er würde sie so nehmen, wie sie da lag.

Sie gab kleine Laute von sich, als er gewaltsam in sie eindrang, aber er hörte sie kaum noch, weil seine Hände ihren schlanken Hals umschlossen und zudrückten, während er mit seinem vollen Gewicht auf ihr lag.

»Du Schlampe! Das wolltest du doch schon als Mädchen. Du hast immer mir gehört, immer. Ich hab immer geglaubt, du wärst so rein und unschuldig, und dabei hast du es mit diesem Dreckskerl getrieben!«

Miles drückte noch fester zu, bis sie unter seinen Händen erschlaffte.

Rasch richtete er sich auf. Die Schuldgefühle würden ihn bald überfallen, wie jedes Mal. Er musste so schnell wie möglich weg von hier, würde den Range Rover von Rose nehmen. Die Schlüssel lagen in der Kommode an der Wohnzimmertür.

»Mummy!«

Miles fuhr herum. In der Tür stand eine kleine Gestalt, die sich nach dem Schalter reckte und das Licht einschaltete.

Miles blinzelte.

Das Kind schaute an ihm vorbei auf die leblose Frau am Boden und stieß einen schrillen Schrei aus.

»Mummy!«

Das kleine Mädchen mit den blauen Augen starrte zu ihm hoch.

»Was hast du mit meiner Mummy gemacht?«

23

Das Mädchen rannte an Miles vorbei, sank neben der Frau am Boden auf die Knie und schüttelte sie. Als sie sich nicht rührte, begann das Kind markerschütternd zu schreien.

Miles stand da wie erstarrt. Er verstand nicht, wie …

»Chloe, um Himmels willen, was ist los?«

Miles fuhr herum. In der Tür stand Leah, die bei seinem Anblick die Hand vor den Mund schlug und an ihm vorbei ins Wohnzimmer schaute.

Miles schüttelte verwirrt den Kopf. Er hatte Leah doch gerade erwürgt. Sie lag tot am Boden.

»Chloe, komm zu Leah. Komm her. Alles okay mit Mummy. Komm zu mir, komm.«

Miles' Haare waren lang und ungewaschen. Er wirkte verwahrlost und roch schlecht.

Doch am schockierendsten war der unübersehbare Wahnsinn in seinen Augen.

Er schien jetzt völlig verstört zu sein, weil er es eigentlich auf Leah abgesehen hatte, wie ihre Träume immer wieder prophezeit hatten. Stattdessen hatte er Miranda überfallen, die früher als geplant aus Amerika zurückgekehrt war.

Leah wusste, dass sie für Miranda nichts mehr tun konnte. Jetzt ging es vor allem darum, Chloe zu retten, von hier wegzubringen.

Und das so schnell wie möglich, solange Miles noch von seiner Verwirrung abgelenkt war.

»Komm zu mir, Chloe, komm, Schätzchen.« Leah winkte das Mädchen zu sich, versuchte dabei, nicht auf die nackte reglose

Gestalt am Boden zu schauen, deren dunkles Haar ihr Gesicht verdeckte.

»Lass uns in die Küche gehen, dann geb ich dir was zu trinken.« Während sie sprach, ließ Leah Miles nicht aus den Augen.

Als Chloe zu ihr lief, nahm sie das Mädchen an der Hand und ging ganz langsam mit ihm hinaus. In der Küche machte sie hastig die Tür zu und schloss sie ab. Leah wusste, dass sie nur weglaufen konnten. Das Telefon war defekt, sie konnte niemanden anrufen.

Rasch ging Leah vor der weinenden Chloe in die Hocke und sagte: »Ganz ruhig, Schätzchen. Ich möchte, dass du jetzt ein ganz großes Mädchen bist und alles machst, was Tante Leah dir sagt, okay? Wir müssen so schnell wie möglich ins Dorf laufen, um Hilfe für Mummy zu holen, ja?«

Chloe nickte.

Leah zog das Mädchen zur Hintertür und schloss mit zitternden Händen auf. Dann nahm sie Chloes Hand, und die beiden rannten in die Nacht hinaus.

Miles stand immer noch reglos da und starrte auf die Frau am Boden. Dann näherte er sich ihr langsam und sank auf die Knie. Mit pochendem Herzen strich er das üppige Haar aus dem Gesicht und drehte die Tote auf den Rücken.

Leuchtend blaue Augen blickten leblos zu ihm auf.

Er heulte auf wie ein Tier, als er die Tote hochzog und an seine Brust drückte.

»Neeein! Bitte nicht!«

Nicht Miranda.

Sie hatte ihn verstanden, hatte ihn seit Kindertagen in ihr Bett genommen und getröstet, wenn er wieder die schrecklichen Albträume hatte. Er wiegte den leblosen Körper in seinen Armen, streichelte das dunkle Haar. Tränen strömten ihm übers Gesicht, und er küsste Miranda in dem verzweifelten Versuch, sie wieder zum Leben zu erwecken.

Aus dem Augenwinkel nahm er vor dem Fenster eine Bewegung wahr. Er ließ Miranda zu Boden sinken, richtete sich auf. Zwei Gestalten rannten draußen den Hügel hinunter.

Sofort war er von Hass erfüllt. Leah war schuld. Sie war schuld an Mirandas Tod und musste dafür bestraft werden.

Er rannte zur Tür.

»Komm, Schätzchen. Du schaffst das. Lauf schneller.«

Keuchend zerrte Leah das Mädchen hinter sich her.

»Ich will stehen bleiben, Tante Leah! Ich kann nicht mehr!«

»Bitte lauf weiter, Chloe. Du musst. Für Mummy.«

Leah versuchte, sich fieberhaft einen Plan einfallen zu lassen. Miles war eindeutig wahnsinnig und würde sie beide umbringen. Die beste Lösung war, zu ihren Eltern zu laufen und von dort aus Hilfe zu holen.

»Aua!«, schrie Chloe, als sie einen Hausschuh verlor und der scharfkantige Schotter ihr in die Fußsohle schnitt. Chloe riss sich los und rannte zurück, um den Schuh zu holen. In diesem Moment leuchteten zwei Scheinwerfer in der Dunkelheit auf und näherten sich mit beängstigender Geschwindigkeit.

»Schnell! Wir müssen ins Moor!« Leah packte Chloe und rannte auf die Grasfläche. Sie würden am Stausee vorbei ins Dorf laufen müssen, wo Miles mit dem Auto nicht folgen konnte.

Hinter sich hörte sie, wie der Wagen langsamer wurde. Dann heulte der Motor auf. Miles raste wahrhaftig mit dem Auto querfeldein.

»O mein Gott, nein!«

Chloe schrie panisch, und Leah hielt ihre Hand ganz fest, damit sie sich nicht losriss.

Bitte, Gott, er darf uns nicht kriegen. Bitte hilf uns!

Leah hastete weiter in Richtung des Stausees. Hinter ihnen näherte sich der Wagen, es kam ihr vor, als bohrte sich das Licht der Scheinwerfer in ihren Rücken.

Hier gab es nirgendwo ein Versteck, und Chloe mit ihren kurzen Beinen konnte kaum noch mithalten.

Dann kam Leah ein Gedanke. Miles hatte es auf sie abgesehen, nicht auf Chloe.

Sie schaute über die Schulter zurück. Das Auto war höchstens noch fünfhundert Meter entfernt. Es gab kein Entkommen. Er würde sie beide töten.

Aber sie konnte zumindest versuchen, Chloes Leben zu retten.

Mit einem Kraftschub, den sie ihrem erschöpften Körper kaum noch zugetraut hätte, stieß Leah das Kind so weit wie möglich von sich weg einen Hügel hinunter und hoffte, dass es unversehrt landen würde. Dann blickte sie wieder nach hinten. Der Wagen näherte sich unaufhaltsam.

Leah rannte keuchend weiter, über das Hochmoor, lief um ihr Leben, wie sie es immer wieder geträumt hatte.

Als in etwa zweihundert Meter Entfernung eine niedrige Mauer in Sicht kam, durchzuckte Leah ein Hoffnungsfunke. Dort würde Miles aussteigen müssen.

Ihre Lunge schmerzte, und sie flehte ihre Beine an, schneller zu laufen, während sie auf die Mauer zusteuerte.

Sie hörte, wie nah der Wagen schon war, schaute aber nicht mehr zurück.

Jetzt erreichte sie die Mauer, hangelte sich hoch. Unterhalb schimmerte das Wasser des Stausees, dahinter funkelten die Lichter von Oxenhope.

Leah sprang auf der anderen Seite der Mauer hinunter und schrie vor Schmerz auf, als sie bei der Landung mit dem Knöchel umknickte und ein Knacken hörte.

Nein, bitte, nicht ohnmächtig werden, dann bin ich tot.

Sie rappelte sich hoch. Der Schmerz war so mörderisch, dass ihr übel wurde.

Weiterlaufen, weiterlaufen. Tränen strömten ihr übers Gesicht, während sie hörte, wie der Wagen zum Halten kam und eine Tür geöffnet wurde.

Leah humpelte weiter, flehte darum, nicht bewusstlos zu werden. Zuckende blaue Lichter erleuchteten den Himmel.

»Gib auf, Leah, es ist nutzlos! Ich bin dicht hinter dir, ich krieg dich! Gib auf!«

»Nein! Nein!«, schrie sie mit letzter Kraft.

Dann stolperte sie über einen Grashügel und fiel der Länge nach hin.

Leah rang nach Atem, versuchte sich zu bewegen, aber es gelang ihr nicht mehr.

Das war das Ende.

Sie hörte schon sein Keuchen hinter ihr. Leah schloss die Augen und begann zu beten. Äste knackten, dann fiel er hinter ihr auf die Knie.

Hände schlossen sich um ihren Hals und drückten zu. Leah konnte sich nicht mehr wehren.

Das war nun ihr Schicksal.

Sie merkte, wie ihre Atmung versagte.

Dann knallte plötzlich ein Schuss.

Der Druck an ihrem Hals ließ abrupt nach. Leah wusste, dass sie sich jetzt bewegen sollte, war aber nicht imstande dazu.

»Aufstehen! Hände hoch, oder wir schießen!«

In ihrem benebelten Zustand war Leah nicht sicher, ob sie sich die Männerstimme einbildete, die übers Moor schallte.

Miles richtete sich auf, schaute in alle Richtungen.

»Geben Sie auf, und Ihnen wird nichts geschehen!«, ließ sich die Stimme erneut vernehmen. »Weg von der Frau!«

Er blinzelte, als Scheinwerfer aufflammten und die Landschaft beleuchteten.

»Niemals! Sie gehört mir!«

Leah spürte, wie die Hände erneut ihren Hals umklammerten.

O Gott, nein. Bitte nicht!

Ein weiterer Schuss zerriss die Luft. Miles zuckte zusammen und schrie auf. Er ließ Leah los und umklammerte sein schmerzendes Bein, rappelte sich dann aber hoch. An seiner Wade sickerte Blut durch die Hose.

Er riss Leah vom Boden hoch und zerrte sie zu der Mauer.

»Lassen Sie die Frau los, Miles!«

Übler Geruch drang ihr in die Nase, als er keuchte: »Die schießen nicht, solange ich dich habe, verstehst du?«

Er schob Leah auf die Mauer, hangelte sich selbst hoch, und sie landeten gemeinsam auf der anderen Seite.

»Wir steigen jetzt ins Auto, und du fährst«, keuchte Miles.

»Ich … kann nicht. Mein Knöchel«, ächzte Leah.

Miles zerrte sie grob mit sich, öffnete die Tür an der Fahrerseite, stieß Leah hinein. Dann stieg er auf der anderen Seite ein.

»Fahr los! Mach schon!«

Leah drehte panisch den Schlüssel, der Wagen startete. Als sie die Kupplung durchtrat, schrie sie auf vor Schmerz.

»Fahr, du blöde Schlampe. Nach unten! Weg von denen!«

Leah gab Gas, der Wagen machte einen Satz. Miles krempelte sein Hosenbein hoch, um irgendwie den Blutfluss zu stoppen.

»Aber so fahren wir auf den Stausee zu, Miles! Wir müssen in die andere Richtung, zur Straße.« Der steile Abhang, an dessen Fuß das Wasser des Sees glitzerte, erfüllte Leah mit Grauen.

»Nein! Den Abhang runter, am Stausee fahren wir dann querfeldein.«

»Aber das ist viel zu steil, Miles, wir …«

»Mach es einfach!«, brüllte er.

»Okay, okay.«

Im Rückspiegel sah sie Scheinwerfer hinter ihnen, die dem Wagen folgten.

»Schneller! Schneller! Die kommen näher!«

»Kann ich nicht! Dann kippen wir um!«

»Ach, zum Teufel!«

Miles trat ihren Fuß vom Gaspedal weg und stellte seinen eigenen drauf. Dann packte er das Lenkrad.

»Du musst bremsen, Miles! Wir landen im Stausee!«

Aber er hörte nicht auf sie. Der Wagen raste unaufhaltsam den Hügel hinunter, das Wasser kam näher und näher.

Leah wusste, dass sie sterben würden, wenn sie unten ankamen.

»O mein Gott!«, schluchzte sie und lehnte sich mit ihrem ganzen Gewicht an die Tür.

Es gab nur einen Ausweg. Hastig tastete sie nach dem Türhebel.

Mit letzter Kraft riss sie daran, die Tür ging auf.

Leah warf sich hinaus, landete hart am Boden.

Etwas explodierte wenige Meter von ihr entfernt, als eine Kugel einen Reifen traf.

Sie hob den Kopf und sah, wie das Auto sich mehrmals überschlug, in einem Flammenball aufging und unten in den Stausee stürzte.

Dann wurde alles schwarz.

24

Roses Gesicht war aschfahl, während sie zusah, wie der Sarg in die Erde gesenkt wurde. Ihre Augen waren gerötet vom Weinen.

Von Miles war kaum noch etwas übrig gewesen, das beerdigt werden konnte. Und welcher Geistliche würde auch schon eine Trauerrede für einen Mann halten, der seine eigene Schwester und andere Frauen ermordet hatte?

Rose fühlte sich schwächlich, während sie den Worten des Pfarrers lauschte, der für Mirandas Seele betete.

Einige Trauergäste legten Kränze am Grab ab und entfernten sich.

»Komm, Rose. Wir sollten auch gehen.« Brett legte seiner Tante den Arm um die Schultern.

Sie schüttelte den Kopf. »Nein, Brett. Ich möchte noch eine Weile hierbleiben. Könntest du dich vielleicht um die Gäste im Farmhaus kümmern, bis ich zurück bin?«

»Natürlich.« Brett zögerte. »Aber bleib nicht zu lang, ja?«

»Nein, nein.« Rose sah den anderen nach, bis sie verschwunden waren. Dann entfernte sich auch das Brummen der Motoren, und nur noch Vogelgezwitscher war zu hören an diesem milden Septembernachmittag.

Sie wandte sich wieder zum Grab und sank auf die Knie.

»Miranda, mein Liebes. Ich weiß nicht, ob du mich hören kannst. Falls ja, hör dir bitte an, was ich zu sagen habe. Ich muss es jemandem erzählen, muss erklären, warum es meine Schuld ist, dass du nun da unten in der Erde liegst. Ich bete darum, dass du mich verstehen und mir vergeben wirst.«

Rose wischte sich Tränen vom Gesicht und holte tief Luft.

25

London, Oktober 1946

Ihre erste Nacht in London verbrachten David und Rosa unter einer Hecke im Hyde Park, dicht aneinandergedrängt.

David empfand nur noch Hoffnungslosigkeit. Niemals hätte er sich einbilden dürfen, dass sie endlich einen Zufluchtsort gefunden hatten.

Er war vollkommen überrascht gewesen, als man ihn beim Roten Kreuz von dem Brief seiner Großmutter Victoria berichtet hatte. Nachdem Tage zu Wochen und Wochen zu Monaten geworden waren, hatte David nicht mehr geglaubt, dass er jemals Antwort auf seinen Brief erhalten würde. Doch dann hatte ihn ein Helfer in seine Hütte bestellt und ihm berichtet, dass Großmutter Victoria sie in London bei sich unterbringen würde. Sie hatte auch Geld für die Überfahrt mit dem Schiff mitgeschickt.

David bedauerte nur sehr, dass sie die kleine Tonia im Lager zurücklassen mussten. Sie war nicht mit ihnen verwandt, und selbst wenn ihr die Einreise in England gestattet worden wäre, konnte er kaum verlangen, dass seine Großeltern ein weiteres Kind bei sich aufnahmen. Doch der Helfer vom Roten Kreuz hatte ihm versichert, man werde sich gut um Tonia kümmern und sich bemühen, sie so schnell wie möglich bei Adoptiveltern unterzubringen.

Nachdem das Schiff in Tilbury angelegt hatte, wurden Rosa und er in einen Bus zum Bahnhof King's Cross gesetzt. Dort wurden sie von einer kleinen vornehmen Dame und einem großen stattlichen Mann abgeholt, der einen eleganten Anzug trug und die abgemagerten Kinder mit finsterem Blick anstarrte. Es handelte sich um Robert, Lord Brown, ihren Großvater mütterlicherseits.

Während Victoria und der Rest Großbritanniens mit Entsetzen den Radioberichten über die Gräueltaten der Deutschen an den Juden gelauscht hatten, hatte Robert keine Miene verzogen.

Er war Antisemit, anti-deutsch, anti-alles außer den Briten. Seine Jahre in Indien hatten ihn zur schlimmsten Sorte von Patriot gemacht, seine Ansichten waren engstirnig und menschenverachtend.

Als Beatrice aus Paris angerufen und erzählt hatte, dass Adele vermisst werde und wohl nie mehr zurückkehren würde, hatte Robert sie komplett aus seinem Leben gestrichen. Allen Freunden hatte er gesagt, sie sei bei einem Autounfall unweit des Arc de Triomphe tödlich verunglückt.

Victoria hatte ihn angefleht, sie bei der Suche nach ihrer gemeinsamen Tochter zu unterstützen, aber er hatte sich strikt geweigert und gedonnert, ihr Name solle in seinem Haus nie wieder erwähnt werden, sie sei für ihn gestorben.

Entsprechend hatte er den Brief vom Roten Kreuz mit düsterer Miene gelesen und war vor Wut fast explodiert, als er sah, dass ihre Tochter einen jüdischen Mann geheiratet hatte. Daraufhin hatte er den Brief ins Kaminfeuer geworfen und von Victoria verlangt, das Thema nie wieder anzusprechen. Sein Nein war unumstößlich gewesen.

»Sollen sie doch verrotten wie ihre Mutter«, hatte er geknurrt.

»Ich kann nicht fassen, was ich da höre, Robert! Um alles in der Welt! Die beiden sind deine Enkelkinder, sie gehören zur Familie!« Victoria hatte verzweifelt die Hände gerungen.

Der breitschultrige Mann mit dem schütteren Haar hatte die Hände aufs Kaminsims gestützt und hartnäckig den Kopf geschüttelt, und Victoria war resigniert in einen Sessel gesunken. Es war aussichtslos.

»Aber was soll ich denn tun?«, hatte sie gefragt. »Wenn wir sie nicht aufnehmen, werden sie als illegale Einwanderer nach

Polen zurückgeschickt und in ein Übergangslager gesteckt. Und die beiden haben schon so schreckliches Leid durchgemacht. Ich kann nicht fassen, dass du so etwas jemandem antun willst, geschweige denn deinem eigenen Fleisch und Blut!«

»Sie sind nicht mein Fleisch und Blut! Unsere Tochter ist tot. Sie ist vor zwanzig Jahren gestorben. Diese beiden sind offenbar Betrüger.«

Victoria war zutiefst angewidert, während sie ihm zuhörte. Ihr Mann war nicht nur abscheulich und grausam, sondern überdies ein Heuchler. Am Ehrenmal betrauerte er in Reden öffentlich die englischen Opfer des Weltkriegs. Aber seine eigenen Enkel würde er auf die Straße setzen, weil sie zur Hälfte jüdischer Abstammung waren.

Schließlich hatte Victoria sich ihrem Mann widersetzt und dem Roten Kreuz heimlich geschrieben, sie würden die Delanskis bei sich unterbringen. Zum Teufel mit Robert. Im Zweifelsfall würde sie ihn verlassen und die beiden mitnehmen. Doch dann war ihr Plan vereitelt worden, weil Robert den Brief abgefangen hatte, in dem die Ankunftszeit der Geschwister am Bahnhof mitgeteilt wurde. Er hatte einen Tobsuchtsanfall bekommen und gedroht, die beiden ausweisen zu lassen und seine Frau mittellos vor die Tür zu setzen.

Nach stundenlangem Bitten und Verhandeln hatte Victoria erreicht, dass ihre Enkel in England bleiben durften, unter der Voraussetzung, dass sie sich nie wieder bei den Browns melden würden.

Am Bahnhof brach Victoria fast das Herz, als ihr Mann den beiden erklärte, sie seien nicht seine Enkelkinder.

David hatte schon beinahe geahnt, dass sich die Aussicht auf ein Zuhause in England zu verheißungsvoll angehört hatte.

Seltsamerweise war er Lord Brown dennoch dankbar, denn er würde sie zumindest nicht den Behörden melden. Auf keinen Fall durften sie in ein Lager in Polen zurückgeschickt werden, das würde Rosa vermutlich nicht überleben. Trotz der bitteren

Kälte schlief sie jetzt völlig erschöpft in seinen Armen unter dieser Hecke im Hyde Park.

Rosas Leben war entsetzlich gewesen, kein Mensch sollte solches Leid und Grauen durchmachen müssen. An Trost, Liebe und Geborgenheit aus früheren Tagen konnte sie sich kaum noch erinnern.

Während David seine schlafende Schwester betrachtete, spürte er, wie ihn neue Kraft durchströmte. Er hatte ihrer Mutter versprochen, für Rosa zu sorgen, und das würde er auch tun.

Es musste ihm gelingen, den Lebensunterhalt für sie beide zu verdienen. Und dabei konnte er sich nur auf sich selbst verlassen.

Seine Hände zitterten vor Kälte, als er den Geigenkasten öffnete. Unter dem Futter tastete er nach den letzten Münzen.

Nur noch vier waren übrig, deutsche und polnische. Die konnte er hier in England nicht benutzen, sie würden nur Verdacht erregen.

Dann blieb nur eines: Er musste die Geige verkaufen. Die Stradivari war enorm wertvoll, und wenn er einen guten Preis aushandeln könnte, würde für Essen und Unterkunft gesorgt sein, und sie konnten einen Neuanfang wagen.

Im Morgengrauen weckte er Rosa, und sie überquerten eine große Kreuzung und gingen eine Straße namens Oxford Street entlang.

»Ich habe solchen Hunger, David«, klagte Rosa. »Haben wir noch Geld für was zu essen?«

Ihr Bruder schüttelte den Kopf. »Nein. Aber um die Mittagszeit werden wir Geld haben.«

»Wie denn?«

»Mach dir keine Gedanken darüber. Komm, wir gehen hier runter, da ist es wärmer.«

An der U-Bahn-Station Oxford Circus gingen sie die Treppe hinunter, und David steuerte eine Bank an, auf der sie sich beide niederließen.

»Was sollen wir jetzt tun, David? Meinst du, die Polizei sucht nach uns?«

»Wir werden verhindern, dass sie uns finden, Rosa.«

David warf einen Blick auf die Uhr gegenüber. Zehn vor acht. Er stand auf und ging zum Fahrkartenschalter.

»Entschuldigung«, sagte er zu dem schläfrigen Angestellten, »können Sie mir sagen, wie ich zu Suddeby's komme? Das soll ein Antiquitätengeschäft in der Bomb Street sein.«

Der Mann gluckste. »Sie meinen wohl Sotheby's in der New Bond Street, junger Mann. Ja, das ist nicht weit von hier. Einfach weiter die Straße hochgehen und dann …«

David prägte sich die Anweisungen ein. »Danke, Sir.« Er ging zu seiner Schwester zurück und streckte ihr die Hand hin. »Komm, Rosa. Jetzt besorgen wir uns Frühstück.«

»Kommen Sie herein, kommen Sie herein.« Der Mann bat David und Rosa in einen kleinen Raum, der mit kostbaren Gegenständen angefüllt war.

»Ich bin Mr Slamon. Mein Assistent sagte mir, Sie hätten ein besonderes Stück, das Sie verkaufen möchten. Kann ich es sehen?«

David legte den Geigenkasten auf den Tisch, nahm das Instrument heraus und reichte es dem Mann.

Slamons Augen leuchteten begeistert, während er sachte über das feine Fichtenholz an der Vorderseite strich. Dann drehte er die Geige um und betrachtete die Rückseite aus Ahornholz. Die Aufregung war Slamon anzumerken, als er den Geigenzettel im Inneren des erlesenen Instruments beäugte.

»Exquisit, ganz exquisit. Woher stammt diese Geige?«

»Meine Eltern haben sie mir zum zehnten Geburtstag geschenkt. Wir haben in Warschau gelebt.«

»Sie können sich glücklich schätzen, dass Sie Eltern haben, die Ihnen so etwas schenken. Haben sie Ihnen jemals gesagt, ob diese Geige vielleicht auch einen Namen hat?«

»Ja. Es ist die Ludwig.«

Slamon sah den jungen Mann forschend an. Wenn er dieses Instrument gestohlen hätte, würde er wohl kaum den Namen kennen.

»Wir müssen natürlich überprüfen lassen, ob die Geige tatsächlich echt ist, was ein paar Tage dauern …«

»Nein!«, widersprach David. »Ich will sie jetzt sofort verkaufen.«

Slamon hüstelte. »Verstehe. Ähm … haben Sie irgendeinen Nachweis, dass das Instrument auch tatsächlich Ihr Eigentum ist? Denn Sotheby's darf natürlich niemals Diebesgut versteigern.«

In Davids Augen flammte Zorn auf, und er nahm Slamon das Instrument aus den Händen.

»Wenn Sie das so sehen, werde ich meine Geige anderswo anbieten.«

»Nur die Ruhe, nur die Ruhe. Entschuldigen Sie bitte. Aber seit dem Krieg kommt es häufig vor, dass uns Dinge offeriert werden, die den Verkäufern eindeutig nicht gehört haben können.«

»Spiel doch einfach, David«, sagte Rosa leise. »Das wird ihn überzeugen.«

David war zutiefst gekränkt, dass er nun beweisen musste, kein Dieb zu sein. Aber als er den Hunger im Blick seiner Schwester sah, nickte er.

»Gut, dann spiele ich für Sie.«

Liebevoll klemmte er die Stradivari unters Kinn, schloss die Augen und begann zu spielen.

Nun gab es auch für Slamon keinen Zweifel mehr. Die Vertrautheit zwischen Musiker und Instrument war unübersehbar, eine solche Bindung konnte nur über viele Jahre hinweg entstanden sein. Der junge Mann spielte exzellent, und der Klang war so überwältigend schön, wie ihn nur eine Geige des großen Meisters hervorbringen konnte.

»Vielen Dank, das war großartig«, sagte Slamon. »Ich bitte nochmals um Verzeihung, dass ich Ihre Aussage in Zweifel gezogen habe. Natürlich muss ich dennoch eine zweite Meinung von meinem Kollegen einholen, aber nachdem ich den Klang gehört habe, bin ich überzeugt davon, dass es sich tatsächlich um eine echte Stradivari handelt. Dürfte ich sie zur Begutachtung mitnehmen?«

David reichte sie dem Mann argwöhnisch.

»Sie können mich gern beide begleiten. Oder ich sorge dafür, dass man Ihnen Tee und Kekse bringt, während Sie warten.«

Rosas Augen leuchteten auf.

»Wir warten hier«, sagte David widerstrebend.

Eine halbe Stunde später kehrte Slamon lächelnd zurück.

»Mein Kollege pflichtet mir bei. Es handelt sich tatsächlich um die Ludwig, die von Stradivari im Jahr 1724 angefertigt wurde.« Slamon ließ sich wieder hinter seinem Schreibtisch nieder. »Die Auktionen von Sotheby's finden jeden Mittwoch statt, und wir würden zehn Prozent Bearbeitungsgebühr vom Auktionsergebnis nehmen. Bei einer solchen Kostbarkeit könnte man mit …«

»Bitte, Sir. Ich hatte doch gesagt, dass ich das Geld gern heute hätte.«

»Verstehe. Wir können Ihnen einen Vorschuss geben, bis wir einen Käufer haben. Ich kenne bereits einen Herrn, der sicher äußerst interessiert sein wird. Wie wäre es, wenn ich Ihnen zweihundert Pfund bezahle und eine Quittung dafür gebe, auf der vermerkt ist, dass der Rest nach Verkauf der Violine ausgezahlt wird?«

»Und für welchen Preis wollen Sie die Geige anbieten?«

Slamon trommelte mit den Fingern auf dem Tisch. »Hmm. Ich denke, wir könnten einen Mindestpreis von zwölfhundert Pfund ansetzen. Das wäre dann die Summe, die Sie abzüglich unserer zehn Prozent auf jeden Fall bekämen. Aber bei einem seltenen Instrument wie diesem kann sich die Summe auch vervielfachen.«

»Verzeihung, Sir, aber wie viel wäre das in polnischen Zloty?«

»Das kann ich Ihnen nicht aus dem Kopf sagen. Wie wäre es mit französischen Francs? Könnten Sie die in, ähm, Zloty umrechnen?«

David nickte.

Slamon nannte ihm einige Beträge.

Als David sie umgerechnet hatte, leuchteten seine Augen. Das war ein Vermögen, genug, um Rosa und ihn auf Jahre zu versorgen.

»Gut«, sagte er. »Ich nehme die zweihundert Pfund, möchte aber, dass Sie das Instrument so schnell wie möglich an den Mann bringen.«

»Bestens. Den Scheck lasse ich ausstellen auf …«

David schüttelte den Kopf. »Bargeld, bitte.«

Slamon zuckte mit den Schultern. »In Ordnung. Das wird allerdings etwas länger dauern. Mehr Tee?«

Eine Stunde später traten die Geschwister in das matte Oktobersonnenlicht hinaus.

David umarmte Rosa überschwänglich.

»Siehst du? Ich hab dir doch gesagt, mir wird etwas einfallen. Komm, wir suchen uns ein Café und genehmigen uns das größte Frühstück, das du je zu sehen gekriegt hast!«

Die nächsten zwei Nächte verbrachten sie in einem kleinen Hotel an der Bayswater Road. David kaufte sich einen Anzug und suchte Makler auf, um eine möblierte Mietwohnung für sie zu finden.

Bereits in der ersten musste er seinen Namen auf einem Formular angeben.

Er überlegte rasch. Seinen wirklichen Namen wollte er nicht nennen, falls die Behörden nach ihm suchten. Ein großes Firmenschild kam ihm in den Sinn, das ihm beim Herkommen aufgefallen war. Der Name hatte ihm gefallen.

Cooper. Er schrieb den Namen in das Kästchen und lächelte.

Das klang elegant und sehr britisch. Von diesem Moment an gab es David und Rosa Delanski nicht mehr.

Der Sekretärin in dem Maklerbüro teilte er mit, dass er für sich und seine Frau eine kleine Wohnung suche. Geschwister, die zusammenleben wollten, hätten vielleicht Verdacht erregt.

Die Frau gab ihm zwei Adressen. David kaufte sich einen Stadtplan und stieg in einen Doppeldeckerbus. Die erste Wohnung in einem Viertel namens Notting Hill war winzig, die Vermieterin zu neugierig.

Die zweite, einen Katzensprung entfernt von dem Hotel an der Bayswater Road, in dem sie wohnten, erwies sich als wesentlich erfreulicher.

Das einzige Problem bestand darin, dass es nur ein Schlafzimmer mit einem breiten Doppelbett gab.

David beschloss, auf dem Sofa im Wohnzimmer zu schlafen.

Die Wohnung lag im obersten Stockwerk, der Vermieter wohnte anderswo. Sie war klein, aber blitzsauber und vorerst bestens geeignet für sie.

Er sagte zu und erklärte, sie wollten sofort einziehen. Die Vorlage von Referenzen umging er, indem er sechs Monate Miete im Voraus bezahlte. In der Not der Nachkriegsjahre drückte man gegen Bargeld bei allerhand Regeln ein Auge zu.

Rosa liebte die Wohnung auf Anhieb und tanzte vergnügt durch die Zimmer.

Später machten sie sich auf die Suche nach Zutaten fürs Abendessen. Lebensmittel waren noch immer rationiert, und David musste einiges berappen, damit die Ladenbesitzer Speisen herausrückten, die sie nur für viel Geld unter der Ladentheke verkauften.

Doch er bereute es nicht, als sie später Rosas köstliches Mahl verzehrten, Hühnerfrikadellen und »kleine Hufe«, schmackhafte Kartoffelklößchen, die ihre Mutter immer gemacht hatte. Dazu genehmigten sie sich eine ganze Flasche Wein, die ihnen ordentlich zu Kopf stieg.

»Ein Toast auf die Coopers! Ach, ich denke übrigens, es könnte hilfreich sein, deinen Vornamen anzupassen. David ist unauffällig, aber Rosa kommt im Englischen eher selten vor. Wie fändest du es, *Rose* Cooper zu werden?«

Rosa überlegte einen Moment und hob dann auch ihr Glas.

»Das finde ich schön! Der Name hört sich sehr … englisch an.«

26

David und Rose lebten fast zwei Jahre glücklich in dieser Wohnung zusammen. Die Ludwig war für 2500 Pfund verkauft worden, sodass sie endlich finanziell abgesichert waren. Noch nie zuvor war David so glücklich gewesen. Sie hatten keine Freunde, kannten niemanden in London, aber David brauchte keine weiteren Kontakte. Er hatte Rose. Seine Schwester, seine Vertraute, sein Künstlergenie. Sie verbrachten vierundzwanzig Stunden des Tages zusammen, genossen es, gemeinsam London zu erkunden, und fühlten sich pudelwohl in ihrer kleinen Wohnung. Nach so viel Grauen, Angst und Leid waren die Ruhe und Sicherheit ihrer Beziehung und dieser Räume ein Geschenk des Lebens für sie.

David lag gern auf dem Sofa und sah Rose zu, wie sie an der Staffelei, die er ihr gekauft hatte, Porträts von ihm und alle möglichen anderen Motive malte, die sie interessant fand.

Ihr Stil war immer gegenständlich gewesen, aber nach und nach begann sie sich davon zu entfernen.

Manchmal warf sie abrupt den Pinsel weg und rief frustriert aus: »Ich habe eine Idee im Kopf, aber ich kann sie nicht zum Ausdruck bringen!«

David ging mit Rose in sämtliche Galerien und Ausstellungen, die er entdeckte. Sie besuchten die National Gallery und die Tate, sahen sich in der Redfern Gallery in der Cork Street die *Miserere*-Radierungen von Georges Rouault an. Doch was Rose am meisten faszinierte, war die Ausstellung von Graham Sutherland in der Hanover Gallery.

»Seine Arbeiten sind so … roh und brutal«, sagte sie zu David. »Ich will nach Hause und malen.«

Später in dieser Woche betrachtete David ein Gemälde, das Rose gerade fertiggestellt hatte, und schauderte. Die Stimmung war trist und düster, verzerrte Gesichter mit trostlosem Blick starrten ihn durch Gitterstäbe an.

»Wie heißt dieses Bild, Rose?«

»*Treblinka*«, antwortete sie leichthin.

In diesem Moment erkannte David, dass Rose sich weiterentwickeln musste. Ihre Begabung musste gefördert werden.

Die Vorstellung, dass sie andere Menschen kennenlernen und stundenlang von ihm getrennt sein würde, wenn sie Kunst studierte, machte ihm Angst. Aber er musste sich ohnehin selbst in Kürze Arbeit suchen, vor allem, um die Studiengebühren für Rose zu bezahlen.

Abends beim Essen sprachen sie darüber.

»Oh, David, glaubst du wirklich, man würde mich am Royal College annehmen?«

»Ganz bestimmt, wenn die dort deine Bilder sehen.«

Am nächsten Tag bestellte David ein Taxi und verstaute vier von Roses Gemälden auf der Rückbank.

»Nach South Kensington zum Royal College of Art, bitte.«

Kurze Zeit später hielt der Fahrer vor dem imposanten Eingang zur Kunstakademie, und David schleppte die Gemälde hinein.

»So geht das aber nicht, Mr Cooper«, sagte die Frau am Empfang nervös. »Sie müssen ein Bewerbungsformular …«

»Könnten Sie einfach jemanden bitten, sich diese Arbeiten anzusehen, und uns an diese Adresse schreiben, wenn man meine Schwester für talentiert hält?« David notierte seinen Namen und die Adresse auf ein Stück Papier. »Einen schönen Tag Ihnen.« Er nickte der verblüfften Frau zu und ging hinaus, in der vollen Überzeugung, dass jemand die Genialität seiner Schwester erkennen würde.

Und er irrte sich nicht. Zehn Tage später erhielt Rose einen Brief, in dem sie für den nächsten Montag in die Akademie gebeten wurde. Sie sollte zwei volle Tage dort Akte zeichnen und mehrere Bewerbungsgespräche führen.

Am Abend vorher war Rose das reinste Nervenbündel.

»Du wirst mit Bravour bestehen, da bin ich mir ganz sicher.« David umarmte sie liebevoll.

Drei Monate später, im September 1948, begann Rose ihr Studium am Royal College of Art. Obwohl sie erst siebzehn war, hatte man ihr Talent sofort erkannt und sie an der Akademie aufgenommen.

Der erste Tag ohne sie war unerträglich für David. Er wanderte ruhelos durch die leere, stille Wohnung und wusste nicht, was er mit sich anfangen sollte. Ohne Rose fühlte er sich unvollständig.

Aber er selbst musste auch Pläne machen und über seine Zukunft nachdenken. Ihr Geld würde noch für die nächsten Jahre reichen, aber die Studiengebühren verschlangen bereits einen großen Batzen.

Mit Block und Bleistift setzte David sich an den Küchentisch und verfasste eine Liste sämtlicher Berufe, für die er sich als geeignet empfand. Dann strich er jeden einzelnen wieder durch.

Nichts davon erschien ihm auch nur im Mindesten verlockend. Er wollte unabhängig sein, ein selbstständiges Unternehmen haben, das immer weiter expandieren würde. David wusste, dass er ganz anders war als die meisten jungen Männer in seinem Alter. Einen gewöhnlichen Bürojob hätte er nicht ausgehalten.

Mit den Händen in den Hosentaschen tigerte er durch die Wohnung und überlegte angestrengt.

Um halb vier Uhr nachmittags gab er auf. Er hatte sich gerade eine Tasse Tee gemacht, als es an der Tür klingelte.

Als er öffnete, stand sein Vermieter davor.

»Ah, Mr Chesney. Guten Tag. Die Miete für Sie liegt schon bereit.«

»Danke, Mr Cooper. Ich mag es, wenn pünktlich bezahlt wird.«

»Haben Sie viele Mieter?«, erkundigte sich David, während er den Umschlag überreichte.

»O ja. An die fünfundzwanzig. Ich besitze sieben Häuser. Habe sie nach Kriegsende für einen Spottpreis gekauft und umgebaut. Das war die beste Entscheidung meines Lebens. Wiedersehen, Mr Cooper.« Mr Chesney tippte sich an die Mütze und ging die Treppe hinunter.

David kehrte in die Küche zurück. Während er seinen Tee trank, dachte er über Chesneys Worte nach. Der Mann hatte ihn auf eine Idee gebracht.

Am nächsten Tag suchte David eine Reihe von Immobilienmaklern auf und stellte erstaunt fest, wie günstig durchschnittliche Reihenhäuser zu erwerben waren. Er machte sich Notizen über Details zu den Objekten, und sobald er zu Hause war, stellte er einige Berechnungen an.

Dann ging er alle noch einmal durch, um sich zu vergewissern, dass er keinen Fehler gemacht hatte.

Wenn er risikofreudig genug war, Startkapital zu investieren, ließ sich auf diesem Weg jede Menge Geld verdienen. Immobilien waren offensichtlich ein Wachstumsmarkt. Immer mehr junge Leute konnten sich kein Haus kaufen oder mieten, aber eine Wohnung.

David erstellte detaillierte Pläne zur Finanzierung seines Vorhabens. Dann klapperte er Londoner Banken ab, die ihn bei seinem Projekt unterstützen sollten. Alle lehnten ab. Als David nach Hause zurückkehrte, war er zwar entmutigt, hatte aber keineswegs die Absicht aufzugeben.

Er wusste, dass er eine Entscheidung treffen musste. Die einzige Möglichkeit war, das restliche Geld vom Verkauf der Stradivari einzusetzen und nur so viel übrig zu lassen, dass Rose und er ein weiteres Jahr durchkommen würden. Mit dieser Summe konnte er entweder zwei kleine Häuser oder ein großes erwerben und sie zu Mehrfamilienhäusern umbauen lassen.

Er kaufte eine Flasche Sekt und feierte seine Idee mit der enthusiastischen Rose, die vollkommen entzückt war von ihrer ersten Studienwoche. In den Plan, die Rücklagen in sein Projekt zu investieren, weihte David sie allerdings nicht ein.

»Auf uns.« Er hob sein Glas. »Auf den Immobilientycoon und die berühmteste Malerin der kommenden Jahrhunderthälfte.«

27

In den nächsten drei Jahren entwickelte sich Davids Unternehmen rasant. Mit Beginn der Fünfzigerjahre zeigte sich, dass die Nachfrage weitaus größer war als das Angebot. Er hatte sich einen Ruf erworben als Immobilieninvestor, der qualitätsvolle Wohnungen zu einer erschwinglichen Miete anbot. Die Mieter waren zufrieden und trugen weiter zu seinem guten Renommee bei.

1951 besaß David bereits fünfzehn Häuser in London. Um in der Londoner Innenstadt Bürohäuser zu bauen, begann er, nach Grundstücken Ausschau zu halten, auf denen die Gebäude Bomben zum Opfer gefallen waren. Mittlerweile rissen sich die Banken darum, ihm Kredite zu geben.

Alles war bestens. Bis auf eines.

Rose. Während ihres ersten Studienjahrs war fast alles beim Alten geblieben. David hatte tagsüber in seinem Unternehmen hart gearbeitet, die Abende hatten sie dann gemeinsam verbracht. Im zweiten Jahr hatte Rose begonnen, abends lange wegzubleiben. Oft kam sie erst nach Mitternacht zurück und erzählte dann begeistert vom Privatclub Colony Room in der Dean Street, wo sie und andere Kunststudierende mit der Besitzerin Muriel und Künstlern wie Francis Bacon und Lucian Freud reichlich dem Alkohol zusprachen.

Mit anderen vom Royal College nahm sie auch zusätzlich Abendkurse am Borough Polytechnic, wo neue experimentelle Kunstformen gelehrt wurden.

»Oh, David, es ist so spannend, was Professor Bomberg uns beibringt! Er lehnt alles ab, was künstlich oder erfunden wirkt! Ich lerne enorm viel von ihm.«

David hörte geduldig zu, nickte und lächelte an den richtigen Stellen. Er freute sich, dass Rose ihr Talent entwickeln konnte, und versuchte es zu verkraften, dass sie kaum noch Zeit und Energie für ihn übrighatte.

Im dritten Jahr dann bekam er sie kaum noch zu Gesicht. Rose behauptete, sie müsse so viel für ihr Studium arbeiten und noch abends Bilder zu Ende malen. Doch David roch häufig Alkohol in ihrem Atem, und manchmal kam sie erst in den frühen Morgenstunden nach Hause.

Und im letzten Semester blieb Rose häufig ganz weg.

David fragte sich, ob sie einen Freund hatte.

Sie war schließlich eine junge Frau und hatte wahrlich ein normales Leben verdient. Dem durfte er nicht im Weg stehen.

Nach ihrem Abschluss am Royal College führte David sie eines Abends zum Essen aus. Sie hatte gerade die Zusage für ihre erste Ausstellung in der Redfern Gallery bekommen und sprühte förmlich vor Begeisterung.

»Ist das zu glauben, David? Ich und eine Ausstellung! Das habe ich alles nur dir zu verdanken.«

»Nein, Rose, deiner großen Begabung. Und um die zu feiern – hier, für dich.« Er reichte ihr einen Umschlag.

»Kann ich ihn aufmachen?«, fragte sie aufgeregt. David nickte. Er wusste, wie sehr seine Schwester Überraschungen liebte.

Rose zog ein Dokument aus dem Umschlag. Doch nachdem sie es gelesen hatte, sah sie bestürzt aus.

»Was ist los?«

»Ach, David, es tut mir so leid.«

Ihm schwante Übles.

»Was tut dir leid? Und warum? Ich dachte, du würdest entzückt sein, in eine neue Wohnung in Chelsea zu ziehen. Sie ist mein Eigentum, Rose. Unser neues Zuhause gehört uns.«

Rose senkte den Blick.

»Ich … ich wollte schon längst mit dir darüber geredet haben, David.«

»Worüber? Um Himmels willen, Rose, nun sprich.«

»Ich halte es für besser, wenn wir nicht mehr zusammenwohnen. Ich … habe jemanden kennengelernt …« Rose wirkte verlegen.

David nickte. Er hatte sich innerlich auf diesen Moment vorbereitet. »Das ist doch in Ordnung, Rose. Ich habe volles Verständnis dafür.«

Sie stützte den Kopf in die Hände. »Nein … ich denke, eher nicht.«

Ihr Bruder bemühte sich um Humor und lachte leise. »Solange dieser Mann gut für dich sorgt und gepflegt ist, freue ich mich darauf, ihn kennenzulernen.«

»Aber du weißt nicht …«

»Wie heißt er?« David trank einen Schluck Wein. »Ist er Engländer?«

Rose schüttelte den Kopf. »Nein.«

»Ah. Pole?«

»Er ist Deutscher«, flüsterte Rose.

David spannte sich unwillkürlich etwas an, wollte Rose aber vermitteln, dass er keine Vorurteile hatte. »Mach dir deshalb keine Gedanken. Habt ihr euch am Royal College kennengelernt?«

Rose war blass geworden. »So ähnlich. Er … bewundert meine Arbeiten. Und hat eines meiner Bilder gekauft.«

»Ach ja? Wirklich, Rose, du musst deshalb nicht nervös sein.« David legte beruhigend seine Hand auf die ihre. »Ich freue mich für dich.«

Rose schloss die Augen. »Du wirst mir niemals verzeihen, David.«

Er runzelte die Stirn. »Aber was gibt es denn da zu verzeihen? Du hast mir immer noch nicht seinen Namen gesagt.«

Rose holte tief Luft. »Frank.«

»Und was macht Frank beruflich?«

Roses Blick irrte im Raum umher. »Er ist Geschäftsmann.

Reist in der ganzen Welt herum. Es hat etwas mit Sicherheitssystemen zu tun.«

»Ah, dann ist er wohl ein bisschen älter als du?« David glaubte jetzt, die Bedenken seiner Schwester zu verstehen.

»Ja.«

»Nun, solange er dich gut behandelt, habe ich kein Problem damit.«

Rose presste die Hand auf den Mund, und David stellte erschrocken fest, dass ihr Tränen in die Augen traten.

»Er hat sich geändert, ich schwöre es dir.«

David zog fragend die Augenbrauen hoch. »Geändert? Dann ist es jemand, den du von früher kennst?«

Seine Schwester sah jetzt aus, als würde ihr übel werden. »Ja«, brachte sie mühsam hervor.

»Rose, jetzt mal raus mit der Sprache.«

»Er hat gesagt, dass er immer versucht hat, mich zu beschützen …«

David lief es eiskalt den Rücken hinunter. »Beschützen?«

»Vor all dem Entsetzlichen in Treblinka.«

Jetzt verschlug es ihrem Bruder die Sprache.

»Er hat gesagt, dass er entschlossen war, auf mich aufzupassen in den letzten Jahren. Dass ich ihm wichtiger war als jeder andere Mensch, dem er je begegnet ist …«

»Rose …«, stammelte David. Seine Augen waren weit aufgerissen vor Angst. »Du bist nicht etwa … das kann doch nicht …«

Rose weinte leise. »Ich weiß, dass du das nicht verstehen kannst. Aber ich liebe ihn.«

Ihre Worte versetzten David einen scharfen Stich ins Herz.

»Es ist doch nicht etwa … Franzen? Kurt Franzen?«

Seine Schwester nickte langsam.

»Der Unhold, der unseren Vater getötet hat?«

»Das wollte er nicht, David. Er konnte nicht anders. Hätte er nicht Stärke gezeigt, wäre er selbst umgebracht worden.«

David kam es vor, als wäre er in einem Albtraum gefangen, aus dem er nicht erwachen konnte.

»Das kannst du doch unmöglich glauben, Rose! Er war einer der Lagerkommandanten, um Himmels willen!«

»Aber jeder dort musste Befehle ausführen.«

»Er hat dich missbraucht!«

»Weil er mich liebte. Er hat sich tausendfach dafür entschuldigt. Er weiß, dass es falsch war, was er getan hat, weil ich noch so jung war.«

»Rose! Hast du den Verstand verloren? Ich … ich …« David wurde schwindlig, die Welt verschwamm vor seinen Augen.

»Es tut mir so leid, David.«

»Wie kommt es, dass er hier ist?«

»Er hat mächtige Freunde, die ihn bei einem Neuanfang unterstützt haben. Nichts anderes will er. Und nichts anderes will *ich*.«

»Ich … ich werde die Behörden informieren. Er darf hier nicht …« David wollte aufstehen, aber seine Beine versagten.

»Ich weiß, David, ich weiß. Ich kann es mir selbst nicht erklären. Aber ich kann ohne ihn nicht leben. Er …«

»Er hat dich aufgespürt! Gejagt! Siehst du das denn nicht?«

»Das beweist mir nur, wie sehr ich ihm am Herzen liege … Er ist ein großes Risiko eingegangen, als er mich kontaktiert hat, nachdem er das Gemälde kaufte.«

»Ich kann einfach nicht glauben, was ich da höre, Rose! Franzen ist für den Tod Tausender von Menschen verantwortlich! Er hat … er hat … unseren …« David stockte der Atem. »Du bist krank. Du hast irgendeine Krankheit, das muss die Erklärung sein. Du kannst geheilt werden.«

Rose schüttelte langsam den Kopf. »Ich hatte solche Angst, es dir zu erzählen. Aber du hast es verdient, die Wahrheit zu erfahren. Ich gehe jetzt.«

Tränenüberströmt stand sie auf. Mit letzter Kraft packte David ihre Hand.

»Du liebst diesen Mann nicht, Rose. Er hat dich irgendwie hereingelegt. Er benutzt dich! Kannst du das denn nicht erkennen?«

»Nein, bitte, David. Ich kann mir das nicht anhören. Es tut mir leid. Aufrichtig leid.«

Sie lief in die Nacht hinaus. David war zu versteinert, um sich zu rühren.

Seine Schwester kam an diesem Abend nicht nach Hause und auch nicht am nächsten. Davids Versuche, sie zu finden, erwiesen sich als vergeblich. Niemand aus ihrem Freundeskreis kannte ihren Aufenthaltsort. Natürlich wandte sich David an die Polizei, konnte aber selbst kaum Informationen liefern. Überdies durfte sein Leben und das seiner Schwester auch nicht zu gründlich beleuchtet werden. Nachdem ihre Großeltern sich geweigert hatten, sie zu adoptieren, hatten die Geschwister kein offizielles Aufenthaltsrecht in Großbritannien.

Zwei Wochen später musste David sich endgültig eingestehen, dass Rose nicht mehr zurückkommen würde.

28

Kurt Franzen zog gierig an seiner Zigarette, während er in London am Victoria Embankment stand und auf die Themse schaute. Es war ein schmutziger brauner Fluss, der da durch das Herz der großen Stadt strömte. Was für eine passende Metapher für dieses heuchlerische Land. Unter dem Deckmantel von Anstand und Demokratie hatte man sich gegen die deutsche Kriegsmaschinerie zur Wehr gesetzt. Doch keine andere Nation hatte so viel erobert und versklavt auf der ganzen Welt wie die Briten.

Vielleicht empfand er deshalb die Kapitulation als besonders empörend.

Franzen hatte sich irgendwann eingeredet, dass der Abstieg mit dieser Ratte begonnen hatte, David Delanski. Dessen Flucht aus Treblinka hatte viel schlimmere Folgen gehabt, als nur Franzens Stolz zu verletzen – sie hatte andere angesteckt. Von diesem Moment an hatten die Häftlinge gewusst, dass sie eine *Chance* hatten.

Am zweiten August 1943 war es in dem Lager zu einem Aufstand gekommen. Mit einem Zweitschlüssel war es Verschwörern gelungen, ins Munitionsdepot vorzudringen und dreißig Gewehre, zwanzig Handgranaten, etliche Pistolen und Benzinkanister zu entwenden. Daraufhin wurden Gebäude in Brand gesteckt, während eine Gruppe bewaffneter Juden das Haupttor angriff, sodass andere über den Zaun klettern konnten. Zweihundert Häftlinge waren an diesem Tag geflüchtet, knapp die Hälfte von ihnen wurde wieder gefangen genommen und ins Lager zurückgebracht.

Das war der Anfang vom Ende für Kurt Franzen gewesen.

Er wusste, welche Folgen das haben würde. Gedemütigt und als Versager würde er von den obersten Befehlshabern an die Front geschickt werden, damit man sich seiner entledigen konnte. Das würde er natürlich zu verhindern wissen. Er hatte sich schon seit Langem für den Notfall einen Fluchtplan zurechtgelegt. Der stellvertretende Lagerleiter Franzen wartete nicht auf das Eintreffen von Vorgesetzten, sondern floh noch in derselben Nacht aus Treblinka.

Ihm war wohlbekannt, dass einige katholische Kirchenoberhäupter den gemeinsamen Feind des Bolschewismus fürchteten und deshalb mit den Nazis sympathisierten. Franzen hatte vor, sich als Opfer darzustellen, dem man etwas zur Last legte, woran er keine Schuld trug. Gewiss würde es ihm gelingen, irgendeinen Bischof davon zu überzeugen.

Franzen hatte gehört, wie sich katholische Ukrainer über einen Weg nach Südamerika unterhielten, der über eine Gemeinde in Genua ermöglicht wurde. Monatelang hatte er sich die Fluchtroute durch Ungarn und Jugoslawien ausgetüftelt. Mit gefälschten Papieren, die er für eine solche Lage bereits vorbereitet hatte, gelang Franzen die Flucht nach Italien. Irgendein ahnungsloser alter Mann hatte ihm ein argentinisches Visum und einen gefälschten Pass vom Roten Kreuz verschafft.

Schon zwei Jahre bevor anderen nach Kriegsende über die sogenannten Rattenlinien die Flucht gelang, hatte sich Franzen in Buenos Aires niedergelassen. Als die Suche nach den entkommenen Naziführern begann, war Kurt Franzen bereits in Vergessenheit geraten. In Argentinien gab es kaum Bürokratie, niemand hegte Argwohn, und so gelang es ihm mit Charme und Schläue, Vertrauen zu gewinnen, Verbindungen zu knüpfen, seine Unternehmen zum Erfolg zu führen … und falls doch jemand Verdacht schöpfte, war es schnell aus und vorbei mit dieser Person.

Kurt Franzen war zu Frank Santos geworden. Niemand ahnte, wer er war, und er bereiste die Welt als freier argentinischer Staatsbürger.

Sogar hier. War er nervös gewesen, nach England zu kommen, das mit den anderen Alliierten Deutschland in die Knie gezwungen hatte? Ein klein wenig vielleicht. Aber er wusste, dass die Rache ihm das alles wert war.

Natürlich konnte er David Delanski einfach umbringen. Aber das erschien Franzen so … primitiv. Er wollte, dass dieser Mann eine ebenso große Demütigung zu erleiden hatte wie er selbst.

Und er wusste, wie er das bewerkstelligen konnte.

Mit seinem gut funktionierenden Netzwerk und seinem Reichtum war es ein Leichtes gewesen, die Geschwister aufzuspüren. Nun begann der schwierigere Teil des Plans.

Nachdem Franzen das Gemälde von Rosa – oder Rose Cooper, wie sie sich inzwischen nannte – erworben hatte, schrieb er ihr einen wohlformulierten Brief, in dem er ihr künstlerisches Talent in den höchsten Tönen lobte und als Gabe der Götter bezeichnete. Als Absender gab er die Adresse seiner Mietwohnung in London an. Dann entspann sich über Wochen eine Korrespondenz. Franzen war stolz darauf, gut mit dem Wort umgehen zu können, und genoss dieses manipulative Spiel enorm. Er hatte Rose erklärt, dass er zwar ein international renommierter Geschäftsmann sei, seine wahre Leidenschaft jedoch der Kunst gelte. Ferner schilderte er in blumigen Sätzen, wie Roses Bilder etwas Verborgenes in ihm zum Vorschein gebracht hatten … Er sei einsam … und sie eine außergewöhnliche Künstlerin …

Er wusste genau, wie verletzlich die junge Frau war, und machte sich diese Verletzlichkeit ausgiebig zunutze. Wie von ihm geplant, vertraute Rose sich ihm von Brief zu Brief mehr an.

Damit hatte Franzen gerechnet, da sie in ihrem Leben bisher so viel Schlimmes durchgemacht hatte, dass sie sich gewiss vornehmlich nach Sicherheit und Geborgenheit sehnte. Deshalb bot er ihr in seinem letzten Brief an, ihr Mäzen zu werden und sie finanziell zu unterstützen, damit sie sich voll und ganz ihrer Kunst widmen konnte.

Wie er vermutet hatte, schlug Rose daraufhin ein Treffen vor.

Ein triumphierendes Lächeln spielte um seine Lippen. Seine Strategie war erfolgreich. Rose fühlte sich geschmeichelt und umworben.

Das Treffen sollte in der nächsten Woche im River Restaurant des Hotel Savoy stattfinden. Diesen Ort hatte Franzen mit Bedacht gewählt. Er rechnete zwar nicht damit, dass Rose ihn erkennen würde, wollte aber auf Nummer sicher gehen. Inmitten der reichen Klientel, die potenziell ihre Kundschaft sein konnte, würde die junge Künstlerin voraussichtlich keine Szene machen.

Als Rose hereinkam, erkannte er sie auf den ersten Blick. Ihr üppiges tizianrotes Haar und ihre Augen, schimmernd wie Monde, versetzten ihn in eine andere Zeit zurück. Die junge Frau war noch immer so schön, wie er sie in Erinnerung hatte. Dieser Abend würde eher ein Genuss als eine mühsame Aufgabe werden.

Franzen stand auf und hob die Hand. Als sie ihn sah, trat ein strahlendes Lächeln auf ihr Gesicht. Sie erkannte ihn eindeutig nicht, wie er gehofft hatte. Aus naheliegenden Gründen hatte er inzwischen eine andere Frisur und verdeckte mit Schminke seine erkennbaren Muttermale und Narben.

Sein Vorhaben war, durch Bescheidenheit und Großzügigkeit zu bestechen. Während der ersten beiden Gänge floss die Unterhaltung mühelos, und er wob sein Netz aus Komplimenten und schuf Vertrauen, bevor er zum Thema Geld überging.

»Ich würde dich wirklich sehr gern während deines Studiums und auch darüber hinaus finanziell unterstützen.«

»Aber, Frank … du warst doch schon so großzügig … ich könnte doch unmöglich …«

Er winkte ab. »Überleg doch nur mal, meine Liebe, wie viel mehr Monet hätte erreichen können, hätte er sich nicht ständig den Kopf über Rechnungen zerbrechen müssen.« Rose kicherte, als er ihr Champagner nachgoss. »Außerdem bin ich so reich und habe niemanden, für den ich Geld ausgeben könnte.« Als

Franzen den mitfühlenden Ausdruck in ihren Augen bemerkte, wusste er, dass er seinem Ziel näher kam.

»Nun, ich …«

»Vor dem Dessert muss gar nichts entschieden werden, meine Liebe. Erzähl mir mehr über van Gogh. Ich finde es wunderbar, wenn du leidenschaftlich bist.«

Am Ende der Mahlzeit spürte Franzen, dass es ihm gelungen war, sämtliche Widerstände von Rose auszuräumen. Er würde leichtes Spiel haben. Nachdem er die astronomisch hohe Rechnung beglichen hatte, wartete er auf den richtigen Moment. Als die junge Frau nach ihrem Wasserglas griff, legte er leicht seine Hand auf die ihre und stellte zufrieden fest, dass Rose die Berührung erwiderte.

»Es war mir eine große Freude, dich persönlich kennenzulernen, Rose.«

Sie errötete. »Die Freude war ganz meinerseits, Frank. Vielen Dank für die Einladung.«

»Es war mir ein Vergnügen. Und wir sind uns einig, dass ich deine Ausgaben übernehme, damit du ungestört malen kannst?«

»Wie könnte ich ein solches Angebot ausschlagen? Vielen Dank.« Die beiden sahen sich einen Moment lang an. Dann beugte sich Franzen vor und küsste Rose leicht auf den Mund. Danach lächelte sie beseelt und senkte den Blick.

»Entschuldigung, ich konnte einfach nicht widerstehen«, sagte Franzen. »Hoffentlich bin ich nicht zu weit gegangen.«

»Nein, ganz und gar nicht!«, erwiderte Rose aufrichtig.

Perfekt. Franzen holte tief Luft und legte eine bedeutungsschwangere Pause ein. »Ich bin so froh, dass ich dir Gelegenheit geben konnte, mein wahres Ich zu erleben.« Diese Szene musste nun reibungslos gelingen.

»Wie bitte?«

Franzen stützte den Kopf in die Hände und konzentrierte sich darauf, dass ihm Tränen in die Augen stiegen.

»Frank? Ist alles in Ordnung?«

»Nein, meine Liebe, ich fürchte, nicht. Ich hatte solche Angst, dass du mich erkennen und davonlaufen würdest.«

Rose sah beunruhigt aus. »Wie meinst du das?«

Langsam ließ Franzen die Hände sinken und setzte eine kummervolle Miene auf. »Ich denke, in deinem tiefsten Inneren weißt du, dass wir uns früher schon begegnet sind.« Er ergriff ihre Hand und sah Rose eindringlich an. »Du musst verstehen, dass ich keine andere Wahl hatte. Es hieß damals töten oder getötet werden. Damit kann ich zwar nichts entschuldigen, aber … o mein Gott!« Er brachte ein Schluchzen hervor.

»Ich verstehe nicht, Frank.«

»Ich habe mich so sehr bemüht, dich zu beschützen. Weil ich schon immer wusste, dass du ein ganz besonderer Mensch bist. Das gilt natürlich auch für deinen Bruder.«

»Meinen Bruder?«

»Ja. Deshalb habe ich ihn in dem Musiktrio untergebracht. Ich wusste, dass er so überleben würde.«

»Was …«, flüsterte Rose fassungslos.

»Die Wahrheit ist, dass ich dich damals schon geliebt habe. Ich war mir ganz sicher, dass du Großes vor dir hast. Deshalb«, das musste nun der überzeugendste Teil des Lügengespinsts sein, »habe ich an diesem Tag Anya Streichhölzer gegeben. Ich wusste von eurem Plan und habe euch geholfen.« Auf diesen Schachzug war er besonders stolz.

Rose saß reglos da, während ihr Tränen in die Augen stiegen. »Franzen …«

»Bitte, nenn mich nie wieder so! Kurt Franzen war ein hasserfülltes, abscheuliches Konstrukt des Naziregimes!« Er bemühte sich, besonders aufrichtig zu erscheinen. »Das war nicht *ich.*«

Rose wirkte noch immer wie erstarrt. »Ich …«

»Du *weißt,* dass ich in Wirklichkeit nicht so bin. Mein wahres Ich hat versucht, dich vor allem Übel zu beschützen. Meine Künstlerin. *Meine Rosa.*«

Sie stand überstürzt auf. Das beunruhigte ihn nicht, er hatte mit so etwas gerechnet und ergriff rasch ihre Hand.

»Ich verstehe, wenn du jetzt gehen möchtest, Verehrteste. Aber bitte vergiss nicht: Ich habe dafür gesorgt, dass du überlebt hast, während so viele andere umkamen.« Als Rose sich abwandte, hielt er ihre Hand noch fester. »Vergiss mich nicht. So wie ich wirklich bin, nicht Kurt Franzen. Du hast meine Adresse. Und natürlich solltest du unser Treffen möglichst für dich behalten.« Er machte ein betrübtes Gesicht. »Was mit mir geschieht, spielt keine Rolle. Aber ich weiß, dass ihr, dein Bruder und du, euch illegal hier im Land aufhaltet.« Er schüttelte bekümmert den Kopf. »Es wäre mir ein Gräuel, wenn ihr wegen mir noch weiteres Unheil erleben müsstet.« Franzen sah Rose noch einmal eindringlich an und ließ dann ihre Hand los.

Dann schaute er ihr nach, während sie hinauseilte.

Das Treffen war sogar besser verlaufen, als er zu hoffen gewagt hatte. Franzen lehnte sich zurück und führte sich den Rest des Champagners zu Gemüte. Er verstand sich hervorragend darauf, Menschen zu manipulieren, und spürte, dass er Rose schon fast im Griff hatte.

Und tatsächlich erhielt er keine zwei Wochen später einen Brief von ihr.

Als sie sich erneut trafen, setzte Franzen seine Geschichte fort, der zufolge Treblinka die *Hölle* und er der Schutzengel der Delanskis gewesen sei. Ihren Vater zu erschießen, sei ein *Gnadenakt* gewesen, denn er hatte schon viel zu lange leiden müssen. Franzen selbst sei ein guter Mensch und ein Opfer des bösen Regimes. Weshalb er sich regelrecht danach sehne, das Rose beweisen zu können.

Im Lauf der folgenden Wochen zahlte Franzen größere Summen auf Roses Konto ein. Und binnen Monaten hatte er ihr etliche Treffen mit wichtigen Kunsthändlern und reichen Sammlern verschafft.

Nach und nach wurde Rose berühmt und musste sich eingestehen, dass sie das nicht zuletzt auch ihrem »Mäzen« verdankte. Doch erst nach einem halben Jahr küsste sie ihn erneut. Daraufhin täuschte Franzen Tränen vor und sagte, mehr solle nur passieren, wenn Rose das wirklich wollte. Er war darauf eingestellt, dass er viel Geduld brauchte für dieses Spiel.

Nach weiteren drei Monaten hatten sie zum ersten Mal Sex, und Franzen war höchst befriedigt. Darauf hatte er hingearbeitet. Und sobald er sein endgültiges Ziel erreicht hatte, würde er Rose fallen lassen.

Im Sommer 1951 traf sie völlig aufgelöst in seiner Wohnung ein und berichtete, dass sie ihrem Bruder von ihrer Beziehung berichtet hatte. Auch darauf war Franzen vorbereitet. Er tröstete Rose und versicherte ihr, dass er Verständnis habe und alles gut werden würde.

»David wird mir nie verzeihen«, schluchzte sie.

»Ganz bestimmt wird er das«, log Franzen. »Du musst ihm nur Zeit geben.«

Das war sein Stichwort, um aus der Stadt zu verschwinden. Die Beziehung zu Rose war stabil genug, er konnte auch immer wieder kurz auftauchen und musste nicht riskieren, von David aufgespürt zu werden.

Damit Rose ihm verbunden blieb, unterstützte Franzen sie weiterhin finanziell und förderte ihre Karriere. Um sie ihrem Bruder weiter zu entfremden, hatte er vorgeschlagen, dass sie ihren Namen zu Delancey ändern sollte. Aber das Schlimmste, was er David antun wollte, stand noch bevor. Alle paar Monate flog Franzen nach London und lud Rose auch immer wieder nach Buenos Aires ein. Bei ihren Treffen achtete er darauf, dass sie besonders häufig miteinander schliefen.

Es dauerte länger, als er vermutet hatte. War sie etwa dazu nicht in der Lage?

Doch dann, bei einem Essen im River Restaurant, bekam Franzen die Nachricht, auf die er gewartet hatte.

»Wie weit bist du?«, fragte er.

»Es sind drei Monate, seit wir …«

Franzen bezahlte das Essen, brach auf und meldete sich nie wieder bei Rosa Delanski.

Er hatte sein Ziel erreicht.

29

David begann, maßlos zu trinken. Nachdem er verstanden hatte, dass er seinen Kummer zwar mit Alkohol kurzzeitig vergessen, aber nicht aus der Welt schaffen konnte, konzentrierte er sich auf die Suche nach Kurt Franzen. David investierte Unsummen in Privatdetektive, die aber lediglich Gerüchte und Mutmaßungen liefern konnten. Rose fanden sie natürlich, sie lebte mit ihrem Freund Roddy zusammen. Aber sie reagierte nicht auf seine Versuche, sie zu kontaktieren. Ob David ihr schrieb, sie anrief oder vor der Haustür stand – seine Schwester wollte anscheinend nichts mehr mit ihm zu tun haben.

Dennoch verfolgte David ihren zunehmenden Ruhm in den kommenden vier Jahren. In jeder Zeitung, die er aufschlug, wurde enthusiastisch über das Werk der »jungen Rose Delancey« geschrieben. David entging nicht, dass sie sich offenbar auch mit der Änderung ihres Nachnamens von ihm entfernen wollte.

1955 war seine vierundzwanzigjährige Schwester ein Star der englischen Künstlerszene. Die Kunstkritik lobte ihre starke eigenwillige Ausdruckskraft, der Kunstkritiker John Russell von der *Sunday Times* verglich sie sogar mit Francis Bacon. Die Anklänge zu ihrem Leben während des Kriegs waren in all ihren Bildern präsent. Die Kolumnisten liebten Rose. Sie hatte alles: Schönheit, Talent, Intelligenz und eine geheimnisumwitterte Vergangenheit.

Einmal sah David ein Foto von Rose und einem nicht identifizierbaren Mann im Regent's Park. Der Mann trug einen Hut, das Gesicht war Rose zugewandt. Vielleicht war es Franzen. Vielleicht aber auch nicht.

In dem Artikel wurde lediglich ein »mysteriöser Mann« erwähnt.

Um sich von seinen Gefühlen abzulenken, ging David dazu über, noch härter für sein Unternehmen zu arbeiten, das ihn in kurzer Zeit zum Millionär machte.

Dann, spät an einem Sommerabend, klingelte das Telefon.

»David Cooper.«

»Hallo, David. Hier ist Rose.«

Er schluckte schwer. Allein beim Klang ihrer Stimme wurden ihm die Knie weich.

»Hallo, Rose.«

»Ich … ich würde dich gern heute Abend treffen. Hast du Zeit?«

David warf einen Blick auf den Papierstapel vor sich und antwortete: »Ja, natürlich. Komm vorbei.«

»Ich bin in einer halben Stunde bei dir.«

Roses Ausstrahlung war überwältigend, als sie hereinkam. David verstand, warum die Regenbogenpresse sich förmlich auf sie stürzte.

Seine Schwester holte eine Schachtel Zigaretten aus ihrer Handtasche, steckte sie jedoch wieder zurück. Dann trat Rose ans Fenster und sah hinaus, und David kam nicht umhin festzustellen, wie kultiviert sie inzwischen wirkte.

»Möchtest du etwas trinken?«, fragte er.

»Gern ein Glas Wasser, danke.«

»Okay. Stört es dich, wenn ich …«

»Nein, gar nicht.«

Als David in der Küche die Getränke einschenkte, nahm er einen großen Schluck Wein aus der Flasche, bevor er mit den Gläsern ins Wohnzimmer zurückkehrte.

»Danke.« Sie nahm das Glas in Empfang.

»Warum wolltest du mich sehen?«

»Ich … ich wollte mich dafür entschuldigen, dass ich mich

all die Jahre nicht gemeldet habe. Aber … ich konnte einfach nicht.«

Als sie ihn ansah, bemerkte David den Schmerz in ihren Augen.

»Kannst du das verstehen, David?«

Ein lastendes Schweigen entstand.

»Nein.«

Rose holte tief Luft. »Bevor ich weiterspreche, möchte ich dir mitteilen, dass Frank … Franzen und ich kein Paar mehr sind.«

David schlug das Herz bis zum Hals. »Wo hat er sich die ganze Zeit aufgehalten? Ich konnte ihn nirgendwo aufspüren.«

Rose trank einen Schluck Wasser. »Hauptsächlich in Buenos Aires. Aber er ist auch viel auf Reisen.«

Die Anspannung zwischen ihnen war unerträglich.

»Es tut mir unendlich leid, David. Ich kann jetzt all meine Fehler klar erkennen.«

»Aha.« Mehr als einsilbige Antworten brachte er nicht hervor, weil er mit den Tränen rang.

»Ich habe versucht, mich selbst zu begreifen. Habe mit Psychologen und Ärzten gesprochen.«

David bemühte sich um Fassung. »Was haben sie gesagt?«

»Es gibt eine Theorie über einen Zustand, der sich im Gehirn entwickeln kann. Wenn jemand in einer Beziehung misshandelt wird und es ein Machtungleichgewicht gibt, können manchmal emotionale Bindungen entstehen.« Rose klang nüchtern und sachlich.

»Aha.«

»Diese Bindung ist natürlich komplett irrational. Und paradox. Die Sympathie, die das Opfer für den Täter empfindet, ist eine Art psychische Krankheit.« David fand das schwer begreiflich. »Und sie kann umso machtvoller sein, wenn das Opfer ein Kind ist.«

David nickte langsam. »Ja, das leuchtet mir ein.«

»Anfänglich war Franzen nett zu mir, entschuldigte sich für sein Verhalten in der Vergangenheit und versprach mir das Blaue vom Himmel herunter.« Rose schluckte mühsam.

David nahm eine Ausgabe der *Sunday Times* vom Couchtisch und hielt sie hoch. »Du bist berühmt geworden.«

»Ja. Er hat mich unterstützt, hat mich Kunsthändlern und reichen Sammlern vorgestellt. Meine Bilder … verkaufen sich gut.«

»Ich weiß, Rose. Ich habe deinen Werdegang verfolgt.«

»Ja. Ich …« Ihr versagte die Stimme.

David leerte sein Weinglas in einem Zug und ballte die Fäuste. Er konnte sich nicht länger beherrschen. »Was zum Teufel hast du dir dabei gedacht, Rose?«

Sie senkte den Blick. »Du hattest recht. Ich war krank im Kopf.« Rose sah ihren Bruder an. »Aber es geht mir inzwischen besser, David. Ich schwöre es. Entschuldige bitte.«

»Erwartest du jetzt allen Ernstes, dass ich dir verzeihe?«

»Nein, natürlich nicht. Aber ich hatte gehofft, du würdest vielleicht verstehen …«

»Was gibt es da zu verstehen? Dass meine Schwester sich in den Mann verliebt hat, der unseren Vater getötet hat? Der Tausende von Menschen umgebracht hat?«

»Ich habe geglaubt, er …«

»Du hast geglaubt, dass er dich im Lager beschützt hat. Ich kann mich gut an deine Worte erinnern. Aber das war nicht er, sondern *ich*, Rose!« Wutentbrannt feuerte David die Zeitung auf den Boden.

Seine Schwester seufzte. »Ich habe einen Fehler gemacht, David. Das wurde mir nach und nach klar. Meine Wahrnehmung war völlig verzerrt. In Treblinka war ich so abhängig von ihm. Inzwischen kann ich verstehen, warum das alles passiert ist. Was es natürlich deshalb nicht besser macht.«

»Allerdings! Was würde Papa dazu sagen? Oder Mama?« Zorn loderte in Davids Augen.

»David …«

»Nein! Vier Jahre, Rose! Vier Jahre, in denen ich damit leben musste, dass du diese *Kreatur* mir vorgezogen hast. Ich habe

Mama damals geschworen, für dich zu sorgen. Ich habe mein eigenes Leben aufs Spiel gesetzt, um deines zu retten, und so dankst du mir das? Wie konntest du das tun?«

»Ich bin … ich bin so …« Rose brachte kein Wort mehr hervor und ließ ihr Glas fallen. Sie schlug die Hände vors Gesicht und schluchzte herzzerreißend.

David rang nach Atem und versuchte, der Wut Herr zu werden, die in ihm tobte. Doch trotz seines Zorns löste der Anblick seiner verzweifelten Schwester eine automatische Reaktion aus. Er fühlte sich sofort nach Warschau zurückversetzt, wo Rose ein hungriges, verängstigtes Kind gewesen war.

Was sich inzwischen auch ereignet hatte – Rose war der Mensch, den David über alles liebte. Seine Wut verflog, und er stand auf und trat zu seiner Schwester, um sie in die Arme zu nehmen.

»Es tut mir so leid, David … so unendlich leid.«

David hielt Rose lange in den Armen, bis ihr Schluchzen nachließ.

Im Lauf des langen Abends erzählte Rose ihrem Bruder ausführlich von ihrer Beziehung mit Kurt Franzen.

Am Ende der Geschichte war David zu der Überzeugung gelangt, dass seine Schwester ein Opfer ihrer schrecklichen Lebensumstände war. Ihre Eltern waren ihr auf grausamste Weise genommen worden. Das junge Mädchen hatte Franzen, ihre einzige Bezugsperson in Treblinka, als eine Art Beschützer betrachtet. Darauf hatte Franzen spekuliert und hatte seine Beute wie ein tödliches Raubtier nicht losgelassen.

David und Rose war es gelungen, ihm zu entkommen und ihn damit zu demütigen.

Dafür hatte er sich rächen wollen.

»Wo ist er jetzt?«, fragte David leise.

»In Argentinien, nehme ich an. Aber er hatte in ganz Südamerika Verbindungen. Es würde mich nicht wundern, wenn er inzwischen in einem anderen Land lebt.«

»Kann man ihn irgendwie finden? Über die Behörden, meine ich.«

Rose schüttelte den Kopf. »Das bezweifle ich. Er ist sehr vernetzt, und überall ist Bestechung mit im Spiel … O Gott, ich weiß, das ist nicht, was du hören wolltest.«

David hob die Hand. »Alles in Ordnung. Du bist hier, und du bist in Sicherheit.« Er nahm seine Schwester bei den Schultern. »Aber du musst mir schwören, Rosa Delanski, dass dieser Albtraum jetzt ein für alle Mal vorbei ist. Du wirst Franzen nie wiedersehen. Und nicht nur das: Du wirst nicht einmal seinen Namen je wieder erwähnen.«

David sah die Angst in Roses Augen. »Ich schwöre.«

Er half ihr auf und zog sie in eine enge Umarmung. Dabei merkte er, dass Rose sich unwillkürlich vorbeugte, um ihren Bauch zu schützen.

David trat einen Schritt zurück und beäugte seine Schwester, weil ihm ein furchtbarer Gedanke kam.

»Bist du sicher, dass du nicht doch ein Glas Wein möchtest?«

Sie schüttelte den Kopf. »Danke, nein.«

»Gibt es einen Grund, weshalb du zurzeit keinen Alkohol trinkst?«

Rose errötete. »Nein. Ich habe nur heute Abend keine Lust darauf.«

David starrte auf die leichte Schwellung am Bauch seiner Schwester, die sie mit den Händen zu verbergen versuchte.

»Oh, Rose.«

»Was?«

Er fühlte sich, als hätte ihm jemand ins Gesicht geschlagen. Als ertränke er.

Doch er wollte sich nichts anmerken lassen.

»Mir ist gerade eingefallen«, sagte er, »dass ich nächste Woche nach Amerika reisen muss. Ich werde für ein halbes Jahr dortbleiben, weil ich mein Unternehmen in den USA ausbauen möchte.« David war stolz, dass er sich so gut im Griff hatte. Jetzt wollte er, dass seine Schwester aufbrach, damit er seinem Kummer allein freien Lauf lassen konnte.

»Oh. Ich hoffe, wir sehen uns, wenn du wieder hier bist.«

»Ja.« David wusste nicht, was er erwidern sollte, denn er war sich bereits sicher, dass sie sich nicht mehr wiedersehen würden. »Ich werde in der Presse deinen Werdegang weiterverfolgen.«

Rosa seufzte. »Danke, aber offen gestanden bin ich ziemlich erledigt zurzeit. Es kommt mir vor, als hätte ich am Fließband gearbeitet. Ich brauche wohl mal eine Pause.«

David spürte die Erschöpfung seiner Schwester.

»Na, du warst ja auch enorm fleißig in den letzten Jahren. Noch mal herzlichen Glückwunsch zu deinem großen Erfolg.«

»Danke. Aber ich habe einfach Papas Talent geerbt, denke ich.« Rose blickte auf eine Wand. »Du hast ›Treblinka‹ hier. Ich hasse dieses Bild. Warum hast du es aufgehängt?«

David hätte antworten können, dass es ihn an die wunderbare Zeit erinnerte, in der sie beide wie in einem Kokon gelebt hatten. Das war die glücklichste Phase seines Lebens gewesen.

Stattdessen zuckte er mit den Schultern. »Ich mag es eben.«

Rose schaute nervös auf ihre Uhr. »Ich muss los, David. Ich bin um halb acht mit Roddy verabredet. Es war schön, dich wiederzusehen.«

Während David seine Schwester hinausgeleitete, verzieh er ihr, gelobte jedoch auch, sie niemals wiederzusehen. Und mit ihrem Kind wollte er auch nichts zu tun haben.

Nachdem die Tür sich hinter ihr geschlossen hatte, blieb Rose einen Moment stehen und atmete tief ein. Dann brachen die Tränen aus ihr heraus. David hatte nichts dazu gesagt, aber zweifellos bemerkt, dass sie schwanger war. Sie hatte keine Gelegenheit gehabt, eine Lüge über den Vater vorzubringen. Und selbst wenn, hätte David ihr sicher nicht geglaubt.

Rose kam es vor, als erstickte sie. Sie musste diese Stadt verlassen.

»Auf Wiedersehen, David«, flüsterte sie. »Es tut mir so leid.«

30

Yorkshire, August 1984

Als Rose merkte, dass es dämmerte, warf sie einen Blick auf ihre Uhr. Über zwei Stunden hatte sie an Mirandas Grab gesessen. Rose wischte sich die Tränen vom Gesicht.

»Und deshalb, Miranda, wollte David mich nie mehr wiedersehen. Es wäre zu schmerzhaft für ihn gewesen. Eine Woche nach unserem Treffen reiste er nach Amerika. O Gott, ich war damals so durcheinander, so erschöpft von den vergangenen Jahren. Deshalb beschloss ich, hierher nach Yorkshire zu ziehen. Die Presse wäre über mich hergefallen, wenn ich in London mein Kind bekommen hätte. Das hätte ich nicht verkraftet.« Sie holte tief Luft. »Ich musste unter allen Umständen allein sein. Mit vierundzwanzig Jahren war ich komplett am Ende. Ich wusste auch, dass ich meinen Bruder nie mehr wiedersehen würde, weil er niemals akzeptieren könnte, dass ich von diesem Mann ein Kind bekam.

Miles. Das Kind von Kurt Franzen.«

Zum ersten Mal in ihrem Leben sprach Rose diese Worte aus.

»Und deshalb liegst du nun hier unter der Erde, Miranda. Weil ich zu charakterschwach war und mich in meinen Peiniger verliebt habe. Ich habe ein Kind zur Welt gebracht, dem Unheil mit in die Wiege gegeben wurde. Ich habe darum gebetet, dass Miles normal wird, und habe ständig nach Anzeichen Ausschau gehalten, aber wenig Auffälliges bemerkt. Miles war schlau und immer so liebenswürdig zu mir.« Rose schluchzte auf. »Ich habe mich von der Liebe blenden lassen. Mir hätte schon vor Langem auffallen müssen, wen ich da in die Welt gesetzt habe. Einen Unhold. Miles trifft also letztlich keine Schuld«, flüsterte Rose. »Einzig ich war dafür verantwortlich, was aus ihm geworden ist. Ach, Miranda. Es tut mir so unendlich leid, was ich getan habe. Wenn du mich hören kannst, verzeih mir. Bitte verzeih mir.«

Rose weinte bitterlich, bis sie bemerkte, wie sich mehrere Vögel in den Bäumen an Mirandas Grab niederließen. Der Wind rauschte in den Ästen, und die Vögel begannen zu zwitschern, als wollten sie das Leben feiern.

Es war schon fast dunkel.

Rose lächelte unter Tränen.

»Danke, Miranda«, murmelte sie. »Es ist jetzt alles vorbei, nicht wahr?«

»Nein, Rose. Es ist Zeit für einen neuen Anfang.«

Sie zuckte zusammen, als sie eine Stimme hörte, und fuhr herum. Hinter ihr stand David, der sie jetzt bei den Händen nahm und behutsam hochzog.

»Komm mit mir, Rose.«

Sie sah ihn an. »Ja.«

Er umarmte sie liebevoll.

Eng umschlungen gingen die beiden langsam den Weg entlang. Von den Bäumen am Grab sahen die Vögel den Geschwistern nach, bis sie in der Ferne verschwunden waren.

Epilog

Paris, 1992

»Meine Damen und Herren, ich heiße Sie herzlich willkommen und danke Ihnen von Herzen, dass Sie heute Abend an dieser Modenschau im Ballsaal des Grandhotel Ritz teilnehmen. Dem Geschäftsführer möchte ich meinen Dank aussprechen dafür, dass er uns diesen prachtvollen Raum kostenlos zur Verfügung stellt.

Wie die meisten von Ihnen sicher wissen, wurde die Delanski-Stiftung vor vier Jahren ins Leben gerufen. Sie ist eine ganz besondere Wohltätigkeitsorganisation, da sie keinen Unterschied macht zwischen verschiedenen Formen menschlichen Leids.

Denn Leid kann in vielerlei Gestalt auftreten: ob ein junger Mann an Aids stirbt oder ob die Rente eines Kriegsveteranen nicht einmal für die grundlegendsten Bedürfnisse ausreicht.

In den letzten vier Jahren haben wir über tausend Menschen helfen können, ob landesweit in Folge einer Katastrophe oder bei Einzelschicksalen.

Heute Abend jedoch unterstützen wir die Stiftung zum Gedenken an die Opfer des Holocaust. Ein Team von Frauen und Männern hat es sich zum Ziel gesetzt, dafür zu sorgen, dass der Mord an bis zu sechs Millionen jüdischer Menschen nicht in Vergessenheit geraten und sich nie mehr in der Geschichte der Menschheit wiederholen wird. Die Stiftung hilft ferner Überlebenden und Verwandten von Opfern.«

Emphatischer Beifall brandete auf.

»Ich möchte Ihnen meinen Schwiegervater vorstellen, David Cooper, einen Mann, von dem Sie sicher schon gehört haben. Er ist Präsident der Stiftung. Bitte heißen Sie ihn mit einem Applaus willkommen.«

David trat neben Leah aufs Podium und küsste sie auf beide Wangen. Sie setzte sich, während er das Wort ergriff.

»Guten Abend, meine Damen und Herren. Vielen Dank, dass Sie heute hierhergekommen sind. Leah hat hervorragende Arbeit geleistet als Vorsitzende einer Organisation, die bei ihrer Gründung noch von einem kleinen Zimmer in ihrem Haus aus agierte. Mittlerweile nimmt sie eine gesamte Etage meines Gebäudes in New York ein, und Leahs Büro ist größer als meines.«

Es gab leises Gelächter und weiteren Beifall.

David wartete, bis erneut Stille eingetreten war.

Leah huschte von der Bühne und trat zu ihrem Mann.

»Ist sie hier?«, fragte sie nervös.

Brett nickte. »Ja, wohlbehalten eingetroffen. Ihr Flug von Moskau war verspätet.«

Das Publikum, zu dem viele Prominente zählten, bot an die fünfzigtausend Pfund für die eleganten Kleider der neuen Carlo-Kollektion. Carlo Porselli, der seit der Zeit, die er unter Mordanklage im Gefängnis verbracht hatte, ein wesentlich bescheidenerer, liebenswerterer Mensch geworden war, umarmte Leah herzlich. Er hatte sich schon vor langer Zeit für sein Fehlverhalten entschuldigt. Leah, die nicht nur wusste, wie sehr er gelitten hatte, sondern sich teilweise auch für seine fälschliche Haftzeit verantwortlich fühlte, hatte die Entschuldigung bereitwillig angenommen.

Jetzt saßen Rose, David, Chloe, Brett und Leah gemeinsam am Tisch und ließen sich das vorzügliche Essen schmecken.

Leah blickte glücklich in die Runde und sann darüber nach, wie erstaunlich es doch war, dass all die Menschen, die ihr Leben so nachhaltig beeinflusst hatten, hier wieder vereint waren.

Nach der Tragödie acht Jahre zuvor hatte Rose Yorkshire verlassen und war nach New York gezogen. In dem Farmhaus mit seinen schrecklichen Erinnerungen konnte sie nicht mehr leben. Sie war nie mehr dorthin zurückgekehrt, sondern wohnte seit damals mit David in seiner Maisonettewohnung. Heute Abend fand Leah, dass die beiden froh und zufrieden wirkten.

Chloe hatte sich entschieden, bei Mrs Thompson in Yorkshire zu bleiben, und verbrachte ihre Schulferien bei Rose in Amerika. Leah war dankbar, dass Chloe ihren Eltern zur Seite stand, denn sie selbst konnte sie wegen ihres permanent vollen Terminkalenders nur selten besuchen.

Als Leah in dieser schrecklichen Nacht im Haworth Moor wieder zu sich gekommen war, hatte sie sich in den Armen von Brett wiedergefunden. Anthony, der damals vergeblich versucht hatte, Leah oder ihre Eltern in Yorkshire zu erreichen, hatte die Größe besessen, schließlich Brett in Paris zu kontaktieren, der sofort mit einem Privatjet nach England geflogen war. Nachdem Rose nach Yorkshire zurückgekehrt war und Chloe bei den Thompsons untergebracht hatte, nahm Brett Leah mit nach New York, und sie kamen vorerst in Davids Wohnung unter.

Leah brauchte mehrere Monate, um sich von den Schrecken dieser Nacht in Yorkshire zu erholen, doch mit Bretts Liebe und Fürsorge gelang es ihr schließlich. Ihre Beziehung war in den vergangenen Jahren immer nur stärker geworden. Brett hatte Leahs Vorbehalten gegenüber Paris nachgegeben und stattdessen an der School of Visual Arts in New York weiterstudiert. Mit Roses Unterstützung hatte er zunehmend mehr Erfolg, und Leah war enorm stolz auf seine Entwicklung. Sie hatten kein Kind bekommen, wollten aber eines adoptieren. Und wer wusste schon, wie sich die Zukunft gestalten würde? Vorerst war Leah mit der Stiftung und ihrem Leben mit Brett vollkommen glücklich und zufrieden.

Und an diesem Abend nun verbanden sich ihr berufliches wie privates Leben.

Vor einem Jahr hatte Brett seiner Frau gegenüber eine Bitte geäußert.

»Leah, ich brauche die Unterstützung deiner Stiftung«, hatte er begonnen und dann seine Idee erklärt.

Das Ganze hatte einen enormen Aufwand erfordert; Spuren führten ins Nichts, Bürokratie und Vorschriften taten ein Übriges, um die Verwirklichung des Plans zu erschweren.

Doch dann war sie wahrhaftig gefunden worden.

Und nun war sie hier.

Brett sprühte förmlich vor Aufregung.

Er ergriff die Hand seiner Frau. »Ich danke dir so sehr, Leah. Für alles. Du kannst gar nicht ermessen, wie viel mir das bedeutet.«

Leah erhob sich. »David, Rose, Chloe. Ich möchte euch bitten, mit mir zu kommen. Ich werde euch jetzt zu einer Person bringen, die euch erwartet und die ihr bestimmt gern treffen wollt.«

Verwundert folgten die anderen Leah, als sie den Ballsaal verließ und einen Korridor entlangging.

Schließlich klopfte sie an eine Tür.

Eine leise Stimme war von innen zu hören.

Leah öffnete die Tür und betrat den Raum, gefolgt von David.

Er starrte auf die ältere Dame, die in einem Sessel saß. Das Gesicht kam ihm vertraut vor, aber David konnte es nicht zuordnen.

»Guten Abend, David«, sagte die Frau.

Tränen schossen ihm in die Augen, als er zu ihr stürzte, sie umarmte und küsste. Während Rose zu ihrem Bruder trat, blieb Chloe stehen und beobachtete die Szene fasziniert.

»Anya, Anya … ich habe geglaubt, du wärst tot. O mein Gott …«

Leah ging hinaus und schloss leise die Tür hinter sich.

Draußen wartete Brett auf sie. Er sah, dass seiner Frau Tränen in den Augen standen.

»Ich habe etwas für dich, meine Liebste.« Er überreichte ihr ein in braunes Papier verpacktes rechteckiges Päckchen. Leah packte es aus und keuchte, als sie das Gemälde sah.

»Es basiert auf der Kohleskizze von damals, als du fünfzehn warst. Das ist ein Dankesgeschenk für alles, was du getan hast, um Anya zu finden. Das Bild heißt ›Das Mädchen aus Yorkshire‹.«

»Aber so etwas Wundervolles habe ich gar nicht verdient.«

»O doch, Liebste. Und viele Menschen, die heute Abend hier sind, würden mir gewiss beipflichten. Es war mir so unendlich wichtig, Anya zu finden, für Dad. Die Vergangenheit mit der Gegenwart zu verbinden, wird ihm dabei helfen, endlich besser damit zu leben, was Rose und er erleiden mussten. Sie haben so viel Schlimmes durchgemacht, und jetzt führt das Leben diese drei erneut zusammen. Du hast ein Wunder vollbracht, indem du Anya in Russland aufgespürt und hierhergebracht hast. Ich liebe dich, Leah.«

Er umfasste ihr Gesicht und küsste sie zärtlich.

In der Hotelsuite zuckte der Blitz einer Kamera auf.

»Nicht jetzt, Chloe. Du kannst später noch Fotos von deiner Urgroßmutter machen.«

Das hübsche sechzehnjährige Mädchen schaute zu Rose auf und lächelte.

»Entschuldige, Großmama.«

Rose schauderte unwillkürlich.

Dieser kalte, gefühllose Blick war ihr nur allzu vertraut.

Mit der »Sieben Schwestern«-Reihe
wurde Lucinda Riley weltberühmt.

Wenn Ihnen der Roman
»Das Mädchen aus Yorkshire«
gefallen hat, lesen Sie weiter auf den nächsten Seiten!

LESEPROBE

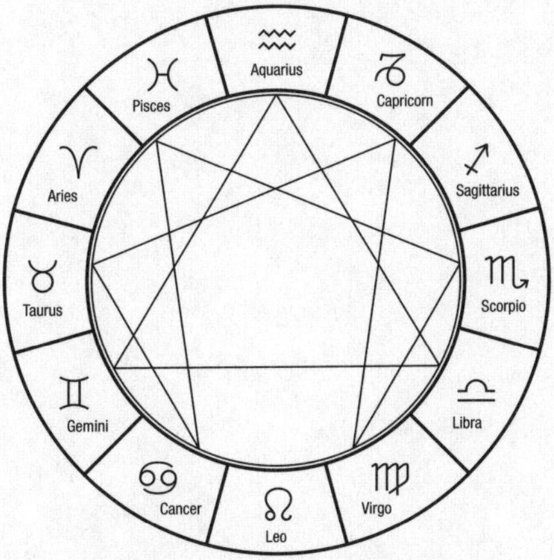

»Wir sind alle in der Gosse, aber manche von uns blicken hinauf zu den Sternen.«

Oscar Wilde

LESEPROBE

Personen

»Atlantis«

Pa Salt	Adoptivvater der Schwestern (verstorben)
Marina (Ma)	Muttterersatz der Schwestern
Claudia	Haushälterin von »Atlantis«
Georg Hoffman	Pa Salts Anwalt
Christian	Skipper

Die Schwestern d'Aplièse

Maia
Ally (Alkyone)
Star (Asterope)
CeCe (Celaeno)
Tiggy (Taygeta)
Elektra
Merope (fehlt)

MAIA

Juni 2007

Erstes Viertel

13; 16; 21

LESEPROBE

LESEPROBE

I

Nie werde ich vergessen, wo ich war und was ich tat, als ich hörte, dass mein Vater gestorben war.

Ich saß im hübschen Garten des Londoner Stadthauses einer alten Schulfreundin, eine Ausgabe von Margaret Atwoods *Die Penelopiade* aufgeschlagen, jedoch ungelesen auf dem Schoß, und genoss die Junisonne, während Jenny ihren kleinen Sohn vom Kindergarten abholte.

Was für eine gute Idee es doch gewesen war, nach London zu kommen!, dachte ich gerade in dieser angenehm ruhigen Atmosphäre und betrachtete die bunten Blüten der Clematis, denen die Hebamme Sonne auf die Welt half, als das Handy klingelte und ich auf dem Display die Nummer von Marina sah.

»Hallo, Ma, wie geht's?«, fragte ich und hoffte, dass mir die entspannte Stimmung anzuhören war.

»Maia …«

Marinas Zögern verriet mir, dass sich etwas Schlimmes ereignet hatte.

»Ich weiß leider nicht, wie ich es dir anders sagen soll: Dein Vater hatte gestern Nachmittag hier zu Hause einen Herzinfarkt und ist heute in den frühen Morgenstunden … von uns gegangen.«

Ich schwieg; lächerliche Gedanken schossen mir durch den Kopf, zum Beispiel der, dass Marina sich aus irgendeinem Grund einen geschmacklosen Scherz erlaubte.

»Du als älteste der Schwestern erfährst es zuerst. Und ich wollte dich fragen, ob du es den andern selbst sagen oder das lieber mir überlassen möchtest.«

»Ich …« Als mir klar zu werden begann, dass Marina, meine geliebte Marina, die Frau, die wie eine Mutter für mich war, so etwas nicht behaupten würde, wenn es nicht tatsächlich geschehen wäre, geriet meine Welt aus dem Lot.

»Maia, bitte sprich mit mir. Das ist der schrecklichste Anruf, den ich je erledigen musste, aber was soll ich machen? Der Himmel allein weiß, wie die andern es aufnehmen werden.«

Da erst hörte ich den Schmerz in *ihrer* Stimme und tat, was ich am besten konnte: trösten.

»Klar sag ich's den andern, wenn du das möchtest, obwohl ich nicht weiß, wo sie alle sind. Trainiert Ally nicht gerade für eine Segelregatta?«

Als wir darüber diskutierten, wo meine jüngeren Schwestern sich aufhielten, als wollten wir sie zu einer Geburtstagsparty zusammenrufen, nicht zur Trauerfeier für unseren Vater, bekam die Unterhaltung etwas Surreales.

»Wann soll die Beisetzung stattfinden? Elektra ist in Los Angeles und Ally irgendwo auf hoher See, also dürfte nächste Woche der früheste Zeitpunkt sein«, schlug ich vor.

»Tja …« Ich hörte Marinas Zögern. »Das besprechen wir, wenn du zu Hause bist. Es besteht keine Eile. Falls du wie geplant noch ein paar Tage in London bleiben möchtest, geht das in Ordnung. Hier kannst du ohnehin nichts mehr tun …« Sie klang traurig.

»Ma, *natürlich* setze ich mich in den nächsten Flieger nach Genf, den ich kriegen kann! Ich ruf gleich bei der Fluggesellschaft an und bemühe mich dann, die andern zu erreichen.«

»Es tut mir ja so leid, *chérie*«, seufzte Marina. »Ich weiß, wie sehr du ihn geliebt hast.«

»Ja«, sagte ich, und plötzlich verließ mich die merkwürdige Ruhe, die ich bis dahin empfunden hatte. »Ich melde mich später noch mal, sobald ich weiß, wann genau ich komme.«

»Pass auf dich auf, Maia. Das war bestimmt ein schrecklicher Schock für dich.«

Ich beendete das Gespräch, und bevor das Gewitter in meinem Herzen losbrechen konnte, ging ich nach oben in mein Zimmer, um die Fluggesellschaft zu kontaktieren. In der Warteschleife, betrachtete ich das Bett, in dem ich morgens an einem, wie ich meinte, ganz normalen Tag aufgewacht war. Und dankte Gott dafür, dass Menschen nicht die Fähigkeit besitzen, in die Zukunft zu blicken.

Die Frau von der Airline war alles andere als hilfsbereit; während sie mich über ausgebuchte Flüge und Stornogebühren informierte und mich nach meiner Kreditkartennummer fragte, spürte ich, dass meine emotionalen Dämme bald brechen würden. Als sie mir endlich widerwillig einen Platz im Vier-Uhr-Flug nach Genf reserviert hatte, was bedeutete, dass ich sofort meine Siebensachen packen und ein Taxi nach Heathrow nehmen musste, starrte ich vom Bett aus die Blümchentapete so lange an, bis das Muster vor meinen Augen zu verschwimmen begann.

»Er ist fort«, flüsterte ich, »für immer. Ich werde ihn nie wiedersehen.«

Zu meiner Verwunderung bekam ich keinen Weinkrampf. Ich saß nur benommen da und wälzte praktische Fragen. Mir graute davor, meinen fünf Schwestern Bescheid zu sagen, und ich überlegte, welche ich zuerst anrufen sollte. Natürlich entschied ich mich für Tiggy, die zweitjüngste von uns sechsen, zu der ich immer die engste Beziehung gehabt hatte und die momentan in einem Zentrum für verwaistes und krankes Rotwild in den schottischen Highlands arbeitete.

Mit zitternden Fingern scrollte ich mein Telefonverzeichnis herunter und wählte ihre Nummer. Als sich ihre Mailbox meldete, bat ich sie lediglich, mich so schnell wie möglich zurückzurufen.

Und die anderen? Mir war klar, dass ihre Reaktion unterschiedlich ausfallen würde, von äußerlicher Gleichgültigkeit bis zu dramatischen Gefühlsausbrüchen.

Da ich nicht wusste, wie sehr mir selbst meine Trauer anzuhören wäre, wenn ich mit ihnen redete, entschied ich mich für die feige Lösung und schickte allen eine SMS mit der Bitte, sich baldmöglichst mit mir in Verbindung zu setzen. Dann packte ich hastig meine Tasche und ging die schmale Treppe zur Küche hinunter, um Jenny eine Nachricht zu hinterlassen, in der ich ihr erklärte, warum ich so überstürzt hatte aufbrechen müssen.

Anschließend verließ ich das Haus und folgte mit schnellen Schritten der halbmondförmigen, baumbestandenen Straße in Chelsea, um ein Taxi zu rufen. Wie an einem ganz normalen Tag. Ich glaube, ich sagte sogar lächelnd Hallo zu jemandem, der seinen Hund spazieren führte.

Es konnte ja auch niemand wissen, was ich gerade erfahren hatte, dachte ich, als ich in der belebten King's Road in ein Taxi stieg und den Fahrer bat, mich nach Heathrow zu bringen.

Fünf Stunden später, die Sonne stand schon tief über dem Genfer See, kam ich an unserer privaten Landestelle an, wo Christian mich in unserem schnittigen Riva-Motorboot erwartete. Seiner Miene nach zu urteilen, wusste er Bescheid.

»Wie geht es Ihnen, Mademoiselle Maia?«, erkundigte er sich voller Mitgefühl, als er mir an Bord half.

»Ich bin froh, dass ich hier bin«, antwortete ich ausweichend und nahm auf der gepolsterten cremefarbenen Lederbank am Heck Platz. Sonst saß ich, wenn wir die zwanzig Minuten nach Hause brausten, vorne bei Christian, doch heute hatte ich das Bedürfnis, hinten allein zu sein. Als Christian den starken Motor anließ, spiegelte sich die Sonne glitzernd in den Fenstern der prächtigen Häuser am Ufer des Genfer Sees. Bei diesen Fahrten hatte ich oft das Gefühl gehabt, in ein Märchenland, in eine surreale Welt, einzutauchen, die nichts mit der Wirklichkeit zu tun hatte.

In die Welt von Pa Salt.

Als ich an den Kosenamen meines Vaters dachte, den ich als

Kind erfunden hatte, spürte ich zum ersten Mal, wie meine Augen feucht wurden. Er war immer gern gesegelt, und wenn er in unser Haus am See zu mir zurückkehrte, hatte er oft nach frischer Meeresluft gerochen. Der Name war ihm geblieben, auch meine jüngeren Schwestern hatten ihn verwendet.

Während der warme Wind mir durch die Haare wehte, musste ich an all die Fahrten denken, die ich schon zu »Atlantis«, Pa Salts Märchenschloss, unternommen hatte. Da es auf einer Landzunge vor halbmondförmigem, steil ansteigendem, gebirgigem Terrain lag, war es vom Land nicht zu erreichen; man musste mit dem Boot hinfahren. Die nächsten Nachbarn lebten Kilometer entfernt am Seeufer, sodass »Atlantis« unser eigenes kleines Reich war, losgelöst vom Rest der Welt. Alles dort war magisch … als führten Pa Salt und wir, seine Töchter, ein verzaubertes Leben.

Pa Salt hatte uns samt und sonders als Babys ausgewählt, in unterschiedlichen Winkeln der Erde adoptiert und nach Hause gebracht, wo wir fortan unter seinem Schutz lebten. Wir waren alle, wie Pa gern sagte, besonders und unterschiedlich … eben *seine* Mädchen. Er hatte uns nach den Plejaden, dem Siebengestirn, seinem Lieblingssternhaufen, benannt. Und ich, Maia, war die Erste und Älteste.

Als Kind hatte ich ihn manchmal in sein mit einer Glaskuppel ausgestattetes Observatorium oben auf dem Haus begleiten dürfen. Dort hatte er mich mit seinen großen, kräftigen Händen hochgehoben, damit ich durch das Teleskop den Nachthimmel betrachten konnte.

»Da sind sie«, hatte er dann gesagt und das Teleskop für mich justiert. »Schau dir den wunderschön leuchtenden Stern an, nach dem du benannt bist, Maia.«

Und ich hatte ihn tatsächlich gesehen. Während er mir die Geschichten erzählte, die meinem eigenen und den Namen meiner Schwestern zugrunde lagen, hatte ich kaum zugehört, sondern einfach nur das Gefühl seiner Arme um meinen Körper genossen, diesen seltenen, ganz besonderen Augenblick, in dem ich ihn ganz für mich hatte.

Marina, die ich in meiner Jugend für meine Mutter gehalten hatte – ich verkürzte ihren Namen sogar auf »Ma« –, entpuppte sich irgendwann als besseres Kindermädchen, das Pa eingestellt hatte, um auf mich aufzupassen, weil er so oft verreisen musste. Doch natürlich war Marina für uns Schwestern sehr viel mehr. Sie wischte uns die Tränen aus dem Gesicht, schalt uns, wenn wir nicht anständig aßen, und steuerte uns umsichtig durch die schwierige Zeit der Pubertät.

Sie war einfach immer da. Bestimmt hätte ich Ma auch nicht mehr geliebt, wenn sie meine leibliche Mutter gewesen wäre.

In den ersten drei Jahren meiner Kindheit hatten Marina und ich allein in unserem Märchenschloss am Genfer See gelebt, während Pa Salt geschäftlich auf den sieben Weltmeeren unterwegs war. Dann waren eine nach der anderen meine Schwestern dazugekommen.

Pa hatte mir von seinen Reisen immer ein Geschenk mitgebracht. Wenn ich das Motorboot herannahen hörte, war ich über die weiten Rasenflächen und zwischen den Bäumen hindurch zur Anlegestelle gerannt, um ihn zu begrüßen. Wie jedes Kind war ich neugierig gewesen, welche Überraschungen sich in seinen Taschen verbargen. Und einmal, nachdem er mir ein fein geschnitztes Rentier aus Holz überreicht hatte, das, wie er mir versicherte, aus der Werkstatt des heiligen Nikolaus am Nordpol stammte, war eine Frau in Schwesterntracht hinter ihm aufgetaucht, in den Armen ein Bündel, das sich bewegte.

»Diesmal habe ich dir ein ganz besonderes Geschenk mitgebracht, Maia. Eine Schwester.« Er hatte mich lächelnd hochgehoben. »Nun wirst du dich nicht mehr einsam fühlen, wenn ich wieder auf Reisen bin.«

Danach hatte das Leben sich verändert. Die Kinderschwester verschwand nach ein paar Wochen, und fortan kümmerte sich

Marina um die Kleine. Damals begriff ich nicht, wieso dieses rotgesichtige, kreischende Ding, das oft ziemlich unangenehm roch und die Aufmerksamkeit von mir ablenkte, ein Geschenk sein sollte. Bis Alkyone – benannt nach dem zweiten Stern des Siebengestirns – mich eines Morgens beim Frühstück von ihrem Kinderstuhl aus anlächelte.

»Sie erkennt mich«, sagte ich verwundert zu Marina, die sie fütterte.

»Natürlich, Maia. Du bist ihre große Schwester, zu der sie aufblicken kann. Es wird deine Aufgabe sein, ihr all die Dinge beizubringen, die du bereits kannst.«

Später war sie mir wie ein Schatten überallhin gefolgt, was mir einerseits gefiel, mich andererseits jedoch auch nervte.

»Maia, warte!«, forderte sie lauthals, wenn sie hinter mir hertapste.

Obwohl Ally – wie ich sie nannte – ursprünglich eher ein unwillkommener Eindringling in mein Traumreich »Atlantis« gewesen war, hätte ich mir keine liebenswertere Gefährtin wünschen können. Sie weinte selten und neigte nicht zu Jähzornausbrüchen wie andere Kinder in ihrem Alter. Mit ihren rotgoldenen Locken und den großen blauen Augen bezauberte Ally alle Menschen, auch unseren Vater. Wenn Pa Salt von seinen langen Reisen nach Hause zurückkehrte, strahlte er bei ihrem Anblick wie bei mir nur selten. Und während ich Fremden gegenüber schüchtern und zurückhaltend war, entzückte Ally sie mit ihrer offenen, vertrauensvollen Art.

Außerdem gehörte sie zu den Kindern, denen alles leichtzufallen schien – besonders Musik und sämtliche Wassersportarten. Ich erinnere mich, wie Pa ihr das Schwimmen in unserem großen Swimmingpool beibrachte. Während ich Mühe hatte, mich über Wasser zu halten, und es hasste unterzutauchen, fühlte meine kleine Schwester sich darin ganz in ihrem Element. Und während ich sogar auf der *Titan*, Pas riesiger ozeantauglicher Jacht, manchmal schon auf dem Genfer See fast seekrank wurde, bettelte Ally ihn an, mit ihr im Laser von unserer privaten Anlegestelle hinauszufahren. Ich kauerte mich im Heck des Boots zusammen, wenn Pa und Ally es in Höchstgeschwindigkeit über das spiegelglatte Wasser lenkten. Diese Leidenschaft schuf eine innere Verbindung zwischen ihnen, die mir verwehrt blieb.

Obwohl Ally am Conservatoire de Musique de Genève Musik studierte und eine begabte Flötistin war, die gut und gern Berufsmusikerin hätte werden können, hatte sie sich nach dem Abschluss des Konservatoriums für eine Laufbahn als Seglerin entschieden. Sie nahm regelmäßig an Regatten teil und hatte die Schweiz schon mehrfach international vertreten.

Als Ally fast drei war, hatte Pa unsere nächste Schwester gebracht, die er nach einem weiteren Stern des Siebengestirns Asterope nannte.

»Aber wir werden ›Star‹ zu ihr sagen«, hatte Pa Marina, Ally und mir lächelnd erklärt, als wir die Kleine in ihrem Körbchen betrachteten.

Weil ich inzwischen jeden Morgen Unterricht von einem Privatlehrer erhielt, wirkte sich das Eintreffen meiner neuen Schwester weniger stark auf mich aus als das von Ally. Genau wie sechs Monate später, als sich ein zwölf Wochen altes Mädchen namens Celaeno, was Ally sofort zu CeCe abkürzte, zu uns gesellte.

Der Altersunterschied zwischen Star und CeCe betrug lediglich drei Monate, sodass die beiden einander von Anfang an sehr nahestanden. Sie waren wie Zwillinge und kommunizierten in ihrer eigenen Babysprache, von der sie einiges sogar ins Erwachsenenalter retteten. Star und CeCe lebten in ihrer eigenen kleinen Welt, und auch jetzt, da sie beide über zwanzig waren, änderte sich daran nichts. CeCe, die Jüngere der beiden, deren stämmiger Körper und nussbraune Haut in deutlichem Kontrast zu der gertenschlanken blassen Star standen, übernahm immer die Führung.

Im folgenden Jahr traf ein weiteres kleines Mädchen ein.

Taygeta – der ich ihrer kurzen dunklen Haare wegen, die wirr von ihrem winzigen Kopf abstanden wie bei dem Igel in Beatrix Potters Geschichte, den Spitznamen »Tiggy« gab.

Mit meinen sieben Jahren fühlte ich mich sofort zu Tiggy hingezogen. Sie war die Zarteste von uns allen, als Kind ständig krank, jedoch schon damals durch kaum etwas zu erschüttern und anspruchslos. Als Pa wenige Monate später ein kleines Mädchen namens Elektra mit nach Hause brachte, bat die erschöpfte Marina mich gelegentlich, auf Tiggy aufzupassen, die oft an fiebrigen Kehlkopfentzündungen litt. Und als schließlich Asthma diagnostiziert wurde, schob man sie nur noch selten im Kinderwagen nach draußen in die kalte Luft und den dichten Nebel des Genfer Winters.

Elektra war die jüngste der Schwestern, und obwohl ich inzwischen an Babys und ihre Bedürfnisse gewöhnt war, fand ich sie ziemlich anstrengend. Sie machte ihrem Namen alle Ehre, weil sie tatsächlich elektrisch wirkte. Ihre Stimmungen, die von einer Sekunde zur nächsten von fröhlich auf traurig wechselten und umgekehrt, führten dazu, dass unser bis dahin so ruhiges Zuhause nun von spitzen Schreien widerhallte. Ihre Jähzornanfälle bildeten die Hintergrundmusik meiner Kindheit, und auch später schwächte sich ihr feuriges Temperament nicht ab.

Ally, Tiggy und ich nannten sie insgeheim »Tricky«. Wir behandelten sie wie ein rohes Ei, weil wir keine ihrer Launen provozieren wollten. Ich muss zugeben, dass es Momente gab, in denen ich sie für die Unruhe, die sie nach »Atlantis« brachte, hasste.

Doch wenn Elektra erfuhr, dass eine von uns Probleme hatte, half sie als Erste, denn ihre Großzügigkeit war genauso stark ausgeprägt wie ihr Egoismus.

Nach Elektra warteten alle auf die siebte Schwester. Schließlich hatte Pa Salt uns nach dem Siebengestirn benannt, und ohne sie waren wir nicht vollständig. Wir wussten sogar schon ihren Namen – »Merope« – und waren gespannt, wie sie sein würde. Doch die Jahre gingen ins Land, ohne dass Pa weitere Babys nach Hause gebracht hätte.

Ich erinnere mich noch gut an den Tag, an dem ich mit Vater im Observatorium eine Sonnenfinsternis beobachten wollte. Ich war vierzehn Jahre alt und fast schon eine Frau. Pa Salt hatte mir erklärt, dass eine Sonnenfinsternis immer einen wesentlichen Augenblick für die Menschen darstellte und Veränderungen einläutete.

»Pa«, hatte ich gefragt, »bringst du uns noch irgendwann eine siebte Schwester?«

Sein starker, schützender Körper war plötzlich erstarrt, als würde das Gewicht der Welt auf seinen Schultern lasten. Obwohl er sich nicht zu mir umdrehte, weil er damit beschäftigt war, das Teleskop auszurichten, merkte ich, dass ich ihn aus der Fassung gebracht hatte.

»Nein, Maia. Leider konnte ich sie nicht finden.«

Als die dichte Fichtenhecke, die unser Anwesen vor neugierigen Blicken schützte, in Sicht kam und ich Marina auf der Anlegestelle warten sah, wurde mir endgültig bewusst, wie schrecklich der Verlust von Pa war.

Des Weiteren wurde mir klar, dass der Mann, der dieses Reich für uns Prinzessinnen geschaffen hatte, den Zauber nun nicht mehr aufrechterhalten konnte.

II

Marina legte mir tröstend die Arme um die Schultern, als ich vom Boot auf die Anlegestelle kletterte. Dann gingen wir schweigend zwischen den Bäumen hindurch und über die weiten, ansteigenden Rasenflächen zum Haus. Im Juni, wenn in den kunstvoll angelegten Gärten alles blühte und die Bewohner dazu verführte, verborgene Pfade und geheime Grotten zu erkunden, war es hier am schönsten.

Das Gebäude selbst, im ausgehenden achtzehnten Jahrhundert im Louis-quinze-Stil erbaut, vermittelte den Eindruck von Eleganz und Größe. Es hatte vier Stockwerke, deren massige roséfarbene Mauern von hohen Fenstern durchbrochen und von einem steilen roten Dach mit Türmen an jeder Ecke gekrönt wurden. Im Innern war es mit allem modernen Luxus sowie mit hochflorigen Teppichen und behaglichen, dick gepolsterten Sofas ausgestattet. Wir Mädchen und Marina schliefen im obersten Stockwerk, von wo aus man über die Baumwipfel einen atemberaubenden Blick auf den See hatte.

Mir fiel auf, wie erschöpft Marina wirkte. Sie hatte dunkle Ringe unter den freundlichen braunen Augen, und um ihren sonst so oft lächelnden Mund lag ein angespannter Zug. Sie musste mittlerweile Mitte sechzig sein, was man ihr allerdings nicht ansah. Mit ihren markanten Zügen, ihrer Körpergröße und der stets makellosen Kleidung war sie eine attraktive Frau; ihre angeborene Eleganz verriet ihre französische Herkunft. Ich erinnerte mich, dass sie die seidigen dunklen Haare in meiner Kindheit und Jugend offen getragen hatte, nun hingegen schlang sie sie im Nacken zu einem Knoten.

Mir gingen tausend Fragen durch den Kopf, von denen ich eine sofort beantwortet wissen wollte.

»Warum hast du mich nicht gleich informiert, als Pa den Herzinfarkt hatte?«, erkundigte ich mich, als wir das Haus und das Wohnzimmer mit der hohen Decke betraten, von dem aus die große geflieste Terrasse mit Pflanztrögen voll roter und gelber Kapuzinerkresse zu sehen war.

»Maia, glaube mir, ich habe ihn angefleht, es dir und euch allen sagen zu dürfen, aber meine Bitte hat ihm solchen Kummer bereitet, dass ich ihm lieber seinen Willen gelassen habe.«

Mir war klar, dass ihr die Hände gebunden gewesen waren. Er war der König und Marina bestenfalls seine loyale Hofdame, schlimmstenfalls jedoch seine Bedienstete, die seine Anordnungen befolgen musste.

»Ma, wo ist er jetzt?«, fragte ich. »Oben in seinem Zimmer? Soll ich zu ihm raufgehen?«

»Nein, *chérie*, er ist nicht oben. Möchtest du einen Tee, bevor ich dir mehr erzähle?«

»Offen gestanden wäre mir ein starker Gin Tonic lieber«, antwortete ich und sank auf eines der riesigen Sofas.

»Ich bitte Claudia, ihn dir zu machen. Angesichts der Umstände werde ich mich dir ausnahmsweise anschließen.«

Ich sah Marina nach, wie sie den Raum auf der Suche nach unserer Haushälterin Claudia verließ, die genauso lange wie Marina in »Atlantis« war, aus Deutschland stammte und hinter deren mürrischer Miene sich ein Herz aus Gold verbarg. Wie wir alle hatte sie Pa Salt verehrt. Ich fragte mich, was nun, da Pa nicht mehr da war, aus ihr, Marina und »Atlantis« werden würde.

Was das bedeutete, war noch immer nicht richtig bei mir angekommen, denn Pa war immer »nicht da«, ständig auf Achse, zu irgendwelchen Projekten unterwegs, und Personal und Familie wussten nicht, womit er sich seinen Lebensunterhalt verdiente. Einmal hatte ich ihn danach gefragt, weil meine Freundin Jenny, die die Schulferien bei uns verbrachte, von unserem feudalen Lebensstil beeindruckt gewesen war.

»Dein Vater muss fabelhaft reich sein«, hatte sie voller Ehrfurcht bemerkt, als wir auf dem Flughafen La Môle bei Saint-Tropez aus Pas Privatjet gestiegen waren. Der Chauffeur hatte auf dem Rollfeld gewartet, um uns zum Hafen zu bringen, wo wir an Bord der *Titan,* unserer prächtigen Jacht, gehen und unsere alljährliche Kreuzfahrt durchs Mittelmeer beginnen sollten.

Da ich kein anderes Leben kannte, war es mir nie ungewöhnlich vorgekommen. Wir Mädchen waren anfangs alle von einem Privatlehrer zu Hause unterrichtet worden, und erst mit dreizehn im Internat wurde mir klar, wie sehr sich unser Leben von dem anderer Jugendlicher unterschied.

Einmal hatte ich Pa gefragt, was genau er tue, um uns all den Luxus ermöglichen zu können.

Er hatte mich mit einem für ihn typischen geheimnisvollen Blick bedacht und gelächelt. »Ich bin so etwas wie ein Zauberer.«

Was mir, wie von ihm beabsichtigt, nichts verriet.

Später hatte ich gemerkt, dass Pa Salt in der Tat ein Meister der Illusion und nichts so war, wie es auf den ersten Blick erschien.

Als Marina mit zwei Gin Tonics ins Wohnzimmer zurückkehrte, wurde mir klar, dass ich mit dreiunddreißig Jahren keine Ahnung hatte, wer mein Vater außerhalb der Welt von »Atlantis« gewesen war. Und ich fragte mich, ob ich es nun endlich herausfinden würde.

»Da wären wir«, sagte Marina und gab mir ein Glas. »Auf deinen Vater.« Sie hob das ihre. »Gott hab ihn selig.«

»Ja, auf Pa Salt. Möge er in Frieden ruhen.«

Marina trank einen großen Schluck, bevor sie das Glas auf den Tisch stellte und meine Hand mit besorgter Miene in die ihre nahm. »Maia, ich muss dir etwas sagen.«

»Was?«

»Du hast mich vorhin gefragt, ob dein Vater noch im Haus ist. Nein, er ist bereits zur letzten Ruhe gebettet. Es war sein Wunsch, dass das sofort geschehen und keines von euch Mädchen anwesend sein sollte.«

Ich sah sie an, als hätte sie den Verstand verloren. »Ma, du hast mir doch erst vor ein paar Stunden gesagt, dass er heute in den frühen Morgenstunden gestorben ist! Wie konnte die Beisetzung so schnell organisiert werden? Und *warum*?«

»Dein Vater hat darauf bestanden, dass er sofort nach seinem Tod mit dem Jet zur Jacht geflogen wird, wo man ihn in einen Bleisarg legen sollte, der offenbar schon viele Jahre auf der *Titan* bereitstand. Und mit der Jacht sollte er auf die offene See hinausgebracht werden. Angesichts seiner Liebe zum Wasser wundert es mich nicht, dass er sich eine Seebestattung gewünscht hat. Seinen Töchtern wollte er den Kummer ersparen, sie mit ansehen zu müssen.«

Ich stöhnte entsetzt auf. »Er hätte sich doch denken können, dass wir uns alle von ihm verabschieden wollen. Wie konnte er das tun? Was soll ich nun den andern sagen?«

»*Chérie,* du und ich, wir leben am längsten in diesem Haus, und wir wissen beide, dass dein Vater immer einsame Entscheidungen getroffen hat. Er wollte wohl genau so beigesetzt werden, wie er gelebt hat, nämlich im Stillen«, seufzte sie.

»Und alles unter Kontrolle haben«, fügte ich ein wenig verärgert hinzu. »Mir kommt es fast so vor, als hätte er den Menschen, die ihn liebten, nicht zugetraut, das Richtige für ihn zu tun.«

»Egal. Ich kann nur hoffen, dass ihr euch immer an den liebevollen Vater erinnern werdet, der er war. Eines weiß ich jedenfalls sicher: Ihr Mädchen wart sein Ein und Alles.«

»Doch wer von uns kannte ihn schon wirklich?«, fragte ich frustriert. »Hat ein Arzt seinen Tod offiziell festgestellt? Hast du eine Todesbescheinigung? Kann ich die sehen?«

»Der Arzt hat sich bei mir nach seinen persönlichen Daten, dem Ort und Jahr seiner Geburt, erkundigt. Ich habe ihm gesagt, dass ich nur seine Angestellte war und über diese Dinge keine klare Auskunft geben kann. Am Ende habe ich ihn an Georg Hoffman, den Anwalt, verwiesen, der alle juristischen Dinge für deinen Vater regelt.«

»Aber *warum* hat er aus allem ein solches Geheimnis gemacht, Ma? Während des Flugs ist mir bewusst geworden, dass ich mich an keine Freunde erinnern kann, die er nach ›Atlantis‹ mitgebracht hat. Auf der Jacht war er hin und wieder mit einem Geschäftspartner in seinem Arbeitszimmer, doch richtige Einladungen hat er nie gegeben.«

»Er wollte Familien- und Geschäftsleben getrennt halten und sich zu Hause voll und ganz auf seine Töchter konzentrieren.«

»Auf die Töchter, die er adoptiert und aus allen Teilen der Welt hierhergebracht hat. Warum, Ma, warum?«

Marinas Blick verriet mir nichts.

»Als Kind akzeptiert man sein Leben, wie es ist«, fuhr ich fort. »Doch wir wissen beide, dass es äußerst ungewöhnlich, wenn nicht sogar merkwürdig ist, wenn ein alleinstehender Mann mittleren Alters sechs Mädchen im Babyalter adoptiert und in die Schweiz bringt, um sie aufzuziehen.«

»Dein Vater war eben ein ungewöhnlicher Mensch. Dass er bedürftigen Waisenkindern die Chance auf ein besseres Leben gegeben hat, ist doch nichts Schlechtes, oder? Viele Reiche adoptieren Kinder, wenn sie keine eigenen haben.«

»Aber normalerweise sind sie verheiratet. Ma, weißt du, ob Pa jemals eine Freundin hatte? Jemanden, den er liebte? Ich habe ihn in dreiunddreißig Jahren niemals in Gesellschaft einer Frau gesehen.«

»*Chérie*, ich kann verstehen, dass dir nun, da dein Vater nicht mehr unter uns weilt, viele Fragen durch den Kopf gehen, die du ihm gern gestellt hättest, aber ich kann dir nicht helfen. Außerdem ist jetzt auch nicht der geeignete Moment«, fügte Marina sanft hinzu. »Wir sollten uns lieber an das erinnern, was er für jede Einzelne von uns war, und ihn als den liebevollen Menschen im Gedächtnis behalten, als den wir ihn hier in ›Atlantis‹ kannten. Dein Vater war über achtzig und hatte ein langes und erfülltes Leben hinter sich.«

»Noch vor drei Wochen war er mit dem Laser draußen auf dem See und ist auf dem Boot herumgelaufen wie ein junger Mann. Ich kann nicht glauben, dass er sterbenskrank war.«

»Zum Glück ist er nicht wie viele andere seines Alters einen langsamen, qualvollen Tod gestorben. Ich empfinde es als Segen, dass du und die anderen Mädchen ihn als einen sportlichen, gesunden Mann in Erinnerung behalten werdet. Bestimmt hätte er sich genau das gewünscht.«

»Hat er am Ende leiden müssen?«, fragte ich vorsichtig, obwohl ich wusste, dass Marina mir das niemals verraten würde.

»Nein. Er wusste, was kommen würde, und ich denke, er hatte seinen Frieden mit Gott gemacht. Ich glaube sogar, dass er froh über das Ende war.«

»Wie um Himmels willen soll ich es den andern beibringen, dass Vater nicht mehr ist? Und dass es nicht einmal einen Leichnam gibt, den wir beisetzen können? Sie werden genau wie ich das Gefühl haben, dass er sich einfach in Luft aufgelöst hat.«

»Das hat euer Vater vor seinem Tod bedacht. Sein Anwalt Georg Hoffman hat sich heute mit mir in Verbindung gesetzt. Ich versichere dir, dass jede von euch die Chance bekommen wird, sich von ihm zu verabschieden.«

»Sogar im Tod hat Pa alles unter Kontrolle«, sagte ich seufzend. »Ich hab den fünfen auf die Mailbox gesprochen, aber noch von keiner eine Antwort erhalten.«

»Georg Hoffman wird sich auf den Weg hierher machen, sobald alle da sind. Bitte, Maia, frag mich nicht, was er euch sagen wird, denn ich habe keine Ahnung. Ich habe Claudia gebeten, Suppe zu kochen. Wahrscheinlich hast du seit heute Morgen nichts gegessen. Möchtest du sie zum Pavillon mitnehmen oder die Nacht lieber hier im Haus verbringen?«

»Ich esse die Suppe hier und gehe dann, wenn es dir nichts ausmacht, hinüber. Ich will allein sein.«

»Natürlich.« Marina umarmte mich. »Ich kann mir denken, was für ein furchtbarer Schock das für dich gewesen sein muss. Es tut mir leid, dass du wieder einmal die Last der Verantwortung für euch alle tragen musst, aber er hat mich gebeten, dich als Erste zu benachrichtigen. Vielleicht tröstet dich das. Soll ich Claudia jetzt bitten, die Suppe warm zu machen? Ich glaube, wir könnten beide etwas zu essen vertragen.«

Nach dem Essen sagte ich der erschöpften Marina, dass sie schlafen gehen könne, und gab ihr einen Gutenachtkuss. Bevor ich das Haus verließ, warf ich im obersten Stockwerk einen Blick in die Zimmer meiner Schwestern. Sie sahen alle genau so aus, wie sie sie verlassen hatten, und spiegelten ihre jeweiligen Persönlichkeiten. Wenn sie hierher zurückkehrten wie Vögel ins Nest, schienen sie wie ich nichts verändern zu wollen.

Ich öffnete die Tür zu meinem alten Zimmer, trat an das Regal, in dem ich meine wertvollsten Kindheitsschätze aufbewahrte, und nahm eine alte Porzellanpuppe in die Hand, die Pa mir geschenkt hatte, als ich klein war. Wie immer hatte er eine märchenhafte Geschichte darum gesponnen, nämlich dass die Puppe einmal einer jungen russischen Gräfin gehört und sich in ihrem kalten Moskauer Palast einsam gefühlt habe, als ihre Herrin erwachsen geworden sei und sie vergessen habe. Und er hatte mir gesagt, dass sie Leonora heiße und eine neue liebevolle Besitzerin suche.

Ich setzte die Puppe ins Regal zurück und holte die Schachtel heraus, in der sich Pas Geschenk zu meinem sechzehnten Geburtstag befand, eine Kette.

»Das ist ein Mondstein, Maia«, hatte er mir erklärt, als ich den bläulich schimmernden und mit winzigen Brillanten eingefassten Stein betrachtete. »Er ist älter als ich und hat eine sehr interessante Geschichte. Vielleicht erzähle ich sie dir eines Tages. Momentan erscheint dir die Kette wahrscheinlich noch ein wenig zu erwachsen, aber eines Tages wird sie dir, glaube ich, sehr gut stehen.«

Pa hatte recht gehabt. Seinerzeit hatten mir wie meinen Schulfreundinnen billige Silberreifen und große Kreuze an Lederbändern gefallen. Den Mondstein hatte ich nie getragen.

Doch nun würde ich ihn anlegen.

Ich trat an den Spiegel, schloss den winzigen Verschluss des zarten Goldkettchens und betrachtete es. Vielleicht bildete ich mir das nur ein, aber der Stein schien auf meiner Haut zu leuchten. Als ich zum Fenster ging, um auf die blinkenden Lichter des Genfer Sees hinauszublicken, berührten meine Finger ihn unwillkürlich.

»Ruhe in Frieden, geliebter Pa Salt«, flüsterte ich.

Bevor mich Erinnerungen an die Kindheit überkommen konnten, verließ ich hastig das Zimmer, das ich früher bewohnt hatte, und lief aus dem Haus und über den schmalen Pfad zu meinem jetzigen Domizil in etwa zweihundert Meter Entfernung.

Die vordere Tür zum Pavillon war nie verschlossen; angesichts der Hightechsicherung des gesamten Anwesens war es unwahrscheinlich, dass sich jemand mit meinen wenigen Habseligkeiten davonmachen würde.

Als ich den Pavillon betrat, sah ich, dass Claudia die Lampen im Wohnbereich für mich eingeschaltet hatte. Ich sank niedergeschlagen aufs Sofa.

Als einzige der Schwestern war ich niemals flügge geworden.

III

Als mein Handy um zwei Uhr morgens klingelte, lag ich noch wach und grübelte darüber nach, warum ich nicht in der Lage war, über Pas Tod zu weinen. Beim Anblick von Tiggys Nummer auf dem Display bekam ich ein flaues Gefühl im Magen.

»Hallo?«

»Maia, tut mir leid, dass ich so spät anrufe, aber ich hab deine Nachricht gerade erst gekriegt. Wir haben hier kein zuverlässiges Signal. Du hörst dich nicht gut an. Was ist los?«

Der Klang von Tiggys geliebter Stimme taute die Ränder des Eisbrockens auf, zu dem mein Herz geworden zu sein schien.

»Bei mir ist alles in Ordnung, aber …«

»Pa Salt?«

»Ja«, presste ich hervor. »Woher weißt du das?«

»Heute Morgen hatte ich im Moor bei der Suche nach einem jungen Reh, das wir vor ein paar Wochen markiert haben, plötzlich ein merkwürdiges Gefühl. Als ich es tot gefunden habe, musste ich an Pa denken. Ist er …?«

»Tiggy, er ist heute gestorben. Nein, inzwischen gestern«, korrigierte ich mich.

»Wie bitte? Was ist passiert? War's ein Segelunfall? Ich hab ihm erst neulich gesagt, dass er mit dem Laser nicht mehr allein rausfahren soll.«

»Nein, er hatte hier im Haus einen Herzinfarkt.«

»Warst du bei ihm? Musste er leiden?« Tiggy brach die Stimme. »Den Gedanken könnte ich nicht ertragen.«

»Nein, Tiggy, ich war ein paar Tage bei meiner Freundin Jenny in London.« Ich holte Luft. »Pa hatte mich dazu überredet. Er meinte, es würde mir guttun, mal ein bisschen von ›Atlantis‹ wegzukommen.«

»Oje, wie schrecklich für dich, Maia. Du bist so selten fort, und wenn du dann tatsächlich mal wegfährst …«

»Ja, genau.«

»Glaubst du, er hat es geahnt und wollte dir den Kummer ersparen?«

Tiggy sprach den Gedanken aus, der mir in den vergangenen Stunden durch den Kopf gegangen war.

»Nein, das war wohl Schicksal. Mach dir mal keine Sorgen um mich, mir ist eher mulmig wegen dir. Alles in Ordnung? Ich wünschte, ich wäre bei dir und könnte dich in den Arm nehmen.«

»Ehrlich gesagt weiß ich gar nicht so richtig, was ich empfinde, weil alles noch ein bisschen unwirklich ist. Vielleicht ändert sich das, wenn ich nach Hause komme. Ich versuche, für morgen einen Platz in einem Flieger zu ergattern. Hast du es den andern schon gesagt?«

»Ich habe ihnen Nachrichten hinterlassen und sie gebeten, mich sofort zurückzurufen.«

»Ich bin so schnell wie möglich bei dir, Maia, und helfe dir. Vermutlich gibt es viel zu tun wegen der Beerdigung.«

Ich schaffte es nicht, ihr zu sagen, dass unser Vater bereits in seinem feuchten Grab ruhte. »Ich bin froh, wenn du kommst. Aber versuch jetzt zu schlafen, Tiggy. Und falls du jemanden zum Reden brauchst: Ich bin da.«

»Danke.« Sie war den Tränen nahe, das hörte ich. »Maia, du weißt, dass er nicht ganz von uns gegangen ist. Die Seele verschwindet nicht, sie bewegt sich einfach auf eine andere Ebene.«

»Das hoffe ich. Gute Nacht, Tiggy.«

»Halt die Ohren steif, Maia. Wir sehen uns morgen.«

Nachdem ich das Gespräch beendet hatte, sank ich erschöpft

aufs Bett zurück. Ich hätte mir gewünscht, Tiggys Glauben an das Weiterleben der Seele zu teilen. Doch leider fiel mir kein einziger karmischer Grund ein, warum Pa Salt die Erde verlassen haben sollte.

Möglicherweise hatte ich früher einmal tatsächlich geglaubt, dass es einen Gott gibt oder zumindest eine Macht, die das Verständnis des Menschen übersteigt. Doch irgendwann war mir dieser Trost abhandengekommen.

Und ich wusste sogar, wann das geschehen war.

Wenn ich nur lernen könnte, wieder etwas zu *empfinden*, statt nur wie ein Roboter zu funktionieren!, dachte ich. Dann wäre viel gewonnen. Dass ich nicht mit den angemessenen Gefühlen auf Pas Tod reagieren konnte, zeigte mir deutlich meine Probleme.

Immerhin schien ich nach wie vor andere trösten zu können. Alle meine Schwestern betrachteten mich als ihren Fels in der Brandung, denn ich war die pragmatische, vernünftige Maia, »die Starke«, wie Marina es ausdrückte.

Doch tief in meinem Innern wusste ich, dass ich mehr Angst hatte als sie. Während meine Schwestern flügge geworden und hinaus in die Welt gegangen waren, hatte ich mich hinter der Ausrede in »Atlantis« verschanzt, dass Pa mich im Alter brauchen würde. Dabei war mir mein Beruf zupassgekommen, der weder Gesellschaft noch Ortswechsel erforderte.

Und Ironie des Schicksals: Trotz der Leere in meinem Privatleben bewegte ich mich in fiktionalen, oft romantischen Welten, wenn ich Romane vom Russischen oder Portugiesischen in meine Muttersprache, das Französische, übersetzte.

Pa war meine Gabe, wie ein Papagei die Sprachen, in denen er mit mir redete, nachzuahmen, als Erstem aufgefallen. Und er hatte Freude daran gehabt, von der einen in die andere zu wechseln, um herauszufinden, ob ich ihm folgen konnte. Mit zwölf Jahren beherrschte ich bereits Französisch, Deutsch und Englisch und verstand Latein, Griechisch, Russisch, Italienisch und Portugiesisch.

Sprachen waren meine Leidenschaft, eine fortwährende Herausforderung, weil ich mich darin immer weiter verbessern konnte, egal, wie gut ich bereits war. Sie faszinierten mich sowohl in der geschriebenen als auch in der gesprochenen Form. Als dann der Moment gekommen war, meine Studienfächer zu wählen, hatte ich nicht lange überlegen müssen.

Ich hatte Pa nur gefragt, auf welche Sprachen ich mich konzentrieren solle.

»Natürlich ist es deine Entscheidung, Maia, aber vielleicht solltest du die nehmen, die du im Moment am wenigsten gut beherrschst, weil du dann an der Uni drei oder vier Jahre Zeit hast, daran zu arbeiten«, hatte er geantwortet.

»Ich weiß es nicht, Pa«, hatte ich geseufzt. »Sie liegen mir alle am Herzen. Deswegen frage ich dich.«

»Gehen wir das Problem rational an. In den kommenden dreißig Jahren wird sich die globale Ökonomie drastisch verändern. Deshalb würde ich, wenn ich du wäre und bereits drei der großen westlichen Sprachen beherrschte, versuchen, meinen Horizont zu erweitern und mich in der Welt umsehen.«

»Du meinst in Ländern wie China oder Russland?«

»Ja, und Indien und Brasilien. In Gebieten mit riesigen Rohstoffvorräten und faszinierender Kultur.«

»Russisch und Portugiesisch haben mir großen Spaß gemacht. Portugiesisch ist eine sehr …«, ich hatte nach dem passenden Wort gesucht, »… ausdrucksstarke Sprache.«

»Siehst du.« Pa hatte erfreut gelächelt. »Warum studierst du nicht beide Sprachen? Bei deiner Begabung schaffst du das spielend. Maia, ich verspreche dir: Wenn du eine oder sogar alle zwei beherrschst, steht dir vieles offen. Noch erkennen nur wenige Menschen, was sich in der Zukunft tun wird. Die Welt ist dabei, sich zu verändern, und du wirst an vorderster Front stehen.«

Ich tappte mit trockenem Mund in die Küche, um mir ein Glas Wasser zu holen. Dabei musste ich an Pas Hoffnung denken, dass ich mit meiner Sprachbegabung selbstbewusst in die neue Zeit aufbrechen würde. Auch ich hatte das gehofft, weil ich mir nichts sehnlicher wünschte, als ihn stolz auf mich zu machen.

Doch wie so viele Menschen hatte auch mich das Leben von meinem geplanten Weg abgebracht. Statt mich in die weite Welt hinauszukatapultieren, erlaubten meine Fähigkeiten es mir, einfach in meinem Zuhause der Kindheit zu bleiben.

Meine Schwestern neckten mich wegen meines Einsiedlerdaseins, wenn sie von irgendwoher hereinflatterten, und erklärten mir, dass ich aufpassen müsse, keine alte Jungfer zu werden, denn wie sollte ich jemals jemanden kennenlernen, wenn ich mich weigerte, »Atlantis« zu verlassen?

»Du bist so schön, Maia, aber du bleibst hier und nutzt diese Schönheit nicht«, hatte Ally bei unserem letzten Treffen gemeint.

Tatsächlich war mein Äußeres auffällig, das spiegelte sich in den Beinamen, die wir Schwestern seit der Kindheit aufgrund unserer Persönlichkeiten trugen:

Maia, die Schöne; Ally, die Anführerin; Star, die Friedensstifterin; CeCe, die Pragmatikerin; Tiggy, die Fürsorgliche; Elektra, die Temperamentvolle.

Die Frage war nur, ob die Gaben, die wir mitbekommen hatten, uns Erfolg und Zufriedenheit bringen würden.

Einige meiner Schwestern waren noch zu jung und hatten zu wenig Lebenserfahrung, um das beurteilen zu können. Ich selbst wusste jedoch, dass meine Schönheit mir die schmerzlichste Erfahrung meines Lebens beschert hatte, weil ich zu naiv gewesen war, die Macht zu begreifen, die sie mir verlieh. Was dazu geführt hatte, dass ich sie und mich jetzt versteckte.

Pa hatte mich in letzter Zeit, wenn er mich im Pavillon besuchte, oft gefragt, ob ich glücklich sei.

»Natürlich«, hatte ich jedes Mal geantwortet, weil es keinen

Grund gab, es nicht zu sein. Ich lebte in unmittelbarer Nähe zweier Menschen, die mich liebten. Und auf den ersten Blick stand mir die Welt tatsächlich offen. Ich hatte keinerlei Verpflichtungen oder Verantwortung …

Obwohl ich mich danach sehnte.

Schmunzelnd erinnerte ich mich, wie Pa mich zwei Wochen zuvor ermutigt hatte, meine Schulfreundin Jenny in London zu besuchen. Weil ich mein ganzes Erwachsenendasein das Gefühl gehabt hatte, ihn zu enttäuschen, war ich auf seinen Vorschlag eingegangen. Denn selbst wenn ich nie wirklich »normal« sein konnte, hoffte ich, dass er mich dafür halten würde, wenn ich seinem Wunsch entsprach.

So war ich also nach London gefahren … und hatte nun feststellen müssen, dass er »Atlantis« ebenfalls den Rücken gekehrt hatte. Für immer.

Inzwischen war es vier Uhr morgens. Ich kehrte in mein Zimmer zurück und legte mich ins Bett, um endlich zu schlafen. Aber als mir klar wurde, dass ich Pa nun nicht mehr als Ausrede für mein Einsiedlerleben vorschieben konnte, begann mein Puls zu rasen. Möglicherweise würde »Atlantis« verkauft werden. Mir – und soweit ich wusste, auch meinen Schwestern – gegenüber hatte Pa niemals erwähnt, was nach seinem Tod geschehen würde.

Noch bis ein paar Stunden zuvor war Pa Salt allmächtig und allgegenwärtig gewesen, eine Naturgewalt, die uns sicher im Griff hatte.

Pa hatte uns gern seine »goldenen Äpfel« genannt, reif und rund, die nur darauf warteten, gepflückt zu werden. Doch nun hatte jemand den Ast geschüttelt, und wir waren alle auf den Boden gefallen, ohne dass jemand uns aufgefangen hätte.

Als es an der Tür zum Pavillon klopfte, fuhr ich, benommen von der Schlaftablette, die ich schließlich im Morgengrauen genommen hatte, hoch. Die Uhr im Flur sagte mir, dass es bereits nach elf war.

Vor der Tür stand mit besorgter Miene Marina. »Guten Morgen, Maia. Ich habe versucht, dich über Festnetz und Handy zu erreichen, aber du bist nicht rangegangen. Deswegen wollte ich nachsehen, ob alles in Ordnung ist.«

»Sorry, ich hab eine Schlaftablette genommen und nichts gehört. Komm doch rein«, sagte ich verlegen.

»Werd erst mal richtig wach. Und könntest du, wenn du geduscht und angezogen bist, rüber ins Haus kommen? Tiggy hat angerufen. Wir können sie heute so gegen fünf erwarten. Sie hat Star, CeCe und Elektra erreicht, die ebenfalls auf dem Weg hierher sind. Hast du schon was von Ally gehört?«

»Ich muss auf meinem Handy nachschauen. Wenn nicht, ruf ich sie noch mal an.«

»Bist du okay? Du siehst nicht gut aus, Maia.«

»Doch, danke, Ma. Ich komm dann später rüber.«

Ich schloss die Haustür, ging ins Bad und wusch mir mit kaltem Wasser das Gesicht, um vollends wach zu werden. Als ich mich im Spiegel betrachtete, wurde mir klar, warum Marina mich gefragt hatte, ob ich okay sei. Über Nacht hatten sich Fältchen um meine Augen eingegraben, und darunter befanden sich tiefe dunkle Ringe. Die sonst glänzenden dunkelbraunen Haare hingen schlaff und fettig herunter. Und meine Haut, die normalerweise makellos honigbraun war und kaum Make-up benötigte, wirkte aufgedunsen und blass.

»Im Moment bin ich nicht gerade die Schönheit der Familie«, murmelte ich meinem Spiegelbild zu, bevor ich in den zerwühlten Laken nach meinem Handy suchte. Als ich es schließlich unter der Bettdecke fand, sah ich, dass acht Anrufe in Abwesenheit eingegangen waren. Ich hörte die Stimmen meiner Schwestern, die alle ungläubig und schockiert klangen. Die Einzige, die nach wie vor nicht reagiert hatte, war Ally. Ich sprach ihr noch einmal auf die Mailbox und bat sie, sich so schnell wie möglich mit mir in Verbindung zu setzen.

Im Haus lüfteten Marina und Claudia die Zimmer meiner Schwestern und wechselten das Bettzeug. Marina wirkte trotz ihrer Trauer über den Verlust von Pa glücklich darüber, dass ihre Mädchen zu ihr zurückkehrten, denn inzwischen war es ein seltenes Ereignis, wenn wir alle zusammenkamen. Das letzte Mal war das im Juli geschehen, elf Monate zuvor, auf Pas Jacht, vor der griechischen Küste. An Weihnachten waren nur vier von uns zu Hause gewesen, da Star und CeCe sich im Fernen Osten aufhielten.

»Ich habe Christian mit dem Boot losgeschickt, die bestellten Lebensmittel holen«, erklärte Marina mir, als ich ihr nach unten folgte. »Das Essen hat sich zu einer schwierigen Sache entwickelt. Tiggy ist Veganerin, und der Himmel allein weiß, welche schicke Diät Elektra wieder macht«, brummte sie. Ein Teil von ihr hatte bestimmt Freude an dem Chaos, weil es sie an die Zeit erinnerte, in der wir sie alle noch gebraucht hatten. »Claudia backt schon seit Stunden. Und ich hab mir gedacht, wir machen heute Abend einfach nur Pasta und Salat. Das mögt ihr alle.«

»Weißt du, wann Elektra kommt?«, fragte ich, als wir die Küche erreichten, wo der köstliche Geruch von Claudias Kuchen mich an meine Kindheit erinnerte.

»Wahrscheinlich erst in den frühen Morgenstunden. Sie hat einen Platz in einer Maschine von L. A. nach Paris ergattert, und von dort aus fliegt sie nach Genf.«

»Wie hat sie geklungen?«

»Sie hat geweint«, antwortete Marina. »Hysterisch.«

»Und Star und CeCe?«

»Wie üblich hat CeCe das Heft in die Hand genommen. Mit Star habe ich gar nicht gesprochen. CeCe klang ziemlich durch den Wind, die Arme. Sie sind erst vor zehn Tagen aus Vietnam zurückgekommen. Nimm dir frisches Brot, Maia. Bestimmt hast du heute noch nichts gegessen.« Sie gab mir eine mit Butter und Orangenmarmelade bestrichene Scheibe.

»Danke. Keine Ahnung, wie sie das verarbeiten«, murmelte ich und biss von dem Brot ab.

»Sie werden alle auf ihre jeweilige Art reagieren«, meinte Marina weise.

»Sie glauben, dass sie zu Pas Beisetzung nach Hause kommen«, bemerkte ich seufzend. »Trotz des Kummers wäre sie eine Art Abschluss gewesen, ein Moment, in dem wir sein Leben feiern, ihn zur letzten Ruhe betten und anschließend einen Neuanfang hätten wagen können. Doch jetzt werden sie nur feststellen, dass ihr Vater weg ist.«

»Tja, Maia, so ist es nun mal.«

»Gibt es keine Freunde oder Geschäftspartner, die wir informieren sollten?«

»Das übernimmt Georg Hoffman. Er hat sich heute Morgen noch einmal erkundigt, wann alle hier sein würden. Ich habe ihm versprochen, ihm Bescheid zu geben, sobald es uns gelungen wäre, Kontakt zu Ally aufzunehmen. Vielleicht kann er Licht in die rätselhaften Gedankengänge eures Vaters bringen.«

»Falls das überhaupt jemand kann.«

»Darf ich dich jetzt allein lassen? Ich muss vor der Ankunft deiner Schwestern noch tausend Sachen erledigen.«

»Natürlich. Danke, Ma. Ich wüsste nicht, was wir alle ohne dich tun würden.«

»Und ich nicht, was ich ohne euch machen würde«, entgegnete sie, tätschelte meine Schulter und verließ die Küche.

IV

Kurz nach fünf Uhr nachmittags, nachdem ich ziellos im Garten herumgeschlendert war und dann versucht hatte, mich auf meine Übersetzung zu konzentrieren, um mich von Gedanken an Pas Tod abzulenken, hörte ich, wie das Motorboot anlegte. Erleichtert darüber, dass Tiggy endlich da war und ich nun mit meiner Grübelei wenigstens nicht mehr allein wäre, rannte ich hinunter, um sie zu begrüßen.

Ich beobachtete, wie sie anmutig aus dem Boot stieg. Pa hatte ihr, als sie klein war, geraten, Ballettunterricht zu nehmen, denn Tiggy ging nicht, sie schwebte. Die Bewegungen ihres schlanken, geschmeidigen Körpers wirkten so leicht, als würden ihre Füße den Boden überhaupt nicht berühren, und ihre großen sanften Augen und die dichten Wimpern, die ihr herzförmiges Gesicht beherrschten, verliehen ihr etwas Entrücktes. Plötzlich fiel mir ihre Ähnlichkeit mit den jungen Rehen, um die sie sich so aufopfernd kümmerte, auf.

»Maia, Liebes«, begrüßte sie mich und streckte die Arme nach mir aus.

Wir standen eine Weile stumm da. Als sie sich von mir löste, sah ich, dass sie Tränen in den Augen hatte.

»Wie geht es dir?«, erkundigte sie sich.

»Ich bin erschüttert und irgendwie benommen … und dir?«

»Ähnlich. Ich hab's noch gar nicht richtig begriffen«, antwortete sie, als wir, die Arme umeinander geschlungen, zum Haus gingen.

Auf der Terrasse blieb Tiggy unvermittelt stehen.

»Ist Pa …?« Sie deutete aufs Haus. »Wenn ja, brauche ich ein paar Minuten, um mich innerlich vorzubereiten.«

»Nein, Tiggy, er ist nicht mehr im Haus.«

»Ach. Sie haben ihn schon …« Sie verstummte.

»Lass uns reingehen und Tee trinken, dann erklär ich dir alles.«

»Ich habe versucht, ihn zu spüren, ich meine, seine Seele«, seufzte Tiggy. »Aber da war nichts, einfach nichts.«

»Vielleicht ist es noch zu früh«, versuchte ich, sie zu trösten. »Ich spüre auch nichts«, fügte ich hinzu, als wir die Küche betraten.

Claudia wandte sich von der Spüle aus Tiggy, die wohl immer ihr Liebling gewesen war, mit einem mitfühlenden Blick zu.

»Ist das nicht schrecklich?«, fragte Tiggy, trat zu der Haushälterin und drückte sie. Sie war die Einzige von uns, die sich traute, Claudia körperlich so nahe zu kommen.

»Ja«, antwortete Claudia. »Gehen Sie mal ins Wohnzimmer. Ich bringe Ihnen den Tee.«

»Wo ist Ma?«, erkundigte sich Tiggy, während wir uns auf den Weg machten.

»Oben. Sie richtet eure Zimmer. Wahrscheinlich wollte sie uns die Möglichkeit geben, ein paar Minuten allein miteinander zu verbringen«, erklärte ich, als wir uns setzten.

»Sie war hier? Ich meine, als Pa gestorben ist?«

»Ja.«

»Warum hat sie uns dann nicht eher Bescheid gegeben?«, fragte Tiggy genau wie zuvor ich.

In der folgenden halben Stunde beantwortete ich all jene Fragen, die ich Marina tags zuvor selbst gestellt hatte, und teilte Tiggy mit, dass Pa bereits in einem Bleisarg auf dem Meeresgrund liege. Zu meiner Verwunderung zuckte sie nur mit den Achseln.

»Er wollte, dass sein Körper an dem Ort ruht, den er liebte. Irgendwie bin ich froh, dass ich ihn nicht … *leblos* gesehen habe, weil ich ihn nun so im Gedächtnis behalten kann, wie er immer war.«

Es überraschte mich, dass Tiggy, die Sensibelste von uns, durch den Tod von Pa nicht so betroffen wirkte, wie ich befürchtet hatte. Im Gegenteil: Ihre dichten kastanienbraunen Haare glänzten, und ihre riesigen braunen Augen mit dem unschuldigen, immer ein wenig erstaunten Ausdruck leuchteten sogar. Tiggys Ruhe gab mir Hoffnung, dass meine anderen Schwestern genauso gelassen reagieren würden wie sie.

»Du siehst toll aus, Tiggy. Die schottische Luft scheint dir zu bekommen.«

»O ja«, bestätigte sie. »Nach all den Jahren, die ich als Kind drinnen bleiben musste, habe ich jetzt das Gefühl, endlich in die Wildnis entlassen worden zu sein. Ich liebe meinen Job, auch wenn die Arbeit hart und das Cottage, in dem ich wohne, spartanisch ist. Dort gibt's nicht mal ein Klo.«

»Wow.« Ich bewunderte ihre Bereitschaft, für ihre Leidenschaft alle Behaglichkeit aufzugeben. »Dann gefällt's dir dort besser als in dem Labor des Servion-Zoo?«

»Klar.« Tiggy hob eine Augenbraue. »Das war zwar ein toller Job, doch ich konnte nur die genetischen Anlagen der Tiere untersuchen und hatte nichts mit ihnen selbst zu tun. Wahrscheinlich hältst du mich für verrückt, weil ich die Chance auf eine große Karriere aufgegeben habe, um für Peanuts durch die Highlands zu streifen, aber das ist mir nun mal lieber.«

Tiggy bedachte Claudia, als diese ein Tablett auf dem niedrigen Tischchen vor uns abstellte und den Raum wieder verließ, mit einem lächelnden Blick.

»Ich halte dich nicht für verrückt, Tiggy. Nein, ich kann deine Entscheidung sogar sehr gut verstehen.«

»Bis zu dem Anruf gestern Abend war ich sehr glücklich.«

»Weil du deine Berufung gefunden hast.«

»Ja, und noch etwas anderes …« Sie wurde rot. »Aber das erzähle ich dir später. Wann kommen die andern?«

»CeCe und Star müssten heute Abend so gegen sieben hier sein, und Elektra wird in den frühen Morgenstunden eintreffen«, antwortete ich und schenkte uns Tee ein.

»Wie hat sie's aufgenommen?«, erkundigte sich Tiggy. »Nein, sag nichts. Ich kann's mir vorstellen.«

»Ma hat mit ihr gesprochen. Sie meint, sie hätte einen Heulkrampf bekommen.«

»Also alles wie erwartet.« Tiggy nahm einen Schluck Tee. Dann seufzte sie plötzlich, und das Leuchten verschwand aus ihren Augen. »Es ist alles so merkwürdig. Ich habe das Gefühl, als könnte Pa jeden Moment reinkommen. Aber das ist natürlich Unsinn.«

»Ja.« Ich nickte traurig.

»Sollten wir nicht irgendwas machen?« Unvermittelt erhob Tiggy sich vom Sofa und trat ans Fenster. *»Irgendwas?«*

»Wenn alle da sind, will Pas Anwalt herkommen, um uns die wichtigen Dinge zu erklären, doch bis dahin …«, ich zuckte resigniert mit den Achseln, »… können wir nur auf die andern warten.«

Tiggy presste die Stirn gegen die Fensterscheibe. »Keine von uns scheint ihn richtig gekannt zu haben«, stellte sie mit leiser Stimme fest.

»Den Eindruck habe ich auch«, pflichtete ich ihr bei.

»Maia, darf ich dich noch was fragen?«

»Ja, klar.«

»Hast du je überlegt, woher du stammst? Ich meine, wer deine leiblichen Eltern waren?«

»Natürlich, Tiggy, aber Pa war mein Ein und Alles, mein Vater. Deswegen musste – oder wollte – ich mir darüber keine Gedanken machen.«

»Du meinst, du hättest ein schlechtes Gewissen, wenn du versuchen würdest, mehr herauszufinden?«

»Möglich. Pa ist mir immer genug gewesen, und ich könnte mir keinen liebevolleren oder fürsorglicheren Vater vorstellen.«

»Ja, ihr zwei hattet eine besonders enge Bindung. Vielleicht ist das beim ersten Kind so.«

»Jede der Schwestern hatte eine ganz besondere Beziehung zu ihm. Er hat uns alle geliebt.«

»Ich weiß, dass er mich geliebt hat«, erklärte Tiggy ruhig. »Doch das hält mich nicht davon ab zu überlegen, woher ich komme. Ich habe mit dem Gedanken gespielt, ihn danach zu fragen, es dann aber nicht getan, weil ich ihn nicht aus der Fassung bringen wollte. Und jetzt ist es zu spät.« Sie gähnte. »Macht's dir was aus, wenn ich in mein Zimmer gehe und mich ein bisschen ausruhe? Vielleicht macht sich jetzt verspätet der Schock bemerkbar, und außerdem habe ich seit Wochen keinen freien Tag gehabt. Plötzlich bin ich hundemüde.«

»Nein. Leg dich ruhig hin, Tiggy.« Ich sah ihr nach, wie sie durch den Raum zur Tür schwebte.

»Bis später.«

»Schlaf gut«, rief ich ihr nach, obwohl ich mich irgendwie ärgerte. Vielleicht lag es an mir, aber mein Gefühl, dass Tiggy das, was um sie herum vorging, in ihrer vergeistigten Art nie ganz an sich heranließ, war unvermittelt stärker als sonst. Ich wusste nicht so genau, was ich von ihr erwartete; schließlich hatte ich Angst vor der Reaktion meiner Schwestern gehabt und hätte eigentlich froh sein sollen, dass Tiggy so ruhig geblieben war.

Lag der wahre Grund meiner Unzufriedenheit am Ende darin, dass alle meine Schwestern ein Leben jenseits von Pa Salt und ihrem Elternhaus hatten, während er und »Atlantis« für mich der einzige Lebensinhalt gewesen waren?

Ich begrüßte Star und CeCe, die das Motorboot kurz nach sieben Uhr verließen. CeCe, die Körperkontakt nicht sonderlich mochte, gestattete mir immerhin eine kurze Umarmung.

»Schreckliche Neuigkeiten, Maia«, stellte sie fest. »Star ist ziemlich durch den Wind.«

»Das kann ich mir vorstellen«, sagte ich und sah zu Star hinüber, die, noch blasser als sonst, hinter ihrer Schwester stand.

»Wie geht's dir, Liebes?«, fragte ich und streckte die Arme nach ihr aus.

»Furchtbar«, flüsterte sie und legte ihren Kopf mit der dichten Mähne, die die Farbe von Mondlicht hatte, ein paar Sekunden an meine Schulter.

»Wenigstens sind wir alle wieder zusammen«, bemerkte ich, als Star zu CeCe zurückkehrte, die schützend den Arm um sie legte.

»Was steht jetzt an?«, erkundigte sich CeCe, während wir zu dritt zum Haus hinaufgingen.

Auch ihnen erläuterte ich im Wohnzimmer die Umstände von Pas Tod und seinen Wunsch, ohne uns begraben zu werden.

»Wer hat Pa eigentlich am Ende ins Meer gestoßen?«, fragte CeCe so rational, wie nur Schwester Nummer vier sein konnte.

»Keine Ahnung, aber das können wir sicher rausfinden. Vermutlich jemand von der *Titan*.«

»Und wo? In der Nähe von Saint-Tropez, wo die Jacht vor Anker lag, oder sind sie aufs offene Meer hinausgefahren? Bestimmt war es so«, meinte CeCe.

Star und ich waren entsetzt über ihr Bedürfnis, all diese Einzelheiten zu erfahren.

»Ma sagt, er wurde in einem Bleisarg beigesetzt, der sich an Bord der *Titan* befand. Wo, weiß ich nicht«, antwortete ich in der Hoffnung, dass CeCe nun Ruhe geben würde.

»Der Anwalt wird uns erklären, was in Pa Salts Testament steht, oder?«, fuhr sie fort.

»Ich denke schon.«

»Wahrscheinlich stehen wir jetzt mittellos da«, sagte sie achselzuckend. »Ihr wisst ja, wie wichtig es ihm immer war, dass wir uns unseren Lebensunterhalt selbst verdienen können. Ich traue ihm zu, dass er sein gesamtes Vermögen einer karitativen Organisation hinterlassen hat.«

Obwohl ich CeCes bisweilen etwas taktlose Art kannte und ahnte, dass sie damit ihren Schmerz zu kaschieren versuchte, verlor ich allmählich die Geduld. Ohne auf ihre Äußerung zu reagieren, wandte ich mich Star zu, die schweigend neben ihrer Schwester auf dem Sofa saß.

»Wie geht es dir?«, erkundigte ich mich sanft.

»Ich …«

»Sie hat wie wir alle einen Schock erlitten«, fiel CeCe ihr ins Wort. »Aber gemeinsam kriegen wir das schon hin, was?« Sie streckte ihre kräftige braun gebrannte Hand nach den blassen Fingern von Star aus. »Schade, denn ich hätte sehr gute Neuigkeiten für Pa gehabt.«

»Und zwar?«, fragte ich.

»Ich habe ab September für ein Jahr einen Platz in einem Kurs am Royal College of Art in London.«

»Das ist ja wunderbar, CeCe«, sagte ich. Obwohl ich mit meinem eher konservativen Kunstgeschmack ihre merkwürdigen »Installationen«, wie sie sie nannte, niemals wirklich begriffen hatte, beglückwünschte ich sie.

»Wir freuen uns sehr, nicht?«

»Ja«, pflichtete Star ihr artig bei, obwohl ihre Unterlippe bebte.

»Wir gehen nach London. Vorausgesetzt, der Anwalt von Pa teilt uns mit, dass dafür genug Geld da ist.«

»Also wirklich, CeCe«, rügte ich sie, »jetzt ist echt nicht der richtige Moment für solche Gedanken.«

»Maia, du kennst mich. Ich habe Pa sehr geliebt. Er war ein Genie und hat mich und meine Arbeit gefördert.«

Kurz flackerten Verletzlichkeit und vielleicht sogar ein wenig Angst in CeCes haselnussbraun gesprenkelten Augen auf.

»Ja, er war tatsächlich einzigartig«, pflichtete ich ihr bei.

»Komm, Star, wir gehen rauf und packen unsere Sachen aus«, forderte CeCe ihre Schwester auf. »Wann gibt's Abendessen, Maia? Wir könnten was zu futtern vertragen.«

»Ich sage Claudia, dass sie was herrichten soll. Bis Elektra kommt, dauert's, und von Ally hab ich immer noch nichts gehört.«

»Bis später«, sagte CeCe und stand auf. Star tat es ihr gleich.

»Wenn ich irgendwas machen kann, musst du's nur sagen, das weißt du«, erklärte sie mit einem traurigen Lächeln.

Wieder allein, dachte ich über meine Schwestern drei und vier nach. Marina und ich hatten uns oft über die beiden unterhalten, weil wir uns Sorgen machten, dass Star sich aus Bequemlichkeit hinter der starken Persönlichkeit von CeCe versteckte.

»Star scheint keinen eigenen Willen zu haben«, hatte ich ein ums andere Mal festgestellt. »Ich habe keine Ahnung, was sie denkt. Das ist doch bestimmt nicht gesund, oder?«

Marina hatte mir beigepflichtet, doch als ich Pa Salt meine Sorgen gestand, hatte dieser nur mit einem geheimnisvollen Lächeln erklärt, ich solle mir keine Gedanken machen.

»Eines Tages wird Star ihre Flügel ausbreiten und wie der herrliche Engel, der sie ist, losfliegen. Wart's ab.«

Das hatte mich nicht getröstet, denn trotz CeCes augenscheinlicher Selbstsicherheit lag auf der Hand, dass die Abhängigkeit der beiden Schwestern wechselseitig war. Und wenn Star eines Tages tatsächlich das tat, was Pa prophezeit hatte, war CeCe ohne sie verloren, das stand fest.

Das Abendessen verlief in trister Atmosphäre, weil meine drei Schwestern noch damit beschäftigt waren, sich wieder zu Hause einzugewöhnen, und alles uns an unseren Verlust erinnerte. Marina, die sich sehr bemühte, die Stimmung zu heben, schien nicht so recht zu wissen, wie sie es anstellen sollte. Sie erkundigte sich fröhlich nach unser aller Leben, aber die Erinnerung an Pa Salt trieb uns immer wieder Tränen in die Augen, und irgendwann versiegte die Unterhaltung ganz.

»Ich bin froh, wenn Ally kommt und wir endlich hören können, was Pa Salt uns sagen wollte«, seufzte Tiggy. »Wenn ihr mich entschuldigen würdet: Ich möchte mich hinlegen.«

Sie verabschiedete sich mit einem Kuss von uns allen, und wenige Minuten später folgten CeCe und Star ihr.

»Oje«, seufzte Marina, als wir beide allein am Tisch zurückblieben. »Sie sind am Boden zerstört. Und ich bin ganz Tiggys Meinung: Je eher Ally da ist, desto schneller können wir in die Zukunft blicken.«

»Per Handy scheint man sie nicht erreichen zu können«, stellte ich fest. »Ma, du bist bestimmt hundemüde. Geh ins Bett. Ich bleibe auf und warte, bis Elektra kommt.«

»Bist du sicher, *chérie*?«

»Ja, ganz sicher«, antwortete ich, weil ich wusste, wie schwer sich Marina immer mit meiner jüngsten Schwester getan hatte.

»Danke, Maia.« Ohne zu widersprechen, erhob sie sich, drückte mir sanft einen Kuss auf die Stirn und verließ die Küche.

Die folgende halbe Stunde half ich Claudia beim Aufräumen, weil ich dankbar war, mir das Warten auf Elektra mit einer sinnvollen Tätigkeit verkürzen zu können. An Claudias Schweigsamkeit war ich gewöhnt, und an jenem Abend empfand ich die Stille sogar als tröstlich.

»Soll ich die Türen zuschließen, Miss Maia?«, fragte sie mich.

»Sie haben einen langen Tag hinter sich. Gehen Sie schlafen. Ich kümmere mich schon darum.«

»Wie Sie meinen. Gute Nacht«, sagte sie und verließ die Küche.

Weil ich wusste, dass es noch Stunden dauern würde, bis Elektra einträfe, und ich nach wie vor munter war, wanderte ich durchs Haus und landete irgendwann vor Pa Salts Arbeitszimmer. Als ich die Klinke der Tür herunterdrücken wollte, musste ich feststellen, dass diese verschlossen war.

Das wunderte und irritierte mich – zu seinen Lebzeiten hatte sie für uns Mädchen immer offen gestanden. Er war nie zu beschäftigt gewesen, um mich nicht mit einem freundlichen Lächeln hereinzuwinken, und ich hatte mich stets gern in seinem Arbeitszimmer aufgehalten, in dem sich seine Persönlichkeit zu konzentrieren schien. Obwohl auf seinem Schreibtisch Computer standen und an der Wand ein großer Bildschirm für Videokonferenzen mit der ganzen Welt hing, wanderte mein Blick immer zu seinen privaten Schätzen auf den Regalen hinter ihm.

Es handelte sich um schlichte Objekte, die er bei seinen Reisen um die Welt gesammelt hatte; darunter befanden sich eine fein gearbeitete Madonnenminiatur in einem Goldrahmen, die in meiner Hand Platz hatte, eine alte Geige, ein abgegriffener Lederbeutel und ein zerfleddertes Buch von einem englischen Dichter, dessen Namen ich nicht kannte.

Keine Raritäten oder Wertgegenstände, nur einfach Dinge, die ihm etwas bedeuteten.

Obwohl Pa unser Zuhause bestimmt mit kostbaren Antiquitäten hätte ausstatten können, fand sich darin nicht viel Teures. Er schien keinen ausgeprägten Hang zum Materiellen zu haben. Über wohlhabende Zeitgenossen, die exorbitante Summen für berühmte Kunstwerke zahlten und diese am Ende aus Angst vor Dieben in ihren Tresoren verwahrten, hatte er sich sogar lustig gemacht.

»Kunst sollte für alle sichtbar sein«, hatte er mir erklärt. »Denn sie ist ein Seelengeschenk des Malers. Was vor den Blicken anderer verborgen werden muss, ist wertlos.«

Als ich bemerkte, dass er einen Privatjet und eine große Luxusjacht besitze, hatte er die Stirn gerunzelt.

»Maia, ist dir denn nicht klar, dass das Transportmittel sind, reine Mittel zum Zweck? Wenn sie morgen in Flammen aufgingen, könnte ich leicht neue erwerben. Mir reichen meine sechs menschlichen Kunstwerke, meine Töchter. Ihr seid mir das Einzige auf Erden, was sich wertzuschätzen lohnt, weil ihr alle unersetzlich seid. Menschen, die man liebt, lassen sich nicht ersetzen. Das darfst du nie vergessen, Maia.«

Das hatte ich nicht. Nur zu einem wesentlichen Zeitpunkt hatte ich mich leider nicht daran erinnert.

Ich entfernte mich emotional mit leeren Händen von Pa Salts Arbeitszimmer und ging ins Wohnzimmer. Warum der Raum verschlossen gewesen war, würde ich Marina am folgenden Tag fragen, dachte ich, als ich ein Foto betrachtete, das einige Jahre zuvor an Bord der *Titan* gemacht worden war und Pa, umgeben von uns Schwestern, am Geländer der Jacht zeigte. Er grinste breit, wirkte entspannt, der Meereswind wehte ihm die vollen grauen Haare aus dem Gesicht, und sein nach wie vor straffer, muskulöser Körper war von der Sonne gebräunt.

»Wer *warst* du?«, fragte ich das Bild stirnrunzelnd, bevor ich aus Langeweile den Fernseher einschaltete und herumzappte, bis ich eine Nachrichtensendung fand. Wie üblich ging es um Krieg, Leid und Zerstörung, und ich wollte gerade weiterschalten, als der Sprecher verkündete, dass die Leiche von Kreeg Eszu, einem berühmten Industriemagnaten, der einen riesigen internationalen IT-Konzern leitete, in der Bucht einer griechischen Insel angeschwemmt worden war.

Ich lauschte, die Fernbedienung in der Hand, als der Sprecher erklärte, die Familie habe bekannt gegeben, dass bei Kreeg Eszu kurz zuvor eine unheilbare Krebserkrankung diagnostiziert worden sei. Man mutmaße, dass er sich deswegen das Leben genommen habe.

Mein Puls beschleunigte sich. Nicht nur, weil mein Vater ebenfalls beschlossen hatte, die Ewigkeit auf dem Meeresgrund zu verbringen, sondern auch, weil diese Geschichte in direkter Verbindung zu *mir* stand …

Der Nachrichtensprecher erwähnte außerdem, dass Kreegs Sohn Zed, der seinem Vater schon einige Jahre assistiert hatte, mit sofortiger Wirkung die Leitung von Athenian Holdings übernehmen würde. Als auf dem Bildschirm sein Foto erschien, schloss ich unwillkürlich die Augen.

»O Gott«, stöhnte ich und fragte mich, warum das Schicksal mich ausgerechnet jetzt an den Mann erinnerte, den ich in den vergangenen vierzehn Jahren verzweifelt zu vergessen versucht hatte.